한국크리스천문학가협회 창립  주년 기념

대표문학선집

The 60th Commemorative Anthology of the Representative
Christian Literature of Korea

한국크리스천문학 헌장

　하나님은 천지와 인간을 창조하시고 인간은 문학을 통하여 하나님을 증거하고 찬양한다. 문학은 진실하고 아름다운 인간의 삶과 고결한 영혼의 갈망을 추구하는 언어 예술이다.

　한국크리스천문학은 영혼구원을 희구하며 한국기독교문학의 정체성과 전통 위에 변화를 모색하며 공동의 선을 실천하는 작가들의 광장으로 하나님과 인간관계, 영혼과 육체의 갈등, 시대적 양심과 정의 등 기독교적 가치관과 사고를 구현한다. 작가의식과 사명감을 가지고 맑고 빛나는 크리스천문학 창작을 위해 다음과 같이 다짐한다.

1. 영혼구원과 사회정화의 길잡이가 된다.
2. 인류의 평화 · 자유 · 행복 추구에 기여한다.
3. 삶의 가치와 아름다운 인성계발을 모색한다.
4. 기독교적 가치와 세속적 문화의 벽을 허물고 당위성을 찾는다.
5. 투철한 신앙과 풍부한 예지로 기독교 문학의 이상을 실현한다.

　이를 위하여 항상 기도하고 실천하며 사색과 언어의 탁마로 문학의 지평을 열어 영원한 크리스천문학의 가치를 추구하고 한국과 세계문학으로 열려 있는 미래문학을 지향한다.

2010년 1월 25일
한국크리스천문학가협회

대표문학선집 | 발간사

현의섭
소설가 / 52대 회장

하나님의 영광이 되리라

1958년-2018년. 그리하여 60년이다. 20세기 초부터 전개된 한국의 신문학 운동이 해방을 거치며 1948년부터 현재까지 생성된 문학을 현대문학으로 분류한다. 우리나라에 기독교가 전래된 1884년으로부터 70년 후 한국의 첫 문인단체 한국크리스천문학가협회가 탄생하였다.

소설가 전영택 목사와 임옥인, 시인 주요한, 박목월, 황금찬, 극작가 주태익, 이보라 등 기독교문인들이 복음의 형상화로 문서 선교적 사명을 구현하려는 의도였다. 한국 기독교문학의 태동이다. 크리스천 문인들만의 조직이 종교의 벽을 세운 모양새여서 그로부터 3년 후인 1961년에 크리스천문학가협회의 창립 멤버들이 중심이 되어 한국문인협회가 탄생하였다. 첫 회장은 한국크리스천문학가협회 회장인 전영택 목사였다.

60년이 흐른 지금도 우리의 기독교문학인의 사명은 동일하다. 그렇다면 우리가 매문시장에서 얼쩡거리며 이름이나 빛내려 든다면 이건 본질의 훼손이다.

지금 한국의 기독교는 질량質量 모두 현저히 하향국면이다. 국가적으로도 좌파의 물결이 뒤덮여 분노하고 절망하는 신음소리가 높아가고 있다. 동남아 국가로 이민 가자는 소리가 회자된다.

그러나 나는 이 땅의 희망을 본다. 어둠이 짙을수록 새벽이 가깝다. 1920년, 타고르의 동아일보 창간 축시는 한국을 **'동방의 등불'** 이라면서 **'그 등불 다시 켜지는 날에 너는 동방의 밝은 빛이 되리라'** 로 맺었다. 지금 하나님의 섭리가 우리나라 대한민국을 이 혼돈의 시대에 세계를 비치는 빛이 되게 하시려는 충분한 환경조건을 조성하고 있음에 의심의 여지가 없다. 세계로 급속히 번져가는 한류, 이것이 하나님의 섭리다.

하나님 나라의 복음이 이 세상에 온 것은 그 복음의 확산이 가능하도록 하나님께서 환경 조건을 예비하신 후였다. 알렉산더의 동방원정으로 언어의 통일이 이루어지고, PAX ROMANA의 기치를 든 카이사르의 왕정 등장은 로마가 지중해 세계와 유럽과 서아시아 일대를 정복하여 그 많은 국경들을 제거하고 국제간선도로를 건설한 후에 그리스도가 탄생하여 복음은 국경과 언어장벽 없이 널리 급속도로 확산될 수 있었던 것처럼, 요즈음 K-pop의 세계적 인기는 가히 예상치 못한 열광적 수준이다. 한류의 개막은 태권도가 해냈다는 평가가 있다.

지금 세계 167개국의 태권도 인구가 8천만 명에 이른다. 태권도의 모든 수련과정은 한국어 구령으로 진행된다. 드라마, 영화, 가요, 게임, 의류, 화장품, 심지어 김치, 비빔밥, 불고기 등등 동남아와 유럽과 아메리카에서 인기가 고공행진이다. 특히 한글의 세계화 흐름이 대단하다. 이러한 한류의 세계화는 비로소 노벨문학상도 그리 멀리 있지 않았음을 감지하게 한다.

K-pop의 세계화를 보면서 나는 개인적으로 뿌듯한 감회를 느낀다. 왜냐하면 최초의 국민가수 칭호가 붙은 이난영 씨가 어린 세 딸 영자, 숙자, 애자를 훈련시켜 〈김시스터즈〉라는 한국 최초의 걸그룹을 만든 데서 출발하는데, 10대 후반부터 필동과 충무로 일대에서 같이 놀던 친구의 누나들이고 어머니여서 우리 친구들이 남산의 그의 집에 출입하였기 때문이다(영자가 몸이 약해 외삼촌의 딸 민자로 교체되어 숙자 애자 민자로 불려졌다). 그들이 1959년 라스베이거스로 진출하여 무대와 방송에서 엄청난 인기를 누렸다. 라스베이거스 고액납세자 6위에 오를 정도였으니. 하나님께서 한류가 복음의 빛으로 세계를 밝히도록 충분조건을 예비하신다. 기독교문학이 복음의 형상화 사명에 충실하면 우리 협회 100주년의 영광이 하나님의 영광이 되리라.

한국크리스천문학가협회 창립 **60** 주년 기념

대표문학선집 | 역대 회장

명예회장 **전영택**
1958

1대 **주태익**
1967

2대 **이종환**
1968

3 · 4대 **임옥인**
1969 ~ 1970

5 · 6대 **김현승**
1971 ~ 1972

7 · 8 · 9대 **박목월**
1973 ~ 1975

10 · 11 · 12대 **황금찬**
1976 ~ 1978

13 · 14대 **박화목**
1979 ~ 1980

15대 **김경수**
1981

16대 **박경종**
1982

17 · 18 · 19대 **석용원**
1983 ~ 1985

20 · 21대 **장수철**
1986 ~ 1987

22 · 23대 **김원식**
1988 ~ 1989

24 · 25대 **최은하**
1990 ~ 1991

26 · 27대 **김지향**
1992 ~ 1993

28대 **유승우**
1994

29대 **박종구**
1995

30대 **이 탄**
1996

31대 **심군식**
1997

32대 **강난경**
1998

33 · 38대 **강석호**
1999 · 2004

34대 **최규철**
2000

35대 **홍문표**
2001

36대 **양왕용**
2002

37대 **김지원**
2003

39대 **김봉군**
2005

40대 **원응순**
2006

41대 **김시백**
2007

42대 **김남웅**
2008

43대 **이동희**
2009

44 · 45대 **황계정**
2010 ~ 2011

46 · 47대 **전덕기**
2012 ~ 2013

48대 **김소엽**
2014

49대 **김승옥**
2015

50 · 51대 **오경자**
2016 ~ 2017

52대 **현의섭**
2018

한국크리스천문학가협회 창립 **60**주년 기념

대표문학선집 | 역대 연간지 및 계간지

한국크리스천문학가협회 창립 60주년 기념

1996년 총회 설교 : 임택진 목사

1996. 8. 12. 워커힐 세미나를 마치고

1996년 워커힐 여름세미나 축하케이크 절단
(좌로부터 박종구 · 김지향 · 김우규 · 이향아 · 정을병 · 양왕용 제씨)

1996년 워커힐 여름세미나 : 이유식 (문협 부이사장) 축사

1997. 5. 22. 제14회 한국크리스천문학상 시상식
축사 : 황 명 (문협 이사장)

한국크리스천문학상 시상식 후
수상자 : 소설 이건숙 · 시 양왕용

1997. 8. 11-12. 이천 미란다호텔 여름세미나
강사 : 좌로부터 김승옥 · 김주연

1997년 여름세미나를 마치고

1998년 해변문학교실을 마치고
(1998. 8. 13-14. 부산 태종대 곤포가든)

2002년 정기총회 : 회장 홍문표

부활문학의 밤을 마치고 (믿음의집 교회)

2002년 추수감사 문학의 밤 : 소설가 오인문 (동숭교회)

부활문학의 밤 : 시인 양왕용

2003년 여름세미나 (스칸디나비아)

세미나를 경청하고 있는 회원들

2004년 여름세미나를 마치고 (용유감리교회)

2005년 총회를 마치고 (기독교 100주년기념관)
(앞줄 좌로부터 성지혜 · 이영지 · 김봉군 회장 · 강석호 · 김지향)

2005년 가을호 출판기념예배를 마치고 (서울중앙교회)

2006년 한국크리스천문학상 시상식 및 작품 낭송회를 마치고 (동숭교회)

2007년 한국크리스천문학상 시상식과 출판기념 (대림감리교회)

2007년 문학의 밤 행사를 마친 후 (대림감리교회)

2007년 여름세미나를 마치고 (남양주 작은 영토)

2008. 1. 29. 대림감리교회에서 총회를 마친 후

2008년 여름세미나 (강화 성공회교회 앞에서)

2009년 총회 후 (문래동 감리교회)

2009년 여름세미나 (충북 영동 매곡교회)

2010년 총회 후 (춘우문학관)

2010년 제2회 백일장 참가자들 (연세대 교정)

2010년 제2회 백일장
(심사위원들)

2010년 제2회 백일장 참가자들 (연세대 교정)

2010년 제2회 백일장 참가자들과 함께 (연세대학교)

2011년 정기총회 후 (수유중앙교회)

2011년 임원·이사회 문학기행 (천등문학관)

2011년 겨울 계간 50호 발행 축사 : 박이도 시인

2011년 겨울 계간 50호 발행 축사 : 황금찬 시인

2012년 문학기행 (몽고)

2012년 총회와 신인상 시상식 : 전덕기 시인

2012년 문학기행 유목민 거주지 (게르)

2012년 한국크리스천문학상 시상 후 춘우문학관
(좌로부터 김복희 · 심혁창 · 황금찬 · 전덕기)

2013년 총회 (초동교회)

2013년 한국크리스천문학상 시상 후 (평택대 피어선기념관)

2013년 신인등단 및 여름세미나
강사 : 엄기원 아동문학가

2014년 신인상 및 문학상 시상식
회장 김소엽 (중앙성결교회)

2013년 여름세미나 참가회원들 : 앞줄 좌로부터 유승우 · 원응순 · 심혁창

2014년 총회 (양화진 선교100주년기념교회)

2015년 63호 발행 감사예배 : 회장 김승옥

2015년 63호 발행
설교 : 박종구 목사

2015년 63호 발행 감사예배 (본회 찬양단원들)

2015년 63호 발행 축사 : 문효치 (한국문협 이사장)

2015년 63호 이계절의 우수상 심사보고 : 정신재

2016년 66호 신인상 시 심사평 : 유승우 시인

2016년 홀트아동복지회장 인사 : 김대열

2017년 겨울 감사예배 (홀트아동복지회 강당)

2017년 봄 문학기행 (부여 사비성 앞에서)

2018년 총회 (홀트아동복지회관)

2018년 문학상 심사보고 : 김지원 시인

2018년 문학상 수상자 : 조신권 교수

2018년 문학상시상식(신촌성결교회) 수상자 : 조신권

회장과 수상자 가족

제3차 임원회를 마치고 임원들 한자리에 (서울중앙교회)

2018년 여름세미나 (계원예술대학교)

회장 인사 : 현의섭

2018년 문학기행 (풍기 소백코리아 앞에서)

세미나를 마친 후 회원 일동

2018년 가을 문학기행 영주 무섬다리

본회 찬양단 특송

특송 : 아가브 앙상블 플룻 연주
(좌로부터 김경애 · 김금순 · 나복숙 · 주경은 · 고경실 · 최창희)

한국크리스천문학가협회 창립 60주년 기념

대표문학선집

*The 60th Commemorative Anthology
of the Representative
Christian Literature of Korea*

차 례

시 조

시

김현승 윤동주 박두진 박목월 황금찬 이성교 김지향 박이도
유승우 이향아 양왕용 임성숙 김년균 원응순 전덕기 김남웅
박종구 김소엽 손해일 김종희 김상길 김정원 박영률 이실태
정경혜 이상아 신영옥 임만호 이지현 곽용남 강홍규 문현미
전홍구 엄순복 박철현 정신재 김일중 조신권 조규화 조성호
김광순 이 번 강신영 이보정 배정향 이순우 양영숙 이정균
성용애 신윤호 이석문 신성종 고산지 김춘년 조경자 이현식
김창래 조혜자 김어영 정두모 맹숙영 김무숙 박순애 원현경
구완서 위맹량 김봉겸 김순희 김순덕 김덕성 정경화 황바울
전형진 최태석 박주연 최명덕 전담양 이상귀 김상숙 정태광
김홍섭 이서연 강명순 김순찬 백근기 신혜련 김규승 김영길
심산태 남창희 지왕근 김지원

김 현 승

출 생 1913.4.4.-1975.4.11.

등 단 1934. 3. 25. 동아일보에『쓸쓸한 겨울 저녁이 올 때 당신들』로 문단활동 시작

약 력 호는 다형, 광주에서 성장, 평양숭실전문학교 졸업
조선대학교, 숭실대학교 교수
한국크리스천문학가협회 회장 역임

수 상 전라남도문화상, 서울시문화상

저 서 시집 :『김현승 시초』『옹호자의 노래』『견고한 고독』『마지막 지상에서』등

눈물

더러는
옥토沃土에 떨어지는 작은 생명이고저……

흠도 티도
금가지 않은
나의 전체는 오직 이뿐!

더욱 값진 것으로
드리라 하올 제,
나의 가장 나아종 지닌 것도 오직 이뿐!

아름다운 나무의 꽃이 시듦을 보시고
열매를 맺게 하신 당신은,

나의 웃음을 만드신 후에
새로이 나의 눈물을 지어 주시다.

가을의 기도

가을에는
기도하게 하소서……
낙엽들이 지는 때를 기다려 내게 주신
겸허한 모국어로 나를 채우소서.

가을에는
사랑하게 하소서……
오직 한 사람을 택하게 하소서,
가장 아름다운 열매를 위하여 이 비옥한
시간을 가꾸게 하소서.

가을에는
호올로 있게 하소서……

나의 영혼,
굽이치는 바다와
백합의 골짜기를 지나,
마른 나뭇가지 위에 다다른 까마귀같이.

플라타너스

꿈을 아느냐 네게 물으면,
플라타너스,
너의 머리는 어느덧 파아란 하늘에 젖어 있다.

너는 사모할 줄을 모르나,
플라타너스,
너는 네게 있는 것으로 그늘을 늘인다.

먼 길에 올 제,
호올로 되어 외로울 제,
플라타너스,
너는 그 길을 나와 같이 걸었다.

이제 너의 뿌리 깊이
나의 영혼을 불어넣고 가도 좋으련만,
플라타너스,
나는 너와 함께 신이 아니다!

수고론 우리의 길이 다하는 어느 날,
플라타너스,
너를 맞아 줄 검은 흙이 어느 먼—곳에 따로이 있느냐?

나는 오직 너를 지켜 네 이웃이 되고 싶을 뿐,
그곳은 아름다운 별과 나의 사랑하는 창이 열린 길이다.

윤 동 주

출 생 1917.12.30.-1945.2.16. 중국 만주지방 용정

등 단 「소년」지에 동요 「산울림」 발표

약 력 본관 파평坡平. 본명 외 동주童柱, 윤주尹柱라는 필명 사용
명동학교, 숭실중학교, 연희전문학교 졸업
일본 유학 후 도시샤 대학 재학 중, 1943년 항일운동 혐의로
일본 경찰에 체포되어 후쿠오카 형무소에 투옥, 100여 편의
시를 남기고 27세에 옥중에서 요절

저 서 시집 : 『하늘과 바람과 별과 시』『별 헤는 밤』『바람과 사
랑의 시』등

서시

죽는 날까지 하늘을 우러러
한 점 부끄럼이 없기를
잎새에 이는 바람에도
나는 괴로워했다
별을 노래하는 마음으로
모든 죽어가는 것들을 사랑해야지
그리고 나한테 주어진 길을
걸어가야겠다

오늘 밤에도 별이 바람에 스치운다

십자가

쫓아오던 햇빛인데
지금 교회당 꼭대기
십자가에 걸리었습니다.

첨탑이 저렇게 높은데
어떻게 올라갈 수 있을까요.

종소리도 들려오지 않는데
휘파람이나 불며 서성거리다가,

괴로웠던 사나이,
행복한 예수 그리스도에게
처럼
십자가가 허락된다면

모가지를 드리우고
꽃처럼 피어나는 피를
어두워가는 하늘 밑에
조용히 흘리겠습니다.

쉽게 씌어진 시

창 밖에 밤비가 속살거려
육첩방은 남의 나라.

시인이란 슬픈 천명인 줄 알면서도
한 줄 시를 적어볼까.

땀내와 사랑내 포근히 품긴
보내 주신 학비 봉투를 받아

대학 노트를 끼고
늙은 교수의 강의 들으러 간다.

생각해 보면 어릴 때 동무들
하나, 둘, 죄다 잃어버리고

나는 무얼 바라
나는 다만, 홀로 침전하는 것일까?
인생은 살기 어렵다는데

시가 이렇게 쉽게 씌어지는 것은
부끄러운 일이다.

육첩방은 남의 나라
창 밖에 밤비가 속살거리는데

등불을 밝혀 어둠을 조금 내몰고,
시대처럼 올 아침을 기다리는 최후의 나,

나는 나에게 작은 손을 내밀어
눈물과 위안으로 잡는 최초의 악수.

박 두 진

출 생 1916.3.10.–1998.9.16. 경기 안성

등 단 1939년 「문장文章」지 추천

약 력 1946년부터 박목월朴木月 조지훈趙芝薰 등과 함께 청록파 시
인으로 활동
연세대·우석대·이화여대·단국대·추계예술대 교수
예술원 회원 역임

수 상 아세아자유문학상, 삼일문화상, 예술원상, 인촌상, 지용문
학상 등

저 서 『거미의 성좌』『고산식물』『서한체』『수석열전』『박두진
문학전집』『문학적 자화상』 등

고산식물

아득히 깎아 질린 벼랑에 산다

내 가슴 이 비수는 자라 오르는 난蘭

짙은 안개비에 서려 바람에 떤다

찬 달빛 거울 비치면 맹금의 상한 죽지

언덕을 밀물 덮던 현란한 기폭

포효가 지금은 꽃으로 떨어져 말이 없는

그 침묵 심연 이쪽 벼랑에 산다

언젠가는 다시 불을 하늘 아침 폭풍

땅에서는 동남 서북 혁명 치달려

비수가 그 사슬을 그물을 그 밤을 찔러

마지막 빛의 개벽 꽃 흐트러뜨릴

난이여 안개 떠는 벼랑에 산다.

너

내 영혼의 벌판에 쏟아지는 꽃비
그 속을 걸어가며
때로는 눈보라
때로는 달빛
때로는 폭우로 쏟아지는
혼자서 걸어가는 그 속의 외로움
혼자서의 외로움
먼 어릴때를 그리는 언어의 순수도
침묵, 앞으로의 내일의
꿈의 날개도 무너져,
희디 하얀 내 손바닥도
정결한 심장의 고동도
맹수로 산맥을 치달리던 내 보행의 위력도
바람에 흩날리는 머리카락의 멋도
휘파람도
번쩍이는 이마의 여유
눈의 고요
바다를 듣는 귀의 의미도
정지될 때,
너여,
너는 그 따사한 나라
하늘의 꽃으로 내려오는 층계의

꽃의 사랑,
허물어진 것 잃어버린 것 정지된 것의
일체를 활기주는
순수하고 아름다울 수 있는 정수의 총화
그리한 집중과 승화의 하늘내림
땅의 솟음, 너,
나의 영혼의 벌판에 쏟아져야 할
금빛 아침의 나라의 황홀한 빛살
살갑고 따뜻한 영혼과 체온의 그 전부
나의 유일과 모두로
영원으로 다가와 포옹해야 할
너여.

축제

당신은 거기에 서 있는 것이 보인다

당신의 배경은 익어가는
가을산
그 뒤에 파랗게 하늘 높고 멀고

치렁치렁 소나무,
밋밋한 잣나무,
훌훌 벗은 자작나무,
활짝 편 떡갈나무,

억새 잔디 새괭이풀 사이사이
도라지꽃
들국화꽃
패랭이꽃 흔들리고,

─빌릴리 호료료 빌릴리

노래로 지나가는
한마디 황금새의
느린 날갯짓,

일제히 따갑게 낮볕에 젖어 있다

당신이 거기 서 있는 것이 보인다
가을꽃
당신은 가을꽃
아니 별
그 태양 터지도록 가슴에 끌어안는,

당신이 내게로 달려오는 것이 보인다

풋풋한 넋으로 와
소용돌이치는 소리 들린다.

박 목 월

출 생 1916.1.6.–1978.3.24. 경북 경주
등 단 1940년 「문장」지에 정지용 추천으로 등단
약 력 본명 영종泳鍾
　　　　대구 계성중학 졸업
　　　　1962. 한양대학교 교수
　　　　1973.10. 시전문지『심상』간행
저 서 『청록집』『산도화』『구름의 서정』『보라빛 소묘』등 다수
　　　　유고시집 :『크고 부드러운 손』

나그네

강나루 건너서
밀밭 길을

구름에 달 가듯이
가는 나그네

길은 외줄기
남도 삼백 리

술 익는 마을마다
타는 저녁놀

구름에 달 가듯이
가는 나그네.

청노루

머언 산 청운사靑雲寺
낡은 기와집

산은 자하산紫霞山
봄눈 녹으면

느릅나무
속잎 피어나는 열두 굽이를

청노루
맑은 눈에

도는
구름

윤사월

송화가루 날리는
외딴 봉우리

윤사월 해 길다
꾀꼬리 울면

산지기 외딴집
눈 먼 처녀사

문설주에 귀 대이고
엿듣고 있다

황 금 찬

출 생 1918.8.10.-2017.4.8. 속초시 노산동

등 단 1953년 「문예」와 「현대문학」으로 등단

약 력 강남대학교 교수, 한국크리스천문학가협회 회장 역임

수 상 월탄문학상, 대한민국문학상, 한국기독교문학상, 서울시문
화상, 대한민국문화예술상, 대한민국문화보관훈장 등

저 서 시집 :『현장』『떨어져 있는 곳에서도 있지 못하는 것은』
『행복을 파는 가게』『고향으로 가는 흰 구름』등 37권 외
산문집 24권이 있음

촛불

촛불!
심지에 불을 붙이면
그때부터 종말을 향해
출발하는 것이다.

이 어두움을 밀어내는
그 연약한 저항
누구의 정신을 배운
조용한 희생인가.

존재할 때
이미 마련되어 있는
시간의 국한을
모르고 있어
운명이다.

한정된 시간을
불태워 가도
슬퍼하지 않고
순간을 꽃으로 향유하며
춤추는 촛불.

별과 고기

밤에 눈을 뜬다
그리고 호수 위에
내려앉는다.

물고기들이
입을 열고
별을 주워 먹는다.

너는 신기한 구슬
고기 배를 뚫고 나와
그 자리에 떠 있다.

별을 먹은 고기들은
영광에 취하여
구름을 보고 있다.

별이 뜨는 밤이면
밤마다 같은 자리에
내려앉는다.

밤마다 고기는
별을 주워 먹지만
별은 고기 뱃속에 있지 않고
먼 하늘에 떠 있다.

종이 우는데

낙엽이 남기고 간
싸늘한 구름의 대화들이
지금은 빈 가지 끝에
달무리로 뜨고
옷깃 세우고 총총히 돌아가는
발소리들을
듣고 있어라.

장미밭엔
아직도 꽃 그림자가
하이얗게 변모해가는 손을 흔들고
5월 그 어느 날
무성했던 하늘빛 이파리들이
뿌려놓은 꿈을
잔인한 발길로
밟고 있어라.

뉘우치는 일은
선한 행위요
후회는 약한 사람들의
신음소리에 지나지 않는
서로 어긋남의 윤리를

탓하지 말라
어쩌면 그것이
우리들의
생활인 것을.

종이 우는데
또 한 해가 말없이 기우는
이 절정에
소리없는 비파를 치며
눈이 내리는가
12월 그 의미는
종말이 아니거니
지연을 날려라, 푸른 하늘에
그리고 종을 울려라.

이 성 교

등 단 「현대문학」

약 력 1964년 중앙대학교대학원
한국문인협회 이사, 한국문화예술인선교회 회장
한국시인협회 심의위원 역임

수 상 현대문학상, 월탄문학상, 국민훈장, 국민포장, 한국기독교
문학상, 국민훈장 목련장, 장로문학상, 한국문학상

저 서 시집 : 『산음가』 『겨울바다』 『대관령을 넘으며』 『하늘 가
는 길』
평론집 : 『현대시의 모색』 『한국 현대시 연구』 『한국 현대
시인 연구』

해바라기

아무도 오지 않는 마을에
해바라기 돈다
갇혀 있는 사람의 마음에도
노오란 햇살이 퍼져
온 천지가 부시다

지난 여름
그 어둠 속에서
열리던 빛
눈물이 비친다

이제 아무 푯대 없이
휘청휘청해서는 안 된다
바울처럼 긴 날을 걸어서
까만 씨를 심어야 한다
해바라기 피는 마을에

돌

자질자질한 개울물에
빛을 올리고 있었다
그것은 승천을 위한
작업이었다

이제 한명限命이
다한 모양이지
눈썹에 찰랑이는
갈릴리 바다를 건너서
어서어서 환궁을 해야지

해 그늘이 드리운 언저리엔
이상한 포도나무 한 그루 서 있고
그 아래엔 예수의 피 같은 것이
흘러내리고 있었다.

상사화相思花

한세상을
잎은 잎끼리
꽃은 꽃끼리
서로 얼굴을 모르고
따로 떨어져 살았다

물 걱정 하나 할까
바람 걱정 하나 할까
그래서 아무도 꽃의 비결을
아는 이는 없었다

오직 햇볕 나는 한낮에
노랗게 노랗게
꿈을 가꿀 뿐
일체 교태를
부리지 않았다

그것 때문에
뭇 짐승소리도
물소리도
염불소리도
이상하게 땅속을 스며드는가

그러다가

온 세상이
고요히 잠들면
꽃잎들은 비로소 눈을 뜨고
먼 나라의 별들과 대화를 나누며
저세상에 긴 다리를 놓는 것이다.

김 지 향

등 단 시집 『병실』로 등단

약 력 본명 김복순
　　　　단국대 대학원 졸업. 서울여대에서 박사과정
　　　　한양여자대학 교수, 한국크리스천문학가협회 회장 역임
　　　　한국여류문학인회 회장, 크리스천12시인 동인

수 상 시문학상, 대한민국문학상, 한국크리스천문학상, 기독교문화
　　　　예술대상

저 서 시집 : 『막간풍경』『빛과 어둠 사이』『나뭇잎이 시를 쓴다』
　　　　등 23권

e 메 일 poembank21@hanmail.net

사랑 그 낡지 않는 이름에게

그대는
사람들의 입에 오르내릴 때만
빛나는 이름
사람의 무리가
그대 살을
할퀴고 꼬집고 짓누르고
팔매질을 해도
사람의 손만 낡아질 뿐
그대 이름자 하나
낡지 않음.
하고 우리들은 감탄한다
그대가 지나간 자리엔
반드시 자국이 남고
그대가 멈추었던 자리엔
반드시 바람이 불어
기쁘다가 슬프게 패이고
슬프다가 아픔이 여울지는
이름
그 이름이
가슴에서 살 땐
솜사탕으로 녹아내리지만
가슴을 떠날 땐
예리한 칼날이 된다
그렇지 그대는

자유주의자 아니 자존주의자이므로
틀 속에 묶이면 자존심이 상하는 자
틀 밖에 놓아두면
보다 더 묶임을 원하는 자.
그대를 접어들면
혀가 마르거나
기가 질려 마음이 타버리거나
한다고 우리는 때때로 탄복한다
그렇지 사랑의 이름이
사랑이기 때문.
실은 사랑이 슬픔 속에 자라지만
기쁨 속에 자란다고 진술한다
실은 사랑이 아픔 속에서 끝나지만
새 기쁨을 싹 틔운다고 자술한다
사랑의 끝남은 미움이지만
실은 끝남이 없는 아름다움이라고
사랑은 사랑은 끝없이 자백한다.

가을바람

가을바람은
불씨를 갖고 있다
바람이 건드리는 풀잎마다
불이 켜지고
풀잎을 따는 가슴마다
불에 덴다
가을바람은 머리가 없고
가슴만 돋아져 있어
가을 가슴에 우리 가슴이 얹힐 때
우리는 없어져 버린다
세상은 온통 불덩이로 떠오르고.

가을 여자

햇살이 빛을 버리는 가을
충무로 네거리에
나뭇잎 한 눈이 시들어 떨어졌다
나뭇잎은 소금빛 햇살을 켜달고
구겨진 충무로 뒷골목을 펴 보았다
석달 열흘 가뭄이 들어
목덜미까지 익어버린 여자가 한 잎
떨어져 버렸다
그 여자의 가슴은
커다란 구멍뿐이었다
이상한 바람이 빠져나간 빈 구멍
빈 구멍이 떨리는 울음을 게우고
또 게우고 있었다
나뭇잎 한 눈이 그 여자의
울음에 가서 포개졌다
아, 슬픔이 되어버린 가을잎이여.

박 이 도

등 단 「한국일보」 신춘문예

약 력 경희대 국문과 및 동대학원 졸업
　　　　현) 경희대 국문과 명예교수, 월간 창조문예 주간

수 상 대한민국문학상, 한국기독교시인협회문학상

저 서 시집 : 『회상의 숲』『북향北鄕』『폭설』『바람의 손끝이 되
　　　　어』『불꽃놀이』『안개주의보』『홀로 상수리나무를 바라볼
　　　　때』 등
　　　　시론집 : 『한국 현대시와 기독교』

피리

따스한 체온
떨리는 목소리
온몸을 불사름으로
영원히 사라지는
참 안타까운 사랑

헤어지는 인륜人倫을 예견하고
일상의 슬픔으로 노래한다
바람 센 소나무밭의 속삭임을
가슴조이던 달빛의 그림자를
너는 미세한 가락으로 넘어간다

내 입술에 침을 적시는
아, 말할 수 없는
사랑의 숨결.

어느 인생

이제야 내 뒷모습이 보이는구나
새벽안개 밭으로 사라지는 모습
너무나 가벼운 걸음이네
그림자마저 따돌리고
어디로 가는 걸까.

풍성한 삶

애통하는 자 온유한 자
의에 주리고 목마른 자여
진실로 나는 사악함이 없었는가

솔직하고 정직하게 고백하는 자로부터
예수님이 함께하는 교회
우리 안에 계시는 하나님의 영을
거룩거룩 찬미하는 제자 되기를
찬송하고 기도하는 성도 되기를

화평케 하는 자
의를 위해 고통을 인내하는 자
심령이 가난한 자
마음이 청결한 자 되어
참 아름다운 교회
미쁘신 예수님의 마음을
십자가로 새겨둡니다.

유 승 우

등 단 「현대문학」

약 력 본명 유윤식, 인천대학교 교수, 인천시민대학 학장 역임, 한국기독교문인협회 회장 역임(1994), 사)한국현대시인협회 이사장 역임
현) 국제펜 한국본부 고문, 한국문인협회 자문위원, 인천대학교 명예교수

수 상 후광문학상, 경희문학상, 창조문예문학상, 심연수문학상, 기독교문화예술 대상

저 서 시집 : 『바람변주곡』 『나비야 나비야』 『그리움 반짝이는 등불 하나 켜들고』 『달빛 연구』 『나 있던 그 자리에』 『하얀 모래섬』 『살과 뼈는 정직하다』 『물에는 뼈가 없습니다』 『어둠의 새끼들』 『어느 마루턱까지』 등 10권
연구서 : 『한글시론』 『시문학파 연구』 『한국현대시인 연구』 『몸의 시학』 등 4권

수평선

먼 바다를 바라봅니다.
직선이 하나 쫙 그어지며,
하늘과 바다를 붙여 놓습니다.
하늘이 더 맑은 바다입니다.
바다가 더 푸른 하늘입니다.
그 너머는 낭떠러지입니다.
그 낭떠러지로 해가 떨어집니다.
빛의 폭포가 볼 만하겠지요.
언젠가는 나도 가볼 것입니다.

샘

깊은 산 속입니다.
맑고 깨끗한 샘이
속으로부터 솟아나는 기쁨을 못 이겨
하늘을 향해
동그랗게 웃습니다.
끝없이 솟아나는 기쁨입니다.
하늘이 그 동그란 눈웃음에 빠져
헤어나지 못합니다.

새벽 기도

새벽마다 잠이 깨면 무릎을 꿇고,
지난밤 어둠의 골짜기에서,
내 목숨의 불꽃 꺼지지 않고
다시 이승에 돌아와
고맙게 깜빡이는 것을 본다.
내 영혼이 희미한 여명의 둥지에서
작은 새 새끼처럼 눈뜨는 것이 보인다.
하늘을 향해 날아오르는
살아 있는 고마움의 가벼운 날갯짓,
그 날개와 함께 하늘로 날아오르는
보드라운 소망의 깃털,
소낙비 속에서도 젖지 않는다.
구름을 뚫고 하늘문 앞에 이르러
환한 아침 햇살로 오늘을 연다.

이 향 아

등 단 「현대문학」

약 력 국제펜 한국본부 고문, 한국문인협회 자문위원, 동북아기
　　　독교작가회 평의원, 기픈시문학회 회원
　　　현) 호남대학교 명예교수

수 상 한국문학상, 윤동주문학상, 시문학상, 창조문예상, 신석
　　　정문학상 등

저 서 시집 :『동행하는 바람』『껍데기 한 칸』『오래된 슬픔 하
　　　나』『물푸레나무 혹은 너도밤나무』『온유에게』『안개 속
　　　에서』등 22권, 『아지랑이가 있는 집』등 4권
　　　수필집 :『지금이 영원인 것처럼』『고독은 나를 자유롭게
　　　한다』『쓸쓸함을 위하여』『불씨』등 16권을 펴냈으며,
　　　『혼자 사랑하기』등 4권
　　　문학이론서 :『시의 이론과 실제』『창작의 아름다움』
　　　『삶의 깊이와 표현의 깊이』『현대시와 삶의 인식』외 9권

e메 일 poetry202@hanmail.net

이 세상 후미진 곳에서

이 세상 후미진 곳에서
나를 아직 용서하지 못하는
사람이 있나 보다
용서할 수 없음에 뜬눈으로 밤이 길고
나처럼 일어나서
불을 켜는 사람이 있나 보다

질펀히 젖어 있는 창문께로 가서
목 늘여 달빛을 들이마시면
나를 적셔 흐르는 깨끗한 물살
반가운 소식처럼 퍼지는
예감

나를 용서하지 않는 사람이 있나 보다
용서받지 못할 일을 내가 저질렀나 보다
그의 눈물 때문에 온종일 날이 궂고
바람은 헝클어진 산발로 우나 보다
그래서 사시사철 내 마음이 춥고
바람결 소식에도 귀가 시린가 보다

꽃다발을 말리면서

누가 내게
이와 같은 슬픔까지 알게 하는가
꽃이 피는 아픔도 예사가 아니거늘
저 순일한 목숨의 송이송이
붉은 울음을 꺾어다가
하필이면 내 손에서 시들게 하는가
예수가 십자가에 매달린 것처럼
꽃은 매달려서 절정을 모으고
영원히 사는 길을 맨발로 걸어서
이렇게 순하게 못 박히나니
다만 죽어서야
온전히 내게로 돌아오는 꽃이여
너를 안아 올리기에는
내 손이 너무 검게
너무 흉하게 여위었구나

황홀한 순간의 갈채는 지나가고
이제 남은 것은 빈혈의 꽃과
무심한 벽과
굳게 다문 우리들의 천 마디 말뿐
죽어가는 꽃을 거꾸로 매다노라면
물구나무서서 솟구치는
내 피의 열기,
내 피의 노여움,

네 피의 통곡
꽃을 말린다 입술을 깨물고
검게 탄 내 피를 허공에 바랜다.

그것이 걱정입니다

짓밟히는 것이
짓밟는 것보다 아름답다면
망설이지 않고 그렇게 하겠습니다
피 흐르는 상처를 들여다보며
흐르는 내 피를 허락하겠습니다
상처 속 흔들리는 가느다란 그림자
그 사람의 깃발을 사랑하겠습니다
천년 후에 그것이 꽃이 된다면
나는 하겠습니다
날마다 사는 일이 후회
날마다 사는 일이 허물
날마다 사는 일이 연습입니다

이렇게 구겨지고 벌집 쑤신 가슴으로
당신에게 돌아갈 수 있을는지 몰라
나는 그것이 제일 걱정입니다.

양 왕 용

등 단 「시문학」

약 력 부산대 사범대 국어교육과 교수
한국크리스천문학가협회 회장, 한국문인협회 부이사장 역임
현) 부산대 명예교수

수 상 시문학상 본상, 부산시문화상(문학 부문), 한국크리스천문
학상, 한국장로문학상 등

저 서 시집 :『로마로 가는 길에 금정산을 만나다』외 5권
연구논저 :『한국현대시와 기독교 세계관』외 5권

땅의 노래 서곡
- 땅의 노래 (1)

당신께서
그대를 처음으로 창조하셨다
비록
혼돈하고 공허하여 흑암이 깊음 위에 있고
당신의 영은 수면 위에 운행하셨으나
그대는 이렇게
당신의 천지창조에서
맨 처음으로 수행하신 역사役事.
우선 혼돈과 공허로 형체 알 수 없도록
그대 만드시고
이어
빛과 어둠 만드시고 이름까지 붙이시고
그대는 이름도 없이 첫째 날을 보내고
둘째 날은 하늘 만들기와
하늘 위와 아래 물 나누기에
분주하셨는지
당신께서 그대 이름 짓지 않으시고
드디어 셋째 날
하늘 아래 물을 한군데로 모아
바다라 이름 붙이시고
그대를 땅이라 이름 부르시며
비로소 당신께서 처음으로
"보시기에 좋았더라" 감탄하신다.
왜 이리 3일 동안이나 고심하셨을까?

그리고 드디어 형체를 드러내게 하시며
이름 짓고 감탄하셨을까?

땅 위의 온갖 것들
- 땅의 노래 (2)

당신께서는 셋째 날
분주히
그대 위에 풀과 씨 맺는 채소
그리고 열매 맺는 나무 만드시고
또 한 번 감탄하신다.
이렇게 하루에 두 번이나 감탄하신
깊은 뜻
그대를 무엇보다 먼저 만드신
그 깊은 뜻
깨닫기는 아직 이르다.
넷째 날의 해와 별 그리고 달
다섯째 날의 새와 물고기
드디어 여섯째 날의 짐승과
당신께서 당신의 형상대로 사람을 만드시고는
감탄하시고
마지막에는 만드신 모든 것 보시고
심히 감탄하시며 사람에게 맡기시어
모든 것 다스리게 하시기 위하여
그대를 그렇게 고심하며 만들었을까?
그대 위의 온갖 것들
그대 위에서 자라고 번성하며
그 온갖 것들
사람이 다스리게 하시며, 먹을거리로 주시며

그것들의 이름까지 짓게 하시는
당신의 깊은 뜻
조금이나 깨닫게 되나니
이제부터 그대와 사람의 관계
어떻게 될까?
두고 볼 일이다.
정말 두고 볼 일이다.

물구나무서기

아침 등산길에
물구나무서기 기구에 매달려
풍경을 바라보면
뭇 나무들 붙잡고
그들 놓치지 않기 위하여
땀 흘리고 있는 그대에게
박수치고 싶다.
매달린 발
빠져나오지 않을 정도의 힘만 남기고
힘차게 박수치고 싶다.
사람들
크고 작은 행사 있을 때마다
나무에게 온갖 것 매달고
심지어
연인들 몰려와
자물통 매달아
사랑의 언약이라고
서로 껴안고 떨어질 줄 모를 때마다
지르는 나무들의 비명소리
다 들어주고 다독거리는
그대에게
사랑스럽다는 말도 못하고
발 빠져나올까 안간힘만 쓰는
나 자신 정말 부끄럽다.

그대 천사의 날개보다 더 넓은
십자가에 매달려 숨 거두시면서도
어머니와 온 인류 염려하신
예수 그리스도의 사랑 같은
그 사랑에
아무 말 못하는 내가 더욱 부끄럽다.

임 성 숙

등 단 「현대문학」

약 력 한국문협, 한국시협, 국제펜 한국본부 회원
청미 동인

수 상 현대문학상, 현대시학 작품상 외 다수

저 서 시집 : 『여자』외 14권
시선집 : 『하늘을 보기까지』외 1권
산문집 : 『깨어진 꿈도 아름다워라』

e 메 일 solibyul@hanmail.net

그녀는 나를 우울하게 한다

집 앞 골목길에서
이따금 마주치는 그녀가
공연히 나를 우울하게 한다.

사업 실패한 큰아들,
월급 못 주는 출판사에서 소설 쓴다는 작은아들,
그녀의 푸념을 들은 지 두어 달 만에
초로의 그녀는 리어카를 끌고
새벽부터 한밤중까지
요즘 치열한 폐품수집 대열에 끼어
온 동네 골목길을 쓸고 다닌다.

신문 잡지 빈병 따위 모았다가
그녀에게 건네며 왜 나는 미안한 건가
"고마워요" 눈물겨워하는 그녀
귀티 나던 모습 폐품처럼 망가져가는
그녀를 만나면 내가 왜 자꾸 미안한 건가

어쩌다 그녀와 마주치는 날
잠시 미안해하는 그날 한나절
그녀는 나를 우울하게 한다.

가을 속으로

가을 속으로 가을 속으로
내가 깊어가는 가을

가을 산에는 고별의 잔치를 위하여
어느 때보다도 화려한 몸단장으로
뜨겁게 포옹하는 나무들
어미 품을 떠나듯
마지막 석별의 정을 나누던 화사한 이파리들
소나기 몰아치듯 몰려오는
바람가락 바람장단에
일제히 몸을 휘날려
절정의 춤사위로 꽃비처럼 하강한다
가을 속으로 가을 속으로
깊어가는 내 가을 속으로
매혹의 몸짓으로 황홀하게 떨어져 내린다

그토록 아름답게 깊어가는 어느 가을
내가 꽃비 되어 떨어져 내릴 땐
내 영혼은
깊어가는 가을 하늘로
번제의 향기처럼 불꽃처럼
피어 올라가리라

하나님의 임재

허공 같은 알 수 없는 내 마음 어딘가에
내 둘레 보이지 않는 어느 곳엔가에
계신 것 같은 하나님
그 분을 향해 감히 내가
  "하나님"
뜨겁게 부를 때
  "오-냐 너와 함께 있느니라"
하신다

언제나 어디서나

김 년 균

등 단 「풀과 별」

약 력 한국문인협회 이사장 역임

수 상 한국현대시인상, 들소리문학상, 윤병로문학상, 윤동주문학
상 등

저 서 시집 : 『장마』『갈매기』『사람』『풀잎은 자라나라』『아이에
서 어른까지』『사람의 마을』『하루』『나는 예수가 좋다』『오
래된 습관』『그리운 사람』『숙명』『자연을 생각하며』『우리들
이 사는 법』『사람을 생각하며』『사랑을 말하다』 등

외출

다들 떠났다.

어디로 갔는지 보이지 않았다.

아무도 돌아오지 않았다.

하루

〈아침〉

날아간 새가 처마 밑에 돌아와 맴돈다.
평소엔 개떡 같던 꿈들이 날개를 펴며
오색 옷 갈아입고 춤춘다.

밤새도록 어둠에 갇혀 있던 해가
무슨 힘을 얻었는지 뻘겋게 떠오른다.
눈부신 의기意氣가 바다에 뻗친다.

나뭇잎과 풀잎들이 온통 눈물을 머금고
감격하여 손발을 쳐들며
하늘을 우러러본다.

웬일인가 했더니, 모두가 일어서는
아침이었다.

〈낮〉

중심은 늘 강하다.
강철 같은 힘이 더 큰 힘을 위해 중심을 돕는다.
우스워라, 지난밤도 골목을 누비던 늑대 같은 친구들
겁 없이 넘겨보다 병을 얻어 자리에 눕고,
아직도 정신 못 차린 친구는 무슨 병이 두려운지

문 앞에서 염탐하며 서성댄다.

중심은 힘의 근원이다.
물러설 수 없는 유혹의 불길이다.
하늘에서 격려하고 땅에서 채근하고
세월은 돈 주고 약 주고 수시로 등 떠민다.

웬일인가 했더니, 모두가 한창인
대낮이었다.

〈저녁〉

날이 궂다.
멀쩡한 마음에 빗물이 고이고,
소문난 걱정들이 처마 밑에 몰려와서
자리를 편다.

하늘이 별안간 내려앉는다.
믿었던 세상이 어둠에 스며들고
아침부터 신명나던 새들은 우왕좌왕 길을 잃고
골목에 주저앉아
훔쳐 먹은 꿈들을 게워낸다.
바람이 칼을 휘두르며 사방을 자른다.

정다운 친구들은 다 어디 갔나.
친구는커녕
낯선 사람 하나 보이지 않는다.

웬일인가 했더니, 모두가 드러눕는
저녁이었다.

땅에서

이 광막한 곳을 땅이라 한다.
잠시 왔다 가는 곳만은 아닌 듯하다.
끝없는 하늘이 꼼짝 못하게 둘러싸 있어
주인의 허락 없인 함부로 오갈 수 없다.
저 높고 깊은 산과 바다가 넘을 수 없는
고개를 만들어 놓고 앞길을 막아선다.
그 아래 닥지닥지 나붙은 마을에서 오직
숨죽이며 살라 한다. 끝날 때까지.
위에선 구름과 바람들이 귀한 시간을 끌고 다니며
하루도 놓지 않고 저들의 행동을 감시하고,
걱정 많은 하늘은 아직도 마음을 놓지 못하고
해지는 저녁이면 서녘에다 얼굴을 붉히지만,
어느 곳에선 눈치채고 위로하는 굿판을 벌인다.

누가 믿지 않으랴.
땅은 정녕 만물이 모이는 곳이다.
가진 게 없이 빈손으로 들어서도
굶지 않고 한평생 눌러살 수 있기에
오늘도 낯선 것들이 끊임없이 몰려든다.
땀 흘려 일하면 배부를 수 있기에
저들의 꿈은 더욱 부풀어 오른다.
짐승도 새도 나무도 꽃도 벌과 나비도
심지언 지렁이와 벌레들도 한식구가 되려고
얼굴에 분 바르고 빈틈 사이로 끼어든다.

이보다 넉넉한 곳은 없으리라.
하늘에 없는 것도 이곳엔 널려 있다.
잘못된 것과 잘된 것이 다 모였기에
상시도 소란이 그칠 날 없지만,
싸우다 죽든 살든 저들이 알아서 하라고
눈 질끈 감고 내버려둔다.
그러다 무엇을 깨달으라는 것일까.
하늘의 생각은 왜 이리 깊은 것일까.

이 신기한 곳에 내가 있다.
내가 잠시 머물고 있다.

조 신 권

등 단 「새시대문학」

약 력 연세대학교 영어영문학과 및 동 대학원 졸업
한국크리스천문학가협회 회원, 한국밀턴학회 및 한국기독교어
문학회 초대회장, 미국 예일대학교 객원교수 역임
현) 월간 조선문학·월간 신앙세계 편집위원, 연세대학교 영
어영문학과 명예교수, 총신대학교 초빙교수

수 상 홍조근정훈장, 풍시조상, 창조문학상, 한국기독교학술상, 한
국크리스천문학상

저 서 『존 밀턴의 문학과 사상』 외 다수
역서 : 『T. S. 엘리엇 시집』 외 다수
창작집 : 『세월의 향기』『인생의 등마루에 서서』 등

노목의 연가

- 어느 노목 아래서

수십 년 흙먼지 묻은 덧거리
벗어 던지고
초연한 모습으로
새로운 연분 바라며
노목은 옷매무새부터 매만진다.

긴 세월을 지나 이제야
흙투성이 누더기가 부끄러워
바스스 일어난 무지렁이 노목은
어떤 미련도 없이
이제껏 맺어온 이음매를 푼다.

세월의 흔적 이리저리 엉켜
매듭 매듭마다 맺혀 있는
카인의 창애 끊어내며
바닥난 기름등불 켜든
어수룩한 노목 같은 노인이
영원의 길목에 서서
멀리서 빛으로 다가오는
당신을 위해
다소곳한 자세로
백조의 연가 부른다.

아침이 눈을 뜨면

아침이 눈을 뜨면
아득히 먼 저 북쪽 높은 산
그 우듬지에서
분요하게 잡답하게

음흉한 음모 꾸미던
검은 북풍 아퀼로가
사납게 품고 누운
음침한 밤이 보인다.

밤은 역시 요녀인가 보다
저다지 검고 아름다운 걸 보면!
보라! 검은 씨만 잉태하는
잡스러운 밤을.

아침이 눈을 뜨면
검은 베일로 몸 가리고
진통하며 해산하려는
웅크린 사녀蛇女 밤이 보인다.

빈 들판에 서서

가을걷이 끝나가는 비인 들판에 서서
상투처럼 남은 그루터길 바라보니
객쩍은 눈물
비인 바람만 허허롭다.

그루터긴 윗도리도 없이
보이지 않게 발돋움하고
하늘 우러르는 걸 보면
그 자태 숭엄하기만 하다.

저 옛날 한지에서 이삭 줍던 여인처럼
지나는 잡다한 길손들 낯설게 모여
하얀 긴 수염 쓰다듬으며 아련한 노을
바라보는 걸 보면 가슴이 저미어온다.

하이얀 머리 휘날리며 한 순례자는
대머리되어 가는 애심愛心 움켜쥐고
하늘 우러러 눈시울 적시며
님 맞을 생각에 미소 짓는다.

원 응 순

등 단 「새시대문학」

약 력 연세대 영문과와 대학원 졸업, 성균관대학원 영문과 졸업
(영문학 박사), 예일대학 교환교수, 경희대 영문과 교수
현) 경희대 명예교수, 세계시문학회 회장, 월간 조선문학
편집위원, 동숭교회 원로장로

수 상 한국민족문학상
한국크리스천문학가협회 번역문학상
한국기독교시문학협회 번역문학상
사단법인 한국기독교문화예술총연합회 문화예술대상

저 서 4인시집, 영어번역 35권, 『20세기 영미시』 외

e메일 woneungsoon@hanmail.net

프리즘

찬란한 빛살 속을
날으는 새들의 방황 속을
언제나 눈으로 쫓는
굴절의 아픔이 색으로 뿜어
둔갑遁甲하는 언어들,
흩어지는 새들의 울음소리,
쌓이는 새들의 죽지들.

도도히
역류하는 강물 속을
도시의 깊은 환상 속을
어림하는 자세로 간다.

시원始原에서 출발한
꿈의 층계를 밟고
사념思念을 투시하는 선율,
그 너머로
나의 숨결은
분광기分光器의 눈금 같은
높이로 간다.

한 번도
이르지 못한 가장자리
안으로 휘어져

새들의 모습은 허상을 그리며
죽지는 파르르
바람 속으로
어둠 속으로
흩어지는 새들의 울음소리,
쌓이는 새들의 죽지들.

끝내
내일은 바램으로
어제의 하늘은 구름에 묻고
오늘의 대지를 아픔하는
기억의 날개로 간다,

말없는 질서 속을
정적靜寂의 의식 속을.

하얀 물고기의 노래

하얀 지느러미
힘겹게 균형을 유지하며
파도 속을 거스르며 헤엄친다
물속은 차고 어둡지만
한 줄기 햇살이 스며들어
파랗게 피어나는 파란 잎새들
파랗게 익어가는 파란 열매들,
그 중심을 가르며 지나가는
한 떼의 사나운 무리들,
흩어지는 잎새들
흩어지는 파란 방울들.

그 위로
조우하는 물새들
햇살을 털고 잎새들을 쪼면서
이상한 미소를 던진다,
꼬리를 흔들지만 짓누르는 중량으로 인해
눈은 잘 보이지 않아 희미한 회색하늘,
그 사이로 검은 비를 몰고 오는
검붉은 파도가 벼랑을 향한다.

이제
태양의 한복판
하얀 물고기 한 마리,

하늘을 향하는 하얀 입 하나,
물을 그리는 하얀 손 하나
마침내 둥근
원 하나 그린다.

원점

붐비는 교차로
바람이 직진 신호등을 잘못 보고
사람을 치고 건물을 부순다.

동서로 찢고
남북으로 가르면서
바람은
잠시 멈칫한 후,

우회전을 시도하여도
좌회전으로 미끄러지고
다시
좌회전을 마음먹지만
우회전으로 꺾이면서,

계속 직진을 거부하는
자세로 빙그르 맴돌며
다시 돌아온 원점.

전 덕 기

등 단 「전북문단」

약 력 의료법인 가회의료재단(동원병원) 이사장
춘우문화관 관장
한국크리스천문학가협회 평의회의장 역임
국제펜 한국본부 고문
(사)국제선교협회 해바라기문서선교회 회장
(사)한국기독교문화예술원 명예회장

수 상 한국크리스천문학상(공로)

저 서 시집 : 『이슬이 내리지 않는 초원』 외 15권
수필집 : 『일하며 건져 올린 내 삶의 은빛 모래』 외 10권

e메일 sun9571@empas.com

기러기의 사계四季

나 가진 것 날개이고
하늘은 날도록만 되어
창창한 곳
날아도 날아도 끝이 없어라

아! 날개깃이 소멸되기까지오니까
하늘 끝 간 데 있으오리까
당신이 날개를 쉬게 할 때까지
퍼덕이며 휘저어 가오리까

억겁億劫을 날기만 했을 조상
나 계승하여 나는 내 아득한 태동
그 자란 뜻 몰라도 날개 돋친 탓으로
에미 따라 연단된 삶의 번뇌와 슬픔
외로움과 고독을 다 짊어진
상처로만 짊어진 날개

나 홀로
지금도
창공에 떴습니다.

새벽

새벽은 신의 거동!
말씀의 밭이 되어
고랑마다 벙그는 은총
파도처럼 넘실대는 우주

이 창창한 공간에
신의 밀어가
깃발처럼 퍼덕이네

찬양의 무리가 안개로
화합하는 여명에
엄숙한 말씀이 영그네

이 새벽을 찾는 이에게만
이 새벽을 여는 이에게만
이 새벽을 사는 이에게만
말씀은 살아 움직이네

촛불

캄캄한 곳에서야 태양이 아니겠느냐
다 타서 다 바쳐서
밝히는 밝음이니

희생의 화신 되어
너울너울 춤을 추며
미소짓는 그 맵시가
애간장을 다 녹여
눈물짓는 촛농!

그것마저 방울방울
태움의 기름으로 녹이니

사랑하는 연인 아니겠느냐
어버이 자식 사랑 아니겠느냐
목숨 바쳐 간하는 충신 아니겠느냐
태워서만 제구실 다하는 너! 너!

김 남 웅

등 단 「현대문학」

약 력 동국대 국문학과, 경기대학교 대학원 졸업
한국크리스천문학가협회 회장 역임
한국문인협회 이사, 한국민족문학회 회장, 감리교 영등포
지방 장로연합회장, 월간 「문예사조」 주간, 경기대, 나사
렛대학교 평생교육원 겸임교수, 문협 경기도지회장, 광명
충현고교장 및 월간 「문학21」 주간과 「지구문학」 편집인
역임

수 상 경기도문화상, 한국크리스천문학상
한국자유시인협회 대상 등

저 서 시집, 수필집, 소설집 30권

합창

우매하도다
혼자만 소리 높여 노래하는 그대들
어찌 그대들만 목소리인가
높은음자리표는 언제나 불안한 것
우리 조심스레 소리를 내자

우리들 살아가며 마침내 깨달을 것은
세상은 독창이 아니라 합창인 것을
그대 목소리가 암만 좋아도
그대 혼자 튀어나오면 모두가 죽는 법
아아 합창은 나 혼자가 아닌
우리 모두의 하모니요

모쪼록 우리 가슴을 열자
가슴을 열고 마주 앉는 모습
가슴을 열고 손을 잡는 연습이나
열심히 하여보자

그러다 보면 사람냄새 아주 많이 날 것이다
그러다 보면 사람냄새 하나도 안 날 것이다.

우리집

아내는 때때로 옥합을 깨트려
올리브기름으로 내 발을 씻어 주었다
나는 요단강에 나가 머리를 감고
예쁜 아내의 등을 밀어 주었다
오 할렐루야 하나님 감사합니다
둘은 어느새 하나 되어 꼭 붙어선
예수의 이름으로 세례를 받으며
비몽사몽 중에 하늘나라에 등록을 했다
그리고는 툭 하면 습관처럼
흰비둘기를 날려 서로를 축복한다
사랑! 날마다 그 값진 향유
곧 순전한 나드 한 데나리온씩은 실히
서로의 가슴에서 짜내며 산다
아아 아해들은 탱자나무 아래서
참 향그럽구나
그 애들을 보며 우린 노상 천국에 산다
아침마다 절로 뜨거이 입을 모은다

어느 새우젓 장수의 일기

나는 거리의
한 새우젓 장수

새우젓 장수를 몇 년 하다가
내가 배운 것은 오로지
덤을 주는 일이다

한 사발을 사도
한 공기를 사도
좀더 주고 싶은 마음

나보다 나뵈는 사람
훨씬 나뵈는 사람
그럴수록 좀더 주어야 한다는 마음

새우젓 장수를 오래하면서
내가 아직 더 배울 것은
보다 후히 사발을 되는 일이다

새우젓 사발을 되듯
세상 인심을 되며
언제 어데서고 성큼 나를
내어주는 일이다

우리들은 모두
무엇인가 주고받는다
아프면 아플수록 주고받는다
우리 누가 이런 후한 사발이 될 것인가

평생에 내가 할 일은
오로지 이 후한 사발이 되는 일이다
아무에게라도 선뜻
후히 나를 되어 주는 일이다
후히 나를 내어 주는 일이다.

박 종 구

등 단 학원문학상 소설 입상, 「경향신문 신춘문예」 동화
「현대시학」 시

약 력 선교신학박사(웨스턴), 명예신학박사(코헨)
명예문학박사(훼이스)
한국크리스천문학가협회 회장 역임
현) 월간목회 발행인, 신망애출판사 대표, 크로스웨이 성경연구
원 원장

수 상 한국크리스천문학상, 한국기독교문화예술대상, 한국목양문학대상
국무총리 표창, 대통령 표창

저 서 시집 :『그는』『영역시집 Grace』외 기타 산문집 및 칼럼집 등
20권

e 메 일 mokho@chol.com

등꽃

한 세월 오롯이 멍울진
울 오마니 한일거나
해거름께 들불로 깨어나
갈피갈피 등을 다누나

질곡의 자국마다 고인 그림자들
이제는 떨치고 일어서라는 듯
차마 못 비운 앙금일랑
더러는 헹구어 내라는 듯

아직은 미명 이슬밭 길을
이적지 앞장서 불밝히는
아, 속살 깊이 젖어 오는
보랏빛 살내음이여!

해바라기

님이 저녁노을 자락마저
추스르고 나면
님과 걷던 발자국 되짚으며
긴 밤의 회랑을 돌아
처음 매무새로 선다

아직은 먼동
그리움은 처음 눈빛인양
온몸으로 현을 고른다

갈대

하늘만 우러른
외길
속과 겉이 한 결이구나

무채색으로 내민 얼굴마저
찬바람에 씻겨내곤

밤새 오른 독기
쓸어내는
칼소리

마냥 서늘하다

김 소 엽

등 단 「한국문학」

약 력 한국크리스천문학가협회 회장 역임
현) 대전대학(전 호서대) 석좌교수, 한국기독교예술총연
합회 회장

수 상 윤동주문학상, 한국문학상 등

저 서 시집 :『그대는 별로 뜨고』『마음속에 뜬 별』『사막에서
길을 찾네』등 10여 권

e메일 kimsoyeop@yahoo.co.kr

가시나무 새

아픔을 노래하는
새를
나는 알고 있네
가시에 찔려
마지막 죽는 순간
혼신을 다해 아름다운
영혼을 노래하는 새를
나는 알고 있네

죽어가는 순간
신도 흡족히 미소 지을
가장 아름다운 노래를
남기고 간
가시나무 새여

내 마른 영혼의
가지 끝에 앉아
생명을 바쳐
사랑을 노래하는
그 큰 새를
나는 알고 있네

목숨을 잃은 새는
하늘 끝으로 날아가고
그가 남긴 노래는
온 세상을
빛으로
화안하게 밝혀 주네

사막에서 7

- 생텍쥐페리를 생각하며

길이 없어진 것을 보고 사막인 줄 알았네
맨발에 닿는 모래의 촉감은 부드럽고 따뜻하네
모래밭을 걸으며 나는 다시 카프카를 생각하네
베일에 가려진 성城을 찾아 헤매지만
안개에 싸인 성城은 신기루 같아서 가보면 없어지고
지친 발걸음 멈추고 모래바다 저 너머로 지는
노을을 바라보며 나는 다시 생텍쥐페리를 생각하네
왜 그는 길 없는 사막을 좋아하며 하늘을 좋아했을까
생명의 경계선상에서 그가 애타게 찾았던 진리는 무엇이었을까
나는 한 송이 장미를 찾기 위해 모래밭을 걷고 또 걸었네
사막의 밤은 깊어 가는데 하나씩 둘씩 나타난 별들이
하늘을 가득 메우고 드디어는 사막 아주 가까이 떠서
숨겨진 모래알 한 알 한 알을 비추며
감추어진 아픔까지 어루만질 때
별들은 사막에 내려와 모래와 하나가 되네
그래서 사막의 밤은 찬란하고 아름다운가
물주고 정성들여 길들여온 한 송이의 장미를
만나기 위해 혹성을 떠돌다 온 어린왕자를 찾아
오늘도 나는 발이 부르트게 모래밭을 걷고 있네
사막이 좋아 사막으로 돌아가 모래가 된
생텍쥐페리의 영혼을 한 줌 움켜쥐고 나는 걸었네
언젠가 나도 한 알의 모래로 남을 것을 생각하며
길 없는 사막에서 나는 길을 찾아보네

그대는 나의 가장 소중한 별

우리네 인생길이
팍팍한 사막 같아도
그 광야 길 위에도 찬란한 별은 뜨나니
그대여,
인생이 고달프다고 말하지 말라

잎새가 가시가 되기까지
온몸을 오그려 수분을 보존하여
생존하고 있는 저 사막의 가시나무처럼
삶이 아무리 구겨지고 인생이 기구할지라도
삶은 위대하고 인생은 경이로운 것이어니
그대여,
삶이 비참하다고도 말하지 말라

내가 외롭고 아프고 슬플 때
그대의 따뜻한 눈빛 한 올이 별이 되고
그대의 다정한 미소 한 자락이 꽃이 되고
그대의 부드러운 말 한 마디가 이슬 되어
내 인생길 적셔주고 가꾸어준
그대여!

이제 마지막 종착역도 얼마 남지 않았거니
서럽고 아프고 쓰라린 기억일랑

다 저 모래바람에 날려 보내고
아름답고 즐겁고 행복했던 기억만을
찬란한 별로 띄우자

그대가 나의 소중한 별이 되어 준 것처럼
나도 그대의 소중한 별이 되어 주마

이 세상 어딘가에 그대가 살아 있어
나와 함께 이 땅에서 호흡하고 있는
그대의 존재 자체만으로도
나는 고맙고 행복하나니
그대는 나의 가장 소중한 별
그대는 나의 가장 빛나는 별

손 해 일

등 단 「시문학」

약 력 서울대, 홍익대 대학원 국문과 졸업(1991. 문학박사)
전) 농협대 교수, 홍익대 강사, 농민신문 편집국장, 시문학회
회장, 서초문협 회장 등
현) 국제펜 한국본부 이사장, 한국현대시협 평의원(제23대
이사장), 한국문협 이사, 서울대 총동창회 이사
한국크리스천문학가협회 회원

수 상 대학문학상, 홍익문학상, 시문학상, 서초문학상, 소월문학상

저 서 시집 :『흐르면서 머물면서』『왕인의 달』『떴다방 까치집』
『신 자산어보』
평론 :『심리학으로 푸는 한국 현대시』

e메일 88sohn@naver.com

소금꽃

신안 증도 슬로시티에 소금꽃 피었다
물 햇빛 바람이 살 섞은 열꽃
형체 없는 물 가두고 열고 풀어
염부가 돌리는 무자위 수차와 당그래질
무한궤도로 증발한 지상의 땀꽃

한때 바다였다 솟구친 히말라야 연봉
아득한 만년설 눈보라에 흩날려
몽골초원 고비사막 하늘땅 홀리는 신기루
볼리비아 우유니 소금사막에 순장된 암염들이
눈사람 예띠의 이른 아침
키 쓰고 소금 얻는 오줌싸개의 홍안에도 피었다.

득도한 부처 염화시중의 우담바라
"헛되고 헛되니 헛되도다"
사해死海 갈릴리 물 위를 걷는 예수
썩지 않는 빛과 소금
찬연한 생명꽃

새벽바다 안개꽃

바다는 육지가 그리워 출렁이고
나는 바다가 그리워 뒤척인다
물이면서 물이기를 거부하는
모반의 용트림
용수철로 튀는 바다

물결소리 희디희게
안개꽃으로 빛날 때
아스팔트에 둥지 튼 갑충甲蟲의 깍지들
나도 그 속에 말미잘로 누워
혁명을 꿈꾼다.
돌아가리라, 돌아가리라.
덧없는 날들을 어족처럼 데불고
시원始原의 해구海溝로

우리가 어느 바닷가 선술집에서
불혹을 마시고 있을 때
더위먹은 파도는 생선회로 저며지고
섬광 푸른 종소리에 피는
새벽바다 안개꽃

떴다방 까치집

빈 까치집이나 몇 채 사둘까, 더 오르기 전에.
이건 순전히 '발리에서 생긴 일' 때문에 생긴 일.

"까치는 지금 외출중!"
"급한 용건이 있으신 분은 메시지를 남기시거나
휴대폰 114-119-8282 또는
www.kkachee.co.kr로 접속 바람."

말죽거리 지나 양재천 다리 마악 건너면
분당 가는 1005-1번 좌석 서는 들머리.
'시민의숲' 키 껑충한 미루나무 꼭대기마다
둥게둥게 까치집 아슬하다.
여름내 은폐엄폐 짙푸르던 잎새 죄 떨구자
줄줄이 들통난 로빈후드 숲속 아지트들.

얼짱 몸짱 까순이 까돌이 찰떡궁합 눈맞아
몇 배 새끼 깐 뒤 늦둥이 막내 보기까지,
'맹모삼천지교'라 이왕이면
매헌 윤봉길 의사 민족정기부터 내려 받고
양재천 물길 따라 강남 8학군의 배꼽
대치동 아랫녘까지 텃세권을 넓혔더라.

"얼랠래! 이놈들 보게"
까치집 동시분양 공고나자 아웅다웅 떴다방 문전성시.

삽시간에 한 나무에 한 채는 기본이요,
아래위 너댓 채씩 주상복합 까치단지.
어울렁더울렁 대물리며 집성촌을 이뤘더라.

늘쩡늘쩡 어설픈 듯해도 까치공법은 초일류
태풍 루사, 매미에도 끄떡없다.
도곡동 맨해튼 타워팰리스 웃돈 치솟자
양재천 까치집도 덩달아 요동쳤다.

으스름 달 뜨면 까치집 불 꺼지고
타워팰리스 샛별 뜬다.
까치가 울어도 반가운 손님 안 오신다.
까순이 입덧 도져 사과 배농사 쬐끔 축낸 허물보단
강남 터 잡은 게 죄라면 큰 죄.

거액 현상금에 흉조 수배 몽타주 나돌자
파렴치범 누명 줄초상 신세.
순라꾼 검문검색 부쩍 늘자
까마귀로 위장 야반도주 삼십육계.
자식교육 핑계로 웃돈 챙겨 이민 떠난 줄행랑 까치족들.

빈 둥지엔 바람꽃 상큼 쉬어가고 안개가 세들어 산다.
까치 까치 설날은 어저께고요.
미루나무 새순마다 봄이 '천지바까리'다.

"보고~싶다, 까치야. 보고시입따아~"

김 종 희

등 단 「시문학」

약 력 연세대학교 영문과 졸업
한국크리스천문학가협회 회원, 현대시인협회 지도위원,
시문학문인회, 한국여성문학인회 이사, 한국문인협회,
국제펜 한국본부 회원, 좋은시문학회 고문, 진단시 동인

수 상 한국크리스천문학상, 시문학상, 세계시문학상

저 서 시집 :『물속의 돌』『이 세상 끝날까지』『시간 밖으로』
『S부인은 넘어지다』『나는 너무 멀리 있다』 등

e메일 gongpoem@hanmail.net

김세진*

- 나는 불이다. 나를 품는 자는 그 몸도 태우리

춥고 어두운 밤을 오래 걸어온 그는
두 길 앞에서 혼란에 빠졌다

두 길이 갈라지는 사이에 신부님이 서 있다
그는 두 길을 번갈아 가리키며 똑같은 목소리로
똑같은 말만 되풀이하고 있다

"이 길은 정의로 가는 길이요"
"이 길은 불의로 가는 길이요"

끝도 없이 밀려오는 저 수많은 사람들
두 길 앞에서 약속이나 한 듯이
의심도 망설임도 없이 앞서가는 사람들 뒤를 따라
불의라고 말하는 길로, 끝도 보이지 않는 넓은 길로
가득히 밀려가고 있다
정의를 부르짖던 민주투사 K선생 시인 K씨도
그 속에서 보였다.
-이상한 일이다
-도저히 믿을 수 없는 일이다

또 하나의 길, 정의라고 말하는 길
가는 사람 아무도 없는
앞서간 사람의 흔적도 보이지 않는 길
멀리까지 환히 보이는 길 끝에선

영원히 꺼지지 않을 듯이
거대한 불기둥이 치솟으며 타오르고 있다

-안타까운 일이다
신부님은 왜 분명히 말해 주지 않는 것일까?
-정의의 길로만 가시오-
-불의의 길로는 가지 마시오- 라고
어찌하여 단호히 말하지 않는 것일까?
사람들은 내가 모르는 그 무엇을 알고 있는 것일까?

이 혼란! 이 공포!
정의를 사랑하고 정의가 승리한다고 믿고 있던 나
이제 와서 이런 혼란에 빠지다니

그는 멀리 타오르는 불기둥을 응시하며
사후에 대한 어떤 암시를 받고자 정신을 모았다
주님!
오직 한 분뿐인 당신은 나의 아버지!
당신의 엄격한 뜻에 동의하며 그 뜻을 존중합니다
길을 열어주십시오!
나를 나보다 더 높여주시는 아버지!
그는 사람들에게 밀리고 밟히며 엎드려 울었다

시간이 흐르고

왠지 그의 마음은 홀가분해졌다
이제 죽음 같은 것은 문제가 되지 않았다

그는 일어나 사람들의 무리에서 떨어져 나와
타오르는 불기둥을 바라보며 홀로 걸어갔다
그리고
마지막으로 한 번 더 간절히 주님을 찾았다
아버지! 이 영혼을 받아주십시오

불길은 삽시간에 그를 에워쌌다
그는 활활 타는 불이 되어 공중 높이 솟아올랐다

* 1965년 2월 20일~1986년 5월 3일 분신자살한 학생운동가.

걱정하지 마라

몸과 마음이 곤핍하여 시詩도 되지 않는 날
소멸에 대한 생각만이 가슴을 찌를 때
저 무정한 하늘의 광막함이 내게 말을 걸었다

걱정하지 마라
너는 영원의 흐름을 타고
나타났으나 곧 사라져야 하는 빛이니
그렇게 걱정하고 애쓸 것 없다

너는 부모로부터 물려받은 유전물질,
137억 년 전 우주 탄생 때 원자로 이어온
유전정보, DNA의 메신저
삶은 시끄럽고 정신없으나 아무 뜻도 없다*

광막한 하늘이 그 빛을 감쌀 것이며
그 품에서 영원할 것이니
걱정하지 마라

불현듯 불안한 우울 사라져 깊은 평안에 든 나는
저 숨막히게 아름다운 푸른 하늘 끝에서
무한 기쁨의 빛에 휩싸여 걸어오는 기뻐하는 나,
샛별 같은 나를 보았다

* 윌리엄 셰익스피어(William Shakespeare 1564~1616)의 말 "Life is a tale told by an idiot ~ full of sound and fury, signifying nothing."에서 인용.

인간과 밀알의 유전학

"한 알의 밀이 땅에 떨어져 죽지 아니하면
한 알 그대로 있고 죽으면 많은 열매를 맺느니라."*

밀 한 알이 발아하여 많은 밀알 열매 맺음이 온전한 것이라면
한 인간의 죽음은 인류라는 거대한 존재에서 찾아야 하나?

눈 내리는 추운 겨울, 밤이 깊어도
하루의 중압을 풀지 못하는 합정동 로터리
자정이 지나 1시, 2시에도 집에 들지 못한 사람들
신호대기 앞에 길게 늘어선 차 안에 앉아 있다

나는 고층아파트 창으로 눈 오는 거리를 내려다보며
이런저런 생각을 했다

지구라는 이 작은 별에서
부모의 유전자를 전수받아 나타났다가 흔적도 없이
사라져야 하는 인간들을 불쌍히 여겨 인류애가 넘치는
그리스도는 말했다 그리고 스스로 선택한 십자가 위에
죽음으로 우리에게 영생의 길을 열어 보였다

"자기 생명을 사랑하는 자는 잃어버릴 것이요
이 세상에서 자기 생명을 미워하는 자는 영생토록 보전하리라."**

그런데 나는 미워하기는커녕 죽도록 사랑하니

스스로 생명 없는 삶을 자초하여 살고 있는 것이 아닌가?
천재 시인 이상은 내가 세상에 태어나던 해 봄
일본 도쿄제국대학 부속병원에서 숨을 거두었다
그의 나이 스물여덟이었다
1936년 늦가을 일본으로 건너간 그는 그해 겨울
거동 수상자로 경찰에 끌려가 유치장에서
한 달 지나는 동안 몸과 영혼이 무참히 허물어졌다

시인 김기림은 그의 사망 소식을 듣고 '주피터의 추방'
'세기의 아픈 상처'라며 목놓아 울었다 한다

진리에 멸망당하지 않기 위해
예술을 가지는 것이라고 니체는 말했다
진리가 그를 멸망시켰나?
그의 시는 영생할까?

* 요한복음 12장 24절
** 요한복음 12장 25절

김 상 길

등 단　「소년」 동시, 「시문학」 시

약 력　국민일보 종교국장, 논설위원, 상무이사, 여의도순복음교
　　　　회 기획조정실장, 수석부목사, 신앙계 사장 역임
　　　　현) 대전순복음교회 담임목사

수 상　기독교문화대상(문학 부문), 목양문학상
　　　　〈극동방송 복음성가 경연대회〉 작사상

저 서　시집 : 『숨겨둔 빗장』 『깃발나무』
　　　　칼럼집 : 『저물 때 온 낙타』 등 다수

간격의 고통

하늘이 어느 때는 작고 좁아 보여도
사막의 이슬 같은 눈물을 닦아주는 파란 손수건입니다
모퉁이길에서 유난히 넓어 보이는 품입니다

벌판이 때로는 다다를 수 없는 거리의 한계 같아도
독도법을 읽고 나서 찾게 되는 재회입니다
두고두고 기억되는 자유입니다

지상의 보석이
당당하게 빛나기까지
깊은 땅 속에서 풍화된 이유가 있습니다

지금 간격의 고통이 고마운 것은
하늘이 지상의 시야를 다스리고
벌판이 자유를 인도하고
보석이 지하의 광채를 내기 때문입니다

고통은 본연의 모습을 찾아주는 것

낙엽을 치우고
빈 가지를 걷어낸 자리
박새의 빈 둥지가
아픈 낮달처럼 나타나듯이

그 빈 둥지 속에
거절할 수 없는 하늘과
거칠 것 없는 벌판과
가릴 것 없는 보석이 담겨 있습니다

은혜로운 목가牧歌가 울려 퍼집니다.

두 종족의 그림자

나의 그림자에 유목인이 기웃거린다
변방으로 떠도는 발길
익숙한 아픔은 자꾸 모래언덕을 만들었다
익숙한 아픔은 자꾸 모래언덕을 만들었다
사막엔 밤하늘의 별만이 살아 있다
낙타 등이 갈수록 좁아졌다

이방인은 그림자에서 마른기침을 한다
중심을 찾는 발길
낯선 만남은 자꾸 여러 갈래의 길을 만든다
거리엔 미등록의 이름들이 산재해 있다
더듬는 말에 사람들이 등을 돌렸다

실체를 수긍하기까지
얼마큼의 두려움을 감수해야 하는 것일까

떠돌이는 표적
낯선 이는 망각
그것은 치사량의 두려움이다

그러나 두 그림자를 받아들이기로 한 것은
사막에도 길이 있다는 것과
거리에도 새로운 이름을 나누어 주는 사람들이
있다는 것을 알았기 때문이었다

무엇보다 두 그림자를 인정하게 된 것은
사람들에게도 두 실체가 있다는 것을
확인하고 나서부터였다
나보다 크고 작은
유목인과 이방인이 그림자에 조용히 기숙하고 있었다

그림자는 더 이상 그림자가 아니었다.

별의 모습

별은
소리 내지 않고 반짝인다

사람들마다
별을 품고 겨우 숨을 쉬며 살아가는데

별은
아픔만 반짝인다

별은
큰 바위 얼굴이 아니다
겨울에도 피는 꽃이 아니다

그래도 별은
소리 내지 않고 반짝인다

아니
큰 바위 얼굴이 무참히 사라지고
꽃이 무더기로 배신하며 떨어질 때

별은
소리치며 반짝인다.

김 정 원

등 단 「월간문학」

약 력 여성문학인회 이사, 미래시 동인
성균관대학교 및 명지대학 출강
한국크리스천문학가협회 회원

수 상 율목문학상, 민족문학상, 소월문학상

저 서 시집 : 『허虛의 자리』
『햇살이 참 따뜻하구나』 외 다수

e메일 wooajnee@hanmail.net

벽시계

벽시계가 우릴 내려다보고 있었다
당신의 흰 머리카락이
유난히 반짝이던 밤

나는 시계를 쳐다보고
"자네가 없었으면 우린 아직 젊을 텐데"

시침時針이 성큼성큼 걸어갔다
분침이 총총걸음으로 따라갔다
해와 달을 치켜 업으며
구슬땀 닦으며
나날에 살아가는 부부같이

똑딱똑딱
사이좋게 목숨을 경영했다
참 질서 있게 열심히
생업에 종사하는구나

봉헌하는 순정이 참 보기 좋다

똑딱똑딱
무상無常의 밀어여.

네 번의 삶

사랑과 보살핌의 딸이다가
한 남자의 아내이다가
아이들의 엄마이다가
갱년기라는 환절기를 거친 어느 날

누군가 '할머니' 하고 불렀다
둘레를 살펴 자신인 것을,
딸아, 여보, 엄마는
참 뿌듯하고 따뜻한 계절의 이름이었다

거울 앞에 돌아와
조용히 머리를 빗어내린다
'할머니'를 달래듯 빗어내린다
'할머니' 다음엔 별 이름이 없지

세상은 자꾸만 멀어져가고
깨어나는 아침마다 어찌
나는 빈곤할까

문 앞의 늦가을 샐비어
빨갛게 웃어 준다

아파도 아프지 않게
슬퍼도 슬프지 않게
외롬도 슬퍼지는 놀람도
황홀하게 피워보라 한다.

분신

- 폐백실에서

대추 한 줌
꽃 족두리 위로
빛 무리 가르며
푸드득 날아가는 비둘기였네

밤 한 움큼
다홍치마 큰 폭에
내 사랑 다 쏟아 비우는
폭포소리였네

가벼이 털고 돌아서는
그 길
노을빛이 달려와 뒷목을 적셨네.

박 영 률

등 단 「중앙일보」

약 력 (사)한국교회복지선교연합회 이사장, 한국크리스천문학가
협회 중앙위원, 서경대학교 교수, 중앙신학대학원대학교
교수(부총장 역임), 국가발전기독연구원 원장, (사)한국현
대시인협회 중앙위원, 한국문협, 국제펜 한국본부 회원,
사상과문학 발행인

수 상 동북문학상, 한국시문학상, 목양문학상, 한국기독교문화예
술대상, 난빛문학상, 국민훈장(목련장) 수훈

저 서 『리더십과 교회성장』『주님과 나만의 시간』
칼럼집 :『언덕밭을 갈며』등
시집 :『한 줄기 바람되어』외 다수

e메 일 holyhill091@hanmail.net

두물머리

훤칠한 키
긴 목에 늘어뜨리며
축 늘어진 머리결이
두 갈래로 나뉘어
치렁치렁, 철렁철렁 물결치고
각자 의롭게 몸부림치다가
갈대를 흔들어 대더니
결국 만나고야 만다

북한강 굽이굽이 눈물로 흐르고 흘러
남한강 굽이굽이 외롭게 흐르고 흘러
역사의 아픈 사연으로 흐르더니
둘이 하나 되는
두물머리에서 서로 만나
얼싸안고 덩실덩실 춤을 춘다

두물머리 물래길
세 그루 느티나무 휘감아
북한강과 남한강이 합해
둘이 만나 셋을 거부한 채
아리고 쓰린 역사를 정리하여
온전히 하나 되어 아리수로
유유히 흐르고 있다

한강의 기적을 일으키며
서울을 휘감아 흐르고 흘러
바다를 향하여
쉬엄쉬엄 여유롭게 흐른다
아!
이 나라가 더도 덜도 말고
두물머리만 같아라
아리수만 같아라

* 아리수 : 고구려 광개토대왕비에 표기된 한강의 다른 이름. '아리수'는 크다는 의미의 한국어 '아리'와 한자의 '수水'를 결합한
       고구려 때 부르던 한강의 옛 명칭.

소통하려면

소통하려면
물이 되어야 한다

물은 언제나 아래로 아래로
흐르고 흐르면서
내가 네가 되고
네가 내가 되어
서로 합해 우리가 된다

물은 만나는 순간
서로 얼싸안으며
저항 없이 하나가 된다
윗물 아랫물도 없이
하나의 물이다

물은 줄기차게
하나가 되기 위하여
아래로 아래로 흐르고 흘러
바다에 다다른다
바다는 아무런 저항 없이
모든 것들을 수용한다

봄 햇살

입춘이 지나자
차가운 바람 속에 햇살은
상큼하게 놀고 있다.

햇살이 산골 오솔길을
느릿느릿 걷는다.
느슨한 시골의 분위기에
사방을 두리번거리며
햇살은 논두렁길을 걸어간다.

담장 안에 잠시 멈추던
햇살이 사뿐사뿐
상쾌하게 봄의 들판에서
동네 아이들과 함께
즐겁게 뛰놀고 있다.

봄 햇살은
돌담 밑에서
그리움을 붙잡고 놀더니
어김없이 꽃망울 터트려
활짝 웃으며 손짓한다.

이 실 태

등 단 「크리스천문학」

약 력 한국문인협회, 총신문학회, 짚신문학회 회원
국제크리스천펜클럽 회원, 한국크리스천문학가협회 회원
양천문학회 회원, 바심 동인

수 상 세계계관시인상(4회), 짚신문학상(1회)
크리스천문학작가 대상, 총신대 100주년 기념 문학상
문예사조 문학대상

저 서 시집 :『순례자의 노래』외 8권

고향이 그리운 것은

서산 기슭에 소를 풀어 놓고
산딸기 따먹던 아련한 추억이
꿈틀거리기 때문이지

여시 바우 틈사리 맑은 물소리
산 가재 잡아내 빨갛게 구워먹던
꿈 같던 그날이여

뒷동산 잔디밭 누워
밤하늘 깜박이는 별을 헤던 그 밤이여

온 마음 한 집처럼
담 너머로 주고받던 살가운 정이
그립어라

저 시냇가 갱변에 논매기 소리
흥겨운 풍악에
흰 구름 너울거리며 춤출 때
풍년가 어우러지다

샤론의 백합

오!
아름다운 백합이여
갈보리 언덕 그 님께서 그댈 향해
날 사랑하느냐
열두 번을 물어도
네! 사랑하고말고요 고백할 수 있겠지?

그릿 시냇가 은밀한 처소에 기진맥진해 쓰러진
엘리야 머리맡에 떡 한 덩어리 물어다 놓는
까마귀가 되소서

빈손뿐인 사렙다 그 누이처럼
마지막 가루 한 줌으로 사랑을 베푸소서

하늘이 무너질 듯
절망에 무릎 꿇은 나인성 골목 그녀 손을
따뜻이 잡아 주시게

당신은
수가성 야곱의 깊은 샘물 퍼다가
낯선 나그네 앞에 한 그릇 냉수를 공손히
바치는 섬김을 아시겠지

소망의 누이들아!

다들 그 님을 버리고 갈릴리로 뱃놀이 떠날 때도
피 묻은 그 언덕길 따라 따라가시게

무릎 꿇는 그 모습이 아름다워라
샤론의 아름다운 백합 향기이려니.

싱그러운 꿈

샛노란 감꽃이 소복한 밭고랑
감나무 그늘에 서면
꿀밤만한 풋감이 앙증맞아라

올챙이가 깔따구 잡느라
점핑하는 한나절엔
새하얀 냉이꽃이 얼굴 내민다

단오절 푸른 동산에 그넷줄 매고
처녀 총각 모여모여 그네 뛰던 오월아

아직도 귓가에 여운 남은 하모니카 소리
무논에서 합창하는 개구리 공연

어쩌면, 여기가 너와 나의 싱그러운
꿈일래.

정 경 혜

등 단 「문예사조」

약 력 한국문인협회, 푸른초장문학회 회원
한국크리스천문학가협회 전 부회장
한국장로교 전국 여전도회 연합회 회장 역임

수 상 한국크리스천문학상

저 서 시집 :『나목』『정지된 시간을 깨우는 바람』
『이슬처럼 풀꽃처럼』

e메일 namok92@hanmail.net

나목

당신을 거역할 수 없습니다
찬바람 부는 겨울 뜨락에
빈 몸으로 서라 하셨기에
오늘 잿빛 하늘 아래
마른 나뭇가지로 남았습니다

모든 장신구 내려놓고
알몸의 수치 가리울
마지막 의복마저 벗기운 채로
저녁 노을에 물드는
나무 십자가로 남았습니다

이것은 형벌이 아닙니다
당신의 뜻에
순명하는 길이오니
이 길 끝에 준비하실
나의 봄을 기다립니다.

저 빈 마음속 바람

바람, 가버린다고
아버님 낮술 빌미로 몰아치실 때
텃밭 접시꽃도 졌다

뒷덜미가 서늘하다

달빛에 논물 반짝이는 동구 밖
밤안개 가득한 들녘에서
잠시 길을 잃는다.

샬롬

수수꽃다리
보랏빛 서러운 봄이었어요
서리서리 어둠속
울음소리도 낼 수 없었어요
그때,
처음 본 당신이 창가로 다가오셨어요
"수고하고 무거운 짐 진 자들아 다 내게로 오라."
그 명징한 목소리,
온몸 사로잡던 어둠 다 밀어내고
마음 가득 채워주시던
그 평온,
잊을 수 없어요

빛으로 오신 당신의 첫 이름은,
여호와 샬롬 이었어요.

이 상 아

등 단 계간 「우리문학」

약 력 인하대학교대학원 졸업, 동 대학원 박사과정 수료
한국크리스천문학가협회 이사, 국제펜 한국본부 회원
한국문인협회, 한국현대시인협회 회원
현) 인하대학교 출강

수 상 후광문학상

저 서 시집 : 『나무로 된 집』『그늘에 대하여』
산문집 : 『조용히 사랑하고 싶다』 외 다수

나무가 걸어간다

나무가 걸어간다.

한세상 살았던 몸을 나와 울을 지나쳐
자주 싸우면서도 가까이 사는 나무에게로
조금 떨어져 사는 덕에 싸울 필요 없는 나무에게로
멀리 살아 늘 그리운 나무에게로

빈손으로 자신을 갈아엎는 힘.
생색내거나 거드름피우지 않고 조용히 행하여지는
저 고요의 내밀한 소용돌이.

삶의 내력 고스란히 거름 뿌리는 걸음

운무나 바람의 힘을 빌릴 때도 있다.
저기, 언제부터인가 소식이 끊긴 나무를 향해
땅 밑으로 깊이 바다 속으로 깊이 하늘 향해 더 깊이
걸음 내딛는 거름 되어야 할 즈음,

나무는 차라리 깊은 울림이 되어
천 천 히
스-미-어-들-듯-이
자신이 사는, 살게 될, 살아갈,
이 나무 저 나무를 애틋하게 바라보기도 하면서
시침 뚝 떼고 있다가
나무의 눈에 비치거나 나무를 비추고 있는 나무의
중심을 읽으며 파고든다.
그, 나무에게로 들어간다.

또, 나무가 걸어간다.

혹부리영감 사부곡思父曲(4)

혹부리영감이라는 구전설화가 있어.
커다란 혹 달고 다니던 영감님
어느 날 산에서 노래 부르던 중
도깨비 나타나 소리 근원을 묻는데
놀란 김에 달린 혹 가리키자
도깨비 혹 떼어가고,
영감님 남은 세월 내내
잘 먹고 잘 살았다는 이야기.

내 아버지도 혹 달고 살아.
보이진 않지만 큰 놈 작은 놈
기관지 누르며 자라고 있어.
언제나 잔잔한 목소리
한 번 소리 내어 웃는 것도 낯선데
작년 설날 아이처럼 큰 소리로 웃어
모인 가족 모두 놀라 좋아라했던.
하나도 아니고 두 개씩이나
가슴에 혹 붙인 다음부터였나
목소리가 힘이 세지고
소리 내어 웃다가 웃다가
가진 뼈를 다 흔들듯 기침을 하며
숨 가쁜 일흔일곱 살.

웃음소리보따리면 웃음 거두어가고

힘이 실린 쇳소리도 그만 가져가라
잔잔하게 말하고 소리 없이 웃어도
좋아, 이젠 떼어갔으면, 녹아버렸으면.
유근피, 질경이, 길경과 은행가루,
유기농 채식에 산에서 난 물
드시고 오래 사셨으면.
아프지 않게 살다 하늘 가셨으면.

속-희망의 모르타르

1.
감자가 상했다.
어둠 속에서 버짐처럼 피어나던 곰팡이
짓무르며 썩는다.
가망 없는 지구.
내 손은 묶였다.

2.
무섭다.
어쩌다가 미리 사약을 마시고
실팍하고 푸른 싹을 내면서
궁궁 간지러운 곳을 긁어줄 손을 기다리는
감자, 시퍼렇게 독 오른 모습
읽고 있는 내가 무섭다.

이미 밥이 될 수 없는
글자와 사람의 모르타르,
농약 친 감자처럼 단단하고 탐스러운
정신의 알갱이마다 발아를 멈추고
고지의 깃발은 더 이상 아프지 않다.

3.
아는가.
보이지 않아도

언제나 흐르고 있는 전류, 피, 공기처럼
어떤 모양으로든 흐르며 손상되는
물이나 강을.
상하는 것보다
상하지 않는 것이 무서운 것을.

신 영 옥

등 단 「문학과 의식」

약 력 아호

교육계 다년간 근무, 한국크리스천문학가협회 중앙위원, 한국문협, 국제펜 한국본부 자문위원, 현대시협, 한국여성문학인회 이사, 아동문학회 중앙위원, 한국가곡작사가협회 자문위원, 동작문협·동작예총 고문, 인문학 강사, 음악저작권협회 정회원, 좋은문학예술, 서울시단 낭송회 정회원

수 상 아동문학상, 영랑문학상, 허난설헌문학상, 국민훈장동백장 한국가곡예술인상, 민족문학작가상

저 서 시집 :『스스로 깊어지는 강』『오늘도 나를 부르는 소리』 『흙 내음 그 흔적이』『산빛에 물들다(영역)』외 다수 가곡 발표(풀잎의 노래, 이안삼 곡) 외 100곡 공동CD 50여 곡, 군가, 교가 작사 다수

e메 일 yoshin39@hanmail.net

부활절 아침에

십자가의 보혈로
그날은
막달라 마리아의 눈물을
닦아 주시고

오늘은
내 눈물을 닦아 주시며

목마르지 않는 물을 마시고
영생의 떡을 먹게 하시니

나의 기도가
흔들리지 않게 하소서
넘어지지 않게 하소서

오묘하고 크신 그 사랑
부활의 기쁨에 동행하는 이 영광

함께 누리며
만방에 그 사랑
널리 펴게 하소서

별 바라기

언제부터인가
익숙하게 바라볼 수 있는 밤하늘
별똥별이 긋고 가는 신비의 공간 속으로
여름밤은 하늘 가득
총총한 별무리로 다가옵니다

윤동주도 나도 너도 또 다른 그 누구도
별 하나 나 하나를 부르며 별사탕을 입에 물고
끝없는 사색의 날개를 펼치던 유년의 날들

견우직녀 사랑을 위해
오작교를 놓는 전설 속
에덴동산을 꿈꾸는 유월의 별밤에
갑자기 터진 그 엄청나던 포성은
별을 보고 점을 치던 아이들 꿈속을
몽땅 앗아간 채

6.25전쟁 트라우마trauma가 70년 가까이
앙금이 되어 왔다고 분명히 말할 수 있습니다

지금도 생생한 그 유월의 별밤
인공지능 엄청난 위력
신세계 속에서도
한 치 앞을 상상할 수 없는

인간의 두뇌 회전은
자유 평화 통일의 동경을 어디까지
이뤄갈 수 있을는지

간절한 바람 속
별을 보고 점을 치는 초초한 별 바라기
바람에 스치는 휴전선이 아프다

숨 쉬는 모하비[*]

코발트빛 하늘 아래 펼쳐지는 거친 광야
흙바람 잠재우는 사막 노을이 뜨겁다

미국 서부 개척시대를 연상하는 긴 화물열차가
오늘도 동서를 달리는 산업역군 칼날을 세우고

가시 돋친 선인장 군락지 희멀건 초록빛에
인디언의 쓸쓸한 눈빛은 하늘을 응시한다

부르짖는 자에게만 열리는 보물이
춤추는 야경 속 모하비는
더 이상 사막이 아니라고
설레설레 고개를 내젓는 대지에 쏟아 붓는
휘황찬란한 별 불빛

캐년Canyon을 돌아 나오는 지친 발걸음은
광야에 무한히 펼쳐지는 햇살과 바람
검고 붉고 희고 누런
주상절리의 신비는 신의 몫

태양광 집열판의 긴 연결고리를 잡고
무궁무진하게 매장된 보물을 캐내는 건
인간의 의지다

구하는 자에게만 가슴을 여는 사막의 보물이

달빛 가득 번져가는

『흙 내음 그 흔적』**에 꿈을 싣는다.

* 모하비 –미국 서남부에 펼쳐진 사막.
** 신영옥 제2시집 이름.

임 만 호

등 단   월간 「한국시」

약 력   숭실대학교 경영학과 졸업
             밀알교회 원로장로
             현) 크리스천서적
             월간 「창조문예」 대표

수 상   장로문학상

저 서   『달팽이는 두 뿔로 꿈을 꾼다』

e 메 일   holybooks@hanmail.net

묵상

잠이 들기 전
둥근 공간 속에
더 깊은 묵상으로 들어갈 때
앞을 가로막는 어둠 속에
꿈같은
공상은 사라지면서
우레 소리 속 황홀한 섬광 앞에
창조의 문이 열리고
에덴의 땅에 당신의 선한 무지개
함께
환희의 세계가 다가오더니
고독의 이슬도 말라 없어지고
비둘기 한 마리
감람나무 잎 하나 입에 물고 와
네 안에 그리스도의
마음을 품으라 하신
그 큰 음성이 들려온다.

봄을 기다리며

겨울 끝자락
썰렁한 바람이 고여 있는
여기 텃밭
성급한 마늘 촉 하나
검불 속에
할아버지 헛기침같이
솟아오르고 있다
파도에 묻어온
제주도 유채꽃에 내려온 햇빛을
한 바구니 담아다가
마늘 촉에 뿌리고 싶은
간절한 마음이
봄을 기다린다.

상형문자

바닷새 한 마리
님을 찾아
파도가 쌓아올린 모래톱 위에
발자국으로
사랑의 고백을 새겨놓았다

햇빛 바람으로 말려놓은
몇 자의 사랑 편지
파도 따라 가버리면
바닷새는 또 날아와
모래톱에 백번 천번
상형문자로
오늘도 그 사랑을
또 새겨놓는다.

이 지 현

등 단 「심상」

약 력 중앙대학교, 연세대 연합신학대학원 졸업
현) 국민일보 종교국 부국장

수 상 국민일보 창간29주년 신문제작 부문 우수상
한국기독교총연합회 언론상

저 서 시집 :『새들은 망명정부를 꿈꾸며 비행한다』
『동주에서 아야코까지』 등

e메일 jeehl@kmib.co.kr

아버지의 어깨

창문 끝에 걸려 있는 푸른 산등성이
비스듬히 다가오는 아.버.지.
비 오는 날 바바리코트를 걸쳐입고 늦은 밤거리로 나와
아버지가 흘리고 간 카키색 옷자락을 뒤쫓아간다
패스트푸드점에서 햄버거를 먹는 50대 남자
그의 금이빨이 왜 그리 슬퍼 보였을까
텔레비전 뉴스 화면에 나타난 비슷한 얼굴을 바라보고
눈물을 흘렸다
그리움인가
여섯 개의 목숨을 품던 아버지의 어깨
굴곡이 급격한 산이
수만 년의 세월을 거쳐 완만한 산등성이로 변하듯
모든 것을 덜어낸 완만해진 산
이제
그 어깨 위에 내 어깨를 가만히 기대어 본다.

새들은 망명정부를 꿈꾸며 비행한다

새들은 망명정부를 꿈꾸며 비행한다
머리 둘 곳 하나 없는 세상
어쩌면 이 비행이 멈추지 않을지도 모르는데
떠남에 익숙해져 버렸다
갈망의 주머니를 안고 사는 유목민처럼
내 가진 것이라곤 모래바람을 막을 수 있는 모포 한 장과
반가운 손님을 대접할 말 우유 한 잔이 전부
다시 돌아갈 수 있을까
연록빛 잎사귀들의 속삭임에 웃음을 참을 수 없었고
창연한 가을빛에 넋을 잃었던 곳
안온한 둥지에 세월을 묻었다
바람에 허리가 꺾인 어느 겨울날
눈의 무게를 못 이겨 뚝 뚝 비명을 지를 때
소리의 굉음을 피해 도망치고 말았다
새들은 망명정부를 꿈꾸며 비행한다
유전자 속에 각인된 본능이
기억 속에 흐려지고 찢겨져 나가길 기다리며
새날의 새 둥지를 찾아
무정부주의자는
저무는 햇살을 등에 업고 장엄하게 날아오른다.

항아리

무엇이
누르고 있는
강가에서
바다에서
바람을 마주해도 그 무엇은 꿈쩍하지 않는다

무엇이
담겨져 있는 걸까
가득 담겨진
노란 욕망과 하늘색 꿈
보라색 우울
그것이 재산인 줄 알았다

돌덩이로
눌러놓은 꿈틀거리는 순수
지난 가을
장독 뚜껑 위에 얹어놓은 돌덩이로
동굴처럼 웅크린 생채기가
가리어진 줄 알았다

항아리를
깨뜨려 버리리라
산산조각난 질그릇 조각들을
사뿐히 밟고 나 걸어 나오리라

새 세상을 기다리는
추녀 끝의 구리종
푸른빛으로 흩어진다.

곽 용 남

등 단 「월간21」「월간 예술세계」

약 력 (사)한국서가협회(국전) 초대작가, 이사 및 심사위원 역임
(사)한국서도협회(국전) 대표작가 및 경기지회장
(사)한국문인화협회 이사 및 감사, 운영, 심사위원 역임
(사)해동서예학회 부이사장
국립이리스트대학(PHI) 겸임교수 역임
예술시대작가회 회장 역임/자문위원
낙현교회(고신) 섬김

수 상 대한민국 동영미술대전 대상, 한국서도명필상, 한국서도상

저 서 『5개국어 잠언』『한국대표명시선집』

e메 일 sanja7@naver.com

불새 된 붓질의 향연

새 날이 가고 나면
또 새 날 오듯
저 장미꽃 위 새벽이슬 같은 우리의 만남
어제는 저리도 아련한 추억으로 변해가고
다시 피어오르는 햇살 아래
부시도록
큰 눈망울 끔벅이며
우리의 꿈도 커져만 갑니다

가슴 속 내밀한 언어는
불붙는 심장 박차고
하─얀 화선지 위에 내리꽂히며
서릿발 같은 세월에
우리는 늘 그대를 품으렵니다

시린 가슴
화─악!
타오르는 정염의 태양풍 맞아
끝없이 솟아오르는 붓 춤 속에
생명이 강물 되어 넘쳐흐르듯
논밭을 가로질러
우리의 커다란 마음속 두루 적셔
온 대지 위에 살아납니다

우리의 바람도
우주의 신비함처럼 실어 보냅니다

등불을 켜 두고

발 위에 켜둔 등불 되어
길에 빛으로 비추이듯
내 오두막 한켠에 말씀을 걸어 두겠소

내 갈 길은 멀고
어두움은 점점 깊어만 가는데
집나간 누이는
어쩌면 나처럼
고향을 그리워하지 않기 때문일까?

슬픔이 안개비 속에서
설 단풍 찾아드는
찌르레기 소리 되었구나

오늘도
발 위에 켜둔 등불 되어
내 오두막 한켠에 말씀을 걸어 두겠소

허기진 노새

그대 가련한 나그네여
함께 고단한 자갈길을 걸어온 노새를
생각해 주는 것은 좋은 일이지만
이제 바람은 차고 밖은 어두워지는데
그대 어디로 가려는가
허망한 일에 청춘을 불사르며

그대 안타까운 노새여
그는 지나가는 나그네일 뿐인데
강아지 제 몸뚱이에 코 박고
칼바람 저리도 시퍼렇다 한다마는
성난 고성의 산불처럼

하이에나의 눈빛 속에
주인이 나타나 장막을 걷을 때
그 코나마 어디다 둘지
회색빛 하늘을 맴도는 편지처럼
눈발 날리는 잿빛 하늘도 노새에게는 친구라네

강 홍 규

등 단 「문학 21」

약 력 나사렛대학교 목회대학원
나사렛 역사편찬위원회 위원장
한국문인협회, 한국크리스천문학가협회 회원
성결교회 역사와문학연구회 회장
한국민족문학가협회 이사
천안은혜교회 담임

저 서 시집 :『등불』『행복한 가시』『손만 한 작은 구름』
『그대 뜨는 별』외 6권, 학위논문 다수

e메 일 khk9344@hanmail.net

아버지가 미안하다

네가 개척하며
지하실에서 있는 건
내가 그 일을 하지 않고
조력자로 있었기 때문이기에
오늘도 선대의 지존을
의지하며 부르는 지상地上
아버지가 미안하다

네가 있는 자리가 자랑스럽고
선대의 기업인 교육자로
그 섬김을 세워갈 때 해준 게 없다
새 꿈은 모든 길로 통하나니
그리고 다 괜찮을 것이지만
잘해주지 못한 추억들의 아픔
아버지가 미안하다

네가 있기 전 서원한 벧엘에서
이제 브니엘을 지나온 세월의 씨앗들
감추어져 있음은 소중하기에
드러나지 않음은 생명이기에
가는 길 오직 그가 아시나니
한 가지 외엔 남겨줄 게 없으니
영원을 위해 빚진 자, 아버지가 미안하다.

- 명절에 3남매에게

날아오르는 삶

심지 하나 불붙이고
서로 등불 바라보며
연리지로 서서
당신의 심지가 되는 봄날
전부를 주고 싶은
영원한 사랑
민수기의 시작이어라

소라의 꿈
함께하는 소원이며
일곱 촛대를 켜놓고
얼굴과 얼굴을 마주하며
지난 날을 오늘처럼 이야기해도
끊어짐이 없는 하늘샘물이여
날아오르는 삶이어라

은혜의 가문을
영광으로 세워가며
신뢰하는 사랑으로
높이 날며 멀리 보며 살지니
언제나 그대의 창가에서
영원한 지금
새 출발은 기업의 언약이어라

자자손손

원희는 장자권의 명분과 권세로
생육과 번성을 누리어라
다윤은 빛과 소금이 되어
경제의 축복을 받으며
다예는 예능을 가지고
그 이름 높이며 살아라

하람은 하나님 사람으로
그의 나라와 의를 먼저 구하며
예람은 예수님 사람으로
신앙명문가를 크게 세워라

아름은 창문을 여는 사람
음악을 좋아하고, 예루살렘의 축복으로
다움은 어둠을 밝히는 등불
학사 겸 제사장으로 자라거라

자자손손 셋에 일곱이라
이스라엘과 기아대책의 이름을 따라
복을 비는 이 시간
사랑이어라, 은총이어라

  - 창세기 49장 말씀에 의지하여 은혜가족을 함께
   축복하며 시를 씁니다. 은혜입니다.

문 현 미

등 단   「시와 시학」

약 력   독일 본대학교 한국어학과 교수, 백석문화대학교 부총장
역임
현) 백석대학교 백석문화대학교 도서관장
　　현대시100년관 관장, 백석대학교 국어국문학과 교수

수 상   박인환문학상, 한국크리스천문학상, 시와시학작품상
한국기독시문학상, 종려나무문학상

저 서   시집 :『깊고 푸른 섬』『가산리 희망발전소로 오세요』
『아버지의 만물상 트럭』『그 날이 멀지 않다』

e메 일   hyunmi@bu.ac.kr

가산리 희망발전소로 오세요

사람 사는 냄새가 맡고 싶으면 밀양군 북면 가산리로 오세요 그곳엔 60년 해묵은 이발소, 낡은 희망발전소가 하나 있지요

투박한 바리깡, 케케묵은 의자들, 연탄난로에서 보글보글 세월을 끓이는 찌그러진 알루미늄 주전자, 바닥에는 갓 떨어져 나온 보풀 온기들, 복덕방 김씨 영감, 중국집 배달부 이씨, 여기저기서 몰고 온 때 묻은 풍문들이 잘려 나가는 머리카락보다 더 수북이 쌓입니다 와 달라는 연락을 받으면 '금일 휴점' 팻말을 붙여 놓고 쏜살같이 달려가는 이발사, 이발소를 찾았다가 팻말을 보면 어디로 갔는지 세상 이치를 어림짐작하는 동네 사람들, 관절염으로 고생하는 친구의 오랜 쑥대머리를 깎아주고 감겨줍니다 빗질을 쓱쓱 하니까 친구가 이발사보다 훨씬 더 젊어 보이지요 이발사의 입가에 반달 미소가 걸리면 "머리 다 감았다. 괜찮나?" "쪼매 못났다" 숫돌에 무딘 가윗날을 쓱싹쓱싹 갈고 있는데 엿장수 최씨가 들어오며 엿가위 소리 툭 던집니다 "오늘 돈 마이 벌었나?" "그냥 밥 묵꼬 살면 된다 아이가, 하루에 세끼 더 묵꼬 사나?"

사람 냄새가 누룩처럼 부풀어 올라 동네가 구수구수 사랑으로 익어 가지요 잘려 나가 머리카락만큼 온정이 더 쑥쑥 자라나는 가산리 희망 발전 이발소

어머니의 우물

한 번도 살얼음이 낀 적 없다

언제 마중물을 부을 때가 있을까
도무지 수심을 알 수 없다

가끔씩
깊고도 맑은 나이테가 스치고
숱한 협곡을 건너온 구름이 지나가고

누구나 두레박줄 내려
목마른 생의 노숙
푹—
적시고 싶은

세상 지도에 없는
단 하나의 희망, 천길 심연의

전 홍 구

등 단 「문예사조」

약 력 한국크리스천문학가협회, 한국문인협회, 문예사조문인협
회, 한국현대시인협회. 구로문인협회 회원, 모던포엠 수도
권지부장, 좋은문학 문인협회 이사
평화성결교회 안수집사

수 상 문예사조문학상 우수상, 한국민족문학상 본상, 세종문화예
술 수필 부문 대상, 대한민국장애인 문학상

저 서 시집 : 『개소리』『원두막』『나뭇가지 끝에 걸린 하늘』
『내가 부른 노래』

e메일 yesnyes@hanmail.net

구두 굽

아무도 모르지
다리 하나가 짧아서
구두 굽을 두껍게 고여
투박한 짝 구두를 끌고 다니는 까닭을
아무도 모르지

한 발짝씩 옮길 때마다
골반에 전해져 오는 통증
붙잡고 다닌다는 것을
아무도 모르지

지그재그로 절뚝거리는 걸음걸이
어긋난 보도블록 틈새에 걸려
넘어질 듯 휘청거려도
얼굴에 늘 미소가 번지는 까닭을
아무도 모르지

쓰러질 듯한 몸의 균형
믿음으로 지탱하며
내디디는 발자국의 무거움을
아무도 모르지

나뭇가지 같은 다리의 걸음걸음
계단 오르내리는 발자국마다
건반 두들기는 소리로 들려오는
그 기도를.

택배 속의 향수

담양에 거주하는 조카로부터
귀한 것이 전해져 왔다

테이프를 떼고 궤짝을 열어보니
죽순 열두 개와 하얗게 핀 곶감에서
고향 내음이 새어 나온다

당도 높은 감미로움
대숲의 바람 소리
기지개 켜는 추월산
해마다 피는 진달래

오늘따라 궤짝 속에서
향수 배어 나오는 걸
막을 길이 없다.

예수를 놓쳤다

광화문 지하통로에
꾀죄죄한 사내가
엎드려 구걸하고 있었다

그 모습을 보고도
발걸음 멈추지 않고
그냥 지나쳐 갔다

한참을 가다
가슴 두드리는 생각이
발걸음 돌려세웠다

다시 가 보았지만
엎드려 있던
예수는 거기 없었다.

엄 순 복

등 단 「한국크리스천문학」

약 력 푸른초장문학회 회원
한국크리스천문학가협회 회원
한국문인협회 회원
현)백마중앙교회 사모

수 상 한국크리스천문학상

저 서 시집 :『나무 그림자만 한 고요』

e메일 omjiya@hanmail.net

새벽

3시와 4시 사이
안개의 강을 건너는 시간
집과 거리를 지나
의식과 비의식의 경계를 따라 흐르는 안개
눈앞의 것들을 한사코 가두는 안개의 습성 때문에
밤이면 집들과 거리는 밖으로 나오지 못했다
숨죽이며 조용히 가라앉아 있다가
의심의 시간이 서서히 걷히고 나면
안개 속에서 빠져나온 집들이 부스스 일어선다
설핏하던 나무들은 어느새 줄지어 서 있고
횡단보도의 굵은 선들이 하얗게 드러난다
살아 있는 것들이 의식을 켜는 사이
하나님은 성소에 좌정하신다

지구가 또 한 번 자전하는,
어디서 닭 우는 소리 들린다.

나무

팔짱을 끼고 있는 나무를 본 일이 있는가
만약에 나무가 두둑하게 팔짱을 끼고 서서
지나가는 거만한 사람의 뒤통수를 툭툭 건드려 본다거나
뜨거운 한낮에는 길가에 주저앉아
꾸벅꾸벅 졸기라도 한다면
나무처럼 사랑스러운 시를 결코 볼 수 없으리*라고
노래한 시인은 없었을지 몰라
시인이 노래한 그 나무를 나는
사랑하지 않았을지 몰라

사람들이 길가에다 나무를 심는 것은
길을 가다가 문득 사랑 하나 기억하라고
나무 하나 쳐다보며 푸르른 생각 키우고
나무 그림자만 한 고요, 제 가슴에 들이라고
그래서 나무는 온종일 제자리에 서 있는 것이지
수많은 손바닥을 들어 일일이 손인사를 건네고
그건 아니야 손사래를 치기도 하는
푸른 신호등이 되어야 한다고, 나무는.

* 미국 시인 조이스 킬머의 시 '나무들' 1행을 인용함.

별

아이는 작은 손가락으로
피아노를 연주하고
나는 시를 읽었다
선율이 가만히 밀려와서
발목에 감기도록
우리는 함께 걸었다
아이의 눈 속에서 은빛으로
반짝이는 물결이 흘러나와
우리들의 방안을 채우고 우리는
햇살 아래 떠다녔다

아이와 나는
가슴이 맞닿아 있었다
아이가 쇼팽을 사랑하자
나는 시를 끄적였다
아이는 때로, 어디론가 흘러갔다
나는 별이 돌아오는 시간을 기다려
불을 밝혔다
시처럼 사랑도 가슴이 아팠다.

박 철 현

등 단	「한국크리스천문학」 「창조문예」
약 력	한국문협, 용산문인회 회원, 한국장로문인회 고문
	한국크리스천문학가협회 부회장, 푸른초장문학회 자문위원
	창조문예동인회 고문(회장 역임)
	우이제일교회 장로
수 상	장로문학상
저 서	시집 : 『두 얼굴의 초상』 『백자』 『세 개의 태양』 『늘 푸른 그림들』 등
e메일	chpark1210@hanmail.net

손녀

백일배기 손녀
품에 안으면
손녀는 백설탕처럼
온몸으로 녹아내려 심장까지 잦아든다

콩작콩작 뛰는 심장 박동
새근거리는 숨결
왜 그렇게 크게 울려오는지

한 움큼의 아기 숨결
조끄마한 숨결
나를 밑도 끝도 없는
애정의 심연 속으로 빠져들게 하는데
사랑하는 연인을 안았을 때의
숨막힘보다
더 뜨거운 황홀경으로 나를 해체시킨다

하늘하늘 봄볕 타고 내려앉는
노랑나비들이 잠속에서도 보이는 듯
방긋이 웃는 손녀
꼼지락거리는 여린 손가락

아– 이 조그마한 생명은 어디에서 왔을까
할아버지의 온 삶을 흔들면서도

평안함이 넘쳐나게 하는 신묘함이여
평안의 극치여

숲의 제전

명을 다한 떡갈나무 하나
오늘 대지 위에 뉘었다

후두둑 떨어지는 빗줄기 속에서
숙연하여진 나무들
먼저 가는 형제를 위하여
이끼 수의를 입히며 모두 머리를 숙인다

오랜 세월
새 계절을 맞이할 때마다
같이 노래하고 춤을 추었던
산새들의 합창도
졸졸졸 흐르던 시냇물의 속삭임도
숲을 포근하게 안아주던 그 많던 바람도
숨을 죽이고
제단에 엎드려 합장을 한다
진리 앞에 고개를 숙인다

"우리에게 주어졌던 것
 다 당신이 준 것이니
 이제는 나의 몸을
 모두에게 나누어주려고 합니다
 태어날 새 생명들에게
 값진 것이 되게 하소서"

끊임없는 탄생과 소멸을
그리고 삶의 환희를
노래하고 있는 마법의 숲
오늘도 새 생명을 위한
장례를 지내고 있었다

성에

시린 달빛이
밤새 매만지던 유리창에
우주의 태초가 펼쳐져 있다
자욱한 안개
뿌려진 무수한 유성들

성에* 위에 세상을 그려본다
산을 그리고 나무를 심어
무성한 숲을 이루게 하고
사이사이로 맑은 갯물이 소을소을 흐르게 하고
너른 초원에는 꽃들을 가득 피우고
언덕 위에는 궁전도 짓고
정원에는
한갓지게 거닐고 있는 사람들도 그려 넣어본다

그러다가 밤새 잠자던 햇귀**가 깨어나면
영원하리라 생각했던
이 그림 세상에는 무서운 천재지변이 일어난다
지진이 일어나고 화산이 터지고 산이 무너지고
태풍이 불고 해일이 덮치고
별들은 불똥이 되어 떨어지고……

지구가 노하게 되면
이 세상 모든 것

이렇게 혼돈해지겠지

다음에는 꼭
새 세상으로 가는 길을
그려 넣어야지

* 성에 : 추운 겨울 유리창에 서리는 미세한 얼음 막.
** 햇귀 : 아침 햇살(한글 어휘).

정 신 재

등 단 「시문학」 평론

약 력 국민대에서 문학박사 학위 취득
문학평론가협회 사무국장 역임
한국크리스천문학가협회 평론분과위원장
「월더니스」 편집위원
디지털 서울문화예술대학교 외래교수

수 상 문학평론가협회상, 이은상문학상 대상,
한국크리스천문학상

저 서 『성과 광기의 담론』『한국현대소설의 담론』
『퓨전시학』『산소가 있는 풍경』『아들을 위한 연서』
외 13권

e메일 surabolj@hanmail.net

시골에 가면

시골에 가면
내가 그토록 원하던 은을 구할 것이다
봄내 향긋한 은을 정감의 옷으로 갈아입혀
세상을 감싼 빛을 얻을 것이고
시대의 상처를 보듬은 도금을 할 것이고
적당한 흙과 공기를 넣은 화분에
꿈꾸는 영혼의 나무를 심을 것이다
거기서 너를 울리는 열매 한 점 얻어
추억의 꽹과리를 울리고 싶은 날이면
멀리서 찾아오는 손님을 맞아
힐링 힐링 하며 그 숲으로 안내할 것이고
너와 개울가에 적당히 앉아 내장의 고민을 씻어 말리고
일상의 권위도 바위에 내려놓을 것이다.
시냇물 비껴가는 시로 맛있는 요리를 할 것이고
너와의 악연을 연기로 날려보내고
아름다운 시 한 점 맛있게 먹으리
시가 있어 행복한 젖을 짜는 너에게
맛있는 이야기 쌈을 보태리
잘 가라 상큼한 공기가 되어 버린 후각이여
이제는 먼 나라가 되어 버린 도시의 추억이여.

어머니의 손

교회에 다녀오는 좁은 골목길
구멍가게 밖으로 얼굴을 빼꼼히 얼굴 내미는
고구마 다섯 대접과 옥수수 세 무더기
고구마 담는 고색枯色의 할머니 손
엄마 손을 닮아 머무는 발걸음에
할머니 손이 따라나서고
눈물 한 방울 찍어 놓은 삶의 궤적과 함께
손의 흔적을 담아 집으로 오는 정중한 발걸음
아내는 고구마가 웬일이냐며 의아한 표정이다
침묵으로 지나치며 안방에 모셔진 손의 흔적 위로
어머니의 미소가 그네를 타고
나는 자꾸만
어머니 닮은 손을 좇아간다.

공허

늙수그레한 사진 속에 웅크린
생각 없는 공허

도시를 건너온 까치의 울음이
공허를 쪼아내고

흔적 없는
새의 행방

꼬리를 늘어뜨린 산 하나
공허 저편에
누워 있다.

김 일 중

등 단 「한맥문학」

약 력 한국크리스천문학가협회 운영이사장
여의도순복음교회 장로

저 서 시집 :『옛날 왕들이 나만큼 행복했을까』『변화산』

e메 일 amenpower@hanmail.net

예수 그리스도께서

머리에 가시관을 쓰심은
나의 악한 사고와 허황된 생각 때문이요

두 손에 못박히심은
내가 손대지 말았어야 할 선악과 때문이요

허리에 창으로 찔리심은
나의 욕정과 음란으로 행한 일 때문이요

두 발에 못 박히심은
내가 가지 말아야 할 곳을 갔기 때문이요

십자가에 못 박혀 죽으심은
내 모든 죄악을 죽이기 위함이요

사흘 만에 부활하심은
나를 부활하게 하려 하심이라.

되게 하소서

인화認化되게 하소서
영접하는 자
곧 그 이름을 믿는 자들에게는
하나님의 자녀가 되는 권세를 주셨으니

변화變化되게 하소서
그런즉 누구든지
그리스도 안에 있으면 새로운 피조물이라
이전 것은 지나갔으니
보라 새 것이 되었도다

성화聖化되게 하소서
오직 성령이
너희에게 임하시면 너희가 권능을 받고
예루살렘과 온 유대와 사마리아와
땅 끝까지 이르러
내 증인이 되리라

영화榮化되게 하소서
다시는 낮의 해가
네 빛이 되지 아니하며
달도 네게
빛을 비추지 않을 것이요
오직 여호와가
네게 영원한 빛이 되며
네 하나님이
네 영광이 되리니.

인생은

인생은
한숨이어도 좋다
그 한숨에
예수 향기만 숨어 있다면

인생은
구름이어도 좋다
그 구름에
예수 생명수만 묻어 있다면

인생은
아침 안개여도 좋다
그 안개에
예수 입김만 서려 있다면

인생은
이슬방울이어도 좋다
그 이슬에
예수 햇살만 반짝인다면

인생은
강물이어도 좋다
그 강물에
예수 바다의 소망만
흘러간다면.

조 규 화

등 단 「조선문학」 시, 계간 「열린시학」 시, 「한국문인」 수필

약 력 연세대학교 국어교육과. 한세대학교 신학대학원 졸업
한국문인협회·국제펜 한국본부 회원, 한국기독시인협회
이사, 크리스천시인협회 홍보차장, 한국현대시인협회 이
사, 조선문학 지도위원, 과천문인협회 명예회장, 열린시학
발행인

수 상 조선문학 작품상, 열린시학상, 율목문학상, 김소월문학상,
한국참여문학상, 하인리히 하이네 문학대상, 통일부장관
상, 문화관광부장관상, 홍조근정훈장,

저 서 시집 :『내 시린 샛강에 은하수 흐를까』『사랑은 승리의
불별이라』『바람처럼 섬광처럼』
논문 :『김현승시 연구』
가곡 독집 음반 : '오직 사랑으로'

e 메 일 5388kh@hanmail.net

참포도나무

한때, 내 몸은 포도나무
종말의 맹신에
똬리 튼 의혹의 물음표 서린 냉담으로
포도원 마당만 밟다가
가끔 불덩이, 슬며시 말씀 마름질한들
언제나 빈손

산산이 부서진 꿈마다
살을 에는 삭풍 골짜기
어쩌다 흰바람 향수 그렁그렁 젖어도
야망의 잎새 두루뭉수리로 끓어 넘치는
못난이, 쓸모없는 나무

삭정이 동강난 자리에 기적처럼
새싹 움트고 자줏빛 열매 분에 겹게 누리는데
시나브로
구불한 줄기 올곧게 하늘로 일어서는
포도넝쿨, 무성한 이파리에 앉은
뭉클한 환희 너울너울

알곡 추수 예비하는 길
기필코 멈출 수 없다네
뭇별도 흠뻑 흰바람 아우르는
절대 순종, 하늘 닿은 참포도나무

누가 타작마당 부르심에 함께 가려나…
멍든 풀무질에 쏘옥 빠져서

나는 소망한다

헐렁한 마음 구멍에
어슬렁 들어온 헛바람
숭숭숭…
철딱서니 멈추니
감춰진 하늘의 소명 쏴아 몰려와
웅비의 날갯짓에
떠도는 하얀 바람의 집

너그럽지 못한 마음 밭에
사랑의 향수 촉촉이 스며든
비비비非非非…
사철 봄비에 줄줄이 씨앗 움트는 떡잎
생기 돋아 들썩이는 봄비의 집

낯선 세월 열차에 광야로 실려가도
돌고 도는 귓바퀴에
부드러운 속삭임 연이은 울림의
밀어 밀어 밀어…
속마음 꿰뚫는 대화
화답의 달이 떠오르는
소통의 집

앙가슴 헛꿈 한 켠에
생각의 갈피갈피 말꽃

몽글몽글 피어오른 언저리
꿈꿈꿈…
수틀 속 하늘 오선지에
떠가는 구름도 잠시 멈추는
해달별이 절하는 꿈의 집

황혼의 꿈

석술암 꼭대기 오르며
산돌 호산나 울림 있는 삶
만방에 띄우는 피로 쓰는 연서
꿈을 꾼다

광풍 멈춘 한 세기 새로 열리니
억눌린 자들 얼싸안은 울타리
목젖까지 차오른 창작의 멜로디
가시떨기나무 불꽃 환상 이루기를

황혼의 나이테 돌면서
신새벽 잠든 재능 일깨워
레마* 감도는 산정에서
놀라운 빛의 통로 별천지 열고
소금별 드리운 소명 펼치기를

여기 작고 작은 자
이 땅에 태어난 이유
열방에 하늘 곳간 열어
한사코 획을 긋는 새날
하늘 영광의 함성 울리기를

* 레마(Lemma) : 시의 주제, 제목(사전적 의미).

조 성 호

등 단 「창조문학」

약 력 한국크리스천문학가협회 부회장
총신문학 회원, 비존재 동인, 창조문학 운영이사
창조문학가협회 회원
안양늘푸른교회 담임목사

저 서 시집 :『침묵을 노래하는 악기』

e 메 일 egchs@hanmail.net

존엄사의 진실

숨을 한 번 내쉬고 사는 것
언제부터 그리 어려운 일이 되었는지
말라비틀어진 뱃골에 달린
가느다란 숨결
산소 호흡기를 탯줄처럼 달고 있다

날마다 마주하던 해와 달
스위치 켜고 내리면 나가고 들어오는 전등처럼
쉬이 교대하는데
아직도 무엇이 남아 있어
저리도 사지四肢 붙들고 놓아주지 않는가

희로애락喜怒哀樂을 향유했던 시간은
끈이 끊어져
별똥별처럼 지려 하고 있는데
삶과 죽음의 문턱은
꼬리가 끊긴 도마뱀처럼
언제나 어디서나 치열하다

이 빛에도 사랑이 있으면

궁窮해지면서 얻어 불리는 빚

빚진 만큼
빛바래지는 그만큼
내 손, 발목 잡고 늘어지는
근저당된 내 삶

헐값이라 할 수 있을까

감사하게도
나의 빚에는 사랑이 있어
빛을 가져오고
사랑에 빚진 나는
자꾸 자꾸 사라진다

담쟁이

외로운 처지를 향해
마음의 빗장을 푼 어울림

긴 침묵이 낳은
깨우침의 언어

역지사지하여
온몸으로 가는 길

길이 보이지 않아
함께 어울려 가는 자유의 길

김 광 순

등 단 「문예사조」 수필, 「문학21」 시

약 력 한국문인협회 회원
한국크리스천문학가협회 사무국장
한국민족문학회 부회장
시향 동인, 어울림문학회 회장

수 상 광명문학 대상, 한국민족문학가협회 본상
경기문협 공로상, 광명시장상

저 서 시집 : 『마음 밭에 내리는 시』『노을에 젖는 뜨락』
『은빛 하늘 펄럭일 때』『그 이름 백향목』

e메일 guiwon5962@hanmail.net

동행

새벽 가까이에서
어지러운 생각들이
낱말로 톡톡
가슴을 열고
백지 위에 내린다

눈망울 가득
실핏줄 그으며
밤새,
열어놓은 마음의 창가에
살며시 내리는 분신들

동반의 삶 엮어
함께 가야 할
영원한 벗
잠 못 들고 휘청이는
시어들이여!

꿈결에

길게 누운 구름산자락이
늘 푸르던
인생의 반을 잡아먹고
나머지 반마저 내놓으라 한다

승산없이 살아온 시절들이
바람결에 주마등 스치듯
휘돌아가고
가야 할 길은 멀지 않았다

어깨 시린 여인은 단풍잎 되어
붉게 타다 쓰러질
가을길 또옥—똑 울리며 간다.

설경

밤새
소복이 내려앉은 하얀 그리움
황홀타 못해 환호성이 터진다

누가 만들었을까
고민했을 자연 앞에 숙연해진다

발자욱이라도 남길세라
사알짝 만져보는
운명의 장난처럼
하루만이라도 고귀한 생명을
그냥 두고 싶다

침묵 속에 흐르는 광야의 부르짖음이
아프도록 시리고 차가운 것을

남 몰래 보내는 선물
설경,
후년에도 꼭 기억하련다.

이 번

등 단 「문학세계」

약 력 한국크리스천문학가협회 회원
92 여의도광장 세계성령화 대성화 축시 낭독
『e세상의 빛』(월간) 논술위원
해뜨는교회 담임목사

2018 바람 불다

신의 이름은 바람이랬지
그 발자국은 구름이고
바람 불어 춤추던 촛불
펄럭이던 태극기도
도돌이표 같은 마침표를 찍고
바람 불어 윗마을 불놀이도
거짓말같은 쉼표를 찍고…….

하늘이여
하늘들의 하늘이여!
바람 불어 흔들릴 적
저들을 어지럽게 하소서
어지럽다 제 혼령 돌아오게 하소서
제정신 차리게 하소서

오~~~
님 오시던 날에
그날 부르던 천사 노래
다시 듣게 하소서
하늘엔 영광
땅에는 평화

바람에 구름 가네

바람에 구름 가네
구름 가면 나도 가야지
구름 머물면 나도 머물고······.

바람에 흩뿌려지는 홀씨
바람에 흔들리며
바람에 피는 꽃
바람에 지는 꽃
나는 나는 바람 꽃이외다

바람아 불어라 바람 바람 바람 바람
바람 불어 숨 쉬나니
생령生靈으로 숨 쉬나니
바람의 노래 부르며
바람에 춤을 추며
나는 나는 바람으로 사노라

바람에 구름 가네
바람 불어 너도 가고 나도 가고
모두 다 구름 가는 그곳으로 가나니
귀 있는 자는 바람의 소리 들으라
프린트도 다 내게 맡겨라.

디아스포라Diaspora 아리랑 별이 되어

1
아리랑 아리랑 아라리요
아리랑 고개를 넘어간다
저 바다에 뜬 별
디아스포라 아리랑 별이 되어(Gentleman Korea)
그리운 고향 조국을 빛내고
영원한 본향 집으로 가는 길을 비추라
길 위에서 길 잃은 이
하도 하도 많으이

보내심을 받지 않았다면
어찌 땅 끝까지 갔으랴
아포스톨로스(apostolos)
너 아름다운 발이여
우표 없는 편지 되어
영원한 첫사랑 이야기 전해주렴
님은 죽도록 사랑했노라고…….

2
아리랑 아리랑 아라리요
아리랑 고개를 넘어간다
허허 바다에 뜬 별
디아스포라 아리랑 별이 되어(Korea Gentleman)
그리운 고향 조국을 빛내고

영원한 본향 집으로 가는 길을 비추라
길 위에서 길 묻는 이
하도 하도 많으이

보내심을 받은 자
땅 끝으로 간 자여
아포스톨로스
너 아름다운 사람아
사랑의 편지 되어
영원한 첫사랑 이야기 들려주렴
님은 죽도록 사랑했노라고…….

강 신 영

등 단 「한국크리스천문학」

약 력 한국크리스천문학가협회 회원
순복음금빛교회 담임목사

e메일 prettykanginlord7@hanmail.net

나이 서른에

나이 서른에
세상을 구하려
죽음의 잔을 피로 마신
젊음이 있었네

나 서른에
무얼 하는가

세상은 지금
죄의 강에 빠져
구원을 부르짖으며 흘러가는데

나 서른에
무얼 하는가

내게 맡긴 사명
죄로 가려 숨고
부끄러움 모르는
서른을 살지 않는가

일기예보

오늘은
폭풍우 장대비
물결이 일어나
산 위에 넘쳐도

하나님을
사랑하는 자
그 뜻대로
부르심을 입은 자

주님께서
이 세상 구름 일어나
가리지 않게
목소리 한번 발하시면

내일은
맑을 확률 백프로

어머니

험악한 세상살이
버거울 때

소담스런 된장국
끓여주시던 어머니가
못한 그리움으로
떠오르면

어머니
불러본다
왜
눈물이 난다

마음에 걸린다
위암 말기
서울에 다니러 오셨을 때
좀 더
잘 해드리지 못한 거

가슴이 탄다
이번 주말 다녀가라
그 말씀이 마지막이었는데

오랜 병고려니

바쁘다는 핑계로
가뵙지 못한 것이

그래도
한껏 웃어 주시던
착한 어머니

그리움이
낙엽과 함께 뒹군다

이 보 정

등 단 월간 「순수문학」

약 력 교육계에서 36년간 근무
한국크리스천문학가협회 회원
한국문인협회 회원, 관악문인협회 이사

수 상 순수문학상, 서울신문사 일기지도상 수상
국민훈장 석류장 수훈

저 서 시집 : 『산수화 그리는 여인』 『행운목에 꽃이 피네』 외
수필 : 『아름다운 동행』 『나의 어머니』 외 다수

e메 일 lbj877@hanmail.net

사랑은 오래 참고

우리 결혼식 때
축사하시는 목사님 말씀
부부는 오누이라더니
너무 닮았다 하네
아무리 봐도
닮은 것 같지 않은데

우리는 반대 성격
그이는 부지런하고 친절하고
밖으로 나다니고
사람 만나기를 좋아한다

나는 느리고 다정다감하고
책 읽고 글 쓰고
그림 그리기를 좋아한다
그 중에 닮은 꼴 있으니
신앙이 같고
베풀기 좋아한다

"부부는 자기의 반쪽이니
하나되어 가정을 이루라"는 말씀 따라
울고 웃던 60년 목회생활
꿈같이 지내고 남은 세월
서로 감사하며 위로하며
더욱 사랑하게 하소서
주님 부르시는 그날까지

님의 목소리

님의 속삭이는 목소리 들립니다
은은하고 다정한 목소리 들립니다
인자한 음성으로 점점 다가옵니다
어서 일어나라고

"부활의 계절인데 무얼 하느냐"
누웠던 자리 훨훨 털어버리고
밖으로 뛰어나갑니다

따스한 봄 햇살이 눈부십니다
산뜻한 봄바람에 가슴이 설렙니다
다정한 봄비가 등을 어루만집니다
굳은 땅 헤집고 돋아나는 새싹
얼음장 밑으로 돌돌 흐르는 물소리
짝을 부르는 새들의 세레나데
사랑하는 님의 목소리 들립니다

겨우내 깊이 잠든 영혼들아
일어나 신랑 맞을 준비하라고
십자가의 큰사랑 보여주라고
세계만방에 님의 뜻 전하라고
부르시는 님의 목소리 들리나요

파묵칼레

- 히에라볼리

일명 목화성木花城이라 불리는 파묵칼레
하얀 바위 사이에서 온천수가 솟아나와
많은 환자들이 와서 치료받던 곳
사도 빌립이 환자들에게 전도하던 곳

관광 휴양 도시로 변했네
사람들의 손때로 까맣게 물들고
여름에는 풀장으로 사용했다고 한다
유네스코에서 세계문화유산으로 지정하고
환경을 정화하여
다시금 하얀 목화성으로 되살아났네

여전히 관광객으로 붐비는 파묵칼레
하얀 바위 사이로 만든 수로 따라
맨발로 걸어 보니 미지근한 온천수
넓은 반석에는 이끼가 끼어 미끄러워
그의 손을 잡았네
수로 바닥은 울뚝 불뚝 솟아나
지압에 좋다고 하네

요한계시록에 나오는 라오디게아 교회
부자가 된 당시 교인들의 뜨뜻미지근한
신앙을 책망하셨지
현대인의 뜨뜻미지근한 신앙을
반성하며 발길을 돌렸네.

* 파묵칼레 : 터키의 관광 명소로 하얀 목화가 만발한 듯한 석회석 지형으로 유명하다.

배 정 향

등 단 「문학과 예술」
약 력 이화여대 약학과 졸업, 미국 켄터키 주립대학 수학
　　　대구문인협회, 한국크리스천문학가협회, 산문과시학회 회원
　　　현) 대구 서현교회 권사
수 상 「한국크리천문학」 이 계절의 우수상
e메 일 bejoungh38@hanmail.net

낙타와 바늘

낙타를 보면 바늘귀가 연상되어요. 낙타와 밧줄은 같은 어원이라고 당신은 히브리 사람처럼 말합니다. 잘못된 것인 줄 뒤늦게 알았지만 이미 때늦은 거예요. 내 기억 속에는 낙타와 바늘귀가 같이 묶여 있어요. 겟세마네 언덕에는 두 다리가 잘린 늙은 낙타가 살고 있어요. 무릎으로 관광객을 태우고 기념촬영을 위해 등을 내어 주어요. 근육질의 파도 오므렸다 폈다 쉼 없이 떨려요. 먼 하늘 바라보는 낙타의 깊고 맑은 눈망울이 오래도록 나를 붙잡아 둡니다. 낙타의 눈망울은 나를 단단히 매어놓은 밧줄, 한 올 한 올 닳은 털과 가죽의 밧줄 버리고 나면 나는 비로소 당신 속으로 들어갈 수 있을 거예요. 거기 바늘귀 속으로 들어가는 낙타가 비로소 보이네요.

위대한 쌀알들에게

끓는 가마솥으로 쌀알들이
한사코 뛰어든다.
주저하지 않는다.
그것은 순교자의 굳센 믿음
부드럽고 구수한 밥을 위해
정수리에서 발끝까지
쩌억 번갯불도 마다하지 않는다.

눈이 퀭한 아프리카 아이들의
밥통에는 밥이 없다.
파리떼만 우글거린다.
히잡을 둘러쓴 탈레반의 아내들에게
밥의 실크로드는
멀고 험하기만 해.

피의 역사인 밥이여
피의 원천인 태양과 푸른 하늘과
스스로의 수평선 밖으로 뛰어내린
쌀알들이
다시 불타는 가마솥으로
줄줄이 뛰어들고 있다.

외딴 산

그 남자 한 손에 짐을 들고
한 손엔 해머를 들고
산 속으로 들어갔네.
포클레인도 다이너마이트도 없이
굴속을 파고 있네.
산은 돌산 드높고 두꺼운데
그 남자 혼자서 돌산을 파고 있네
돌산 위로는 만년설
눈멀 듯 눈부신 외로움
날지 못하는 새들은 되돌아갔네.
그 남자 돌 깨는 소리만
그 산의 키를 조금씩 높이네
더 멀리 더 작게
하늘 가까이 가네.

이 순 우

등 단 「순수문학」

약 력 한국크리스천문학가협회 회원
한국문인협회 회원, 국제펜 한국본부 회원
한국순수문학 부회장, 시사랑 부회장

수 상 순수문학 우수상, 영랑문학상 본상
순수문학 대상

저 서 시집 : 『시간의 오차』 외 5권

e메일 sunwoo225@hanmail.net

점 하나

일인 구사노 심뻬이는
〈겨울잠〉이라는 제목 밑에 점 하나 찍어놓고
'눈 덮인 황야에 외로운 인생 하나'란다

나는 역사의 빗금 위 파리똥 하나 인생이라 했다
파리란 놈 인생을 세상을 힘 하나로 규결시켜
점 하나 찍어놓고 시치미 딱 떼고 도망가다니
멋이 있다

점 하나에서 태어나 점 하나로 돌아가는 인생
점 하나의 마침표는 새로운 시작을 위한 것
점 하나 속 세상이 열리고 우주가 열리고
점 하나의 나의 인생
내 육신은 내 것이려니 했는데
그것도 착각이겠지
소유권은 하나님이셨네
내 몸을 위해
평생을 헌신하고 노예가 되어 투자했는데
백발에 주름만 쭈글쭈글
발레리는
저 바보 같은 미래란 놈 결국 죽음이라니
그 말이 실감난다

파리똥 지우면서 비가 내린다
비에 젖은 대지를 말리면서 바람이 분다
해님이 웃는다

내 영혼의 불꽃

내 밀납초일 때
그대 성냥불 되어 주오

가슴에 지핀 불
너무 뜨겁지 않게
고요히
흐르는 촉루로 눈물로
황홀하게 황홀하게
그리움으로 타들어가
걸음걸음 고운 추억의 그림자들

이 세상에서
나를 아껴준 사람들
내가 사랑한 사람들
고운 불꽃으로
그렇게 그렇게
다 타들어가
고운 이슬로
유형과 무형 사이
영원으로 이어지는 길목
저 하늘, 별을 담아 영원히 빛나라

옷감 짜기

빨강 파랑 노랑 가로 세로 엮어서
슬픔 기쁨도 엮고
고운 비단 무늬 만드세

달빛 눈물 부활의 아침이 되게
광야에 삐걱이던 바람도 잠재우고
파란 하늘 흰 구름 한 조각 띄우자
너와 나의 웃음도 한 움큼 집어넣고
저녁노을에 번져가는 종소리 한 줄
여명의 첫닭 울음소리도 서너 줄
가로 세로 엮어서
햇빛 찬란한 옷감을 짜자
새 하늘 새 아침을 여는
반짝이는 신선한 새 옷감을

양 영 숙

등 단 「한국크리스천문학」 시, 「문예사조」 수필

약 력 한국크리스천문학가협회 부회장 역임
한국문인협회, 푸른초장문학회 회원
시낭송 음반 「아름다운 만남」(통일시), 「고백」(성시)

수 상 MBC 주최 전국 수기공모 대상

저 서 『시낭송이론과 실제』(공저)

e메일 yys5212@hanmail.net

그리움

흔적 지우기 위해
가루비누 푼다
체취 밴 몇 벌 옷 가운데
차마 빨지 못하고 남겨 놓은
몰래 꺼내 코를 묻어 보았던
마지막 셔츠

아련한 네 몸내 지우려
주물러 빤다
부푸는 거품
차오르는 먹먹함

너 얻고
너 키우며
즐거움 이렇게 부풀었었다

하얀 거품
제풀에 주저앉는다
말간 물 나도록
헹구고 또 헹군다

이제 너의 향 어디에도 없다

그리움
빨랫대에 넌다

대추나무

빠른우편으로 배달된 봄기운에
화들짝 깬 나무들
다투어 잎 틔우고 꽃 피워도
대추나무
마른 머리칼만 만지작거린다

일어나라 성화에도
기척 않던 늦은 봄
수천 개 별을 산란했다

노랗게 기지개 켜며
수런대는 영토
감당할 수 없는 충만한
은총의 무게.

봄 길목에서

잿빛 겨울이 물러갈 즈음
둥지 안 새들은
세상과 소통이 잦아졌다
빗장 열고 자유로이 비상하며
청량한 언어를 쏟아낸다
젖니 같은 움이 솟는다
대지는 눈 비비고
아직은 시린 하늘 올려다본다

하나님이 친히 먹여 기르신
혹한을 잘도 견뎌낸 새
양지바른 가지에 앉아
깃털에 묻은 겨울을 턴다

이 정 균

등 단 「새생명」「창조문학」

약 력 한국산업기술대학교 공학석사
한국장로회총연합회 대표회장, 예장 대신 부총회장 역임
한국크리스천문학가협회, 한국장로문인회, 짚신문학, 문예와
비평 회원, 한국교회신보 이사장 역임, 대신장로교육원 원장
현) 신월중앙교회 시무장로, (주)성헌 대표이사

수 상 창조문학상, 짚신문학상, 한국장로문학상

저 서 시집 : 『내 가슴 시가 목말라』
논문 : 『대형유니버설 조인트성능 향상』
저서 : 『최신창업과 성공의 지름길』(공저)
작사 : 주님 만날 그 때에(장로회가)

e메 일 shcwbk@hanmail.net

봄비

간지럽다
녹색 흐름의 꿈이
돋아나는 새싹은

따뜻한 섭리에 반가워
다정한 속삭임은 음률을 타고

오선지를 돌고 돌아
흙 속으로 파고든다

긴-밤
생명의 침묵에서
사랑의 밀어를 속삭인다

초롱한 생기가
볼에서 간지러워라

곱게 흐르는 봄빛
미풍이 살랑거리는
아름다운 꿈속에

봄 여울 주고 간
고운 미소 길게도 여윈다

내 가슴 시詩가 목말라

밤이 깊은데
시詩가 목이 마르다

만인의 삶을 먹고 사는
시가 목말라 한다.

무슨 일이 있었기에
이렇게 목말라 할까

영혼의 갈망이
시원한 생수를 기다리듯

가끔 감사의 샘물을 찾아
낮은 곳에서 옷깃을 적시던
시詩가 목말라 한다

언제부터인가
내 삶이 시詩가 되어 노래한다
오늘은 더 낮은 곳에서 나를 부른다

겸손의 항아리를 채우라고
섬김의 그릇을 채우라고
영혼 울림의 기도의 섬을 채우라고

밤이 깊은데
시詩가 목마르다고 한다

오늘 밤이 그 밤이 아닌가 하여
설레는 가슴에 참회의 강물을 올리리

거울

초인종도 없는
투명한 방에
소리 없이 초대받은 나

방 안에 가득 차서 명멸하는
나의 지난 인고의 세월들
멍들었던 수많은 상처들과
나를 사로잡고 있는 생각들을
번쩍 들어 후려 내친다

잔주름은 늘었지만
소담한 그릇에 담겨 있는 듯
아직도 변하지 않은 내가 보이고
뭔가 소중한 것이 잡힐 듯
가슴을 설레게 한다

나의 얼굴을 쓰다듬고 있는
조그마한 손거울
잔주름에 그려져 있는 세월들
나의 묵은 때를 씻어내고
새로운 내 모습을 그려주고 있다

성 용 애

등 단 「문학마을」

약 력 한국크리스천문학가협회 부회장
한국문인협회, 한국낭송시인협회 회원
세계시문학회 이사, 한국기독시인협회 회원
세계기독교 꽃예술 연합회 이사장 역임
한국기독교 예술총연합회

수 상 범하문학상

저 서 『시와 함께하는 성전꽃장식』

e메 일 025959409@hanmail.net

시로서 아침을

아침이 문을 활짝 연다
갇힌 어둠이 재빨리
숨는다

빛 물결 요동치며
밤새 끌어안고 부비적이던
어둠자락
구석구석 털어낸다

창밖에서 수군거리던
비둘기 부부
혼비백산 사라진 지 오래다

마알간 유리잔
솔잎 향 한 움큼 담긴
하늘을 마시며

오늘도
비상을 꿈꾸는 거울은
하루를 고르게
빗질하고 있다

달빛 내리는 여름밤

열닷새 달빛 앉은
예술의전당 벤치에는
흰 그림자
은밀한 약속으로 날아와
안겨드는 꽃향기 수북하다

춤추는 분수
연인의 처음 입맞춤으로
떨리는 가슴

뿌우연 부끄러움은
돌아섰다 사라지고 시침떼며
다시 일어선다

나뭇가지 타고 앉아
화려한 웃음 날리는
능소화

바람은
정중하게 춤을 청하고
제풀에 부끄러워
숲 사이로 숨어 버린다
무도회의 권유
점점 가까이 다가오는 매미소리

쓰르라미
밤새들의 노랫소리
소리의 향연이 밀었다 당기는
화음으로 몰려오는

시간을 잊어버리고
시를 주워 담는 종이컵에는
빈 소리만 채워지는데

별똥별 떨어지는 마당에
피어나는 꽃들의 이야기
웃으며 천천히 걸어서 나온다

아침 묵상

님의 요람 위에 누운
철부지

흔들어 재워 주신 손길에서
눈뜨면
빛 뿌려진 푸른 아침
마당에 가득하다

아장거리며 들어가는
창세기 숲속
청태 낀 돌 틈에 담긴 우물이
서늘하게 반긴다

하늘 한 조각 들어앉은
샘 속에
부스스한 낯선 얼굴이 올려다보고 있다

두레박 내려갈 때마다 부서지는 얼굴
요동치며 깨지고
출렁이며 다시 핀다

헉헉거리며 퍼올리는
어설픈 몸짓에

함께 들어 올려주시는
님

에스겔 마당 차오르던 맑은 물
발목 채우고
무릎 허리
찌든 심장까지도 후련하게 씻어 내린다

비로소
빈 항아리 채워지는
양식
전율에 휩싸이는

아 박하사탕보다 후련한
말씀의 맛
샘 속에 얼굴이 둥글게 웃는다

신 윤 호

등 단 「문예사조」

약 력 한국크리스천문학가협회 회원
한국민족문학가협회 부총재, 서라벌문예원 부회장

수 상 한국한비문학 시 부문 본상
나사렛대학교 총장 표창, 한국민족문학가협회 표창

저 서 시집 :『사랑 뒤에 오는 사랑』, 사화집, 동인지 공저

어머니

동구 밖 냇가로
빨랫감 넘치는

함지박 이고 가시는 어머니
종종 따르는 자식

어미 닭 날개 속으로 파고드는
병아리 같다

오로지 사랑으로
자식을 위해 헌신하신

불멸의 여인
눈물 숨죽여 감추고

평생 자상한 눈길이셨던
불러도 대답 없는
어머니.

민들레

이슬 머금고
피어난 작은 꽃
민들레

콘크리트 바닥 틈새
보란 듯이 피어난 작은 꽃잎
봄빛으로 웃는다

엄동설한과
칠흑 땅속의 모진 고통
모두 이겨내고
삶의 꽃을 피운 의지

너의 장한
생명력
심금을 울린다

노년의 삶

많은 역경과 고난 견뎌내고
열심히 살아 있음은 인생 행복이다
삶을 즐기며 산다는 것은 축복이며
자연과 삶을 누리는 것은 인생에 행운이며
넓은 마음으로 세상을 용서하고
삶의 찬미를 느끼게 한다

모든 세상 삶을 긍정적으로 보아야 하고
각진 마음과 모난 마음은 버려야 한다
주위에 거친 환경도 다사랑으로 받아들여야 한다
원망보다는 사랑으로 도와야 하고
배려의 마음을 중요시한다

의심보다 믿어야 하고
기쁨을 일삼는 노년이어야 한다
계절의 찬란함을 마음으로 받아야 하며
그 속에 노년이 묶여 있다
노년의 고독은 간결하고
불평없는 삶 속에 누려야 한다

지금에 노년은 청년이며 감사 속에
기쁨을 누려야 한다
오늘 여기 있는 것은
은혜이며 특별한 축복이다.

이 석 문

등 단 「문예사조」

약 력 문예사조문학가협회 회원
한국크리스천문학가협회 회원
낮은둥지교회 담임목사
낮은둥지공동체(노인요양원) 원장

가을 오후

짠맛을 잃은 소금 같은
늦가을 오후
수다는 침묵이 되어 가라만 앉고
부모님의 산소가
눈앞에 길 되어 서 있다

이미 쓰지 못한 시詩들은
강을 건너고
다람쥐 도토리마냥
세월을 모아놓고
다가올 여름 모깃불을 생각한다

지나가는 헛기침에
빈 잔 하나 깨뜨리고
누가 그랬느냐 호통이나 치고 싶다

바람은
빛바랜 빨래, 속옷을 뒤집고
낙엽을 쓸어다가 밟으라고만 한다

떠날 사람은 떠나고
먼 길 간 철새, 이미 없는데
양지 녘에 고양이털을 고른다

겨울 장미를 보며

겨울 속에 겨울이 있고
그 속에 장미는 피어 있었다.

그 장미는 피를 토하는 잎으로
골고다 언덕에 피었고,
새 잎을 따서 베들레헴 마구간에 붓고 있었다.

누가 인생을 장밋빛이라 했던가,
아브라함은 티끌이라 했는데.
엘리야는 결코, 풀잎일 수밖에 없다는데-

눈 속에 핀 장미를 보며,
모세처럼 인생을 밤의 정점이라 하고 싶다.
차라리, 야고보처럼 아침 안개라 하리라.

겨울 장미를 보며,
그 꽃잎 속에서
나의 오만을 건져내고
교만을 끄집어내고 있었다.

그리고는, 그 교만을
로뎀나무 숯불에 던지고 있다.
아니, 하만의 장대에 걸려 바람에 나부끼고 있었다.

나는 날마다
나봇의 포도원이 되어 가는 일상을,
주님의 보혈로 씻고 있다.

핏빛 장미를 보는
이 겨울 아침에…….

본향 길

– 무옥이 할머니의 외출에 부쳐

무옥이 할머니는
정자라는 고향이 그립다.

동네가 그리운 게 아니라
그 미역 짭짤한 갯내음이 그립다.

살던 그 동네가
저 산만 돌아가면 있을 것 같아
무수히도 양말짝 수건에 싸들고
나서는 보지마는
거기가 거기고, 여기가 여기다.

내가 와 이렇노
히안하데이
거부도 해 보지만
찬바람에 갯내음은 사라지고
이제는 그립지 아니한 그 물길질도
잊어만 간다.

딸들 이름도 잊은
무옥이 할머니는
사람 사는 냄새가 그립다.

때로는 다투는 곳에 참여해
느그들 그라몬 안 된데이
목사님이 얼매나 고생하는지 아나

그리고 하는 말이
나도 천국 가지로, 내가 못 갈 줄 아나
내가 시시한 데 갈 줄 아나

큰소리치며
껄껄 웃어 보지만
그 웃음 사이로 그리운 갯내음이 지나가고 있었고
본향 가는 길이 보이고 있었다.

* 최무옥 할머니는 평생 미역을 따서 살던 해녀였다. 치매로 힘들어 요양원에 계시면서도 미역철만 되면 그 향기를 잊지 못했
  다. 그리고 믿음으로 사시었다.

신 성 종

등 단 「창조문예」

약 력 연세대학교 졸업, 미국 Temple University에서 철학박사
한국문인협회, 한국크리스천문학가협회 회원
명지대 교수, 총신대학 대학원장
대전중앙교회, 충현교회, 미주성산교회 당회장 역임
현) 순회선교사

저 서 시집 : 『바람이어라』 외 5권

구름이 되고 싶어라

나는 구름이 되고 싶어라
하늘의 구름이 되고 싶어라
님 만나면 비가 되고
못 만나면 눈이 되어
온 땅을 적시고 싶어라

산 위엔 그림 그리고
바다에선 이불 펴고
쉬고 싶어라

오늘은 여기
내일은 저기
온 세상 다니며
떠돌고 싶어라

더러운 것 보면
비 되어 씻어주고
추우면 눈 되어
덮어주고 싶어라.

바람의 노래

바람이 노래 되어
불어올 때면
노래는 바람 되어 다시 오네

바람이 노래 되고
노래가 바람 되면
멀리 떠난 그 님 다시 오실까

바람이 노래 되어 불어오면
노래는 꽃이 되고
꽃은 노래 되어
가을을 부르네

바람이 노래 되어 들려오면
시인은 바람 타고
노래가 되고
노래는 바람이 되어
가을을 영글게 하네.

바람이어라

한 곳에 머물 수 없는
나는 바람이어라

때로는 비를 가져다 주고
때로는 눈을 가져다 주는
나는 바람이어라

싫어서 가는 것일까
좋아서 오는 것일까
한 곳에 머물 수 없는
나는
나는 바람이어라

원한 서려서
눈이 되었나
슬픔이 눈물 되어
비가 되었나
한 곳에 머물 수 없는
나는
나는 바람이어라

바다에 가면
풍랑 만들고
산에 오르면

새가 되는가
한 곳에 머물 수 없는
나는 바람
바람이어라.

고 산 지

등 단 「시사문단」

약 력 한국문인협회 회원, 국제펜 한국본부 회원
금강일보 연자수필, 한국문학신문 연자시편 연재중
의정부영락교회 장로

수 상 시사문단 대상, 한비문학 수필 부문 대싱

저 서 시 : 『비비고 입 맞추어도 끝남이 없는 그리움』
『짠한 당신』『안개 속』『연단』

e메일 zero-ko@hanmail.net

예수짜리 자존감

네 자신을 알라 하였지만
나는 나를 알 수 없었네

서푼어치 안되는 자존심 내세우며
남들이 알아주길 바라며 살았네

자신의 소중함 망각하고
남의 눈 의식하며 안절부절하였네

얼룩진 삶, 회칠한 인생
빛을 만나자 그대로 드러났네

부족한 나, 더러운 나
나는 나를 알았네, 죄인임을 알았네

자존심 버리고 무릎을 꿇었네

내니 두려워 말라, 안심하라며
십자가 보혈로 나를 대속한

예수짜리 자존감이 나를 붙드네

나의 나 된 것, 하나님의 은혜였네
주신 평안 누리면서 감사 찬송 드리네

사 랑

믿음의 시루에

소망의 콩을 심고
사랑의 물을 주네

물은 흘러내리는데

떡잎으로 변한 콩
생명을 얻었네

사랑의 힘으로
생명을 얻었네

믿음 소망 사랑이
기적을 일구는데

그 중에 제일은
사랑이라네 사랑이라네

슬로브핫 딸들

하나님의 기업을 상속하고자
슬로브핫 딸들 용기 내었네

아들 없단 이유로 상속에서 제외되어
이름마저 삭제된 아버지 불쌍해

슬로브핫 여인들이 회막을 찾았네

사람취급 받지 못한 슬로브핫 딸들이
정액봉지 불과한 슬로브핫 여인들이

모세와 제사장 엘르아살 앞에서
지휘관들, 온 회중 앞에서
당당하게 말했네, 부당함을 지적했네

여호와를 반역한 고아의 무리에도
속하지 아니했던 우리 아버지
광야에서 사망한 우리 아버지

상속할 아들이 없다 하여서
종족 중에 그 이름 삭제될 수 있나이까?

약속 안에 거하고픈 딸들의 열망을
은혜 안에 거하고픈 여인들의 열정을

외면하지 않으시는 공의로운 하나님
모세에게 말씀하네, 모세에게 명령하네.

"슬로브핫 딸들의 말이 옳도다
 아버지 형제 중에 기업을 주어서
 아버지의 기업을 딸들에게 잇게 하라"

사람취급 받지 못한 여자의 운명을
계수計數에도 들지 못한 여인의 숙명을
공의로운 하나님 사랑으로 응답했네

3천년 전 쟁취한 위대한 여권신장女權伸張
슬로브핫 딸들의 간절함 때문이네

김 춘 년

등 단 「문예사조」

약 력 한국문인협회 회원

광명문인협회 회원

한민족문학가협회 회원

한국크리스천문학가협회 취재국장

수 상 경기도문학 공로상

광명문인협회 공로상

구름산아

철없는 소리 단잠을 깨운다
한 점 부끄럼 없는 삶
어렵기 그지없네
고개 들어 하늘 우러르니 야속하구나

물 건너 갈 돛단배 아니어도
구름 한 점 둥둥 띄워
머리 식힐 조각구름조차 숨어
온통 파란 하늘일세

구름산아 구름산아
너마저 설움의 소리
읊어내 읊어주고
광명의 소리 제 아니 듣는구나

저 매미는 언제 울음 멈출소냐

그리움

봄이 왔건만
여름이 그립다

그리운 여름 만났으나
불어오는 바람이 가을인가
고개 내밀어 기다린다

뒤안길 담 숲에
가을 노니는데
지난겨울
동치미 국물
이야기 둥둥 떠다니니
그리움이
어디 이뿐인가

봄을 기다리는
항아리 속
가만히 들여다보니
세월은 나이를 낚시하고 있네.

새벽달

찬 공기
오장육부에 한 바퀴 돌아간다
한 날의 시작
아직 저물지 못한 달빛

해는 동에서 일어날 채비에 분주하고
달은 서에서 빛을 잃어가고 있다

떠오르는 태양에 꿈을 싣는다면
저물어가는 달빛에
내 묵은 마음 실어보낸다.

조 경 자

등 단 「한국크리스천문학」

약 력 영주문예대학 수료
한국크리스천문학가협회 회원
시민교회 집사

이불

헐벗어 탐스러운
목화밭 눈꽃송이

한 땀 한 땀 행복하길
시침질한 혼수 1호

거칠은
세월에 걸려
실밥 터진 애물단지.

새벽기도

알람 송 깨우침에
샛별 따라 종종걸음

습관도 아니 되고
다짐도 여러 차례

남은 생
불변의 과제
내 영혼의 옹달샘.

가을

호박넝쿨 등을 단 고즈넉한 산자락
돼기밭 짧은 이랑 짚고 선 마 넝쿨
오르다
혼자 가기 두려워
비비꼬인 바지랑대

호미 괭이 지루해진 적막이 누운 폐가
처마 밑 잡초 사이 꽃 진 자리 열매 맺어
헐거운
슬레이트 지붕
굴러가는 둥근 박

철 잊은 줄 장미 늘어진 마른웃음
먼, 먼 길 비켜서서 기웃대는 들국화
고라니
박제처럼 멍하다
달아나는 약초밭.

이 현 식

등 단	「문예사조」
약 력	한국크리스천문학가협회 회원
	한국문인협회, 광명문인협회 회원
	한국민족문학가협회 부회장
	국가유공자 및 서울시청 정년퇴임
수 상	서울특별시장상
저 서	시 : 『태양에서 소외된 양지』『석양에 피는 그리움』
e 메 일	cosmos260@naver.com

자유인

거추장스런
허상의 무게에 짓눌려
날지도 뛰지도 못해 움츠릴 바에
산노루 꼬리 같은 여생
미적미적 뜸들이다가
망건 쓰다 장 파할라
시간이 칭얼거리며
개심開心에 일침을 놓는다
허욕이 팽개친 밭뙈기
거시기만한 넙덕지가
낯설지 않은 흙수저
솜이불에 묻은 온기처럼 포근하다
갈고 씨 뿌린 후
조용히 시간에 맡긴 채
청산을 깨우는 햇살처럼 살고 싶다.

더덜이 구애받지 않아도
피었다 지면 그만인 들꽃
그녀와 함께 동행하고 싶어
청량한 솔바람이 살갑게
초목에 살 부비는 어느 날
지난 시간을 곰곰이 돌아보니
세월이 피워낸 억새꽃
열망과 절망으로 소일한 잔해이던가?
유형무형의 형상들이

안개꽃으로 가물거리며
이슬처럼 망울지니
눈이 시린 진풍경 들이다
무릎 세워 걸어온 정든 거기에
못다 그린 칠부능선 말미에
수식어가 붙지 않은 자유인으로
맺혀 있고 싶을 따름이다.

소나기 순정

멀쩡한 하늘 아래에
소나기 잔등 넘어오는 날엔
내 안에 그리움이
빛바랜 철부지 소년으로
성큼성큼 걸어 나온다
시오리 하굣길에
빛과 어둠을 가르며
콩 볶듯 쪼아대는 빗속을
개구쟁이 친구들은
걸음아 날 살려라 줄행랑인데
무슨 영문인지…
유독 그녀와 나는 천연덕스럽게
풍경이 흔들려도 마음을 열고
장대비 허리 잡고 요지부동이다
우산도 없이 단둘이 거니는 오솔길
하늘의 축비련가?
빗소리 장단에 가쁜 숨소리가
환상의 하모니를 이루며
촉촉이 젖은 앙가슴을 헤집고
뜨겁게, 뜨겁게 내 안에 피는 연정
설렘으로 통통 불어
온몸이 뒤틀린 상황이다
볼모로 잡힌 소낙비가
이토록 은혜로운 축복을 주실 줄이야

머무를 수 없는 꿈이라고 믿었다
아담과 하와의 모습으로
한 겹씩 벗겨진 진풍경이
저리도 물컹하게 그리움으로 물결치니
소리 없이 익어가는 탱탱한 불꽃
도지는 순수 순정으로 치달아
장미꽃보다
더 붉게 피어나고 있었다.

구름아 전해다오

진양조 장단보다
더디고 느리게
뭉게뭉게 흐르는 구름을 보고
입방아들이 무성하다
그러나
그 누가 무어라 비아냥거려도
느긋이 도포자락 흘리며
맵시 고운 산수화 그려 놓더니
바람의 시녀면 어떻고
떠돌이 집시면 어떠랴
그러한들 뉘라서 나무랄소냐
가는 길이 비록 멀고 고달파도
타고난 숙명인 걸
꾹꾹 눌러 삭이며 쉬엄쉬엄 넘어가는데
왜 난네없는 살풀이 풍경이
그리운 파문을 그려 싼다
도드라진 매듭이 아른거려도
되돌릴 수 없는 숙맥

시린 가슴 슬어 고인 정情
언덕처럼 돌아앉아
세포마다 피는 열정
삭풍 한설에도 식지 않아
연정의 불꽃은 혀끝밖에 더듬지 못해

바람 부는 언덕에 홀로 서서
사춘기처럼 뛰는 가슴이
목놓아 불러본다
구름아 구름아 저기 가는 저 구름아
오가다 내 님 만나거든
검불 덜고 알곡만 전해다오
더는 님의 손길 놓지 않겠노라고.

김 창 래

등 단 「전북 도민일보」 신춘문예, 「문예사조」 시

약 력 한국크리스천문학가협회 회원
　　　　한민족작가협회 이사
　　　　구월감리교회 장로

저 서 『손자야 조상 냄새를 맡아라』

물의 키

바다 깊이는 물 키
산 정상의 가지 끝까지가
물 키

생명체 중 물 위엔 아무것도 없고
태초에 수면 위에 운행하신 하나님
하나님 외 물 위도 물 밖에도
어떤 생명체도 없고
모두가 물속에 사는 존재

나무 그늘 밑이 시원한 건
나무 그늘 아닌 물 그늘 때문

모든 생명체는
물속에 사는 피조물

태어나는 교회

내 교회 창립 기념 예배 묵상에
낭송할 샘물 글자로 시향을 찾는데
교회는 창립 기념 건축물이 아니고
태초 창세기의 첫날 아침이
하나님 보시기 좋은 오늘이라는 응답

때로는 교회가 시험으로 혼란을 치를 때
마치 교회가 출산 진통 모습에 공감할 때
예수님의 용서 소리가 들리면서
성도들이 선택한 땅 위의 건축물 아니고
주님 몸으로 태어나는 기도라는 영감일 때
내 성전이라는 골방에서 기도할 때
'교회는 그리스도의 몸'이라는 말씀에서
태어나는 성전과 만나는 감격의 자화상을
나만 아는 영상에 아멘!

자살엔 죽음이 없어

창조에서 사람 몸이 죽는 변화는
영혼이 영생으로 깨는 꿈
천국이냐 지옥이냐는 모르는 비밀

'돌아가셨다'
'인생은 일장춘몽'
'몸은 죽여도 영혼은 죽이지 못하는 살인'
'영혼이 잘됨같이 범사가 잘 되는'
진리가 너를 자유케 하리라

생명은 죽음을 지배하는 천륜인데
자살은 내 생명을 죽이는 역천
자살은 죽음이 없는 저주
다만 위장 죽음일 뿐
영혼까지 죽이는 행위
자유마저 빼앗는 악마의 짓

자살을 타살로 변명하는 이유가
자살에는 죽음이 없기 때문
생명이 벗어 놓는 죽음은 창조 언어로
21세기 언어가 아니고 창세기의
길이요 진리요 생명세계에
진리가 자유케 하는 윤리에서
자살은 악몽을 꾸는 변화

조 혜 자

등 단 「한맥문학」

약 력 한국크리스천문학가협회, 대구문인협회, 대구기독문인협회
공간시인협회, 대구펜문학회 회원
대구 작가대학 수료
범어교회 권사

수 상 전국주부백일장 시 부문 우수상

e메일 poet777@hanmail.net

오직

당신을 만난 그 순간부터
오직!
한 분만을
사랑하고 싶습니다.

오직!
한 마음으로 한 길을
걷고 싶습니다.

오직!
한 송이 감사의
꽃을 피우기 위해
수액을 힘껏 퍼 올리겠습니다.

당신이 주신
단 한 번뿐인 인생길
가고 다시 오지 못하는
바람 같은 인생길.

오늘이 가듯 내일이 오고
하나의 작은 점이 모여
한 선을 긋듯이

오직! 한 분
당신의 형상을 닮기 위해

정성껏 나를 칠하렵니다.

당신이 손수 쥐어주신
그 색깔만으로
오직!
감사하며 그리렵니다.
작열하는 태양만을
사모하는 해바라기처럼
당신만을 바라보는
눈빛을 가진 한 송이 꽃이기를…….

때로는 휘몰아치는
강풍에 힘없이 쓰러져
꽃피를 흘릴지라도
오직! 꿈속에서도 그리는
본향을 향한 길.

당신이 계신 그곳으로
내 마지막 한 숨을
몰아쉬는 그 순간까지
오직! 오직!
나의 호흡은
당신을 위한 것입니다.

인생 무대에서

너도 나도 우리는
어느 누구도 조연도 엑스트라도 아닌
모름지기 주인공으로서

나에게 맡겨진 배역이, 꾸며진 무대가 어떠하든지
한 치의 어긋남도 없이 혼신의 힘을 다해 열연하는
우리 모두 명배우가 되어 봅시다.

때로는 피가 나도록 입술을 깨물고
눈물을 머금고서라도
그저 맡겨 주심에 감사 감사하면서…….

예정된 공연시간이 그리 길지 않습니다.
어느 누구에게도 대역 또한 없습니다.
돌아올 수 없는 강물처럼 강물처럼
흘러만 가는 세월인 것을.

우리는

마침내 예정된 공연 시간이 끝나
수많은 관객의 박수갈채도 끝이 나고
우렁찬 팡파르도 없이 불이 꺼지고
조용히 막이 내리면
웃고 울며 열연하던 배우들은 하나같이
말없이 무대를 내려와야 한다는 것을
우리는 잘 알고 있습니다.

한 번 단 한 번뿐인 무대
나 비록 인생무대에서
오랜 세월 길이길이 회자되는
불후의 명작의 주인공이 아니면 어떠하리요!

과녁을 향해 시위를 떠난 살 같은 세월 속에서
나에게 맡겨진 배역이 꾸며진 무대가 어떠하든지
혼신의 힘을 다해 열연하는 명배우가 되어
두 손에 땀을 쥐고 숨조차 죽이고 응원하는
극작가 연출자 감독의 눈물과 땀에 부응하여~

그날의 빛나는 상장과 면류관을
청사진을 보듯이 선명하게 바라보며
열연하고 또 열연하며 감사하며 살아가리라
예정된 공연 시간이 그리 길지도 않습니다
어느 누구에게도 대역 또한 없다는 것을~

김 어 영

등 단 「한국크리스천문학」

약 력 한국크리스천문학가협회 이사, 성남탄천문학회 회원
      용인문학회 고문
      (사)한국작가회 회원, 방통대

수 상 용인문학상

저 서 시집 : 『청춘이 밟고 간 꽃길』

e메일 rladjdud0725@daum.net

꽃구두

꽃구두 한 켤레 놓여 있다
어느 청춘이 밟고 다닌 꽃길이었을까
뒤축은 다소곳이 안으로 닳아 있다

산골마을에서 태어나 대처로 나가는 것이 꿈이었던 꽃구두
뻔질나게 드나들던 방물장수 입담에
세상물정 모르는 어머니는 따라나섰고
아버지는 마른기침 두어 번에 매듭지어버렸다

몇 번인가 보따리 싸놓고 어금니를 깨물었지만
죽어서도 오면 아니 된다는 유언장 같은 말이
허공을 맴돌 틈도 없이 와 버렸다

청춘은 그 흔적만으로도 노년을 들뜨게 한다는데
마지막으로 신고 갈 신발 슬며시 신고 싶어진다
어둠이 먼저 신고 간 꽃구두
캄캄한 골목에 싸여 보이지 않는 구두
가만히 내려다보는 무겁고 낡은 내 구두

밀물

손녀가 할아버지 등에 손가락으로 쓴다
보리 싹 같은 감촉
재미있다는 듯 깊이도 쓴다

할아버지의 등에 혼미가 찾아온다
각질이 무디어진 탓일까
염전의 갈라진 등을 태양이 잠식하고 있다

지난 여름 모래 위에 쓰고 지우던
어지러운 마음,
밀물이 가져갔는지 깨끗하다

그새 일 년이 가버렸구나
눈 감으면 가슴에 파도가 밀려온다

머위 잎

아내가 시골에서 머위 잎을 가져왔다
늦은 점심에 삶아주며 먹으란다
머위 쌈을 펼치니 옛날
아녀자가 두르던 열두 폭 치마다

가운데에는 어버이가, 좌우에는 자녀가 둘러 있다
그 밑으로 손자들까지 퍼져 있다
옹알이하던 밥알을 한 숟갈 올려놓고
한 방에 득실거리던 체취의 된장을 얹어놓는다

늘 맑게 살라는 가훈과 함께
먼저 어버이를 깊숙이 모시고
아들딸을 접으며 마지막으로
세상을 들어 올릴 손자들로 여민다

한 생애를 살아온 삶을
입에 넣으려고 쳐드니 뭉클해
차마 입으로 가져가지 못한다

오월이다

기억도 선명한 어머니의 얼굴이 거기에 있다
소리 없이 씹는데도 아프다 하시는 것 같다
열둘을 키우며 아픔을 안으로만 삭였을 것이다
넌지시 아내의 얼굴을 바라본다.

정 두 모

등 단 「한국크리스천문학」

약 력 총신대학교신학대학원, 미국 International Baptist College(D.Min)
국민대학교 문예창작대학원 졸업
한국문인협회 회원, 한국크리스천문학가협회 부회장
총신문학회원, 백악문학회원, 백향서원 원장, 백향서원출판사 대표
성진교회 원로목사

저 서 저서 :『까칠한 말 따뜻한 사랑』『이기는 힘 지는 능력』

e메일 jdmz2020@ hanmail.net

피란避亂

운집과 결집으로 연결된 숨결 견고하다.
빈틈없는 완벽한 힘 멈추면
방향을 찾지 못하고 방황한다.
반복되는 그림자들 중첩되지만
집합을 이루지 못하고
거침없이 수직으로 내려오는 빛
부드러운 수평적 저항에 굴절된다.

수직과 수평의 균형이 무너졌다.

새로운 관점은 새로운 군집을 형성하고
해체의 흔적을 남기며
머무는 것,
떠나는 것,
방황하는 것,

새로운 집단을 형성하며 각각 피란을 간다.

격변의 시간들 몰려와 흩어지면
상처 입은 입술에 구슬소리 들린다.
해석할 수 없는 그 소리 피란의 길을 열고
열려진 동공으로 바다가 깊어진다.

머무는 것도 곤란한 듯
떠나는 것도 심란한 듯

방황하는 것도 소란한 듯
흔들리는 가치관 중심을 잃고
앞서 간 그림자 따라 나선다
방향은 중요하지 않은 듯
넓은 길이라면
피란을 함께하는 자가 많다면
함께 두려움을 느낄 수만 있다면

운집과 결집의 숨결 무너지면
강한 곳에서 약한 곳으로 기울어지기도
약한 것이 강한 곳으로 스며들기도
더욱 거칠어진 호흡
피난처 찾아 나선 피란들,
찾지 못해 무너지는 피란들.

천국 기별天國奇別

깃발 세우는 힘겨운 중심잡기
찾아갈 수 없지만
찾아올 수 있도록 세운 백옥 깃발

기다리다 지쳐 갈 즘
펄럭이는 깃발에 바람으로 그린 내 얼굴
애절한 칼라로 물들인 만장輓章
높이 들고 나선 부름 없는 천국 길

가다가다 멈추고 보니
앞서 간 자 머물고
뒷짐 진 자 저 멀리 가니
나는 어디쯤 있는지
새벽에 나서는 천국 기행
저녁에 침상에서 혼절하고
어제 내려놓은 그것 오늘 짊어지고 있는지
나도 알 수 없는 현상 반복되는 시간들
붙들어도 매이지 않고
놓쳐도 허전하지 않은 것을
미련은 남겨도 남지 않고
아쉬움도 머물지 않는 오늘

어제가 오늘이 되어도 오지 않는 천국 기별
내일이면 천국 기별 오려나.

해금解禁

풀어헤친 가슴으로 모인 햇살

뿌리 없는 바람 불어
문틈 사이로 스며들어온 새로운 숨결
생명으로 일어서 꽃이 된
계절들

감금의 시간 열리고
돌아온 해금의 계절
감금된 자유가 비틀거리다
눈동자 안으로 고여 오는 여유로움
저마다 누림의 웃음 번져가는 곳
쌓여가는 문자와 언어들

감정이 홍수를 이루어
더욱 낮은 곳으로 운집하는 얼굴들

새로운 시대가 만들어낸
빈 의자 하나 두고
감금에 억눌린 자 부르는 해금의 메아리
귀 있는 자도 듣지 못하는 난청.

맹 숙 영

등 단 「창조문학」

약 력 성균관대학교 영어영문학과 졸업, 한세대 대학원 졸업
중·고 영어교사 역임
한국크리스천문학가협회, 좋은시공연문학 부회장
양천문학, 시인시대 자문위원
한국현대시인협회, 기독시인협회, 국제펜 한국본부 이사

수 상 창조문학 대상, 양천문학상, 기독시문학상

저 서 시집 : 『사랑이 흐르는 빛』『꿈꾸는 날개』『바람 속의 하얀
그리움(韓英대역)』『불꽃 축제』『아직 끝나지 않은 축제』

e메 일 maeng1215@hanmail.net

슬픈 날의 별 하나 어디로

그날 밤 후쿠오카의
시리고 쓸쓸한 침묵은 참혹하게 숨이 멎었다
흙빛 하늘에선
별들의 눈물이 쏟아져
꽃잎과 나뭇잎들에 이슬로 맺히고
바람은 중심을 잃고 허우적거렸다
아 2월의 감방 안에선
무슨 일이 일어났던가
죽어가는 모든 것도 사랑하던
한 점도 부끄럼 없는 순수의 별 하나
지상에서 사라지는데
오늘 백년이 되어도
어제 천개의 바람이 불어도
잠들지 못하는 암울한 시대의 넋은
영원히 가슴 가슴에
고운 시혼으로 남아
오늘을 사는 시인의 영혼에
애절하게 바람으로 스치운다

태양아 머무르라

기적의 날이었다

벧호론의 비탈에서 아세가에까지
하늘에서 내리는 우박덩이는
칼보다 강하였네
그날 밤이 새기 전 더 많았네
칼에 죽은 자보다 우박에 죽은 자가

놀라운 능력의 도움이었네
'태양아 머무르라 기브온 위에'
'달아 머무르라 아일론 골짜기에'
여호수아의 절박한 믿음의 외침을
야훼께서 들어주셨네

태양은 지지 않고
계속 하늘 한가운데서 빛나고 있었네
달도 지지 않고
아일론 골짜기를 환하게 비추고 있었네

전능자의 능력의 도우심으로
여호수아는 물리쳤네 기브온 족속을
깃발 들고 돌아갔네 길갈로
이스라엘을 위하여
아모리 사람을 대적한
야훼의 싸우심이었네

승리의 날이었다

시제時制의 와중渦中에서

우리 젊은 날의 이데아는
어느 시간의 초침에서
화석이 되어 머물렀을까
장닭의 홰치는 소리
그 회로의 숫자는 기억 속에
얼마나 감지되어 있을까
검푸른 지중해의 끝자락에서
한 올의 햇살 끌어당기던
그 미세한 불가항력적 힘의 논리를
친구여 기억하는가
가을 깊은 날 캠퍼스 은행나무 아래
황금색으로 물든 꿈빛 낙엽을 주우며
낭송하던 윌리엄 셰익스피어 소네트를
혀끝에 감기던 감미로운
19세기 영국 낭만주의 시를
그 기억의 되새김 멈추지 않았겠지
함께 즐거워했던 그때를
오늘은 피드백 풀어보고 되감는다
삭제의 클릭으로 현재 시제는
다시 과거 시제로 묻혀버리고
커서는 미래 시제를 향해
화살을 당긴다

김 무 숙

등 단	「문예사조」
약 력	한국문인협회 회원
	한국크리스천문학가협회 서기
	한국민족문학회 사무총장
	예사랑여성문학회 부회장
수 상	한국민족문학회 최우수상, 광명신인문학상
저 서	『내 영혼의 온음표』
e 메 일	naro930@hanmail.net

아름다운 이몽

더운 여름날 저녁식사 후
남편은 컴퓨터 앞에 앉아
재테크 강의에 몰두하고
나는 식탁에 앉아 시를 쓰고
가스레인지 위에선
삶아 끓는 행주가 목청 높여 노래 부른다
강의는 산상교훈처럼 사뭇 진지하고
오만 거 다 품었던 행주는
불 성령 앞에 낱낱이 회개하고
부활이 없는 골고다를
하염없이 넘고 있는 나의 시
한여름 밤
서로 다른 욕망이 승천을 꿈꾸고 있다.

강물은 안다

강물은 안다
어디서 오고 어디로 가는지
나는 모른다
어디로 스며들어야 할지
얼마만큼 뜸을 들이다
백기를 들어야 할지
강물은 순리대로 흐르는 법을 알지만
나는 순리만이 법이 아님을 안다
순리에 늘 복병이 있고
그래서 코가 납작해져
늪에 갇혀 갑갑한 시간을
아프게 떼어내던 때를 기억해낸다

강물은 모른다
사람의 가슴에서 출렁대는 물결이
얼마쯤 가서 제 풀에 죽게 되는지
바라만보다 놓쳐버린 형체를 그리워하며
자기도 모르게 지쳐
무참하게 꺾이는 꽃 대궁이 되는 걸
나는 안다

그대는 모른다

동고동락

철망산 정상 나무 의자 옆
부상 개미 한 마리를 부축하여 끌고 가는
수많은 개미의 군상
그것이 바로 신성,
자체가 눈물겨운 거룩이었다

한두 마리면 족할 것
그 행렬의 어리석음에 혀를 차지만
한참 뒤 행렬까지도
헌신적인 몸동작은
한 폭의 순교의 춤사래

함께한다는 것

은행나무 암수딴몸이
마주보아 열매 맺듯
하염없이 눈빛 성화를 이루는 것
난감한 맨손을 뜨겁게 잡아주며
서로 돕는 손이 되는 것

울고 싶을 때
자청해서 눈물 되어 주는 것

끝이 보이지 않는 길을
겁 없이 뛰게 하는 갸륵한 힘이다.

박 순 애

등 단 「한국크리스천문학」

약 력 한국크리스천문학가협회 회원
계약신학대학원대학교 졸업
관인음악학원 운영 중(32년)
글로리아 남성중창단 지휘, 주바라기중창단 지휘자
찬양 음반 3집 출시 기념 독창회
현) 한길교회 섬김, 찬양사역 활동

수 상 문교부장관상

신호대기 중

신호등에 막힌 자동차 안
눈부신 햇살
봄 산이 안겨 온다

시린 겨울
검게 튼 살 가다듬고
봄비에 곱게 빗은 머릿결

뒤섞여 돌아가는 로터리인가
일상은 언제나 고달파도
믿을 건 오직 계절의 순리

뒤틀린 삶의 순서
꿈속에서도 몸부림치지만
세월의 빛을 따라야 하는 것

지금은 신호대기 중

끝나지 않은 공연

횃불회관 대강당
사람들도 불빛도
서서히 빠져나간
텅 빈 공간
분장을 지우고
본연의 내 모습으로 돌아왔다

어느 새 흰머리 삐죽거리고
다시 무대에 서는 오늘
폐부를 울려 나오는 내 목소리가
청중들 가슴에 메아리쳐
기쁨과 소망되기를 간절히 바라는 이 마음

너와 내가 엮어가는 무대에서
서로가 힘이 되고
즐거움을 낳는 삶이 되라
수없이 되뇌이는 나날

나는 다시 분장을 하고
무대에 선다

조금 천천히

라르고의 선율이
고요한 숨결을 타고
조바심에 들뜬 일상을 밀어낸다

감미롭게 다가오는 연주가
느린 듯 흐르는 강물 되어
굽이굽이 들려오는
내면의 소리

낮은 목소리로
시작하던 일들이
그림자도 남김없이 달려가는
인터넷 세상에서
소망의 빛으로 바라본 십자가

주님의 이마에 흐르는 붉은 피
그 은혜 앞에
원망도 미움도 묻어버리자

처음처럼
시작하는 설레임으로
씨 뿌리는 농부의 기다림으로
차근차근 세워가는 사랑의 사람

간절한 기도로 들려오는
Largo
그 여유로움 앞에서

원 현 경

등 단 「한국크리스천문학」

약 력 한국크리스천문학가협회 회원
경희대학교 대학원 미술학 석사
현) 열린사이버대학교 외래강사
순천향대학 미술사 외래강사

봄이 되겠어요

사랑 없이 지나간 건조한 아침과
무정함이 가득 찬
흐린 오후는 저리로 비켜주세요.
기다림에 지친 스산한 저녁과
미움 때문에 아픈 밤들도 모두 그냥 지나가주세요.
봄에는
창가로 쏟아지는 눈부신 햇빛에 놀라
무심한 듯 그 자리에서 흐드러지게 꽃이 되겠어요.

물어보기도 두려워서 묻어둔 질문들과
아파서 모르는 척 숨겨둔 마음들은
다 잊어주세요.
미소 뒤로 숨은 눈물과 고요하게 가라앉은 인내도
이제 돌아가세요.
봄에는
열어놓은 창문 사이로 들어오는 향긋한 기운에
취한 듯 그 자리에서 나풀거리는 꽃이 되겠어요.

잊을 수 없어도 잊어주고
보기 싫어도 보아주고
용서할 수 없어도 용서하고
사랑할 수 없어도 사랑하며
봄에는 다만 말없이 꽃이 되겠어요.

6월의 하루

왠지 엉성하게 커피냄새가 차오르는 아일랜드에 앉아
인생, 만만하게 살아볼까? 하고 생각합니다.
하지만 자유가 행복을 주진 않으니까요.

어쩌면 귀찮은 일이 중요한 일일 때도 있습니다.
그래서 우리가 모르는 사람들의 마음에
스며드는 기쁨과 슬픔과 흘러넘치는 분노가
찰랑찰랑 나의 마음에도 채워집니다.

아줌마로서 늘 무사한 것
예상치 못했던, 어색할 정도로 평화스럽게
흔들림 없는 일상과 조용히 지나가는 시간들과 단정한 차림새와 시선
사실적인 생활.
그립지는 않지만 나에게도
사과 한 마디면 모든 부끄러운 것을 간단히 잊을 수 있었던 시절이 있었습니다만

온몸으로 천천히 퍼지는 안도감에 희미하게 웃어보고는
가능한 빠르고 가능한 말끔하게
특히 좋아하는 설거지를 하면서
가볍게 평화로운 기분에 젖어듭니다.

오늘 참 한적하다.
난 돌아가고 싶지 않다.
순순히 미련 따위 조금도 없다는 듯
잎이 한창 무성해서 복잡한 창밖의 풍경을 고독하게 바라봅니다.

눈 속에 사는 새 희로애락

당신의 눈 속에 사는 새가 있습니다.
당신의 아름다운 눈을 닮아서 잘 알아볼 수 없습니다.
어느 날, 당신의 마음이 사랑의 기쁨에 겨워서
당신의 아름다운 눈까지 차고 넘쳐서
숲 속의 작은 샘처럼 솟아날 때
당신은 저 혼자서도 부산하던 눈 속의 새를 만날 수 있습니다.
나도 모르는 새
기쁨으로 들뜬 당신의 아름다운 눈이 반짝 빛날 때
화들짝 놀라 후드득 별이 되어 뿌려지는 당신의
기쁨이라는 그 새
만날 수 있습니다.

당신의 눈 속에 사는 새가 있습니다.
당신의 깊은 눈을 닮아서 잘 알아볼 수 없습니다.
어느 날, 당신의 마음이 배신의 아픔으로 저미어져
당신의 깊은 눈까지 노여움으로 차곡차곡 쌓여서
끝없는 계단처럼 힘겹게 올라올 때
당신은 홀로 오롯이 앉아있는 눈 속의 새를 만날 수 있습니다.
나도 모르는 새
아픔으로 절망스러운 당신의 깊은 눈에 어두운 그늘이 지나갈 때
화들짝 놀라 후드득 상처가 되어 쓰러지는 당신의
노여움이라는 그 새
만날 수 있습니다.

당신의 눈 속에 사는 새가 있습니다.
당신의 고요한 눈을 닮아서 잘 알아볼 수는 없습니다.
어느 날, 당신의 마음에 이별의 슬픔이 가득해서
당신의 눈까지 그 슬픔이 자꾸 차올라서
어두운 호수같이 잔잔히 잠길 때
눈 속에서 조용히 살고 있던 당신의 새를 만날 수 있습니다.
나도 모르는 새
슬픔의 무게에 당신의 고요한 눈이 깜박 감길 때
화들짝 놀라 후드득 눈물이 되어 떨어지는 당신의
슬픔이라는 그 새
만날 수 있습니다.

당신의 눈 속엔 새가 살고 있습니다.
당신의 화사한 눈을 닮아서 잘 알아볼 수 없습니다.
어느 날, 당신의 마음이 화해의 즐거움으로 설레고 부풀어
드디어 당신의 눈까지 퍼져 나와
봄날의 꽃잎처럼 피어날 때
당신을 오래 기다리던 눈 속의 새를 만날 수 있습니다.
나도 모르는 새
다시 찾은 사랑의 즐거움이 당신의 화사한 눈을 활짝 열어젖힐 때
화들짝 놀라 후드득 곱다란 추억이 되는
당신의 즐거움이라는 그 새
만날 수 있습니다.

구 완 서

등 단 「한국크리스천문학」

약 력 이화여자대학교, 대학원 졸업
C.A.MARINE대학교 졸업
C.A. 91765 U.S.A.
한국크리스천문학가협회 회원
국제세무사

e메 일 yoshin39@hanmail.net

별바다 그 하늘

그 낮
가득한 열기
치덕치덕 감싸 매고
선 블럭으로 한번 덧칠하고
팔 토시로 두 번 덧칠하고
빛 가리는 양산으로 또 한 번 덧칠하며
단 한 가닥의 태양도 내 살갗에 닿으면
안된다고 주장했다

그 밤
땀으로 홍건해진 목덜미와 숭글숭글 맺혀진 땀방울
시끄런 마음들은 어느새 잠잠해져 있고
벗어버리고 문을 열고
나서는 때
뜨거웠던 하루를 마감하듯 스쳐가는 바람이
땀 젖은 살갗에 부딪치며
차갑게 살아나는 세포 하나하나를
양팔 벌리고
바람 속에 서 있는
지나치듯 느끼지 못했던 자. 유. 함을
살갗에 닿는 미세한 느낌으로 그 감사함으로
별바다 그 하늘을 우러른다

Healing Garden

본채와 좀 떨어진 별채라 했다

들어가는 입구 양옆으로 조그만 정원에 조그만 분수가
적막을 깨고

금잔화, 데이지가 돌 틈 사이로 빼곡히 그 모습을
드러낸다

오른쪽으로 보이는 마리아상
더 오른쪽으로 보이는 작은 채플
분수에서 정갈한 물 흐르는 소리가 들린다

포장해서 갖고 온 음식 봉지를 손에 들고
안내 데스크에 가서 확인한다
네, 맞는데요
복도 안내판을 따라 North West Tower를 찾아

카페테리아를 지나고
곡선으로 이어지는 돌담길을 지나 엘리베이터를 타고
올라간다.

유리 너머로 보이는 둥근 정원에는 키다리 Palm tree와
선인장이 종류별로 자라고

단아하게 장식된 방들이 양옆으로 정렬되어
열려진 커튼을 열고 슬며시 들어가 본다

들릴 듯 들릴 듯…….

하루하루가 매일 똑같은 일상이라고 푸념하고
지루해했던 시간들이었는데

어제와 다른 오늘
누군가의 한마디
숨쉬기 힘들면 안 쉬어도 돼

그는 그렇게 Healing Garden을 떠나 영원 속의
Healing Garden을 향해 간다

나는 화병에 꽂힌 꽃을 좋아하지 않는다

왜 그런지 이유를 알지 못했습니다
내 잘못이 아니라고 반박도 했습니다
나만 그런 거 같다고 미워도 했습니다
불공평하다고 변명도 했습니다

그런데
꽃병의 꽃이 살아 있는 것일까
아니면 죽어 있는 것일까
물에 담겨 있기에 살았다고 해야 하나?

미처 알지 못했습니다
가지가 잘리는 순간 그 꽃은 이미 죽었던 것입니다
물에 잠겨서 마치 살아 있는 모양을 하고 있던 것입니다
일주일
영양제를 주고 물을 자주 갈아주면 아마도 이주일

그것을 알았을 때 의문이 사라집니다
왜 그런지 이유를 알게 되고
변명의 여지가 없게 되어집니다

나는 화병에 꽂힌 꽃을 좋아하지 않습니다
생명은 흙에 있어

위 맹 량

등 단 「한국시」 시, 「문학미디어」 수필

약 력 고려대학교 졸업

농촌진흥청, UNKSOL 근무

한국크리스천문학가협회, 한국문인협회,

한국현대시인협회 회원

마포문인협회 부회장, 세계시문학회 이사

현) 윌리 트레이딩 상사 대표

저 서 수필 : 『오솔길』

시집 : 『먼 훗날』『내 누님 시집가던 날(영한대역)』

『시간은 민들레 홀씨처럼(영한대역)』

작사(가곡) : 천관산 바라보며(김경양 작곡)

강강술래(윤대근 작곡)

e 메 일 agentewilly@hotmail.com

내 누님 시집가던 날

그때가 언제였나
내 누님 시집가던 날

정신대 끌려갈까 봐
서둘러 어린 딸을
시집보낸 우리 아버지

안쓰럽고 서러워
잘 가라 차마 말 못하고
눈물로 치맛자락 적시우던 어머니

그때가 언제였나
가을도 저물어 서글펐던 날

어린 아씨 잘살라고
벼 이삭 고개숙여 기도하고

이별이 너무 서러워
뒷동산 상수리나무
알알을 떨구었다오

달맞이꽃

강렬한 태양은 싫어
수줍은 듯 고개 숙이고

애정 어린 달빛
유혹에 빠져
달밤에 피는 꽃

풀벌레 소리마저
숨죽이고
사방천지 고요 속에
잠들었는데

감미로운 달빛사랑
살포시 네 꽃잎에
입 맞출 때

시샘 많은 별들
다투어 반짝이고

질세라
흐르는 시냇물
잔물결에
빛을 토하며
재잘거린다

시간은 민들레 홀씨처럼

시간은
민들레 홀씨처럼
날아간다

천상의 바람 타고
정처 없이 흘러간다

나도 함께 홀씨 되어
날아감을 어찌하랴

민들레의 홀씨는
바람이 그칠 때
흙 속에 묻혀
오는 봄을 꿈꾸지만

나의 홀씨는
바람이 멎는 날
흙 속에 묻혀
오는 봄을 아쉬워할 뿐이다

김 봉 겸

등 단   「코스모스문학」

약 력   한국크리스천문학가협회 부회장 겸 운영이사
         한국문인협회 회원, 자유문학회 회원, 울림문학 회원
         변호사
         광림교회 장로

저 서   묵상소록집 : 『잊혀지지 않은 약속 그 진실함』
         동인지 : 『울림문학 1,2』

e메 일   lawkbg@hanmail.net

고백

무상함을 느껴볼 새도 없이
거침없는 바람 따라 인생은 사위어 가고
두 손 가득 거둘 줄 알았더니
모두가 헛손질이었다
하늘이 무너지고 땅이 꺼지던 날을
누가 있어 알아줄거나
가슴 터져라 소리치고 싶었다
악착이 살 길인 줄 알았다.
움켜쥐어야만 살아남을 것 같았는데
악착은 악독으로 괴롭혀 왔고
움킨 손엔 들어올 게 없었다.
지금 다시 그때를 살아보라면 어찌 되풀이할까
기억 속의 그 시절엔 거기의 얘기일 뿐
아브라함의 품에 안긴 나사로를 보는 부자가
생시로 돌아간들 어찌 달라지리요
그래도 지금 멀쩡하여 웃을 수 있고
빈손이라도 내밀 수 있는 건
나를 지키신 분의 보이지 않는 도우심이라
그가 내 손에 등불 쥐어 주셨기에
넘어져 끊기지 않고 여기까지 길 밝히며 왔다
내 손 내밀어 큰 손 붙잡은 날
그날이 나의 나 된 새 날이었다
눈이 짓무르도록 쉼 없이 흐른 눈물
가슴 속 깊이 응어리져 가라앉은 한恨

한숨과 탄식으로 지샌 긴긴밤

나를 떠나지 않던 그 어둔 세상이 완전히 뒤바뀐 건
큰 손끝으로 전해 주신 사랑에서다
그분의 흘린 피가 내 속을 돌아 흐르듯
내 피, 남의 피 가르던 좁은 소견에
뜨거운 진액이 핏물처럼 흐른다
멎었던 생명이 숨을 쉬고
비로소 뛰기 시작한 심장의 고동소리는
가슴 떨리는 기쁨으로 다가오고
마음 채워 뜨겁게 덥히는 감사가 되었다
내 입술이 열려 노래가 흐르고
내 손의 휘저음이 춤으로 살아났다
장대 끝에 매달린 깃발처럼
펄럭펄럭 나부끼며 드러내고 싶었지만
혼자서는 할 수 없는 희망사항임을 어찌 알았으랴
미운 바람 고운 바람 모두 불어야 휘날리는 깃발인 것을
세월은 누구에게나 공평하다는 것을
나만 비껴간 행운의 바람은 없었다는 것을
왜 몰랐을까
결국은 나를 짓누르는 삶의 무게로 여기던 이들이
내 존재의 이유이고 나를 받쳐주는 생명의 연장延長임을 알았다
뒤돌아본, 까마득한 시절의 저녁별처럼
소중하게 남기고 싶은 소원이 있다면
이렇게 감사하고 기뻐하며 더불어 살다가
나의 옛적 일로 내 길의 불이 꺼지지 않기를 바라면서
흔들리지 않고 떠나는 것이다

새벽에

나의 새벽을 깨우신
당신께
나를 드립니다
절대로 하찮지 않다신 나를
당신께
그대로 드립니다
당신은 내 이름을 부르시고
아름답게 꾸미십니다

나는 당신 손끝의
작은 이슬입니다
버림받아 풀무질을 당한
찬란한 영광입니다
내 이름을 그저 불러주심은
사랑하는 당신의 마음입니다

나의 새벽은
당신과 하나 되는
눈물의
시간입니다

그리움

영혼을 지피는 그리움처럼
절절한 불이 있으랴
사랑이 불꽃이라지만
혼자 하는 사랑은 서글퍼
몰래 하는 사랑은 애달파
굳이 그리움이라야 하는 까닭이라

그 떨림의 현을 타고
그 설렘의 관을 통해
애절한 몸짓으로 피어오르며
그리움은 절정에 이르지

가슴이 녹아 기억으로 스며든
정지된 시간의 그림자
다만 영원으로 이어질 울림
그리움은,
구원久遠의 여인으로 품어야 할 비밀
들켜선 안 될 황홀한 슬픔
밀물이고 썰물인 한세월의 질긴 고뇌여

해저문 갯가에 다다라
한 욕망이 사그라지고
더 이상 손 내밀 수 없어서야
얻어낸
봄볕 같은 평화여

김 순 희

등 단 「문학마을」

약 력 이화여고, 이화여대 졸업
국제펜 한국본부 회원
한국문인협회 회원
한국크리스천문학가협회 운영이사

수 상 영랑문학상 본상

저 서 『내 꿈은 숫자가 없다』『함께 있고 싶은 사람』
『우리 마주보고 웃자』

e메일 supervill11@hanmail.net

넓은 품은 평안하고

넓은 품은 평안하고
깊은 눈은 한없이 그윽하여
당신을 일생의 광명으로
가슴에 받습니다

안길수록 훈훈하고
볼수록 다정하여
여기까지 함께해온 날들을
찬양합니다, 즐거운 리듬에 맞춰

굳건히 나를 축복하는 당신
감미로운 사랑이
나와 함께 안식하게 하소서
나 언제나 당신을 갈망합니다

넓은 품은 평안하고
깊은 눈은 한없이 그윽한
당신!

접시꽃

무슨 꽃이 저렇게 뜨거울까
유심히 보는 눈에 불붙일 듯
붉은 접시꽃
목을 빼고
담장보다 높이 피었다

내리쬐는 뙤약볕
휘몰아치는 소나기
사나운 천둥 번개 폭풍우도
저 뜨거움 꺾지 못했구나

꽃송이 송이마다 햇빛 어려
환히 타는 얼굴
세상 고뇌와 무관한 듯
신비를 자아내는 저 광채
그냥 얻은 게 아니구나

스스로 생육하고 번성하여
벌 나비 부르는 꽃 되어
나 오늘 하루
마음 온통
뜨겁게 불붙어도 좋으리

고장난 계절

어제 날씨는 반팔차림
여름인 듯 착각케 하고
시원한 빙수도 어른거리게 하더니

가을비 몰고 온
싸늘한 바람에
웃음기 걷힌 늦깎이 장미꽃
맥없이 고개 떨어뜨리고

헛발질 일기예보
날씨조차 변덕 심한
우리 인간을 닮아가는가

북극 빙하는 녹아내리고
뉴욕은 눈 폭탄에 산혀 떨고
하늘 끝 모르는 인간의 도전
자연의 콧김에 두 손 들라는 경고인가

햇살 따사로운 안방에
잠든 아가
얼굴이 마냥 평화롭다

김 순 덕

등 단 「한국작가」

약 력 이화여고, 이화여자대학교, 한양대학교 대학원 졸업
구미문학산책동인, 한국크리스천문학가협회 회원
푸른초장문학회 회원
고대 보건전문대, 을지대학교 강사 역임
현) 남포교회 권사

수 상 범하문학상

저 서 『의무기록실무』

e메일 soondkim@hanmail.net

수박

초록 길 따라 붉은빛 찾아가는
내기 같은 것
밭고랑부터 간직한 암호
가를 때 작은 함성
함께 고향의 여름이 있다

우주 저쪽에서 건너온
별처럼 박혀 있는 까만 씨
어린 시절 친구들 심장 소리 들린다

쪼개진 속 선율의 바다 펼쳐지고
고향을 담은 속살은
수수께끼 같은 일상을 풀어내는
속뜻 가진 과일이다

아름다운 노래

부엌 창가로 통하는 뒷마당
나의 정원이
눈에 덮여 조용하다

지금 땅 아래엔
지난가을 가슴 적신 낙엽
영혼의 노래 부르고 있는 듯

봄 기다려
얼었던 땅 녹이고
제비꽃 민들레 피어나겠지
눈 아래서는 지금
화려한 정원
마음 아픈 이 들려줄 노래 준비로
얼마나 바쁠까

아지랑이도 봄길 트고
어느새
나의 계절도 천천히 고개를 든다

오월

한두 번 넘어지고
두세 번 일어나고
마주치고 스치고
밀치고 쓰러지다 보니
어느새 문 닫을 나의 계절
존재하는 것들의 사라짐을 일깨우며
꽃잎이 바람에 흩날린다

무어 그리 아팠을까
무어 그리 목말랐을까
흔들다 건드리다 말
나의 모퉁이

한 무덕 꽃으로 온 오월
낮은 기도 소리
살아 있는 모든 것이 축복이라고
온갖 시름 어지러움의 기억
사랑으로 보듬고서
봄날은
그렇게 건너가고 있다

김 덕 성

등 단 「기독교문학」

약 력 신흥중고교 정년 은퇴
한국크리스천문학가협회 회원
한국기독교작가협회 회원
여의도유치원 원장, 기독문예클럽 대표 역임
현) 제일교회 장로

수 상 문교부장관 표창

저 서 『시냇가에 심은 나무』

e메일 deoks35@hanmail.net

새벽길

아직도
잠에서 깨어나지 못한
도시

자동차 소리
멀리서 간간이 들려올 뿐
고즈넉하다

밤새 밝힌 가로등
피곤해서 그런지 빛을 잃고
졸고 있는데

바라보이는
교회당 위 빛나는 십자가
내 빌길을 밝힌다

첫 시간
가벼운 발걸음으로
주님께 기도하러 가는
새벽길

축복인 양
영혼을 촉촉이 적시며
이슬비가 내린다

하늘빛 속에서

그림처럼
곱고 맑은 푸르른 하늘빛

하루 종일
푸른빛만 안고 있어도
행복한가 보다

욕심 없는
빈 마음 그대로의
평화로운 빛이
잔잔한 호수에 내린다

임이 지우시고
보시기에 좋았더라 하신
그 빛
태초의 햇빛을 안고
내리는 하늘빛

하늘빛은
세상에 준 고귀한 선물
빛의 근원이 되어
생명으로 약동하는 사랑의 빛

푸른 하늘
사랑의 빛으로
오늘도 나를 감싸주면서
내 길을 밝힌다

풀꽃

간밤에 내린 비
촉촉이 젖어 싱그러움을 더하는
산뜻한 아침

무심히 지나는데
언제부턴가 눈에 들어온
이름 없는 풀꽃 윙크하는 듯싶어
다가선다

비에 촉촉이 젖어
외로운 듯 보이지만
도리어 미소지우며 반기는
고운 자태
아름다움을 더하고

비록 보잘것없는
풀꽃이지만
스스로
만족해하면서 베푸는 사랑

나는 갸륵하고 진실한 풀꽃 사랑
그 사랑으로
임의 사랑을 느낀다

정 경 화

등 단 「한국크리스천문학」

약 력 JOY 선교회 이사 역임
한국크리스천문학가협회 회원
현) 은혜와진리교회 영등포성전 관리부 근무

e메 일 hl1keg@hanmail.net

우화羽化를 꿈꾸면서

애벌레 한 마리
회색 줄무늬
가느다란 꿈, 무겁게 걸치고
미로 속 자기 방을 사뭇 더듬는다.

굶주린 도시는 블랙홀이다.
하루 해는 헐떡이며 어두워지는데
또 하나의 밤은, 어찌 그리도 빨리 오는지
골목길 지나가는 겨울바람
서럽게 울며 가는 시간 속으로……

지친 영혼아
너는 어디로 가니
상처뿐인 몸뚱이 꿈틀대며 어디로 가니
조그마한 조그마한 애벌레야

그래도
내일 아침을 그리워하자꾸나
떠오를 태양을 맞이하기 위해
이제는 시간이 되었노라
자! 나의 작은 궁전으로
양손 벌리면 닿을 듯
섭*에 오르자 섭에 오르자
찬란한 우화**를 꿈꾸면서

* 섭 : 누에가 잠을 자기 위해 오르는 곳.
** 우화羽化 : 번데기가 고치를 뚫고 나방으로 나오는 과정.

산수유 피는 곳에

산 너머 딸이 사는 마을
그곳에도
비 개인 오후
느림보 봄도 마냥
기지개 켜며 오려나

내가 사는 동네
늙은 산수유 한 그루
봄 햇살에 졸다
바람결,
활짝 펴올라
나그네 가는 걸음 멈추게 하네

어제는
진종일 비가 내리고
오늘은
산비둘기 그리도 울더니
봄은 속절없이 가버리고
노란 꽃잎들만
희미한 추억 되어 휠휠
빈 가슴에 파고드는 나날인데

말라위 호수에 별이 빛날 때

아득히 먼 곳
뭉게구름 무심히 흘러가는 곳
조그마한 땅 어느 곳
아프리카 동남쪽
바다를 닮은 호숫가에
눈빛도 선한 민족이 살고 있는 나라 있네

풍요한 조국 빛난 지위
가을날 낙엽처럼 떨구어 버리고
오지의 땅 훨 훨
찾아간 당신은 정녕 누구십니까

말라위 호수에 별이 빛날 때
질병과 가난
퇴치하기 위한 열망 가슴에 품고
가난한 어머니 마음이 되어
오늘도 흐느끼며 기도하는 자

다 주어도 다 주어도
마냥 배고픈 영혼들
무거운 십자가
홀로 지고 가는 예수의 모습 속에
오늘도 닮아가는 당신의 그림자

황 바 울

등 단 「한국크리스천문학」

약 력 한국크리스천문학가협회 회원
총신대, 대학원, 일본공립성서 연구원, 미국미드웨스트대
학원, 미국워싱턴대학원
일본, 몽골 등 해외 선교사 30년

e메 일 h-paul@hanmail.net

그분과 함께 걷는 길

먼 산 동트기 전
밝아오는 미명 속에
운구가 산을 돌아
앉아 있다

산새들의 아침은
노래로 시작되고
골짜기의 물소리는
천상의 찬양

밤새 초록 향기 지어
산야를 채우고
이름 모를 나무들의 묵도
아침을 연다

기도동산 깨우는
겸손한 간구로
창조주 은혜 받아
나를 내려놓는다

하나님의 뜻대로
삶의 꽃을 피워
복음의 바람 따라
열매 맺으리

오늘도 변함없는
복음의 길을
감사와 찬송으로 함께 걷는다

풍요로운 고향

바다내음 가득 품고
싱그러운 바람이 분다
찰싹거리는 파도는
흰거품으로 사라지고
초록빛 산야는
봄이 왔어요 봄 하고
기지개를 편다
두둥실 떠가는
흰구름은 친구 찾아
여행을 떠나가고
통통배 기적소리에
고기들은 줄행랑을 치고
어부들의 노랫소리
만선을 꿈꾸어 본다
눈을 감으면 떠오르는
풍요롭고 따스한
지붕없는 미술관
나의 고향 고흥이
나를 부르네, 나를 부르네

별이 쏟아지는 초원에서

별이 쏟아지는
초원의 하늘
이 끝에서 저 끝까지 별들의 나라

어떤 별은 노래하고
어떤 별은 춤추고
어떤 별은 눈짓을
어떤 별은 축제를

하나님이 하늘의 별과
바닷가의 모래알같이 많은 후손이라
하셨는데

헤아릴 수 없는
많은 별무리
저마다 아름다운 빛을
저마다 역사 이야기를

천년 만년 백만년
천만 년 천천 만만년을
노래하며
춤추며
감사가 넘치게
그 자리에 떠서
빛으로 쏟아지는 별

별이 빛나는 밤에
지극히 작은 나
북풍 칼바람을
가슴에 안고
불러도 대답 없는 그 사람
이름을 불러본다

동틀 녘
사라지는 별들처럼
나도 별 따라
먼 여행을 떠나야겠다

별이 쏟아지는
초원에 서서

전 형 진

등 단 「한국크리스천문학」

약 력 한국크리스천문학가협회, 한국문인협회 회원
인천대학교 인문대학장(문학박사)
인천대학교 명예교수
새문안교회 명예장로

저 서 시집 : 『가을나무』『The Top Is Spinning』
『새시향 5호(공저)』『그대 이름은』『산하구』

e메일 dreamo38@hanmail.net

가을 나무

가을 나무는
여름내 입던 푸른 제복에 싫증을 냅니다

장마철 물벼락 막아준 것 잊었나봅니다
오뉴월 땡볕 가려준 것 잊었나봅니다
매미 모아 합창소리 들려준 것 잊었나봅니다

가을 나무는
울긋불긋 색동옷도 벗어 던집니다

세찬 북풍이 불어닥칠 때
나무는 알몸으로 동장군과 싸움을 합니다

눈이 펑펑 쏟아지던 날
나무는 소복 차림으로 손들고 기도합니다

그루터기

늘 오르던 산기슭에서
오늘 유난히 나무 그루터기를 바라본다

내 친구들
아니 내가 모르는 내 또래들인들
저 그루터기 나무 둥치를
무심히 바라볼 수 있을까?

전쟁, 혁명, 사변, 동란, 개혁의 이름으로
우리는 저 그루터기 나무처럼
잘리고, 찢기고, 동강나고, 짓밟히고,
그을리고 나서

저렇게 꼴사나운 모습으로
납작하게 무릎 꿇고 있는 거다
오직 하늘만 올려다보며

초록 축제

초록 물감
짙고 옅은 가락
한 산 가득

나무들 무리무리
춤을 춘다

태평양 어르던 솜씨
바람이 휘젓는 가락
품에 안고
온 산이 흥청거린다

나무들
한껏 팔을 늘려
하늘로 축제 올린다

최 태 석

등 단 「한국크리스천문학」

약 력 전 여성지 「여원」 「레이디 경향」 기자
전 소년지 「아이큐 점프」 편집장
전 88올림픽 홍보실장, 한국크리스천문학가협회 회원
한국문인협회 회원, 시와 수필문학회 회원

저 서 시집 : 『세월의 끄트머리에서』
소설 : 『너무 예쁜 제인』
실화집 : 『밀수수사 실화』

e메일 hanbu2008@naver.com

세월의 *끄트머리에서* 1

주고 가야지 먼지 닦아 주고 가야지
이들에게 얻은 것들일랑
이들에게 주고 가야지
황천길 노잣돈 몇푼 챙기고
맨몸으로 와서
맨몸으로 가는 인생이라면

두고 가야지 티끌 털어 두고 가야지
이 터에서 거둔 것들일랑
이 터에다 두고 가야지
저승길 길쌈돈 몇전 챙기고
맨손으로 와서
맨손으로 가는 인생이라면

놓고 가야지 터럭 쓸어 놓고 가야지
이곳에서 이룬 것들일랑
이곳에다 놓고 가야지

홀로 와서
홀로 가는 인생이라면

먼 훗날
내 머물다 간 자리
아쉬움 풀 한 포기 돋아나겠지
그리움 꽃 한 송이 피어나겠지

지하철에서 1

꽃들은 알록달록 손수건
흔들어 환송해 주고
정렬해 선 가로수들은 거수경례
출근길 지하철 광장에서는
아침마다 출정식이 펼쳐진다
앞서거니 뒤서거니 줄달음치는 청춘행진곡
뒷걸음질이란 없다
옆걸음질은 모른다
애오라지 앞으로 앞으로
넥타이에 목매달고
정장 차림으로 중무장한 남정네
초미니스커트에
핸드백으로 경무장한 여성들
이들이 내뿜는 열정 용광로 에너지 삼아
지하철은 숨가쁘게 달린다
높고 낮은 건물들이 산맥을 이루는 도심

남정네는
기회를 사냥하러 정상에 오르고
여성들은
소망 캐는 심마니 되어 계곡을 누빈다
거미줄 쳐져 있는 지하철은
열정이라는 붉은 피를 꿈이라는 흰 피를
공급하는 도심의 핏줄
지하철 흐르는 도심은
오늘도 건강한 숨을 내쉰다.

삶 1

물음표 짚고 내딛은 우리네 삶
아리랑 고개 넘어
스리랑 고개 넘고 넘어
그 멀고 긴 느낌표의 여정 끝내고
어느날
마침표 찍힌 종착역에 이르겠지
영원한 쉼표
말없음표의 세상

그리고 먼 훗날
우리네 삶은
사람들 입에서 회자되리라
물음표와 느낌표
한데 묶은 따옴표로

박 주 연

등 단 「한국크리스천문학」

약 력 한양대학교 졸업
「내고장 신문」 기자 역임
한국크리스천문학가협회 회원
사랑방 시낭송회 회원

e메일 lionbird77@hanmail.net

인생 내비게이션

그분은 인생 내비게이션
날 영생의 길로 인도하신다
언제나 가장 좋은 것을 주시어
날 부유하게 하신다
좁고 험하지만
축복의 길로 인도하신다
캄캄한 밤에도
부드러운 음성으로 날 인도하시고
고난의 길에서도
안전하게 보호하신다
시시때때로 풍성하게 하시며
가장 좋은 길로
목적지까지 인도하시는
그분은 인생 내비게이션

고난의 꽃

고난의 꼭짓점엔
반드시 축복의 꽃이 피어난다
고난 중에 있을 때
마치 지옥처럼 느낀 것은
혼자라고 혼동해서다
끝이 안 보이는
마음의 고통은
우리가 끌어들인 것이다
임마누엘인데
에벤에셀인데
여호와 이레인데
그것을 잊어버리기 쉽다
아무리 큰 고통도
그분께 의지하면 평안이 깃든다
고난이 불현듯 찾아오면
그분께 온전히 의지하며
은혜의 손을 잡자
고난의 끝엔 항상
아름다운 면류관이 기다린다

초대장

음악회 초대장을 찾기 위해
기억을 더듬어 보며
둘 만한 곳을 찾아본다

보관한 곳이 생각 안 나
조용히 기도한다
초대장은 은밀한 곳에
잘 보관되어 있었다

지상에 내 보물도
초대장처럼 널려 있으나
눈이 어두워 못 본다
찾지 못하여
누리며 살지 못한다

천국의 초대장도
다락에 깊숙이 간직하고
까마득하게 잊고 산다

최 명 덕

등 단 「한국크리스천문학」

약 력 한국크리스천문학가협회 운영이사
조치원성결교회 담임목사, 건국대학교 문과대학 히브리학
과, 문화콘텐츠학과 교수, 한국이스라엘연구소 소장, 한국
이스라엘학회 회장, 한국이스라엘문화원 이사, 한국이스라
엘친선협회 이사

저 서 『유대인 이야기』『유대교의 기본진리』『로스 히브리어문
법』『영성 있는 그리스도인』 외 40여 편의 논문

e메 일 thinknet@hanmail.net

어머니의 전설

마음
접어
농
깊숙이
넣는다
나프탈린
몇 알 함께

어쩌면
입지 못할
날개옷

한 가지 소녀의 꿈
두 가지 어머니의 꿈

접어
색동옷 함께
보물처럼
깊이
감춘다

세 가지
남편의 꿈과
네 가지
자식의 꿈에

살아온 세월

한 가지 소녀의 꿈
두 가지 어머니의 꿈

농
저
밑에서
전설이 된다
전설이 된다

거울 보기 부끄러운 날

거울 보기 부끄러운 날이 있다
꼭 나이 들어감이 서글퍼서만은 아니다
평소 알고 있던 청년의 얼굴이
문득 거울 속에 중늙은이로 비치는 낯섦 때문만은 아니다

어느 날 자기 얼굴 보기 싫다던 동료 교수처럼
잡티 많아지고 주름 늘어나는 그 얼굴이 싫어서만도 아니다

진달래, 철쭉 진 후
아카시아, 등꽃 향기 영혼을 흔들더니
벌써 장미가 눈부시다

망막에 비치는 산하는 그렇게 아름답건만
늙어가는 소나무도
지는 태양도

거울 보기 부끄러운 날이 있다
아담아 네가 어디 있느냐 음성 들리는 날은

빚지며 사는 인생

넥타이 느슨하게 풀고
안경 벗어 와이셔츠 왼쪽 주머니에 꽂는다
눈을 감는다
오늘도 전철은 피곤하다

누군가 저쪽엔
나보다 더 피곤한 사람 고단하게 서 있을 게다

그래도
눈 질끈 감고 고달픈 잠에 빠져든다
그러나 아주 잠들어선 안된다
내려야 할 역
지나치면
인생은 더 피곤해진다

전철 잠은 꿀잠이지만
귀 열고 자야 한다
다음은 신도림역입니다
신촌, 잠실 방면으로 가실 손님은
지하철 2호선으로 갈아타시기 바랍니다
소리 놓치면
지난번 걸었던 그 많은 계단
다시 걸어야 한다

매일 빚지며 사는 인생

누군가 저쪽엔

나보다 더 피곤한 사람

아직도 서 있다

전 담 양

등 단 「한국시」

약 력 상록수문학회 중앙위원, CBS TV강단, CBS 라디오 '시
　　　 와 묵상'(CBS 레인보우), 극동방송 '시와 묵상'
　　　 CTS TV 시와 묵상 '전담양목사의 동행'
　　　 현) 임마누엘교회 및 임마누엘기도원 원장

수 상 제17회 목양문학상
　　　 한국시 대상

저 서 『목자가 이끄는 쉴만한 물가』『내 영혼의 편지』

e메 일 black_pearl@nate.com

빗방울로 쓴 시

그토록 바랐던
비가 옵니다

떠나간 님을 그리워하는
그 누군가처럼

메마른 마음을 적셔줄
그 찰나의 위로를 구하는
마음의 표현입니다.

날씨가 흐리다고 우울해 마세요
때로는 뜨거운 태양을
등뒤로 감추고
당신의 메마름을 씻어주는 것이

파란 하늘 아래서
밝게 웃는 당신의 영혼을
더욱 빛나게 해주기 때문입니다.

떨어진 방울방울
물길을 이루어
마음의 먼지를 씻어
망각의 골짜기로 흘려보내고

눈가를 적시는 방울의 손길
이 순간도 지나가리라고
이제 곧 맑을 것이라고

속삭이는 소리에
고개를 돌려보니

또 다른 소망의 방울이
반갑게 손을 흔들어 줍니다.

비가 옵니다.
그리운 내 님의 따스한 품에서

그대 마음 내 마음
내 마음 그대 마음 되어
영원한 평강을 노래하는

영원의 노래입니다.

방울방울 닿을 때마다
귀를 기울여보세요

주님의 은혜가
아름답게 연주될 것이니까요

새롭게 살아나게 하소서

기억은 오래된 카메라로 찍은
한 장의 사진 같아서

순간은 분명하다가도
시간의 흐름 속에서
그 색채를 잃고 바래져 버림과 같습니다.

어릴 적 푸른 초장을 뛰놀던 때가
그립고 그립습니다.

적어도 그때만큼은
어떤 염려도 없이 방긋 웃을 수 있었기 때문입니다.

그토록 해맑게 웃던 어린아이는
내 맘속에 있는데

거울 속의 내 모습은
사람들의 발걸음 가득한
시장 한가운데서

엄마를 잃고 울고 있는
아이의 표정과 같습니다.

자연스러운 흐름이 막히고

소화되지 않은 채 걸려 있는 이 마음
알 수 없는 손길에 이끌리어
책장을 넘겨봅니다.

"하나님이 이르시되 빛이 있으라!"

이 짧은 선포 속에서
나는 인생의 색채가 분명해짐을 경험합니다.

말씀 속에 살아 숨쉬는
사람들의 손을 잡고
인생을 살펴보니

내 주변의 울림과 빛과 형태 속에
여호와의 손길이 함께함을 깨닫습니다.

"빛이 있으라"
영원토록 바래지 않을 생명의
사진이 될 것을 기대하십시오.

목수

사방에 물이 있어도
목마름을 해갈할 한 방울이 없습니다.

눈에 보이는 곳마다
나무가 가득하지만
기대어 쉴 그늘이 없습니다.

수많은 갈림길이 눈앞에 있지만
어디로 가라고 말해주는
표지판이 없습니다.

말할 입술이 있으나
들어줄 귀가 없습니다.

그러나 우리 인생의 분주함은
이 모든 부족함을 실감하지 못하게 합니다.

그래서 예수는 일어나십니다.

대패와 망치, 못과 공구를
어깨에 메고
인생의 골목 골목을 누비십니다.

숙련되고 민첩한 손길로

마음의 광장에 그늘을 만들고
당신이 친히 지셨던 십자가를
마음의 쓴물에 던져 단물이 되게 하십니다.

수많은 꿈의 나무를 베어
그 누구도 박수치며 공감할 만한
아름다운 집을 지어 주십니다.

내가 알지 못했던
작은 오솔길에도
"여기로 가세요!"라고 표지판을 세우십니다.

어제도 오늘도 내일도
이 목수는 열심히 일하십니다.
깨어진 오늘
그분의 손에 맡겨보지 않겠습니까.

이 상 귀

등 단 「한국크리스천문학」

약 력 한일은행(현 우리은행) 근무
웨스트민스터 신학대학원대학교 M.Div
사회복지사 2급
브니엘 신학대학원 히브리어 강사
현) 기쁨교회 담임

e메일 gybbeum@hanmail.net

승천 昇天

티끌로 태어나

새벽 별 반짝이는 들길 걷다가
홀연히 구름옷 갈아입고

징검다리, 달 건너
궁창 대문 열고서는

개울 건너편, 하늘 집으로 이사 간 사람.

서편제

너를 찾아 찾아 산천을 떠돌았네
달빛 적요로운 들길 헤매었네
눈멀어도 찾을 길 없었네
귀가 먹으니 소리가 들려오네
소리 너머 말이 보이네.

기린

가시덤불 양식 삼고
온몸 구푸려
목마름 채우며

네 발 딛고 살지만
땅이 싫어
긴 다리 곧추세우고 선 사람아

하늘이 좋아

뻗고 뻗어도
늘이고 늘여도
하늘 닿을 수 없어

하늘에도
땅에도
마음 둘 곳 몰라

먼 들판
바라다보고 선 내 사람아.

김 상 숙

등 단 「한국크리스천문학」

약 력 동작문인협회 회원
서울감리교회 권사

e메일 sang7097@nave.com

해국이 되어

궁벽진 벼랑 한 끝 이르러
장대비 쏟아지는 햇볕과
거친 해풍으로 뉘었다
수면으로 일렁이는 골 깊은 산
푸른 정맥 흐르는 하늘 사향으로 엎드러진 곳
깊은 흑암이 춤추던 칼데라caldera*
우산도 해국으로 피어났다.

* 칼데라 : 화산의 원형 함몰지형을 말함.

소매물도

투명한 빛 바다를 삼켜
하얀 속살 벗어 오묘를 드러낸 열목개 몽돌 길
고요한 바람으로 아침을 누이고
성난 파도의 노래 어둠에서 일어선다

천길 낭떠러지 붉은 기암괴석
거칠어진 오월의 태양을 천천히 핥고
산산이 깨어져 전설이 되는 파도
에메랄드빛 한 섬 내 안으로 숨어들었다

빙침이 공존하는 푸른 하늘 푸른 바다
겹겹의 기억은 태곳적 신비를 열어
온유한 정취가 있는 풍경으로
기진맥진한 나를 보고 웃는다

가락 사이로 펼쳐진 휘황한 하늘 너머
백리를 비춘다는 하얀 박속 같은 등대섬
초원의 살찐 햇살로 섬섬이 부셔 바람을 삼켰다

세상의 처음과 끝
그곳에는
시간이 거꾸로 흐르고 있었다.

일몰

시리도록 아름다운 윤슬은
고고한 붉은 바다
엷은 바람으로 고이 품었다

몇 억년 풍상으로
벌거벗은 조약돌

한 뼘 걸린 석양
선혈로 붉게 가두고
선명하게 빛나는 섬광의 그림자

심장을 가로지르는 낯선 바람 소리
마침내 스러졌다
바다를 품에 안고.

정 태 광

등 단 「한국크리스천문학」

약 력 건국대학교행정대학원 졸업, 행정학석사
인천경영자총협회 CEO, 한겨레역사문학 이사
안중근기념관 홍보대사
대한예수교장로회 광명교회 장로

수 상 보국훈장 광복장

e메일 dovejtk@hanmail.net

아침 산행

뻐꾸기 노래 따라
걷는 아침 길
초록 향 시샘하는
장미의 질투

숲속 토끼 길
차이는 이슬
바지가 젖어도
찬 줄 모른다

부-욱 부-욱 국국
짝 부르는 산비둘기
사랑 엽서 품고 나는
민들레 홀씨

창공 높이
종이배 하얗게 띄우고
두 손 모아 높이 든
간절한 기도.

송년送年

너와의 만남은
사랑이었고
너와의 사랑은
이별이었다

아늑한 봄볕은
잠자던 이불 걷어찬
풋냄새로
소망의 깃발 높이 들었다

타는 불화살 쏟아지는
모래밭의
맥박은
불끈불끈 울분을 토했다

낙엽 냄새 물씬 풍긴
은행잎은
노란 축복의 햇살로
눈물보다 진한 편지를 썼다

갈대밭 돌개바람
겨울 산은
낙엽의 머리채 잡아 땅바닥에
메치는 아픔도 있었다

허물어지는 시간표에
가슴 무너지는 침묵
너와 헤어진다는 인연은
연습이 아니었다

쏘아버린 세월의 화살은
다시 채울 수 없어
하늘 우러른 눈빛으로
초연히 너를 보낸다

함박눈

큰 사랑
넓은 가슴
아름답게 타오르는
하얀빛
하늘 우러러 소망의 날개로
온누리 덮는
큰 이불

사랑의 언덕에
소복이 쌓이는
순결한 백합
너울너울 춤추는
세상에서 가장 큰
꽃

울고 웃는
내 영혼의 길목에
찬란한
보금자리로 차지함이여
눈 감아도 흰 세상
눈 떠도 하얀 세상

온 세상

하얗게 하얗게
시작도 끝도 없이
내 영혼 발가벗기는
숙명적인 여로

김 홍 섭

등 단 「서울문학인」
약 력 한국문인협회 회원, 구미문학협회 회원
수 상 구미문학상
e메 일 gumikimhs@hanmail.net

봄날의 향연

캄캄한 적막 속에
칼바람을 뚫고
매운 울음으로 발뿌리 내려
시린 겨울 보내고
옛 님을 기다리는 설레는 맘으로
탐스런 꽃망울 터트리며

절경을 타고 넘어온
금오산자락 봄바람
세월의 무상 속에 그리움을 싣고
비단 옷 나부끼며
매향에 흠뻑 젖는다

산마루 고갯길 종달새 노래처럼
두둥실 청운의 꿈을 싣고
세상 너머 또 다른 세상을 꿈꾸며
호연지기를 길렀던 정든 내 고향
봄날의 향연 춘삼월 호시절

동행자

당신께 드리는 그리움 한 다발
가슴에 안고 오늘도 동구밖에서
당신을 기다리고 있었습니다

쫌만 기다리면 올 것 같은
들릴 것 같은 당신의
발자국 소리

지쳐서 돌아섰을 때
나는 당신의 환한
웃음을 보았습니다

당신은 이미 내 가슴안에
들어와 있었고 나보다
더 오래 기다리셨다고

나 혼자 울고 웃을 때도
그 모진 세월 속에서도
당신은 이미 나의
동행자였습니다.

여명의 옷자락에

여명의 옷자락에
희망이 묻어오면
여인들이 두고 간 호반의 벤치에
차고 슬픈 연기는
눈꽃처럼 사라진다

시린 사랑의 상처는
애틋한 그리움 한 조각
먼 하늘 가에 솜털구름처럼
화안한 꽃자리 즈려 밟고
순백의 자태로
세상을 품는다

붉게 타오르는 저녁 노을에
잊혀진 그대 모습 아로새기며
당신이 살포시 내려앉을
자리를 위해
내 영혼의 가슴을
비워 둡니다.

이 서 연

등 단 「한국크리스천문학」
약 력 중등교사 및 대학 강사
       탈후반기, 동작문인협회, 큰숲문학회
       한국크리스천문학가협회 회원
e메 일 ruaths2009@hanmail.net

돌담길

낡은 몸으로
홀로 버티고 선
꼬부라지고 휘어진 돌담길

이젠
내려앉고 휘어져
어머니 등뼈 같은 돌담

추운 겨울
볕을 쬐던 아이들의
정겨운 이야기와 웃음소리

그리워
홀로 늦은 햇살 놀다 가며
젖은 내 등을 말려주마

호박덩굴 돌담을 타고 오르면
괜찮아, 괜찮아 난 괜찮아
등 내밀며 여린 순 다독여 준다.

중환자실

우주여행을 떠날 참이다.
왔던 별로 다시 돌아올 수도 있고
낯선 별로 날아갈 수도 있고
그건 신神만이 알 수 있는 일이다.

산소통 매달고
영양제 주머니 차고
그 외 오물주머니까지 달고
고상한 인품도 체면도 없이
오직 삶과 죽음의 경계에 놓여 있다.

세상이 그렇게 좋았던 것만도 아닌데
소중했던 것도 이젠 아무런 의미가 없는데
하늘의 별만큼이나 많은 번민 때문에
가슴 속이 들끓고 있다.

부활을 꿈꾸는 자
귀환을 꿈꾸는 자
기다리는 자 모두 애가 탄다

누구나 걸어 나가고 싶어 한다.
누구나 걸어 나오는 걸 보고 싶어 한다.
누구나 가슴 벅찬 환희로 맞이하고 싶어 한다.

그러나
우주의 무중력 상태에선 자유로움이 없다

아무것도 할 수 없어서
아무것도 해줄 수가 없어서
그저 안타까울 뿐이다.
간절한 기도 외에는
이젠 오직 신神만이 할 수 있는 일이다

아픈 날

이제까지
살아온 날들이 아프다.

못 해준 것이 많아서
안 해준 것이 많아서

마음을 어루만질 때마다
눈물이 울컥울컥 솟아나는데

그것을 너에게 말할 수조차 없어서
어떻게 말을 해야 할지 몰라서

두터운 벽을 안고
신음하며 끙끙 앓고 누워
까맣게 속 타들어가는 날

오랜만에 바라보는 애잔함
아는지 모르는지
돌아서 가는 뒷모습을 보며

너는
어떤 마음일까

강 명 순

등 단 「한국크리스천문학」

약 력 한국크리스천문학가협회 회원
서울예술신학교 교무처장
전 바기오예술신학대학교 교무처장
(사)한국기독교문화예술원 이사
현) 로빈나문화마을 대표

황홀한 옷자락

스치는 듯
돌아선 듯

가슴속 일렁이는 꿈을
주체할 길 없어
축제는 활화산처럼 타오르고

예인들의 청아한
달란트 잔치는
수많은 발자국을 남기는데

여기에
감히
그 무엇과 견줄 수 있겠는가

퍼내어도
퍼내어도
마르지 않는
수가성 우물가 여인의 외침이여!

날마다
거듭나는
천국 잔치의 예술 향연이
영원히 목마르지 않게 하소서
오시옵소서
오시옵소서
황홀한 옷자락으로

그리움

초승달이 실눈을 감추며
구름 옆에 걸쳐 있네

노루목길 산허리에
아롱진 꿈 새 한 마리

옛 얘기 더듬으며
날갯짓 털고 있네

밤새껏
쌓여가는
수많은 전설 속에
나는야
어인 연고로 이 세월을 보냈는고

툇마루에 걸터앉아
그대 얼굴 바라보니
그대는 간 곳 없고
초승달만 넘어가네

바람 타고
골을 넘어
어디선가 들려오는
라일락의 멜로디

당신은 내게

영원히

영원히

기타 치는 알로하 어웨이!

하늘 그림

시작도 없고 끝도 없네
넓고 넓은 그곳에는

눈부신 고요의 기러기 가족들
첫 은유의 날개로
미완의 후렴구를 가물가물 남기네

수천만 년 숨은 이야기를
푸른 문장으로 쏟아내는

멀고 먼 그곳에는

세상에 없는 사랑이 있네
세상이 모르는 질서가 있네

김 순 찬

등 단 「코스모스문학」

약 력 한양대 대학원 졸업
한국토지주택공사 정년퇴임
고용노동부 부천고용센터 근무중
인천문협, 한국크리스천문학가협회 회원
서울 구로문교회 장로

e메 일 soonchan1@hanmail.net

산호수 연인

결코 낙엽눈물을 보이지 않는다
끝까지 푸른 표정을 짓고 있다
늘 흐트러짐 없는 단아한 모습

시간이 분명하고 행동이 확고하다
많은 거부감으로 영역을 좁혀 가고
남에게 기대지도 얹히지도 않는다

세상에 큰 기대 없어
희망 이야기도 하지 않는다
그 흔한 커피 한 잔도 필요없다
물 한 모금, 한 줄기 햇살로 족하다
그리하여 그녀만의 유리성에
성주가 되었다

조그마한 하얀 별꽃 숨겨 피워
빠알간 열매 매달고
한 해 동안을 추억으로만 견딘다

그 어떤 아픔이
이토록 그녀를 단단하게
만들었을까?

혈족

겨우내 피워낸
빠알간 동백꽃 봉오리
목이 부러져 버린 처참한 모습들

두륜산* 숲속 길 사방에
혈흔血痕으로 흩어져 있네

간절한 기도를 이루지 못하고
끝내 맞지 못한 따뜻한 봄,
이른 꽃샘바람 심술에
피를 토해 버린
젊고 아리따운 혼령들

혈흔 속마다 차마 눈 감지 못한
노오란 꽃술
그 슬픈 눈동자 속에
애절한 사랑이 아련하다.

* 두륜산 : 땅끝 마을 해남의 천년 숲 옛길이 있는 도립공원임.

칡넝쿨의 숙명

남들과 같은 떳떳한 나무기둥 하나 없는 게
늘 한이 되었나 보다

한여름엔 왕성한 욕심으로 넓은 들녘과
바위 언덕을 점령하기도 했지

높은 키 버드나무를 뒤덮어
거목인 양 우쭐대고
까맣게 죽어버린 고사목에 푸른 옷을 입혀
살아있는 척도 했다

호기심이 넘쳐 도로변 펜스를 넘기도 하고
고속도로까지 무모한 질주도 해봤다

그러다 찬바람 부는 초겨울
넝쿨줄기는 결국 나무기둥 없이
요란하던 칡넝쿨은 소리없이
자취를 감추고 만다

백 근 기

등 단 「한국크리스천문학」

약 력 기독교대한감리회 밝은빛교회 담임목사
러시아감리교신학대학 및 한중신학교 겸임교수
감리교 홍성고 동문 목회자협회 회장
한국크리스천문학가협회 이사
초우 문학 아카데미 이사

e메일 paik21c@hanmail.net

벚꽃 사랑

넌 어찌나 탐스러운지
널 사랑하는 사람들
네 곁으로 오고 있다

가지마다
빼곡히 달린 모습
눈꽃 같구나

너처럼 우리도 군락 이루어
오순도순 마주보며
오래오래 산다면

봄비, 봄바람
시샘하듯
한 잎 두 잎 떨군다

그래도 난 널 사랑한다
네 하얀 아름다움
나 영원히 간직하리라.

별, 별, 별

요르단 붉은 사막
와디럼의 밤하늘
사막 끝에 앉아
캄캄한 하늘 바라본다

이 밤에 빛나는
뭇 별들
저마다 반짝반짝
밤하늘의 등대

은하수 멀리
우주를 떠도는
또 하나의 별
인간이 이룬 기적
인공위성!

아브람아 저 별들을
보라 하신 약속
내 가슴에 들린다

와디럼 밤하늘
창조주와 인간의 조화
무엇에 비하랴
그 아름다움을.

오늘 하루

오늘 하루
어제 햇살은 꼬리를 감추고
내일 햇살도 알 수 없지만
오늘의 빛은 오늘입니다

오늘 하루
창조주 허락된 시간 속으로
그대와 나
그렇게 흘러갑니다

오늘 하루
눈동자처럼 보호받으며
순간순간 맥박소리 듣고 삽니다

오늘 하루
희망의 씨앗 심장에 심고
새 역사를 창조합니다

쉼표 찍으며
거룩한 분 은혜 되새기며
감사로 하루를 호흡합니다.

신 혜 련

등 단 「창조문예」 수필, 「한국크리스천문학」 시

약 력 서울음대 졸업, 성악가, 찬양대지휘
한국크리스천문학가협회 회원
현) 외국어대학교 외래교수

e메일 heny2001@hanmail.net

그가 볼 수 있도록

고양이처럼 웅크린 몸

조금씩만

천천히 펴 보라

그가 너의 오묘한 존재 볼 수 있도록

석상처럼 굳은 입술

조금씩만

옆으로 당겨 보라

그가 너의 생생한 미소 볼 수 있도록

독수리처럼 형형한 눈빛

조금씩만

아래로 내려보라

그가 너의 빛나는 사랑 볼 수 있도록

청색증 걸린 시퍼런 심장

저 허리 밑에서

뜨거운 가슴으로 끌어올려 보라

그가 너의 붉디붉은 열정 볼 수 있도록

아, 그가 천상으로 올라간 날

투욱 툭, 시간이 멈추었다
당혹스런 눈동자에 번지는 핏물
솟구치는 핏덩어리 후회
희미한 심장의 마지막 흔적

처절한 버팀 끝, 조각 숨에 걸린 미련
아, 그가 천상에 올라갔다
내려앉는 미지근한 미소
그의 것이 아닌 창백한 평온

아, 그가 천상에 올라간 날
남은 자의 백아절현* 같은 붕성지통**
인자人子가 하늘로 드는 날도 그러했으리라
드윽 득, 시간이 다시 흐른다

* 백아절현(伯牙絶絃) : 자기를 알아주는 참다운 벗의 죽음을 슬퍼함을 이른다. 춘추시대에 백아(伯牙)는 거문고를
　　　　　　　　　　매우 잘 탔고, 그의 벗 종자기(鍾子期)는 그 거문고 소리를 잘 들었는데, 종자기가 죽어 그
　　　　　　　　　　거문고 소리를 들을 사람이 없음을 이른다.
** 붕성지통(崩城之痛) : 성이 무너질 만큼 큰 슬픔이라는 뜻으로, 남편이 죽은 슬픔을 이르는 말이다.

툰드라의 이끼 꽃

툰드라에도 여름은 있어
이끼가 꽃을 피운다
작은 얼음덩어리 얼굴에 쓰고
꽃 피우려 한다

잘려져서 길섶에 쓰러져 있는
썩은 참나무 그루터기에도
이끼 꽃 핀다
새빨간 작은 머리 들고

모든 슬픔 사라지게
할 수는 없겠지만
바람살아 더욱 거세어져라
차가운 물바람아 더욱 차갑게 불어라

붉은 숲에는 무엇이 있는가
채찍비야 내려라
꽃자리에서 이끼가 자라게
그래서 이끼 꽃 필 수 있게

김 규 승

등 단 「한국크리스천문학」

약 력 고신대 대학원 졸업
루이지애나 침례대학교 신학박사
부산 브니엘신학교 교수, 학장
한국크리스천문학가협회 회원
현) 부일교회 원로목사

저 서 연구논문 : 『요한의 파라클레토스 신학 소고』 외
논저 : 『조직신학 서론』 외 다수

매미들의 잠언

갓 밝아 오는
오솔길
제 몫의 A프레임* 걸머지고
멈칫거리며 걷는다

가지런히 따라붙는 발자국들은
오늘의 소요학파

나이테를 톱질하는
매미들의 잠언은
동살처럼
갈 길 재촉한다

비울수록
하늘 가까운
좁은 문, 환한 둘레길이다

* 미군들이 한국인의 지게를 A프레임이라고 명명하였다.

오수

걸으면서 잠든
몽유병자의
일몰

파닥이던
날개 접고
땅바닥에 널브러진
착한 바보들

하품하던 나무
병든 짐승조차도
밤 덮고
생채기를 핥는다

꿈은
프롤레타리아의 빛바랜 만화경
화려한 악을 뚫고
내려앉는 천상의 멜로디

짧은 입맞춤
긴 흔적이
일출 서두는 소낙비 된다

걸어다니는 그림자

찌뿌듯한 일상의
무게
여리게 짊어진
걸어다니는 그림자

당신이
발목 딛고 일어서면
난, 뒤따르는 시녀
앞을 여는 호위무사도 된다
나란히 한 길 걸을 땐
삼킨 말, 닫힌 목소리 너머
봄빛 상큼한 언어들이 샘 차오른다

겉치레 벗어 내던지고
쫓기고 쫓는 경주마는
빛의 안자락 여행하고 싶은
유쾌한 순례자

노을에 씻겨
쏟아져 내리는 만장의 문자들이
버려진 눈물 흥건히 닦아낸다

달리는 대낮의 숨가쁜 경적에

때마다 매무새 달리하는
그리매
발바닥 누르고 선
당신은 내 삶의 롤모델이다

하늘 왕의 행보 따라
죽고 사는 그림자는
구겨지고 비틀린 흑백영화

주연의 대사에 밑줄 긋는
어설픈 조연이다
즐거운 노예이다

김 영 길

등 단　「국보문학」

약 력　한국문인협회 회원
　　　　국보문학 내 마음의 숲 회원
　　　　한국크리스천문학가협회 회원
　　　　안수집사

물방울

비 내린 오후
꽃가지가 안고 있는
은빛 물방울

틈새
가지 잡고 있는 애틋한 숨결 소리

순간의 시간 속
점점 보이지 않게
비어져 가는 너의 모습.

세상 바람결에
시달리며 바라보는 한 인간에게

다정한
연분의 정 주고 가려나

이 밤 별빛 지나
영원히 사라지겠지

시간아!
멈추어다오.

긴 여행 떠나는 날

지난 세월
발자국 조각들 모아

시詩 보따리에
차곡차곡 챙긴다

파도 속 안개 너머
기쁘고 슬펐던
내 영혼 붙잡고 있다

내일 또 내일
닻 내리고
저녁 황혼 따라 떠나는 날

다시
붙잡을 수 없겠지

사랑하는 자들이여!
기도하며
안녕……

성찰의 시간

언제나
개별적으로 살아가는

나의 주관적 경험과
너의 개인적 경험이 충돌

끊임없이 펼쳐지는
갈등
오해
경쟁

고통의 긴 옷자락 끌고
사랑의 수치를 잴 수 없는
십자가 앞에서

옳고 그름 지나
너와 내가 기도할 때에

우린
하늘빛 소망과 행복이 가득한
기쁨을 노래하겠지!

심 산 태

등 단 「국보문학」

약 력 국보문학 회원
        한국크리스천문학가협회 회원
        현) 송해관광

e 메 일 jisusloveks65@hanmail.net

5월

한자락 피운 꽃망울
눈부심은 태양 같고

지천으로 퍼진 향기는
어머니 분내음 같아라

하나하나 이름 불러 안부 전하니

이름 모를 낯선 꽃은
온몸으로 나풀댄다

실바람에 하늘대는
고운 아가 분꽃이여

곧 있을 뜨거운 볕
너 어이 견딜꺼나

보는 이 맘조차 심히 염려스럽다

천지를 푸르름으로
꼬깔 씌워놓고

행인 걸음 더디게 묶는
길섶에 핀 꽃 오월의 장미여

할미꽃

고운 햇살이 눈부신 날
양지쪽 밭머리 돌아서
나지막한 능선이 보일 즈음

소담한 미뿔이 자리 잡은 곳
끄트머리 가장자리 잔디 위에
수줍어 고개 숙인 할미꽃

뉘의 넋을 위로하는지
해가 저물어도 고개 들지 않네
부끄럼인가 그리움인가

종일 미뿔의 영혼만 사모하며
눈부신 햇살도 아랑곳없이
외롭게 그리움으로 서 있네

떨군 꽃술은 세 가지 색으로
그리움 부끄럼 순종을 의미하며
오늘도 미뿔지킴이로 서 있네

아침바다

바다는
일어서고 싶은 마음을 출렁이며

파도가 되고
동무가 되어 손잡고 밀려와서는

잡은 손 놓고 모래를 씻는다
보라

지평선에 곤히 누운 저녁이
달구어진 붉음으로 되솟는 일출을

네 가슴에 내 마음을 담고 싶은
이 아침을

파도는
어둠의 비늘을 떨구어 낸

수평선부터 설레었고
소슬하게 젖어드는 텅빈 백사장에

막 건져낸 햇살이 팔딱인다
데려가다오

새들아
해 뜨는 아침에는

전하지 못한 안부를 묻고픈
퍼덕이는 사람 사는 곳으로

남 창 희

등 단 「한국크리스천문학」

약 력 사랑의교회 파송 전문인선교사
제일은행 기독선교회장
제일은행 로스앤젤레스 지점장
한국크리스천문학가협회 회원
러시아국립극동대학교 한국어학과 교수
파키스탄 GIL기독초등학교 설립

노인과 어머니

알량한 겨울 볕을 안고
고향 집 좁다란 툇마루에서
백발의 아들을 바라보는
영정 속 내 어머니

정신대 피하려고 열여덟에 시집 와서
낳은 아들 들쳐업고
간 졸이던 피란길에도
어머니는 풀뿌리 끓여 허기를 달래주었지

반백년 인생길 험한 산자락
눈 덮인 굽이굽이 돌아오느라
갈라진 발바닥 퉁퉁 부은 그 발에
따뜻한 털신 한 번 못 신겨드렸구나

떠날 날이 가까워
쇠잔한 손 내저으며 몰아쉬던
그 가쁜 숨 속으로
세월은 허상되어 흐르고

켜켜이 고인 탄식이 그리움으로 살아나니
영정 속 어머니보다 더 늙은 노인은
주름진 얼굴에 잇사이 울음으로 부른다
아, 내 어머니.

부활의 아침에

무덤 문 막았던 큰 바위 굴려지고
텅 빈 굴 무덤 속 어딜 보아도
눈 씻고 보아도
거기 있어야 할 시신은 없었네
허물 벗듯 벗어 놓은 수의만 개켜져 있었네

수천 수만 번 죽어야 할 이 죄인 살리시려
십자가에 대신 죽으신 예수
그분은 사랑이셨네
사랑은 죽음보다 강하니
사망을 이겨내고 이 새벽 그분 다시 사셨네

부활하신 그분 보고
죽어야 산다는 깨달음 밀려올 때
못자국 난 손바닥 흔들어 그분
나를 부르시네
사랑하는 자여 일어나 함께 가자고

나와 함께 죽어 나와 함께 살자고
나를 부르시네
부활의 아침에

세모의 기도

주님
오직 당신의 은혜로 한 해를 살게 해주심 감사합니다
그럼에도 허물투성이로 살아왔음을 용서해주십시오.

말과 행실에는 실수와 과오뿐이요
입술로만 주여 주여 하기를
얼마나 자주 했는지 모릅니다.

거룩함을 추구한다면서
죄악의 시험에 맥없이 져 버렸고
사랑하기보다는 미워하기를 더 많이 하였습니다

형제에게 기도할게요 헛된 약속 남발하였고
남을 판단하고 정죄하기는 얼마나 많이 했는지요
그리고 제 손은 베풀지 못하고 챙기려고만 했습니다.

주여,
거짓과 교만 탐욕과 정욕 질투와 이기심 이런 것들 모두를
저 자신과 함께 십자가에 못박게 하소서

이제 새로운 해가 뜨면
순결하게 살게 하소서
조금은 어리석게 살게 하소서

새해에는
받는 손보다 주는 손 내밀게 하시고
가난한 자 같으나 부요한 자로 살게 하소서

지 왕 근

등 단 「활천」

약 력 한국크리스천문학가협회 이사
성결교회 역사와문학연구회 회원
대신성결교회 담임목사

저 서 시집 : 『들꽃의 노래』『하늘과 땅의 노래여』
공저 : 『성결교회 인물전』

예수님, 어찌 하나요

당신이 나를
보고 싶어 하는 순간부터
당신에게는 위기가 왔습니다.

당신이 나를
만나고 싶다는 것이
당신을 위험에 빠뜨렸습니다.

당신이 나를
그리워한다는 것이
당신에게는 고통이 되었습니다.

당신이 나를
사랑한다는 것이
당신에게는 고난의 길이 되었습니다.

당신이 나를
용서한다는 것이
당신을 환란으로 몰아넣었습니다.

당신이 살기 위해서는
나 같은 것을 버리고 잊었어야 했는데
당신은 죽음으로
나 같은 것을 살려주었습니다.

예수님, 어찌 해야 하나요?
예수님께 나는 아무것도 해드릴 것이 없는데….

늦은 오후에 본 하늘

성공은
잘난 사람들이
하는 것이지만
승리는
못난 사람들이
하는 것입니다.

성장은
힘 있는 사람들이
하는 것이지만
성숙은
힘 없는 사람들이
하는 것입니다.

정복은
강한 사람들이
하는 것이지만
사랑은
약한 사람들이
하는 것입니다.

판단은 의로운 사람들이
하는 것이지만
용서는 허물 많은 사람들이
하는 것입니다.

부활의 아침에

암실처럼 어두운
칠흑의 밤이었지만
새벽하늘은
반짝이는 별빛들의 축제를 시작하였네

우울한 사람들은
천길만길의 벼랑 끝에서 낙심했지만
겨울 언 땅을 뚫고 올라온 푸르른 새싹처럼
영원한 생명을 소유하였네

일상의 한계와 고난 속에서
너무도 쉽게 체념하고 살던 우리의 절망은
삭제된 프로그램처럼 지워져 버렸고
사망은 그 이름 그대로 사망하였네

스스로 일어설 수 없고
더 이상 앞으로 나아갈 수 없는
막다른 골목길에는
하늘로 난 무지개 길이 열려 있었네

세상의 모든 부정이 부정되고
하나님의 은혜만이 긍정된
광명한 부활의 아침에

우리는 모두가 승리자였네

창공을 나는 새들이 노래를 하며
덩실덩실 산들이 춤을 추고
출렁이는 바다 물결이 박수를 하며
오늘도 부활의 아침을 맞이하였네,

부활의 아침을…….

김 지 원

등 단 「현대시학」「광주일보」

약 력 한국크리스천문학가협회 회장, 한국목양문학회장 역임
크리스천12시인 동인
현) 서울중앙교회 담임목사

수 상 한국크리스천문학상, 기독교문화예술대상
창조문예문학상, 목양문학상 등

저 서 시집 :『다시 시작하는 나라』『시내산에서 갈보리산까지』
등 8권
수필집 :『빗줄기의 리듬』

e메 일 kjwpoem@hanmail.net

왜

원수들은 쉽게 죽지 않는다
악한 자들은 쉽게 시들지 않는다
못된 자들은 더 만수무강한다
아니, 무슨 오기로 더 파릇파릇하다
왜 하나님이 계시면
천지개벽이 일어나지 않는 것일까
당장 불벼락을 내리지 않으며
당장 급살 맞지 않는가

정말 하나님이 살아계시면
세상은 왜 이리 답답한 일이 생겨나는 것일까
거짓말을 밥 먹듯 하며
불의한 방법으로 세상을 활보하는 자들이
울화져 죽지 않은 채
더 잘 먹고, 잘 입고, 잘살며
의인은 핍박을 당하고 괴로워하고
고통 속에 살다가
세상을 먼저 떠나게 되는가

하나님이 정말 살아계신다면,
하나님이 저 무너져가는 것들의 신음 소리를
단 한순간이라도 듣는다면
세상은 왜 쑥대밭처럼 이 난리속인가
분명 난장을 칠 세상을 난장 치지 않은 채

그 오랜 침묵의 의미는 무엇인가
마귀 짓하는 자들이 버젓이 사람의 탈을 쓰고 다녀도
왜 낙상도 하지 않은 채
빙판길을 잘도 다니는가

그리고 나는 왜 원수들이 나자빠지기만을
끊임없이 기다리는가
왜.

금년 성탄절엔

금년 성탄절엔
양철지붕 위에 내린 눈발이
먼 불빛에 반짝이우고
도시의 집 나온 비둘기들이
불편한 밤깃을 울 때에
예루살렘 사람들처럼
소동하지 않게 하십시오

생각만 해도 그립디그리운
먼 북극의 트리와
불 밝히는 오색등으로
언제부터인가
설레는 성탄절 밤이
겹겹이 다가온다 해도

산 넘고 물 건너 온 낯선 이국의 박사들처럼
감사와 기쁨의 보배합을
열게 해 주십시오.

은혜의 바다

낮은 곳으로 가라
그러면 시내를 만나리라
더 낮은 곳으로 가면
강물을 만나게 되고

그보다 더 낮은 곳으로 내려가면
마침내 대양大洋을 만나리라

몸을 낮추고
버리는 자가 만나는
은혜의 바다.

시 조

박영교 김봉군 윤주홍 김복희
이상인 양영희 이용호 이상진
이재호 최기덕 장효순 강난경

박 영 교

등 단　「현대시학」

약 력　안동고교, 안동교육대학, 중앙대사범대학, 고려대학교 교
육대학원 졸업, 한국크리스천문학가협회 중앙위원
역임) 한국문인협회 이사, 한국시조시인협회 수석부이사
장, 경북문인협회 고문
현) 한국문협 복지위원, (사)대한노인회 영주지회 부설 노
인대학장, 영주문예대학장

수 상　제1회 중앙시조대상(신인 부문), 제1회 경상북도문학상,
제1회 한국시조시학상, 제4회 민족시가대상　외

저 서　시집 :『가을 우화』『징』『창』『겨울 허수아비』외 다수
평론집 :『문학과 양심의 소리』『시와 독자 사이』

울릉도 · 8

그대
사랑을 모르거든
가슴을 앓아 보아라

그대
눈물을 모르거든
외롬을 앓아 보아라

진실로
그리움 모르거든
절도絶島 멀리 앉아 보아라.

고향故鄕 · 6

달빛이 그리워서
밤 뜰에
내려서면

내 마음은 고향 하늘
달빛 함께
젖어들고

기러기
울음소리에
그리움만 도는 하늘.

풍경소리

바람이
밀려오면
먼저 알고 몸을 친다

가냘픈
실을 풀어
먼 곳까지 다가가서

갓 돋은
비늘을 치며
돌아오는

산山
율동

김 봉 군

등 단　「새시대문학」 시, 「현대시학」 평론, 「시조생활」 시조

약 력　서울대(국문학·법학)와 서울대 대학원을 마침. 문학박사
　　　　가톨릭대학교 명예교수, 문학평론가, 한국문인협회 자문위
　　　　원, 세계전통시인협회 한국 회장, 한국문학비평가협회 회
　　　　장, 한국크리스천문학가협회 회장 역임
　　　　현) 세계전통시인협회 한국본부 회장

수 상　한국크리스천문학상, 펜문학상

저 서　『한국현대작가론』『다매체시대 문학의 지평 열기』
　　　　『시간과 영원을 위한 팡세』『기독교문학 이야기』 등

e 메 일　blur923@dreamwiz.com

고향

고향은 고향에 가 본 적이 없다
사전 속의 주검이 된 고향
신랏적 말들을 불러 하나씩 안장에 앉히고
돌말들은 신랏적 울음 아득히 울고
해넘이 언덕 너머 고향으로 간 말들은
다시 사전의 말들로 돌아온다
본디 고향가는 길이 사랑 다리
놓다가 팔이 이어버린 사람들
다리는 늘 무너지고
신랏적 고향도 무너지고
우리는 무지개보다 선명한
사다리에 신 손으로 못질을 한다
허방다리에 빠진 숫된 모국어를
사다리 나라에 연실을 푼다
고향은 고향이 아니다
사전은 더욱 아닌
우리는 모두 고향을 향한다
밤도 늘 깨어 있다.

길갈의 빛

어둠이 걸어와 마지막 창가에 설 때
길갈의 빛은 세상을 사위고
심령이 가난한 형제들은
주저앉은 울음소리를 다독인다
깨어난 아우성들이 푸른 깃발 흔들어
작은 새들도 황금빛 말씀 알갱이들을 줍고
백마 탄 그리움이 벌판을 가른다

하늘 눈물로 씻은 손길들이 모여
불멸의 현금弦琴을 연주하는 시간
아픈 바람살을 헤쳐온 웃음들의 은은銀銀
시계가 아직은 팔을 젓는 무한량의 우주
잠들지 않은 말씀의 숲속에 길이 난다
길갈의 빛은 우주에 찼고
말씀 씨앗 움트는 소리
기지개를 켠다
동쪽으로 걸어간 밤이 돌아보는
아침은 늘 지금이다.

* 길갈 : 사무엘상 11:14-15.

시간에 관한 묵상

남대문 사막시계방에 들른
나의 손목시계는
한 톨 금속성 밥을 먹고
빈 시간을 돌리고 있다

아픔을 되질하는 나의 이력서에
천진한 어린 시간은
증인인 양 늘 찾아오고
나는 침묵으로
오랜 참회를 유예한다

은 서른 닢에 영원을 팔아넘긴
내 청년의
어둠속 그 동산의 횃불덩이 아래
혼자서 울던 시간들은
늘 사막시계에 가위눌리고

그날 새파랗게 질린
하늘 소리에 귀를 여는
나의 영혼은 야트막한 지평선 위에

두 팔 벌린 한 개 나무로
여위어 선다
지금은 오직 묵상할 시간

힉스에서 별까지
나의 시계는 육중한 보행에서 깨어난다
유예된 참회도 깨어나는 시간
희붐한 새벽은 이제 아득히 걸어온다.

윤 주 홍

등 단 「시조생활」

약 력 고려대학교 의과대 외래교수
시조생활 회원, 한국문인협회 이사, 국제펜 한국본부 이사
역임, 시조시인협회 이사
현) 윤주홍가정의학과의원 원장

e메일 imbo34@naver.com

가을은

환승객을 내려놓고
궤도를 달려간다.

기다리던 제 갈 길을
갈아 타는 모노레일

종점 역
가을 손님은
노을빛 낙엽 밟는다

새벽 비 한강

가는 배 비 맞는다.
백로 하나 낮게 날고

어화漁火 홀로 역류하는
새벽은 희미한데

새봄은
아직 멀었나
후줄근한 아리수

한겨울 아꼈더니

한 낫에 내칠 것을
꽃 한 송이 없는 가지

그것도 정이라고
한겨울 참았더니

저것 봐
홍매가 벌어
설산雪山을 마주하였네.

김 복 희

등 단 「문학세계」「문예사조」

약 력 한국크리스천문학가협회 회원
한국문인협회, 한국수필문학회 회원
영주문인협회 수필분과위원장

수 상 한국크리스천문학상, 연예일보사 문화예술대상, 문학세계
공로상, 예술세계 시조상, 죽계백일장 장원

저 서 수필집 :『장밋빛 인생』
시조시집 :『섬돌을 밟고 서면』

e메일 bokhee01@hanmail.net

인삼

도솔봉 등줄기에 쏟아지는 눈사태
고단한 잠을 깨워 추위에 떨게 하고
넉넉한 주위 풍경이
그 떨림을 품어준다

봄볕은 사람을 곤하게 만들어 놓고
저녁은 소리 없이 어둠만 내리는데
솔바람 빈 달빛 울음
잠든 눈만 비벼댄다

살 만큼 산 나이에도 영약 찾아 몰려들고
소백산 봄기운 뭉쳐 가지마다 이는 함성
삼포 밭
이랑 사이엔
솟구치는 푸른 서기.

병실에서

I
갑자기 하늘이 피잉 돌며 내려앉는다.
아픈 가슴 끌어안고 떠올린 당신 말씀
짓다 만
교회당 마당 터
앉아 계신 야훼 모습

II
다음으로 떠오르는 남편의 검은 얼굴
넉넉한 믿음 위에 아픈 모습 뵈고 싶잖아
그리움
아픔을 말아서
진한 눈물 감춘다.

III
아이들 왁자지껄한 걱정스러움 딛고 서면
어디나 한결같은 마음이 닿게 된다.
살았다
생각하면서
너희들 모습 또렷하다.

IV
너나 나나 다 함께 살아 있어야 사람이다
아름다운 이곳에서 봉사하는 정성으로
준 목숨
다하는 날까지
맡긴 일로 감당하리.

예수 · 2

낙엽 떨어지는 이치까지
계산하시는 분이 있네

떨리는 마음속에 아지랑이 밀고 뜨는

화창한
봄날 아침이 하냥 있는 것 아니다

발끝에 차이는 이슬
이제는 서리로 앉고

이 땅에 네 아닌 네가 수없이 널려 있어

귓가에
풍경으로 앉는
맑은 목소리 그분의 소리.

이 상 인

등 단 「시조생활」 시조, 「한국크리스천문학」 수필

약 력 한국경찰문학회 고문, 한국문인협회 관악지부 부위원장,
　　　나라사랑한국문인협회 부회장, 세계전통시인협회 자문위원
　　　수요문학회 회장, 실버넷뉴스 기자, 한국마술협회 회원

저 서 『여울물』 『해바라기의 노래』 등

e 메 일 isn303@hanmail.net

애가

사랑하는 자여
갈멜산 골짝의 백합화처럼 청순한 신부여
이 세상 나그네 길 끝나 육신의 장막 벗을 때
우리 손잡고 같이 가자
영원히 죽음이 없고 세상 풍파가 없는 약속의 땅으로
에덴의 동쪽을 흐르는 시냇가로 가자

거추장스러운 문명의 옷 벗고
태어날 때 그 모습으로 동산에서 뛰어놀자
찬란한 보석들이 발에 밟히고
탐스런 과일들은 주렁주렁
온갖 짐승과 화초들이 어울려 사는 곳

시시때때로 동산을 거니는 야훼의 음성이 들려오고
야생의 백합화와 이름 모를 공중의 새들이
다 같이 여호와를 찬양하는 그곳
들사슴같이 동산을 뛰노는 신부여
향기로운 과일로 배고픔을 잊고
생수의 우물로 목마름을 잊었구나

그곳은 세월의 흐름도 비켜 가는 곳
술람미 여인같이 아름다운 신부여 노래를 불러라
마하나임 여인처럼 아름다운 춤으로
여호와께 영광을 돌려라
생사의 바다를 건너서 영원한 파라다이스
그곳으로 가자 우리 함께.

소망

내 마음
빈자리를
당신으로 채우소서
당신만을 바라보는 기쁨이 감사가 되고
라일락
향기 같은 말씀
나에게는 행복입니다

내 마음
깊은 곳에
당신을 소망하여
새벽녘 손 모으고 당신께 간구함은
구원이
당신으로부터
온다는 믿음입니다

니나의 죽음

- 세월호 영혼들을 위로하며

4월의 라일락
세월 속 떨어져서
못다 핀 꽃망울들 바다 속 잠들었나
팽목항
흐르는 비가悲歌
아! 누가 부르나 니나의 죽음*.

희망의 퍼즐 조각
맞추다 멈추었고
미완의 악보들만 여기저기 흩어진 채
찢어져
갈라진 가슴마다
국상國喪 같은 애곡哀哭이여.

* 니나의 죽음 : 페르골레시 작곡(이탈리아 비가).

양 영 희

등 단 「문예사조」

약 력 대구대학 사회복지학과 졸업
관악문인협회 회원
수요시조문학회 회원

e메일 bzy6614@naver.com

공포증

장거리 비행의 두려움에 사로잡혀
그 사람 퇴직기념 유럽여행에
함께하지 못한 일이 세월 지나도
못내 상처로 남아
아이들 가족이 바다 건넌 지 몇 해였나
뜰 앞 목련은 거목되어 길손을 붙잡는데
먼 길 나설 엄두가 나지 않아
망설임 끝에 기도로 편안한 길 빌고서야
나섰지요
이제는 그 사람보다 아들의 위력이
더 큰 줄 뒤늦게야 알겠네요.

그해 여름

역구驛區 사무실에 감금된 오빠
피란민은 홍수처럼 쏟아 내리고
포 소리 따발총 소리 전쟁은 치열한데
이튿날 경계 삼엄한 대구역 광장
인민군들이 철도복장 차림 이십여 명을
트럭에 태웠다
군중들을 죽이러 간다고
웅성거리는 소리
얼핏 본 오빠의 옆모습이
영 이별이 될 줄이야
이튿날 밤중에
내 두 귀를 관통하는 총알이 너무나 아파서
"우리 오빠 죽는다" 소리치며 두 귀를 눌러 잡고
깨어 보니 꿈이었던가
아! 반 백년 지났어도 들려오는 이명耳鳴이여.

상봉

금수산 천재단을 숨차게 올랐다가
화암사 둘러서 내려오니
칠 년 만에 몰라보게 변화된 고한읍
메마른 시골 바닥에 궁궐 같은 모습의 카지노
비탈진 산마을 단숨에 올라서 찾아간
영아네가 우리 일행 움켜잡고 반겨준
감격스러움
광부네 살림 속 아기자기한 재미도
몰라보게 큰 두 남매의 성장도
무척이나 행복해 보였네요.
그날의 반겨주던 그 정겨움
이날까지도 가시지 않고 맴돌고 있다.

이 용 호

등 단 「한국크리스천문학」

약 력 전남대 행정대학원 졸업
한국크리스천문학가협회, 한문시 작가회 회원
현) 가락중앙교회 장로

수 상 한국서예 휘호대회 입상

자화상 自畵像

靑春野望 少時夢 야망에 불탔던 젊은 날의 꿈
暮年人生 窓映像 늘그막에 유리창의 자신을 본다
庭園紅柿 滿繫枝 앞마당 붉은감은 가지에 가득한데
冥想回顧 自責問 지난날을 돌아보며 자신을 꾸짖는다
無實生涯 歲虛送 열매 없는 빈약한 삶 세월을 허비했다
羞之大悟 晚時歎 부끄러운 생각에 뒤늦게 탄식하네
不及自我 禁後悔 부족한 자신을 후회만 말고
此時播種 後人收 언제라도 씨 심으면 뒷사람이 거두리

사계절의 노래

봄이면 아지랑이 진달래꽃 라일락 향기
여름은 푸른 숲 휘파람새 고운 노래
가을엔 오색단풍 푸른 달빛 쌓이고
겨울엔 백설 내려 설경의 겨울왕국

들창 밖 꽃동산 선남선녀 웃음소리
아낌없이 나눠주는 꽃향기 에덴동산
삼천리금수강산 산내들 푸른 바다
인간은 자연보호 자연은 인간보호

살기 좋은 우리나라 평화의 백의민족
진리와 사랑 안에 정의의 노래 소리
주님을 아는 소식 곳곳마다 퍼져갈 제
구천년 천손민족 찬란히 펼쳐지리.

우리는 하나

촉촉이 내린 비로 초목은 무성하다
은혜가 빗물 되어 온 세상 흡족하다
성령의 단비를 맞고 생기 얻어 깨라고

만물의 주관자인 창조주 하나님께
조국의 통일 안고 간절히 부르짖네
어이타 허리 잘린 가슴 아픈 내 조국

물줄기는 속삭이며 남으로 흐르는데
우리의 막힌 발길 새들만 넘나드네
닫혔던 마음열고 변화되게 하소서

우리의 숙원이요 한민족 구원의 길
애절한 북한성도 숨죽여 울부짖네
언젠가 통일되면 얼싸안고 뛰리라

어느때 까지니까 전능자 주하나님
때리시고 만지시는 치료의 아버지여
속히 올 하나된 나라 지구촌이 놀랄 날

4.27 남북정상 평화협정 선언했네
성령의 불길 번져 삼팔선을 소멸하고
동방의 횃불되어 온누리를 밝히리

이 상 진

등 단 「시조문학」

약 력 경북대 대학원 졸업(경영학박사), 한국시조시인협회 회원
경북대 겸임교수(경상대학 경영학부), 대구기독문학 회장
대구중앙교회 장로

수 상 나래시조문학상

저 서 『남도南道 가는 길』

말씀에 의지하여

하얗게 밤새우고
빈 배 저어오는 시몬

그물을 배 오른편에
던지라신 주의 명령

그 말씀
의지하오니
만선이 된 일오삼.

하늘을 향하여
광야를 향하여서

목자의 눈과 귀를
늘 열어주옵소서

말씀으로
비전 주시고
푯대 삼아 주소서.

우린 늘 연약하여
엠마오로 향하나

내 양을 치라 하신
주님의 음성 앞에

가야 할
성도의 여정
동행하여 주옵소서.

봄날, 겨자씨의 꿈

봄날에 고운 햇살
새 생명 싹을 틔워

저 작은 들풀들도
곱게 키워주시는

주 사랑
천국의 향연
새록새록 자랍니다.

우리의 작은 소망
겨자씨 같더라도

그 꿈은 새가 깃들
큰 가지로 성큼 자라

큰 믿음
이 산을 들어
저 멀리로 옮기겠네.

솔로몬 기도의 삶
큰 지혜 얻었으며

엘리야 기도의 힘

큰 가뭄도 해갈하는
성도의 겨자씨 꿈을
주님께서 아십니다.

안전한 포구

내 삶에 풍랑 일어
시험이 밀려와도

믿음과 소망으로
순종하며 나아갈 때

닻 내린
안전한 포구
내 영혼의 안식처.

거친 들 험한 산길
내 앞을 막더라도

기도와 성령 함께
찬양하며 나아가면

갈 길을
인도하시는
신실하신 주 사랑.

이 세상 근심된 일
내 비록 괴로우나

하나님 음성 듣고
공의로 나아갈 때
주 예수
날 사랑하사
평온의 맘 주시네.

이 재 호

등 단 「국보문학」

약 력 강동문예창작대학원 전 회장
(사)한국국보문인협회 고문, 세계시문학회 기획국장
한국장로문인회 서기
(사)한국시조협회 이사, 한국크리스천문학가협회 이사
표암문학회 이사, 강남문인협회 회원
명성교회 장로

수 상 한국국보문학대상 수상, 세계시문학우수상

e메 일 leejhamen@hanmail.net

느티나무

뒷동산 치장하던 꽃잎은 떨어지고
한강수 도랫굽이 저멀리 아물대나
묵묵한
느티나무는
변치않고 서 있네

눈부신 초원위에 석양이 굴러가고
산마루 하늘따라 흰구름 날아가고
세월도
흘러가는데
꿈쩍 않고 버티네

비바람 맞아가며 눈보라 견디면서
온몸에 상처받고 꼬부라 지더라도
길손을
품어주면서
동구밖을 지킨다

손주가 손주보며 백발이 성성하고
철새들 노래따라 꽃단풍 지는 사연
골백번
오가는데도
홀로 정정亭亭 하구나

적전내란

밤마다 집안싸움 도둑든 줄 모르고
사색당파 분쟁하면 외적에 오랑캐가
나라를
집어삼켜도
그칠 줄을 모르네

지연과 세대간에 나누며 돌아서고
계층과 이념따라 갈리는 사분오열
사방이
욱여싸임 당해도
삿대질만 한다네

교만에 눈이 멀어 적침은 안 보이고
탐욕에 배가 불러 밥그릇 쌈질하면
총 한방
쏘지 못하고
망국설움 당한다

가정천국

행복한 결혼하고 가정을 꾸미면서
귀여운 자녀 낳고 기르기 힘들지만
이보다
더 좋은 행복동산
세상에는 없단다

한 아기 육아 쉽고 두셋은 힘이 들고
네 자녀 그 이상은 키우기 어려우나
집안에
웃음소리 커지며
복이 굴러 온다네

울면서 보챌 때는 달래고 안아주며
까르르 뒹굴 때는 따라 놀다 지친 몸
잠자는
달콤한 숨소리에
눈 녹듯이 풀린다

최 기 덕

등 단 「부산기독교문예」

약 력 한국크리스천문학가협회 부회장 역임
부산기독교문예지 동인
부산크리스천문인협회 부회장 역임
부산노량교회 장로
부산장로회 회장 역임
동아개발 R&D(부동산컨설팅) 대표
동아대학교 총동문회 이사

e메일 godapia35@hanmail.net

패랭이꽃

패랭이꽃
포월 나그네

흰 구름 유유히
시냇물에 띄우는 곳
시심詩心은 목가처럼
인생길을 가노라

영원한 하늘노래
지심地心에 걸어두고
순례자의 새 소망
가슴 열고 가노라

패랭이꽃*
포월 나그네

* '패랭이꽃'은 중세의 영광 넘어 초야의 나그네인 양 목가적 시정에 묻히어 핀다. 석죽화는 한때 중세 유럽 기독교 교회당을
  장식했던 꽃으로 화려했던 고증이 있다.

비 오는 밤

쏴~쏴~
또 한마디 쏴~
유월의 밤
이따금씩 비명을 친다
끊어질 운명을 잇는 듯이
나직이 외쳐도 본다
비 오는 밤
어둠이 몰려오는데
어색한 원색의 갈등들이
물결인 양 다가온다
모든 것은 마침내 어수선하고
이름 모를 막은 열리고
하여
헝클어진 실마리에
냉도冷度는 높다
비 오는 밤
유월같이 흐느끼는 비
칠흑 같은 창문을 적시고 온다
고아는 어버이를
나그네는 객수客愁를
가슴이 벅차도록
겨자처럼 깨물어도
이따금씩
싸늘하게 눈물지는 밤

음악가는 감상을

시인은 정서를

종교인은 참회를

교육가는 이상을

과거는 영웅이

미래는 노예가

비 오는 밤

짓궂은 운명의 곡절인 양

냉열(冷熱)에 불타는 밤

그래도 비는 온다

엠마오 가는 길

십자가의 환멸을 새김질하면서
바나바와 누가의 황혼은 붉게 타고
억장이 무너져 회의에 지친 파리한 길손
낙향落郷의 4월은, 꽃이 피고 새도 울건만

모든 것을 다 장사지낸 설익은 역사는
현실의 한계, 갈피만 가슴으로 얽히면서
믿음도 소망도 피로함을 뒤로 남긴 채
세태는 골몰, 시내는 예같이 흐르는데

엠마오 가는 길, 산소 같은 부활 이야기
임마누엘 동행하신 진리로 자유함이여
다시 나눈 성만찬 간단없는 은총이여
할렐루야 지구촌, 기도와 기쁨이 울려 퍼진다

장 효 순

등 단 「시조문학」

약 력 한국크리스천문학가협회, 한국문인협회, 월하시조문학회,
한국시조시인협회 회원, 관악문인협회 감사
시조문학 문우회 감사, 한국기로서화협회 작가

수 상 시조문학 좋은작품집상

저 서 『비단강에 내리는 봄』『해바라기의 노래』
『일기는 시의 고향』

e메일 hschangi@hanmail.net

낡은 구두

주인을 기다리나

신발장 해진 구두 함께한 긴긴 세월

헐떡이는 낡은 뒤창

오늘도

따라나서는

아름다운 길동무

향수

– 성흥산성에서

산굽이 돌아드니
다가서는 성흥산이
산도화山桃花 두어 송이
내를 따라 내려오고
설산雪山에
몸을 푼 물살
발을 씻는 산까치

전설로 남아있는
옛 성터 느티나무
언덕배기 낡은 집은
그림처럼 서서있고
목을 뺀
흰 사슴 한 쌍
도는 구름 핥아먹네

상강霜降 언저리

손가락 새 빠진 세월 잡을 수 없습니다.
달려온 세월 두고 이야기나 보태다가
몇 날이
남아있는지
손을 꼽아 봅니다.

설령에 걸린 해를 저녁놀이 베어 물면
흰 머리 한 가닥이 왜 이리 서러운지
한 발짝
내려만 서서
내 발자국 봅니다.

실바람 하늬바람 모두 다 삼킨 자리
달려온 바람개비 계절이나 돌려대고
오동잎
지는 소리가
가을 끌고 갑니다.

강 난 경

등 단 「한국문학」 소설, 「월간문학」 희곡, 「한국크리스천문학」 시조

약 력 숙명여대 대학원 국문학과 졸업(석사), 페이스기독대학원 상담학
과 박사과정 수료, 아바야알마타국립종합대학교(명예문학박사)
전) 한양여대 문예창작과 강사, (사)한국소설가협회 사무국 차장
(사)한국예총/한국문협 고양시지부장, 한국크리스천문학가협회 회
장 역임, 미2사단 동두천 캠프캐슬교회 카투사 설교 목사
현) 계간 「우리글문학」 발행인

수 상 대한민국문학상 외 다수

저 서 소설 : 『그 겨울 안개 속으로』 외 15권
희곡 : 『새끼 뻐꾸기와 뻐꾸기 새끼』와 수필 등 20권

e메일 comomoon@naver.com

감 따는 날

남편이 사정없이 장대를 휘두른다
아내가 애걸한다 까치밥 남겨둬요
한 개도 아깝다는 듯 올려보다 멈춘다

아내의 고향 길은 감나무 가로수길
끈끈한 핏줄 엮인 가족의 애환의 길
저녁상 유리그릇엔 감 샐러드 한 가득

4월의 마지막 비

봄비가 온다 해서 별난 일 없건마는
올봄에 옮겨 심은 갈증난 나무처럼
내 맘이 젖어들면서 몸 떨림은 어인 일

누구의 아픈 마음 씻고 온 까닭인가
탈 없는 나조차도 빗속에 뛰어들어
비 눈물 분별 못하게 통곡하고 싶어라

바다

세상의 어떤 물도 원하면 들어와라
맑은 물, 더러운 물, 무늬만 물까지도
한없이 또 들어가도 무한용량 세탁기

파도로 철썩철썩 노래로 때려 빨고
물결로 출렁출렁 춤추며 헹궈내는
소금물 소독멸균의 기능완벽 세탁기

수 필

이 상 보

등 단 「현대수필」 동인지

약 력 동국대학교 대학원 국어국문학 박사, 국민대학교 명예교
수, 명지대학교 교수, 명지여자고등학교 교장, 국어국문학
회 회장, 한국수필문학회 회장, 한국고서연구회 고문
수필가

저 서 수필집 : 『갑사로 가는 길』『떠나기 연습』『눈을 감고 바
로보기』『역사기행』
아동도서 : 『삼국사기 이야기』『삼국유사 이야기』
동화집 : 『선녀봉이 된 효녀』
전공서적 : 『한국 가사문학의 연구』『조선시대 시가 연구』
『한국 고시가 연구』 등

참사랑을 찾아서

사랑이 어떻더냐 둥글더냐 넓었더냐
길더냐 짧더냐 밟겠더냐 재겠더냐
지멸이 긴 줄은 모르되 애끊을 만하더라.

이것은 지난날에 어느 이름 모를 풍류객이 읊어 놓은 시조다.

사랑에 대한 푸념 같은 이 노래에서 우리는 사랑의 정체를 파악할 수가 있을 것 같다.

사랑은 둥글거나 모나지도 않으면서 때로는 둥글게 작용하여 사람을 원만한 성품으로 바꾸어 놓는다.

그런가 하면 사랑과 미움의 갈등으로 네모 반듯하게 모가 나서 도저히 타협할 수 없는 냉혈한으로 만들기도 한다.

또 사랑은 넓은 것이면서 좁은 것이다. 예수께서 "네 이웃을 네 몸같이 사랑하라."고 하셨을 때 그것은 박애정신을 강조한 말씀이어서 한없이 넓은 사랑을 뜻하지만 "온 천하를 얻고서도 네 목숨을 잃으면 무엇이 유익하리요."라고 말했을 때는 자기 생명의 소중함을 강조한 나머지 자칫하면 가장 좁은 사랑의 표현일 수도 있다. 왜냐하면 자기편애를 하는 극단의 이기주의로 전락할 우려가 있기 때문이다. 사랑은 그 끝을 헤아릴 수 없는 것이기에 유행성 감기와도 같이 열기가 전염되면 온누리에 번져 간다.

그런가 하면 한 치만큼의 길이도 용납되지 않는 옹색함으로 아집에 사로잡히기도 한다. 끝 간 데를 알 수 없는 사랑에서 무한한 희망과 가능성을 엿볼 수 있고, 사랑의 결핍에서 절망과 좌절을 체험하게 된다.

한 발 두 발 팔을 벌려 밟을 수가 없는 사랑이기에 사람들은 그것을 가시적인 척도로 잴 수가 도저히 없는 안타까움을 안고 살아간다. 그러나 사랑은 매우 지루하게 긴 것이 아니며, 다만 우리의 애를 태워 끊어질 듯 말 듯 아리송하게 해주는 요물단지인 것만은 틀림이 없다.

어느 시대 어떤 사회에서나 남녀의 애정관계는 제도적인 속박과 사회의 기풍 또는 관습의 차이 등 여러 가지 조건에서 마땅히 고통과 기쁨을 수반하며, 인내와 용기를 필요로 한다. 그리고 거기에는 만남과 헤어짐이 뒤따른다.

앞에 든 시조에는 조선왕조의 중세인들이 애정의 복잡 미묘함과 특수성을 인식했던 것을 보여준다. 그들은 그 당시의 사회적 경직성에도 불구하고, 마음속 깊은 곳에서 절실하게 피어오르는 인간 애정의 넓이와 깊이를 기하학적 도형으로 나타내었다. 그러기에 영조 때의 김두성은 또 이렇게도 읊조렸다.

사랑 사랑 고고이 매인 사랑, 온 바다를 다 덮는 그물처럼 맺은 사랑.
왕십리라 답십리라 참외넝쿨이 얽어지고 틀어져서 골골이 두루 뒤틀어진 사랑.
아마도 이 임의 사랑은 가없는가 하노라.

여기에서도 사랑은 무한한 실체로 인식되었고, 그 속성은 얽히고설켜 복잡다단함을 특성으로 하기 때문에 도저히 설명할 수 없는 것으로 보았다.

과연 사랑은 남녀 간의 이성애로서만 이해할 것인가? 그런 것은 아니다.

부모와 자녀 사이에서 생기는 사랑, 언니와 아우의 사랑, 일가친척끼리 화목하는 것도 사랑이니 이런 것은 가족애·동족애라 할 것이고, 이것이 확산되면 동포애·인류애로까지 고양될 것이다.

어린이가 자라서 집 밖으로 나가면 벗이 생기기 마련인데 거기에 우정이 싹트고, 우정은 바뀌어 동지애로 승화되기도 한다. 때로는 전쟁의 불길 속에서 사선을 넘는 극한상황 아래 혈맹으로 다져진 전우애도 있고, 나라와 겨레를 위해 제 목숨을 홍모처럼 여기는 나라사랑이 있다. 그러나 결국은 사람이 사람을 사랑하는 것이다. 때로는 사람이 가축을 사랑하고, 온갖 생물, 무생물, 자연현상, 사회현상 심지어는 관념과 환상까지 사랑한다고 하지만 실상은 그런 것들을 좋아한다는 표현을 그렇게 한 것이다. 사랑은 사람끼리 서로 주고받는 상태에서 이루어지기 때문이다.

러셀경은 그의 『행복의 정복』에서

"가장 고귀한 사랑을 소유한 자들은 서로 생명을 부여한다. 기쁨으로 사랑을 받아들이고, 또 기꺼이 사랑을 베푼다. 피차에 서로 행복하기 때문에 세상을 재미있는 고장으로 여긴다."

고 말했다. 그는 이어서 이렇게도 말했다.

"사랑은 주는 것만큼 받고, 또한 받는 것만큼 줄 때에 최고봉에 도달한다."

사람이 상대적인 존재인 이상 서로 주고받는 사랑, 곧 에로스의 영역을 벗어날 수 없는 것이다. 내가 내 이웃을 향해서 사랑을 주는 것은 바로 그에게서 사랑의 보상을 받기 위한 선행조건으로 선불한 현금과도 같다. 그러기에 상대편의 반대급부가 뒤따르지 않을 때는 배반을 느끼고 울분하며 저주까지 하는 것은 인간으로서 어쩌면 당연한 심성이다. 그런데 인간적 사랑을 초월한 절대자의 사랑, 곧 아가페의 경지를 우리에게 제시해 주는 말씀이 있다.

"하나님이 세상을 이처럼 사랑하사 독생자를 주셨으니 이는 저를 믿는 자마다 멸망치 않고 영생을 얻게 하려 하심이니라."

라고 한 요한복음 3장 16절의 사랑이 그것이다.

마치 어버이가 제 자식에게 주기만 하고 그 보답을 바라지 않는 희생적 내리사랑처럼 창조주이신 하나님도 우리들 사람에게 수직적으로 주시기만 하고, 받으시기를 재촉하지 않는 참사랑의 모습이 거기에 있다. 그러므로 우리는 여기서 비로소 사랑의 진원지를 발견하여 흠뻑 목욕하고 새 사람으로 거듭나는 사랑의 사도가 되도록 힘써야 하지 않을까?

강 석 호

출 생	1937.12.25.-2018.8.30. 경남 진주
등 단	「현대문학」, 「월간문학」 평론
약 력	진주사범학교 졸업, 마산대학 졸업
	국제펜 한국본부 이사, 한국문인협회 수필분과위원장
	한국수필문학가협회 회장, 문학비평가협회 부회장
	한국크리스천문학가협회장 역임
	「수필문학」 발행인 및 편집주간 역임
수 상	한국크리스천문학상
저 서	수필집 : 『평촌 일기』『이 후회의 계절에』등

고목사님을 떠나보내며

새벽기도회에 나가는 것은 고되지만 즐겁다. 밤의 잔영이 채 가시지 않은 데다 여명의 희미한 별이 어우러지는 시각. 곤한 잠을 물리치고 자리를 박차고 일어나 밖으로 나가면 싸아한 생기가 온몸을 감싸고 가슴이 활짝 열리는 기분은 그 어디에도 비할 수 없다. 차량과 인파로 복잡하던 거리는 텅텅 비어 모두 나의 것이 된다.

사람이야 보든 말든 꺼졌다 켜지는 신호등의 불빛은, 그 시간만은 교통정리를 위한 것이 아니라 나를 환영하는 축하의 명멸이다.

나는 새벽기도회에 나가는 것을 탈출이라고 생각한다. 나태와 안일의 속박에서 벗어나 잠자리를 박차고 일어난다는 것은 어떤 위험이나 역경에서 뛰쳐나오는 탈출 그것이다. 여간한 용기와 인내와 다짐이 없이는 불가능한 것이다. 이스라엘 백성들이 바로의 압박에서 벗어나 홍해를 건너고 요단강을 건너는 엑소더스 그것과도 비교해 본다.

행여 시간에 늦을세라 발걸음을 재촉, 교회당에 들어서기가 바쁘게 고개를 숙인다. 나의 고집, 나의 인격, 나의 자만을 다 버리고 간밤 가족들과 함께 무사히 지낸 것으로부터 내가 살아가는 일거일동을 지켜주심을 하나님께 감사드리고 또 나를 도와주는 많은 사람들을 위해 기도를 드리다 보면 어느새 나의 가슴은 뜨거워지고 눈시울에 이슬이 맺힌다. 이 시간에 행하는 설교와 찬송은 그 어느 때보다 생동감이 있고 은혜롭다.

순서를 마치고 교회당 문을 나서면 오늘도 나는 승리했다는 만족감에 뛸 듯이 기쁘다. 새벽잠을 깰 때는 괴로웠지만 이 기쁨, 이 만족, 왜 내가 망설였던가. 한길에 가득한 대기가 모두 은혜의 강으로 변하여 나의 온몸을 감싼다.

그런데, 그날 아침은 기분이 착잡하고 가슴에 치미는 슬픔을 금할 수 없었다. 교회를 위해 심신을 다해 기도하고 동분서주하던 담임목사님을 멀리 보내야 하는 것이다. 한 달 전에 갑자기 쓰러져 병원에 입원, 위기는 넘겼으나 더 신경을 쓰면 완전 회복이 어렵다는 진단 아래 교회의 많은 일을 떠나 멀리 호주로 휴양을 가게 된 것이다.

고목사님은 그날 아침 설교를 통해 건강이 날로 회복되고 있으나 부득이 떠나게 되었음을 말하고 앞으로 더욱 교회 봉사와 기도에 힘쓰고 특히 자기의 건강 회복을 위해 기도해 달라고 간곡히 부탁을 했다.

그리고 기도회가 끝나자 교회 문 밖으로 나와 그 많은 교인들과 일일이 악수를 하면서 무언의 눈빛을 교환했다.

　나는 고목사님의 손을 잡자 갑자기 치미는 슬픔을 가눌 수가 없었다. 3천여 명의 교우들을 위해 침식을 잃어가며 동분서주, 의욕적으로 뛰던 그가 갑자기 그 많은 계획된 프로그램들과 교우들을 두고 떠나지 않으면 안 되는 그 심정이 오죽할까. 병마 앞에는 장사도 없고 하나님도 무심하다는 생각이 들었다.

　나는 그 교회에 소속된 교인이 아니다. 소속 교회가 멀리 떨어져 있어 새벽기도만 나가고 있는데 3년 전 그 교회에 처음 나갈 때는 교인이 불과 5백여 명이었으나 그동안 3천 명에 육박하게 되었다.

　그렇게 부흥을 하게 된 것은 여러 가지 요인이 있겠지만 고목사님의 남다른 목회 활동에 기인된 것이었다.

　그는 연중 계속하여 '세이레(7일×3) 정복기도회'니 '100일 기도회'니, 또는 부흥회, 각종 부서별 특별기도회를 설정하고 교인들을 영적 무장시키고 연 2회 바자회를 열어 그 수익금 기천만 원 전액을 들여 불우 청소년들을 돕고 세계 여러 곳에 선교사를 파견하는가 하면, 농어촌 교회를 돕는다. 명목만 거는 것이 아니라 완전 자립이 되도록 수천만 원씩 보조하며 또 1인당 수백만 원을 들여 농어촌 교역자 수십 명에게 성지순례를 실시했다. 뿐만 아니라 전교인 헌혈 운동 등 각종 구제를 위해 남달리 많은 행사와 활동을 하고 있다.

　그는 그러한 많은 일을 계획 진행하면서 자신이 교회당에서 철야기도하며 영력을 얻고 사심 없이 대담하게 헌금도 하는 목회자였다.

　그러한 그의 목회활동이 주효하여 날마다 교인들이 불어나 불과 3-4년 만에 대교회로 성장하게 되었고 이제는 교회당이 좁아 교회 신축을 계획, 대지를 구입해 놓고 준비중이며, 새벽기도회는 1천여 명이 참여, 2부로 실시하고 있다. 그러던 중 그는 한 달 전 심방 도중 고혈압으로 쓰러져 병원에 입원, 불행 중 다행히 반신불수 증상은 없었으나 정신이 명쾌하지 않아 외지에서 요양을 해야 한다는 진단이 내려졌다.

　그런 그가 그 많은 프로그램과 교인들을 두고 떠나는 심정은 어떠하겠는가. 더욱이 떠나는 날은 그가 선포하고 강조한 '세이레 정복기도회'가 중반에 접어들어 매일 새벽마다 초등부 학생들까지 교회당이 미어지도록 불이 붙어 있는 기간인데 자신은 멀리, 그것도 남의 나라로 떠나야 하는 것이었다.

　하나님은 예외가 없는가. 그렇게 열심히 하나님의 영광을 위하여 일하고 그 많은 큰일들을 벌여놨는데 건강이 완치되도록 기적을 베풀어 주실 수는 없는 것인가. 고목사님의 경우뿐만 아니라 왜 하필이면 세상은 선하고 착한 사람들이 가난하고 병들며 하는 일이 잘 안 되는가. 하나님이 원망스럽기만 했다.

그러나 성경의 많은 역사와 하나님의 섭리를 생각할 때 인류 구원을 위해 흠도 없고 죄도 없는 예수님이 십자가에 못 박힌 것처럼 하나님의 큰 역사를 이루기 위해서는 희생의 고난이 뒤따른다는 것을 나는 다시금 깨달을 수 있었다.

분명 고목사님의 병마와 고난도 또 멀리 떠나야 하는 슬픔도 내일 다시 하나님의 큰 섭리를 이루기 위함이라 생각할 때 나의 믿음 없음이 후회스럽기도 했다. 나는 고목사님의 손을 붙잡고 '큰 종이시여! 더 큰 하나님의 섭리를 위해 희생의 고난이심을 깨닫고 영광스럽게 떠나소서…….' 속으로 되뇌며 그를 전송했다.

그날 아침은 슬픔 속에서도 기쁨이 있었다.

김 정 오

등 단 「한국문학」 수필, 「계간문학」 평론

약 력 숭실대학교에서 박사학위 받음, 경기대, 중국연변대학교 겸임교수, 러시아 국립극동연방대학교 교환교수 역임, 한겨레역사문학연구회장, 지구문학 편집인, 한국문인협회 이사(역), 현 자문위원, 국제펜 한국본부 이사(역), 한국일보 수필공모심사위원장(역), 안중근의사기념관 홍보대사

수 상 소청문학상, 한국크리스천문학상 대한민국문화예술 대상 외 다수

저 서 수필집 :『빈 가슴을 적시는 단비처럼』『그 깊은 한의 강물이여』『양처기질 악처기질』『한이여 천년의 한이여』『지금 우리는 어디쯤 와 있는가?』『아름다운 삶을 위하여』『푸른 솔 이야기』『다석 유영모의 사상』외 논저 다수

e메 일 jungokim@hanmail.net

가치 있는 삶

사람은 누구나 가치 있는 삶을 살아가기를 원한다. 그것을 동양에서는 유교정신에서 찾고 있으며, 서양 사람들은 기독교 사상에서 찾고 있다. 동양의 고전, 맹자의 〈진심상편 盡心上編〉에 세 가지 '삶'을 말하고 있다. 부모형제 무고함이고, 하늘 우러러 부끄러움이 없는 삶이며, 천하에 영재를 가르치는 일을 가치 있는 삶으로 생각한다.

서양 사람들은 모든 사람이 창조주의 자녀라는 사상에 뿌리를 두고 있다. '성덕 바우만'의 예를 본다. '성덕'은 1974년 한국에서 미혼모 아들로 태어났다. 4살 때 미국인 스티브 브라이언 부부에게 입양되어 친자식으로 성장, 공군사관학교에 입학했다. 그러나 만성 골수성 백혈병 진단을 받았다.

스티브 브라이언 부부와 그 가족들은 성덕을 살려달라고 온누리全世界에 호소했다. 1만 명이 넘는 사람들이 골수 검사를 받았다. 그때, 전역을 앞둔 서한국이라는 대한민국 육군 병장의 골수가 성덕의 것과 맞았다. 골수를 이식받은 성덕은 살아났다. 가족들이 기뻐하는 모습이 TV를 통해 전해졌고, 가치 있는 삶이 무엇인가를 공유했다.

신약에서도 가치 있는 삶을 알리는 4복음서가 맨 앞에 있다. "어떤 사람이 예루살렘에서 여리고로 가다가 강도를 만났다. 모든 것을 다 빼앗기고 매를 맞아 거의 죽음에 이르렀다. 한 제사장이 그를 보고 그냥 지나갔다. 레위인도 그랬다. 사마리아 사람이 보고 상처를 싸매고, 주막으로 데려갔다. 주막 주인에게 돈을 주면서 이 사람을 돌보아 주고 비용이 더 들면 내가 돌아올 때 갚아주겠다고 했다."(눅10:30~10:37)

이 가운데 누가 진정한 이웃이며, '가치 있는 삶'을 살아가는 사람인가! 가치 있는 삶은 욕심을 멀리한 열매요, 슬픈 삶은 재산을 탐내는 마음이라고 했다. 그리고 "네 마음을 다하여 네 이웃을 네 몸같이 사랑하라"고 했다.(마22:39) 그것은 곧 이웃과 함께 가치 있는 삶을 누리는 것이다.

세계 최고의 갑부들인 록펠러, 빌 게이츠, 래리 엘리슨, 워런 버핏, 에너지 재벌 T. 분 피켄스, CNN 창업자 테드 터너, M.D. 앤더슨 재단, 영화 감독 조지 루카스, 배리 딜러 등 수많은 재벌들이 천문학적인 재산을 사회에 돌려주어 가치 있는 삶이 무엇인지를 보여주었다.

영국의 찰스 황태자는 귀족들과 함께 영지와 성, 영국 최고의 역사유적으로 꼽히는 데

본서 공작 가문의 차스월스 성과 지니고 있던 귀한 예술품 등을 모두 사회에 돌려주어 가치 있는 삶을 몸소 보여주고 있다.

남아메리카 우루과이 대통령 호세 무히까는 대통령궁을 노숙자 쉼터로 내주었다. 그리고 33년째 살고 있는 전통가옥에서 집무를 보았다. 경호원은 2명뿐. 자동차도 28년째 타고 다니는 폭스바겐 비틀이다. 월급 1,300만 원 가운데 90%를 가난한 사람들의 주택 기금으로 내놓았다. 집권 이후 매년 5.5%대의 경제성장률을 올려 국민소득을 15,000불 이상으로 올렸다. 그는 국민 70여%의 지지를 받으면서 2015년 2월 임기를 마치고 보통 사람으로 돌아왔다.

그는 "항상 모자라다고 생각하는 사람이 가난한 사람이다."라고 말했다. 그리고 나눌수록 기쁨이 커진다는 것을 모르기 때문에 가치 있는 삶을 모른다고 했다. 데일 카네기도 "나누어 주는 사람이 풍요로운 사람이며, 가치 있는 삶을 만드는 사람"이라고 말했다.

칼라일은 "이름을 알리지 않고 가치 있는 삶을 살아가는 사람은 땅속으로 숨어 흐르면서 땅을 비옥하게 하는 물길과 같은 사람"이라고 말했다.

우리나라도 재산을 나누어 주고 가치 있는 삶을 살아 온 분들이 많다. 영조 때 어사 박문수는 흉년이 들면 굶주린 백성들에게 재산을 나누어 주었다. 전라남도 구례에는 중요민속자료 제8호인 운조루雲鳥樓가 있다. 조선시대 선비의 품격을 드러내는 이 건물은 99칸(현존 73칸)으로 '하늘에서 금가락지가 떨어진 곳'이라는 뜻을 가진 금환락지金環落地에 자리 잡고 있다.

이 집은 조선 영조 52년에 낙안군수 류이주(1726-1797)가 지은 집으로 후손들이 대대로 살고 있다. 운조루는 '새처럼 구름 속에 사는 집' 또는 '구름 위를 나는 새가 사는 집'이라는 뜻이다. 도연명의 칠언율시 귀거래사에서 '구름은 무심히 산골짜기에 피어오르고 새들이 날다가 둥우리로 돌아오네雲無心以出岫 鳥倦飛而知還'라는 시에서 따온 것이다.

이 집 사랑채 밖에는 쌀 두 가마니 반이 들어갈 수 있는 커다란 뒤주가 있다. 거기에는 타인능해他人能解(누구나 쌀독을 열고 가져갈 수 있다)라고 씌어 있다. 흉년이 들면 마을 사람이 누구나 쌀을 퍼갈 수 있다는 뜻이다.

또 백사 이항복(1556~1618)의 11세손이며, 조선말 제1의 갑부였던 이회영 가문 6형제는 1911년 빼앗긴 나라를 다시 찾기 위해, 전 재산(당시 40만 냥, 지금 1천억 원에 가까운)을 독립운동 자금으로 바쳤다. 만주에 경학사와 신흥무관학교를 세우고, 온 가족이 독립운동을 하다가 목숨까지 바쳤다. 광복 후 고국으로 돌아온 분은 다섯째 이시영(초대 부통령)과 몇 명의 가족뿐이었다.

또 300년간 부를 누렸던 경주 최부자도 흉년이 들면 창고를 열고 누구나 와서 곡식을 가져가도록 했다. 그 마지막 후손 최준도 나라가 망하자 많은 재산을 '백산 안희재'를 통해 상해 임시정부 독립기금으로 바쳤다. 광복된 후 나머지 전 재산을 영남대학교 재단에 헌납했다.

또 제주도가 낳은 김만덕(1739~1812)이 있다. 양가집 딸이었으나 어려서 부모를 여의고 기녀의 집에서 살다가 관기가 되었다. 훗날 장사를 하여 많은 부를 축적했다. 정조 19년 을묘(1795년)에 제주도에 큰 흉년이 들어 수많은 사람들이 굶어 죽어갔다. 왕이 구제하기를 명했으나 바닷길 800리를 바람이 막았다. 이때 만덕이 천금을 희사하여 쌀을 사들였다.

만덕은 십분의 일을 친족들에게 나누어 주고, 나머지는 관가에 보내 백성들에게 나누어 주었다. 백성들이 만덕의 은혜를 크게 칭송하였다. 제주목사는 그 일을 조정에 아뢰었다. 왕이 기특하게 여기고 만덕에게 소원을 물어 들어주라고 분부했다. (「정조실록」(정조 20년(1796년) 11월 25일)

채제공(1720~1799)은 그의 문집 『번암집』에서 만덕의 행적을 후세에 알렸다. 정약용도 그녀를 만났다. 박제가는 "넓은 천지 바다 밖에는 못 나가니 /넓다 한들 뉘라서 시집장가 끝내랴 /제주라 섬나라 이웃은 일본 /사또는 천년 세월에 귤만 바쳐 왔네 /귤밭 깊은 숲속에 태어난 여자의 몸 /의기는 드높아 주린 백성 없었네"라는 시를 썼다.

또 당대의 명사 이가환도 "우레처럼 왔다가 고니처럼 날아가니 /높은 풍모 오래 머물러 세상 깨끗하게 하오 /인생 이처럼 이름 우뚝 세우니/ 예전 아름다운 고사를 어찌 부러워하리."(금대 시문 초, 송 만덕 귀탐라)라는 시로 만덕을 칭송했다.

역사학자들은 말했다. 김만덕이 아니었다면 제주도민 가운데 3분의 1만 살아남았을 것이라고. 김만덕은 가치 있는 삶을 살아간 것이다.

또 독립운동가이며, 유한양행을 창업했던 유일한(1895~1971) 박사 이야기이다. 미국에서 유학을 마치고 세브란스 의전 에비슨 학장으로부터 연희전문학교 교수와 부인 호미리 여사는 소아과 과장으로 초빙받았다. 그러나 당시 한국의 현실은 대학교수보다 국민의 건강이 먼저라는 사명감을 알게 했다. 제약회사 유한양행을 세우게 된 연유이다.

유일한 박사는 제2차 세계대전 때, 펄벅(1892~1973)을 한국으로 초청했다. 그녀는 1938년 장편소설 『대지』로 노벨문학상을 수상한 최고 여류 소설가이다. 그녀는 한국에 와서 혼혈아들과 불우한 어린이들을 위해 국제적 입양기관 웰컴 하우스를 세웠다.

또 피부색이 다른 7명의 어린이를 자신의 양자로 입양한 후 700만 달러를 기부하여 펄벅재단을 만들었다. 그리고 경기도 부천시(현 부천시 소사구 심곡동 옛 유한양행 자리)에 '희망원'을 세웠다.

그 1년 뒤 전 재산을 헌납하고 펄벅재단 한국지부를 만들었다. 그리고 박진주朴眞珠라는 한국식 이름을 쓰면서 10년간이나 조용히 한국의 어머니들에게 직업훈련을 시켜 자립할 수 있도록 도와주었다.

그리고 1963년 한국 근현대사를 배경으로 장편소설 『살아 있는 갈대』를 출간했다. 그 책 서문에 '한국은 고귀한 사람들이 사는 보석 같은 나라'라고 썼다. 또 1968년에는 한국의 혼혈아동을 다룬 소설 『새해』를 출간했다. 유일한 박사가 아니었다면 펄벅이 우리나라에 와서 가치 있는 삶이 무엇인지를 보여주지 못했을 것이다.

유일한 박사는 유한양행을 모범 기업으로 키우고 중고등학교와 대학을 세웠다. 그리고 전문 경영인에게 운영권을 맡기고 물러났다. 그 후 1971년 3월 세상을 떠났다.

후손들은 유일한 박사의 유언에 따라 1조원이 넘는 재산을 사회에 돌려주고 단 한 사람도 유한양행과 관계를 맺지 않았다. 유한대학교 앞 서울에서 부천으로 가는 국도 이름이 '유한로'이다. 가치 있는 삶을 살아온 후 도로 이름과 그 아름다운 이름을 남긴 것이다.

또 백금옥 여사는 초등학교 5학년 때 아버지를 여의고, 더 이상 배우지 못했다. 결혼도 하지 않고 파출부와 과일행상 등 온갖 궂은일을 하면서 땅을 샀다. 땅값이 오르자 전 재산(서울 양천구 1만 평이 넘는 땅)을 나라에 바치고 '금옥여자중고등학교'를 세웠다. 그녀는 일찍이 내 삶에서 이렇게 가치 있는 기쁜 삶을 맛본 적은 없었다고 말했다.

2015년 1월 의정부시 10층짜리 아파트에서 큰불이 났다. 간판 일을 하는 이승선(51)이 밧줄을 메고 가스 배관을 타고 올라가 10여 명의 생명을 살려냈다. 그의 살신성인 정신에 감동받은 독지가가 3천만 원의 성금을 보냈다. 그러나 그는 돈을 받지 않았다. 여기에 0을 하나 더한 3억 원을 주어도 받지 않겠다며 "한 시민으로서 같은 시민을 도왔다는 이유로 돈을 받을 수는 없다."고 말했다.

또 2018년 10월 홍천 다세대주택 4층에서 큰불이 났다. 그때 119 구급대원 김인수, 박동원 외 4명의 소방관들이 머리에 썼던 철모가 1천 도가 넘는 불길에 녹아내릴 정도로 뜨거운 불 속으로 들어가 3살짜리 아이를 구해냈다. 그들은 크게 화상을 입고 병원에 입원까지 했다. 그들은 그날까지 총 3만 4천 회를 출동하여 수많은 생명과 재산을 지켜냈다는 것이다. 이런 의인들이 가치 있는 삶을 살아온 영웅들이며 진정한 이웃이다.

유 관 지

등 단   수필집 『차장의 미소』

약 력   아호 산종山鍾. 한국크리스천문학가협회 회원, 이화여대
            다락방기독교문학연구원장, 목양문학회 회장 역임

수 상   한국크리스천문학상, 목양문학상

저 서   수필집 :『차장의 미소』『밤이 깊은 동산에서』『안경을 쓰
            고 나서』『유효기간 없는 신분증』『받은 땜질』『서룡도西龍
            道의 봄』『이포梨浦의 밤안개』

e메일   yookj44@daum.net

고마워요, 천자문!

초등학교에 들어가기 전에 외증조부에게서 천자문을 배웠다. 근 70년 전의 일이라 기억이 흐릿하지만 외증조부의 가래 끓는 목소리, 공부시간이 길어지면 싫증을 억지로 참다가 "으앙" 하고 울음을 터뜨려 버렸던 일이 지금도 생각난다. 잘한다는 칭찬도 여러 번 들었다. 끝나면 강講을 받고 책거리를 크게 하겠다고 했다. 강을 받는다는 것은 배운 글을 스승이나 윗사람 앞에서 외는 것이고, 책거리는 책씻이, 또는 세책례洗冊禮라고도 하는데 책 한 권 공부를 끝냈을 때 하는 잔치를 이르는 말이라고 했다.

그런데 나는 걱정이 태산이었다. 사실은 뭐가 뭔지 모르고 건성으로 잘 따라 읽기는 했지만 전날 배운 것은 거의 잊어먹곤 했다. 강을 바치게 되면 칭찬이 변해 회초리가 될 것이 분명했으니 하루하루 가는 것이 정말 죽을 맛이었다. 다행히 그런 불상사는 일어나지 않았다. 공부가 끝날 무렵에 육이오전쟁이 터진 것이다.

천자문과의 인연은 이것으로 끝이 났다. 그러나 천자문 덕을 크게 본 일들이 여럿 있다.

천자문 덕분에 월반越班을 했다.

서울이 수복되고 학교들이 문을 열었다. 당시 살고 있던 지역의 초등학교들을 거의 모두 미군이 사용하고, 한 학교만 문을 열고 학생들을 받았다. 입학 수속을 하기 위해 어머니의 손을 잡고 한 시간 넘게 걸어서 그 학교에 갔다.

당연히 1학년으로 들어가야 하는데 어머니가 욕심을 내서, 1학년을 다녔다고 했다.

면담을 맡은 선생님은 이름을 써보라고 했다. 그때는 초등학교 1학년에서 하는 제일 중요한 일이 자기 이름을 쓸 줄 알게 되는 것이었다.

천자문을 배우면서 덤으로 한글을 익혀 간단한 문장도 만들 수 있었으니 이름 쓰는 것은 문제라고 할 것도 없었다. 통과, 2학년으로 들어갔다.

천자문 덕분에 학창 시절의 국어 성적이 내내 좋았다.

고등학교 3학년 때 매달 모의고사를 쳤는데, 담임교사가 성적표를 나눠주면서 종종 "너, 이번에도 국어는 전교 1등이다."라고 했다.

이어지는 말이 문제이긴 했다. "그런데 수학 점수는 이게 뭐냐!"

천자문 덕분에 퍽 의미 있는 곳에서 사회생활을 시작할 수 있었다. 어느 지방고교의 교사가 되었는데 기독교 정신에 바탕을 두고, 살아 있는 교육을 하기 위해 애쓰는 학교였다. 이 학교의 강당에 붙어 있는 '직업선택 십계명'은 점점 더 널리 퍼져가고 있다.

그 시절에는 이력서를 좀 자세하게 쓰는 것이 자기소개서를 대신했는데 거기에 국어를 좋아했다고 쓴 것이 교장 선생님의 눈에 들어 전공이 아니면서 국어를 가르치게 되었다. 교장 선생님은 교사를 초빙할 때 후보자의 출신고교와 고등학교 때의 생활에 전공 못지않은 비중을 두었다. 고등학생들을 지도하는 데는 가르치는 사람이 고등학생 때 배운 것이 중요하다는 논리에서였다.

그 학교는 기독교 학교였지만 교파에 속해 있질 않았다. 그럴만한 일이 있어서 교회조직에 대해 심한 갈등을 겪고 있던 차였는데, 기독교 정신은 비제도권에서 더 힘있게 펄떡일 수도 있다는 것을 거기에서 체득했다.

그 학교에서 교사생활을 하면서 인근 도시의 사범대학에 설치된 중등교원양성소를 통해 전공과목에 따른 교사자격증을 받았다.

교직을 떠나 언론기관으로 자리를 옮길 무렵에 전공과 상관없이 원하는 과목의 준교사 자격증에 도전할 수 있는 시험제도가 생겼다. 그럴 필요가 없어졌는데 국어 과목에 원서를 냈다. 꽤 어렵기로 소문난 시험이었는데 합격이었다. 합격하고서도 자격증을 받기까지 절차가 번거로웠다. 담당직원이 "아니, 이미 정교사자격증을 가지고 계신데 왜 이렇게 고생을 해요?" 했다. 이렇게 해서라도 가르친 학생들에게 떳떳하고 싶어서였다고 하고 싶었지만 씩 웃는 것으로 대답을 대신했다.

천자문 덕분에 기독교문단의 한구석에 이름을 올리게 되었다.

처음에는 평론에 뜻을 두었다가 수필의 묘미에 빠져 방향을 돌려 오늘에 이르고 있다. 2007년에 어느 단체에서 한국교회 성령운동 100년을 기념해서 각 분야별로 대표격인 100명씩을 선정해서 발표했는데 기독교문인 100명에 내 이름이 올랐다는 통보와 기념메달을 받았다.

나는 예체능은 바닥이다. 음악, 미술, 체육 모두 수학만큼이나, 아니 그보다 점수가 더 나빴다. 예술 감각이 이 모양으로 둔하면서도 문필생활에는 제법 깊이 들어와 있는 것은 오롯이 천자문 덕분이었다고 하지 않을 수가 없다.

얼마 전에 몹시 앓고 나서 신변을 단출하게 하는 작업을 할 때 그동안 받았던 상패 같은 것들을 모두 내다 버렸는데 그 메달은 남겨두었다.

근팔近八이 되면서 걸어온 길을 정리하는 일을 열심히 하고 있다. '근팔'은 '팔십이 가까워지는 나이'라는 뜻이다. 지금 내 나이를 두고 고희古稀, 망팔望八, 희수喜壽 이런 말들이 있지만 더 어울리는 말이 필요할 것 같아서 스스로 만들었다. 이렇게 필요할 때 새 말을 만드는 취미와 재주도 천자문 덕분에 갖게 되었다. 만든 말 가운데는 사람들의 입에 꽤 많이 오르내리고 있는 것들도 몇 있다.

걸어온 길을 돌아보는데 대강이 아니라 어느 성경 기자가 그랬던 것처럼 근원부터 자세히 미루어 살피면서 차례대로 살피려고 애쓰고 있다.

이 작업을 하면서 잊고 있던 것들을 많이 찾아내는 소득이 있었다. 천자문 덕을 적잖이 보았다는 사실을 캐낸 것도 그 가운데 하나이다.

천자문 덕을 본 일은 이것만이 아닐 것이다. 우선, 여기에 이 글을 발표할 수 있는 것부터가 그렇다.

늦었지만 고마워요, 천자문!

최 원 현

등 단 「한국수필」수필, 「조선문학」문학평론

약 력
한국수필창작문예원장, 월간 「한국수필」주간, 한국문인협
회, 국제펜 한국본부 이사, 한국문화예술진흥원 창작지원
금, 우수문학작품, 세종우수문학도서 선정
중학교 『국어1』『도덕2』, 고등학교 『국어』『문학』, 중국
동북3성 『중학생 작문』 등에 작품 게재

수 상 한국수필문학상, 동포문학상대상, 현대수필문학상, 구름카
페문학상, 조연현문학상, 신곡문학상대상

저 서 수필집 : 『날마다 좋은 날』『오렌지색 모자를 쓴 도시』
『그냥』 등 17권
문학평론집 : 『좋은 수필 쓰기와 바르게 읽기』『창작과 비
평의 수필 쓰기』 등

e메일 nulsaem@hanmail.net

누름돌

나이가 들어가면서 더욱 확실해지는 것이 있다. 앞서 세상을 사신 분들의 삶이 결코 나만 못한 분은 없다는 생각이다. 눈에 보이는 결과물로서가 아니다. 그분들이 살아왔던 삶의 날들은 분명 오늘의 나보다 훨씬 어려운 환경과 조건의 세상살이를 하셨다. 그런 속에서도 묵묵히 그 모든 어려움과 아픔을 감내하면서 자신의 몫을 아름답게 감당하셨던 것이다.

요즘의 나나 오늘의 상황을 살펴보아도 그분들보다 어렵다고는 할 수 없겠고, 특히 그분들이 처해 있던 시대는 지금에 비교도 할 수 없이 열악한, 참으로 어렵고 힘든 시대였었다. 그럼에도 묵묵히 보다 좋은 세상을 바라면서 엄격하게 당신들 스스로를 절제하고 희생하셨다. 그분들의 어느 한 삶도 결코 오늘의 우리만 못 할 수 없다.

그런데도 요즘 사람들은 저 잘났다는 표를 지나칠 만큼 서슴없이 해댄다. 향기도 지나치면 역겨움이 되지 않던가. 멋을 냄답시고 호화로운 옷에 최고급 승용차를 타고 다녀도 그런 모습이 부럽고 아름답게 보이기보단 거스르고 거들먹대는 모습으로 보인다. 그러나 무명 적삼 내지 무명 두루마기에 흰 고무신을 신은, 어린 눈에도 초라해 보이기까지 했던 앞 세대 어른들 모습은 지금에 생각해도 훨씬 더 아름답고 품위 있어 보이고 위엄 넘쳐 보인다.

강원도 정선엘 갔다. 다들 냇가로 나간다고 해서 나도 따라 나갔는데 그곳에서 수석壽石을 한다고 했다. 하지만 내 눈에는 아무리 봐도 그저 돌일 뿐이었다. 다들 의미를 부여한 돌 한두 개씩을 가져가는데도 나만 빈손이다가 문득 어린 날의 할머니 생각이 났다. 할머니께선 한 해에 한 번쯤은 부러 냇가에 나가서 납작 동글 손바닥만 한 돌멩이를 한두 개씩 주워오셨다. 그걸 무얼 하려느냐고 물으면 누름돌이라 했다.

누름돌, 나는 그때 그게 어떤 용도로 쓰이는지 알지 못했다. 그러나 나중에 그 용도를 알게 되면서부터는 나도 학교에서 돌아오다 냇가에 들러 그런 돌을 주워다 드리면 할머니께선 매우 좋아하셨다. 그 어린 날이 생각나 뒤늦게 마음이 급해져 누름돌로 쓸 만한 것을 찾아보았다. 어쩌면 그건 순전히 할머니에 대한 그리움일 수도 있겠지만 내 삶에도 그런 누름돌이 필요하단 생각도 했을 것 같다.

누름돌은 모나지 않게 반들반들 잘 깎인 돌이어야 한다. 그걸 깨끗이 씻어 김치 수북한

김칫독에 올려놓으면 그 무게로 아주 서서히 내리누르며 숨을 죽여 김치 맛이 나게 해주는 돌이다. 그런가 하면 조금 작은 것은 때로 밭에서 돌아와 저녁을 지을 때 돌확에 담긴 보리쌀을 쓱쓱싹싹 갈아내는 돌이기도 했다. 그래서일까. 그 돌은 어두운 부엌에서도 금방 알아볼 만큼 빛이 났다. 밤낮 없는 할머니나 이모의 쓰임에 따라 더 닳고 손때가 묻어 반질반질해진 때문이었는지 모르지만 어쩌다 나도 손에 쥐어보면 돌의 차가움이 아닌 왠지 모를 따스함이 감지되기도 했다.

요즘 내게 부쩍 그런 누름돌이나 돌확용 돌이 하나쯤 있었음 싶다는 생각이 들곤 한다. 뭔가 모를 것들에 그냥 마음이 들떠 있고 바람 부는 대로 휘둘리는 키 큰 풀잎처럼 좀처럼 내 마음을 안정시키기가 어렵다. 이런 때 그런 누름돌 하나 가져다 독 안의 김치 꾹 눌러주듯 내 마음도 눌러주었으면 싶다. 거친 내 마음을 돌확에 넣고 확돌로 쉭쉭 갈아주었으면 좋겠다. 그래서 스쳐가는 말 한마디에도 쉽게 상처받고, 욕심내지 않아도 될 것에 주제넘은 욕심을 펴는 날카롭게 결로 깨진 돌 같은 감정들도 지그시 눌러주거나 갈아내 주었으면 싶다. 아니다. 그보다 짜고 맵고 너무나 차가워 시리기까지 한 김장독 안에서 보아주는 이 없어도 자신을 희생하며 곰삭은 김치 맛을 만들어내는 누름돌 같은 사람이 될 수는 없을까. 그렇게 생각해 보니 옛 어른들은 다 누름돌이거나 최소한 누름돌 하나씩 품고 사셨던 분들 같다. 누가 가르쳐주지도, 누가 그렇게 하라고 안 해도 아주 자연스럽게 누름돌이 되었고, 또 상대를 자신의 누름돌로 인정도 해주었다. 내뻗치는 기운도 억누르고, 남의 드센 기운도 아름답게 받아 안는 희생과 사랑의 마음들이 서로 나눔으로 이해로 살아 있었던 것 같다. 그렇기에 그 어려운 삶의 현장, 차마 견디어낼 수 없던 시대의 질곡에서도 아픔과 고통을 감내할 수 있었으리라.

우리 집에선 그때 내가 정선에서 가져온 누름돌이 단단히 한 몫을 했다. 베란다의 항아리 안에서일 때도 있고, 오이지를 담글 때도 곧잘 사용했다. 요즘이야 보리쌀을 갈아 밥 짓는 일은 없어졌으니 확독이 될 일은 없지만 어쩌다 제 몫의 일이 없어 바닥에 놓여 있거나 항아리 뚜껑에 올라와 있어도 어린 날을 추억케 하면서 내 삶의 누름돌을 생각게 한다.

두 동강이 나버린 누름돌을 보며 안타까워하시던 외할머니 모습도 생각난다. 단순히 못 쓰게 된 돌 하나가 아니었으리라. 웃자라는 욕심에도 성급한 마음에도, 서운함으로 파르르 떨리던 마음, 시집살이 고된 삶의 눈물도 누름돌을 씻으며 삭이던 친구 같은 존재였을 것이다. 그래 설운 마음 꾸욱 누르고 누르고 하셨던 그 마음이 담겨 있었을 텐데 깨져 버리자 마음이 찢기는 안타까움과 헤어짐의 슬픔을 느끼셨을 것이다.

내 나이도 이젠 들 만큼 들었는데도 팔딱거리는 성미며 여기저기 불쑥불쑥 나서는 당돌함을 다스리지 못하고 있다. 누름돌이 없어서일까. 이제라도 그런 내 못된 성질을 꾹 눌러 놓을 수 있도록 누름돌 하나 잘 닦아 가슴에 품어야겠다. 그게 나뿐이랴. 부부간에도 서로 누름돌이 되어주는 것이 좋겠고, 부모 자식 간이나 친구지간에도 그렇게만 된다면 세상도 훨씬 더 밝아지고 마음 편하게 되지 않을까.

　김장을 처가에서 해와서인지, 김치 냉장고 때문인지 지난겨울 내내 베란다 바닥에 누름돌이 하릴없이 놓여 있었다. 나도 그게 특별히 쓰일 데가 없어 그냥 본 체 만 체했다. 그러나 내일은 마침 집에 있게 되니 아내 몰래 저 두 개의 돌을 깨끗이 씻어 뚜껑 덮인 항아리 위에라도 올려놓아야겠다. 그걸 보며 왠지 모르게 들떠 있는 내 마음도 꾹 누르면서 말이다. 아니다. 그러기도 전에 정성껏 김장독에 올려놓던 할머니 모습이 먼저 그리워질지도 모르겠다.

오 경 자

등 단 「수필문학」

약 력 한국문인협회 감사 역임, 국제펜 한국본부 부회장 역임
한국크리스천문학가협회 회원
고려대학교 평생교육원 강사

수 상 수필문학상, 한국크리스천문학상, GS문학상, 연암문학상,
원종린수필문학상

저 서 수필집 : 『바퀴 달린 도시』『느린 기차를 타고 싶다』『그 해
여름의 자두』『천년을 웃고 사는 여인』『그렇게는 말 못해』
『토기장이와 질그릇』『신원확인』『밤에 열린 광화문』『그 때
는 왜!』

e메일 kjoh1942@hanmail.net

다시 만날 것을 믿지만

　부활절이다. 만물이 소생하는 봄철 한가운데 부활절이 있어서 더 은혜로운 것은 아닌지 모르겠다. 꽃들이 앞 다투어 피고 나무들은 새순을 틔우느라 여념이 없다. 땅을 밟기가 송구스러우리만치 새싹들은 흙을 비집고 올라오느라 안간힘을 쓰고 있다. 여느 해 같으면 예수님 다시 사셨다는 감격에만 젖었는데 올해는 남다른 감회가 가슴을 가득 메우고 있다. 우리 모두 다시 살아나서 기쁘게 만날 것이라는 약속은 이치적으로는 수긍하기 어렵지만 예수님 말씀을 믿기만 하면 너무도 당연한 것이지 전혀 의심할 여지가 없는 일이다. 이 좋은 부활의 아침에 정말 그 말씀을 온전히 믿고 싶다. 아니, 간절히 원하고 있다는 것이 더 정확한 고백이다.

　남편이 하늘로 떠난 지 4달이 되었다. 당 조절이 좀 안 되어 병원에 갔다가 이내 입원을 하더니 달 반쯤 넘기고 허망하게 곁을 떠났다. 평생 여행을 해도 몇 시간 전에 전화해서 우리 오늘 떠나자 하면 곧바로 가방 들고 차에 올라 부산까지라도 단숨에 달려 전국을 휘젓고 다녔다. 불현듯 떠나자고 한다고 볼멘소리를 하면서도 좋아라 따라다녔는데 정말 그렇게 불현듯 이승을 떠나버렸다. 아프고 병원 간 이야기나 지루한 투병 경위야 누가 듣고 싶으랴만 하도 허망해서 자꾸 말하고 싶어진다. 현대의학이 할 수 있는 방법은 다 써 보았으니 떠난 그나 남은 우리나 여한은 없다. 그래서 마음을 잘 가눌 수 있으려니 했는데 날이 갈수록 아니다. 세월이 약이라는데 아직은 새록새록 생각나서 견디기 힘들다.

　예수 믿기를 참 잘했다는 생각을 요즘처럼 실감나게 해 본 기억이 없다. 사람의 생명이 자기 손에 달린 것이 아니라 온전히 하나님 손에 달렸음을 익히 알기에 조금은 체념을 쉽게 할 수 있을 것도 같았다. 하지만 감정은 이성의 명령에 따라 움직여주지 않는다. 아무리 다시 만날 날이 기약되어 있다 하나 사랑하는 그 얼굴을 영영 단 한 번만이라도 볼 수 없고 만져볼 수 없다는 것이 도무지 믿어지려 하지 않는다. 사랑한다는 말을 해 줄 수도 없고 들어볼 수도 없다는 사실이 믿어지지 않는다. 맛있는 반찬을 해 놓아도 먹어볼 그가 없다는 것은 아무리 생각해도 설움이다.

　십자가를 지고 골고다 언덕을 힘겹게 오르시는 예수님이 화면 가득 다가온다. 영화 장면이라고는 하지만 그 고통스러운 장면을 보면서 숙연해지고 내 죄를 대신 져서 내가 구원받았다고 하는 확신을 가질 수 있는 이 사실만으로도 크게 복 받았다고 할 수 있지 않겠는가? 무엇이 부족해서 청승을 떨고 앉아 돌아올 수 없는 사람을 그리워하며 눈물짓고 있는 것이냐고 자신을 힐책해 보지만 그럴수록 더 보고 싶어진다. 십자가에 못 박을 때는 손끝이 저절로 오그라들고 가슴에 대못질을 한다. 하면서도 이내 세상사에 대한 욕심과 미련으로 괴로워하고 있음을 발견한다.

편한 나라에 미리 잘 가 있으니 걱정하지 말라고 나를 위로하는 사람들을 오히려 위로하는 입술의 침이 채 마르기도 전에 하나님 왜 내게서만 남편을 거두어 가셨나요? 저 사람들은 다 그 남편이라는 사람과 같이 있는데 말입니다, 라는 불평을 쏟아내고 있지 않은가? 늦은 귀가 시간에 무엇하고 다니는 거냐고 소리치던 사람이 이렇게 생각날 줄은 몰랐다. 늦은 시간 현관문에 자물쇠를 꽂으면서 눈물 나게 그리워지는 남편이 이렇게 소중할 줄도 몰랐다. 이른 새벽에 눈이 떠져서 무의식적으로 부엌에 나가 쌀을 씻으려다가 먹을 사람이 없음을 깨닫고 바가지를 내려놓을 때의 허탈감을 어떻게 말로 다 설명한단 말인가?

어제는 하루 종일 헤밍웨이가 이해되기 시작했다. 애써 떨구려 하면 생각은 더 선명해지면서 평소 자살을 죄악 중 큰 죄악이라고 성토하던 자신의 생각이 꼭 옳은 것만은 아닌 것 같은 착각에 빠져들기도 했다. 그렇다고 적극적으로 실행해보고 싶은 만용이나 용기가 있는 것은 아니다. 다만 살아야 할 이유가 없다는 생각에 이르자 그가 이해되고 있는 것이다. 아무리 생각해도 꼭 살아야 할 이유를 찾을 수 없다. 아이들이 걸리지만 이제 성인들이 되어서 제 앞가림은 다 하고 있으니 책임질 일은 없다. 홀가분하기 그지없는데 무엇 때문에 힘들게 살아야 하는 것인지 나 자신이 납득되지 않는다. 좋은 사람 있는 저세상으로 가고 싶은 것이 너무도 당연한 일인 것 같기만 하다. 다만 용기가 없는 것이 걱정일 뿐이다.

이런 생각에 끌려 다니다가 사칫 일을 저지를 수도 있겠으나 다행히 내게는 좋은 친구 예수님이 계셔서 어두운 터널 속을 오래 헤매지 않아도 되는 특권이 있음을 또한 어제 함께 확인하였다. 어느 순간이라고 할 것 없이 시나브로 그런 망령된 생각은 자취 없이 사라지고 예수님 따라 부활하면 어련히 만날 것을 뭘 그리 못 참고 그러느냐는 희망의 속삭임이 내 귀를 감싸주었다. 물론 이런 상태를 그냥 놓아둘 리가 없는 마귀가 또 나를 괴롭히겠지만 언제나 지켜주시는 주님의 은혜로 무사히 부활의 그날까지 승리할 수 있을 것이다.

내 손에 직접 못을 들이대고 박아대는 아픔이 없고 오히려 다시 사는 소망이 있는데 무엇이 어떻다고 고개를 떨구고 청승을 떨고 있단 말인가? 우리 죄를 대신 지고 십자가를 지심으로 우리를 구원하시고 다시 오실 때 우리도 다시 살리실 예수님만 바라보고 승리하며 살아보자. 그래야 먼저 간 남편을 만나는 날 함께 웃지 않겠는가?

호 병 규

등 단 「수필문학」

약 력 한국장로문인회 상임고문, 한국기독교수필문학회 고문, 한국기독교문인협회 회원, 한국문인협회, 국제펜 한국본부 회원, 한국수필문학가협회 이사, 한국교회음악연구협회 가사분과위원, 한국교회신보 논설위원, 한국장로신문 논설위원, 목사장로신문 논설위원

수 상 한국장로문학상, 한국수필문학가협회 수필문학 대상, 참여문학회 운봉문학상

저 서 수필집 : 『그 험한 영광의 길』『비워둔 세월』『존재의 고향』외

e 메 일 hbk1936@hnmail.net

묵념默念의 계절

안녕골 가을이 조용히 깊어간다.

융·건릉 산책길은 우수수 낙엽만 휘날리고 텅 빈 들녘 개울가 갈꽃들은 무심한 바람에 그저 하염없이 서성인다. 그렇게도 떠들어 대던 황구지천 오리 떼들은 어디로 종적을 감추고 무엇을 생각하는지 나무들은 벌거벗은 채 고즈넉이 상념에 빠져 있다. 무엇을 저렇게 깊이 생각하고 있을까. 청초했던 지난날들을 그리워함은 아닌가? 한여름 동안 조잘대던 새소리들을 더듬고 있음은 아닌가? 끝도 없이 밀려오는 추억을 되새김하며 연상적聯想的인 사유思惟를 추적追跡하며 깊은 묵념에 빠져 있다.

가을이 점점 깊어간다. 수많은 사람들이 분주하게 드나들던 용주사 산사의 길도 이제는 발자취가 뜸해졌고 고요한 경내는 그야말로 적막이 흐른다. 그렇게도 화려하게 자태를 뽐내던 은행나무들도 이제는 스산한 바람에 썰렁하기만 하다. 그저 뎅그렁~ 뎅, 뎅그렁 ~ 뎅, 번져오는 풍경소리만 흐느끼듯 미련을 깔아 계곡을 채우고 가끔씩 본당에서 새어나오는 목탁소리는 지나는 나그네의 허전한 마음을 자꾸만 파고든다. 내 동네 산사山寺 용주사龍珠寺의 늦가을 풍경은 이처럼 나그네의 사색을 깨우니 가을은 진정 떠나는 계절의 애잔한 여운餘韻이듯 사유의 자락에 아쉬움을 던져준다. 한 걸음 한 걸음 낙엽을 밟으며 내딛는 걸음마다 낙엽은 애잔한 사유에 뒹구는 추억 같으니 가을은 진정 외로운 계절이지 싶다.

무수히 피어나 자랑하던 나뭇잎도, 푸르게 짙푸르게 솟아나던 풀잎들도 어느새 하나 둘 모두 사그라지고 이제는 사방에서 옛이야기를 나누듯 지나는 바람소리만 부스럭댄다.

화려했던 옛날이야기, 호화롭던 옛날이야기, 청춘의 늠름했던 추억은 기상만 남긴 채 가을은 조용히 깊어간다. 계량할 수 없는 것이 세월의 무게라고 했던가? 장고長考한 꿈은 접어두고 이제는 별수 없이 조용히 묵념을 하고 있다. 그러나 낸들 저들과 무엇이 다를까? 이제는 나도 저들처럼 조용히 때를 기다리고 있지 않은가. 저 멀리 시온을 바라보며 묵념하는 세월이 아니던가. 어디서 날아왔는지 까치란 놈이 빈가지에 앉아 내 말에 긍정인지 부정인지 머리를 갸웃거린다.

세상의 모든 이치가 왜 그럴까? 인생의 길도 그렇고 나무들의 절기도 그렇고. 하던 일들 모두 내려놓고 걸친 옷조차 벗어 던지고 종래에는 빈 몸으로 서서 하늘만 바라보고 있지 않은가. 이 처연한 모습들을 바라보고 또 생각을 하면 끝내 가슴이 저미어 온다.

바람 한 점 없는 가을, 나목들은 모두 무엇을 저렇게 깊이 더듬고 있을까? 가을을 조상弔喪하는 문상객이 되어 나도 저들을 따라 우두커니 서서 저들처럼 하늘을 바라본다. 높아만 가는 가을하늘이 정말 끝도 없이 멀게만 보인다. 게서 은연중 코발트 줄기를 따라 은연隱然한 시안詩眼이 가슴에 와 닿으며 생고기후生枯起朽*는 생생지리生生之理**라 이것이 자연의 이치이니 주어진 한계와 계한界限을 참간參干할 일이 아니라고 한다. 그렇다. 자연의 순환을 어떻다고 내가 시비를 걸 일이 아니다.

가을은 침묵의 계절이다. 모두들 기도를 하는 계절이다. 숲속의 정령精靈들조차 한결같이 묵념을 하는 계절이다. 한 해를 뒤돌아보며 감사하며 또 새로운 것들을 생각하게 하는 계절이다. 저무는 아름마을 들녘에 서서 떠난 벗들의 여음餘音에 귀를 댄다. 잘들 있게, 편히들 쉬게. 내년 봄에 다시 옴세. 이렇게 인사를 남기고 자리를 뜬다.

---

* 생고기후生枯起朽 : 마른 나무를 소생시키고 썩은 나무를 다시 일으켜 세움(죽을 것을 살려낸다는 뜻). 포박재抱朴子의 글로 포박재抱朴子는 진晉나라의 도가道家 갈홍葛洪의 호號이다.
** 생생지리生生之理 : 모든 생물이 생기고 퍼지는 자연의 이치.

이 상 열

등 단 「수필문학」

약 력 한국크리스천문학가협회 회원
(사)한국기독교문화예술원 이사장
바기오예술신학대학교 총장

저 서 『기독교와 예술』『신학과 예술』『교회성장과 예술선교』
『요한계시록 강해』 『예배 예술의 실제와 동향』 외

e메일 susan4@hanmail.net

별을 노래하는 마음으로

　인생을 살다 보면 누구나 한두 번쯤은 견디기 어려운 고비를 겪게 마련이다. 나에게도 그러한 때가 있었다. 이때 나는 도대체 산다는 것이 무언가? 무엇 때문에 살아야 하는가? 이런 절망적인 기분에 싸여 심각한 회의에 빠졌던 적이 있었다.

　그 무렵, 나는 철학에 조예가 깊다는 친구를 찾아가 "자네가 철학 공부를 했으니 묻네만 산다는 게 무언가? 무엇 때문에 살아야 하는가?" 이런 투의 질문을 그저 내뱉는 푸념으로서가 아니라 정말 절박한 심정으로 던졌던 기억이 있다.

　마치 "To be or not to be: that is the question."이라는 햄릿적인 심정이었다고나 할까? "내가 무슨 철학가라고 그런 걸 다 묻는가? 그동안 책은 몇 권 읽었네만 거기에선 아직 그런 대답은 찾지 못했네. 그러나 한 가지 말해 줄 것이 있다면 산다는 것의 의미를 따지기보다는 세상을 어떻게 살 것인가를 생각해 보라는 것이네. 인생은 논리가 아니라 현실이니까."

　지금 생각하면 어느만큼 인생의 묘체妙諦를 터득한 답변임에 틀림없다. 누가 감히 '인생은 이것이다'라고 말할 수 있겠는가. 일찍이 공자도 "죽음에 대해서 알고 싶습니다."라는 제자의 물음에 "삶도 알지 못하거늘 어찌 죽음을 알리요."라고 하지 않았던가. 공자 같은 성현도 '삶을 알지 못한다'고 했거늘 하물며 우리 같은 소인들이랴. 물론 공자 같은 이가 인생에 대해서 할 말이 없겠는가. 다만 추상적인 언설言說로 인생을 논하고 싶지 않았을 뿐이었으리라.

　사실 공자에게 있어 '삶'의 문제는 형이상학의 대상이 아니라 어떻게 살 것인가라는 '인仁'이란 무엇인가였다. 번지란 제자가 인에 대해서 묻자 공자는 한 마디로 '애인愛人' 곧 '사람을 사랑하는 것이다'라고 대답했다. '인'에 대한 여러 제자들의 물음에 대해서 공자는 그때마다 각자의 처지에 따라 달리 대답했지만, 그 본뜻은 '애인' - '네 이웃을 사랑하라'는 말로 요약될 수 있을 것이다. 그러나 내 의문은 풀리지 않았다. '이웃'이란 무엇인가? 또 그 '이웃'을 어떻게 사랑할 것인가?

　재이란 제자가 스승에게 물었다. "만일 인자仁者는 누가 우물 속에 빠졌다고 알리면, 그 우물에 들어가서 빠진 사람을 구하겠습니까?" 그러자 공자는 "어찌 그리요, 군자는 사리에 밝은지라, 비록 그를 구해낼 꾀를 생각할지언정 제 몸을 빠뜨리진 않을 것이니 군자를 이치에 맞는 말로 속일 수는 있으나 기만하지는 못하리라."고 대답했다. 이게 무슨 말인가. 군자는 착한 사람이다. 사람이 물에 빠져 죽어 간다는 말을 듣고 가만히 있지는 않을 것이다. 그래서 사랑하는 마음에서 우물까지 가기는 하겠지만 분별력을 잃고 함부로 물속에 뛰어드는 일은 삼갈 것이다. 즉 군자 되는 몸으로 물속에 뛰어들면 위태하니까 사려 깊은 이성理性은 그런 무분별한 모험을 하지 않을 것이란 뜻이다. 이 부분에 대한 해석은 구구하지만, 한 마디로 "인자는 사랑이나, 자비를 맹목적으로 베푸는 사람이 아니라, '사려 깊은 이성'으로 헤아려서 베푼다"는 뜻에는 이론이 없을 것이다.

공자의 현실주의 혹은 합리주의가 여기에서도 극명하게 드러난다. 그렇다면 '사려 깊은 이성'으로 행동하는 사랑이 진정한 사랑일까? 여전히 의문은 꼬리를 물고 이어진다.

'물에 빠져 죽어가는 사람'은 마땅히 도움을 받아야 할 대상이다. 그것이 '이웃'이다. 또 '물에 빠져 죽어가는 사람'을 돕는 자가 참 '이웃'이다.(누가복음10:29-37)

독일어에 Mitleiden이란 말이 있다. 흔히 '연민'이란 말로 번역하지만, 원래는 '고통을 함께 나눈다'는 뜻이다. 고통을 함께 나누는 그것이 참된 이웃이며 이웃 사랑이다. 사려 깊은 이성이나 합리적인 계산으로 저울질해서 베풀 그런 사랑의 대상은 아니다. 거기에 무슨 조건이나 전제가 있을 수 없다.

나는 내가 잘 아는 후배 목사님의 사랑 이야기를 알고 있다. 그 목사님의 사모는 지체 장애자이다. 어려서 소아마비 후유증으로 두 다리를 쓰지 못하는 불구자이다. 그 목사님은 그런 그녀와 결혼했다. 그동안 흔히 상상할 수 있는 망설임도 있었을 테고, 마음의 갈등도 있었을 것이다. 하지만 그들 내외분은 지금까지 남이 부러워할 만큼의 사랑의 동반자가 되어 사역에 임하고 있다. 나는 몇 년 전 그분의 간증을 국민일보에 연재한 적이 있었다. 그 글을 쓰면서 새삼 발견하게 된 것은 사랑으로 고통을 함께 나누는 사람만이 맛볼 수 있는 삶의 보람이 거기에 있다는 사실이다. 하나의 감격스런 사건이 아닐 수 없다. 『사랑의 기술』의 저자 에리히 프롬은 이런 점에서 우리들의 삶의 모습을 되돌아보게 한다. 대부분의 사람들은 사랑의 문제를 '사랑하는' 즉 사랑할 줄 아는 능력의 문제가 아니라 '사랑받는' 문제로 생각한다. 그들에게는 사랑의 문제가 어떻게 하면 사랑받을 수 있는가 하는 것에만 관심이 쏠리고 있다. 따라서 사람들은 '사랑받을 수 있는' 조건을 갖추기에만 온 신경을 쓴다. 그 '조건'이란 외형적인 '매력' ─상품으로 따지면, 잘 팔리고 품질 좋고 멋진 포장을 의미한다. 이것은 분명히 상대방의 구매욕을 자극할 것이고, 상대방은 또 그것으로 충족감을 느낄 것이다. 그러나 그것이 사랑한다는 것의 참된 모습일까? 사람들의 기호는 얼마 안 가서 바뀌게 마련이고, 그 멋져 보이던 포장도 어느덧 퇴색해 버릴 것이다. 그리하여 마침내 사랑받기의 흥정은 끝장이 나고 말 것이다. 그것은 사랑의 대상이 인칭대명사로서의 '당신(너)'이 아니라, 사물대명사로서의 '그것'에 불과했기 때문이다.

　마틴 부버가 『나와 너』에서 말하는 '나-너(Ich-Du)'가 아닌 '나-그것(Ich-Er)'의 관계에 머무는 사랑이다. 이 같은 사랑의 흥정은 그 대차(貸借)관계만 끝나면 그 노름판은 곧 사막이 되어 버린다. 서로가 건전한 이웃이 아니었기 때문이다. 어떻게 살 것인가? 건전한 '이웃'을 찾아 사랑을 베풀며 살아가는 것, 이것이 산다는 것의 참된 의미가 아니겠는가. 그것을 시인 윤동주는 '모든 죽어가는 것을 사랑해야지'라고 노래하고 있다. 여기에서 말하는 '모든 죽어가는 것'은 아마도 일제하에서 고통당하는 우리 겨레를 염두에 두고 한 말이겠지만, 그것은 궁극적으로는 너나 할 것 없이 불행하게 살아가는 가까운 '이웃들'과 같은 의미로 다가오는 말이며, 우리가 진정으로 사랑해야 할 대상을 지시하는 말이기도 하다. '그리고 나한테 주어진 길을 걸어가겠다.' 이것이야말로 '하늘을 우러러 한 점 부끄럼이 없이 별을 노래하는 마음으로' 살아가는 값진 삶이리라.

박 하

등 단 「한국크리스천문학」, 「수필과비평」, 「현대수필」, 「지구문학」

약 력 한국크리스천문학가협회 부회장, 대구문인협회, 한국문인협
회, 국제펜 한국본부, 한국수필학회 회원
대구 침산제일교회 권사

수 상 농민문학작가 우수상

저 서 수필집 :『파랑새가 있는 동촌 금호강』『인생』『멘토의 기
쁨』『초록웃음』『퓨전밥상』

e메 일 parkha620@hanmail.net

작가의 꿈을 키워준 유년주일학교

어린 시절, 교회 종소리가 그립다.

유년시절, 나지막한 측백나무 사이의 오솔길을 타박타박 걸어가면 채소밭이 펼쳐지고 그 밭 한 자락에 커다란 목조교회가 있었다. 다섯 살 적 크리스마스 전야제 날이었다. 어머니가 만들어 준 흰 인조 천 한복으로 단장하고 강대상 앞에서 '그 어린 주 예수' 무용을 끝냈을 때다. 강홍자, 강영자 두 자매 선생님이 어린애가 무용 잘했다고 번갈아가며 안아주었다. 양단 저고리에서 스미는 향긋한 박하분 냄새가 좋았다. 그날 밤, 큰언니 등에 업혀 작은언니와 같이 집으로 오면서 밤하늘을 쳐다보았다. 영롱하게 반짝이는 별보석들이 세 자매 머리 위로 축복처럼 비추어주었다. 푸른 별들은 보석보다도 아름다웠다.

어느 날 교회에 원인 모를 불이 났다. 불타던 날, 우리 세 자매는 먼발치에서 불타는 광경을 보며 안타까워 발을 동동 굴렀다. 나와 또래동무들은 임시로 지은 천막교회 가마니 바닥에 앉아 예배드렸다. 그래도 즐거웠다. 꽃잎 같은 입술로 '아이들의 동무는', '선한 목자 되신 우리 주… 찬송을 목청껏 불렀다. 특히 친구 명희가 목에 파란 심줄이 돋아나게 찬송을 불러 걱정했었는데 다행히 터지지 않았다.

초등학교 2학년 때, 우리 집 옆에 동촌제일교회가 신축되었다. 가까워서 좋았다. 교회 마당은 아이들의 놀이터였다.

주일학교 반사는 유순하, 조태진, 박은덕, 유태분, 선미자, 이삼도 선생님이다. 내가 6학년 때는 큰언니가 반사라서 괜히 어깨가 들썩거리며 올라갔다. 찬송 중에서도 '꽃가지에 내리는 작은 빗소리', '저 고운 동산 위에서 주 음성 들리네' 찬송을 즐겨 불렀다.

해마다 찾아오는 여름성경학교도 재미있었다. 〈여기서 매아미〉노래가사가 재미있었다.

1절. 여기서 매아미 맴맴맴맴/저기서 쓰르라미 쓸쓸쓸쓸/
　　매미와 쓰르라미 노래소리/온 산과 온 들에 가득 찼네
2절. 매미는 어째서 맴맴맴맴/쓰르라미 어째서 쓸쓸쓸쓸/
　　너와 나 아무도 모르지만/아버지 하나님 아신다네.

노래와 다양한 게임을 했다. 밀가루 묻힌 엿 먹고 얼굴에 하얗게 칠하고 달려가던 놀이, 봉사놀이… 등. 특히 간식시간에 빨아먹던 돌처럼 단단한 아이스케이크는 달고 시원했다.

추수감사절에는 백설기를 주일학교 어린이들에게 나누어주었기에 이날은 예수 믿지 않는 동네방네 아이들이 많이 와서 잔칫집처럼 시끌벅적거렸다. 4학년 때 추수감사절에는 나와 내 또래 아이들이 저마다 가꾼 국화 화분을 들고 강대상 앞에서 성경 요절을 암송해서 성도들로부터 박수와 칭찬을 받았다.

매해 성탄절 한 달 전부터 무용과 독창, 성극을 연습했다. 연습에 몰두하느라 맹추위에도 추운 줄 몰랐다.

성탄전야제는 축제의 날이었다. 흰 한복으로 단장하고 머리에는 금빛 면류관을 쓰고 '고요한 밤'을 무용하고 얇은 프릴을 단 흰 무용복을 입고서 '기쁘다 구주 오셨네'를 무용하느라 나비처럼 날아다녔다. 5학년 때는 '반짝반짝 별 비치는 그 어느 적막한 날 밤에…'라는 독창을 불러 기분이 좋았다. 성극에는 마리아 역을 맡아 그 옛날 아기 예수 탄생하던 날 밤을 재연했었다. 들의 양치는 목자들이 와서 아기 예수께 경배하고 동방박사 세 사람을 맡은 아이들은 마분지로 만든 황금, 유향, 몰약을 아기 예수께 드렸던 주일학교 동무들을 생각하면 행복해진다. 성탄 전야제 때마다 큰언니가 내 얼굴을 곱게 화장시켜주었다. 세수한 얼굴에 구리무와 분을 발라주고, 눈썹을 초승달처럼 그려주고 엄마가 아끼는 붉은색 구찌베니를 입술에 칠해주었다. 매화꽃 그려진 민경 속에 까무잡잡한 아이는 온데간데없고 얼굴이 하얀 아이가 웃고 있어서 깜짝 놀랐다. 입안에 자꾸만 맑은 샘물이 고여, 입술연지가 지워질까 봐 입을 오리 주둥이처럼 내밀었다. 그런 나를 보고 식구들이 웃었다. 화장하는 행복함을 체험했다. 지금도 거울 앞에 앉아 화장하며 여자로 태어난 것을 신神께 감사한다.

유년주일학교 반사 선생님을 떠올리면 뜰에 활짝 웃는 채송화처럼 행복해진다. 조용히 한 분 한 분의 모습을 떠올려본다.

얼굴이 귀공자처럼 생긴 유순하 선생님은 또래친구 명희의 사촌오빠이며 주일학교 부장이었다. 아이들을 무척 귀여워하고 교회 화단에 꽃나무를 가꾸었다. 분꽃, 맨드라미, 봉선화…와 친할 수 있었던 것은 선생님 덕분이다. 여름철, 숨바꼭질놀이 할 때 우리 또래 꼬맹이들은 키다리 꽃무더기 속에 들어가 숨었다. 바삐 숨느라 더러 꽃가지를 분질러 뜨려도 키다리꽃은 성내지 않았다. 늘 온몸으로 우리를 숨겨주려고 애썼다. 장마에도 넘어지지 않고 쑥쑥 자라던 노란 키다리꽃은 아이들이 웃으면 덩달아 웃었다. 키 커서 싱거운 걸까. 바람의 노래에 건들건들 춤추었다.

늘 엄숙해 보이는 이삼도 선생님은 설교를 도맡아 해주셨다. 설교시간에 긴장했다. 피묻은 예수의 손으로 죄를 씻음 받아야 한다며 강대상을 힘껏 내리칠 때는 콩알 같은 간이 철썩 내려앉았다. 예수의 피를 강조했는데, 그 말이 무슨 뜻인지 이해할 수 없었다. 욕심과 죄, 지옥을 상징하는 징그러운 뱀과 마귀가 그려진 전단지를 나누어줄 때는 무서워 도망갔다.

얼굴이 보름달처럼 환하던 유태분 선생님은 늘 비단 한복을 즐겨 입었다. 저고리 소매를 만지작거리면 촉감이 매끄러웠다. 하루는 선생님의 기와집에 친구 명희와 같이 놀러 갔다. 선생님이 거처하는 작은방 벽에 횃대보가 쳐져 있었다. 흰 옥양목 천에 공작새와 모란꽃이 수놓인 게 예뻤다. 반짇고리를 열어 보여주셨는데 고운 비단 천 조각이 차곡차곡 개어져 있었다. 선생님은 우리 마음을 아시고 빨간 양단, 노란색 호박단, 분홍색 오빠루, 흰색 시시오리, 남색 비로드 천을 가위로 조금씩 오려서 우리에게 주셨다. 감사했다. 그해 가을, 선생님이 우리 마을에서 갑부로 소문난 서칠부씨 맏아들한테 시집가는 날이었다. 흰 유똥 천 한복에 하얀 망사 면사포를 쓴 모습이 하늘에서 내려온 선녀 같았다. 새 신랑과 신부를 태운 하이야가 신작로를 한 바퀴 돌 때, 마을 사람들과 아이들이 구경하려고 나와 있었다. 오색의 색종이로 장식된 차 안에 다소곳이 앉아 있는 새색시를 보고 아이들은 고사리 같은 손을 흔들며 환영했다. 나는 선생님이 행복하시기를 기도했다.

효자로 소문난 박은덕 선생님은 키가 전봇대였다. 시계점포를 하며 홀어머니를 모시고 살았다. 늘 싱글벙글 웃으셨다. 새벽기도 열심히 하는 선생님은 주일학교 예배시간에는 꾸벅꾸벅 졸기에 우리는 옆 친구 옆구리를 쿡쿡 찌르며 킥킥 웃었다. 손목시계를 차서인지 예배시간에 지각하지 않았다.

키가 작고 얼굴이 곱상하게 생긴 조태진 선생님의 성경이야기는 꿀송이처럼 달고 무궁무진 재미나 매 주일 기다려졌다. 선생님이 얘기 시작하기 전에 우리 아이들은 언제나 "아 재미있겠다 선생님의 말씀/ 어쩌면 아 어쩌면 그렇게도 잘하시나 고맙습니다."라는 노래를 부르며 분위기를 살렸다. 선생님의 얘기가 끝나면 "이 말씀 잘 듣고 잊지 않았다가/ 이다음에 우리도 좋은 사람 되겠어요 고맙습니다."로 답례했다. 믿음의 조상 아브라함, 하나님께 바친 이삭, 야곱 이야기, 모세, 애굽의 총리가 된 요셉, 천지창조, 아담과 하와, 돌아온 탕자, 삼손과 데릴라, 다윗과 골리앗, 나라를 구한 에스더… 많아서 다 소개할 수 없다. 조태진 선생님은 집이 가난했다. 잠시도 가만히 있지 못하고 발바리처럼 동네를 쏘다니던 나는 마을에 결혼잔치나 초상이 나면 제일 먼저 그 집에 친척인 양 뛰어가 떡과 단술을 먹고 마시는 게 즐거웠다. 하루는 조 선생님의 초가집에 놀러갔다. 추운 날씨인데, 선생님의 늙으신 어머니가 우물 곁에서 푸르고 흰 곰팡이가 낀 메주를 솔로 박박 문지르며 씻어 소쿠리에 담았다. 큰 독 안에 누런 신문지를 넣어 태웠다. 물끄러미 쳐다보는 나에게 독 안의 나쁜 냄새를 없애는 거라고 하셨다. 소금물에 메주가 둥둥 뜨자 숯과 붉은 고추를 띄웠다. 집으로 오면서 곰팡이 낀 메주가 나중에 어떻게 맛있는 간장과 된장이 될까 궁금했다. 지금 생각한다. 조 선생님은 어린 나에게 꿈을 갖게 해준 선생님이다. 이야기마다 내용에는 교훈과 메시지가 담겨 있었다. 성경에 나오는 인물들 이야기를 들으며 무한한 상상력을 키웠다. 성경 이야기는 내 삶의 자양분이 되었고 어떻게 살아야지 바르게 사는지를 가르쳐 주었고, 현재 내가 글을 쓰는 작가가 되도록 이끌어주었다. 나도 커서 어른이 되면 주일학교 반사가 되어 성경 이야기를 아이들에게 해주어야겠다는 꿈을 가졌는데 이를 실천할 수 있었다. 20여 년 동안 주일학교 반사를 했다. 아이들이 내 이야기가 재미있다고 주일이 기다려진다고 할 적마다, 내 어린 시절을 반추하며 미소짓는다. 기억의 샘에서 성경 이야기를 두레박으로 건져 올려 아이들에게 들려준다.

몸집이 뚱뚱하고 얼굴이 부잣집 맏며느리처럼 넓적한 선미자 선생님은 고향이 충청도라 말씨가 느렸다. 아이들이 떠들면 조용히 하라고 타일렀지만, 기도시간에 눈뜨면 엄하게 꾸중했다. 기도 도중에 자꾸만 눈뜨고 싶었다. 살며시 실눈으로 주위를 살피다가 옆 친구 명희가 눈뜨고 있으면 독립운동 동지를 만난 양 반가웠다. 어쩌다 선생님의 눈과 마주치면 당황해하며 도로 눈을 감았다. 새 신을 신고 간 날은 기도 도중에 눈뜨지 않고는 도저히 못 배겼다. 누가 신발을 훔쳐갈까 봐 걱정되어서다. 그 당시 유행하던 노래 때문에 더욱 불안했다. '예수 사랑하시는 예배당에 갔더니 /눈 감아라 해 놓고 내 신 훔쳐가더라'의 노래가 눈을 뜨도록 부추겼다. 나비 달린 새파란 반 고무신! 고 예쁜 신을 누가 몰래 훔쳐 신고 갈까 봐 궁둥이를 들썩거리며 눈과 마음은 온통 현관 입구로 쏠렸다. 선생님은 시집가서도 우리 동네에 살았다. 잡화상 하는 남편이 일벌처럼 부지런했다. 여중학교 때 수바늘을 사려고 선생님의 가게에 갔다. 선생님 부부가 양푼에 나물과 고추장 넣어 벌겋게 비빈 비빔밥을 먹고 있었다. 하필이면 그때 밥상 옆에 꼼지락거리던 아기가 얼굴을 찡그리더니 똥을 쌌다. 선생님의 남편이 씩 웃으면서 아기의 똥을 신문지로 슬쩍 덮더니 다시 밥숟가락을 들었다. 수바늘을 사는 즉시 가게를 뛰쳐나왔다. 구토가 나올 것 같아 수바늘로 내 새끼손가락 끝을 찌르자, 메스꺼움에서 벗어날 수 있었다. 훗날 자신은 시집가면, 아기가 볼일 보는 그런 상황이 된다면, 밥숟가락 당장에 놓고 아기부터 깨끗이 목욕시켜주어야겠다고 다짐했다. 똥은 촌수를 가린다더니 사실 그랬다.

그 무렵, 우리 교회 목사님은 또래 동무 이강은 아버지다. 늘 궁둥이 부분이 다 해어진 허름한 구제품 바지와 상의를 단벌 신사처럼 사시사철 즐겨 입었다. 주일날 설교할 때나 마을에 전도를 나설 때도 그 옷차림이었다. 요즈음 목사님들의 삐까 번쩍 번들거리는 최고급 양복과는 거리가 멀고 고급승용차는 감히 꿈도 못 꾸던 시절이었지만, 목사님의 검소한 옷차림에서 성직자의 참모습을 보았다.

인생을 백년 산다면 벌써 반을 훌쩍 넘었다. 유년주일학교의 교사이지만, 아이들한테서 배우는 게 더 많다. 천진무구한 눈망울의 아이들이 천사 같다. 아이들에게 성경 이야기를 해 줄 적마다 내 어릴 적 유년주일학교 시절로 돌아간 행복한 기분이다. 철없던 다섯 살 적부터 언니들을 따라 교회에 가서 예배를 드린 삶이 딸과 기독교 집안에 신앙심 좋은 남편을 만났다. 1997년 남편이 하늘나라로 떠난 후, 2005년에 딸을 결혼시켰다. 딸과 사위, 세 명의 외손자들이 주 안에서 믿음, 소망, 사랑으로 살아가게 해주심을 축복으로 여긴다. 그리고 무엇보다 작가의 꿈을 키워준 내 어릴 적 유년주일학교의 성경 이야기를 잊을 수 없다.

김 인 순

등 단 「창작수필」「한국크리스천문학」

약 력 숙명여자대학교 기악과 졸업
한국크리스천문학가협회 이사
현) 순복음강남교회 권사

저 서 수필집 : 『누가 달빛에 금을 그을 수 있을까』『꽃들아 뿌
리를 아느냐』『들꽃과 솔로몬』

e메 일 zinokim@daum.net

반주자, 그리고 한恨과 해학諧謔

1.

성가대 반주를 시작한 지 40여 년이 되어 간다.

새 곡을 연습하는 동안 한 주간이 지나고, 특별 행사나 부활절, 감사주일, 크리스마스 같은 절기를 맞아 연습에 몰두하다 보면 어느새 한 해가 지나가 버린다. 긴 연습에 딱 한 번의 연주로 하나님께 드려지는 찬양이기에 이면에 갖가지 에피소드와 잊을 수 없는 사건들도 있다.

한 번의 찬양을 위해 대원들과 연습도 많이 하지만 혼자서 또 다른 연습을 한다. 곡을 이해하려고 자꾸 부르고 연습해 본다. 반주자의 첫소리가 잘못 되면 지휘자나 성가대 전체에 영향이 미치기도 한다.

곡의 전체를 알아야 되고 찬양하는 사람들과 호흡을 같이해야 된다. 수고를 더 많이 하는 것이다. 부족한 부분을 위해 끝없이 연습하고 자기감정에 치우치거나 흔들림이 없어야 한다. 반주자가 조급하거나 화가 나 있다면 곡의 흐름에 영향을 준다. 철저히 분수를 지켜야 하는 자리이다. 반주는 조연이다.

곡이나 가사가 좋아서 나도 대원에 끼고 싶을 때가 있다. 성가에 많이 사용되는 시편을 좋아해서 말씀을 읽다 성경과 가까워지게 되고 성가대원이 되어 합창에 참여한 적도 있었다. 파트 연습을 할 때 틀리면 '연습 좀 할 것이지.' 하며 흉도 봤는데 내가 해보니 생각처럼 안 되었다. 좋은 소리를 내보려고 별짓 다하며 억지로 음정을 올리려다 이상한 소리가 나와 웃기도 했다.

음정을 잊어버려 찬양 중 옆 사람 커닝도 하고 느려지는 템포 때문에 박자기를 옆에 두고 거울을 보며 연습도 해봤다. 그러나 뜨거운 가슴처럼 몸과 소리가 함께 따라주질 않았다. 몇 번의 외도가 있었지만 결국 반주를 하게 되니 이 일이 사명이고 내게 주신 은혜인 것 같다.

주일예배를 앞두고 갑자기 감기 몸살로 몹시 앓은 적이 있었다. 찬양 준비와 연습도 해야 되는데 몸을 움직일 수가 없었다.

지휘자에게 사정 얘기를 하고 급히 반주자를 구할까 했지만 너무 늦었다. 주일날 아침 악보를 보니 흔들리고 아물거려 제대로 눈에 들어오지도 않았다. 그러나 어쩔 수 없는 순간이다. 기도했다.

"하나님! 도와주세요!"

찬양이 시작되었다.

'엘리야의 하나님', 지휘자의 반짝이는 눈이 내게 사인을 보내고 나는 안개구름 같은 시야 속에 전주를 시작했다. '엘리야의 하나님'은 곡과 가사가 좋아 특별히 잘해 보리라 기대했는데……. 현기증으로 시야가 뿌연 데도 가슴은 뜨거웠다. 엘리야의 기도는 내 기도이기도 했다. 휴지부에서 전체의 찬양이 딱 끊기고 지휘자와 눈이 마주쳤다. 혼자서 연주하는 부분이 자연스럽게 흘러나오고 찬양이 끝났다.

'아멘!' 소리를 들은 것 같은데 나는 꿈에서 깨어난 듯 정신이 들었다. 이상하게 두통도 몸살도 사라지고 힘이 넘쳤다. 찬양의 효과일까?

'참 아름다워라'를 부르면서 곡의 아름다움에 취해 반복 부분을 잊어버리고 혼자서 계속 나간 적이 있다. 성가대는 처음 부분으로 되돌아가고 나는 혼자 계속 나가다 보니 서로 다른 부분을 연주하고 있었다.

악보를 뒤적거릴 수도 없고 진땀을 흘리며 맞추다 보니 벌써 끝 부분에 와 있다.

'아! 이럴 수가!' 실수의 순간엔 빨리 그 자리에서 도망가고 싶어지는데, 그러나 놀라운 것은 그날의 찬양이 좋았다는 칭찬이었다. 지휘자와 대원들 아무도 모르는 나만이 아는 실수, 감동은 실수조차 아름답게 하는가…….

'복 있는 사람들'을 찬양할 때였다. 중간 부분에서 다시 앞으로 돌아가, 전주를 시작하는 부분이 있다. 그날 따라 가사와 피아노 소리가 너무 아름다워 처음 부분으로 되돌아가는 것을 잊어버렸다. 모두들 노래를 멈추고 나를 바라보는데 그제야 감동에서 깨어나 전주를 시작했다. 실수의 순간인데 그 휴지부가 오히려 곡의 일부처럼 지나간 것이다.

가장 어려운 것이 찬송가 반주인 것 같다. 찬송가는 단순해서 첫 부분부터 알맞은 템포가 필요하다. 음 하나에 가사를 표현하는 정성과 영혼이 실려야 하는 것이다. 화려한 아르페지오나 갖가지 화음을 섞어 변주를 하더라도, 반주자의 과장되지 않은 신앙이 바탕에 있어야 한다.

반주를 잘하고 싶어 오르간을 배우려고 ○○신학대학 종교음악과에 편입한 적이 있었다. 제출서류를 확인하는데 교무과 직원이 공부하실 분이 따님이냐고 물었다. 본인이라고 했더니 40대 후반의 늙은 학생이 이상한지 한참을 쳐다보았다. 이런 일이 처음도 아니면서 부끄러웠다. 밖으로 나오니 교수님이냐고 묻는 이도 있었다. 무지한 용기였을까? 음대 피아노과 졸업 후 기회만 되면 오르간을 배우려고 했지만, 그때는 가난했고 악기도 귀하고 레슨비도 엄청났다. 조그만 악기 하나에 천의 소리를 내는 오르간. 그 아름다운 음향

효과에 꿈속에서도 오르간 소리를 들었다.

편입학 등록을 하고 악기를 배우는 동안 반복된 오르간 연습으로 가족들이 먼저 내 악보를 외우기도 했다. 강의실에선 선생님, 아줌마, 여사, 별별 호칭들을 다 붙여 주었고, 나는 결석이 출석보다 더 많았다. 한 학기를 끝내고 결국 오르간 공부는 미루어 둔 채 꿈으로 남아 있다.

요즈음 전자 악기를 많이 사용하고 있다. 특별히 리듬, 가사, 창법 등 악기 사용에 절제와 훈련이 필요하다는 생각이다.

눈앞이 캄캄할 때, 말문이 막힐 때, 찬양을 듣고 마음을 열기도 한다. 반주자가 끊임없이 훈련하는 것은 내면으로부터의 영혼의 소리로 들려지기 위함이다.

2.

추석이 다가온다. 가을바람과 햇볕, 도처에 풍성한 먹을거리, 바쁘게 오가는 사람들, 밤마다 커지는 달, 괜히 흥에 겨워 들뜨기도 하고. 한편 쌀쌀한 가을바람에 어둡고 허전한 느낌도 있다.

바쁘게 오가는 사람들은 명절이 즐거워 보이는데, 나는 함께 만날 친정 형제도 없고, 금년엔 선산의 묘까지 정리되어 허전함이 더하다. 친정에 외동딸이면서 명절은 물론 어버이날, 친정아버지 추도식도 한 번 제대로 못 가져 봤다.

북적거리며 고향 찾는 사람들, 번창한 집안의 둘러앉은 밥상, 언니 동생 찾으며 돕거나, 심지어 싸우는 형제까지도 부러울 때가 있다.

외국에 있을 땐 귀국만 하면 홀로 계시는 어머니께 미안해서 친정 일은 내가 다 해드려야지, 하고 결심했지만, 항상 바빠 친정을 배려할 여유가 없다.

TV에서는 몇 십 년 만에 만난 이산가족이 부둥켜안고 쳐다보며 눈물을 닦고 있다. 부부, 형제, 낯선 아저씨, 아줌마들이 가족을 확인하면 '○○야!' 하며 울음을 터뜨린다.

몇 십 년의 끔찍한 세월이 순식간에 사라지고, 가슴으로 피부로 만나는 것이다. '어머니!', '아버지!' 하고 닮은 얼굴을 쳐다보며 부르는 순간, 얼마나 떨리고 흥분이 될까? 긴 세월의 그리움, 불평, 원망도 다 사라져 버릴 것 같다. 살아 있다는 것, 희망이 있다는 것은 좋은 것이다.

그러나 아무리 기다려도 못 만나는 사람들도 있다. 멀리서 얼굴만이라도 보고 싶은데, 흙으로밖에 만날 수 없는 사람들. 혈육을 그리워하는 것보다 더 큰 아픔은 없을 것 같다. 보고 싶은 사람을 못 만난다는 것. 빈 가슴 그리움을 어떻게 무엇으로 대신할 수 있을까?

늦은 저녁 TV에서 판소리 한 대목이 구슬프게 흘러나오고 있다. 수없이 듣던 가락인데 한恨에 겨워 정신없이 빠져들었다. 원색적이고 뼈마디에 파고드는 한의 가락은, 누구도 대신할 수 없는 노래이기도 했다.

비취색 한복을 입은 초로의 여인이 손끝에 쥔 부채를 흔들자 그 끝에 매달린 술들이 하늘하늘 춤을 춘다. 흔들리는 치마폭, 자주고름, 노리개, 쪽머리, 비녀가 창을 따라 하늘거리고, 접은 부채 도막을 양손으로 꼭 쥐니 기둥이라도 붙잡은 듯 힘이 주어진다.

"아이고 가련하다. 이내 신세…… 두 눈에서 나는 눈물 이내 신세 가련하다……"

춘향이 이 도령과 이별하는 대목이었다. 금방이라도 눈물이 뚝 떨어질 듯 애절하고 슬픈 가락이었다. 명창과 얼굴을 마주하고 장단 맞추는 고수의 북소리도 깊은 비애가 느껴진다.

눈물도 흘리고 콧물도 닦고 한참 듣다가 보니 이들이 방년 16세의 아이들이었다. 웃음이 나왔다.

"어얼씨구나 저얼씨구…… 이 궁둥이 두었다가 논을 살까 밭을 살까…… 흔들 대로 흔들어라……."

춘향 모가 이 도령을 만나는 마지막 대목이다. 얼마나 신이 났으면 이 궁둥이로 밭을 살까 논을 살까 흔들고 다녔을까?

흥부전의 돈타령이나 심청전의 뺑덕이네라든지, 판소리를 듣다 보면 숨넘어가게 슬픈 절체절명의 순간에도 웃음이 터져 나올 때가 있다. 이미 알고 있는 해피엔딩 때문인지, 고통을 감내한 풍요로운 정서 때문인지, 삶의 여유를 느끼게 한다.

뿌리 깊은 유교 사상에 한 많은 민족이지만, 바탕에는 슬픔보다 유머와 해학이 있다.

남편의 장례식 날 조문객의 무좀 양말 신은 발가락 모습이 참을 수 없도록 우스워서 고개를 돌리고 웃었다는 친구의 이야기를 들은 적이 있다.

내 기구한 사연을 소설로 쓰면 몇 권이 넘을 것이라는 말을 흔히 듣는다.

누구도 '한恨 몇 개쯤' 가지고 있을 성싶은데 허리 끊어지게 애간장 녹이면서도 그 사이에 웃음이 나오는 것은 한에 깔려 있는 해학 때문일까?

한恨, 잡힐 듯 잡히지 않는 실제 같은 허상이다. 아무리 아파하고 슬퍼해도 절망하지 않는 것이 우리들의 '한'인 것 같다. 양반의 역사에도 서민의 삶에도 한이 있다. 한 속에 숨긴 웃음, 그것이 우리의 정서였을까? 어느 민족도 흉내 낼 수 없는 우리만의 해학인 것 같다.

전 종 문

등 단 「창조문예」, 「수필춘추」, 「수필과 비평」

약 력 한국문인협회 회원, 창문 동인
현) 수유중앙교회 담임목사, 총신문학회 회장, 한국크리스천
문학가협회 회장

수 상 총신원보 문학상(수필 부문)

저 서 수필집 : 『긴 여행길에서 잠시 숨을 고르며』『사랑 이야기』
『또 하나의 사랑 이야기』『그러나 울어야 한다』『초대장』등
시집 : 『청명한 날의 기억 하나』『창백한 날의 자화상』
『분주한 날의 여백』등

e메일 jesus4sy@hanmail.net

귓바퀴의 수난시대

우리는 흔히 귓바퀴를 그냥 귀라고 부른다. 맞다. 그러나 귀라는 개념이 그렇게 간단하지만은 않다. 굳이 설명을 더한다면 귀는 겉귀, 가운뎃귀, 속귀로 나누어져 있는데 외부에서 들어오는 음파를 전기화학적 신경충격으로 전환하여 소리를 분별하고 분석하며 균형감각을 유지하는 척추동물의 청각 평형기관 전체를 의미하는 것이다. 그러므로 우리가 흔히 말하는 얼굴 좌우에 붙어 있는 귀는 겉귀의 한 부분으로 중요한 역할은 역시 소리를 모으는 일이다. 거의 물렁뼈로 되어 있고 밖에서 들려오는 소리를 모아 그 소리가 귓구멍으로 들어가기 쉽게 하는 일을 하는 것이다. 사람은 안 되지만 고양이나 개 같은 짐승은 귓바퀴 주변의 근육들이 작동하여 소리가 나는 곳을 향하여 귓바퀴가 움직일 수 있는 이른바 프레이어(Preyer) 반사 현상을 나타내기도 한다.

그러므로 누가 뭐래도 귓바퀴의 본래의 기능은 소리를 모으는 일이다. 그래서 생김새도 안테나처럼 너부죽하다. 그런데 최근에는 이 귓바퀴가 본래의 일 외에 부수적인 일로 고생을 적지 않게 하고 있다. 아마 가장 오래된 부수적인 일은 여성들이 아름다움을 위해서 귓불에 귀고리를 다는 것이었을 것이다. 아름다워진다면 무슨 일인들 못할까. 구멍을 생으로 뚫는 아픔도 참고 견디어야 한다. 보석으로 꾸민 귀고리를 다는 일은 이제 웬만한 여인이라면 다하고 있다.

다음으로 사용되는 것이 안경다리를 거는 일일 것이다. 안경은 멋으로도 착용하지만 요즈음은 시력이 약한 사람이 많아서 대부분 생활필수품으로 여기고 있다.

마침 귓바퀴가 있어 안경다리를 거는 데 안성맞춤이다. 그렇다면 조물주가 처음 사람을 만들 때 앞으로 안경다리를 걸어야 할 것을 미리 예상하고 귓바퀴를 만드셨을까. 아니면 사람이 이미 만들어진 귓바퀴를 활용하기 위해서 안경을 그런 모양으로 만들었을까. 모를 일이지만 처음 안경을 쓸 때는 얼마나 귀찮고 무거웠던가. 그러나 이제는 가벼운 안경테도 나올 뿐 아니라 습관화되다 보니 별 어려움을 느끼지 않게 되었다. 귓바퀴가 안경다리를 거는 용도로 만들어진 것처럼 된 것이다.

귓바퀴의 수난은 거기에 그치지 않는다. 나는 최근에 청력이 급속히 나빠져서 청력검사를 받아야 했다. 오른쪽은 거의 들리지 않았고 왼쪽은 고막에 구멍이 난 상태인데 그나마 들리는 게 그쪽 귀다. 청각 장애등급을 받았다. 그리고 보청기를 사용할 수밖에 없는 형편이 되고 말았다. 보청기를 판매하는 분이 귓속에 넣는 형으로 하겠느냐, 귓바퀴에 거는 형을 택하겠느냐고 물었다. 더러 귓바퀴에 거는 형은 아무래도 자신의 장애를 노출하는 것이기 때문에 꺼려하는 사람도 있다고 했다. 나는 귀걸이식 보청기로 하겠다고 했다. 비용문제도 차이가 있지만 무엇보다 소리가 들리지 않아 보청기를 사용하는 것이 무슨 흉이 되고 죄가 되느냐, 눈이 나쁘면 안경을 쓰는 것처럼 소리가 들리지 않으면 보청기 사용하는 것이 당연한 것 아니냐 하는 배짱이라면 배짱으로 귀걸이식 보청기를 선택했다. 그러다 보니 귓바퀴에게 또 하나의 짐을 맡긴 셈이 되었다.

그런데 그것으로 귓바퀴를 혹사시키는 것이 끝이라면 얼마나 좋았을까. 요즈음 내 몸이 전과 같지 않다. 부실하다는 것이 느낌으로 전달되어 온다. 작년에 건강하게 겨울을 넘겨서 금년에도 괜찮겠지 하고 그렇게 독감 예방주사를 맞으라는 주위의 권유를 뿌리쳤는데 웬걸, 정초에 된통 걸리고 말았다. 몸이 쑤시거나 아프지는 않는데 나른하게 힘이 빠지는 데는 어떻게 할 도리가 없었다. 지독했다. 가래가 생기고 기침을 하다 보면 현기증이 날 정도였다. 의사 선생님의 신세를 지지 않을 수가 없었다. 내 증상을 진단한 의사 선생님이 하시는 말씀, 감기엔 약이 없으니 어떻게 하느냐는 것이었다. 내 몸을 걱정하면서 "쉬는 게 상책입니다." 하는 게 아닌가. 그리고 밖에 나갈 때는 찬바람 직접 쐬지 말고 마스크를 하는 것이 좋겠다고 했다.

자, 마스크는 어떻게 착용해야 하는가. 귓바퀴 신세를 또 질 수밖에 없지 않은가. 눈이 펑펑 내리는 날이었다. 나는 외출을 하기 위해서 외투를 걸치고 단단히 목도리를 둘렀다. 그리고 안경을 닦아 쓰고 보청기도 꼈다. 그리고 의사 선생님의 지시대로 마스크도 썼다. 귓바퀴에 안경다리가 걸리고 보청기가 걸리고 마스크 줄이 걸렸다. 가벼운 것들이라 할지라도 귓바퀴에게 미안할 정도로 답답하게 느껴졌다. 거기에다 마스크 때문에 입김이 위로 올라오니 안경알이 부옇게 되어 앞이 흐릿해진다. 답답하다. 그러나 나는 그렇다 치고 본연의 사명보다 엉뚱한 일에 더 많이 쓰임을 받는 귓바퀴는 속된 표현으로 팔자에 없는 고생을 하는 게 아닌가. 확실히 지금은 귓바퀴의 수난시대다. 그래서 만약 귓바퀴가 내 말을 알아들을 수 있는 개체라면 나는 이렇게 말했을 것이다.

"귓바퀴야, 내 부실한 몸 때문에 네가 고생이 많구나."

나는 내 귓바퀴에서 흡사 식솔을 먹여 살리기 위해 이것저것 짊어져야 하는 내 모습을 본다.

허 숭 실

등 단 「문학마을」

약 력 내몽골 우란호트에서 출생, 해방 후 귀국
경기여고, 이화여대 불어불문학과 졸업
한국크리스천문학가협회 회원
한국문인협회 회원, 이대 문인회 이사
이음새 에세이문학회 회원

수 상 범하문학상

저 서 수필집 : 『꽃은 흔들리며 사랑한다』

e메 일 soong411@hanmail.net

아름다운 마무리를 위한 마지막 여행

　인간이 평등하게 통과할 수 있는 유일한 문은 죽음이다.

　한국인 평균수명이 여자는 80세가 넘었고, 구순을 넘은 분의 장례식에 참석하는 경우도 드물지 않다. 고령화 시대에 대한 기대와 아울러 염려가 요즈음 우리 사회 화두로 떠오르고 있다. 건강하게 장수하기를 원하지만 경제적으로 자립할 수 없다면 행복한 노년을 기대할 수 없다. 인간이기에 느낄 수밖에 없는 절대고독은 어떻게 풀어갈 것인가.

　노화와 질병과 죽음은 피하고 싶어도 굳이 찾아오는 반갑지 않은 손님이다. 황혼기에 접어든 사람들의 한결같은 소망은 '어떻게 잘 죽느냐'이다. 안락사가 법으로 허용되었지만 진정한 존엄사의 모습이라 할 수 있을까? 죽음이란 명제를 대할 때면 아버지의 임종을 회상하게 된다.

　아버지는 소양증으로 한 달이나 약을 복용해도 차도가 없어 종합검진을 받다가 담도에 종양이 생긴 것을 발견했다. 종양제거 수술을 받고 방사선 치료를 하게 되자, 아버지는 한사코 항암치료를 거부했다. "아버지가 치료를 안 받으시면 나중에 우리 가족 모두 후회하게 될 것"이라고 간곡히 말씀드렸지만 아버지 뜻은 단호했다.

　퇴원 후 산책을 다니며 혼자 외출할 수 있을 만큼 회복되자 아버지는 회사 일을 정리하고 여행을 떠났다. 사방이 꽉 막혀 탈출구가 보이지 않았을 때 손을 내밀어 주었던 분들, 고락을 함께했던 동료와 친구들을 만나 고마움을 전했다.

　함께 사업하다가 배신하고 도망간 사람들까지 찾아가 오히려 위로금까지 주었다. 달포 만에 돌아온 아버지는 살아오는 동안에 진 마음의 빚을 조금 덜었노라 했다.

　여행을 다녀온 아버지는 자녀 손들까지 다 불러 모으고, 목사님을 청해 고별예배를 드렸다. 당신의 장례를 위한 준비 절차도 적어 목사님께 부탁했다.

　아버지는 오 남매를 기르며 고생하다 먼저 가신 어머니를 그리며, 우리들에겐 "너희들이 하고 싶은 일을 다 시켜주지 못한 게 지금도 미안하다"고 했다. 자손들을 공부시키고 나니 노년에는 조그만 사업체를 운영할 뿐 아버지 명의로 된 집도 한 칸 없었다. 오 남매는 모두 성가하여 제몫을 하고 있었지만, 아버지는 당신보다 먼저 세상을 떠난 장남의 아들들을 걱정했다. 그 손자들이 대학을 졸업할 때까지 매월 일정액을 받을 수 있도록 회사 지분을 공증했다. 손자들의 공부가 끝나고 나서도 여유가 있으면 학비가 필요한 이웃 학생들을 도우라고 했다. 자녀 손들에게 "베풀어야 할 때는 절대 놓치지 말고 사랑을 나누라"는 말씀을 유언으로 주었다.

참된 효행은 호사스런 의복에 맛있는 음식대접과 여행을 보내드리는 등, 가시적인 것보다 부모의 마음을 헤아려 진정 원하는 바를 이루어 드리는 일이라 했다. 외손자에게 '선행善行'이라는 글을 써주고 낙관을 찍으며 당신의 호를 '소세화小說話'로 지은 뜻을 풀이해 주었다. "말이 많으면 실수가 따르기 마련이니, 될수록 말을 적게 해야 한다"고 하셨다.

항암치료를 포기한 아버지는 여섯 달쯤 지나자, 암세포가 간으로 전이됐다는 의사의 진단을 받았다. 병원을 다녀오신 뒤부터 음식을 잡숫지 않았다. 뿐만 아니라 진통제도 먹으면 의식이 몽롱해진다며 거부했다. 물 한 모금조차 넘기지 않았다. 어떻게든지 치료를 받도록 아버지께 애원했지만 뜻을 굽히지 않았다.

어머니가 뇌일혈로 몸도 마음도 스스로 가눌 수 없이 6년을 누워 지내다 세상을 떠났다. 뒤이어 시어머님이 노환으로 배변조절을 못하며 3년이나 고생하다 돌아가셨다. 병든 어머니를 수발드는 자녀들을 곁에서 지켜본 아버지는 "오래 앓는 것은 가족뿐만 아니라 환자에게도 큰 고역이다. 내가 병들면 생명연장을 위해 애쓰지 말라"고 당부했다. 아버지는 회복불능인 상태로 생명줄에 매달려 인간의 존엄성을 잃게 되는 것을 원치 않았다. 무엇보다 가족들을 아끼고 배려하는 마음으로 거듭 당부했다. 어머니를 간병하던 자녀들도 아름답던 삶의 모습이 참혹하게 망가져가는 것을 지켜보면서 생명과 존엄성에 대해 깊이 생각하게 되었다.

결국 이제껏 부모님의 말씀을 제대로 따르지 못하고 살아왔던 자손들은 청개구리처럼 아버지와의 마지막 배웅만은 아버지 뜻을 따르기로 마음을 모을 수밖에 없었다.

아버지는 조용히 누워 지내며, '욥의 부스럼' 같은 세상에서 75년을 살아오면서 겪었던 기쁨, 그보다 훨씬 더 많았던 슬픔과 고난, 우리 민족 수난사를 회상하며 이야기를 들려주었다.

아버지는 일제강점기에 조국을 등지고 만주 벌판으로 유랑길을 떠나야 했던 디아스포라 후손이다. 중국에서 태어나 내몽골까지 전전하다 8.15 광복과 함께 조국으로 돌아와, 독립한 대한민국 공무원으로 봉직했다. 출애굽을 떠올리게 하는, 내몽골에서 고국으로 돌아오던 장정과 6.25전쟁 이야기는 대하드라마였다. 생사를 알 수 없던 형제와 친척들을 40년 만에야, 중국으로 찾아가 만났을 때의 감격과 기쁨이 가장 컸다고 했다. 1987년, 그때는 중국과 국교정상화도 이루어지지 않은 상황이었다. 이산의 아픔을 겪지 않은 사람들은 어찌 그런 재회의 기쁨을 실감할 수 있으랴. 아버지는 칠순기념으로 그 이야기를 담아 책으로 펴내기도 했다.

아버지는 삶에 대한 애착과 희망을 미련 없이 버리고, 저승사자가 먼저 덤벼들기 전에 저세상을 향해 발걸음을 내디뎠다. 안색은 점차 노랗게 변하고 눈자위는 깊어만 갔다. 엷은 미소가 어린 아버지 얼굴은 더없이 평화로워 보였다. 아마도 영원의 본향으로 가는 길을 꿈꾸는 듯했다.

— 본향으로 가는 길엔 내몽골에서 말을 타고 달리던 메마른 사막이 끝도 없이 이어진다. 목이 탄다, 어디에서 생수 한 모금을 마실 수 있을까. 향기로운 들꽃이 무리지어 피어 있는 푸른 들판이 보인다. 휘파람 소리 같은 새소리가 들려온다. 금빛 햇살이 바람에 실려 퍼진다. 하늘도 땅도 황금빛으로 물들었다. 고요함과 아늑함이 깃들여 있는 곳, 이런 평화를 언제 느껴보았던가. 더 이상 시간에 얽매이지 않아도 되는 영원의 입구에 서 있다. 감긴 눈을 뜰 수 없는데 세상 끝이 보인다. "아버지~, 할아버지~" 멀리서 귀에 익은 목소리들이 아득하게 들려온다.—

이렇게 아버지는 천국으로 가셨을 것이다.

보름 동안 곡기를 끊은 아버지 몸은 어린아이같이 가볍고 조그마해졌다. 아버지는 고이 잠든 아기처럼 우리들 팔에 안겨 다시는 돌아올 수 없는 먼 길을 떠나셨다. 수의를 준비하지 말라고 하신 아버지 말씀에 따라 세마포로 온몸을 정성스레 감싸 드렸다. 아버지는 에덴동산에서 쫓겨난 디아스포라의 삶을 내려놓고 영원한 안식처로 돌아갔다. 무슨 수를 써서라도 아버지를 더 모시지 못한 것이 돌이킬 수 없는 한으로 남아 청개구리처럼 회한의 울음을 울고 또 울었다.

죽음 앞에서 자신의 생을 정리하고 아름답게 마무리할 수 있는 결단은 숭고한 모습이다. 어떻게 사는 것이 잘 사는 것인가, '일생을 잘 살았다'는 것은 죽음의 모습까지 아우르는 뜻이니 어떻게 죽는 것이 잘 죽는 것인가를 고민하지 않을 수 없다. 죽음은 끝이 아니라 삶의 마지막 모습일 뿐 삶과 죽음은 한 폭의 그림이다. 죽음은 살아 있는 자들에게 남겨주는 마지막 교훈이며 잊을 수 없는 추억의 선물이다.

최 건 차

등 단 「한국수필」「창조문예」

약 력 실크로드 탐사 단장 역임
참전국가유공자 예비역 대위
한국크리스천문학가협회 중앙위원, 한국문인협회 회원
한국수필문학가협회 이사
수원 샘내교회 담임목사

수 상 인산기행수필문학상 수상

저 서 수필집 : 『진실의 입』『산을 품다』외

e메일 ckc1074@daum.net

진달래꽃이 필 때면

　진달래꽃이 필 때면 북한산을 향해 정릉으로 달려간다. 4·19혁명이 일어나기 직전 주말이었다. 정릉버스 종점에 내려 고개 너머 삼양동 집을 향해 가는 중이었다. 정릉 안쪽으로부터 여학생 셋이 소풍을 마치고 한가롭게 걸어오는 모습이 정겹게 보였다. 거리가 가까이 좁혀져 진달래꽃을 든 가운데 여학생과 시선이 마주치는 순간 장승처럼 굳어버린 나에게 여학생이 반색을 했다.

　"어머나, 이게 누구야. 니 K 아이가." "아니 니는 J 아이가. 이렇게 만나다니…"라며 손을 텁석 잡고 반가워 어쩔 줄을 몰라 했다. J는 어리둥절해하는 여학생들에게 우리는 부산 영도 한 동네에 살면서 같은 명신교회에 다녔던 친한 사이였다라고 나를 소개했다.

　나는 부산에서 미션계 중학교에 다녔다. 학교의 모든 행사는 목사님의 기도로 시작되고 성경은 필수과목이었다. 성경시험이 중요했는데 50%는 일요일 교회에서 예배를 드렸다는 목사님의 확인도장을 받아 제출해야 점수를 받을 수가 있었다.

　나는 친구들과 어울려 다니느라 교회 다니는 게 별로였지만, 반장으로 뽑혔기 때문에 교회에 출석했다는 도장을 받아내야 했다. 여러 교회를 찾아 도장만 받으려다 실패하고 궁리 끝에 동네 또래를 찾아갔다. 호떡을 사주면서 사정을 한 결과 이따가 교회 앞으로 나와 보라는 말을 듣고 기분이 좋았다. 기다리고 있었다는 듯이 반갑게 맞아준 또래는 나를 교회 안마당에 세워놓고 안으로 들어갔다. 한참 만에 단발머리 소녀를 데리고 나와 목사님의 딸 J라고 소개했다.

　나는 이야기가 미리 된 듯싶어서 고개를 꾸벅하고 단도직입적으로 용건을 말했다. 이제부터 이 교회에 다닐 테니 여기다 목사님의 도장 좀 찍어 주라며 교회출석 용지를 쑥 내밀었다. 잠시 망설이는 분위기가 되자 옆에 있던 또래가 "얘, 쟤는 쟤네 학교에서 공부 잘하는 급장이야."라고 거드는 바람에 J의 얼굴이 붉어졌다. 그리고 내 손에서 용지를 낚아채듯이 받아들고 안으로 들어가 아버지가 안 계셔서 몰래 찍어 왔다며 용지를 내밀었다. 이렇게 해서 전반기 교회출석 문제를 잘 해결했으나 나는 약속대로 명신교회에 나가지 않고 그 교회 앞을 피해 다녔다.

　여름 방학이 가까워지던 어느 날이었다. 교회 앞 골목길에서 J와 마주쳤는데 기다렸다는 듯이 평양 악센트로 "야, 공부 잘한다는 미션계 학교 급장이라는 학생이 그래도 되는 거니? 믿고 도장을 찍어다준 건데 약속을 지켜야지."라며 책망을 하듯이 따지고 들었다. 나는 할 말을 잃고 이번 일요일부터는 꼭 나가겠다는 약속을 한 후 더 이상 망설이지 않고 교회에 나가기 시작했다. 이후 삼 년 동안 J와 나는 교회에서 친하게 지내다가 내가 먼저 서울로 가게 되었다.

우리가 살던 청파동 판자촌이 1959년 가을 철거되었다. 서울시에서 최초로 시행한 도시계획으로 정릉고개 넘어 산비탈로 이주해 삼양동을 이루고 살았다. 사리가 분명한 J는 옆에 있는 여학생들에게 둘이서 이야기 좀 하고 가겠으니 먼저들 가라며 손을 흔들어 보냈다. 둘이는 부산에서 올라온 이야기를 하며 진달래가 붉게 핀 정릉고개를 넘어 삼양동 우리 집에 들러 나왔다. J는 나보다 일 년 뒤에 부산을 떠나 숭의여고 3학년으로 신촌 친척집에 있고, 아버지는 경기도 광주의 시골교회에 계신다고 했다. 해가 지는 줄 모르고 이야기를 하다가 서대문극장에서 쟌마레 주연의 〈몬테크리스트 백작〉을 보고 집까지 바래다주었다.

삼일 후 우리는 명동에서 다시 만났다. 나는 대학 진학을 포기하고 군대생활을 일찍 마쳐버리고 학업에 열중할 생각을 하고 있는 중이었다. 시공관에 들어가 최무룡, 김지미, 조미령이 출연한 〈장마루촌의 이발사〉를 관람했다. 6·25전쟁 때 다리에 총상을 입고 고향에 돌아와 이발사가 된 주인공에 대한 연민으로 맘이 우울해졌다.

며칠 후 4·19데모에 참여하고 혼란한 상태에 빠져 있다가 J를 만나지 못한 채 군에 자원입대를 했다. 카투사 복무를 마치고 장교가 된 후 1·21사태를 겪고 월남전에 참전하면서 진달래꽃이 피는 계절을 잊고 지냈다.

군 생활을 마치고 부산 대연동에서 살았다. 중학교 시절을 보낸 영도가 그리워 찾을 때면 J와 같이 다녔던 영도 명신교회를 둘러보곤 하다 서울로 이사를 했다.

신학공부를 마치고 목사가 되어 수원에서 목회를 하면서 등산을 즐기게 되었다. 주로 북한산을 등반하면서 정릉 입구에 들어설 때마다 반세기 전이 생각나 J의 모습이 떠올랐다. 막내 누이동생의 모교이기도 한 숭의여고를 찾아 J가 졸업한 기록도 확인해 봤다. 지금은 어디에 사는지 알 수 없는 그녀도 이제 칠순이 다 됐을 것 같다. 파란만장하게 살면서 목사로서 정년이 다 된 나를 기억하고 있을지……. 매스컴을 통해서라도 애써 찾으면 만날 수도 있겠지만, 정릉에서 만났던 그때처럼 진달래꽃이 피는 계절에 우연히 한번 만나봤으면 하는 마음이다.

황 계 정

등 단 「한국크리스천문학」

약 력 연세대 영문학과 교수, 연세대 문리대 학장, 한국셰익스피
어학회 회장, 한국크리스천문학가협회 회장 역임

수 상 한국크리스천문학상

저 서 수필집 : 『일상을 넘나들며』『긍정의 미학』『사색의 길목
에서』
학술서 : 『메타드라마』『셰익스피어 길잡이』『셰익스피어
의 미학적 수법』『셰익스피어의 문제극』『셰익스피어의
녹색세계』

e메 일 kiejung2@hanmail.net

한량의 변

얼마 전까지만 해도 한량閑良이라는 말이 우리 귀에 그리 설지 않았다. 용모가 준수하고 언변이 명쾌하며 맵시가 단정한 남정네를 가리키는 말이다. 얼핏 보기에는 고위 공직자 같기도 하여 '한량 선생님'이라 경칭을 첨가하는 경우가 많았다. 옛날 같으면 '한량 나리'라는 칭호다. 그러나 정작 상황을 알고 보면 공직자와는 거리가 한참 멀고, 생활인으로서도 무위도식하며 손톱 밑에 흙 한 점 넣지 않는 백수인 것이다. 한량은 양면성을 지니고 있다.

한량은 역사적으로 고려 말엽까지 소급되며 이조 오백년 동안에 지속적으로 유지되었던 공직 중의 하나였다. 군역을 피하기 위하여 호적과 군적에서 고의로 성명을 누락시킨 부유층 선비의 자제들에게 무과나 잡과의 과거시험을 볼 수 있도록 수험자격을 부여하려는 정략적인 직명이다. 직명과 임명장은 있으나 정작 직역職役이 없다. 부여할 역할이 없는 것이다. 궁술이나 승마 등 무예에 능한 선족仙族의 자제에게 무반의 길을 터주는 직종이었다.

세월이 흐르면 언어도 따라 흘러 어휘의 의미와 개념이 달라진다. 선비족도 사라졌고 과거시험도 없어졌으며 양반兩班 등의 관료체제도 달라졌다. 한량은 하릴없이 빈둥거리는, 아니 요즘 속어로 '먹고 대학생'처럼 일이 있어도 감당하지 못하고 허송세월을 일삼는 사람을 지칭하게 된 것이다. 우리 아버님은 안타깝게도 한량의 처지를 벗어나지 못하셨다.

출중하신 외모와 매혹적인 화술로 사람들의 영혼을 사로잡으셨는데, 참으로 가슴 아픈 일이다.

우리 아버님이 한량의 범주에서 헤어나지 못하신 원인은 무엇보다도 학벌 때문이었다. 아버님은 소학교에 입학도 못하셨다. 동리 서당에 함께 다니던 친구들 세 명이 '소학교'에 들어간다며 뽐내는 바람에 아버님은 할아버지에게 소학교에 다니겠다며 몇 차례의 응석을 부리다가 종아리가 터지도록 매를 맞았다. 할아버지는 호통을 치셨다.

"아무리 철이 없기로서니 큰아버지가 감옥에서 죽도록 그 고생을 다 하시는데 뭐? '왜놈'의 학교에 다니겠다고?"

할아버지의 입장에서는 그러실 만도 했다. 큰할아버지는 오수 장날에 천여 명의 장꾼들과 더불어 만세를 부르시다가 악명 높은 대구 감옥에 투옥되시어 주리를 틀리고 고춧가루 물고문을 당하며 생 발톱 열 개를 모조리 뽑히는 등 지옥 같은 고문을 당하셨고, 한국인의 황민화皇民化를 촉진한다며 창씨개명創氏改名을 만천하에 떠올리기 시작했으니 '왜놈'이라면 치가 떨리는 판인데 아들이 그 '왜놈'의 학교에 가겠다며 징징대고 있으니 안 그렇겠는가?

기막힌 일이다. 우리나라 사람들은 자기 주장의 최후 보루로 '아니면, 내가 성을 갈지, 성을 갈아!!' 하고 고함을 칠 정도로 가문의 정체성을 중히 여긴다. 할아버지는 이씨조선의 영상 황희 정승의 16대 손으로서 가문에 대한 자부심이 남달리 강하셨는데, '왜놈'의 방식으로 한국인들의 성명을 갈아치우겠다니 그 충격이 오죽했겠는가? 창씨개명 압력이 한국인의 국민적 저항에 봉착하자 조선총독부는 불응한 자는 징용과 징병 등으로 응징하겠다고 엄포를 놨다.

끝까지 창씨개명을 반대한 애국지사들도 적지 않았으나, 대부분의 국민들은 본관本貫의 지명에 따라 창씨개명을 할 수밖에 없었다. 어떤 사람은 장난삼아 부드럽게 '청산유수'라고 창씨개명의 흉내만 낸 자도 있고, 어떤 사람은 자기의 성씨도 지키지 못하고 갈아치운 '개자식'이라며 자신을 비하하여 '견자犬子'라고 창씨한 자도 있었다고 한다. 할아버지는 이 같은 울분의 갈등 속에서 아들에게 '왜놈'의 소학교 입학을 완강히 단념시켰던 것이다.

할아버지는 나름대로 대안을 마련하셨다. 한문교육은 개인지도를 통하여 강화하고, 농악 부문은 할아버지께서 친히 챙기시고, 판소리唱와 거문고 등 국악 부문과 국궁 및 승마 등 무예 부문은 전주에 가서 전문가의 지도를 받도록 하시겠다는 것이다. 문·예·무武를 아우르는 종합적인 교과 편성이다. 교육비는 문제가 없었다. 할아버지는 당시의 대지주였던 김모씨와 동서지간同壻之間으로 감평監評을 맡고 계셨다. 감평이란 해마다 작황을 평가하여 소작인이 지주에게 지불해야 할 소작료를 결정하는 직책이다. 재정은 넉넉한 편이었다.

할아버지는 농악의 달인이셨다. 도내의 비중 있는 농악대회에는 어김없이 초빙되어 꽹과리의 상쇠 놀이를 시범하셨다. 청중은 강약장단의 음조와 빙판처럼 빙그르 미끄러지는 능란한 선율에 탄복하였다. 나도 어릴 때 관람했던 기억이 생생하다. 아버님이 한국 최초의 여성농악대를 창설할 수 있었던 것도 할아버지의 도움이 컸을 것이다. 할아버지는 한시漢詩도 좋아하셔서 소동파蘇東坡의 적벽부赤壁賦를 수시로 암송하시고, 필요에 따라 해설도 곁들이셨다. 할아버지는 자녀 교육에 열정을 쏟으셨으나 '왜놈'의 학교만은 금물이었다.

우리가 일본으로부터 해방되던 해에 아버님은 연세가 30세 미만이셨다. 일본인들이 모두 고양이 앞의 생쥐처럼 도망치듯 귀국했기 때문에 공직의 부서마다 공석이 많았다. 공석을 채우기가 힘들 정도였다. 일반 공직은 물론 교사나 의사 등 전문 직종까지도 자격증 취득시험을 시행했다. 젊은이들은 자격증을 따거나 공직에 들어가려고 동분서주하였다. 수험의 학력 요건은 '소학교 졸업'이었다. 면소재지 공의도 소학교 출신으로 자격시험에 합격한 의사였고, 대부분의 초등학교 선생님들도 소학교 출신으로 교사 자격시험에 합격한 분들이었다.

우리 아버님도 공직에 들어가려고 몹시 애를 쓰셨다. 그러나 학력에 걸려 되는 일이 없었다. 소학교도 못 나오셨으니 응시 자체가 불가능했다. 당대의 명창 임방울林芳蔚 등을 모셔서 판소리 등 창唱에 대한 지도도 받고 가설무대를 통하여 춘향전 등 고전극도 공연했으나, 개인적인 재능도 문제지만 좁쌀처럼 좁은 당시의 연예계 진출은 상상도 못했다. 아버님의 진로와 처신이 참으로 난감했다. 더욱 난처한 것은 재정형편마저 전과 달라진 점이었다.

대한민국 정부가 수립되고 그간 숙제로 남아 있던 농지개혁이 원만하게 단행되었다. 소작 답이었던 농지가 상환 답으로 전환된 것이다. 경작자가 상환금을 완불하면 자신의 전답이 된다. 지주도 사라지고 감평도 없어졌다. 아버님도 적정의 상환 답을 배당받았다. 이제 아버님의 목전에 양자택일의 과제가 대두했다. 공직을 취득하여 종전의 위신을 이어갈 것인가, 아니면 지게를 지고 김을 매는 등 농민으로 새로 태어날 것인가? 아무래도 상하불급이었다.

학력이 없으니 공직시험도 볼 수 없고 임방울 등으로부터 개인지도를 받았다고는 하나 소문만 요란했지 연예계에 입문할 처지도 못되었고 국궁과 승마에도 열중하셨지만 취업할 정도에는 미치지 못하셨다. 아버님은 할 수 없이 친구분의 한의원에서 약재도 썰고 의서도 함께 읽는 등 친구를 도우며 소일하셨다. 그러던 중에 그 한의사가 '아버님께 한약방을 열어드리자'고 제안하셨다. 한약방은 개업에 자격증이 필요 없고, 신고만 하면 된다는 것이었다.

한약방 개업에는 자격증이 필요 없다고 했지만, 설사 그 말이 사실이라 해도 한약방을 개업하면 그저 약만 파는 것이 아니라 침도 놓고 처방조제도 감행할 것인즉 한의사 자격 없이 어찌 그 일을 감당할 것인가? 나는 한의사분의 제의에 몹시 감사하면서도 호응할 수는 없었다. 한의사분은 답답하신지 말씀을 이으셨다.

"자네 아버지와는 오랫동안 함께 일을 하여 잘 알고 있는데, 한약도 많이 아시고 한문 실력이 뛰어나셔서 한의학에 대한 상식이 출중하셔!!"

그 말씀이 사실일지도 모르지만 나로서는 자격증 없는 의료 행위는 용납할 수 없었다.

하기야 나도 무면허 의료 행위에 감탄했던 경험이 없지 않았다. 둘째 아들이 돌도 지나지 않았을 때였다. 고속버스를 장시간 탔었는데 이놈이 계속 울어대는 것이다. 젖을 물려도 소용없고 어느 때는 숨이 넘어갈 듯이 울었다. 집에 돌아와 짐만 풀어놓고 병원에 가려고 집을 나서는데 동네 할머니 한 분이 우는 아이를 보고는 '산통産痛이 났다'며 바늘로 손가락 끝을 따주었다. 장시간을 울며 보채던 아이가 울음을 그치고 금방 잠이 들었다. 신기했다.

또 다른 사례도 있다. 나의 바로 아래 동생이 40세쯤 되었을 때였다. 허리에 통증이 와서 눕지도 못하고 앉지도 못하며 몸을 주체하지 못하고 있었다. 막내 동생이 안양에 침을 잘 놓는 이가 있다며 가보자고 제의했다. 간신히 승용차에 태워 찾아갔다. 간판도 없는 무허가 의원(?)이었다. 방이 셋이었는데 침상도 없이 각방에 15명 정도의 환자들이 드러누워 있었다. 우리 동생은 침을 맞은 지 30분 만에 벌떡 일어나 혼자서 밖으로 걸어 나왔다. 거짓말 같은 사실이다. 그러나 나는 우리 아버님에게 무허가 한약방을 차려드리고 싶지는 않았다.

고민이 컸다. 돈 천만 원이면 한약방을 차려 드릴 수 있는데, 천만 원이 아까워 자기 아버지의 대외적 체면과 위신을 세워드리지 못하느냐고 친구분이 비방하실 것만 같고, 아버님 또한 같은 생각이시라면 이 불효자식을 얼마나 원망하고 섭섭해하실까? 눈시울이 뜨거워지고 가슴이 저려 왔다. 나는 중얼거렸다.

"그래도, 안 돼. 법은 지키기 위하여 존재하는 거야. 더욱이 이 경우는 인간의 건강과 생명에 관한 사안이 아닌가?"

목이 마르고 입이 탔다.

조국에 태양이 다시 솟았지만 아버님은 학력 때문에 소질과 무관한 일에 관여하여 실패만 거듭하시다 77세에 타계하셨다. 내 나이 77살에 이르니 유난히 아버님 생각이 간절하다. 내가 한약방을 차려드렸더라면 아버님은 즐겁게 환자를 돌보시고 보람을 느끼시며 한량의 범주를 당당하게 탈피하셨을는지도 모르는데, 나의 고질적인 소심증 때문에 일을 그르치지는 않았는지? 불효자의 마음은 늘 죄송하고 송구하다. 인생은 끝없는 역설의 행적인가 보다.

손 희

등 단 「노벨사이언스(한국벤처신문사)」 신춘문예 소설
약 력 대신대학원대학교 문학석사
　　　한국문인협회 회원
　　　한국크리스천문학가협회 회원
　　　안산문인협회 교육국장
수 상 한국에세이작가상
e메 일 bestsmile17@hanmail.net

쥐불놀이

　태양이 뜨겁고 달이 차갑다면 별은 어떠한가. 촉촉한 눈망울을 가진 별은 태양이나 달과는 비교도 될 수 없이 작은 몸집을 하고 있지만, 언제고 달려가면 나를 이해해 줄 것만 같은 따뜻한 눈빛을 지녔다. 더욱이 여름밤을 수놓는 은은한 꽃 미리내는 가만히 보고만 있어도 마음이 평안해지는 어머니를 닮았고 열매가 풍성한 추석을 닮았다. 그 넉넉한 마음은 과하지 않은 부드러움으로 빛날 줄 알며 구름을 아우르기도 하고 바람을 안아주기도 하고 어둠 속에 잠든 숲과 개구지게 지즐거리는 시내, 잠 못 이뤄 뒤척이는 바다도 살필 줄 안다.

　누구나 그랬겠지만, 동생과 나 역시 유난히 별을 좋아하였다. 여름밤이면 마당에 놓인 평상에 모기향 하나 피워놓고 하늘을 보며 드러누워 별자리를 찾기도 하고 소원이 이뤄진다는 희망으로 별똥별을 세며 다음 날 학교 갈 생각은 아랑곳없이 밤을 꼬박 지새우곤 하였다. 특별히 여름밤 하늘을 동그랗게 가득 메운 별 무리를 보는 날이면 수피아와 함께 동화 속 환상의 나라로 빠져드는 듯한 경이로움을 잊을 수 없다. 어쩌다 기분이 좋지 않은 날에도 다솜하고 미쁜 눈빛으로 반드시 나를 미소 짓게 해 주었으니 미리내를 보는 날이면 가슴 속 하나 가득 세상과 바꿀 수 없는 행복을 품고 잠이 들 수 있지 않았으랴. 뜨겁지 않은 따스함, 과하지 않은 부드러움, 차갑지 않은 눈빛, 그것은 분명 박목월 시인이 말하는 어머니의 심성이고 그의 빈 접시 속에 담긴 적막함도 스르르 녹여낼 수 있는 추석 빛 아름다운 온기가 아니겠는가. 지천명 가까이에 서서 바라보는 여인의 별빛은 사춘기 소녀의 별빛과는 사뭇 다른 더욱 진한 그리움과 애잔함이 묻어 있으리라.

　어쩌다 창공을 가르며 별똥별이라도 떨어질 때면 어린 날 소원을 빌어보던 마음을 떠나 회우의 순간이었으나 그녀와의 작별이 못내 아쉬워 바다의 한쪽 구석 끝까지라도 따라가고 싶은 심정으로 눈을 떼지 못한다. 그런 나는 가을로 접어들며 여름밤만큼의 별 무리가 사라져 가던 추석 기간의 어느 날을 기억하지 않을 수 없다. 그날도 어스름이 저녁노을이 지며 멀리 북극성 하나 눈 비비고 있을 때였을 게다.

　정월 대보름도 아닌데 동생은 깡통을 들고 내 앞에 서 있었다. 미리내를 갖고 싶으니 쥐불놀이를 하자고 조르지 뭔가. 어린 동생의 천진난만한 가슴은 미리내 갖는 방법을 쉽게 알고 있었다. 여기저기 동네를 돌며 잔 나뭇가지를 줍고 종이와 빈 과자봉지도 넣고 불을 지피었다. 처음에는 불이 잘 붙지 않는 듯하더니 이내 과자봉지를 녹이던 불꽃이 나뭇가지에 붙었고 나는 동생 앞에서 깡통을 한 바퀴 휘익 돌려 보여주었다. 하늘에서만 볼 수 있었던 미리내가 나의 손끝에서 동생의 눈앞에서 마법처럼 펼쳐졌다. 동생의 얼굴이 환한 함박웃음으로 포롱거리는 것을 보며 해맑은 동생의 웃음소리와 기쁨의 손뼉소리, 어둠 속에서 나풀거리던 노랑나비 같은 동생의 모습을 행복이라 아로새기던 밤이었다. 그래서일까, 추석, 이맘때가 되면 그날의 동생 얼굴을 담은 쥐불놀이가, 기쁨 꽃 가득 피워내주던 따뜻한 미리내가 그려진다.

여름 밤하늘의 별 무리가 동그랗게 세상을 포용하였던 것처럼 나와 동생의 손끝에서 펼쳐지던 미리내도 어린 동생의 웃음과 어린 날의 나의 추억을 꿈처럼, 포근한 어머니처럼 안아주고 담아주었다. 늦은 밤까지 끝날 줄 모르던 쥐불놀이로 나는 며칠 전, 자리도 펴지 않은 채 잠을 자다가 방바닥에 살을 데였다는 것을 까맣게 잊고 있었다. 종아리에 물집이 잡혀 있어서 터지면 흉터가 생긴다는 것도 개의치 않았기에 서슴없이 미리내를 만들어 주었다. 살갗을 스치는 차가운 밤공기 따위도 쥐불놀이를 멈추게 하지 못했다. 도리어 차가운 바람이 쥐불놀이에 신이 난 우리에겐 가슴 후련한 상쾌함으로 다가오지 않았으랴. 점점 어두워져 아무것도 보이지 않았지만, 무섭거나 두렵지도 않았다. 오히려 주변이 깜깜해질수록 동생과 내가 만들어내는 미리내는 더욱 예쁘고 선명하게 타오르며 감동적인 미소를 짓고 있었기 때문이다. 세상의 그 어느 것도 두렵지 않게 해 주었던 쥐불놀이는 어린 우리에게 용기를 주고 희망을 만들어주는 밤하늘의 꽃이 되어 주었다.

어느새 시간이 흘러 어린 날의 동생과 나는 중년의 가을, 중년의 추석 앞에 서 있다. 우리가 지나온 시간 속에 몸이 시리도록 차갑고 한 치 앞이 보이지 않을 만큼 어둡고 캄캄했던 순간들이 어찌 없었으랴. 경이로운 미리내를 보는 날보다 사라진 별 무리를 찾아야 하는 날들이 더 많았는지도 모른다. 서늘한 바람이 불어올 때면 따뜻했던 추석의 쥐불놀이를 생각하며 인생의 우여곡절 앞에서 몸서리칠 때마다 새겨두었던 행복을 꺼내 호호 입김을 불고 깨끗하게 닦아본다. 풀숲에 숨은 해로운 벌레도 찾아 나를 위해 모두 태워줄 쥐불놀이, 앞으로 내가 디딜 인생의 징검다리 아래 숨어 있는 해로움도 태워 주리라. 어머니처럼 따뜻하게 나를 안아주리라. 새벽이 올 때까지 납작 엎드려 있던 밤을 밝혀 두 손 꼭 잡고 일으켜 세워 주리라. 세상이 모두 등을 돌려도 오곡백과 풍성한 창을 내게 열고 맞아 주리라. 설움과 시림도 용기 있게 서게 되리라.

오늘은 쥐불놀이 깡통을 그대의 발 앞에 살포시 놓아둔다. 삶의 여름을 여의고 깊은 밤을 헤매며 까맣게 잊고 있던 부은 발목에 깨끗한 붕대가 되어 주지 않으랴. 그대의 추석도 미리내로 마른 목을 축이게 되리. 자, 나와 함께 적막함을 밝혀줄 한바탕 쥐불놀이는 어떠한가.

김 영 백

등 단 「한국크리스천문학」

약 력 나사렛대학교 신학과, 서울신학대학교 목회대학원
미국 마운트버넌 나사렛대학교 목회학 박사
대한기독교나사렛성결회 감독, 나사렛신학교(현 나사렛대학
교) 교수 및 이사장, 나사렛교회 국제본부 중앙위원(미국 캔
사스), 아태-나사렛신학대학원 이사장(필리핀 마닐라)
한국기독교원로목사회 대표회장
현) 남서울교회 원로목사

e메일 ybkim316@hanmail.net

나이에 대한 명상

- 또 한 해를 보내며 나이의 의미를 생각함

묵은해가 저물어 간다. 무술戊戌년을 보내며 기해년(2019년) 새해가 가까워지고 있다. 나이 탓일까? 세모歲暮를 맞으면서 세월이 참 빠르게 지나가고 있다는 느낌이 강하게 든다. 1년이 날수로는 365일이지만 그 365일의 길이가 각자의 처한 환경이나 나이에 따라 아주 다른 속도로 느껴질 것이다.

다 같은 1년이지만 10대의 1년과 60대의 1년은 속도감에 있어서 전혀 다르다. 젊었을 적엔 시간이 너무 더디 가는 것 같아 지루한 감도 많이 느꼈지만 점점 나이가 들어갈수록 세월이 너무 빨리 지나간다는 생각에 인생이란 의미에 허무감과 비애마저 느끼게 한다.

흔히 나이와 세월의 빠름을 자동차의 속도와 비교하는 경우를 보게 된다. 시간이 흐르는 속도가 20대는 시속 20킬로로 달리는 기분이고 30대는 30킬로, 40대는 40킬로, 50대는 50킬로, 60대는 60킬로, 70대는 70킬로로 달리는 기분이라고 한다. 이 말은 정확하게 나이에 따라 세월의 흐름의 속도가 다르다는 사실을 잘 설명했다고 본다.

사실, 10대에는 시간이 너무 더디게 가서 야단이다. 시간이 좀 빨리 가서 나이를 먹어야 결혼을 하고 취직하여 돈을 벌어서 남들처럼 흥겨운 성인 노릇을 마음껏 하고 싶은 때이다. 그래서 세월이 빨리 가기를 원하게 되고 자기 나이를 실제 나이보다 더 부풀리기를 좋아하는 경우도 실제로 대단히 많은 때이다.

그런데 20대는 좀 달라 세월에 대해서 별로 관심이 없는 시기이다. 입학시험, 취직시험에 결혼을 바쁘게 준비하다 보니 사람이 늙거나 죽는 문제에 대해서 심각하게 생각하지를 않고 자기와는 별 상관이 없는 것으로 여긴다. 언제까지 자기는 죽음과 상관이 없는 별개의 사람으로 생각하고 언제나 젊음이 유지될 것처럼 착각하는 나이가 바로 20대인 것이다.

이러한 생각은 30대가 되면 바뀌어지기 시작한다. 결혼을 하면서 자립으로 가정을 이끌어갈 책임을 지게 되고 아이들이 자라고 성장하는 모습을 보면서 자기 나이에 관심을 갖기 시작을 한다. 그러면서 내가 언제 이렇게 나이를 먹었는가에 눈을 뜨게 된다.

40대가 되면 더 심각하게 자기 나이에 신경을 쓰게 된다. 얼굴에 잔주름이 생기고 점차 피로감을 느끼는 빈도가 자주 생기면서 세월이 어느새 이렇게 지나갔는가를 자문하게 된다. 다시 말해 40대는 인생에게 있어서 가장 왕성하게 활동하는 시기로 바쁜 시간을 많이 보내게 되며 자연히 몸에 무리를 가하게 되고 피로감을 자주 느끼며 노쇠해 가는 자신을 발견하게 된다.

그러다가 50대가 되면 자기 나이를 한 살부터가 아니라 거꾸로 세게 된다. 몇 년 후에 닥칠 직장에서의 은퇴와 환갑을 걱정하게 되고 건강에 큰 관심을 갖게 되는 나이이다. 해마다 달라지는 자기의 건강을 걱정하면서 친구들과의 화제가 주로 건강문제에 많은 시간을 보내게 된다. 해마다 달라지는 자기의 몸 상태를 의식하는 연령이다.

그렇다면 60대는 과연 어떤가? 환갑이 지나고 직장에서는 정년퇴직을 하니 불가불 집에서 많은 시간을 보내는 시기이다. 자기의 건강관리에 많은 시간을 쓰게 되고 그래서 몸에 좋다는 약이나 음식을 분주히 찾아다니게 된다. 그렇게 노력은 하지만 몸이 이전 같지가 않음을 깨닫게 되고 나날이 달라지는 자기 몸의 변화를 느끼며 인생무상을 실감한다.

70대는 좀 더 다르다. 인생70고래희人生七十古來稀가 되는 나이로 옛날에는 70세를 넘도록 산 사람이 드물었기 때문에 이 말을 줄여서 고희라고 붙였다.

실제로 70세가 넘으면 자기의 생각과 몸이 따로따로 노는 것을 발견하게 된다. 생각대로 몸이 움직여 주지를 않는다. 기억력, 집중력, 순발력이 현저하게 떨어지고 하루가 다르게 몸의 상태가 달라지는 것을 깨닫게 된다. "밤새 안녕하십니까?"라는 말이 있듯이 70대의 건강은 아무도 마음 놓을 수가 없다. 그래서 옛 어른들이 노건불신老健不信이라고 했다.

나는 금년에 미수米壽를 보냈다. 88세를 한자로 써보면 쌀미米가 되어 88세를 미수라고 부른다. 나는 80세가 되면서 내 육체에 큰 변화가 생기기 시작하였다. 귀에 난청이 와서 이비인후과에서 검사를 하고 보청기를 착용하기 시작하였다. 그리고 요즘은 어금니가 깨져서 치과에서는 의치 3개를 심어야 한다고 해서 며칠 후에 그 작업을 할 것이다. 그리고 걸음을 걷는 데 힘이 들어서 작년에 미국에 갈 때는 휠체어를 타고 비행기 여행을 한 일도 있다. 요즘 나의 일과 중 매일 5천 보 이상을 걷는 것이 가장 중요한 일과가 되었다.

90대를 졸수라고 한다. 한문 약자로 90九+을 합치면 졸수卒壽가 되어 그렇게 부르는 모양이다. 내년이면 내 나이 졸수가 되니 모든 일에서 졸업을 하라는 뜻이다. 요즘 유행어로 졸혼卒婚, 졸운卒運이라는 말이 있다. 나이 90이 되면 이혼을 하지 말고 별거생활을 하라는 말이고 자동차 운전을 졸업하여 면허증을 반납하라는 뜻이라고 한다.

졸수가 되면 연령을 잊어버리고(졸업을 하고) 이 세상에서 마지막 삶의 기회를 여유롭게 살아가는 시기로 삼아야 한다.

금년에 UN이 평생연령기준을 재정립하여 발표하였다. 100세시대를 맞아 옛날처럼 10년 단위의 연령 기준을 변경하여 현실에 맞는 새로운 기준을 발표한 것이다.

그 발표에 의하면 미성년자 : 0세-17세, 청년기 : 18세-65세, 중년기 : 66세-79세, 노년기 : 80세-99세, 장수노인 : 100세 이후라고 하였다.

여기서 주목할 항목은 청년기이다. 18세로부터 65세까지 48년간을 청년이라고 발표했기 때문이다. 또 중년기로 지목한 66세에서 79세까지를 포함하면 62년을 인생이 왕성하게 사회활동을 할 수 있는 연령기가 되는 것이다.

몇 해 전에 「백세를 살다 보니」라는 책을 저술한 100세의 김형석 교수는 인생의 황금기를 '65세에서 80세까지'라고 발표하여 이 연령대의 사람들에게 큰 용기를 심어주었다.

어찌 되었든 세월은 살과 같이 빨리 지나간다. 날짜가 갈수록 인생을 늙은이로 만든다. 세상에서 제일 쉬운 일이 바로 나이를 먹는 일이다. 가만히 있어도 저절로 나이는 늘어나기 마련이다.

얼마 있으면 우리는 원하든 원하지 않든 또 한 살을 그냥 먹어야 한다. 반면에 아름답게 늙는 일은 참으로 어려운 일이다. 나이를 먹을수록 곱고 멋지게 늙어가고 싶은데 어디 그게 그런가? 늙을수록 노욕老慾, 노탐老貪, 노추老醜, 노망老妄에 사로잡히기 쉽다. 이를 극복하며 추하지도 유치하지도 않으면서 깨끗하고 아름답고 부끄럽지 않게 늙고 싶다.

이것이야말로 나같이 나이 먹은 사람들의 간절한 희망이며 또 기도의 제목이 되었으면 좋겠다. 스스로 내 나이를 헤아리고 돌아보면서 인생에게 주어진 자연의 섭리를 거역하지 말고 도리어 겸손한 마음으로 늙음을 수용하는 게 중요하다.

노인들은 앞으로 곧 맞게 될 죽음에 대비하는 것이 하나님의 뜻이요 지극히 현명한 삶의 자세다. 일찍이 「전쟁과 평화」, 「부활」의 작가로 유명한 톨스토이는 그의 유언에서 "아, 죽기 위해 꽤 많은 시간이 걸렸구나!"라는 말을 남겼다. "평생을 잘 죽기 위해 살았다."는 뜻이리라.

또 고아의 아버지 조지 뮐러는 "주여 나로 하여금 추한 늙은이가 되지 않게 하옵소서." 라는 기도로 노년기를 보냈다고 하는데 우리들도 이 같은 기도를 하면서 아름다운 노년을 보냈으면 좋겠다. 이것이 또 한 해를 보내는 나의 간절한 바람이고 소망이다.

영원한 생명의 나라를 향해 '오늘'을 진술하고 감사하며 살아가는 것, 이것이 나이를 먹으면서 내가 깨달은 삶의 지혜이다. 모쪼록 저무는 무술戊戌년을 후회 없이 잘 마무리하고 대망의 2019 기해己亥년 새해를 영육 간에 건강하게 맞고 싶을 뿐이다.

이 재 연

등 단 「현대문학」

약 력 이화여대 독문학과 졸업
한국크리스천문학가협회 회원

저 서 장편소설 : 『황혼 무렵엔 그리운 사람을 만나러 간다』
소설집 : 『무채색 여자』
산문집 : 『누군가 나를 부른다』

영원의 시간

작년 늦은 봄이었다. 갑자기 귀가 멍멍했다. 귀에서는 바람소리 같은 윙윙거리는 소리, 벌레소리 같은 찌익찍 하는 소리가 들렸다. 병원에서는 난청이라고 했다. 귀마개를 해도 지하철 소리, 차 소리가 울려 세상은 소음으로 가득했다. 귀가 쉴 틈이 없이 소음은 안팎으로 밀려왔다. 세상이 소음에 잠겨 떠가는 것 같았다. 핸드폰이 편리하지만 삶은 더 바빠졌다. 그동안 소음 속에서 흔들리며 정신을 빼앗긴 채로 살아온 것 같았다.

육체가 아프면 영은 침묵의 깊은 곳으로 들어가 자신을 보호하려고 한다. 나는 이 병이 모든 소음에서 떠나 네 속 깊은 곳으로 들어가라는 암시의 메시지처럼 느껴졌다.

젊은 날 스위스 국경도시 바젤에서 살 때였다. 포겐센 길가 오층짜리 낡은 아파트엔 이태리나 스페인 노동자들이 주로 살았다. 아파트 옆으로 난 큰길은 독일이나 프랑스 알사스 지방으로 가는 차들로 종일 시끄러웠다. 나는 소음을 막기 위해 큰 옷장을 창문 쪽에다 놓았다. 어두워진 방안으로 차 소리는 여전히 들려왔다.

사는 것이 답답하면 바다를 보러 가듯 국경 너머 프랑스 알사스 지방으로 갔다. 국경만 넘으면 다른 나라의 자유스러운 이색적인 풍경이 펼쳐졌다. 사람이 없는 넓은 들판은 스산하고 고요했다. 마음 졸이며 살았던 날들에서 벗어나 자유스런 공기를 마음껏 들이마셨다. 국경만 넘으면 언어가 다르고 홀가분함 속에서 그동안 쌓였던 무거운 것들이 무너져 내리는 듯했다. 그동안 하루하루 유학생 아내로서 쫓기듯 살아온 긴장된 삶에서 한 발짝 벗어나 잃어버렸던 꿈, 희망을 디듬으며 한숨 돌릴 수가 있었다. 한 30분쯤 걸어가면 큰 마트가 있었다. 프랑스 해안지방에서 잡은 갖가지 싱싱한 생선들이 있었다. 멸치젓까지도 있었다. 좋아하는 젓갈을 보면 고향 목포 부둣가의 풍경이 떠오르면서 어린 시절로 돌아가는 듯했다. 나는 스위스에는 없는 생선들을 보면 반가운 마음으로 몽땅 사곤 했다. 무거운 가방을 양손으로 들고 다시 초소를 넘을 때는 혹시 초과량이 넘지 않을지 긴장감과 두려움으로 가슴이 두근댔다. 국경을 넘으면 암울한 마음이 되살아났다. 흐린 날씨에 비가 자주 왔고, 마음은 이국땅에서 흔들리며 어디론지 끌려가고 있는 듯했다. 그런 나에게 국경은 정체성을 잃어버리지 않게 하는 쉼터와 같았다. 호흡을 새롭게 가다듬을 수 있는 짧은 여행과 같았다. 더 넓은 곳에서 불어오는 새로운 공기가 변화의 발길을 옮기게 했다.

지난 오월엔 미국 엘에이에서 살고 있는 남동생 딸의 결혼식이 있어 딸과 손자랑 삼대가 함께 갔다. 카톡을 주고받는 여동생도 그곳에 살고 있었다. 여동생은 여러 번 한국에 왔지만, 나는 여동생이 30대 중반에 이민간 뒤로는 처음으로 방문하는 셈이다. 여동생은 산꼭대기가 하얗게 보이는 마운틴 발디 가까운 800여 평 정도 되는 큰 저택에서 살고 있었다. 자식들은 분가하고 남편과 단둘이 그 큰 집에서 살았다. 집은 디귿자로 한가운데 복도를 지날 때는 정원의 분수대와 수영장이 보였다. 식당과 반대쪽에 있는 방 두 개에 우리 가족은 짐을 풀었다. 동생 침실은 이층에 있었다. 방으로 가려면 고요한 기다란 복도를 지났다. 산 밑 동네라 먼지가 없는지 블라인드로 유리문을 절반 정도 가리고 벽엔 그림들이 걸려 있고, 언니 조각 작품이 여기저기 놓여 있었다. 고즈넉한 복도를 지날 때는 발소리가 울려 이 큰 집에서 무서워 어떻게 살아가나, 하는 생각이 절로 들었다. 동생은 뭐 하나 부러울 것이 없지만 가슴엔 십자가가 있었다. 한국에선 첼로를 전공했지만, 이민가서는 옷장사를 했다. 돈번다고 아침에 나가면 저녁 열시에나 집에 와서 열두시나 자고 다시 나가고. 그 통에도 딸 둘은 잘 컸는데, 삼십대의 아들은 가슴에 못을 박는 자식이 되어버렸다고, 돈은 벌었지만 자식 하나는 잃어버렸다고, 눈물 글썽이며 말했다.

　　"지금부터라도 잘하려고 애쓰지만, 아들은 따라와주지 않네요. 직장생활도 적응을 못해 몇 달이면 그만둬버려요. 이웃과 부모와 불화의 관계 속에서 혼자만 때 없이 빙긋이 웃곤 해요."

　　조카는 컴퓨터와 게임은 잘하지만, 인내심과 끈기가 없었다. 무엇이든지 해달라고 하면 부모는 시간이 없어 돈으로 해결하는 세월 속에서 낯선 인간이 되어버린 것이다. 조카는 자기가 생각하는 것들 속에서 이리 가지치고 저리 가지치면서 갑자기 엉뚱한 말을 하기도 했다.

　　동생의 고통을 씻겨주는 것은 정원의 꽃나무들이었다. 영어로는 어려운 화초의 이름들을 꽃의 별명을 지어 부르며 꽃들과 대화하고 있었다. 하얀 줄기 가장자리에 씨앗 대신 잎을 주렁주렁 달고 있는 새끼 잎을 씨둥이라고 불렀다. 가는 줄기에 붉은 꽃이 너무 크고 무거워 옆으로 자꾸 꼬꾸라져 있는 선인장과의 꽃을 미련하다고 곰탱이라고 불렀다.

　　"곰탱아! 정신 차려, 반듯하게 살아야지!"

　　자신이 자신에게 말하듯 혼잣말하며 다시 넘어진 가지를 일으켜주었다. 현관 입구 뜰의 바위에 앉아 있으면 조그마한 잎들이 바람에 살랑거렸다. 동생은 그 화초를 산들이라고 불렀다. 바위에 앉아 산들이처럼 마음을 흔들어대며 무거운 짐을 벗고자 했다. 붙잡을 수 없는 지난날의 잘못 산 대가로 가슴에 못을 박는 자식…… 다 운명인 것일까. 다 하나님 뜻이 있는 것일까. 나의 죄일까. 너의 죄일까. 정원에서 가장 잘 번식하는 두꺼운 푸른 잎들을 미친 대가리라 불렀다. 사랑하는 아들이 갑자기 내던지는 미친 대가리 같은 가슴을 할퀴고 지나가는 이해할 수 없는 말⋯⋯ 한국으로 떠나는 하루 전날 저녁 식사할 때였다.

"내일이면 언니가 한국에 가." 하고 동생은 울먹이며 자리에서 일어나 저쪽 부엌 쪽으로 갔다. 그 순간 동생의 고통과 슬픔이 가슴으로 확 밀려들었다. 꽃과 대화하는 그 맑은 마음의 깊은 데서 흐느끼고 있는 영과 부딪쳐 순간 하나가 된 듯했다.

한국에 온 지 며칠 만에 동생한테 카톡이 왔다.

"누구나 자기가 짊어져야 할 십자가가 있어요. 나의 십자가를 사랑하기로 했어요."

사람은 가장 낮은 자리에 섰을 때 탈출할 새로운 문이 보인다. 자기를 버린 상태에서 역설적으로 생의 기쁨을 느낀다. 주위가 소음으로 가득한 세상, 새롭게 호흡할 수 있는 자기만의 장소, 별명을 지어 불러주는 자신만의 꽃과 사물이 필요하다. 메일을 73번, 시간을 동강내며 하는 SNS도 120번 해야 한 사람의 얼굴을 맞대는 것 같은 효과가 있다고 한다. 우리는 얼마나 허망한 삶을 살아가고 있는가. 고요와 침묵과 신의 냄새가 감도는 나만의 장소가 필요하다. 내가 찾은 나만의 장소엔 나무와 벤치가 있다. 나만의 자리는 영이 새로워지고, 푸른 생기로 가득한 공간이다. 그 고요한 것에서 나는 무엇을 간절히 바라는 것일까. 고요한 벤치에 앉아 기억의 저 밑바닥에서 나를 일으켜 세워줄 말들을 읊조려본다. 나만의 장소 곁을 지날 때는 생생한 추억도 밀려온다. 이 벤치엔 가슴이 따뜻한 친구의 얼굴이, 저 벤치엔 문학을 사랑한 열정 어린 친구의 얼굴이 떠오른다.

지금 내가 여기 있는 것은 지난날의 한숨 돌린 공간, 빈 들판 같은 황량한 땅, 신의 손길 때문일 것이다. 바람이 어디서 와서 어디로 가는지 모르는 것처럼, 자기만의 자리에서 자신이 누구인지 잃어버리는 짤막한 어느 순간이 있다. 꽃 한 송이에 우주가 담겨 있듯이 순간 속에 영원이 있다. 어느 순간 미지의 영원한 곳을 향해 신을 따라가고 있는 자신을 낯설게 본다. 그런 순간 우주의 저 먼데서 영원한 빛이 밀려오지 않을까. '영원이란 시간 사이에 끼어 있는 짧은 기간에 불과하다. 우리는 영원히 존재하도록 지어졌다.' (토마스 브라운경)

가을이 오고, 또다시 봄이 온다. 나는 계절을 따라 새롭게 호흡할 수 있는 나만의 자리로 발길을 옮길 것이다.

엄 순 현

등 단 「한국크리스천문학」

약 력 단종문화제 백일장 장원(시 부문)
한국크리스천문학 백일장 장원(수필 부문)
동숭교회 로고스문학회 회원
현) 동화구연가
동숭교회 권사

e메 일 zzong74@paran.com

이즈하라의 까마귀

쉼 없이 흰 포말을 부수며 지진으로 켜켜이 쌓인 시루떡 바위를 곳곳에 담아놓은 기인 섬의 해안을 따라 봉긋한 젖무덤 바위섬들을 지나 당도한 곳은 쓰시마의 작은 항구, 이즈하라小론.

숙소로 향하는 차에서 바라본 이 어촌 마을은 투명한 집어등을 나란히 걸어놓은 작은 어선들이 출어를 기다리는 듯 한가롭게 떠 있었다. 좁은 도로를 따라 얼마나 달려갔을까? 차가 경사진 언덕을 오르니 저만치 '오션호텔'이라는 건물이 눈에 들어왔다. 기억자의 작은 2층 건물이었다.

건물 뒤로는 눈이 모자라게 망망대해가 펼쳐져 있고……

제일 먼저 우리를 맞아준 것은 까악까악-까마귀.

예전에는 우리나라였던 곳. 지금은 이국의 까마귀가 되어 우리를 반겨 주다니. 방문을 여니 베란다 너머로 바다가 펼쳐져 있었다.

붉은 저녁놀이 길게 드리운 바다엔 제법 커다란 흰 여객선 주위를 낙엽 같은 작은 어선 몇 척이 물결에 출렁이며 맴돌고 있었다. 하룻밤을 유하고 안내를 받아 조금 높은 언덕에 다다르니 중턱에 큰 돌비석이 우뚝 솟아 있었다. 거기에는 한문으로 '李王家 結婚祝賀……'라고 새긴 글귀가 선명했다. 우리의 조선왕조를 일개 씨족쯤으로 격하시켜 놓았다.

기분은 언짢았지만 설명은 귀 기울여 들었다. 다름 아닌 대마도주 아들과 덕혜옹주의 정략결혼을 축하하는 비석이었다.

나라가 기울던 때 인생의 황혼에 얻은 고종황제의 귀하디귀한 딸이었다. 궁인 양씨와의 사이에서 얻은 덕혜옹주는 황제에겐 한 줄기 빛이었다.

일본의 채근에 못 이겨 열세 살 어린 나이에 바다 건너 조그만 섬으로 보내졌으니 의지할 사람이라고는 서방님, 그 한 사람뿐이었으리.

그러나 말도 마음도 통하지 않는 서방님이었다. 술에 절은 욕설과 매질로 참새같이 팔딱이던 가슴은 멍이 들어 옹주는 끝내 정신을 놓았고, 부모의 불화를 보다 못한 한 점 혈육 딸은 바다에 몸을 던졌다.

끝내는 이혼까지 당하였으니 피맺히는 설움과 외로움이 뼈마디에 사무쳤으리.

아쉬움을 뒤로하고 발길을 돌려 앞으로 나아가니 '역사 민속 자료관'이 자리하고 있었다. 입구에는 제법 큰 동종이 떡 버티고 있었는데 우리나라에서 빼앗아간 것이란다.

조선에서 내린 '교지문'도 있었는데 대마도가 우리의 영토였음을 증명해주는 귀중한 자료임에 틀림이 없었다.

이틀째 되는 날은 전망대를 향하여 굽이굽이 한길을 돌고 돌며 걸었다. 길 양쪽은 무성한 숲으로 둘러싸여 있는데 수종樹種은 주로 삼나무와 대나무, 동백 등이었다.

비치는 햇살이 가끔 나뭇잎 사이에서 반짝일 정도로 숲이 울창하였다. 정상에 있는 전망대에 오르니 상하 대마도의 부속 섬들이 한눈에 들어왔다. 안개 속에 떠 있는 섬들이 저만치 아슴푸레 꿈속에서 본 듯 신비함마저 느끼게 했다. 섬은 모두 109개로 이루어졌는데 사람이 사는 섬은 다섯 개에 지나지 않는단다. 섬과 섬으로 둘러싸여 호수처럼 물이 고인 만灣도 보였다. 그곳에서 진주 양식을 하는데 수온 등 입지조건이 적합해 일본에서 제일 품질이 좋은 진주가 생산된단다.

내려오는 길에 우리나라 명칭으로 말하면 '도립 휴양림 공원'이라는 곳에 들렀다. 출렁다리를 건너, 조약돌이 거울에 비친 것같이 보이는 계곡의 양옆에는 너럭바위가 펼쳐져 있었다.

숲속 오솔길을 따라 걸으니 가슴속까지 시원해지는 느낌이었다.

장소를 옮기느라 시내를 걷다 보면 길이 모두 일방통행로처럼 좁다. 서로 양보하면서 걷거나 운전을 하는 모습이 무척 정겨워 보였다. 거리를 지나다 보면 길옆까지 들어온 바닷물을 막는 곳이 있었다.

길 어디에서나 쓰레기는 눈에 띄지 않았다. 담배꽁초 하나 버릴 수가 없어서 들고 다니다 쓸어놓고 미처 가져가지 못한 흙무더기 속에 묻어두고 왔다는 분도 있었다.

시내를 벗어나 한적하고 넓은 곳을 지나다 보니 비교적 넓은 들에 논들이 펼쳐져 있었다. 마을 집들 중에 특이한 집이 몇 채 보여 차를 멈추고 살펴보았다.

사방이 나무판으로 벽을 이룬 한쪽에 문이 나 있고 집 자체가 지상에서 얼마 정도 공간을 두고 주춧돌 위에 떠 있었다. 마치 뒤주 위에 지붕을 덮어놓은 모습이었는데 곡창 지대인 이곳에서 생산되는 벼의 저장고였다. 이즈하라로 들어갈 때는 주로 해변 옆을 지나갔는데 나올 때는 시내를 벗어나 숲길을 달렸다.

터널도 지났다. 거대한 붉은 철재 빔도 보였는데 다름 아닌 다리 난간이었다. 그 밑을 흐르는 물을 보니 물살이 세게 흐르고 강폭이 그렇게 넓을 수가 없었다.

양옆의 계곡 또한 크고 웅장해서 의아해했더니 저 멀리 보이는 바다로 강물이 연결되어 유입된다고 한다. 다리 위에서 물로 뛰어내려 생을 마감하는 사람들이 꽤 많다는 말을 들으니 웅대하고 아름다운 자연 앞에서 사람이 가질 법한 특별한 감정이 느껴졌다.

논과 밭 가에는 멀리서 보기에 붉은 무엇이 군데군데 무리지어 피어 있었다. 자세히 살펴보니 상사화였다. 꽃대를 쭉 뽑아 먼저 꽃을 피우고 잎이 나기를 기다리다 끝내는 꽃과 잎이 서로 만나지 못한 채 그리워한다 하여 상사화라 하였던가?

처음 피었을 때는 선홍의 고운 빛이었을 꽃은 거의 질 무렵을 맞아 검붉은 피 색깔이 되어 있었다.

어린 덕혜옹주가 목을 뽑아 그리운 고국을 향해 발돋움하다 그리움이 맺히고 맺혀 피를 토한 자국이리라 생각되었다.

이즈하라 곳곳들에 흐드러지게 피었다 지는 핏빛 상사화는 다름 아닌 그녀의 외로운 넋이었다.

항구로 나오는 길은 한편으로는 맑은 시냇물이 흐르고 주위의 나무들이 숲을 이루어, 달리는 차 안이 어두울 정도였다.

단풍나무가 잎새들을 조금씩 물들이기 시작한 길 옆에 다다라 차에서 내리니 9, 10월경에 단풍 숲을 보기 위해 찾아드는 관광객들로 줄을 잇는 '단풍공원'이란다.

쉴 수 있는 정자와 잔디가 입혀진 뜰에는 줄을 타고 공중에서 미끄러지는 놀이기구도 있어 그것을 타면서 동심으로 돌아가 웃기도 했다.

짧은 일정은 그렇게 끝났다.

푸른 물살을 가르며 부산을 향해 달리는 여객선 안에서 피곤함이 몰려와 눈을 감았으나 잠은 오지 않았는데 문득 아버지 얼굴이 떠올랐다.

덕혜옹주 때문이었을까?

아니면 그저 일본이란 나라에 대한 막연한 연민 같은 거였을까? 특별할 것도 없는 여행이었으나 여정의 끝은 '그리움'과도 같은 감정 속으로 나를 떠밀었다.

60여 년 전, 연락선에 향학의 꿈을 싣고 현해탄을 넘나드셨을 아버지. 옷고름으로 눈물 찍던 신혼의 고운 새 아씨.

방학하면 오마고 떠나던 뱃길이 얼마나 멀었으랴?

다달이 선편船便에 부쳐오던 부인구락부(월간 여성잡지) 보고 익혀서 주부수업 착실히 하라고 하셨다던…….

그리움을 접고 접어 부친 편지를 반세기 넘게 간직하다 '아버지 세상 뜨시고 다시 보니 구절구절 눈물만 앞선다'시며 내게 주신 사연 꾸러미 속에는 그때의 수줍은 마음이 실타래처럼 이어져 있었다.

일본에서는 파랗고 시었지만 배 타고 오는 중에 노랗고 달콤하게 변한 바나나와 귤을 집안 대소가大小家 어른들이 맛보시게 했던 자상하시던 아버지.

동네 사람들이 모여 노랫소리 나는 축음기의 안쪽을 들여다보고 손으로 만지기도 하면서 그 속에 있을(?) 손가락만한 남자를 그려보던 내 유년의 뜰에 묵묵히 서 계신다.

이즈하라에서 까마귀가 나를 반겼던 것도 우연만은 아니라는 생각이 스친다.

어린 시절, 동네를 한 바퀴 휘돌다가 어디론가 날아가곤 하던 까마귀가 있었다. 혹시 모른다. 그 새가 이즈하라에서 나를 맞아준 것일지도. 엉뚱한 생각이 엉뚱하지 않게 와 닿는 것도 다 아버지 때문이었을까?

이 선 규

등 단 「한국크리스천문학」

약 력 충남밀알선교단 이사장, 남송복지원 이사장, 기독일보 객
원논설위원, 통일문학회 이사, 한신대·평택대 대학원
기장대전노회장, 한국크리스천문학가협회 부회장 역임
현) 주사랑교회 원로목사, 대림다문화선교센터 대표

저 서 수필집 : 『작은교회 목회 행복체험』『버려야 할 것과 지켜
야 할 것』『마음밭을 가꾸는 정원사』

e메 일 ss3373@hanmail.net

보람을 가꾸며 산다

사람이 살아가는 데 있어서 결코 맹목적인 삶을 사는 사람은 없을 것이다. 무슨 목적이든지 사람은 목표를 가지고 살아가기 마련이다. "나는 이것을 위하여 산다."고 하는 뚜렷한 삶의 이정표가 있는 사람과 목표가 없이 사는 사람의 삶은 분명한 차이가 있다.

오스트레일리아 원주민의 권익을 위하여 예리한 글로써 비판의 화살을 가하곤 하던 바르트 바베이씨는 기독교의 '선한 사마리아 사람'의 비유를 설명하면서 '세 가지 삶의 철학'을 밝힌 바가 있다.

첫째는 비유 속의 강도의 삶이다. 이 사람은 '네 것도 내 것이기 때문에 나는 그것을 내 것으로 만들겠다.'는 삶의 철학을 가진 자라고 했다. '네 것이 내 것'이라는 삶의 태도는 결코 자기만 아는 강자들에게만 있는 것은 아니다. 대체적으로 가진 자의 힘의 남용이나 악의에서 오는 경우를 말한다.

이렇게 본다면 우리들 모두의 삶 속에서 약탈이나 착취형의 생리가 전혀 없다고 보기는 어렵다.

둘째는 제사장과 레위인의 삶이다. 강도 만난 자가 신음하고 죽어가고 있는데도 그냥 지나쳐버린 버림은 철저하게 '나만 괜찮으면 된다. 내 것만 내가 지킨다.'는 삶의 철학을 가진다. 남을 간섭하기를 싫어하며 신사도의 삶을 사는 자라고 할 수 있다. 그러나 여기엔 인정도 윤리도 없고 오직 자기만이 존재하는 세계이다.

인간은 결코 혼자일 수는 없다. 여기에서 발산되는 요소는 이기심과 비겁함이다. 사람이 살아가는 데 자기를 개방하지 못하는 것처럼 답답한 감옥은 없을 것이다. 그 이유는 단단한 자신을 가두고 소통하지 않기 때문이다.

셋째로 선한 사마리아 사람의 삶이다. 이웃의 어려움이 곧 나의 어려움으로 생각하고 함께 나누겠다는 '동고동락'의 '더불어 철학'이요, '자기개방의 삶'이라고 했다.

이 글을 읽으면서 나는 어느 편에 속할까? 곰곰이 생각해 본다.

나는 29세에 목회를 시작으로 그동안 보람도 많았지만 가슴 아픈 경험도 적지 않았다. 이제 지나온 삶을 돌아보며 인생 후반전의 삶이 어떠해야 하겠는가를 설계해 보려고 한다.

나는 은퇴 후, 중국 교포들이 많이 거주한다는 서울 대림동에서 살고 있다.

어느 날 북한 선교에 뜻을 둔 김종덕 목사가 오랫동안 기도하던 중, 대림동에는 중국 교포들이 많이 산다는 소리를 전해 듣고 나를 찾아와 의논한 것이 다문화선교센터를 운영하게 된 동기이다.

처음에는 그동안 드린 기도가 이루어졌다고 믿고 몸을 사리지 않고 힘들고 궂은 일도 마다 않고 기쁨으로 잘 감당할 수 있었다. 그러나 한번은 외출하고 돌아오니 교포끼리 술에 만취된 상태에서 칼부림을 하는 일이 있어 가슴이 철렁했고, 온갖 어려움에도 불구하고 희생하고 도와준 일들에 대해서는 잊어버린 채 센터를 퇴소할 때 현관문에 온갖 불량한 낙서를 해놓고 가는 일들이 많아 삶의 허무감에 싸이기도 하였다.

그럼에도 불구하고 이미 각오한 일이며 사명으로 알고 하는 일이지만 이 일을 계속할 수 있는 것은 전적인 하나님의 은혜로 생각하고 감사를 드린다.

그런데 정말 힘들었던 사건은, 어느 날 자신이 수도권의 모대학을 나왔고 과외를 하는 선생이라고 자신을 소개하며 센터에 방 두 칸을 쓰겠노라고 찾아온 사람과의 일이다. 별 생각 없이 받아들인 것이 화근이었다. 처음은 예배도 잘 적응하는 듯하더니 얼마 못 가 센터의 일에 사사건건 트집을 잡기 시작했다. 예배 시간이 되면 문을 잠그고 나가지를 않나 방세를 밀리기 시작한 것은 고사하고 세탁기에 탈수가 잘 안되어 매일 작업복을 세탁소에 맡겨 세탁을 하였기에 비용이 많이 들어갔다는 등, 밥을 준다고 하여 입주를 했는데 입맛에 맞지 않아 외식을 해서 엄청 손해를 보았다고 터무니없는 불만을 터뜨렸다. 그뿐만 아니라 센터에 오는 사람에게 색깔이 누르스름한 속옷을 드러내 보이면서 나 때문에 이렇게 이런 옷을 입게 되었노라고 자기의 정당성을 주장하며 거짓말까지 서슴지 않는 데는 말문이 막혔다.

결국 6개월이나 밀린 방세는 고사하고 이사비용 일체를 부담할 테니 방을 비워 달라고 호소하니 그제야 수긍을 한다. 한동안 짠한 마음이 가시질 않는다.

그런 후에 내 얼굴에 작은 점이 생겨 병원에 가서 검진을 받아보니 병명도 희한한 '백반증'이라는 병인데 6~9개월의 치료를 요한다고 한다. 의사는 신경을 많이 쓰면 이런 증세가 생기게 되니 신경을 덜 쓰며 살라고 했다.

이제는 센터 일을 접어야 하겠다는 생각이 떠올랐지만 그렇다고 해서 여기서 포기할 수도 없는 일이다. 왜 이런 일을 자초해야만 하는가? 대수롭지 않은 글이나 쓰고 가까운 친구들과 등산하며 사색이나 즐기며 남은 생을 살아야 하는 생각도 해본다.

그러나 "내가 주릴 때에 너희가 먹을 것을 주었고 목마를 때에 마시게 하였고 나그네 되었을 때에 영접하였고……."(마25:35)라는 주님의 말씀을 묵상해 본다. 그러니 자신의 나라를 떠나서 부모의 고국을 찾아 땀 흘리고 고생하는 다문화가족을 포기할 수 없지 않는가? 또한 주님께서 사마리아 사람의 비유를 말씀하시면서 "너도 이와 같이 하라."는 말씀에 나는 이 길을 결코 포기할 수 없다. 그래도 이 길을 가야지.

현재는 가시적인 성과가 보이지 않고 내가 뿌린 씨가 폭우에 휩쓸려 가는 것 같은 허무감이 몰려와도 멈춰지는 곳에서 새싹이 움트게 되면 누구든 열매를 보게 되지 않겠는가?

이런 확신으로 나는 다음의 물음을 던지면서 선교의 터전을 더 굳게 다져 가리라 다짐을 해 본다. 인생이란 이 세상에 무엇인가 값있는 자취를 남겨놓고 떠나야 한다면 나는 무슨 유산을 남길 것인가?

"두려워 말라 내가 너와 함께하리라. 나의 의로운 오른손으로 너를 붙들리라."(이사야 44:8)

지금까지 어려울 때마다 주님께서 큰 도움을 주셨기에 여기까지 온 것이 아닌가? 순간의 것을 추구하고 잡으려 하지 말고 영원을 추구하고 붙잡는 자가 되어야 하지 않겠는가? 내가 남길 유산이 무엇인가? 선조들의 발자취를 생각해 본다.

이율곡 선생은 뛰어난 동양철학사상의 저술을 남겼고, 이순신은 나라 사랑의 혼을 심어 놓았으며, 손양원 목사는 참사랑이 어떤 것인지를 일깨워 주었으며, 유관순 열사는 민족 사랑의 길을 몸으로 실천하였다.

더구나 우리 예수님은 높은 보좌를 내어놓으시고 낮고 천한 구유에 태어나시어 온갖 고통과 모욕을 다 당하셨기에 우리 모두의 구주가 되시지 않았던가?

무위도식하거나 물욕과 권력욕에 매달려 아옹다옹 버둥거리며 자기 치욕만 드러내는 부끄러운 자취를 남기고 가는 삶이 아닌, 창조주께서 기뻐하시는 이 길을 멈추지 않으리라. "네가 가진 것을 굳게 하라."(눅 22:32)는 음성이 들려오는 듯하다.

다문화선교에 어려운 일들만 있었던 것은 아니다. 자신들이 어려울 때 도움을 주고 말씀을 전해주어 힘이 되었노라고 찾아오고, 고향에 다녀올 때는 작은 선물이지만 목사님을 생각하고 가져왔노라는 말 한마디에 모든 피로가 사라지고 보람을 느낀다.

글을 마무리하면서 세기의 대시인이요 철인이기도 한 인도의 타고르의 시 한 구절을 떠올려 본다.

어느 날 죽음의 신이 갑자기 부를 때
생명의 바구니 속에 무엇을 담아 보낼까?
빈손으로 돌려보낼 수 없지 않은가?
날마다 힘쓰고 저축한 보물과 유산을 가득 담아서
죽음의 신 앞에 내놓아야만 하리라.

그렇다, 이제 어려웠던 모든 상황은 잊어버리자.

괴로웠던 일들 나의 옹졸함에서 벗어나

넓고 밝은 앞날을 내다보며

맛 좋은 포도주처럼 향기로운 후반전의

삶을 살아가리라.

새들이 지저귈 때

어떤 이들은 노래한다고 하지만

어떤 사람은 새들이 운다고 한다.

반 잔의 물이 남아 있을 때

어떤 이는 물이 반이나 남았다고 하지만

어떤 사람은 물이 반밖에 없다고 한다.

똑같은 상황에서도

어떤 사람은 감사하고 즐거워하지만

어떤 사람은 원망과 불평을 늘어놓는다.

긍정의 생각주머니엔 더 많은 행복이 차곡차곡 쌓이고

부정의 생각주머니엔 더 많은 불평이 눈덩이처럼 불어난다.

행복과 불행은 동전의 양면이다.

생각의 차이 하나로 기쁨과 눈물로 바뀐다.

어느 무명의 글 속에 나의 삶을 조명하며 오늘도 나는 선교 현장으로 뛰어든다.

남 춘 길

등 단 「크리스천문학나무」

약 력 한국크리스천문학가협회 부회장 및 운영이사
한국문인협회 회원
크리스천문학나무 편집위원
한국교회 사모권사작가회 회장
정신여중고 총동창회장 역임
순국선열 김마리아기념사업회 이사
남포교회 권사

수 상 한국크리스천문학 이 계절의 우수상

저 서 수필집 : 『어머니 그림자』

e메 일 cknam204@hanmail.net

감사의 향기로 나를 채우다

이른 아침, 푸른 숲길 걷기로 나의 하루는 시작된다.

하나님과의 대화로 하루를 열면서 살아 있음에 감사드린다. 아직은 썽썽한 두 다리로, 허리를 곧게 펴고 활기차게 걸음을 옮긴다. 6년 전 생애 처음 했던 장 내시경 검사에서 암세포가 발견되어, 황망 중 수술을 마치고 항암치료를 시작하면서, 그 때도 지금처럼 걷기 운동을 했었다. 힘에 부쳐 식은땀을 흘려 가면서……

지난 가을 완치 판정을 받았을 때, 주치의가 축하의 악수를 청해왔다. 축하한다고, 수고하셨다고, 감사합니다. 답하면서 감사하고도 기쁜 마음 앞에, 내게 맡겨진 일에 대한 생각이 내게 와 닿았다. 아직은 허락하신 일들이 내게 있을 것이라는! 푸른 나무 사이로 햇살은 금빛으로 부서지고, 비단결 같은 매끄러운 잎들은 윤기가 흐르며 빛난다. 그 위에 맺힌 이슬조차 영원할 것만 같아 손 내밀어 쓰다듬어 본다. 넓은 잎의 감나무는 어느새 왕사탕만한 감을 매달고 있고, 꽃이 한창인 대추나무는 대추알들을 품고 있을 것이다. 꽃비를 내려주던 벚나무에는 버찌가 열렸을까. 고개를 젖혀 바라본다. 서양산딸기나무의 눈부신 흰 꽃들은, 라일락의 보랏빛 향기는 어디로 떠났을까? 우아한 자태로 피어나 가슴을 설레게 하던 목련도 흔적 없이 사라지고 지금은 6월 장미가 한창이다. 성급하게 봄 인사를 해오던 매화나무는 무성한 잎 속에 익어간 열매로 의젓하다. 줄지어 선 은행나무도 암수의 유혹으로 어미가 된 나무는 열매를 잉태하고 있을 것이다. 가장 풍성한 그늘을 드리워주던 느티나무도, 위풍당당하게 서 있는 메타세콰이어의 징군 같은 모습도 모두가 다정한 친구들이다.

아침 운동 때 만나는 많은 분들도, 어느새 목례로 미소로 가까운 벗처럼 친숙해졌다. 손을 흔들어 주거나, 하이파이브로 즐겁고도 감사한 하루의 시작을 서로에게 확인해 준다. 며칠 만나지 못하면 안부가 궁금해지고 걱정이 된다.

손잡고 아침 산책을 나온 노부부의 모습은 정말 아름답다. 서로를 의지하고 두 분이 의자에 앉아 쉬고 있는 모습도 한 폭의 그림 같다. 허리도 등도 구부정하게 굽었지만 오랜 세월의 신뢰와 배려가 담긴 그 분들의 사랑과 아낌의 흔적이 묻어나기 때문이다. 얼굴 가득 생겨난 주름이 그분들의 훈장이 아닐까. 깊은 사랑의 의미를 노부부들에게서 찾게 되는 것은, 젊은이들의 가볍고도 즉흥적인 사랑의 세태에 질려버린 때문이다. 노부부가 손

잡고 기대고 걷는 모습은, 보폭이 일정하지 못해도, 발을 끌어도, 비틀거려도 흐뭇하게 바라보고 싶고 도와드리고 싶지만, 중장년들이 손잡고 걷는 모습은 어쩐지 별로다. 오래 전 성가대에 섰을 때 식사시간이나 휴식시간이면 꼭 손을 잡고 있는 집사 부부가 있었다. 50을 살짝 넘겼던 우리 몇 명은 "우리도 남편 있네요." 농담하며 웃곤 했다.

우리 부부는 나란히 같이 걸을 때도, 함께 어디를 갈 때도 손을 잡고 다니지 못했다. 10여 년 전이었던가, 제주도 여행길에 KAL호텔에 묵었을 때, 이른 저녁을 먹고 정방 폭포로 산책을 나갔다. 앞서가던 남편이 "우리 손 잡고 가자." 하고 말했다. 느닷없긴 했었지만, 그때 잡아본 남편의 손은, 항상 차갑고 가느다란 내 손에 비해 두텁고도 따뜻했다.

새벽기도 시간에 늦지 않으려고 동동거리던 조바심을 한참 전 내려놓았다. 수술 후 생긴 습관이랄까? 잠에서 깨어나는 대로 교회 본당으로 올라가기도 하고, 그냥 걸으며 기도를 드리기도 한다.

2년 전 여름, 여느 때보다 훨씬 일찍 집을 나섰을 때, 지팡이를 의자에 기대어 놓고 쉬고 계신 노부부가 계셨다. 아주 낯선 분들이었지만, 공손하게 허리를 굽혀 인사드렸다. 다음 날 또 같은 자리에 앉아 계시다가 반색을 하시며 옆자리를 권하셨다. 그분들도 하나님을 섬기는 형제였기에 금방 가까워질 수 있었다. 얼마 전 허리수술을 하신 할머니께서는 통증이 심하고 쉬고만 싶지만, 의사의 처방도 있고, 자녀들의 간절한 권고로 아침마다 영감님께서 마나님을 깨워 운동을 나오신다는 것이었다. 한남동의 넓은 주택에 사시다가 단독주택이라 관리도 어렵고, 정원 관리도 힘들어 우리 아파트로 집을 옮겨 오신 분들이었다. 70년대 자녀들이 줄리어드 음대 영재학교에 유학생활을 하느라 미국과 한국을 오가며 살아오신 분들이라 서민생활이 아주 어두우셨다. 내가 지하철역이나 재래시장에서, 대강 집어든 티셔츠나 허름한 바지도 너무 예쁘다고 어느 브랜드냐고 만져보곤 하셨다. 10년 이상 쓰고 다니던 낡은 모자도 멋있다고 나도 좀 써보자고 심지어 부럽다고 찬사를 하시곤 했다. 한없이 많은 이야기를 풀어놓으시면 귀 기울여 들어 드렸고, 나날이 건강이 좋아지신다고, 걷기운동을 하시는 것은 너무나 잘 하시는 거라고 격려와 칭찬으로 마음을 즐겁게 해드렸다. 내가 바쁜 일정으로 운동을 못 나간 날이면, 마나님이 온종일 울적해하셨다고 다음날 할아버지께서 멀리서부터 나를 반기셨다. 우리가 만들고 있는 「크리스천문학나무」도 좋은 일 한다고 기뻐해 주셨고, 미국에서 자녀들이 오면 데리고 나와 인사를 나누게 하셨다. 한동안 그분들을 뵙지 못했는데, 걱정이 많이 된다. 무슨 일이 있는지, 병환이 나셨는지, 혹시 실버타운으로 거처를 옮기신 것은 아닐까, 부러울 것 없이 사시는 분들이었지만 노인 특유의 외로움이 있으셨는지 집으로 놀러 오라고 수차례 청하셨지만 시간을 내드리지 못하였다.

뇌졸중으로 쓰러져 투병하는 할머니 한 분과도 가까운 친구가 되었는데, 하루하루 회복되어가는 모습에 얼마나 둘이서 기뻐하며 감사했는지 모른다. 그분이 무슨 반찬을 좋아하는지, 며느리와의 사이는 어떠한지, 딸은 엄마를 어떻게 대하는지 우리는 기도제목까지 나누며 반기는 벗이 되었다.

살아가면서 만나는 많은 사람들을 위로와 격려로, 도울 수 있는 것도 사랑하는 영혼이 깃들지 않으면 어려울 것이다.

고통의 정점에서 본 사람만이 다른 사람의 아픔도 이해할 수 있고, 존재의 귀중함도, 사랑도 할 수 있을 것이다. 내가 겪은 10대의 가난도, 젊은 날의 좌절도, 의욕을 잃었던 한창나이의 절망도, 친구처럼 친근하게 다루며 투병했던 암과의 싸움도 내게는 유익이 되었다. 남의 아픔을 깊이 품을 수 있는 아량과 배려의 마음, 고통의 두께보다 더 높이 감사를 쌓아 올릴 수 있는 은혜로움은, 자갈밭 같던 마음밭을 부드럽게 새김질해 주었다.

아끼고 사랑하는 내 이웃들과 나누어 가진 따뜻한 마음은 아마도 내가 지니고 있는 것들 중에서 가장 귀하고 아름다운 보물이 될 것이다.

오늘 아침 처음 발견한 듯, 합환채의 연분홍 꽃술들이 부챗살처럼 환한 미소로 은은한 감사의 향기를 가득히 실어다 주었다.

최 숙 미

등 단 계간 「에세이문예」 수필, 「한국소설」 소설

약 력 한국에세이작가연대 중부지부회장
한국문인협회, 한국수필가협회, 한국크리스천문학가협회,
부천문인협회 회원, 「다스림」 동인

수 상 제3회 풀꽃수필문학상, 한국에세이작가상

저 서 수필집 : 『칼 가는 남자』 『까치울역입니다』

e 메 일 sukmi57@hanmail.net

두리하나

　연어만이 강을 거슬러 오르는 게 아니다. 폭포를 거슬러 올라야만 할 소명을 가진 이가 있다. 영화 〈미션〉의 가브리엘 신부는 악기 오보에 하나만 메고 절벽을 오른다. 목숨을 걸고 절벽을 올랐으니 일차적 소명에 발을 들여놓은 셈이다. 자신의 출현을 알리려 오보에를 연주한다. 음색엔 두려움이 실렸다. 숲속에서 스멀스멀 원주민들이 나타난다. 떨리는 심정을 오보에 연주에 감추며 그들의 눈치를 살핀다. 그들 또한 타인들에 대한 적대감이 크기에 몹시 경계를 한다. 오보에 소리에 신기해하는 그들 사이로 추장이 다가와 악기를 빼앗아 망가뜨려 버린다. 목숨을 내려놓을 때 도리어 두려움이 사라지는 걸까. 신부는 태연하니 저들의 처분을 기다린다. 경계를 푸는 원주민들의 눈빛은 연주를 원하는 듯하다. 슬그머니 망가진 오보에를 집어들어 연주를 한다. 그때서야 두려움보다는 원주민을 향한 소명에 연주가 뜨거워진다. 그들에게 심어 줄 신앙의 첫발은 무기가 아닌 음악이었기에 감동을 준다. 신뢰가 쌓여가며 신부의 소명이 펼쳐진다. 영화 〈미션〉의 첫 장면이다.

　가브리엘 신부 같은 삶을 사는 소명자들이 있다. 탈북자를 돕는 천기원 선교사가 그 중의 한 사람이다. 사업차 중국 출장 중에 일명 '꽃제비' 아이들과의 인연으로 탈북자를 돕는 소명자로 나섰다. 편안히 잠을 자고 풍요에 즐거워할 수 없는 고통이 그의 의식을 흔들어 놓았다. 그들과는 혈육도 친척도 아니며 어떠한 인연도 없었다. 왜 그들의 탈북을 돕느냐고 물으면 같은 동포의 고통을 일었기 때문이고, 그들을 사랑해서 죄불안석인 마음뿐이라고 말한다. 자신을 위한 삶의 모든 것을 내려놓고 선교사라는 소명 하나로 그들과의 접촉에 나섰다. 삼엄한 중국 공안과 내부 고발자들과 북한 경비병들의 눈을 피하며 목숨을 건 모험이 시작되었다.

　간간이 뉴스에서 접하게 되는 두만강가에 널브러진 시체들은 탈북을 시도하다 목숨을 잃은 자들의 주검이다. 아이조차 울어서도 안 되는 탈출은 끝없이 이어진다. 겨우 강을 건너 중국으로의 탈출이 성공하면 인신매매꾼들이 접근을 한다. 그들에게 붙들린 탈북자들의 운명은 자신들의 것이 못된다. 일부 여성들은 중국 시골로 팔려가거나 음성 사이트를 운영하는 자들에게 넘겨져서 감금된다. 목숨을 건 탈출이 무색하게도 인권이 상권에 남용된다. 음성 사이트를 이용하는 자들은 대부분 남한 남성들이란다. 같은 동포들인 남한의 남성들은 그들의 인권을 간접으로 유린하며 즐긴다지 않는가. 어렵사리 천선교사와 연락이 닿으면 또다시 목숨을 걸고 탈출을 시도한다.

감금된 곳에서 탈출을 시도하다 떨어져 죽은 이가 있었다. 천선교사는 정확한 위치 파악을 할 수 없어 발을 구르는 중에 다른 탈북자로부터 이 소식을 접하고는 자식을 잃은 듯 슬퍼했다고. 탈출은 비밀리에 몇 개국의 국경을 넘어야만 자유의 몸이 된다. 숨소리조차 숨겨야 하는 공포와 밤에만 걸어야 하는 긴 행로에 탈북자도 인솔자도 탈진하고 만다. 저들의 자유와 안식만이 천선교사의 소명이고 평안이기에 함께 고통을 견뎌낸다. 또한 탈북자들을 돕는 중에 몽골 국경지대에서 중국경비대에 체포되어 8개월간 감옥살이를 했다. 흙바닥의 혹독한 추위와 실내 변기통과, 모래 섞인 물 한 컵에 하루 두 끼 누런 밀가루 떡덩이로 연명했어도, 탈출을 시도하다 잡혀 간 열세 명의 탈북자들이 당할 가혹한 형벌이 천선교사를 더 고통스럽게 했다. 7개월이 넘도록 가족의 면회도 안 될뿐더러 영사와의 면담조차 허락되지 않았다. 심문자의 거듭되는 질문은 왜 그들을 돕느냐는 거였다. 친척이거나 아는 관계가 아니라면 목숨을 걸고 이런 일을 할 리가 없다는 것이다. 상식적으로 맞는 말이지만 천선교사의 소명을 이해하지 못했다. 사형선고를 받을 수도 있다는 소식을 접했을 때 본인뿐만 아니라 가족들의 심정이 어떠했을까. 12년형을 선고받았으나 미국 상하 양원에서 석방결의안이 나오면서 8개월 만에 벌금을 내고 추방됐다. 참으로 아이러니한 것은 심문을 하던 중국 검사가 검사직을 그만두고 한국으로 천선교사를 찾아왔다. 어떤 이념이 그로 하여금 타인을 위해 목숨을 걸게 했는지 궁금해서란다. 선한 사마리아인의 선의는 또 한 사람의 인생행로를 변화시키는 역사를 가져왔다.

천선교사의 '두리하나' 선교회 주관으로 거행되는 '탈북 동포의 날'이 10주년을 맞았을 때의 일이다. 교회 여러 단체들과 탈북에 힘을 싣는 자들이 참여한 가운데 탈북자들과의 만남과 북한 정부를 향한 성명서가 선포되었다. 천선교사를 유태인을 구출해 낸 쉰들러 같은 선각자라고 소개했다. 쉰들러와 천선교사의 행적이 교차되는 중에 작아지는 나를 발견했다. 교회에서 커피 한 잔을 사는 것도 탈북자를 위한 일인데 그 작은 일에도 무관심하지 않았던가. 기념예배가 끝나고 틈을 내서 탈북 소녀를 꼭 끌어안았다. 그 소녀에 대해서 아는 건 없지만 신앙 안에서 밝게 살아가는 모습이 기특하고 또 미안해서 깊이 안아줬다. 저들과는 자주 얼굴을 대하지만 정작 친숙하게 지내지는 못했다. 그러한 관계가 서운할 거라는 걸 알면서도 성큼 다가서지 못한다. 개인적인 성향 때문이라고 해명하기에는 내가 가진 사랑이 작아서가 아닐까.

탈북에 도움을 받은 자 모두가 천선교사에 대해서 고마워하는 것만은 아니다. 때로는 불평을 하고 거짓을 말하고, 모함을 하기도 해서 뜻하지 않게 어려움을 겪는다. 사소한 오해가 그의 발목을 잡아 소명자의 역할에 걸림돌이 되기도 한다. 모세가 이스라엘 백성들을 종노릇하던 애굽에서 광야로 탈출시켰을 때, 먹을 것을 주든지 다시 애굽으로 돌려보내 달라며 모세를 원망하던 모습과 흡사해 보여서 공분이 일기도 한다. 그럼에도 불구하고 그는 모함이나 원망이 억울하다고 소명을 멈출 수 없는 일이라며 염두에 두려 하지 않는다. 소명자의 역할이 그런 것일까. 어찌 인간적인 애통함이 없을까마는, 탈북을 요청하는 자들을 찾아 가시밭길에 나서는 것을 주저하지 않는 사람, 이런 사람이야말로 진정한 애국자이고 인류를 구하는 소명자이지 않을까.

미국 국회에서 탈북자들의 고통을 호소하고 미국인들과 재외동포들로부터 호응을 받아 그들을 탈북시키는 데 발 빠른 행보가 이어진다. 우리나라 정부에선 탈북자들을 돕는 일에 직접적인 관여를 하지 않으려 하는 데다, 국민들의 무관심으로 난관에 부딪히기도 한다. 탈북자들이 남한에 와서 적응을 잘 못하는 부분에 일조하는 셈이기도 하다.

오보에 하나만 들고 원시인들과의 접촉을 시도했던 가브리엘 신부는 그들과의 신뢰가 쌓이기까지 죽음의 공포에서 떨었다. 천선교사 역시 죽음의 기로에서 오는 공포가 습관처럼 엄습하리라. 소명자로서의 길을 걷고 있지만 보통의 성정을 가진 사람이기에 존경하지 않을 수 없다. 추방된 이후로 중국으로 직접 들어갈 수 없는 처지를 몹시 안타까워한다.

강을 거슬러 올라가만 했던 가브리엘 신부처럼 오늘도 탈북자들을 위해 절벽을 오르고 국경을 넘는 저들을 위해 뜻을 모았으면 한다. 통일이 되는 그날까지 천선교사와 같은 소명자들이 거슬러 오르는 절벽에는 둘이 하나 되는 생명의 꽃이 피어나고 있으리라.

이 중 택

등 단 「한국크리스천문학」

약 력 연세대 연합신학대학원 졸업
한국크리스천문학가협회 재무국장 역임
한국ALS협회 홍보이사
한진중앙교회 목사

저 서 『교회는 지금 몇 시인가?』
『목사가 죽어야 예수가 산다』

e메일 jtlee5@hanmail.net

하나님의 심부름꾼

내게는 20살, 15살 차이가 나는 두 형님이 계신다. 가난한 오두막집에서 태어나 고달 픈 어린 시절을 보냈는데, 얼마나 힘들었는지 그 고생을 이루 다 표현할 길이 없다. 그러 나 집념이 대단해서 모두 다 자수성가한 분들이다. 어려서부터 촉망받는 인물들이었는데 이웃들의 기대를 현실로 응답해 준 형님들이다. 나는 이런 두 형님을 자랑스럽게 생각했 고 친구들의 부러움 속에서 어린 시절을 보냈다. 내 어린 시절 두 형님은 객지에 나가 성 공한 사람의 상징이었기 때문이다.

그런데 철이 들어 학교에 입학하면서 나는 형님들과 뭔가 좀 다르다는 것을 느꼈다. 내 가 남들에 비해서 뒤떨어지는 것인지 아니면 형님들이 남들에 비해서 월등한 것인지는 모 르나 아무튼 나는 뭔가 다르다는 것을 의식하기 시작했다.

특별히 형님들은 이재理財에 밝았으나 나는 아예 무관심이었다. 그러다보니 핀잔도 많 이 들었다. 옆에서 지켜 본 형님들은 유능했고 나는 그렇지 못했다. 그래서 형님들의 삶 은 분명 내게 있어서 자랑거리였지만, 나는 형님들에게 불편한 존재임을 나 자신도 느낄 수 있었다. 비교대상이 되어 폄하될 때면 절망으로 가는 열차 안에서 울기도 많이 했다. 오직 내가 칭찬 듣는 유일한 행동은 심부름을 잘 한다는 이야기뿐이었다. 그래서 주어진 현실을 받아들이기로 다짐하며 스스로를 위로했다.

나는 어려서부터 심부름꾼이었다. 막내라서 그런지 모든 심부름은 전부 내 차지였다. 부모님과 형님들, 누나들, 그리고 어느 때는 친척들의 심부름까지 모든 심부름을 도맡아 했다. 나는 부모님의 심부름을 한 번도 거역한 적이 없다. 무서워서가 아니라 내 성품 자 체가 심부름을 좋아했다. 또한 당연히 하는 걸로 알았고 그렇게 했다. 물론 거역했으면 불호령이 떨어졌겠지만!

재주 없고 능력 없어 심부름 밖에 할 것이 없으니 어쩔 수 없었지만 아무튼 나는 천생 天生 심부름꾼이었다. 그래서 신학교에 입학한 이후 평생 하나님의 심부름꾼으로 살기로 결심했다. 그리고 지금도 하나님의 심부름꾼답게 살려고 노력하고 있다. 일생을 마치고 저 세상에 갔을 때 천상병 씨는 시인이니까 "아름다운 세상에 소풍 잘 다녀왔노라"며 노래 했겠지만, 나는 사역자니까 하나님의 심부름꾼답게 "심부름 잘 다녀왔습니다."라고 보고 할 수 있기를 바랐다.

나는 돈에 관심이 별로 없는 사람이다. 교회를 섬기면서 "전대에 금이나 은을 가지지 말라"는 주님 말씀이 나를 사로잡았기 때문이다. 있으면 쓰고 없으면 안 쓴다는 자세로 지내고 있다. 남들이 소유에 관심을 가질 때 나는 무소유를 그리워하고 있었다. 지금도 외출할 때는 차비만 가지고 다닌다. 예비비가 있으면 옷이 무겁게 느껴지기 때문이다. 이렇게 무심히 살다보니 부유한 형님들에게 의지하는 심리도 없다. 안준다고 원망도 안했으며 준다고 고마워 할 마음도 별로 없다. 아예 관심이 없기 때문이다.

이런 내가 앞으로 어찌 살까 하고 사색에 잠기니 말씀대로 살라는 감동이 나를 사로잡았다. 주께서 명하신 내용이 전부 성서에 있다는 것은 기본 상식 아닌가! 그래서 나는 주께서 말씀하신 내용을 그대로 실천하고자 했다.

복음 전하면서 "두 벌 옷 입지 말라"는 주님 명령에 따라 나는 추동복 한 벌로 10년을 지냈다. 더 입고 싶었으나 닳아져서 입지 못했다. 와이셔츠도 한 벌로 지내되 닳아서 입지 못하게 될 때 새 것을 구입했다. 넥타이도 하나이니 닳아서 중간부분이 끊어질 정도가 되었다. 나는 항상 입버릇처럼 말했다. "넥타이도 하나, 와이셔츠도 하나, 양복도 하나, 구두도 하나 ——."

전도사 시절, 부자 청년을 향하여 하신 주님의 말씀(눅 18:22)이 나에게 향하신 말씀인 줄 알고 월급 전액을 가난한 성도에게 준적도 있었다. 가진 것 없었으나 그래도 행복했다. 나는 하나님의 심부름꾼이니까.

그러던 어느 날, 나는 책을 읽다가 내 가슴을 두드리는 시 한 수를 발견하고 얼마나 깜짝 놀랐는지 모른다. 세상에 이런 시가 있을 수 있을까? 나를 위해서 준비된 시였구나 생각하니 감개무량했다. 당나라 시인 한수가 지은 시다.

청산은 나를 보고 말없이 살라 하고,
창공은 나를 보며 티없이 살라 하네.
사랑도 벗어놓고 미움도 벗어놓고,
물같이 바람같이 살다가 가라 하네.

바로 이거였구나! 나를 위한 노래였구나! 진작 내가 이렇게 살았어야 했는데 왜 내가 이걸 몰랐을까? 나는 흥분하기 시작했다. 비록 천사처럼 말 못하고 바울처럼 능력 없다

할지라도 주를 위해서 이렇게 살고 싶었다. 이 길을 주께서 기뻐하시리라 확신했다. 세상은 나를 어리석다 할지 모르지만 누가 뭐라 하건 믿음의 선배들이 걸어간 길을 묵묵히 걷기로 한 것이다. 이렇게 결단하니 나도 모르게 입에서 신앙고백(詩)이 우러나왔다. 왜냐하면 가야 할 길을 찾았기 때문이다.

강물이 흐른다
시나브로 흐른다

백리길 휘감고
천리길 돌면서

미움도 내려놓고
욕심도 벗어놓고

강물이 흐른다
시나브로 흐른다.

사람들은 내 마음 잘 모르지만 아마도 주님은 아시리라. 하나님의 심부름꾼으로만 살기 바랐던 순수한 이 마음을! 먼 훗날 아득한 나의 갈길 다 간 후 내 사모하는 집에서 주님 만나면 그때 이렇게 말하고 싶다. "주님, 심부름 잘 다녀왔습니다."

안 승 준

등 단 「문예사조」 시, 「한국크리스천문학」 수필
약 력 나사렛대학 성서문학 창작과 수료, 한국크리스천문학가협
　　　 회, 한국문예학술저작권협회, 한국문인협회, 관악문인협회
　　　 회원, YMCA 회원, 기독교대한감리회 영등포지방 교회학
　　　 교연합회장 역임, 문래동교회 장로
수 상 한국민족문학 신인상, 나사렛대학교 총장상, 교회학교전국
　　　 연합회 가정수기 감독회장상, 글사랑문학상
저 서 수필집 : 『한 알의 밀알로 썩고 싶어』『겸손한 허리』
　　　 시집 : 『마음을 비워두고』『달빛 타고 가신 어머니』
e메 일 8828an@hanmail.net

신앙의 명가는 어머니의 기도가 만든다

목회자나 장로의 자녀라고 독실한 믿음의 가정을 이룬다는 확실한 보장은 없는 것 같다. 그리고 성도들은 그들의 목회자나 장로들을 늘 주시하면서 평가하는 경향이 있다. 교회 리더들의 자녀들이라도 믿음의 유산을 순조롭게 이어받는다는 것은 인력으로 되는 것은 아닌 것 같다. 교회 리더의 자녀들을 피상적인 모습만 가지고 평가하는 것은 지극히 경솔한 것이라고 생각한다. 교회 리더의 자녀들의 평가는 당연히 하나님만 하시는 것이지만, 사람이 평가한다 하더라도 그들이 신앙중심으로 생활하며 성실과 순종으로 사는가를 깊이 있게 들여다보아야 한다. 또한 아버지가 목사라 할지라도 그의 자녀들도 목회자의 길을 가야 한다는 고정관념을 가져서는 안 될 것 같다. 신앙 안에서 자녀들 각자의 달란트와 개성에 맞는 일을 해나갈 수 있도록 해주는 것이 주님의 뜻이 아닐까 생각해본다.

아무리 교회 리더의 자녀라도 그들에게 자신과 동일한 목회자의 길을 강요하는 것은 시대착오적인 발상이라는 생각을 해본다. 그리고 꼭 목회자의 길이 아니라도 믿음의 유산을 잃지 않고 자신의 길을 가는 신앙의 가문들, 자녀들도 적지 않은 것 같다.

나는 한 믿음의 가문을 소개하려고 한다. 50여 년 전, 나는 신혼 초기에 아내와 함께 신도림역 부근 모 장로교회 저녁 집회에 참석하였다. 그때 그 부흥집회를 인도하던 강사가 설교 중에 예화 간증을 하는데, 놀랍게도 당시 나의 젊은 아내 할머니인 이습우 권사의 이야기를 하는 것이었다. 그 강사목사는 신학교 다니던 시절, 충남 공주 산간벽지 정안감리교회에서 전도사로 복회할 때 있었넌 일을 이야기했다.

"이습우 권사님은 교인이라야 5~6명밖에 되지 않는 산간벽지 작은 교회 수련전도사로 온 저를 위해 끊임없이 기도하며, 정성껏 섬기며 교회를 지키셨습니다. 봄이 되면 온갖 산나물로 반찬을 만들어다 주셨고, 여름에는 감자나 옥수수를 쪄주셨습니다. 가을이 되면 찐 고구마와 햅쌀로 밥을 지어다 먹게 했습니다. 권사님 가정도 넉넉하지 못했는데 지극 정성으로 어린 신학생 전도사인 저를 섬기며 먹여 살렸습니다. 제가 이렇게 목사로 성장하게 만든 주춧돌을 그분이 놓아 주셨습니다. 지금도 그 권사님을 생각하면 감사한 마음에 목이 메고 눈물이 납니다."

그리고 이어서 강사목사는 덧붙여 말하였다.

"제가 그 시절, 어쩌다 그 권사님이 계시지 않은 날은 조석으로 굶기도 했습니다. 어머니같이 고마우신 권사님 덕분에 목회하고 공부하며 그 어려운 시절을 이겨냈습니다. 이습우 권사님의 섬김과 사랑이 없었다면 지금의 저는 없었을 것입니다. 저는 전국 방방곡곡을 돌아다니며 주님의 말씀을 전하면서, 그 어려운 젊은 시절에 저를 섬기고 도와주었던 그분의 크신 사랑을 잊지 못해, 간증하는 것을 잊지 않고 있습니다."

강사목사의 설교를 들으면서 우리 내외는 감동의 눈물을 흘리지 않을 수 없었다. 지금은 천국에 계시지만 처할머니 이습우 권사는 그 당시 비바람이 부는 날이나 눈이 무릎까지 쌓이는 엄동설한에도 새벽기도를 빠뜨리지 않았다고 한다.

처할머니 이습우 권사는 교회 목회자와 교회 부흥을 위해 기도를 끊지 않았을 뿐 아니라 슬하의 5남매를 위해서도 기도의 끈을 놓지 않았다고 한다. 또 이 자녀들을 신앙 안에서 엄격하고 반듯하게 키우시며 신앙의 명문가를 이루었다. 그리고 1998년 97세의 장수의 복을 누리고 천국으로 가셨다.

처할머니 이습우 권사는 아들 형제와 딸 셋 모두를 믿음의 자녀들로 성장시켰다. 특히 둘째 아들 신일웅은 목사가 되었고, 그의 아들 신건일도 목사가 되어 부자父子 목사가 탄생하였다. 거기에다 신건일 목사는 목사를 사위로 맞아들여 사실상 3대 목사 집안이나 다름없는 명문가를 이루었다. 여타 다른 후손들도 장로, 안수집사, 권사 등이 되었으니 참으로 훌륭한 믿음의 가문을 만든 것이다.

국민일보 쿠키뉴스 보도 내용을 보면, 이권사의 차남 신일웅 목사는 1960년대 산간벽지 금산교회를 시작으로 일곱 개의 교회를 다니면서 크게 부흥시켰다. 그는 어려운 교회를 맡아달라는 지방노회의 요청이 빗발쳐 구원투수의 역할을 톡톡히 해냈다.

또한 교회의 재정 부담을 덜기 위해 매년 1월에 받는 급여는 교회에 바쳤다. 그렇게 교회를 우선으로 하는 섬김의 본을 보이니 가는 곳마다 부흥의 불길이 타오르고 새 성전을 건축하는 놀라운 역사가 일어났다. 그는 2005년 은퇴하면서 퇴직금 1억을 내놓고 '백계장학회'를 만들어 불우한 학생들에게 매년 장학금을 지급하고 있다.

신일웅 목사의 가훈은 다음과 같다.

1. 항상 하나님께 영광 돌리는 일을 하자.
2. 이웃에게 유익을 주며 살자.
3. 스스로 행복하게 살자.
4. 돈보다 사람을, 사람보다 하나님을 우선시하자.

신일웅 목사는 목회사역도 철저할 뿐만 아니라 자녀들도 철저한 신앙생활을 하도록 교육하고 훈련시켰다고 한다. 또한 그는 성결교단 내에서 자식 농사를 잘 지은 목사 중의 하나로 평판이 자자하다. 아들 3형제가 있는데 한 명은 목사, 두 명은 의사로 키워냈다.

신일웅 목사가 경북 김천 남산교회를 담임하던 때 있었던 일이다. 시험기간에 학생들의 교회 출석률이 저조했다. 특히 고3학생들의 출석률은 현저하게 떨어졌다. 그래서 그는 '주일에 교회 나온다고 해서 학교 성적이 떨어지거나 대학진학에 지장을 준다면 그것은 하나님이 책임을 지고 내가 책임을 질 테니 걱정하지 말라.'라고 말하며 주일성수의 중요성을 강조하였다. 당연히 그의 자식들도 예외 없이 주일성수하도록 했으며 두 아들은 의대에, 한 아들은 서울신학대학에 당당히 합격했다.

신일웅 목사의 사모 또한 믿음의 모범을 보인 숨은 주의 종이나 다름없다. 목사의 아내로, 교회 식당의 주방장으로, 교회학교 교사로, 심방전도사로, 교회 종지기로 동분서주하면서 궂은 일, 어려운 일 마다 않고 교회를 위해 최선을 다해 섬기며 헌신하며 봉사했다.

현재, 신일웅 목사의 장남 신건민 장로와 삼남 신건 장로는 대구에서 병원을 공동으로 운영하고 있고 차남 신건일 목사는 서울 북아현성결교회 담임목사로 섬기고 있다.

생전에 이습우 권사는 항상 자녀들에게 이렇게 교훈했다. '나이 어린 신학생 전도사가 교회에 와도 깍듯이 예의를 지키며 순종하고 존경해야 한다. 설사 그 전도사가 실수를 하더라도 흉보거나 불손하게 행동하지 말라. 작은 교회에서 오신 부흥사라도 최선을 다해 예우하고 대접하라. 동냥하는 거지가 교회나 집에 찾아와도 함부로 대하거나 소홀히 대접해서는 안된다. 교회나 집에 찾아온 손님에게 숙식을 정성껏 융숭하게 제공하라.' 이는 마치 사르밧 과부가 엘리야를 대접하고 섬기며 순종했던 것처럼 믿음의 모범을 보인 참 크리스천이라 아니할 수 없다. '이는 네 속에 거짓이 없는 믿음이 있음을 생각함이라. 이 믿음은 먼저 네 외조모 로이스와 네 어머니 유니게 속에 있더니 네 속에도 있는 줄을 확신하노라.'(디모데후서 1:5)

믿음의 할머니 이습우 권사의 사랑을 듬뿍 받고 자란 아내 또한 말씀대로 살려고 기도하며 생활하는 것을 지켜보았다. 마누라 자랑은 팔불출이라고 하지만 아내를 칭찬할 수밖에 없는 것이 나와 오십 성상을 살아오면서 어떤 고난이나 어려움에 처해도 불평 한마디 하지 않았고 원망하지 않았다. 그야말로 나의 귀하고 훌륭하고 사랑스러운 동반자라 아니할 수 없다. 신혼시절 방 한 칸 넓혀가려고 이리저리 헤매며 애쓰는 날이 얼마였던가. 변변치 않은 살림에 죽도록 고생하며 삼남매를 잘 양육하였고, 남편인 나를 격려하고 존중하는 글자 그대로 현모양처의 표상이었다. 교회생활도 철저하여 지금도 금요 속회날 인도자로 나오는 권사를 부모같이 대접하고 섬기고 있다.

일 년에 두 차례 대심방 때에는 일주일 전부터 담임목사를 맞이할 준비를 했다가 그가 오는 날은 온갖 정성을 다해 대접하고, 감사헌금도 우리 집 경제 사정에 비해 넘치도록 드린다.

　이런 모든 은혜와 축복이 내 처할머니 이습우 권사의 기도와 행동하는 믿음 덕택이라고 생각한다. 백여 명의 후손들이, 아브라함의 축복을 받은 이스라엘처럼 생육하고 번성하며 복의 복을 받고 살아간다. 나 또한 처할머니의 믿음의 유산을 받고 현재 서울 문래동감리교회 원로장로로 충성, 봉사, 헌신하며 살고 있다.

*

원 은 경

등 단 「한국크리스천문학」

약 력 순천향대학교 이학박사 학위 취득
연세대학교 의과대학 생리학교실 조교 및 연구강사
경희대학교 약학대학 연구박사
열린사이버대학 외래교수, 대림대학교 강사 등
대한비만학회, 대한약학회, 한국응용약물학회,
한국체육학회 회원
현) 건설산업교육원 보건안전관리 외래강사, 서울중구보
건소 간호사

저 서 『프라임 건강관리』

해피 딸의 바다 여행

오늘도 날씨가 서늘해졌다. 나의 입속에서는 '여행을 떠나고 싶은데'라는 말이 계속 맴돈다. 그러나 딱히 시간도 돈도 여의치 않다. 모두가 그럴 것 같다. 아이는 점점 커가면서 많은 경험을 요구하는데 부모는 그것을 도와줄 의무는 있으나, 다들 여러 이유를 대면서 피해만 가고 있다. 그냥 산다. 나의 생각은 노력하는 부모들이 어떤 천재를 키우는 책의 매뉴얼보다 확실히 좋은 자녀를 만들 수 있다고 자부한다. 여행을 계획하고 떠나기는 여러 가지 제약이 많다. 그러나 이런저런 것들을 자로 재고 있노라면 우리 자녀들은 벌써 성숙해져 있을 것이다. 부모가 '잠시만' 하면서 안이함을 외칠 때 아이들은 이미 신기할 만큼 부쩍 커져 있다.

나에게는 초등학교에 다니는 사랑하는 딸이 하나 있다. 예쁘고 사랑스럽다. 이런 딸이 나에겐 때론 딸로 때론 친구처럼 같이 동행할 때가 많은데 그때마다 나는 항상 생각해 본다. 딸에게 어떤 일이 가장 필요할까? 혹은 어떤 대화를 주제로 삼아볼까? 하다가도 가장 중요한 경험을 다시 떠올린다. 그래서 이번 가을에도 즐거운 여행을 계획하며 혼자 미소 지어 본다. 우리 딸은 정말 항상 신나는 아이다. 나에게 혼이 나도, 친구와 싸워도 잠시뿐 언제나 해피하다. 이제부터 '해피 딸'이라고 불러야겠다고 생각한다. 이 '해피 딸'은 여행이라면 정말 너무나 좋아한다. 나는 이런 여행을 떠날 생각이다. 많이 보고 많이 생각하고 느끼는 여행이 많은 도움을 줄 것으로 믿기 때문이다.

한번은 이런 일이 있었다. 어느 한여름 딸과 함께 한강에서 수상스포츠를 즐겼다. 일명 바나나보트라는 튜브를 배가 끌어 주는 것을 타고 모터보트도 타면서 신나게 지냈었다.
이것이 중 과학 수업 중에서 공기의 이동 시간에 이 바나나보트가 등장한 것이다. 이것을 이해하는데 나의 딸은 너무도 쉽고 간단하게 이해를 하게 된 것이다. 경험하지 못한 아이들은 이해는 했으나 확실한 이론정립은……. 글쎄, 모르겠다.

우린 며칠 전 학교 개교기념일이 앞뒤로 주말을 끼고 있어서 따뜻한 남태평양의 바다로 신나는 여행을 하게 되었다. 에메랄드빛 바다, 각종 색깔의 열대어와 손이 닿을 듯한 솜사탕 같은 구름들 모두 다 환상적이었다. 이런 분위기 속에서 하루는 바다낚시를 떠났다. 난 어렸을 때 부모님과 낚시를 해 본 적이 없다. 어떻게 하는지도 모르고 이것을 왜 하는지도 몰랐다. 그런데 '해피 딸'은 미끼를 스스로 끼고 바다를 향해 자기 키의 몇 배나 되는 낚싯대를 던진다. 그렇게 기다리는 것을 힘들어하던 딸은 바다와 먼 하늘을 보며 무슨 생각을 하는지 한동안 얼음처럼 굳어 있었다. 그러다 손에 무언가를 느꼈는지 힘껏 낚싯대의 롤러를 감아올렸다.

그런데 웬걸 미끼만 빼먹고 낚싯바늘에 걸려든 물고기는 어디에도 없었다. 실망한 우리 '해피 딸'은 선장을 부른다. 아무도 가르쳐준 적 없는 영어로 "Change location?" 하니, 선장은 영어로 지금 자리가 좋으니 다시 시도해보라는 뜻으로 "Try again!" 하며 미끼를 바꿔주지 않는가! 나도 기다리기 힘든 시간이지만 우리 딸은 뜨거운 적도의 햇볕을 잘 견디어 나가며 즐거운 표정으로 계속하여 롤러를 감아올린다. 자기 키의 세 배는 족히 넘어보이는 낚싯대와 씨름하듯이 힘겨워하면서도 포기할 생각을 하지 않는다. 난 기대를 안 한다. 그 녀석이 눈이 없어 너한테 잡히겠는가. 그런데 큰 소리가 나면서 '해피 딸'이 있는 그쪽이 시끄러워진다. 정말 자기 얼굴만한 물고기가 딸의 낚싯대에 떡하니 걸려 있지 않은가! 난 내가 잡은 것마냥 흥분되었다. 이런 기분은 처음이었다. 낚시의 묘미는 기다림과 성취라는 말이 잡지도 못하고 가만히 서만 있는 나에게 하나의 도전으로 다가왔다. 딸에게 어른들이 다가와 방법을 묻는다. 딸은 이런저런 이야기를 해드리면서 어깨를 으쓱해한다. 이러다 여자 강태공이 되는 건 아닐는지!

바다에서 수영도 하고 남태평양 수심 30미터의 바다에 다이빙도 겁 없이 하며 하루를 즐겼다. 스킨스쿠버도 하며 바다 탐험도 경험했다. 이렇게 많은 종류의 물고기와 상어들이 사는 바다에서 하루를 보내고 나니 힘들 것 같았는데, 오히려 저녁이 되니 힘이 생겼다. 여행지의 시내를 걸어서 돌아보며 식당을 골라 맛있는 저녁식사를 느긋하게 즐겼다. 음식이 약간 잘 안 맞았다. 양념이 필요했다. 머릿속에서 여러 가지 영어 작문을 위한 문법을 맞추고 있는 사이 딸은 또 웨이터를 향해 "Excuse me."를 외친다. 우리 '해피 딸'은 간단한 영어로 나의 '영어 울렁증'을 해결해 주고, 입맛도 되찾아주었다. 신기하고 신통하기까지 하다. 아이에게 여행은 세계를 하나로 생각게 하는가 보다. 우리가 생각하는 중구와 종로구 정도가 아닐까?

딸아이는 모든 일에 거침이 없다. 항상 예의도 바르다. 다른 나라의 아픔도 생각한다. 세계를 안을 것 같다. 내가 회사의 조그마한 일에 신경질을 내면 북한 아이들에 대해 말하는 딸 앞에서 난 할 말을 잃곤 한다.

우린 이미 주입식 교육에 많이 젖어 있다. 우리의 자녀들에게는 보다 넓은 세상을 보여주어야 할 것이다. 똑같은 생각의 전달 지식의 입력은 같은 결과만 있을 것 같다. 여행은 삶을 다각도로 보여준다. 큰 땅, 여러 인종들 모두 나에게 선생들이고 스승들인 것이다. 다시 여행을 해도 지난가을에 떠난 바다 여행만큼 즐겁고 신나지 않을 것 같다. 나는 우리 '해피 딸'의 인내와 배려심도 보았다. 난 나도 못 이겨 화를 내고 울고 소리칠 때 여행에서의 바다를 생각할 것이다. 즐거웠던 바다, 아름다웠던 바다, 잊지 못할 수영과 물고기들 모두 기억할 것이다.

정 영 자

등 단 「한국산문」

약 력 중국 장춘에서 태어나 해방 직전 신의주로 귀향
한국크리스천문학가협회, 한국산문작가협회, 이음새 에세
이문학회, 이대동창문인회 회원
프랑스 파리 의상조합학교 졸업, 파리 지방시와 까르벤 근
무, 서울 까르벤정 대표, 코오롱패션 산업연구원 부원장

저 서 수필집 : 『입체 재단』

e메일 youngjachung@hanmail.net

기다림의 끝에는 무엇이…

1966년 여름 학기 수강을 위해 파리에 갔을 때였다. 인솔했던 지도교수 추천으로, 대학원 친구들과 함께 사뮈엘 베케트의 〈고도를 기다리며〉를 관람하게 되었다. 나는 그의 희곡작품을 읽기 전이었고, 지도교수의 간단한 설명만 들었었다.

고도(Godot)가 과연 누구인가라는 질문에 많은 비평가들이 다양한 답을 내놓았다고 했다. 고도는 영어의 신(God)에 ot를 접합해서 친밀한 대상으로 표현한 것 같았다. 마치 아빠(dad)에 dy를 붙임으로 친밀함 내지는 어리광을 부리는 대상으로 표현한 듯했다. 혹자는 영어의 God와 프랑스어 신(Dieu)의 복합어로 보는 이도 있었다. 어떤 이들은 우리 생활과 밀접한 희망이나 성공, 혹은 자유로 해석하기도 했단다.

연극의 막이 오르자, 무대 장치가 너무나도 단순하고 쓸쓸해서 황량하게까지 느껴졌다. 막연히 예술의 본고장이니 감각이 뛰어난 무대를 기대했던 나에게는 상당한 충격이었다.

텅 빈 시골 길, 중앙에 달랑 앙상한 나무 한 그루가 서 있을 뿐이다. 돌 위에 걸터앉아 에스트라공이 구두를 벗으려고 끙끙거리고 있을 때 블라디미르가 등장한다. 두 사람은 서로를 보는 것이 행복한 듯하다. 그들은 갖가지 고통에 짓눌려 있는 일종의 방랑자들이다. 육체적 고통으로는 배고픔, 발의 고통, 기억력의 쇠퇴, 배뇨통 등을 겪으면서 부질없는 생각들로 괴로운 상황에 처해 있다. 그들의 삶은 장밋빛이 아니다. 그럼에도 코믹한 동문서답식의 대화로 관객들을 웃긴다.

하염없이 고도를 기다리며 그들은 지칠 대로 지쳐 있다. 그러나 기다림을 포기하지 않기 위해 블라디미르와 에스트라공은 끊임없이 말을 한다. 서로 질문하고 되받기, 욕하기, 운동하기, 장난과 춤추기 등의 모든 노력은, 고도가 오면 끝난다는 희망으로 가능해진다.

자크 캉탈래는 그의 저서에서 〈고도를 기다리며〉에 대해 "이 연극에는 1~2막을 통틀어 배역들의 활발한 움직임이나 이성적, 논리적인 일관성 있는 이야기는 거의 없다. 그곳에는 즉흥적인 연설자의 환상이 우스꽝스러운 무질서에 방치되어 있다. 그리고 가고 오는 출연자들만이 있을 뿐이다."라고 평하고 있다.

영국의 연극학자 마틴 에슬린은 이러한 형태의 연극을 '부조리 연극'이라 불렀다. 연극의 새로운 방향을 제시하고 있는 것이다. 베케트에 있어서 말은 모든 인간의 존재를 나타내는 도구이며 핵심이다.

사뮈엘 베케트(1906~1989)는 아일랜드 더블린 근교에서 부유한 신교도 가정의 차남으로 태어났다. 더블린의 트리니티 칼리지에서 이태리어와 프랑스어를 전공했다. 그는 뛰어난 언어 실력으로 자신이 프랑스어로 쓴 글을 영어로, 영어로 쓴 작품을 프랑스어로 직접 번역했다. 이처럼 거침없이 다른 언어의 영역을 드나들며 나름대로 독특한 작품을 발표했다.

1939년 제2차 세계대전 때는 프랑스 파리에서 친구들과 레지스탕스를 도왔다. 게슈타포에 쫓겨 남프랑스의 미 점령지인 루시용에서 종전 때까지 머물게 된다. 방랑자처럼 시골에서의 궁핍한 생활로 인생의 부조리한 의문들을 끊임없이 되새기며 자신만의 독창적인 문학세계를 논리적인 구조로 만들어 갔다. 이때 경험이 〈고도를 기다리며〉의 초석이 된다. 숨어 살면서 전쟁이 종식되기를 기다리는 괴로운 상황을 우리 인간에 존재하는 보편적 기다림으로 작품화한 것이다.

연극 1막에 먼저 등장하는 블라디미르와 에스트라공의 관계는 문학에 나타난 가장 흥미로운 친구 사이이다. 이들은 의도적으로 풍자되어 고전 철학의 관념론적 2원성인 정신과 육체를 대변한다.

블라디미르를 생각하는 사람, 의문을 던질 수 있는 존재로 '정신'을, 에스트라공은 먹는 것에 집착하며 게으르고 기억력이 부재한 존재로 '육체'를 대변한다. 그러나 그들이 불행에 직면했을 때는 서로에게 의지가 될 수 있어 동행자가 된다.

나중에 등장하는 인물 중 또 다른 한 쌍은 포조와 럭키다. 이들의 관계는 정상적이 아니며 이해 가능한 인간성의 범주에 속하는 사이도 아니다. 그들은 종을 부리는 지배자와 피지배자, 즉 주인과 노예 관계다. 포조는 자기도취에 빠진 어리석은 속물로, 그는 모든 일상과 생각하는 것까지도 노예인 럭키에게 시킨다. 그러는 동안에 시력을 잃고 무능력자가 되어간다. 반면, 럭키는 모든 일에 능숙해가며 점차적으로 주노권을 가시게 됨으로써 한 발씩 자유에 다가가게 된다.

독일의 철학자 헤겔(1770~1831)은 '관념론'의 대성자다. 그는 역사를 지배하는 법칙에 대해서 관념론적이며 형이상학적인 견해를 가졌다. 절대자인 신은 이성이고, 그 본질은 자유라고 주장했다. 그에 따르면 우리가 노력만 한다고 해서 이상이 실현되는 것은 아니다. 역사의 법칙에 따르는 흐름에 타당하지 않으면 그 노력은 이뤄질 수 없다. 역사는 절대자인 신이 자기를 실현해 가는 과정이라고 주장했다.

역사는 곧 자유가 전개되어 가는 과정이며, 한 사람의 전제군주만이 자유였던 고대를 거쳐서 모든 사람이 자유로워져야 한다. 이 작품 속에 등장하는 노예인 럭키까지도 자유로운 영혼이 되는 시대로 변화해 가야 한다. 현대가 바로 마지막 단계라고 주장했다.

이 연극에서 고도는 무대 위에 나타나지 않는다. 그의 전달자인 소년을 통해서만 그에 대해 몇 가지를 추측하게 한다. 그는 소년의 형을 때렸고 그들을 먹이고 입히고 재워 준다. 두 소년 중에 형은 고도가 싫어했고 동생은 사랑했다고 블라디미르는 결론짓는다. 이 형제를 성경에 언급되는 동생 아벨을 쳐 죽이는 카인과 대비시킨다. 고도는 아무것도 하는 일이 없고 하얀 수염을 가졌다.

그렇다면 블라디미르와 에스트라공이 그토록 목메어 허망하게 기다리는 고도는 과연 누구인가.

베케트는 그 질문에 대해 일절 답을 주지도, 주기를 원하지도 않았다. 특히나 형이상학적이고 철학적인 면에 대해서도 설명하기를 거부했다.

"만약 내가 고도가 누구인지를 알았더라면 이 작품 속에 썼을 것이다. 그리고 나는 이미 말한 것을 말하기를 원했다."

독자나 관객들은 결국 고도가 누구인지 작가로부터 알아내지 못한다. 출연한 극중 인물들조차도 모른다고 고백한다. 이처럼 끊임없이 이어지는 의문이, 오히려 수많은 독자나 관객들의 호기심을 불러일으켜 열광하게 하는 것은 아닐까. 베케트의 명성은 대부분이 〈고도를 기다리며〉의 성공으로 얻어졌다.

이 희곡의 주제는 분명히 기독교적이다. 성경에서 발췌된 여러 사건들을 인용하여 언급한 것이 그 단적인 예다. 베케트의 성경 지식은 피상적이 아닌 깊은 경지에 이르렀음을 알 수 있다.

럭키의 입을 통해서 하나님은 자기 형상대로 인간을 창조했다는 성경 내용을 암시한다. 그리고 고도가 시간과 공간을 초월하는 존재라는 등의 모든 신성 개념을 강조함으로써 작가는 종교의 존재는 본질적으로 우리의 삶을 개선할 수 있어야 한다고 말하고 싶은 듯하다. 마치 모든 믿음이 무용지물일 수 있음을 보여 주려는 것처럼 느껴진다.

베케트가 태어나 성장한 문화는 기독교이다. 그러나 작가의 비웃는 허무주의 속에서의 종교는 세상의 웃음거리가 되고 있다. 신은 존재한다. 하지만 그는 느낌도, 감동도 없다. 그러니 그가 우리를 사랑한다는 것을 어떻게 믿겠는가. 죄인에 대해 가슴 아파하고 관대해야 할 신이 그들을 구원하기 위해서 아무것도 하지 않고 있다니. 그것이 바로 죄인들이 분노하는 이유라고 말하려는 듯하다.

하지만 성경은 말한다. 신은 독생자 예수를 세상에 보내고 십자가에 내어줬다. 그리고 그가 흘린 대속의 피 값으로 모든 죄인들이 신의 품으로 돌아와 구원받기를 오래 참으며 기다리고 있다고.

브루노 클레망과 프랑수아 누델만이 공저한 〈사뮈엘 베케트〉에서, 이 희곡은 신이 존재하지 않는 세상의 형이상학적인 질문에 좋은 답이 될 수도 있다고 말한다. 그러나 베케트는 그러한 설명에는 신중하게 대처했다. 처음부터 그는 신의 존재 여부를 독자나 관람객 각자가 가능하도록 이 작품 속에 질문을 던져 놓고 있는 것은 아닐까. 때문에 고도가 누구냐고 묻는 사람들에게 모든 설명을 거절했을 것이다.

1952년에 〈고도를 기다리며〉가 출간된 후, 미셸 폴락에게 보낸 베케트의 답장이다. '나는 더 이상 그 연극 속에 존재하지도 영원히 존재하지 않을 것이다. 그 무대는 오로지 에스트라공, 블라디미르, 포조와 럭키를 위한 시간이고 공간일 뿐이다. 설명할 것이 있다면 그들이 당신에게 해야 할 것이다.'

파리에서 오래 전에 관람했던 이 연극은 나의 상식을 뛰어넘는 참으로 별난 작품이었다. 무대 장치는 너무나 쓸쓸했고 출연자들의 말이나 행동은 기이했다. 그러나 종교적인 주제를 다루었다는 점이 나의 관심을 자극했다. 나는 그 작품을 깊이 있게 연구해 보리라는 생각을 했었다. 하지만 패션 분야에서 활동하는 동안 까맣게 잊고 있었다.

2012년 10월에 산울림극장에서 공연하는 〈고도를 기다리며〉를 관람했다. 이번에는 관람 전에 책도 구입해 여러 차례 꼼꼼하게 읽어 보았고, 관람 후에는 서점에서 좀처럼 찾기 힘든 참고 자료들을 얻기 위해 프랑스 문화원 도서관을 여러 차례 방문했다. 그곳에서 내가 원했던 관련 서적들을 찾을 수 있어서 무척 기뻤다. 나는 시간 가는 줄도 모르고 젊은 학생들과 어울려 그 열기 속에서 책들을 한 장 한 장 넘기며 읽어나갔다. 어느새 50년이란 세월을 훌쩍 넘어 대학생이기나 한 듯이 나의 주름진 얼굴에 장밋빛 미소가 번져나고 있었다.

베케트는 자라며 교육받은 환경으로 인해 기독교에 대한 깊은 이해와 성경 지식을 가지고 있는 듯하다. 그러나 지식인들의 속성이 그러하듯이 그도 끊임없이 의문을 던지며, 신의 존재나 내세에 대해 깊이 고민했을 것이다. 그의 심하게 주름진 얼굴 사신에서 깊은 고뇌의 흔적을 찾아볼 수 있다.

이 극 1, 2막의 끝 장면에서 블라디미르와 에스트라공은 돌아가자고 하면서도 움직이지 않는다. 이 작품이 더 여러 막으로 연장된다고 해도 그들은 움직이지 않았을 것이다. 그들은 결코 기다림을 포기하고 싶지 않았을 터이니.

베케트는 삶의 고통으로 지쳐버린 인간들을 향해서 신은 존재하는가라는 의문을 던져주고 있다. 그리하여 독자들이나 관객들로 하여금 스스로가 믿음의 확신을 찾아가도록 선택의 길을 열어두고 있는 것이리라.

우리에게 신의 존재에 대한 확신이 있다면 죽음조차도 두려울 게 없을 것이다. 믿음으로 기다리면 약속받은 영생의 미래가 우리 것이리니.

김 혜 순

등 단 「한국크리스천문학」

약 력 나사렛대성서대 문예창작과, 한국여자신학교 합동선교대
학원 졸업
현) 서울비전교회 협동전도사

e메일 98142964@hanmail.net

행복한 설렘

일주일 후면 성탄절이다. 새벽기도 중 교회 로비의 썰렁하던 모습이 불현듯 떠올랐다. 성탄 트리 장식은 물론 화분 하나 없이 난방기구만 덩그러니 놓여 있었다. 지난 수요일까지만 해도 창립기념일(11월 25일) 행사 때 장식한 꽃들이 예뻤는데 엊그제 추위로 화분의 꽃들도 모두 얼어 죽은 것이다.

일기예보를 들으며 토요일 저녁에는 본당 안으로 들여 놓아야겠다고 생각했었는데 누군가 신경 쓰겠지 하고 방심했던 내 불찰인 거다. 주일에 성도들이 교회 문을 열고 들어서면서 어떤 느낌이었을까.

성탄절 분위기도 전혀 안 나게 너무 썰렁했을 것을 생각하니 은근히 속이 상했다. 누구 잘못이랄 것도 없이 이제라도 어떻게 해야 되지 않을까 싶어 언니와 함께 교회로 갔다. 작년에 쓰던 장식용 트리가 한 개 남아 있어 로비로 옮겨 놓고 쓸 만한 전구를 찾아 불이 켜지는 것을 확인하고 트리에 돌려 감았다.

북 카페에서 방울 몇 개를 떼다 달고 하얀 솜뭉치를 군데군데 붙여 놓으니 그런대로 봐줄 만한 성탄 트리가 되었다. 빨간색 포인세티아 화분 2개도 옆에 놓으니 만족하진 않지만 제법 성탄절 분위기가 느껴졌다.

은퇴 전에도 그랬지만 요즘 들어 가장 신경이 쓰이는 일은 성전 환경미화다.

"내가 거룩하니 너희도 거룩하라."

하신 하나님이 계시고, 성도들이 예배드리고 교제를 나누는 곳이니, 세상의 그 어느 곳보다도 멋있고 아름다워야 한다고 생각한다. 무엇보다 버려도 될 것들을 버리는 정리 작업이 필요했다. 없어야 될 것이 있게 되면 아무리 아름다운 장식품을 진열해도 빛이 나지 않기 때문이다.

주일 오후예배 후 성도들이 돌아간 뒤 본당에 들어가 보면 제자리에 가져다 놓지 않은 성경책과 주보, 악보들이 여기저기 놓여 있고 휴지조각, 과자 부스러기까지 의자나 바닥에 마구 떨어져 있다. 관리집사가 청소하기까지 방치할 수 없는 이유는 수시로 기도하러 오는 성도들이 있기 때문이다.

대강 정리한 후 2층 영아방으로 가면 흩어져 있는 그림책과 색연필, 장난감, 방석들이 눈에 띈다. 쓸고 닦는 일은 나중에 할망정 물건만 정리해도 깨끗해 보인다. 얼마 전 젊은 부부가 다니던 교회에서 깔끔하지 못한 영아실 때문에 우리 교회로 옮겨왔다는 말을 들었는데 교회 환경미화의 중요성을 일깨워 주는 이야기이다.

그 다음에 신경 쓰이는 곳이 북 카페다. 우리 교회는 마음껏 책을 읽을 수 있는 도서관과 차를 마실 수 있는 공간이 잘 꾸며져 있다. 그러나 이곳 역시 주일 오후 5시쯤이면 난장판이 되어 있다. 제멋대로 놓여 있는 탁자와 의자들, 파티션(가림막), 서가에 꽂혀 있지 않은 책들, 커피 잔(종이컵), 바닥에 버려진 과자 부스러기, 미니 자판기에서 흘린 커피, 음료 캔 들로 마구 어지럽혀져 있다.

집에 가려고 나오다가 이런 광경을 보았으니 어찌 모른 척할 수가 있겠는가. 가방을 다시 놓고 원위치가 되게 정리를 하고 물티슈로 탁자를 닦아 누가 언제 방문해도 좋을 만큼 깨끗이 치웠다.

내가 너무 지나치게 신경 쓰는 걸까 하는 생각이 들기도 했다. 그러나 너저분하게 흩어져 있고 삐뚤어져 있는 모습보다는 깔끔히 정리되어 있는 모습이 아름다워 보일 것은 나뿐 아닐 것 같다.

탁자를 바르게 놓고 의자를 밀어 넣는 일, 사용한 종이컵을 수거함에 넣고 흘린 커피를 닦는 일, 마지막으로 북 카페를 나갈 때 전기나 난로의 전원을 끄는 일들은 아주 사소한 행동 같지만 이 작은 일들이 우리가 있는 곳을 아름답게 한다는 사실을 왜 모르는 걸까.

하지만 교회일은 하고 싶은 사람이 먼저 하면 된다는 목사님의 말씀이야말로 명언이 아닐까 싶다. 이 겨울이 가면 봄이 올 것이다. 만물이 생동하는 봄, 각종 나무가 푸르러지고 갖가지 꽃들이 피어나는 봄이 되면 내 마음을 설레게 하는 일이 있다. 양재동 화훼단지로 꽃나무를 사러 가는 일이다.

어디 갈 때 이렇게 마음이 푸근하고 즐거울 수 있는 것, 언제부터인가 꽃을 좋아하게 되면서부터 꽃을 사러 가는 일이 마냥 즐거워졌다.

수많은 꽃상가들을 차례로 돌며 예쁘고 화사한 꽃들을 마음껏 구경하며 감탄을 연발하면서 어떤 꽃을 살까 고민하는 일은 내게 엄청난 즐거움으로 다가왔다.

왜일까. 기쁘고 즐거운 일, 경사스러운 일이 있을 때 아름다움을 창조하는 일에 쓰임받는 꽃들을 대하기 때문일까. 봄에 화단 꾸미기를 시작으로 부활절, 새 생명 축제 행사를 위해, 가을에는 추수감사절, 바자회, 지하철 문화행사, 창립기념일 행사를 위해 꽃상가에 가는 일이 어느덧 연례행사가 되었다.

어느 해인가 교회 봉고차에 꽃나무를 가득 싣고 달리며 그 아름다움과 향기에 취하면서 이런 봉사를 계속 하고 싶다는 간절한 바람이 생겼었다. 그런데 정말 놀랍게도 꽃 봉사를 하게 되면서부터 난공불락이던 모든 문제들이 해결되어 은퇴를 한 지금에도 여전히 그 행복한 나들이를 하고 있고 또 기쁨으로 감당하고 있다.

　아직은 너무 추워 관심들이 안 가겠지만 3월 중순쯤 포근한 날씨가 되면 나는 교회 마당 한 편에 자리한 화단도 멋지게 단장할 것이다. 깨끗하게 정리 작업을 하고 하루 날을 정해 교회차를 타고 꽃도 살 겸 봄나들이를 갈 생각을 하니 벌써부터 마음이 설렌다. 시집 온 새색시의 첫 친정 나들이가 바로 이런 기분일까. 이 행복한 설렘을 오래 오래 누리고 싶다.

김 대 열

등 단 「한국크리스천문학」
약 력 사회복지법인 홀트아동복지회 회장
　　　한국크리스천문학가협회 회원
　　　대한예수교장로회 서울동광교회 장로
e메일 danielykim@hanmail.net

삶의 무게

사회복지사로서 홀트일산복지타운(장애인 생활시설)에서 장애인들을 위해 근무할 때 일이다. 300명의 중복장애인들이 생활하는 것을 보면서 처음에는 상당한 충격을 받았다. 왜 이렇게 장애인들이 많은 것일까? 여기에서 생활하는 사람들은 대부분 중도에 사고 등으로 장애를 입은 것이 아니라 장애를 가지고 태어난 선천적인 장애인들이었다는 데 더욱 놀랐다. 나는 그동안 많은 장애인들이 함께 생활하는 것은 처음 보았고, 신앙인의 눈으로 볼 때 이것이 정말 하나님의 뜻인가? 라는 생각할 때 마음이 매우 혼란스러웠다.

"예수께서 길을 가실 때에 날 때부터 맹인 된 사람을 보신지라. 제자들이 물어 이르되 랍비여 이 사람이 맹인으로 난 것이 누구의 죄로 인함이니이까? 자기니이까? 그의 부모니이까? 예수께서 대답하시되 이 사람이나 그 부모의 죄로 인한 것이 아니라 그에게서 하나님이 하시는 일을 나타내고자 하심이라.(요 9:1~3)"

홀트타운은 시설이 크기 때문에 많은 방문자들이 시설을 견학하고 자원봉사를 한다. 그때 나는 시설 견학을 오는 방문자들에게 시설을 둘러보면서 안내하는 일을 했다. 제일 먼저 홀트교회에서 홍보 비디오를 보고 시설운영에 대한 전반적인 상황과 생활자들에 대한 주의 등을 설명한 후 시설 견학을 하는 일정이다. 제일 먼저 홀트기념관을 견학하고 홀드씨 묘소를 거쳐 장애인들이 생활하는 생활동으로 간다.

낮 동안에는 비교적 경증인 장애인들은 직업재활 훈련을 받기 위해 보호 작업장이나 언어, 작업, 물리치료실에서 치료를 받고 운동이 필요한 장애인들은 체육관으로 가서 운동을 한다. 그러나 중증 장애인들은 하루 종일 생활동에 있을 수밖에 없다. 그 중에서 가장 중증장애인이면서 해맑은 얼굴을 하고 있는 17살 소녀 혜경씨에 대해 이야기하려고 한다. 이 소녀는 대두증(머리가 커지는 병)으로 1살 때 버려져 시설에 입소하여 16년 동안 생활하고 있었다. 몸의 절반이 머리이고 태어나서 한 번도 스스로 몸을 움직이지 못한 채 하루 종일 침대에 누워 있고 시력도 희미한 빛에 약간 반응할 정도로 중증인 상태였다. 모든 방문자들이 혜경씨가 누워 있는 방에만 들어가면 자기도 모르게 숙연해지고 자신을 돌아보면서 눈물을 보이게 된다. 또한 마음 깊은 곳에 감추어져 있는 감사가 저절로 터져 나오게 된다. 몸을 살짝 만지면 해맑은 미소와 함께 약간의 반응을 하는 것이 전부인 혜경씨는 방문자를 보고 '건강하니까 감사하세요.'라고 한 마디도 하지 않는다. 그렇지만 많은 방문자들이 순간적으로 자기 삶을 돌아보게 되고 눈시울을 적시면서 가슴을 저미고 그동안의 삶에 대해 반성하고 돌아보게 한다.

나는 그런 모습을 보면서 마침내 그동안 내가 궁금해 했던 문제의 해답을 찾게 되었다. 하나님께서 우리에게 건강을 은혜(선물)로 주셨는데 세파에 시달려 감정이 메말라 감사를 잊어버리고 살아가는 우리들에게 감사할 수 있는 조건을 일깨워 주기 위한 하나님의 뜻이 아닐까 생각을 하게 되었다. 그 소녀는 몇 년 후에 짧은 생을 마감하고 하나님의 곁으로 갔다.

나는 그 소녀를 생각하면서 내 삶과 그 소녀의 삶을 깊이 생각해 보았다. 나는 60넘는 나이지만 이제까지 한 번도 남에게 감동을 주거나 선한 영향을 끼친 일은 없고 나만 잘먹고 잘살기 위해 몸부림친 삶이 아닌가. 누가 내 모습을 보고 자신의 삶을 돌아보며 가슴 저미도록 감사할 조건을 찾아낼 수 있겠는가. 그러나 그 소녀는 비록 19년의 짧은 생을 살았지만 온 삶 전체를 남을 위해 살았다. "한번 죽는 것은 사람에게 정하신 것이요 그 후에는 심판이 있으리니(히9:27)"하나님 앞에서 내 삶의 모습이 적나라하게 드러나고 삶의 무게를 달아본다면 내 삶의 무게는 새털처럼 가벼워 훅 불면 멀리 날아가 버릴 것이다. 반면에 그 소녀의 삶은 비록 짧은 삶이지만 많은 사람들에게 감동을 주고 자신을 돌아보게 하고 감사할 조건을 일깨우게 한 것이기 때문에 말할 필요 없이 그 소년의 삶이 더 값지고 무거울 것이다. 우리의 삶은 길고 짧음에 의미가 있는 것이 아니라 얼마나 남에게 선한 영향을 끼치고 감동을 주고받으며 살았느냐가 중요할 것이다. 나는 혜경씨가 비록 많은 장애를 가지고 짧은 생을 살았지만 결코 무의미한 삶이 아닌, 누구보다 값진 삶을 살았다고 생각한다.

하나님께서는 우리들의 돌 같은 딱딱한 마음을 부드럽게 하기 위해 장애인들과 더불어 살아가도록 하신 깊은 뜻을 느끼게 된다.우리 중에 누구도 태어날 때 자기의 의지에 의해 건강하게 태어난 자는 없다. 그냥 건강하게 태어난 것이기 때문에 전적인 하나님의 은혜임을 고백할 수밖에 없다. 그러면 '장애인은 은혜(선물)가 아닌가.'라는 생각을 하게 된다, 그렇지 않다. 건강한 우리가 할 수 없는 많은 일을 하고 있다. 만나는 수많은 사람에게 감동을 주고 감사할 수 있는 조건을 일깨워 주는 매우 소중한 일을 하고 있다, 따라서 건강한 우리는 빚진 자의 자세로 장애인이라는 거울에 우리의 모습을 날마다 비추어 겸손한 마음으로 도우면서 살아야 하고 어려운 이웃들을 위해 봉사하는 자세로 살아야 할 것이다. 우리가 하나님 앞에 섰을 때에 세상에서의 삶의 무게를 체크한다면 내 삶의 무게는 얼마나 될까? 부끄럽지는 않아야 할 텐데……

한 기 철

등 단 「한국크리스천문학」

약 력 한국크리스천문학가협회 회원
      대한신학교 본과, 고려대학교 경영정보대학원
      주한 미8군 군무원 근무
      카자흐스탄, 복지법인 쉼켄트-한국 설립
      의료신교사 20년(가자흐스탄, 우즈베키스탄)
      현) 선교사

e메 일 hankc41@naver.com

우스퇴베Ushtobe에 갔던 이야기

　주후 2013년도 카자흐스탄 선교 실적은 전무였다. 자신만만했던 건강에 하자가 생겼기 때문이다. 하나부터 열까지 철저하게 챙긴 삶이었지만 건강만은 등한시해 왔었다. 어느 날 틀니가 몽땅 빠져 나갔다. 아무것도 먹을 수 없는 삶을 한 달간 버티다가 종국엔 귀국하게 되었다. 그것이 선교를 부도나게 했다. 열다섯 개 치아 임플란트 치료는 짧은 기간이 아니었다.

　주후 2014년 5월 1일 목요일, 1년 만에 사역지로 돌아왔다. 남새밭은 잡풀로 뒤덮였고, 수도꼭지는 동파되어 녹슬어 있었고, 빛바랜 슬레이트 지붕은 바람이 뜯다 만 생철이 어질러져 있고, 울타리 나무는 제멋대로 뻗쳐 있었다. 그야말로 빈 집 몰골 그대로였다.

　예년 같으면 살구꽃을 보았을 텐데 꽃은 지고, 푸른 살구만 주렁주렁 달려 있었다. 주인 없어도 자기 사명을 다한 살구나무에 고마운 맘이 들었다.

　한 식경 지날 무렵 전화벨이 울렸다. 우스퇴베의 헬렌 선교사였다. 자기 사역지에 의료 사역을 요청한 것이다. 오랫동안 앓았던 자기의 요각(허리와 다리) 쾌차를 보고, 샘이 난 동네 사람들의 성화에 못 이겨 SOS를 요청한 것이라 했다.

　2천 리가 넘는 우스퇴베에 가려면 열차로 족히 3일은 걸리기에, 절반만 비행기 편을 택했다. 주후 2014년 11월 15일 토요일, 아침 6시에 집을 나섰다. 30인용 쌍발 비행기는 악천후로 요동을 쳤다. 한참을 강하될 때면 '아이고 나 죽는구나' 하는 생각이 들었다. 그러나 죽음 공포는 전혀 안 생겼다. 전능자께 아예 맡겨버렸기 때문이다.

　공항 출구를 나서니 헬렌 선교사, 알마티 주재 미국 선교사, 그리고 한국에서 왔다는 외대 연수생 이예현 양이 기다리고 있었다. 우리 일행은 알마티 미국 선교사 댁에서 융숭한 대접을 받았다. 4백 킬로미터를 더 가야 할 교통편은 택시였다. 택시가 도시를 빠져나와 반나절을 달렸으나 산도 바다도 없는 망망한 황야였다.

　조국 산천이 사무치게 그리워졌다. 막연하고 지루해서 택시기사에게 양해를 구하고 Capua의 '오 솔레미오'와 Napoletana의 '산타 루치아'를 불러댔다.

　얼마 후 택시는 언덕배기를 오르고 있었다. 딸띠꼬르간 준령이었다. 여느 준령 같으면 희한하게 생긴 나무나 기암괴석도 있을 법한데 보잘 것 없는 민둥산 모습이었다. 그래도 그곳에 휴게소가 있어 사람들과 차들을 만날 수 있어 좋았다. 우리들도 그곳에 내려 허리도 펴고 다리도 주무르며 잠시 쉬었다.

멀고도 먼 길을 달려온 터라서 그런지 석양이 으늑했다. 어디서 외마디 기적소리가 들판에 퍼져 나갔다. 헬렌 선교사는 의아해하는 나를 보고 기적소리 난 곳을 설명했다. 주후 1931년 일본이 만주국을 세우자, 러시아는 동북쪽에 위치한 블라디보스토크에 신경을 쓰게 되었다. 당시 블라디보스토크에는 수만 명의 조선족이 거주하고 있었는데 유사시 조선족과 일본인의 식별이 불가능하다는 이유로 주후 1937년 10월 대대적으로 조선족을 강제 이주시켰다. 그들은 조선족을 짐짝처럼 기차에 실어 카자흐스탄 우스퇴베 간이역에 내리게 했다. 지금 기적소리 난 저곳이 조선족의 비탄이 묻힌 곳이라 했다. 우스퇴베 간이역에 버려진 조선족들은 식구끼리 이웃끼리 정처 없이 황량한 벌판에 뿔뿔이 흩어져야 했다. 나는 지금 그들이 기곤하게 살다 간 동네로 가는 길이었다. 말로만 들었던 우스퇴베 간이역을 접하면서 카레이스키의 서럽고 참담한 궤적이 아련하게나마 그려졌다.

드디어 헬렌 선교사 처소에 당도하였다. 차려놓은 음식들도 얼마나 기다렸는지 지쳐있는 것 같았다. 사람들도 기다림에 지친 모습으로 나를 구경하듯 쳐다봤다. 쑥스런 나는 서둘러 식사를 하고 배정된 숙소로 돌아가 내일부터 하게 될 의료사역 계획을 세웠다.

내일부터는 짬이 없다고 말씀하신 헬렌 선교사는 손수 운전하신 차에서 내려 한국에서 온 외대생 이예현 양을 태우고 교외로 나갔다. 갈대가 들어찬 들판을 가다가 저만치 보이는 공동묘지를 가리키며, 저곳이 우스퇴베 간이역에 버려진 고려인들이 살다가 돌아가신 무덤이라고 했다.

가도 가도 망망한 벌판, 야생 갈대가 빽빽한 곳, 살 곳 찾다 지쳐서 머물게 된 곳, 죽지 못해 살다가 묻힌 곳, 바스퇴베라 불리는 언덕배기였다. 엄동설한에 땅을 파고 살았다는 웅덩이, 끼니는 모여서 먹었다는 웅덩이 공동식당, 규모로 보아 상당수가 식사했던 것으로 보였다. 나는 웅덩이 식당을 경험하고 싶어 어렵게 내려갔다. 바닥을 딛는 순간 유민들 넋을 밟는 것 같아 소름이 돋았다. 당시 상황을 그리며 앉아보기도 하고, 땅벽에 기대 보기도 했다. 실지 답사를 나름대로 하고 한참 만에 올라왔다.

헬렌 선교사는 공동묘지 중턱을 가리키면서 "저곳이 제 무덤 자리입니다." 했다. 십여년 넘게 무덤의 후예들과 삶을 섞었기에 애환을 함께하시려는 의도로 보였다. 미국서 가족들과 오순도순 살 수 있는 환경인데도 무덤까지 같이하려는 의도에 또 다른 선교의 품위를 보았다. 번지르르한 교회와 거창한 학교를 지어놓고 사람을 모으는 그런 평범한 선교사역이 아니라, 개인 개인에게 몸소 찾아가고, 마을 마을을 찾아가 이웃사랑을 실천하는 특별한 선교사였다.

월요일 아침, 많은 주민들이 모여들었다. 찌들대로 찌든 질병을 대여섯 개씩 지니고 왔다. 허리도 다리도 아프고, 어깨도 머리도 쑤시고, 잠을 못 자고 속이 쓰리다고 하소연도 했다. 얼마나 시달렸는지 절여진 배추처럼 기진되어 말을 잇지 못했다. 나는 병자들을 볼 때마다 병마는 적군 블레셋이고, 병자는 잡힌 포로로 보였다. 군인이 아닌 다윗이 전장에 나갈 때 목동 신분이었듯이, 의사가 아닌 나는 선교사 신분으로 시술에 나섰다. 다윗은 적진에 나설 때 "나는 만군의 여호와 이름으로 나아가노라."(삼상17:45~47)라고 외쳤다. 그것은 다윗의 병법이었다.

나는 꽂는 침 하나하나에 간곡한 기원을 드렸다. 힘이 부칠 때마다 했던 나의 치료법이다. 내면적으로는 다윗의 병법을 적용한 것이다. 전쟁이 여호와께 속하듯, 의료도 전능자께 속함을 안 나는 의학적 전략보다 전능자를 향한 기원 전술을 펼쳤다.

첫날 75명, 다음 날은 107명, 셋째 날은 117명, 날이 갈수록 병자가 늘어났다. 이렇게 많은 병자가 올 줄은 꿈에도 생각 못했다. 병자들은 한국에서 왔다는 나를 꿈에 그리던 조국 대하듯 맞아주었다. 우리가 마주한 시선과 잡은 손에서는 뜨거운 동족애가 전류처럼 흐르고 있었다. 종일 분주했던 봉사자들은 이웃이 되어 주는 사역이 이렇게 기쁠 줄 몰랐다고 했다.

전문 의료 팀도 아닌 우리들의 치료 봉사는 많은 병자들에게 큰 호응을 불러일으켰다. 그것은 안내하는 자, 접수하는 자, 시침하는 자, 침 뽑는 자 모두가 혼연일체로 기원 전술을 펼친 결과였다. 역시 병마 치유는 전능자 소관임이 확인되었다.

이번 나의 우스퇴베 행은 부도난 나의 선교사역을 소생케 했다. 치유 소득도 있었지만, 봉사자들이 이웃이 되어 주는 체험이 값졌다. 이들은 사역을 돕다가 선교 연수자가 되었다. 선교 사역의 진면목을 경험한 것이다. 섬길 대상이 누구이며, 어떻게 할 것인가를 터득한 현지 제자들이다. 한사브리나, 남베네라, 조베네라, 초이릿다 그리고 한국 외대생 이예현 양이 그들이다. 이예현 양은 현지인 봉사자들을 인도해 사역의 질적 양적 우수성을 함양케 했다. 나이가 가장 어렸음에도 불구하고 선교 사역의 능숙함에 선교한국의 밝은 미래를 본 것 같아 좋았다. 언제 썼는지 두툼한 편지를 떠나는 내 손에 쥐어 주면서 건강하시라고 감사하다고 격려해주었다.

강 덕 영

등 단 「한국크리스천문학」

약 력 한국외국어대학교 및 경희대 대학원 졸업(경영학박사)
한국외국어대학교 총동문회장 역임, 대한신학대학원대학교
이사장 역임, 한국크리스천문학가협회 회원
현) 한국유나이티드제약 대표이사(사장), 재단법인 유나이
티드문화재단 이사장, 갈렙바이블아카데미 이사장

저 서 『그럼에도 불구하고 할 수 있다』『좋은 교인 좋은 크리스
천』『목적대로 쓰임 받는 크리스천』『1%의 가능성에 도전
하라』 외

e메일 presidet@kup.co.kr

백세시대, 우리의 부끄러움을 베트남에서 배운다

천안에서 있었던 일이다.

직장을 천안으로 옮긴 친구가 서울에서 내려가 조그만 집을 구입하고는, 이사를 가기 전에 그 집을 방문했다. 집 안에는 80세가 넘은 노모가 혼자 살고 계셨다. 그 노모가 방문한 구매자를 보고 통사정을 하셨다. "우리 집을 절대로 사지 말라."고, "60년 넘도록 살며 정이 많이 든 이 집에서 나를 내보내지 말아달라."고, 아들에게 부탁해 아들의 마음을 돌려 달라고 애원했다고 한다. 오랫동안 손때가 묻은 이 집에서 생을 끝내고 싶다고 하셨다.

그래서 아들에게 이 사정을 이야기했다고 한다. 그러나 아들의 태도는 냉정했다. 그는 "저희가 어머니를 돌볼 수 있는 형편이 안 되어서 좋은 요양병원에 입원시켜 드리려고 하고 있다."고 대답했다.

그 말을 노모에게 전하니, 노모는 "나는 절대로 이 집을 떠나지 않을 것이며 병원에도 가지 않겠다."고 말씀하신다. "내가 왜 아들에게 이 집을 넘겼는지 후회가 된다."고 덧붙였다. 아들은 돈이 많이 필요했다고 한다. 지금쯤 늙은 어머니는 요양병원에 가서 잘 지내실 거라는 생각이 문득 들었다고 한다.

어느 가정의 다른 이야기다. 효심이 좋은 아들이 혼자 계신 어머니의 건강이 나빠져 걱정하다가, 부산에 있는 누님이 어머니를 모시겠다는 말에 감사하게 생각해 승낙했다고 한다. 그런데 그 노모는 딸과 타 지방에서 사는 것보다, 현재 조그만 아파트일지라도 아들 옆에서 살겠다고 완강하게 주장했다고 한다. 그래서 그냥 아들이 모시기로 했다는 이야기다.

우리의 노인들이 백세시대를 살아가는 모습이다. 아파도 요양병원만은 가지 않게 해달라는, 현재 살고 있는 집에서 살 수 있게 해달라는 부모님의 애절한 요구가 어느 가정에서도 있을 법하다. 그러나 요즘 우리들 세대는 삶이 그리 만만치 않다. 다들 각자 무척 바쁘고 힘겹다. 효에 대한 인식이 바뀐 우리 한국인의 모습이다.

여기 또 다른 이야기가 있다. 내가 베트남에서 의약품 수출을 시작했을 때가 지금으로부터 20년 전쯤으로 기억되는데, 한번은 어떤 베트남 청년을 만났다. 그는 키가 작았고 옷차림이 매우 초라했다. 아주 조그만 의약품 도매상을 하는 사람이었다. 그때 베트남에서 잘 팔리던 우리 회사 제품인 '홈타민 진생'의 대리점을 맡겠다고 하여 나를 찾아왔는데 그의 행색이 너무 초라해서 처음엔 망설였던 기억이 난다. 그러나 그의 눈빛만은 강렬했다.

결국 세월이 지나 '홈타민 진생'은 베트남의 영양제 시장에서 1위 제품이 되었고, 그 청년도 제약 회사를 만들고 베트남에서 큰 갑부가 되었다.

그 사장의 아버지 나이가 84세인가 됐는데 암에 걸려서 싱가포르 병원에서 수술할 예정이라는 이야기를 들었다. 그리고 도저히 치료가 되지 않아 걱정이라는 이야기도 들었다. 얼마 후 다시 미국의 큰 대학병원으로 옮겨 수술을 받았다고 했다. 그러자 사장은 미국의 병원 옆에 집을 얻어 1년 동안 간병을 했고 그의 동생들도 병간호를 위해 미국으로 가 살고 있다는 이야기를 들었다. 온 가족이 아버지의 병간호를 위해 1년 이상 미국으로 건너가 타지 생활을 하는 것이다. 감격스런 이야기다.

그리고 작년 크리스마스 때 결국 아버지의 병이 완치되어 온 식구가 귀국했다고 한다. 큰 식당에서 자축연을 열었다고 한다.

나는 그 소식을 듣고 정말 부끄러운 생각이 들었다. 이 정도로 지극한 효심은 생각을 훨씬 앞서는 일이다. 베트남 사람이라 한국인보다 효심이 적을 거라고 쉽게 생각했던 내가 정말 부끄러웠다.

요새 그는 베트남 교회에 잘 나가고 있다. 그리고 함께 일하는 약대 교수도 가끔 교회에 같이 나간다고 한다. 처음에 내가 하나님 이야기를 할 때 정말 진지하게 받아들였던 모습이 인상적이었다. 이제 같이 10년이 넘도록 일하니 나와 어느 정도 마음이 통했던 모양이다.

십계명 중 4계명까지는 하늘에 관한 계명이고, 5계명부터는 땅에서의 계명이다. 그 중 제일 먼저가 "네 부모를 공경하라. 그리하면 네가 이 땅에서 오래 살고 네 기업에 복을 주신다."는 말씀이다.

베트남에도 한국에도 그리고 세계 어느 곳에서나 하나님의 약속은 그대로 지켜지고 있다는 것을 확인하는 기회였다.

이 채 원

등 단 「국보문학」

약 력 국보문학 회원
한국크리스천문학가협회 회원

수 상 가톨릭문학회 수필 장려상
군산 생활문학 창작대회 최우수상

저 서 『둘이서』(공저)

e 메 일 0524lee@hanmail.net

하얀 거짓말

내가 사는 집 근처에 '노인 요양병원'이 있다. 특별히 많은 물건을 사러 마트에 갈 때면 항상 그 앞을 지나가곤 하였다. 하루는 병원 앞을 지나가다가 작은 화단을 보게 되었다. 화단에는 작은 꽃 이름표가 여러 개 꽂혀 있었다. 가까이 다가가서 보니 '조이뿐 할머니 꽃', 그걸 보는 순간! 가슴이 왈칵 뜨거워지며 눈물이 핑 돌았다.

아직은 여린 새싹이라 어떤 꽃인지 알 수 없었다. 하지만 할머니의 소망을 머금고 희망으로 자랄 그 꽃이 몹시 궁금했다. 드디어 무더운 여름날, 키가 제법 자라 줄기가 단단하고 꽃송이가 탐스러운 봉숭아꽃이 바람결에 한들한들 웃고 있었다.

갈 길을 잃고 멍하니 바라보았다. 할머님의 많은 염원이 담겨 있을 이 꽃이 소중하고 애틋하게 느껴졌다. 여름내 오가는 길에 애잔한 눈길로 꽃을 마음에 담았다.

재작년 일이었다. 어느 단체에서 시행하는 '교육프로그램'의 한 과정에서 노인요양원을 방문한 적이 있었다. 그때 우리는 빠듯한 일정에 잠깐 시간을 내어 미리 준비해 가지고 간 조촐한 빵과 음료수를 한 잔씩 드리고 병원 측에서 원하는 대로 약간의 여흥의 시간을 가졌다.

햇볕이 따갑게 내리는 날 우리는 거동이 불편한 어르신들을 모시고 등나무 아래에서 그분들과 더욱 친숙해지고 싶은 마음에 어설프게 노래하고 율동도 했다.

그때 치매를 앓고 계시는 한 할머님은 소싯적에 불렀던 '매기의 추억'이라는 노래를 부르셨다.

"옛날의 금잔디 동산에 매기 같이 앉아서 놀던 곳 물레방아 소리 들린다. 내 사랑하는 매기야……."

밤낮으로 불러서 귀에 딱지가 앉았다고 귀를 틀어막고 계신 한 할머님의 곁에서 계속해서 이 노래를 부르고 또 부르면서 어린아이처럼 떼를 쓰는 할머님을 보면서 당황스러웠다. 나는 시간만 보내는 짜 맞추는 듯한 어설픈 상황이 싫어서 엉거주춤하게 등나무 모서리에 기대어 외딴 섬처럼 한동안 서 있었다.

그곳을 빨리 떠나고 싶었다. 마음이 서글퍼서 견디기가 힘들었다. 우리는 남은 한 시간 정도는 각 방에 배치되어 할머님들과 얘기를 나누었다. 각기 다른 할머님들의 굽이굽이 절절한 사연도 들었다.

그나마 거기 계시는 분들은 유료요양원이기에 처지가 좀 나은 듯했다. 하지만 항상 자식에 대한 그리움과 쇠퇴한 육신과 인간의 본질적인 외로움을 떨쳐 버릴 수가 없는 것 같았다.

"할머니 자제분들은 자주 찾아오세요?"라는 질문에 어르신들의 대답은 한결같았다.

"응, 우리 애들 너무 바빠. 그래서 자주 못 와. 일해야 먹고살지……."

자식들에게 혹여나 누가 될까 봐 마음 깊은 곳에 조심조심 감춰 둔 서운한 감정은 어느덧 삭이고 허허롭게 웃으시는 할머님들. 얼마간의 시간이 흐른 뒤 사람이 그리워 손을 잡고 아쉬워하는 분들에게 불면 금방이라도 풀풀 날려 버릴 것만 같은 가벼운 위로의 말을 하고 도망치듯이 자리를 빠져나왔다.

20년 전 일이다. 며칠째 혈변을 보던 아버지께서는 병원에서 '간 경화' 진단을 받으셨다. 종합병원에 입원하고 난 이틀 후 병원이 답답하다는 이유로 퇴원을 고집하셨다. 살면서 단 한 번도 병원에 입원한 적이 없는 아버지는 강단 있는 건강한 분이셨다. 자식들의 만류에도 퇴원하신 아버지께서는 시름시름 앓으시면서 약 6개월간의 투병 생활을 하셨다. 그럴 때 내가 할 수 있는 것은 하루가 다르게 야위어가는 아버지의 팔과 다리를 주물러 드리고 점점 차돌처럼 굳어만 가는 가슴과 복수가 찬 배를 쓸어드리는 게 전부였다.

어릴 적 배앓이를 할 때마다 약손이라 하며 따뜻하게 배를 쓸어 주시던 아버지의 손길을 기억했다. 이제는 반대로 장성한 딸이 가슴을 가만가만 만지며 뼈밖에 남지 않은 아버지의 힘없는 모습에 못내 마음이 아려와 말씀을 건네곤 했다.

"아버지, 봄에 햇살이 퍼지면 그때는 훌훌 자리를 털고 나들이도 하고 친구 분도 만나셔야죠. 그러시려면 식사를 많이 하셔야 해요. 아버지 일어나시면 좋아하는 막걸리도 많이 사드릴게요."

평소 술이라면 막걸리 외에 다른 약주는 전혀 드시질 않는다는 것을 잘 알기에 아버지께 속삭였다. 그럴 때마다 아버지는 눈을 감으신 채로 "암만, 일어나야지 일어나고말고." 힘 있게 대답하셨다.

회생할 수 없다는 것을 아버지도 나도 잘 알고 있었다. 그렇지만 딸의 간절한 마음을 아셨기에 아버지도 그리 대답하셨을 거라 생각하면서 숨죽여 꾹꾹 가슴으로 울었다. 아버지는 봄을 맞이하지 못하고 삭정이 같은 모습으로 홀연히 길을 떠나셨다.

세상을 살면서 상대에게 피해를 주지 않으면서 때로는 마음을 편하게 해주고자 선의의 거짓말을 해야 한다는 것을 알게 되었다. 하얀 거짓말이 사랑의 또 다른 표현이라는 것을 이 나이가 된 지금에야 깨닫게 되었다. 인간은 태어나는 순간부터 죽음과 함께 긴 여정을 시작한다. 분명 흥한 것은 쇠한다는 사실도 잘 안다. 하지만 사랑하는 사람들과의 이별은 많은 안타까움과 고통을 준다.

점점 해를 거듭하면서 가끔 이런 생각을 한다. 나이가 들어 자신의 의지와는 무관하게 자식이든 그 누군가에게 이끌리듯이 의지하면서 살아갈 수밖에 없는 현실이 나에게 다가올 것 같은 생각이 들면 무기력하고 쓸쓸해지는 나 자신을 본다. 자연의 황혼은 아름다운데 인간의 생은 진이 빠진 검불처럼 초라하기만 한 이유를 스스로 묻곤 하면서.

올해는 노인병원 꽃밭에는 꽃이 아닌 갖가지 푸성귀만 잔뜩 자라고 있었다. 경망스러운 생각이 웃자란 독버섯처럼 삐죽이 고개 들어 뇌리에서 맴돈다. 봉숭아꽃 할머님께서 혹시 이 세상 나들이를 끝내신 것은 아닐까. 창을 열고 밖을 본다. 희뿌연 밤안개에 실린 비릿한 바람이 폐부 깊숙이 차오른다. 묵직했던 마음과 머리가 금세 맑아진다.

이 시간 세상의 뭇 작은 생명까지도 고요히 잠든 지금 아직도 생각의 자투리가 남아서 쉽게 잠자리에 들 수가 없을 것만 같은데 하얀 새벽달이 졸린 듯 껌벅껌벅 물끄러미 나를 바라보고 있다.

이 용 덕

등 단 「문예사조」

약 력 한국크리스천문학가협회 운영이사
　　　　나사렛대학교 평생교육원 문창과 수료
　　　　사회복지법인 명신원 대표이사
　　　　영등포구아동위원협의회 회장
　　　　한국민족문학가협회 총재
　　　　신풍감리교회 장로

e 메 일 msn5329@korea.com

사우思友
- 동무생각

"봄의 교향악이 울려 퍼지는 청라언덕 위에 백합 필 적에 나는 흰 나리꽃 향내 맡으며 너를 위해 노래 노래 부른다. 청라 언덕과 같은 내 맘에 백합 같은 내 동무여 내가 네게서 피어날 적에 모든 슬픔이 사라진다."

1.

나는 어려서부터 사우思友라는 이 노래(동무생각)를 꽤 좋아했다. 이은상 작사 박태준 작곡의 '동무생각'이라는 이 노래는 그 당시나 현재나 즐겨 부르는 아주 유명한 가곡이다. 이 곡은 타향살이와 일제 강점하의 조국에서 수시로 엄습해 오는 고향생각과 친구에 대한 추억을 애조적으로 읊은 가곡이다.

본래 제목은 '사우思友'인데, 지금은 모든 사람들이 알기 쉽도록 우리말로 바꾸어 '동무생각'이라는 타이틀로 널리 애창되고 있다. 나도 어릴 적에 이 가사와 같은 아주 친하던 '동무'들이 많았고, 또 더러는 잊을 수 없는 추억들도 갖고 있다.

그토록 뜻깊은 이 노래는 일제치하이던 1922년에 박태준 선생(1900~1986)께서 작곡한 곡인데 동요조의 선율로 되어 있어 작곡이 되자마자 순식간에 대단한 인기로 부상하였다. 당시 젊은이들은 물론 86년이나 지난 오늘날까지도 따뜻한 사랑을 받으며 아주 많이 불리어지고 있다.

다시 말하지만 작사는 이은상 선생(1903~1982)께서 먼저 작곡된 악보에 맞춰 지은 것으로 4절까지 되어 있다. 노랫말은 작사자의 고향(마산) 풍경을 묘사한 것인데, 타향살이에서 엄습해 오는 고향생각과 친구에 대한 그리움을 애조적으로 읊고 있어 누구에게나 애틋한 향수가 묻어나게 하는 노래로 유명하다.

가사는 4계절의 고향 풍경을 4절에 각각 봄, 여름, 가을, 겨울로 나누어 서술했다. 철따라 새롭게 바뀌는 고향 풍경을 마치 한 편의 영화를 보듯이 차례로 그려내어 타향살이의 시름에 겨운 모든 이의 향수를 뭉클뭉클 달래준다.

그런데 오늘날엔 '동무'라는 말을 잘 안 쓴다. 아니 못 쓴다는 게 더 정확할지도 모른다. 저 북괴 김일성 공산당의 전용 같아 쓰려다가도 송충이를 본 듯 놀라 피하고 있다. 시대 상황상 정서적으로도 잘 안 맞지만 사상적으로는 더욱 불순해 보여 그런 것 같아 안타깝다. 그 대신에 '친구'라는 말로 대용되고 있는 게 현실이다.

그러나 '동무'란 말은 아주 가깝고 정겨운 '동심적 의미'의 순수 우리말 명사다. '벗'이나 '친구'도 같은 뜻을 지닌 말이기는 하지만 그보다도 한 수 위라고나 할까. 어릴 적 소꿉동무가 제일 잘 어울리는 말이다.

그렇듯 어떤 일을 하는 데 동심으로 서로 편해 짝이 되거나, 함께 일하는 사람, 또 뜻(이념)이 같은 '동지'를 일컫는 아주 도타운 사랑과 믿음에 의리 깊은 의미를 지닌 말이다. 그래서 예부터 '동무 따라 강남 간다.'는 속담도 생긴 것 같다. 말하자면 '나는 절대 생각이 없는데 순전히 남의 뜻에 끌려서, 그를 전적으로 믿기에 행동을 같이한다'는 뜻이다. 어쨌거나 어릴 때 나는 '동무들'을 참 좋아했고, 덕분에 이 동무생각 노래 역시 엄청 좋아라 불러댔었다.

그때부터 노래가 좋아 아마 지금껏 교회 찬양대나 서울남연회 장로합창단에 나가 한자리 꿰어 차고 있는지도 모른다.

2.

여기서 부끄럽지만 유소년기 내 동무에 관한 이야기를 조금 해 보려 한다. 어릴幼兒 때는 누구나 다 그렇겠지만 솔직히 겨울철엔 나 역시 유명한(?) 코흘리개 '코찔찔이'였댄다. 더욱이 날씨깨나 사나울 때 옷도 미처 잘 챙겨 입지 못했음이랴. 정말이지 웃겼단다.

그럼에도 나 몰라라, 썰매 타고, 팽이 치며, 동무들하고 이리저리 정신없이 나가 돌아다니며 놀다 보면 나도 모르게 자연히 코가 석 자는 절로 나와 갈릴리江처럼 은혜롭게 흘러내렸단다. 나는 분수도 모르고 툭하면 주책없이 흐르는 그 콧물 시위 단을 그냥 훌쩍 훌쩍 해결하다가 결국엔 옷소매로 얼른 쫘악 닦아내기 일쑤였다.

60년 전 그 옛날에 무슨 손수건이나 휴지가 있었으랴. 어쩔 수 없는 코 청소지만 얼마나 청소를 잘했던지 겨울철 내내 옷소매는 늘 반질반질 윤이 났었다.

그렇게 5, 6, 7세 유년기를 보내고 14세의 소년기를 맞는다.

이 시절엔 제법 어른스레 가정과 학교생활을 힘들게 하였지만 예배당에도 열심인 모범 어린이였단다. 내가 생각해도 눈만 뜨면 어머니 말씀에 절대 순종하며 집안의 잔일을 잘 돕고, 학교 아니면 예배당에 나가 열심히 배우며 친구들과도 잘 어울리는 밝은 어린이였다. 특히 싸울 줄도 모르는가 하면 인사 잘하고 예의바른 어린이라고 상도 칭찬도 많이 받았던 기억이 난다.

그런데 한 번은 초등학교 5학년 때다. 영등포 신길동에 있는 도신교회(현 신풍교회)가 조그마한 언덕 위의 고아원(명신보육원)에서 예배드리기 시작하던 때이다. 일제시대에는 그곳이 배나무 과수원으로 언덕 들판에는 목화, 고추, 배추, 무, 파밭 등으로 전형적인 농촌마을이었다.

그러던 늦가을 어느 날이다. 코끝으로 하얀 김이 서리서리 서리 숲을 이루던 날씨인데 어른들은 배추밭에서 김장할 배추 뽑기에 바빴고, 또 다른 한쪽에서는 거친 손을 놀리며 뽑아온 배추 다듬기에 분주하였다.

그런데 그 아줌마들 사이사이에 웬 여름밤에 앞 논 개구리들 오케스트라 연주하듯 여러 명의 꼬맹이들이 귀엽게도 칭얼칭얼 불만스레 앵앵 보채고 울어대는지 그야말로 한 폭의 그림이었다.

반면에, 그 바로 옆에는 동네 아이들이 배추꼬리를 깎아 먹느라 신이 났었고, 또 한 쪽에서는 자치기, 딱지치기, 구슬치기 등으로 땅이 꺼져라 마냥 즐겁게 왕왕대며 북적대고 있었다.

그때다. 이웃집 아줌마가 보다 못해 다듬던 배추를 내려놓으면서 한마디 하셨다. "애들아! 정신 복잡해 일 못하겠다. 조금만 좀 조용히 해라!" 점잖게 한 말씀 하시니, 다른 아주머니 왈 "쟤들한테 그렇게 말해 들은 체나 하겠어요?" 하시더니, 이내 다시 한 말씀 하시는데 "야, 이놈들아! 공부는 안 하고 맨날 처먹고 놀기만 하면 밥이 나오냐, 떡이 나오냐! 앙?" 벼락치듯 큰 소리로 퍼부으시는데 아뿔싸, 그 순간 바로 그 옆에 있던 우리 어머니 덩달아 가라사대 "재복아! 너도 이제 그만 놀고 어서 집에 가 부엌에 있는 독에다 물이나 좀 길어다 채워주면 좋겠다"며 명령 아닌 명령을 하시었다.

나는 "예!" 하고 바로 집으로 가 부엌에 들어가 보니 그날따라 흙 부뚜막에 검은 가마솥이 유난히 반들거려 보였다. 그리고 부엌문 옆에 큰 물 항아리 2개가 빈 채로 놓여 있었다. 그런데 항아리 바로 옆에는 처음 보는 웬 낯선 물지게가 하나 놓여 있질 않겠는가. 나중에 알고 보니 새로 사온 새 물지게였다.

얼씨구, 나는 신기해서 메어보고 싶었다. 그 신기한 물지게가 왠지 정이 가고 호감이 생겨 얼른 등에 지고 물통을 양쪽에 걸고 문 밖으로 나와 우물가를 향해 내려갔다. 부엌하고 우물가 거리는 언덕 한참 아래로 배추밭을 지나 30m 아래로 내려가야만 하는데 그때 밭에서 배추꼬리를 자르던 호일이란 동무가 물지게를 지고 내려가는 나를 보고 재미있어 보였는지 쫓아왔다. 나는 호일이와 빠르게 우물 두레박으로 퍼올려 물을 양쪽 물통에 채웠다.

"야! 네가 그 물지게를 지고 일어설 수 있을 것 같아?"

"응, 그래! 내가 이걸 못 질 것 같아?"

나는 양쪽 물통에 2/3 정도씩 채우고 일어서려고 하는데 친구 말대로 쉽지가 않았다.

하지만 온 힘을 다하여 간신히 흔들거리며 일어섰다.

"봐~라! 일어섰잖아! 너는 뒤에서 쫓아오기나 해!"

그러고는 서둘러 언덕 위 밭두렁 좁은 길로 발을 옮기려는데 뒤에서 당기는 듯 갑자기 앞뒤로 물통이 출렁출렁 흔들거렸다.

"야! 장난하지 마!"

"나 장난하는 거 아니야."

잠시 서서 중심을 잡고 한 발 두 발을 내디딜 때 또 뒤로 당겨짐을 느꼈다.

"야, 잡지 말란 말이야!" 뒤에서 쫓아오는 호일이를 향해 소리쳤다.

"아니야. 나 안 잡았어! 진짜야!" "근데 왜? 이래?" 중심을 추스르고 조심스럽게 한 발 두 발 걸어 올랐다. 문제는 우물가에서 물통을 지고 밭두렁 오솔길로 배추밭을 지나가는 것이 쉬운 일이 아니었다. 사실 좁은 길에 무거운 물지게를 지고 간다는 게 보통 힘든 일이 아니기 때문이다. 더군다나 그 한편 목화밭에서는 아이들의 즐거운 놀이가 한창이어서 모두가 장애가 되었다. 그래서 힘이 더 든다. 그런데 이 친하다는 요놈, 호일이란 동무놈이 자꾸 뒤에서 장난을 치는 것 같았다. 애써 다시 서너 발 내디딜 때 또 뒤에서 잡아당기는지 자꾸 뒤뚱뒤뚱해지며 물이 출렁대며 넘쳐흘렀다. 나는 넘어질 것 같아 순간적으로 다급하게 신경질적으로 소리쳤다.

"야! 너, 당기지 말란 말이야!"

"뭐? 나 진짜 안 당겼어, 안 잡았단 말이야!"

그런데도 가려 하면 잡고, 다시 가려 하면 또 당기며 거짓말만 하는 것 같아 화가 나기 시작했다. 그러기를 네댓 번, '지렁이도 밟으면 꿈틀한다.'는데 더 이상 참기가 어려웠다. 내가 아무리 바보처럼 착하다 해도 그렇지, 여전히 자꾸 뒤에서 장난하는 것 같아 화가 치밀어 견딜 수가 없었다.

나는 결국 화를 참지 못하고 순간적으로 "야, 이 ×새끼 봐라!" 하며 물지게를 내동댕이치다시피 내려놓고 뒤돌아 호일이를 향해 주먹을 휘둘렀다. 그렇게 한참을 서로 붙잡고 엎치락뒤치락하다 보니 되레 내가 쓰러져 밑에 깔려 있었고 호일이놈은 내 배 위에 올라타 장수같이 기고만장하며 큰 주먹을 불끈 높이 들어 내리칠 태세로 "인마, 난 절대로 잡지도 당기지도 않았단 말이야. 인마!" 하며 씩씩거리고 울부짖더니 주먹을 그냥 슬며시 내리며 일어나 사라져 버렸다.

그때 밑에 깔려 올려다본 그 호일이의 얼굴은 홍당무같이 빨갛게 상기돼 있었다. 아마 내가 주먹으로 휘두를 때 맞은 것 같아 순간 미안함에 어쩔 줄을 몰랐다. 나 또한 생전 처음의 욕지거리에 싸움까지 한 걸 많이 후회하며 반성하고 진심으로 그 친구에게 사과도 하였다.

그후 벌써 세월이 60여 년이 넘게 흘렀다. 내 나이 지금 어느새 75세! 그럼에도 지금도 나는 가끔 그때 그 동무 호일이를 생각하며 어릴 적 우정이 무엇인가를 되새김한다. 좋은 놈인데, 부끄러웠다. 그리고 문득문득 많이 생각나고 많이 보고도 싶다. 더욱이 해마다 이맘때쯤이면 혹시라도 호일이가 찾아올 것만 같은 느낌에 가끔 은근한 기다림도 많았다. 물론 지금도 이것저것 모임 때문이라도 다른 친구들은 만나고 있지만 호일이는 소식이 없다.

오늘 새삼 그 동무가 보고픔은 왜일까! 그것은 쉽게 잊을 수 없는 좋은 옛동무와의 아름다운 추억 때문일 것이다.

그 '동무생각'으로 되돌아가 그에 얽힌 뒷이야기들로 끝맺으려 한다.

3.

1922년 어느 날 밤 마산 바닷가를 작곡가 박태준(22세)과 아직 열아홉 살의 노산 이은상이 걷고 있었다. 두 사람은 마산 창신학교에서 음악과 국어를 가르치던 절친한 동료로, 정겨운 형제 같고, 또 둘도 없는 친구 사이기도 하였다.

피 끓는 박태준(22세) 청년과 10대 말(19세)의 노산 이은상이 암울한 조국의 시대상과 비운의 예술을 이야기하던 중 갑자기 작곡가의 뇌리에 전광석화처럼 악상이 스쳐 갔다. 급히 그는 하숙집으로 돌아와 오선지에 멜로디를 옮겼다. 그리고는 이튿날 노산에게 곡을 보여주고 그에 맞는 가사를 지어 달라고 한다. 이렇게 해서 노산은 고향(마산) 풍경을 가사로 썼는데, 이 가곡이 바로 '동무생각'이라고 한다.

그런데 작금의 자유 시대를 살고 있는 우리 청소년들은 과연 어떨까? 최근엔 학교에서 이 노래를 안 배우는지 대체로 잘 안 부르는 것 같아 안타깝기도 하다. 동무생각은 물론이고, 심지어는 '바위고개', '아 목동아', '그네'까지도 전혀 모르는 청소년들이 많은 것 같아 놀랄 정도다.

아마도 이는 현행 대학입시 교육의 병폐이자, 객관식 시험 위주의 평가 방식에 따르는 실상일 수도 있어 새삼스럽게 우리나라 청소년 정서교육의 문제를 염려하게 한다.

'思友' 아니 '동무생각'은 대개 봄철에만 불리어지고, 가사는 2절로 되어 있는 것으로만 알고 있는 사람도 많다. 그러나 사실은 그렇지 않다. 가사의 내용을 보면, 4계절의 정취를 멜로디에 실어 작사되어 있음을 알 수 있다.

1절은 '청라언덕 위에 백합꽃이 피는 봄'을 2절은 '저녁 조수에 흰 새 떠도는 여름'을 노래하고, 그 다음 3절과 4절은 각각 '꽃 진 연당 속에서 비단 물고기 뛰노는 가을 풍경'과

'눈발 사이로 빛난 장안의 겨울밤'을 표현하고 있어 주옥같은 가곡의 매력을 더해주고 있다.

그리고 사실 이 곡이 작곡된 당시에는 젊은이들이 마음껏 부를 만한 노래도 흔치 않았을 것이다. 그 당시 일본의 창가곡이나 유행가류밖에 모르던 청소년들에게는 매우 신선하게 느껴졌고, 이 곡을 멋지게 불러 남 앞에서 우쭐대며 분위기를 주도했을 것이다.

아무튼 박태준은 이렇듯 '동무생각' 같이 주옥같은 150여 곡의 가곡과 동요를 길이 남겼다. 그런데 그 업적들도 중요하지만, 이 땅에 종교음악과 합창음악의 토대를 마련한 공로 또한 대단히 큰 분이시다. 초창기 가난한 음악인들과 자신의 주머니를 털어가며 연주를 했던 박태준의 음악에 대한 사랑과 집념을 우리는 이제라도 좀 배워야 할 것 같다. 마음속 깊이 존경과 감사를 보내며—

만약 중장년층 누구든 남쪽으로 여행을 하게 된다면 시간을 쪼개서라도 확 트인 남해 바다의 명사십리 해변을 거닐어 보라. 그리고 간간이 기념 포즈도 잡아보며 이 사우思友를 콧노래로라도 불러보라! 옛 동무들이 문득문득 떠오르며 그리움과 보고픔에 새삼 옛 추억을 만끽할 것이요 기분은 한결 업(up)되고 흥은 절로 날 것이다.

혹여 연인과 함께라면 그 더욱 금상첨화요, 참으로 눈부시리니— 저 장 콕토의 시구처럼 정말이지 "그 다음은 절대로 말씀을 못 드리겠습니다." 가곡은 이처럼 나이 든 부부들의 나들이에 새로운 활력을 주고 보약 이상의 큰 효험도 발휘하리라 생각된다.

임 준 택

등 단 「한국수필」

약 력 국제대학 경제과 2년 중퇴, 감리교신학대학 대학원
아세아연합신학대학원 졸업(목회학 박사)
한국크리스천문학가협회 회원
감리회 영등포지방 감리사 역임
경화여자중·고등학교 재단이사
현)대림감리교회 원로목사

인생의 은퇴는 없다

나는 지난 4월에 45년간의 목회 일정 중에 대림교회에서 32년간의 사역을 끝으로 담임목사직에서 은퇴하였다. 목회를 시작한 지가 엊그제 같은데 벌써 정년이 되어 은퇴하고 보니 흔히 말하듯 시원섭섭하다.

나는 중학교 때부터 고등학교 2학년까지는 서울 종묘 옆에 있는 대각사라는 절에 다니면서 나름대로 열심히 불교를 믿었다. 장차 스님이 되고 싶을 만큼 불교에 심취했었다.

그러나 절에 다니면서 풀리지 않는 문제가 있었다. '이 세상 우주 만물을 누가 만들었나?' 하는 의문이 풀리지 않아 매우 고민하였다. 그러던 중에 성경을 읽게 되었다. 창세기 1장 1절에 "태초에 하나님이 천지를 창조하시니라"는 말씀을 읽는 순간 그동안 풀지 못했던 문제가 일시에 풀리는 은혜를 체험하였다.

나는 성경 66권을 다 읽은 후에 과연 진리는 기독교에 있다는 확신을 얻고 예수님이 나의 구세주이심을 깨닫게 되었다.

이웃 동네에 있는 오곡감리교회에서 세례를 받고, 직장에 사표를 내고 감리교신학대학교에 입학하여 목사가 되었다. 목사가 된 후 은퇴하기까지 주님의 은혜로 보람 있게 목회 사역을 마치고 지금은 제2의 인생을 살고 있다. 그동안 살던 서울에서 국제공항이 있는 영종도로 이사를 하였다.

나는 은퇴 후에 살 집을 마련할 때 두 가지 기준을 가지고 하나님께 기도하였다. 첫째는 교통이 좋아야 한다고 생각했다. 왜냐하면 은퇴 후에도 전국에 있는 작은 교회를 찾아다니며 설교도 하고 힘들게 목회하는 목회자를 격려하는 일을 하기 위해서 어디든지 갈 수 있도록 교통이 편리해야만 했기 때문이다.

나는 스스로 자신을 '세계 선교사'로 임명하였다. 세계 선교사의 사명을 (1) 모든 영혼에게 예수님을 믿고 구원 받게 한다. (2) 모든 교회에서 예수님 복음을 전한다. (3) 모든 나의 삶을 예수님의 뜻에 맡긴다고 정했다.

둘째는 집 근처에 교회가 있으면 좋겠다고 생각했다. 왜냐하면 평생을 교회에 나가서 새벽기도 제단을 쌓겠다고 결심했기 때문이다. 지금 살고 있는 아파트 단지 바로 옆에 팔복감리교회가 있어서 매일같이 기도하고 있다.

나는 새벽에 기도할 때마다 국가와 민족, 한국교회를 위해서 기도한다. 또한 대림교회

성도들, 나의 자녀들, 나 자신을 위해 기도하기를 쉬지 않고 있다. 나 자신을 위하여 기도할 때 시편 71편 18절로 기도한다.

"하나님이여 내가 늙어 백발이 될 때에도 나를 버리지 마시며 내가 주의 힘을 후대에 전하고 주의 능력을 장래의 모든 사람에게 전하기까지 나를 버리지 마소서"라고 기도한다.

나는 은퇴 후에도 활동할 수 있는 두 가지 조건을 놓고 기도하던 중 이곳 영종도로 이사를 오게 되었다.

영종도는 교통이 좋다. 공항철도가 있어서 서울, 인천 어디든지 가기 쉽다. 리무진 버스가 있어서 전국 어디에나 편히 갈 수가 있다. 전국 고속도로가 연결되어 자동차로 쉽게 갈 수 있다. 나는 거의 매 주일마다 전국에 있는 미자립교회를 방문하여 설교도 하고 목회자를 격려하며 보람 있게 활동하고 있다. 또한 주중에는 미술학원에 가서 취미로 그림을 배우고 있다. 초등학교 때 그림을 곧잘 그려서 전국 어린이 미술대회에 경기도 대표로 출전한 경험이 있다. 그래서 은퇴 후에 하고 싶은 일 중의 하나가 그림을 그리는 것이었다. 지금은 기초를 배우고 있지만 때가 되면 영의 세계를 그림으로 표현해 보고 싶다. 또 하나는 그동안 못 읽었던 책들을 읽고 싶어서 가까운 도서관에 가서 문학서적을 비롯하여 여러 책들을 읽고 있는데 그 즐거움이 크다.

나는 비록 은퇴를 하였지만 보람 있게 하루하루를 살고 있다. 감히 단언하고 싶은 말은 '인생의 은퇴는 없다'는 말이다. 담임목사의 직에서는 은퇴했지만 제2의 삶 속에서 또 다른 일들을 하며 사는 것도 의미 있는 일이라고 자부한다. 하루하루 주님이 주신 시간 속에서 최선을 다해 성실하게 살다가 주님이 부르시는 날 훌쩍 이 세상을 떠나 주님이 계신 곳으로 가고 싶다.

이 재 섭

등 단 「에세이스트」

약 력 총신대학교, 개혁신학연구원, 총회신학원,
서울성경대학원대학교(Th. M.)
칼빈대학교 대학원(Ph. D. 과정) 수료
예장 합동측 목사, 러시아 선교사
한국크리스천문학가협회 회원

서울로 가는 길

1964년 6월, 나는 부산에서 초등학교 4학년 중퇴한 채 기울어가는 가정을 지켜보아야만 했다. 아버지의 건강이 안 좋아진데다 형 셋이 있었지만 나이가 적은 탓인지 경제적 능력이 없었다. 외가와 친가를 찾아가도 뾰족한 수가 보이지 않았다.

1964년 겨울에 접어들 무렵, 부모님과 큰형은 최선의 생계 대책을 택해 충청도 음성군 생극면 신양리 외딴 곳에 남은 가족이 머물도록 했다. 형 둘은 서울로 일하러 가고 중학교를 중퇴한 셋째 형은 안동에서 식당 종업원으로 있었다.

부모님과 나 그리고 동생 둘, 남은 가족은 들판에 자리잡은 외딴집에 남게 되었다. 우리 가족은 마음씨 좋은 충청도 사람들의 도움으로 연명해 나갔다. 불과 반 년 전만 해도 정원 가득히 각종 꽃이 핀 집에 살았는데 너무 변해 버린 환경으로 인해 딴 세상에 온 것 같았다.

봄이 다가와 들판이 점차 푸르러 갈 무렵, 개학날을 맞아 충청도 시골 아이들이 학교를 향해 달려가고 있었다. 나는 동생을 바라보며 생각했다.

'쟤가 벌써 일곱 살이라 내년이면 학교에 입학해야 될 텐데⋯⋯.'

동생의 앞날에 먹구름이 낄지 모른다는 생각에 사로잡히게 되자 다섯 살 어린 동생 진이가 더욱 걱정스러웠다. '무슨 방법이 없을까?' 곰곰이 생각해 보았다. '그래, 서울로 가자. 그것만이 최선책이다.' 일단 서울로 가야만 무슨 수가 생길 것만 같았다. 어머니를 졸라서라도 반드시 서울로 가야만 해결책이 있을 것 같다는 생각에 사로잡혔다.

어느 날 저녁식사 후 어머니에게 말했다.

"엄마, 우리 서울 가입시더."

어머니는 깜짝 놀라 반문했다.

"애야, 무슨 뚱딴지같은 소리냐. 서울에서 누가 우릴 오라던?"

"동생이 내년에 학교에 입학할 나이 아닝기요. 올해 꼭 서울로 가야 내년에 동생을 학교에 보낼 수 있심더. 그러니 우리 서울 가입시더."

"하지만 애야, 우리 같이 아무것도 없는 사람이 불쑥 서울로 가면 큰일난데이. 형들로부터 연락이 올 때까지 여기서 살면서 기다려 보자꾸나."

어머니는 딱 잘라 거절했다. 나는 동생의 장래를 위해 서울로 꼭 가야 한다며 며칠을 두고 졸랐다. 얼마 전 어머니가 한글을 전혀 모르는 것을 알게 되어 수개월 동안 한글을 가르쳤는데 이해가 빨랐다. 초등학교 중퇴가 마음 아프셨던지 내게 특별한 사랑을 베푸시던 어머니가 마침내 결정했다.

"그래, 가자꾸나. 어딜 간들 살아갈 수 있을 게다."

뗏장으로 공들여 집을 지은 지 넉 달이 못 되어 기약 없이 길을 떠나기로 한 것이다. 땅 주인 아저씨께 인사드리고 이사 갈 차비를 챙겼다. 부산서부터 가지고 온 비교적 큰 리어카에 살림을 싣고 큰 동생을 그 위에 태웠다. 나는 희망에 찬 손으로 리어카 손잡이를 움켜쥐었다.

'이제 서울로 가는 거다. 걸어서라도…….'

열두 살 소년이 끄는 리어카는 서울 쪽으로 향했다. 아무리 걸어도 지치지 않는 것 같았다. 내가 힘들어 보이면 아버지가 리어카를 끌었다. 남은 가족이 교대로 뒤에서 밀기도 했다.

장호원 가까이 이르자 저녁이 되었다. 일행 중 아직 두 살배기 갓난아기 막내동생까지 있었던 만큼 하룻밤을 자기 위해서라도 임시로 살 집을 지어야 밤을 지낼 수 있었다. 하지만 대강 집이 만들어지자 부모님은 그 자리에 안주하려 들었다. 더 이상 서울로 가자고 우길 수도 없어 한동안 그대로 머물러 있어야 했다.

'서울로 가는 것을 피하려 드는 부모님에겐 무언가 이유가 있을 것이다. 그래, 맞아, 돈이 없기 때문이다. 돈 한 푼 없이 서울로 가서는 우리 모두 살아갈 수 없기 때문이다. 그래, 돈을 벌어 몰래 저금을 하자. 그 길만이 최선책이다.'

나는 아버지 도장을 가져다가 장호원 우체국을 찾아가서 저금통장을 만들었다. 통장을 받아들고 서울 가는 일 이외에는 절대로 돈을 찾지 않겠다고 결심했다. 먼저 고물을 주워 파는 일을 시작했다. 고물상을 자주 드나드는 동안 고물 시세에도 점차 밝아지기 시작했다. 때로는 강변에서 모래를 파내어 쇠붙이를 찾기도 했다.

여름이 다가오자 아이스케이크를 파는 일도 좋은 수입원이 될 것 같았다. 하지만 이 무렵 시골 아이들은 거의 돈이 없는 경우가 많아 자연히 장사가 쉽지 않았다. 그래서 이번에는 고물을 받고 아이스케이크를 주는 방법을 고안해 냈다.

매일같이 우체국을 드나드는 동안 자연히 우체국 사람들과도 친해지게 되었다.

'이렇게 살아갈 수만은 없지 않나. 이런 삶의 방식은 말도 안 돼.'

나는 우리가 처한 환경을 벗어나 새로운 삶을 찾아야 한다며 어머니를 설득하기 시작했다.

"엄마, 우리 모두 일하기로 하입시더. 언제까지 이렇게 살 순 없는 기라요. 이렇게 살아가면 사람들이 우리를 거지로 봐요."

"얘는 못하는 소리가 없구나. 자기 부모를 그렇게 함부로 부르다니."

"우리가 아무리 아니락해도 남들이 그렇게 보는 걸 어떡합니꺼. 사람이 살아가려면 일을 해야 됩니더. 그리고 돈이 있어야 살아갈 수 있심더."

"얘는……. 누가 우리 같은 사람에게 일자리를 준다던?"

"혹시 지나다니시다가 친절해 보이는 사람이 있으면 일자리를 달라고 부탁해 보이소. 누군가 우리를 필요로 하는 사람이 있을지 압니꺼."

며칠 후 어머니는 어느 부잣집에서 파출부로 와달라는 말에 자주 가서 집안일을 거들기 시작했다. 아버지는 산을 깎아내리는 사방공사장에 나가 일하기로 했다. 하지만 부모님이 이따금 편찮을 때가 있고 집에 돈이 없을 때가 많았다. 때론 일이 없어 전혀 수익을 올리지 못하는 것이었다. 일하면서 살아간다는 것이 쉽지 않아 보였다.

대개 내가 구해오는 양식으로 온 식구가 살아갈 때가 많았다. 나는 조금이라도 더 저금하기 위해 약간의 식량만 구해 죽을 끓일 때가 많았다.

가을에 접어들자 점점 마음이 조급해져 왔다. 장호원에서 그만 너무 지체했던 것이다. 그래서 어머니를 향해 다시 서울로 떠나자고 말했다.

"엄마, 이제 그만 서울로 가입시더. 이번 추석은 꼭 서울에서 보내고 싶습니더." 하고 말했다.

"그래, 아버지가 그동안 일한 돈을 빨리 받으면 서울로 가마."

"고맙심더. 엄마."

나는 시간이 되는 대로 아버지가 사방공사한 품삯을 받기 위해 읍사무소로 찾아갔다. 담당 아저씨는 군청에서 밀가루가 안 오고 있다며 미루다가 내가 자꾸 찾아오는 것을 보고 새 방안을 제시했다.

"본래 밀가루로 주기로 되어 있지만 대신 보리쌀로 주면 어떻겠니?"

"그래요, 고맙심더."

하고 아버지와 함께 리어카를 끌고 가서 보리쌀 자루를 싣고 집으로 가져왔다.

'드디어 저금을 찾는 거다.'

비장의 결심을 하고 도장과 통장을 챙긴 후 어머니에게 말했다.

"잠깐 다녀올 데가 있으니 조금만 기다리세요."

서울로 가자면 무엇보다 돈이 필요했다. 나는 신이 나서 헐레벌떡 우체국으로 뛰어 들어가 담당 아저씨를 향해 소리쳤다.

"아저씨, 저금 찾으러 왔심더."

모든 직원들이 놀란 듯 나를 쳐다보았다.

"아니, 저금을 찾는다고– 얼마큼이나?"

담당 아저씨가 놀란 듯 자리에서 일어나 물었다.

"예, 전부다 주이소."

"뭐 전부? 어디다 쓰려고?"

담당 아저씨는 무척 놀란 듯 아예 벌린 입을 다물지 못하는 것이었다.

"예, 아저씨, 우리 서울 갑니더. 그래서 저금한 거 모두 찾으러 왔심니더."

우체국 아저씨는 나를 쳐다보더니 "안 돼" 하고 거절했다.

"아니, 왜 안 되는기요. 내 돈 내가 찾는데."

"그래도 안 돼."

"서울 간단 말이에요. 이 돈이 꼭 필요합니더."

"야 이놈아, 그동안 어떻게 모은 돈인데 불쑥 와서 몽땅 찾는단 말이냐. 안 돼, 절대 못 내준다."

담당 아저씨는 팔짱을 낀 채 고개를 흔들었다.

"와 그라십니까, 아저씨, 내꺼잖아요. 울 갈 때 쓸려구 모은 거란 말입니더."

나는 그만 그 자리에서 울어 버렸다.

"그럼 가서 네 엄마 불러와."

나는 힘없이 짐이 있는 곳으로 돌아와 말했다.

"엄마, 우체국에서 저금한 거 안 준다캅니더."

"아니, 웬 저금을?"

어머니는 영문을 모르는 일이라 물었다.

"서울 갈 때 쓸려고 몰래 모아 둔 게 있단 말입니더. 엄마랑 같이 오라캅니더."

어머니와 함께 장호원 우체국 문을 열고 들어서자 담당 아저씨가 자리에서 벌떡 일어나 인사했다.

"아! 이 아이 어머니 되십니까. 제발 부탁인데 저금만은 찾지 말아 주십시오."

아저씨는 목이 멘 듯 어머니에게 당부했다.

"어머니께선 이 아이가 이 돈을 어떻게 모은 건지 아십니까? 대신 서울로 가시게 되면 그쪽 우체국으로 보내 드리겠습니다."

"우린 주소도 없이 길을 떠나는 거라…… 얘도 아마 이때 쓸려구 저금한 모양인데……."

"아, 그러세요. 그럼 드려야죠. 저축상을 주어도 아깝지 않은 건데 그만 갑자기 와서……."

아저씨는 내가 그동안 저금한 돈을 내주었다. 담당 아저씨와 여러 우체국 직원들이 마당까지 나와 손을 흔들며 인사를 했다.

"서울 가면 꼭 편지해."

우체국 사환 누나가 손을 흔들며 말했다.

"부디 잘살아야 해. 꼭 훌륭한 사람이 되어야 해."

담당 아저씨도 눈시울을 붉혔다.

"학교도 다시 가고."

"예, 아저씨 안녕히 계세요, 누나 잘 있어요."

돈을 모두 어머니께 드리고 다시 짐이 있는 곳으로 돌아왔다.

'이번만큼은 절대로 중간에 머물지 않고 서울까지 곧장 가는 거다.'

동생을 리어카에 태우고 손잡이를 힘주어 붙잡으면서 다짐했다.

'가자. 서울로!'

코스모스가 길가를 수놓은 가을 길을 가는 동안 간혹 차들이 먼지를 일으키며 지나갔다. 아버지와 교대로 리어카를 끌고 가다가 오르막을 만나면 남은 식구가 뒤에서 밀었다. 동생은 걷다가 다리가 아프면 리어카 위에 올라탔다.

우린 그저 서울 쪽으로만 향했다. 용인 땅에 이르자 잠자리가 마땅치 않았다. 그래서 짐을 모두 정리하고 시외버스를 타고 서울로 향하기로 결정했다. 우리가 도착한 곳은 영등포 시외버스터미널이었다. 친절한 지게꾼 아저씨의 소개로 가까운 철길 가에 판잣집을 지었다. 불과 한 달 만에 철거가 되어 사당동 철거민 단지에 입주할 수 있었다.

얼마 후 인근 교회에 성경구락부가 생겨 동생을 데리고 찾아갔다. 내게도 학업의 기회가 주어졌다. 매일같이 예배드리고 찬송을 부르는 사이 하나님을 더 잘 알 수 있었다. 얼마 후 모두 정규학교에 편입했다. 나와 동생 모두 우등생이 되었다.

후일 동생은 대학교를 졸업하고 결혼해 두 딸의 아버지가 되었다. 나의 기대가 이루어진 셈이다. 나는 스무 살 무렵 신학교에 입학해 목사가 되었다. 십 수년 동안 해외 선교사로 사역했다.

2남 1녀의 자녀들 모두 20년 간 러시아에서 수학했다. 두 아들은 모스크바 대학교에서 물리학 박사 학위를 받고 국내 연구소에서 연구원으로 재직 중이다. 여식은 어린 딸을 둔 엄마임에도 법을 전공한 데다 러시아어가 유창해 직장에서 인정받고 있다.

오래 전 서울로 가도록 길을 인도해 주시고 천막교회를 통해 신앙훈련을 시키신 주님의 은혜를 오늘도 잊지 않고 있다.

유 영 자

등 단 「크리스천문학나무」

약 력 크리스천문학나무문학회 회원
한국크스리천문학가협회 운영이사
동화구연가

수 상 수원문인협회 장려상
MBC 문화방송 신인문예상

저 서 동화집 : 『24가지 동화로 배우는 하나님 말씀』

e메일 youn-0201@hanmmail.net

양말 속의 편지

"넓은 벌 동쪽 끝으로 옛이야기 지줄대는 실개천이 휘돌아 지나고 얼룩백이 황소가 해설피 금빛 게으른 울음을 우는 곳 그곳이 차마 꿈엔들 잊힐 리야……."

조용히 눈을 감고 정지용님의 시에 곡을 붙인 노래를 읊조리듯 불러본다. 그러면 나도 모르게 콧날이 시큰해지며 아득한 유년의 이야기가 가득 담겨 있는 고향 마을에 마음이 가서 머물고 있다. 그날은 중학생이 되어 두 번째 하복을 입던 날이었을 것이다. 학교에서 돌아와 보니 어머니는 밭일을 나가고 안 계셨다. 할 수 없이 단벌 교복과 양말을 내 손으로 빨아 널었다. 저녁 무렵 밭에서 돌아오신 어머니가 "이젠 너도 철이 든 모양이구나, 교복도 제 손으로 빨아 널고. 그런데 양말은 왜 한 짝만 빨아 널었니?" 하셨다.

"두 짝 다 빨아 널었는데요."

"그럼 바람에 날아간 모양이니 어서 나가 찾아봐라."

어머니 말씀이 끝나기가 무섭게 밖으로 나가 장대로 양 귀를 받쳐 놓은 빨랫줄을 보았다.

분명 양말 두 짝을 하얗게 빨아 교복 옆에 가지런히 널어 놨는데 정말 한 짝만 덩그러니 걸려 바람에 흔들거리고 있는 게 아닌가.

"어, 정말 없네. 어디로 갔지?"

난 당장 교복을 빨았던 시냇가로 달려가 둘러보고 돌아오는 길 풀섶을 뒤지고 텃밭과 마당 구석구석, 심지어 이웃집 마당까지 넘겨다보았다.

그러나 양말 한 짝은 그 어디에도 없었다. 혹시나 해서 이번엔 애호박꽃이 노랗게 핀 담장 밑을 작대기로 헤쳐 가며 찾았지만 조롱조롱 매달린 아기 호박만 보일 뿐 사라진 양말은 그곳에도 없었다.

끝내 양말을 찾아내지 못한 난 사방이 어둑어둑해져서야 눈물을 그렁그렁 매달고 집으로 돌아왔다.

"정신 차려 빨아 널지 덤벙대다가 물에 떠내려 보냈구나."

어머닌 밥 짓던 손길을 멈추고 부엌 문 앞에 서 있는 나를 향해 버럭 소리를 지르셨다.

한 가지 옷이나 양말, 신발을 해질 때까지 입고 신던 시절의 양말 한 켤레는 그만큼 소중하고 귀했다. 그 뒷날 이른 아침이었다. 아침밥을 지으러 나가셨던 어머니의 흥분된 목소리가 정신없이 자고 있는 나를 깨웠다.

"야, 이 정신 없는 것아! 양말을 장독대에다 널어놓고는 앞마당에서 백날 찾으니 나오냐? 쯧쯧!"

어머닌 방문을 벌컥 열고 아침 이슬에 촉촉이 젖어 있는 양말 한 짝을 내게 휙 던지셨다. 잠결에 방바닥에 떨어진 양말을 집어든 순간 무언가 이상했다. 양말 속에서 바스락 소리가 났기 때문이다. 나는 잠에 취해 눈도 제대로 못 뜨고 양말 속에 손을 넣어 보았다 종이쪽지가 잡혔다.

"이게 뭐지?"

그때야 벌떡 일어나 종이쪽지를 펴 봤다. 순간 내 가슴에서 쿵 소리가 나며 눈에 매달려 있던 잠 부스러기들까지 놀라 우수수 떨어져 나갔다. 심장이 걷잡을 수 없이 두근거렸다. 양말 속에서 나온 건 꿈에도 생각해 본 적 없는 연애편지지 뭔가. 연애편지는 품행이 단정치 못하고 까불대던 계집애들이나 받는 줄 알았는데 내가 받다니 난 마치 불량소녀가 된 느낌이었다. 겁이 더럭 나며 큰일을 저지른 것처럼 얼굴이 화끈거렸다.

"누구 짓일까? 이름도 안 밝히고……."

그 시절 우리 마을엔 중학생은 나 하나였다. 그래서 교복을 입고 학교엘 오고 갈 때면 동네 아이들의 부러움을 샀다. 그들은 내가 지나가기라도 하면 슬금슬금 길을 피했고 나에게 함부로 하지 않았다.

그랬던 아이들인데 누가 편지를 보냈단 말인가. 난 동네 사내아이들을 한 명씩 의심하기 시작했다. 여드름이 그득한 만식이, 코흘리개 창길이, 도장부스럼을 달고 다니던 수길이, 곰보 순식이가 얼굴을 내밀었다 그러고는 한 마디씩 했다.

"난 아냐." "나도 아냐." "내가 감히 어떻게 너한테. 난 절대 아냐……."

하나같이 능글맞게 웃으며 고개를 흔들었다. 분명 이들 가운데 범인(?)이 있는데 도무지 짐작 가는 머슴애가 없었다.

방바닥에 코만 박으면 순식간에 곯아떨어지던 난 그날 밤 이상하게 가슴이 울렁거려 잠을 이룰 수가 없었다. 그러나 이튿날 난 어머니보다 일찍 일어나야만 했다. 그 머슴애가 우리 집 장독대에다 편지를 매일 갖다 놓을 테니 들키지 말고 가져다 보라고 했기 때문이다. 우리 집 장독대는 몇 그루의 나무가 울타리를 대신해 주고 있어서 누구나 쉽게 드나들 수 있는 곳이었다. 그 장독대에는 간장, 된장, 고추장, 소금을 담아놓은 올망졸망한 항아리들이 가득해서 어머니가 매일 드나들던 곳이므로 조심하지 않으면 안 된다. 들킬 경우 불호령을 면하기 어렵다.

그 아이는 약속대로 편지를 장독대에 갖다 놓기 시작했다. 바람 부는 날엔 돌멩이에 짓눌린 채, 비 오는 날엔 비닐 종이에 싸인 채, 맑은 날엔 나뭇가지에 매달린 채, 날 달착지근한 미열에 시달리게 만들었다. 그러던 어느 날 대담한 내용의 편지가 배달되었다.

"소에게 풀을 먹이면서도 네 생각,

농사일을 하면서도 네 생각,

하늘을 쳐다봐도 네 생각, 온통 네 생각뿐이다.

오늘은 너를 만나 이야길 하고 싶다.

느티나무 밑에서 만나자. 안 나오면 밤새껏 기다릴 거다."

만나자는 말에 펄쩍 뛸 만도 한데 웬일인지 싫지가 않았다. 그 용감한 아이가 누군지 알고 싶었다. 그러나 느티나무 밑으로 나가기가 부담스러웠던 난 그 아이의 정체만 몰래 엿보기로 했다. 그래서 풀벌레 소리가 요란하게 깊어가는 밤을 알리자 느티나무가 빤히 보이는 고추밭 고랑으로 살금살금 숨어들어갔다. 그리고 납작 엎드려 그 아이가 나타나기를 기다렸다. 하지만 느티나무 밑엔 사람의 그림자라곤 보이지 않고 수많은 반딧불이만 모여 반짝반짝 까만 밤을 밝히고 있었다. 밤이슬에 옷깃만 눅눅해진 채 집으로 돌아왔다. 난 그 아이가 누군지 꼭 알고 싶어서 문구멍을 뚫고 밖을 엿보고 검은 보자기를 쓰고 장독대 사이에 숨어도 보았다. 그러나 주체할 수 없이 쏟아지는 잠을 이길 수 없어 범인(?)을 잡는 데 실패했다. 양말 속에 편지를 넣어 보낼 만큼 기발한 생각을 했던 소년이 내 어리석은 탐정놀음에 걸려들 리 만무하다는 걸 깨달은 후 막을 내렸다.

그 후 고등학교에 진학할 때쯤 나는 그 마을을 떠나 서울로 유학을 갔다. 뒤이어 가족 모두 서울로 이사를 했다. 친척이 남아 있지 않은 고향은 더 이상 갈 일이 없어졌지만 양말 속 편지의 추억은 지금까지 그곳에 생생하게 남아 가끔 내 가슴에 신선한 바람을 일으키며 웃음을 자아내게 한다. 순진무구하며 때 묻지 않았던 시절, 내 첫 이성의 대상은 아련한 그리움으로 일생의 언저리에 붙어 다니며 동화 한 편 같은 이야기가 되고 있다.

세월은 거침없이 흘러 날 백발의 할머니로 만들어 놓았다. 그러나 추억 속의 단발머리 소녀는 아직도 장독대에서 삼각형으로 곱게 접은 짝사랑의 편지를 주워 들고 가슴을 두근거리며 서 있다.

강 우 석

등 단 「한국크리스천문학」

약 력 한국크리스천문학가협회 회원
상모중학교, 화북중학교 교장 역임
치유교회 담임목사

수 상 대한민국 황조근정훈장 외 다수

저 서 『치료자 예수님』

저 높은 곳을 향하여

　사탕 하나 입에 넣고, 이어폰을 귀에 꽂은 후에, 아내가 만들어 준 음료수병을 왼손에, 두루마리 한 설교원고를 오른손에 들고 오늘도 용수봉에 오른다. 아파트의 보도길을 따라 300m를 천천히 걸어간다. 운동장을 비켜 지나 60도 경사의 가파른 30개의 시멘트 계단을 올라간다. 이미 온몸은 땀으로 젖기 시작한다. 밋밋하고 좁은 샛길을 따라서 오백 보를 더 올라가면 본격적으로 산행이 시작된다. 헐떡거리면서 이마의 비지땀을 연신 훔치다가 오르니 이제는 가파른 내리막길에 다다른다. 길 좌우에는 불규칙하게 푸른색 플라스틱으로 포장하여 쌓아둔 비슷한 크기의 직사각형 큰 덩어리들이 눕혀져 있다. 재선충에 감염된 소나무를 베고 잘라서 쌓고, 약을 넣은 후 밀봉한 상태에서 1년 이상 훈증하고 있는 중이다. 이 산에서도 사람과 병해충과의 소리 없는 전쟁은 계속되고 있다. 갑자기 에너지가 고갈되고 기운이 소진되어 헛다리를 짚어 넘어질 뻔한다. 정신을 차려 길 옆에 서 있는 지주목에 의지하기를 여러 번 하는 동안 입 안에 넣어둔 사탕이 다 녹아버린다. 물 한 모금 마시고 하늘 쳐다보기를 여러 번 반복하는 사이에 어느덧 자라고개에 이른다. 사람들은 이곳을 체육공원이라 부른다. 파도타기, 허리돌리기, 윗몸일으키기, 평행봉, 철봉이 손님을 기다리고 있다.

　발걸음을 멈추고 파도타기 대에 올라서서 이정표를 바라보면서 에너지를 서서히 충전한다.

　다시 칠봉대에 매달려 산동 들판을 내려나보나가 멀리 만수되어 있는 낙동강 호수(?)를 바라보면서 마음의 여유를 즐긴다. 낙동강을 비롯하여 4대강을 개발할 당시 많은 단체와 사람들이 반대를 위한 반대를 했었다. 그 당시 도로가에 지역주민의 이름으로 걸어두었던 낡은 현수막이 생각났다.

　"우리는 좋은데 왜 당신들이 반대를 일삼느냐?"

　그 순간 홀쭉한 다람쥐 한 마리가 하늘다리에서 묘기를 뽐내며 지나간다. 흐르는 듯 멈추고, 부족한 듯 넘치면서 자태를 뽐내며 유유히 흐르는 낙동강물이 산동 들녘을 굽이쳐 흐르고 있다. 개발을 하지 않았으면 강둑이 무색하도록 홍수로 인하여 들녘은 물바다가 되고, 벼들은 물벼락을 맞아 모가지까지 잠겨서 목숨만 겨우 부지하였을 것이다. 그리고 비가 오지 않으면 모내기를 하지 못한 농부들이 밥맛을 잃고 넋을 잃어 시름하는 사이에

민심이 메말라졌을 것이다. 이에 더하여 나라님은 흉년에 식량부족을 걱정했을 것이다. 강바닥이 메마르니 동네 아이들은 멱 감을 물을 찾아 이리저리 강바닥을 누비고 다녔을 것이다. 정치적으로 사회적으로 심한 저항에도 불구하고 잘 마무리 된 4대강의 개발로 인하여 홍수 걱정은 물론 가뭄 걱정도 없는 태평시절이 되었으니 다행스러운 일이며 더하여 아주 잘한 일이리……

체육공원을 뒤로하고 정상을 향하여 내리막길을 걸어가는데 또래의 소나무들이 어깨동무하여 휘파람을 분다. 발가락을 서로 엉켜서 땅에 뿌리를 내려 등산객을 보호하고 있다. 다시 얕은 오르막길을 오르려 하는데 먼저 다녀오는 30대의 새댁 두 사람이 반가이 인사한다.

"안녕하세요."

"예, 일찍 다녀오십니다."

기분이 좋아 콧노래가 저절로 나온다. 소나무와 아카시아나무들이 뒤엉겨서 손에 손잡고 바람소리에 맞추어 응원가를 부른다. 리우 올림픽에서 그 기운을 받은 우리 궁녀들이 금메달을 목에 걸었다. 다시 아카시아나무가 뒤엉겨서 터널을 이루는데 심술궂은 해님이 찾아와서 굵은 땀을 흐르게 할 즈음에 사거리가 나오고 이정표가 또 나타난다. 호기심에 용샘을 안내하는 급한 내리막길을 단숨에 내려간다. 여러 개의 크고 작은 낡은 건물이 보이고 여러 종류의 불상도 보이며 촛불이 바람에 흔들리고 있다.

구미용수암
경상북도 기념물 제158호
구미시 산동면 성수리 산 48-3

"조선조 학자 용암(박운, 1493-1562) 선생이 강학처로 삼았던 곳이다. 당시는 용수암이라는 서재가 있었으나 지금은 용샘과 주춧돌만 남아서 그 흔적을 전해주고 있다. 박운 선생은 성종 24년(1493년) 선산부 해평면 괴곡리에서 태어나 명종 41년(1562년)에 돌아가시고 인조 20년(1642년) 낙봉서원에 배향되었다."

안내판 뒤에 서서 용수암을 호위하고 있는 큰 암반에는 '용암 박선생 장구지소'라고 희미하게 각자刻字된 글이 보이고, 그 바위 밑에는 지저분하게 고여 있는 깊은 샘물이 보인다. 주거 공간으로 보이는 건물 안에는 사람이 있을 듯도 한데 인기척이 없다.

"계십니까. 계십니까." 반복하니 건물 안에서 나지막한 대답에 이어 내 또래의 비구니

한 사람이 나타난다.

"안녕하십니까. 저는 용수봉에 등산 가다가 이름이 좋아서 잠시 들렀습니다. 반바지에 예의가 아닙니다만 이해해 주시고 이곳의 유래에 대해 설명을 부탁합니다."

스님인지 불자인지 물으니 자신은 스님이란다.

"용이 낙동강을 향하여 머리를 들고 있다 하여서 '용수봉'이라 하였답니다. 흥안고개에서부터 용수봉 정상으로 오르는 능선에는 용혈이 흐른다고 합니다. 천생산에서부터 이곳 용수봉까지가 용의 모양을 하고 있답니다. 그리고 저 아래 계곡으로 내려가면 산 입구에 '용수암' 사적비가 세워져 있습니다."

스님의 설명대로 급경사 길을 단숨에 내려가니 사적비가 세워져 있고 이름 모를 잡초들이 사적비를 사방으로 호위하고 있다. 사적비에서 설명하기를

"용암 아래의 우물물이 맑은 날에는 깨끗한 낙동강물이 흐르고, 우물물이 황톳물로 변했을 때는 2~3일 후에 낙동강에는 홍수가 났다고 한다. 그리고 이 샘물이 넘치면 풍년이 들었고 샘물이 줄어들면 흉년이 왔다고 한다. 그러기에 이 우물이 신비하다고 하여 사람들은 영천이라 불렀다고 한다."

구슬땀을 흘리면서 왔던 길을 다시 올라오니 젖 먹은 힘도 다 소진되었다. 있는 힘을 다하여 용수봉 정상에 오르니 주인 없는 산불예방 초소가 있고, 허리돌리기와 윗몸일으키기가 손님을 기다리고 있다. 건설교통부에서 세운 삼각지점 표석이 경고문과 함께 자리하고 있으며 당국에서 세운 팔각정 정자가 있다.

N 36 09 04 04
E128 23 04 04
해발고도 168m

높지 않은 용수봉은 여느 명산에 뒤지지 않을 기세가 넘치는 명소이리라.

산 아래의 북으로는 푸르름을 더해 가는 산동 들녘의 벼들이 혹여 강둑이 터질까 오금저리어 한다. 고개를 서북쪽으로 돌려 굽이쳐 흐르는 낙동강물을 바라보니 강을 가로지르는 고아 다리가 눈에 들어오고 멀리 풍요로움을 더해 주는 구미보가 자태를 뽐내면서 서 있다. 강둑에 넘치듯 춤추면서 흐르는 낙동강물이 나에게 다가온다. 다시 서쪽으로 고개를 돌리자마자 구미 시가지가 나의 시야를 사로잡고는 와서 잠시 쉬어가라고 하는데, 저 멀리 위엄을 뽐내며 서 있는 금오산이 나에게 빨리 오라고 손짓하면서 재촉한다. 산동 들녘과 낙동강을 뒤로하며 돌아서는데 남쪽에 있는 구의동의 아파트와 금오대학교가 나를

향하여 함께 달려온다. 동쪽으로는 확장단지의 아파트들이 여유를 즐기고 있는데 그 옆으로는 국가 4공단의 공장들이 즐비하게 늘어서서 분주하게 산업전선을 이루고 있다. 다시 동북쪽으로 고개를 돌려 멀리 바라보는데 산허리를 가로지르는 민둥선이 현수막으로 변하여 상주~영천 고속도로 현장을 알리고 있다. 그 순간 위에서 나를 부르는 세미한 소리가 들리니 두 팔을 번쩍 들고 하늘을 향하여 큰 소리로 대답한다.

"할렐루야!"

또 다른 할렐루야 소리가 메아리 되어 들려온다.

어제도 흘렀고, 오늘도 흐르며, 내일도 유유히 흐르는 낙동강물은 정녕 우리의 젖줄이요 생명줄임에 틀림없으리. 나는 오늘도 용수봉 정자에 앉아서 용수봉을 지으시고 용수가 솟아나게 하시며 낙동강물을 흐르게 하시는 하나님을 찬양한다. 나를 지으시고 나를 구원하시며 하늘의 영생의 복과 땅의 기름진 복을 넉넉히 주시는 하나님께 감사와 영광을 돌린다.

폭염에도 노래하고 비바람에도 노래한다.

오늘도 노래하고 내일도 노래하련다.

"저 높은 곳을 향하여 날마다 나아갑니다
 내 뜻과 정성 모두어 날마다 나아갑니다
 ……."

최 강 일

등 단 「한국크리스천문학」

약 력 고려대학교 영어영문학과 졸업
남강고등학교 교사로 정년퇴임
한국크리스천문학가협회 회원

수 상 옥조근정훈장 – 대통령표창

e메 일 cki1125@naver.com

충주호

　　예로부터 한반도의 중심을 살찌우며 수많은 사람들의 젖줄이 되어온 한강은 고구려, 신라, 백제 등 삼국시대 이래로 서로 그 지역을 차지하려고 치열한 쟁탈전을 벌여왔던 중요한 강이었다. 이렇듯 중요한 한강줄기를 더듬어 올라가보면 참 흥미로운 것들이 많기도 하다. 수도권 2,000만 국민이 식수 및 생활용수, 농업용수, 공업용수 등으로 활용하고 있는 이 한강의 지류들을 살펴보면 다음과 같다.

　　우선 북한강과 남한강이 양평의 양수리에서 만나 한강의 도도한 흐름에 합류하지만 이 또한 간단하지 않다. 북한강은 금강산계곡에서 발원하여 북한 땅을 지나 휴전선 근처의 평화의 댐을 거쳐서 양구군을 지나면서 파로호라는 멋진 호수를 이룬다. 이어서 화천을 지나면서 많은 관광객들이 찾는 춘천호를 만들어 준다.

　　또한 설악산계곡에서 발원한 물줄기는 인제군을 지나면서 소양강의 소양호를 이루고 그 유명한 소양강댐이라는 명소를 만든다. 이 물줄기가 북에서 내려온 강물과 춘천에서 만나게 된다. 춘천을 지나면서 의암호를 이루고 가평을 지나 홍천에서 내려오는 홍천강과 합쳐 북한강 줄기를 이루는 것이다.

　　한편 남한강은 태백산계곡을 흘러내려 영월과 평창을 지나 제천, 단양을 휘돌아 충주호를 이루면서 충주댐에 모여서 다시 여주군, 양평 등지를 지나 양수리에서 북한강 줄기와 만나 거대한 팔당호를 이루고 한강이라는 자랑스러운 강을 우리에게 보여주고 있는 것이다.

　　이러한 한강줄기 중에서 충주호를 찾는 사람들이 많아, 지난 가을에 충주에서의 모임에 참석차 갔던 길에 일반 관광객들과 합류하여 유람선을 타고 돌아본 결과 그 규모와 주변의 경관이 너무도 빼어나서 같이 감상하여 보시라고 소개하려 한다.

　　충주호는 육지 속의 바다로 불리는 거대한 호수로 풍부한 수량과 넓은 수면, 각종 어종이 풍부해서 관광객과 낚시꾼으로 붐비는 곳이다. 충청북도 충주에 1985년에 건설된 충주댐으로 인하여 생긴 인공호수가 바로 충주호인 것이다. 흔히 내륙의 바다로 불리는 충주호는 국내 최대 규모의 호수인 데다 주변 경관이 매우 아름다워 유람선 노선도 발달해왔다. 충주호의 분수는 동양 최대규모인 160m에 이르는 수경분수라고 하며, 평균 수심이 97m, 저수량은 소양강댐의 29억 톤에 거의 맞먹는 27.5억 톤이라고 한다. 차지한 면적도 엄청나서 제천시, 충주시, 단양군, 문경시 등 4개 시군에 걸쳐 있으며, 북으로는 충주호반과 청풍호반이 월악산 국립공원을 휘감고, 동으로는 단양8경과 소백산 국립공원을 곁에 두고 있으며, 남으로는 문경새재와 속리산 국립공원이 위치해서 주변이 모두 멋진 절경의 명소들로 에워싸여져 있는 곳이다.

충주댐은 우리나라에서 두 번째로 큰 다목적댐이며 남한강 수계의 유일한 초대형 댐으로 40만 KW의 수력발전소를 두고 있으면서 많은 선력생산뿐만 아니라 홍수조절과 수자원 관리라는 다목적의 역할을 하지만, 이 댐의 건설로 대부분의 땅이 물속에 잠기면서 삶의 터전을 잃은 많은 사람들이 새로 개발한 신단양 시가지로 이주해야 하는 상황도 생겨났던 것이다.

충주호에서는 다섯 곳의 나루터가 운영되고 있다. 시작 부분인 충주댐나루와 월악나루, 제천의 청풍나루, 장회나루, 그리고 신단양나루 등 다섯 곳에서 유람선이 운영되므로 필요에 따라 활용하면 되는 것이다. 충주댐나루에서 신단양나루까지는 무려 53km에 이르며 충주나루에서 청풍나루까지는 25km, 충주댐나루에서 장회나루까지는 38km에 이른다. 신단양나루에서 장회나루까지는 15km 등으로 상황에 따라 이용하지만, 신단양나루까지 유람선이 운항될 수 있는 충주댐의 수위는 132m라고 하니 수심이 얼마나 깊은지 짐작이 갈 것이다.

충주, 월악, 청풍, 장회, 신단양나루까지 이어지는 긴 뱃길 중 가장 경치가 좋아 인기가 높은 구간이 바로 청풍나루에서 장회나루 구간이라고 한다. 그 근처에 있는 옥순봉(286m)은 단양8경의 하나로 퇴계 이황 선생이 바위가 솟아 있는 형상이 마치 대나무 봉우리 같고, 힘차게 치솟아 있는 바위가 마치 절개 있는 선비 같다고 하여 그리 이름을 지었다고 전해진다. 구담봉이라는 이름은 물속의 바위에 거북무늬가 있고 깎아지른 듯한 장엄한 기암절벽 위의 바위가 거북을 닮아서 구담봉(373m)이라 불리게 되었다고 한다. 독특하고 기묘한 바위들이 첩첩이 솟아 있는 산 형세와 호수의 멋진 어우러짐이 너무도 아름다워 그 절경을 찬탄하지 않을 수 없는 것이다.

청풍나루 근처의 청풍문화재단지는 호수 조성 시 수몰지역에 있던 문화유산들을 원래 모습 그대로 옮겨 놓은 곳으로, 그 자체로도 볼 만한 곳인데 인근의 청풍 나루에서 유람선을 타면 충주호 130리 길의 절경을 감상할 수 있는 것이다. 장회나루에서 옥순대교 사이의 구간은 충주호 전체의 구간에서 아마도 최고의 경관을 즐길 수 있는 곳일 것이다. 근처의 옥순대교는 옥순봉 옆에 세워진 다리로 제천과 단양을 잇는 교각으로 남한강의 수려한 풍광과 함께 단양8경의 대표적인 명승지인 옥순봉을 감상할 수 있는 곳이기도 하다.

옥순봉 뒷자락 너머로 능선들이 굽이치며 모여든다. 여러 개의 기이한 모습의 봉우리들이 서로 조화의 멋을 이루며 산세의 기복과 굴곡이 너무도 멋져서 소금강이란 별칭도 갖고 있다고 한다.

참고로 단양8경을 소개하면 도담삼봉, 석문, 상선암, 중선암, 하선암, 사인암 그리고 구담봉과 옥순봉이라고 한다. 이렇듯 멋진 풍광을 선사하는 충주호의 절경을 가끔 감상하면서, 우리 국토의 아름다움을 마음속에 담는다면 더욱 여유로운 우리들의 삶이 되지 않을까 하는 생각이 들기도 한다.

꽃피는 봄철의 연두색의 아름다운 자연, 여름철의 싱싱하고 싱그러운 늠름함, 가을철의 찬란한 오색 단풍과 겨울의 신비로운 설경 등 사시사철 아름다움을 뽐내는 충주호의 절경을 하나님께서 우리 민족에게 선물로 주신 것이니 꼭 여행해볼 것을 권하고 싶다. 역시 여행은 하고 볼 일이란 생각이 늘 마음속에서 속삭인다.

책과 풍경은 보는 사람이 주인이란 말도 있듯이, 아름다운 우리나라의 산하는 정말 너무나도 멋진 곳이 많아서 사시사철 갈 만한 곳을 가보는 즐거움을 누려볼 일이다.

정 영 순

등 단 「한국크리스천문학」

약 력 한국크리스천문학가협회 회원
　　　　한국미술협회, 용인미술협회 회원
　　　　서양화가
　　　　세계평화미술대전 초대작가

수 상 국토해양부장관 및 경기도의회의장상
　　　　대한민국미술대전 입선 및 특선

잠 못 이루는 밤에

　나이 탓인지 가끔 잠을 이루지 못하고 힘들어질 때가 있다. 달빛과 어우러진 나뭇잎들이 창밖에서 흔들리고 있다. 오늘밤은 뜰 앞 나무들도 나와 함께 잠을 설치고 있나 보다.

　창가에 놓인 문갑유리 위에 떨어진 쬐고만 달이 제법 빛나고 동그란 모양을 갖춘 것을 보니 보름이 가까워졌나 보다. 가을밤 소리 없이 찾아 들어온 달빛은 잠 못 이루고 뒤척이는 내 방에 들어와 잠시 고삐 풀린 망아지처럼 무언지도 모른 채 이런저런 생각에 빠진 나를 일깨워 준다. 문득 한 켠에 덩그러니 놓인 턴테이블에 시선이 갔다. 내겐 다섯 손가락 안에 드는 개인소장 귀중품 목록 중의 하나로 꼽는 턴테이블이다. 음악을 좋아하는 나를 위해 아들이 선물해준 것이기에 항상 소중하고 고맙게 생각하는 물건이다.

　반세기를 넘게 살던 서울 살림을 정리하여 이곳 수지로 이사올 때 오디오세트를 함께 가지고 왔었다. 아파트보다 단독주택에는 살림살이가 구석구석 많이 숨어 있어도 별로 눈에 뜨이지 않는다. 복층주택의 위 아래층에서 이십여 년을 살았으니 정리할 물건들이 오죽이나 많았을까! 몇 년에 한 번씩은 이사를 해야 버릴 것은 버리고 살림정리가 된다는데 위 아래층을 넓게 사용하던 단독주택에는 아까워 버리지 못한 물건들 중에서 사실은 불필요한 것이 너무도 많았다. 이사하기 전 몇날 며칠 동안에 참 많이도 버렸다. 피아노며 장식장, 장롱, 책장, 도자기그릇, 많은 항아리, 화분 등등……. 그러고는 필요한 가전제품들과 오디오세트, 자개장롱, 침대, 책상, 캔버스와 화구畵具들만 정리해 가지고 내 깐에는 간단히 대충 정리해 이사를 한다고 생각했다.

　많이많이 버리고 아파트로 이사를 했는데 문제가 생겼다. 이사할 당시 따로 작업실이 없었기에 캔버스와 화구들을 정리하고 나니 덩치가 큰 오디오세트를 놓을 공간이 없었다. 거실에다 놓을 수도 없고 문제였다. 넓은 평수의 아파트지만 먼저 살던 단독주택만큼은 넓게 사용을 할 수 없게 되어 있었다. 아파트의 모든 조건들이 편하다고들 하지만 평생을 단독주택에서만 살던 나는 왠지 낯설고 지금도 여전히 단독주택이 더 좋게 여겨진다. 가을이면 마당의 단감나무는 특별히 비료나 퇴비를 주지 못했는데도 해거리도 안 하고 해마다 여러 접씩을 딸 수 있게 해주고 맛도 유난히 달았다. 우리 집 감 따는 날은 동네 단감 잔치하는 날이었다. 동네 사람들은 함박웃음을 웃으며 어쩌면 단감이 이렇게 달고 맛이 있냐며 도심에서 보기 드물게 풍성하게 열린 감나무를 올려다보며 좋아들 했다. 이렇게 늦은 가을밤이면 미처 따지 못해 연시가 된 감들이 마당에 세워둔 자동차 위에 "쿵! 쿵!" 소리를 내며 떨어지곤 했다. 그 이튿날이면 어김없이 일층에 살던 새댁은 "아이고~ 아까 워라! 어젯밤에 감이 또 많이 떨어졌네요." 하고 호호호 웃어댔다. 차 위에 터져 떨어진 연시 깨진 얼룩은 바로 닦아주지 않으면 말라붙어 떨어지지 않는 골칫거리였다. 그때는 감나무가 너무 높아 가을이면 연례행사처럼 이층 베란다로 올라가 긴 대나무장대로 감 따는 일이 귀찮았었는데 지금은 그 시간들이 그립기만 하다. 낙엽은 왜 그리도 많이 떨어지는지 마당에 떨어진 낙엽은 80kg짜리 커다란 포대에 몇 개씩을 모아서 담아 버려야 가을을 보내고 겨울을 맞이할 수 있었다. 비오는 날이면 열두 시 넘은 새벽이라도 하수구에 나뭇잎이 걸려 막히지나 않을까 염려되어 무서움도 모르고 집 주변을 한 바퀴씩 돌며 챙겼다. 그래도 그런 일상이 당연시되었고 귀찮고 힘든 줄도 모르고 재미로 알고 살았던 나는 지금도 아파트보다는 단독주택에 대한 좋은 생각뿐이다.

이상한 일은 서울 집을 정리하고 경기도 수지로 이사하던 해에 해거리도 않고 이십여 년을 넘게 여러 접씩 딸 수 있던 감나무에서 정확히 서른 개를 딸 수 있었다. 우리가 함께 했던 감나무를 남겨두고 이사를 한다는 것을 알았기 때문이었을까? 아니면 감나무의 수명이 다했기 때문이었을까? 특별한 보살핌도 없이 그동안 우리에게 많은 것을 베풀어 주어 너무 고마웠고 정들었던 감나무를 두고 이사를 하는 것이 무척 서운하고 또 미안하기도 했다. 동화 속의 어린아이처럼 그동안 함께 할 수 있어서 고마웠고 감사했다고 무언의 인사를 전하고 또 전했다.

이사 후 우리가 살던 집은 헐리고 신축건물이 들어섰다. 마당에 있던 모든 나무들은 자취도 없이 사라지고 아주 잘생겼던 단풍나무도 고마웠던 감나무도 더 이상은 볼 수 없게 되었다. 서울 집에서는 작업실로 쓰던 이층의 큰방에 오디오세트를 놓고 수시로 편하게 들을 수 있었는데 음악엔 별로 관심이 없는 남편은 그 오디오가 얼마나 소중한 줄도 모르고 버리라고 성화였다. 그 오디오세트는 친정아버지께서 정년퇴직을 하실 무렵에 벼르고 별러 구입하신 것이었다. 아버지가 돌아가시고 친정집에서 가져온 그 오디오세트! 마음이 울적하고 생활에 지쳐 짜증날 때면 이층 방에 올라가 밖에서 들릴세라 문들을 모두 닫고 음량을 키워가며 내가 좋아하는 곡들을 선곡해 커다랗게 듣고 있노라면 나도 모르는 사이에 가슴이 후련해지며 아버지 생각도 나고 마음의 안정을 찾게 해주어 삶에 활력을 불어 넣어 주던 마음의 친구였다. 며칠을 고민하다가 아쉽고 안타깝지만 집은 비좁고 남편은 치우라고 성화니 할 수 없이 중고품 상인을 불러 줘버렸다. 친정아버지께서 차곡차곡 모으셨던 LP 레코드판 전집들은 쌓아 놓은 채 들을 기회를 잃어버렸다. 교향곡, 관현악, 피아노와 현악 협주곡, 실내악곡, 무용곡, 행진곡 등의 명곡 모음전집과 오페라전집, 유명 아리아 모음곡, 세계 애창곡모음집, 가곡 팝송모음곡 등은 듣지도 못하고 무용지물이 되어 자리만 차지하고 그대로 방치되어 있었다. 친정에서 가져왔던 오디오세트를 버린 몇 해 후에 남편은 오디오 조립을 하여 판매를 하는 지인에게서 들었다면서 요즘은 오디오 진공관 구하기도 어렵고 가격도 상당히 비싸다며 오디오세트를 버린 걸 아쉬워하는 눈치였다. 그리고 몇 해 동안 오디오 가격만 알아보면서 장만을 못하고 있었다. 한동안 LP 레코드판은 들어가고 CD가 대세로 떠올라 웬만한 곳에서는 오디오 턴테이블을 구경하기가 어려웠다. 상당히 비싼 오디오세트는 있었지만 서민들이 쉽게 접할 수 있는 가격의 오디오세트는 눈에 띄지가 않았다. 그런데 언제부터인지 놀랍게도 턴테이블이 조금씩 대중화되어 다시 보급되기 시작했다. 내가 다시 턴테이블을 사가지고 집에 돌아오는 날은 마음이 날아갈 것 같았고, 어렸을 때 엄마가 사준 새 신을 신은 것처럼 뛸 듯이 기뻤다.

나를 위해 아들이 사주었다는 대견함, 엄마에 대한 아들의 관심과 배려가 고맙고 좋았다. 친정에서 가져왔던 오디오의 음향만은 못하지만 그래도 아쉽지 않게 감사하면서 잘 듣고 있는 아들이 사준 오디오 턴테이블! 나이 든 부모는 자식의 작은 사랑과 관심에도 감격을 하나 보다. 손에 닿는 대로 LP판을 집어 턴테이블에 올려놓았다. 들려오는 기타 연주 소리는 가을밤의 은은한 달빛과 함께 무척 애절하다.

한때는 이 곡을 들으며 앞으로 펼쳐질 미지의 세계를 향한 꿈을 수없이 많이 키운 아름다운 학창시절도 있었다. 이제는 그때 그 시절보다 한참이나 많아진 나이, 그러나 지금도 아름다운 음악과 아름다운 것들을 보면 여전히 마음의 설렘과 가슴 떨리는 흥분은 남아 있는데…… 시간은 너무도 빨리 흐르고 밖에 나가면 귀에 익숙지 않은 '어르신' 또는 '할머니' 소릴 자주 듣는다. 어제 같았던 스페인 여행도 벌써 십여 년을 훌쩍 뛰어넘어 버렸다. 점점 시간의 흐름이 빨라지는 듯 느껴진다.

애절함과 낭만이 멜로디에 트레몰로 주법(연주에서 같은 음이나 화음을 빨리 규칙적으로 떨리듯이 연주를 되풀이하는 주법)으로 연주한 곡으로 아스라한 시간의 저편으로 날아가는 아련함을 느끼게 해주는 듯하다고 말하기도 하는 '알함브라 궁전의 추억'을 듣고 있노라면 엉뚱한 생각이 떠오른다. 지금 이렇게 아름답고 신비스런 이 달빛은 먼 옛날 알함브라 궁전에서 타레가에게 비쳤던 그 달빛과 같은 색깔이었을까? 짝사랑! 우리 부부는 부모님들의 친분으로 만나 결혼을 하였기에 나는 짝사랑에 대한 애절함과 절절함은 모르겠지만 이렇게 아름답고 신비스런 달빛을 보고 있노라면 그 누구인가를 사랑했던, 혹은 사랑하고픈 인연을 생각할 수도 있을 것만 같다.

기타 음악계에 사라사테로 불리는 작곡가 겸 연주가인 타레가는 트레몰로 주법을 크게 발전시켰다는 스페인의 거장 기타리스트라 한다. 제자의 부인인 콘차 부인에 대한 짝사랑의 실연으로 방황을 하며 스페인 곳곳을 여행하다가 알함브라 궁전에 머물며 불면의 밤을 보내다가 어느 날 밤 달빛이 아름답게 드리워진 궁전에서 콘차 부인에 대한 사랑을 회상하며 밤을 새워 작곡했다는 곡이 '알함브라 궁전의 추억'이다. 짝사랑에 대한 실연의 아픔을 담은 이 애잔하고 아름다운 곡을 들으며 오늘밤 꿈속에서의 여행! 아름다움의 백미로 꼽히는 환상의 궁전으로 추억의 여행을 떠나보려 한다.

잠 못 이루는 밤!

꿈속의 여행을 할 수 있는 작은 행복을 가질 수 있음에 감사하며…….

노 승 연

등 단 「한국크리스천문학」

약 력 한국크리스천문학가협회 회원
평택 제자들교회 권사

수 상 코파 글로벌 미술대전 장려상 수상

스페인, 포르투갈 여행

여행은 그냥 여행 그 자체로 마음을 설레게 하고 기분 좋게 한다.

해마다 봄만 되면 어디론가 떠나고 싶다는 생각은 왜일까? 겨우내 추위에 웅크리고 있던 몸과 마음이 새봄의 시작과 함께 꿈틀거린다.

누구와 어디로 가느냐에 따라 또한 기분이 다르다. 그것도 여행에 대해서는 마음이 통하는 친구와의 여행이고 유럽여행은 12시간여 비행과 7,8시간의 시차라 힘은 들어도 어느 여행보다 보는 것이 많고 느끼는 것이 많아서일까, 시간이 많이 지나도 생생하니 지금도 그곳에 가 있는 나를 발견한다.

유럽 전 지역이 거의 기독교의 문화유산인 성당, 수도원, 미술관, 박물관, 사방팔방 통하는 광장(종교재판을 위한) 등을 흔히 볼 수 있다.

지중해를 품은 나라 스페인, 스페인하면 수도 마드리드보다 먼저 떠오르는 도시 바르셀로나, 1992년 바르셀로나 올림픽대회 마라톤 경기에서 황영조의 금메달과 천재 신의 건축가 가우디를 떠올리지 않을 수 없다.

스페인의 제2도시로 피카소와 천재건축가 가우디를 배출한 도시로 유명하기도 한 곳. 가우디의 걸작 성가족 성당, 생전에 43년 동안 평생을 바쳐 심혈을 기울인 예술적인 걸작인데 그가 10여 년 전 세상을 떠나고 착공한 지 130년이 지났는데도 아직도 건축 중인데 가우디의 사후 100주년 되는 해에 완공될 예정이란다.

성가족 성당은 신약성경에 나오는 예수님의 탄생과 수난, 영광을 주제로 한 성경에 나오는 인물들 하나하나를 형상화한 조각들로 표현을 했는데 그 어마어마한 크기와 웅장함은 탄성이 절로 나와 벌린 입을 다물 수 없는 놀라움으로 역시 가우디는 신의 건축가다.

수많은 성경의 인물들 하나하나를 조각으로 특색 있는 표정까지 섬세함과 웅장함에 정말 경악스럽고 입이 다물어지지 않는다. 성당 내부의 화려하고 눈부시게 찬란한 채광과 예술작품의 조화, 과연 사람이 해낼 수 있나 또한 놀랍다.

그가 예술적 영감을 얻었다는 기묘한 절벽에 건립된 몬세라토 수도원, 바르셀로나 시민들의 정신적인 안식처인 구엘공원은 가우디의 작품으로 채워져 있는데 도자기를 잘라 뱀의 형상으로 만든 의자가 특이하다.

이곳을 찾는 관광객이 한 해에 100만이 넘는단다. 『스페인은 가우디다』라는 책이 나올 정도이고 가우디가 바르셀로나를 먹여 살린다 할 정도다.

스페인의 회화를 맛볼 수 있는 세계3대 미술관, 전시된 유명한 작품들을 보면서 넘 경이로운 찬사가 절로 나온다. 천국의 정원이라는 뜻인 왕의 여름별장 헤네랄리페 정원, 세비야의 마리아 루이사 공원과 저녁 공연 홀라멩고 춤, 빛을 담은 하얀 마을 미하스, 수많은 분수와 벤치 등이 타일로 장식되어 있고 돈키호테의 동상이 있고 만국박람회가 열렸던 곳 스페인 광장, 유럽에 있는 로마 수도교 중 가장 아름다운 것으로 알려진 세고비야의 로마 수도교, 마을 전체가 유네스코 문화 유산지인 톨레도 아메리카 대륙을 발견을 기념하는 콜럼버스의 탑, 여행하면 뭐니뭐니해도 볼거리, 먹거리다. '스페인'하면 투우와 춤 홀라멩고가 연상된다.

돼지 뒷다리를 염장해 건조시켰다는 하몽, 10일 동안 타이트한 일정에서 간 곳도 볼 것도 많았는데 그래도 그 중 남는 것은 가우디의 성가족 성당과 그의 작품으로 만든 구엘공원, 그리고 미술에 관심 있는 나로서는 프라도 미술관, 그곳에서 예술작품 세계에 빠져들고 그 경이로움과 신비함을 잊을 수 없다.

유럽 여행할 때마다 느끼는 것인데 동유럽 여행에서 나치 독일이 유태인 학살을 위해 만든 폴란드의 아우슈비츠 수용소와 이번 여행에서도 많은 성당과 박물관과 미술관의 그림세계를 보면서 예수 그리스도께서 인류 역사에 얼마나 큰 영향을 끼치셨는지 기독교가 인류역사의 시작이고 끝이며, 종합예술을 비롯한 문화로 인한 인간의 영혼세계는 물론 정신세계의 매개체임을 다시 한 번 크게 느끼는 여행이었다.

여호와는 나의 목자시니 내가 부족함이 없으리로다. 그가 나를 푸른 초장에 누이시며 쉴 만한 물가로 인도하시는도다. (시23 :1-2)

이 택 주

등 단 「한국크리스천문학」

약 력 성균관대학교 무역대학원 졸업
       현) 메트릭스 한국상사 대표
       한국크리스천문학가협회, 문학동인 울림문학 회원

e메일 metrixkr@hanmail.net

일본 규슈九州 여행기

　고등학교 동창 여섯이 함께 여행을 가보자는 오랜 의논 끝에 모처럼 시간을 내어 일본을 다녀왔다. 일본은 네 개의 큰 섬을 중심으로 이루어져 북에서 남으로 우리나라를 감싸 안은 형태의 섬나라다.

　위쪽으로부터 홋카이도北海島, 혼슈本州, 시고쿠四國, 규슈九州가 자리하고 그 주변의 도서 약 6천8백 개로 북에서 남으로 약 2천8백㎞의 거리와 인구는 약 1억 2천7백만 명이고 면적은 약 37만 8천㎢로 우리나라의 약1.7배에 이르는 큰 나라다. 우리는 그중 제일 남쪽에 위치한 규슈九州를 여행의 목적지로 정했다.

　우리나라와 제일 가까우면서 우리의 선조인 백제인들이 건너가서 세운 그곳의 역사를 더듬으면서 문화기행을 해보기로 계획하고 여행사를 통해 예약한 일정에 따라 출발했다. 규슈는 후쿠오카현, 사가현, 구마모토현, 오이타현, 나가사키현, 가고시마현, 미야자키현, 오키나와현 등 8개의 현으로 이루어졌는데 인구는 약 1천4백70만 명이고 면적은 약 4만 2천163㎢다. 오전 10시에 출발하는 비행기로 1시간 20분 만에 도착해 보니 부산에서 직선거리로 약 200㎞밖에 안 되는 가까운 거리지만 경도는 제주보다 아래쪽으로 더 내려와 있다. 첫 코스로 규슈의 후쿠오카福岡현을 접하면서 받은 느낌이 첫째로 산에 100년 이상 된 쭉쭉 뻗은 나무의 조림이 잘 되어 있고, 둘째는 일반인들의 남을 배려하는 생활습관과 질서의식이었다.

　셋째는 건물과 유물의 보존성이 탁월하여 과거를 통하여 현재와 미래를 내다볼 수 있게 함은 우리도 본받아야 되겠다는 생각을 하게 했다. 규슈 주변의 바다는 후쿠오카현이 경제와 문화, 정치의 중심으로 북규슈의 북서쪽이 세토나이가이 내해이고 북쪽으로는 시모노세키 해협, 서쪽으로는 쓰시마 해협으로 이를 합쳐서 대한해협으로 부른다.

　대한해협은 제일 깊은 곳이 약 200m이고 얕은 곳이 100m라는 설명이다. 후쿠오카현의 하카다博多 항구는 우리와 많은 연관성이 있다. 우선 지명인 하카다博多는 한국말이다. 우리나라에서 건너간 백제인들이 도착해서 첫 마디가 밝다博多고 한 것이 일본어로 하카다로 쓰여진 유래라고 한다. 하카다는 일본이 처음으로 외국문물을 받아들인 항구이다. 12세기경에 하카다 상인이 중심이 되어 항만시설을 건설하고 중국의 송나라와 본격적으로 교역을 하다가 13세기에 원나라의 침공 시 원나라 원정군이 태풍으로 인하여 전몰한 사건이 있은 후에 규슈에서 가미카제神風가 탄생하게 된다. 태평양전쟁 당시 가미카제라 하여 출격하는 전투기에 도착지까지 가기에 필요한 연료만 주입한 후 폭탄을 싣고 연합군의 전함에 자살공격을 하였다.

그곳에서는 가미카제의 정신을 높이 평가하고 있었다. 죽기 아니면 살기 식의 정신문화인가? 일본인을 대하면 한결같이 친절하다. 그래서 그런지 그들의 습성은 메이와쿠 문화, 즉 남에게 폐를 끼치는 것을 삼가려는 정서를 보편적으로 지니고 있다. 예컨대 전철 안에서 떠들거나 시끄럽게 휴대전화를 하지 않는다.

다른 사람에게 불편을 끼치지 않는 이런 정신은 배울 만하다고 생각한다. 그들의 특성은 겉마음인 다데마에建前와 속마음인 혼네本音를 따로 가지고 있다고 한다. 겉으로는 항시 미소를 짓고 있지만 개인적인 욕구와 감정을 담은 속마음을 드러내어 주장하거나 추구하려고 하지 않고 먼저 단체를 위하여 기여함에 우선 순위를 두어 모두가 함께 좋은 방향을 찾아간다는 삶의 철학을 가지고 있다고 한다.

도착 첫날 후쿠오카현의 다자이후太宰府 텐만구天滿宮를 방문했다. 일본의 학문의 신이라는 스가와라노 미치자네菅原道眞, 845~903를 섬기는 절이다. 재주가 뛰어난 스가와라노 미치자네는 일찍이 교토京都의 정계에 진출하였다가 주변의 시기와 질투를 받아서 다자이후로 귀양 왔다가 죽음을 맞으니 교토의 집에 있던 매화나무가 날아와 박히며 꽃을 피웠다는 전설이 있다.

그리고 텐만구의 앞뜰에는 날아온 매화, 즉 비매飛梅라고 불리는 오래된 매화나무가 있고, 스가와라노 미치자네의 시신을 옮겨가려고 우마차를 준비했으나 소가 한 발짝도 움직이지 않아서 옮기지 못했다며, 황소 모양의 청동상을 세워놓고 그 동상의 쇠뿔을 만지며 소원을 빌면 그대로 성취한다는 말이 전해지고 있어 우리가 간 날도 단체로 온 학생들이 소원성취를 기원하기 위해 길게 늘어서 차례를 기다리고 있었다.

일본에는 곳곳에 신사와 절을 세워 놓고 참배하는 개인 숭배사상과 미신으로 꽉 차 있었다. 복 주시는 분은 오직 하나님뿐이라는 사실을 알지 못하고 사람들이 만들어 놓은 우상에게 복을 빌며 그 앞에 늘어선 모습들이 우스꽝스럽게 느껴졌다. 성경은 하나님의 말씀대로 사는 자녀들에게 복을 주신다(신28:1-14)고 약속하셨고, 하나님의 독생자 예수를 구주로 믿는 자는 하나님의 자녀권을 회복하여 영생하게 되는 가장 큰 복을 약속(요1:12)하고 있다.

이곳을 돌아보며 미신을 믿고 매달리는 이들의 어리석고 측은함에 안타까움을 금할 수 없었다. 다자이후太宰府는 백제의 후손이 나당연합군에게 나라를 잃고 찾아 흘러온 곳이어서 문물을 보면 한국의 정서가 묻어난다. 6세기경에 축성된 토성이 백제의 풍납토성과 유사하고 언어에도 우리의 말투가 곳곳에 배어 있다. 일본에서는 백제百濟를 쿠다라라고 부른다. 이는 큰 나라母國로 부르다가 쿠다라가 되었고 이 지방에서는 총각을 총가로 부르고 있어 한반도에서 건너온 한국인의 피가 흐르고 있음이 엿보인다. 얼마 전에 생일을 맞은 일본의 아키히토明仁 천황이 자기 피의 반은 백제의 피라면서 자신이 백제의 후손임을 자처하기도 했다.

6세기경 일본에 들어온 백제 왕가에서 화씨和氏부인, 즉 다카노노 니카사는 백제 무령왕의 순타태자純陀太子의 딸인데 그 몸에서 낳은 아들이 일본의 50대 간무천황으로 현재의 아키히토 천황이 125대이며 일본서기에 기록된 근거로 자신의 조상에게 백제의 피가 흐르고 있음을 자처한 것이다.

후쿠오카현에서 구마모토현으로 가는 도중의 후나야마船山산에는 5세기경의 고분이 있다. 고분의 문이 남쪽으로 났고 형태가 전방후원식이며 공주 무령왕릉의 출토품과 거의 같다. 규슈는 모양도 우리나라 지형과 거의 같다. 우리 일행은 유후인 온천지역과 긴린호수를 관광한 후에 벳부別府 오이타大分현의 여관 다다미방에서 느긋하게 쉬며 하루를 보냈는데 온천물에 몸을 담그니 피로가 싹 가신다.

저녁식사로 나온 가이세키 정식이 앙증맞은 그릇에 조금씩 담겨서 나와 오히려 식욕을 돋군다. 역시 일본의 음식문화가 깔끔하고 맛도 있다. 우리나라 관광지도 바가지 상혼이 없어져 여행객이 기분 좋게 자주 찾는 정직하고 깨끗하면 좋겠다는 생각을 해본다. 밤에는 야외온천에 몸을 담그고 여섯 친구가 담소를 하니 세파에 물든 때가 말끔히 씻겨 나가는 것 같았다.

다음 날 아침 숙소에서 뷔페식으로 차려진 식사를 하고 일행은 가마도 지옥 온천지대와 유노하나 유황 생성지역을 돌아보았는데 크지 않은 지역을 아기자기하게 꾸며놓고 관광객을 유치하는 관광산업으로 돈을 벌고 있음을 보며 우리도 서비스산업 및 관광개발로 외국 관광객을 유치해볼 만도 하다는 생각을 했다. 그날 저녁에 구마모토로 가서 기구치 관광호텔에 숙소를 정했는데 그 주위에는 백제인들이 와서 기거하던 도읍지 일부와 구마모토성이 있다. 1592년 임진왜란과 그후 정유재란 때 도요토미 히데요시豊臣秀吉의 지시를 받아 우리나라를 침략하였던 가토 기요마사加藤淸正가 세웠다는 구마모토성을 둘러보면서 볼수록 이들이 문화재를 수탈하고 사람들까지 끌고 온 것을 생각하니 왠지 앞으로 우리 대한민국도 정신을 바짝 차려야 되겠다는 느낌이 들었다.

셋째 날 아침. 후쿠오카 성터와 오호리공원을 돌아보고 후쿠오카 타워와 인공해변과 캐널시티에서 사시미 정식으로 식사를 한 후에 귀국행 비행기를 타러 이동하는 중에도 일일이 표현할 수 없는, 그러나 그동안 무심히 지나쳤던 많은 생각을 하면서 귀국길에 올랐다.

김 성 훈

등 단 「한국크리스천문학」

약 력 미주크리스천문학가협회 회원

뉴욕 기독교문학동우회 회원

한국크리스천문학가협회 회원

(1997년, 유엔본부 내 문학-언론모임에서 초청 낭송)

현) 목사, 프리랜서 번역기, 저널리스트, 작곡가

수 상 캐나다 기독저널 시문학상 수상

e메일 ssvc02@gmail.com

달빛

　프랑스 인상주의(Impressionism) 음악의 시조, 클로드 드뷔시. 그의 피아노 소곡 '달빛'(Clair de Lune)을 생애 처음 듣던 순간의 신비감 같은 것이 내 삶 한 귀퉁이에 어렴풋이 남아 있다. 거의 절대로 그걸 사랑했다. 지금도 그걸 듣노라면 감흥이 남아돌지만, 도저히 그때만큼은 아니다. 별 필요도 없는 말이겠지만, 가장 신선한 충격은 오로지 첫 번만의 것이 아닐까.

　밤하늘 달빛을 싫어할 사람이 있으리요만, 드뷔시의 '달빛'을 싫어하는 사람도 거의 없을 것이다. 그만큼 아름답게 느껴지곤 한다. 달을 절창한 노래로는, 김태오의 시*에 나운영이 곡을 붙인 '달밤'도 있고, 드보르작의 오페라 '루살카'* 중 '달님에게 바치는 노래'도 있고, 현대 무조無調음악의 한 바탕인 12음 기법의 선구자, 쇤베르크가 쓴 '달에 홀린 피에로(Pierrot Lunaire)'도 있다.

　달빛에 대한 음악이라면, 일구월심 베토벤의 '월광곡'(The Moonlight Sonata)만을 떠올릴 사람들도 아직 퍽 많을 것 같다. 우리 어릴 때만 해도 '(세계에서도 가장 아름다운 나라의 하나인 스위스에서도 가장 아름다운 호수라는) 루체른 호수 위에 뜨는 달'로부터 건반 위에 넘실거리고 덩실대는 '달빛의 춤'까지, 달에 관해 할 수 있는 모든 상상을 몽땅 모아 뭉뚱그린 양 멋들어지게 해설되곤 하던 곡이지만, 정작 베토벤 자신은 전혀 로맨틱한 달빛과는 무관하게 쓴 곡이었다. 이 불편한 진실을 알고 나면, 달의 환상에 깊이 빠져들었던 사람들이 비로소 부스스 깨어나듯 무색해지곤 한다.*

　뭔가를 그려 보려고 애꺠나 쓴 음악을 묘사음악 그리고 표제음악이라고들 하는데, 베토벤의 '월광'은 둘 다 아니라는 것이다. 실은, 베토벤이 죽은 지 7년 만인 1836년, 말없이 고요하기만 했던 루체른 호수를 애꿎게 거들어 한 마디 풍월을 읊느라 뇌까린 사람은 음악비평가 루드비히 렐슈탑(Ludwig Rellstab). 그러자 "바로 그거야!"라고 박수하며 찬탄한 사람들에 의하여 이 작품은 '달빛 소나타'라는 비공식의 공식 명칭으로 저 하늘의 달빛 자체보다 더 찬란한 영예를 얻어 누리게 되며, 베토벤은 본의 아닌 졸지에 온 우주에서 가장 아름다운(?) 달빛을 가장 영롱하고 황홀하게 묘사한 작곡가로 절세 가명佳名을 남기게 됐다.

　그 반작용으로, 나는 더더욱 드뷔시의 '달빛'을 사랑하게 된 건지도 모른다. 그렇다고 베토벤의 그 소나타를 미워하게 됐다는 말은 아니다. 여전히 아름답긴 하다.

2018년 1월 31일은 특별한 날이었다. 지구와의 거리가 가장 가까워 달이 가장 커 보인 데다(슈퍼문) 달이 벌겠다(블러드문), 퍼랬다(블루문), 시꺼맸다(월식), 도로 하얘졌다를 하룻밤 새 다 하느라 상당히 고되고 바빴던 날이었던 것이다. 달이 떴다가 숨었다가 다시 나타났다 하면서 '육갑' 아닌 둔갑을 하는 모습을 고스란히 보여준 화려한 월광 쇼의 날이었다. 중천의 달님이 '나 홀로'식 우주 원맨쇼를 했달까. 가히 사상 최고의 '갑질'을 한 날이었다고 하겠다. 아니, 달이 물갈이 또는 허물벗기를 하느라 진통을 겪은 날이라고 해야 하나? 난 그날 밤 바빠서, 초저녁부터 '한 잔' 걸친 듯 가볍게 불콰해져 가는 달만 겨우 봤는데도 그나마 독특한 빛깔 탓인지 사뭇 흥분스러워, 추위 속 밤하늘 아래서 혼자 탄성을 발하기도 했다.

달님이 왜 그리도 '난리 브루스'였을까? 때마침 지난해는 '달님' 또는 '이니'라는 애칭으로 흔히 불리곤 하는 문(Moon)재인 대통령의 정부가 출범한 해이기도 했다. 달님정부가 드높이 돛을 올린 이듬해에 달의 이 정도 쇼는 시의적절하다고 아니 할 수 없겠다. 달빛의 그 기상천외한 변색 과정이 국정 가누기에 여념 없을 달님정부의 고뇌의 과정을 상징하기라도 한 양. 그러니 그날 밤 달님의 변면왕 '변검' 같은 요란한 변면쇼를 단지 호들갑스럽다고만 나무랄 수 없다. 문제는 언제나 달이 아닌 인간에게 있기에.

그건 그렇다 치고 인상파 음악의 매력에 푹 빠져 있던 음대 초년생으로서, 드뷔시가 이 곡에서 달이 점점 높이 떠 강물 또는 호수 위를 비추는 과정을 어떻게 묘사하려고 했을까 생각에 잠기곤 했다. 곡 첫머리에 한 박자(8분 쉼표) 쉬고 아래위로 두 음이 3도 간격으로 쌓인 3도 병행 흐름이 왼손에서 오른손으로 가볍게 한 옥타브 튀어 올랐다가 3도 아래로 살짝 내려온 순간은 마치 동산 위로 달이 두둥실 떠오른 장면 같기도 하다. 이어서 길고 점진적인 순차진행을 하듯 음표들이 이음줄로 엮이어(계류음/걸림음이었다가) 살짝 떨어졌다 하면서 천천히 하향하는 긴 대목은 마치 달이 중천에서 머뭇머뭇 꾸물거리며 '슬로 모션'으로 온누리를 조금씩 비추며 밤하늘 위를 점차 옮겨가는 정경 같다.

이렇게 머릿속으로 나름 풀어나가다 보니, 그럼 반복부, 즉 아까 첫 부분처럼 다시 튀어 오른 재도약 부분은 뭔가? 라는 생각이 떴다. 달님이 구름 속에 숨었다가 다시 얼굴을 내민 장면인가? 그 다음, 주로 옥타브 병행이 된 음군音群이 높은 음역을 오르내리는데, 달님이 계속 구름 사이로 숨바꼭질을 되풀이하는 모습인가. 또 다음 대목에선 가장 높은 음역에서 날카롭고도 빛나는, 가장 아름다운 비협화음을 당김음으로 울려 주고는 템포 루바토(각 음을 연주자 나름 속도로 진행하되 본디 속도 범위를 벗어나지 않게)로 움직여 간 부분은 달이 휘영청, 드높은 하늘 저 위에서 스스로 겨운 듯, 지상 끝까지 두루두루

골고루 자신의 광선을 띄워 주는 인상(?) 이어지는 아르페지오는 달빛이 손을 휘젓듯 흘어 뿌림과 내던짐…? 이윽고는 장면이 바뀐 듯 전환한 대목에서, 저음부를 노닐며 가속된 분산화음으로 느리게 춤추듯 배회하는 모습은 달빛이 물결 위로 내려앉아 영롱하고 찬란히 반짝거리고 흔들리며, 하늘의 은하수와 함께 저 멀리 물결 따라 산지사방하면서 한없이, 끝없이 번져 가는 무수한 달빛의 편린들과 무늬 무늬들…?

이렇게 골똘히 골몰하다 급기야 골이 띵해진 나는 이내 지치고 만다. 이리저리 나름의 상상에 묻혀 다니다시피 하기보다 단순히 음악 기법상으로 냉철히 분석하고 끝낼 일이라고 혼자 다잡기도 한다. 애당초 달님이 허공중을 떠 가며 계속 진행형으로 연출한 장면들을 하나하나 그리려고 애쓴 구체적인 묘사음악이 아니라, 그냥 표제음악 쪽이기 때문이기도 하다.

아무튼 '달빛'은 한 마디로 낭만의 극치라고 여겨졌다. 이보다 더 달빛을 잘 묘사한 음악은 전무후무할 것이라고 믿어졌다. 전음계(wholetone scale) 중심의 이런 독특한 음계와 음군을 택하여 선호한 드뷔시는 천재 중 천재다! 라고.

드뷔시가 소리로 그림을 그리듯 이 독특한 기법을 창안하여 낸 것은 역사 속에 인상을 남길, 매우 인상적인 '인상파'를 만들기 위해서가 아니었다. 그는 '인상파'라는 명칭조차 외려 재수없게 여긴 편이었다. 다만 당대 프랑스 특유의 풍을 만들어가던 문인, 화가, 음악가 등 예술인들이 매주 화요일 상징주의 시인 말라르메의 자택에서 모임을 가지곤 했던 것이 이들의 예술풍 내지 악파를 형성하게 된 것이었다.

젊은 예술인들-베를렌, 발레리 등 시인들, 고갱, 마네, 모네 같은 화가들, 그리고 드뷔시 등-이 기존 미학을 벗어나려고 꿈꾸고 추구했던 새로운 문예부흥이, 뉘앙스와 분위기 중심의 상징주의, 마치 프리즘을 통과한 분광 같은 빛의 색채 효과를 중시한 붓끝 스트로크와 점묘파, 그리고 이 모든 특징을 음으로 묘사하려고 한 인상파 등을 한 묶음으로 모으게 된 것이다.

그러다 보니 나에게 드뷔시의 음악은 한 마디로 귀로 듣는 시·그림 같은 무엇이 돼 갔다.

애당초 나는 인상파 그림 속의 어떤 풍경처럼, 드뷔시라는 천재가 상징파·인상파 친구들과 함께 몽마르트 언덕을 누비거나 파리의 센강 다리를 거닐며, 또는 양쪽 강변의 바등을 드나들며 흐릿한 담배 연기의 몽환 속에 술을 즐기다 만취하여 비틀거리며 술김에 어지럽게 토하기도 했다가, 센강물 위에 비친 달빛의 아름다움에 찬탄하며 비로소 정신을 차리고, 아니 환상처럼 몽롱한 정신으로 이 곡을 썼을 것이라고 대강 나름 '정리'했었다. 당대 예술가들이란 으레 상투적으로 그러지 않았겠나, 지레짐작한 것이다. 그러나 상상은 자유지만, 착각은 금물이랬던가. 그의 '달빛'에 대한 나의 누누한 상상은 공허한 헛 추정으로 끝났다. 그가 추상적으로 묘사하려 한 것도 애당초 달빛이 아니었기 때문이다 (헉~!).

'베르가마스크'라는 제목이 붙은 데는 두 가지 설이 있다. 한 가지는 드뷔시가 이탈리아로 유학을 갔다가 북부의 베르가모(Bergamo) 지방을 여행하면서 그곳 무곡풍에 감흥을 맛본 뒤인 1890년 작곡하기 시작한 4곡으로 이뤄진 '베르가마스크 모음곡(Suite bergamasque)' 가운데 세 번째 곡이 바로 '달빛'이란 것이다. 베르가마스크 모음곡은 프렐루드(Prélude), 미뉴엣(Menuet), 달빛(Clair de lune), 파스피에(Passepied) 등 네 악장으로 형성돼 있다. 이 곡의 원제도 '달빛'이 아니라 일종의 조용하고 느린 행진곡풍 내지 무곡풍 소품의 하나로 'Promenade Sentimentale'(감상에 젖는 산책로)이라고 명명했던 것이었다. 그 뒤에 잇댄 곡인 '파스피에(Passepied)'도 본래는 무곡인 '파반'(Pavanne)으로 되어 있었던 것.

다른 한 가지 설은, 이 제목들이 폴 베를렌(Paul Verlaine)의 시집 '우아한 축제'(Les Fêtes galantes, 1869)를 읽고 자신의 느낌을 나름대로 표현했다는 것. 그 중 특히 시 '달빛(Clair de lune)'의 한 구절로부터 이 모음곡의 전체 제목이 비롯되었다. 사실은 Suite bergamasque라는 최종적인 제목도 '달빛'의 다음 첫 행(꺾쇠로 표시)에서 따 왔다:

Votre âme est un paysage choisi / Que vont charmant masques et 〔*bergamasques〕 / Jouant du luth et dansant et quasi / Tristes sous leurs déguisements fantasques.

(〔*〕표는 필자의 것)

그대의 혼은 하나의 팬터시 시평 / 밤과 베르가모 노래 춤에 매혹되어 / 루트를 뜯고 춤도 추지만 실은 / 환상적인 가면 뒤의 슬픈 영혼 같아라.

그러므로 드뷔시의 '달빛'은 서글프고 우수 어린 산책길에서 이름만 슬쩍 바꿔 둔갑한 곡인 셈이다. 마치 색깔의 가면을 바꿔 가던 슈퍼문처럼. 따라서 '달빛'이 실제로 하늘의 달빛과 얼마만큼 연관이 있는지는 드뷔시만이 아는 비밀일 수 있다. 그리고 보니 위에서 본 음군과 음열의 느긋한 진행 과정이 산책길에 더 걸맞은 느낌도 든다. 산책길과 달빛— 어느 쪽이 더 오리지널인가?

이쯤 내력을 알고 나니, 애초의 '달빛'의 환상적인 황홀감 같은 감흥은 많이 가시는 게 사실이다. 음악은 사람의 감성을 미묘하게 자극하지만, 그로부터 갖는 환상 따위는 헛것이기가 쉽다. 아름답기 그지없는 작품들을 양산해 낸 수많은 작곡가들이 고상한 삶보다는 광적으로 살았거나, 술고래였거나 성병 환자였던 사실도 그렇다. 더욱이 벤저민 브리튼, 새무얼 바버, 지안 카를로 메노티, 애런 코플랜드, 레너드 번스타인 등 쟁쟁한 작곡가·음악인들이 동성애자였던 것으로 전해진다.

드뷔시 자신은 '슈슈'라는 애칭의 귀여운 딸을 사랑하면서도, 아내가 권총 자살을 기도할 정도로 빗나간 사랑을 하던 여성이 있었다. 그는 심지어 가톨릭적인 작품도 썼건만, 신의 존재를 부정하는 무신론자였다.

드뷔시와 인상주의에 대한 청년 초기의 환상이 마치 물 위에 반영된 달빛처럼 이래저래 많이 깨어지고 흩어져 나갔다. 분명한 것은 '달빛', 그보다도 하늘의 진짜 달빛은 여전히 아름답다는 것. 그런데 정작 드뷔시가 노래하지도 않은 달빛을 우리는 이 음악을 들으며 마치 실감나는 판타지처럼 그리기 일쑤라는 건 명백한 아이러니다.

옛적에는 달이 흔히 사람들의 황홀감을 자아내던 나머지 광중 내지 정신발작도 가져온다고 믿어졌다. 달의 중력의 영향이 지구에 밀물-썰물 같은 다양한 변화를 가져오면서 사람들의 정신에도 영향을 미친다는 발상 탓이었다. 아닌 게 아니라 괴짜나 정신이상자를 달과 연관시켜 '루너틱'(lunatic)이라고 부르기도 한다. 달에 반하여 황홀경에 빠져 춤추는 피에로도 일종의 괴짜가 아닌가 한다.

우리나라의 대보름, 추석(한가위) 때 달맞이(영월·망월)와 강강수월래는 달과 밀접한 연관이 보인다. 또한 일종의 달 신앙을 시사하는 '달님 절하기' 등도 있었는데 월신제였다고 하겠다. 과거 오랫동안 음력을 지킨 것처럼 달과 삶은 농경의 힘부터 여성의 출산까지, 민간 토속신앙에서 떼놓을 수 없는 관계였다고 한다.

그러나 달은 환한 달빛으로 자연의 일부로서의 도움은 줄망정 그것 자체가 어떤 신적 권능이 있어 인간을 좌우하지 못한다. 구약 성경 창세기는 큰 광명체와 작은 광명체 중 후자라고 말해 준다. 그 이상도 그 이하도 아닌 듯하다.

언젠가 땅의 빛이 이지러지듯 해도 달도 그 빛을 잃을 때가 온다고 한다.

달빛, 그것은 유한하다.

그리고 드뷔시의 '달빛'은 신선한 충격을 간직하고픈 내 첫사랑이 아니다.

---

* 일제의 폭압 때, 촛불로 독서를 하다 문득 책장이 밝아진 느낌에 창 밖을 보니, 선녀들의 드레스 자락 같은 달빛이 펼쳐져 뜰을 거닐며 착상했다고 한다. 신혼여행 중 창 밖의 달을 보며 지었다는 일설도 있다.
* 원제 Měsíčku na nebi hlubokém, 곧 '깊은 하늘 속의 달'. 매우 신화적인 작품이다.
* 심지어 베토벤의 '월광'을 반주 삼아 편곡한 수난 합창곡도 있다.

아동문학

장수철 박경종 석용원 박화목
최효섭 엄기원 이진호 김완기
심군식 강정규 박성배 강정훈
신건자 손연옥 심혁창 박영애
이영규 최민호

장 수 철

출 생 1916.6.25. ‑ 1993.11.12. 평양

등 단 1932년 「어린이」 동요, 「조선중앙일보」 시

약 력 한국아동문학회 창립회원, 서울중앙방송국 문예계 작가실
전속작가, 한국시인협회 창립위원, 한국방송작가협회 창립
회원, 방송가요그룹 창립회원, 한국크리스천문학가협회 회
장, 한국문인협회 이사 및 아동문학분과위원장, 한국문인
협회 과천지부장 역임

수 상 한국크리스천문학상, 대교문학상 본상, 눈솔상

저 서 소년소설 : 『해바라기 노래』『휘파람부는 소년』『흰 구름
을 따라서』『목마른 철새들』(1984)『달뜨는 밤』『돌멩
이 사탕』
동화집 : 『황금나비의 나들이』『아름다운 기도』(1979)
『허수아비의 눈물』 등 14종
수필집 : 『신들의 고향』『격변기의 문화수첩』 등

바닷가에서

해당화가 곱게 핀 바닷가에서
나 혼자 걷노라면 수평선 저 멀리
갈매기 한두 쌍이 가물거리네
물결마저 잔잔한 바닷가에서.

저녁놀 물드는 바닷가에서
조개를 잡노라면 수평선 멀리
파란 바닷물은 꽃무늬 지네
모래마저 금 같은 바닷가에서.

소망

가식假飾이 아닌 마음으로
오랜만에 평온한 마음으로
옥상의 하얀 눈을 밟는다.

너무나 많았던
미움의 얼굴들에게

지금의 미소를 던질 수 있는
이 아침의 공기로
믿음이 새로워지는

이 순간이 황홀하다.

사랑의 깊은 의미와
행복의 참된 가치가
이렇듯 눈부시게 와 닿는
옥상에서

봄을 기다리는
반가운 소식이 이미 와 있는

저 산봉山峰의 숨결이
이렇게 고맙게 들린다.

하나님의 어린 양

세상 죄를 지고 가시는
하나님의 하나님의 어린 양
어린 양을 보라 양을 보라

아버지 명하신 대로 저 어린 양
어린 양 겸손히 그 몸을 드려
값주고 세상 만민 구해내셨네

거룩하시도다 어린 양이여
온 세상 죄를 지시는 어린 양

다 와서 주께 경배 경배드리세
경배를 드려 주를 높이세 높이세
어린 양께 경배드리세

세상 죄를 세상 죄를 지고 가시는
어리신 양을 양을 보라

박 경 종

출 생 1916. 5. 4.-2006. 3. 5. 함남 홍원

등 단 1933년 「중앙일보」, 1940년 「동아일보」 신춘문예

약 력 호는 내양來陽.
1934년 동흥중학교 졸업
동요동인 회장, 한글 글짓기지도회장
한국음악저작권협회 부회장 역임

수 상 한정동아동문학상, KBS동요대상, 은관문화훈장 등

저 서 동시집 : 『꽃밭』
동화집 : 『노래하는 꽃』 등

초록바다

초록빛 바닷물에 두 손을 담그면
초록빛 바닷물에 두 손을 담그면

파란 하늘빛 물이 들지요.
어여쁜 초록빛 손이 되지요.

초록빛 여울물에
두 발을 담그면

물결이 살랑 어루만져요
물결이 살랑 어루만져요.

봄

개나리꽃
피우려고
봄이 왔어요.

담을 넘어 몰래몰래
넘어왔어요.

살구꽃
피우려고
봄이 왔어요.

냇가를 살금살금
걸어왔어요.

이사 가는 날

잘 있어라……. 하고
앞집 순이 손잡으니
눈물이 핑 돈다.
달구지에다 이삿짐을
싣고도
엄마하고
같이 앉아서 간다.

산골 길 돌짝밭 길을
덜컹덜컹
달구지는 가기 싫다는 건지
몸부림치면서 간다.

오리나무 숲속에서
물총새가
떠나는 것이 아쉽다고
우릴 보고 우는데

둥근 해는 옷장 유리문에 앉아서
동무하여 같이 가는데도
순이는 동구 밖에서
혼자 손만 흔들어 준다.

석 용 원

출 생 1931.1.1.-1994.1.26. 경북 영주

등 단 「종려」

약 력 본관은 충주, 아호 인보仁甫
연세대학 국문과 졸업. 서울 숭의, 무학, 풍문 교사, 숭의
여자대학 유아교육과 교수, 한국크리스천문학가협회 회장,
한국문인협회 이사, 국제펜 한국본부 이사, 한국현대시인
협회 지도위원, 한국아동문학인협회 회장 역임

수 상 한국기독교문화상 대상, 시문학상, 한정동아동문학상, 소
천아동문학상, 해강아동문학상, 어린이문화대상
한국크리스천문학상

저 서 『잔盞』『주는 가슴』『불어라 은피리』『물망초』『하나님이
보시기에 좋아라』『눈물 같은 시』

새해에 두 손 모아

새해에 두 손 모아— 귀를 주소서.
우리 두 볼 위에 얼어붙은
머거리 귀를 녹여 버리고
진주 조개 같은 새 귀를 달아
해돋는 바다의 음성을 듣게 하소서.

새해에 두 손 모아— 눈을 주소서.
안개도 시야도 희부옇게
멀어버린 눈알을 빼어 버리시고
옥보석 같은 새 눈동자를 넣어
해맑은 얼굴을 보게 하소서.

새해에 두 손 모아— 입을 주소서.
씹기만을 먹기만을 즐긴 나머지
벙어리된 입을 떼어 버리시고
종려가지 모양의 입을 만드시어
호산나 호산나 노래하게 하소서.

새해에는 두 손 모아— 새롭게 하소서.
묵은 소리는 들리지 못하게
묵은 때는 보이지 않게

묵은 슬픔은 울지 말게
새 하늘과 새 땅에서 살게 하소서.

축제의 불꽃이 튀고
생명의 술을 새 육신에 담아
햇살이 마을 골골 스며들게 하시고
작은 벌레와 한 포기 풀꽃까지도
사랑하게 하소서— 새해에 두 손 모아.

오월의 기도

오월에는 보게 하소서.

눈동자에 빛살을 받게 하시고
아리따운 꽃 색깔을 분간케,
아가와 엄마들의 깃발을
하늘 높다랗게 날리게, 날리게.

오월에는 듣게 하소서.

귀에 종소리가 닿게 하시고
아름다운 새소리를 분간케
아가와 엄마들의 이름을
언덕 너머 멀리까지 부르게, 부르게.

오월에는 달리게 하소서.

팔다리에 힘이 용솟게 하시고
구부러진 길을 골고루 평탄케.
아가와 엄마들의 세상을
땅끝까지 우주까지 넓히게, 넓히게.

오월에는 춤추게 하소서.

목청에 가락이 닿게 하시고

참 아름다워라 주님의 세계는,
아가와 엄마들의 둘레춤이
하나밖에 없는 지구를 도돌게, 도돌게.

하여 오월은 감사하게 하소서.

박 화 목

출 생 1924.2.15.-2005.7.9. 황해도 황주

등 단 월간 「아이생활」 동시

약 력 평양신학교 예과, 민주봉천동북신학교 졸업
조선청년문학가협회 아동문학위원. 죽순 동인
기독교방송국 편성국장, 중앙신학교 교수, 장로회신학대, 서울신학
대 강사, 한국아동문학회 회장, 한국크리스천문학가협회 회장
국제펜 한국본부 이사, 한국문인협회 아동문학분과위원장 역임

수 상 한정동아동문학상, 기독교문학상, 대한민국문학상, 서울시문화상,
한국전쟁문학상, 황희문화예술대상 등, 대한민국 문화훈장 수훈

저 서 동시집·시집 : 『초롱불』『꽃이파리가 된 나비』『시인과 산양』
『그대 내 마음의 창가에 서서』『환상의 성지순례』『이 사람을 보라』
동화·소년소설집 :『밤을 걸어가는 아이』『부엉이와 할아버지』등
수필집 :『보리밭, 그 추억의 길목에서』『인생, 그 교외선에서』

과수원길

동구 밖 과수원길 아카시아꽃이 활짝 폈네
하이얀 꽃이파리 눈송이처럼 날리네
향긋한 꽃냄새가 실바람 타고 솔 솔
둘이서 말이 없네 얼굴 마주보며 씽긋
아카시아꽃 하얗게 핀 먼 옛날의 과수원길

소리

삼동내 닫혀 있는 나의 창문을
그 누가 그 누가 가만히 열고
조용히 들어와 속삭이는
부드러운 소리 소리가 있네

그리운 꿈 그리운 꿈 불러일으킨
그건 그건 무슨 소리 무슨 소리일까
깊은 산골짝 어느 한적한 곳
이름 모를 꽃 꽃망울이
여무는 소리 여무는 그 소리일까

삼동내 닫혀 있는 나의 창문을
그 누가 그 누가 가만히 열고
조용히 들어와 속삭이는
부드러운 소리 소리가 있네

깊은 산골짝 어느 한적한 곳
이름 모를 꽃 꽃망울이
여무는 소리 여무는 그 소리일까

그건 그건 무슨 소리일까
동구 밖 둔덕 미루나무 나무껍질 뚫고서
새 움트는 생명의 소리 그 소리일까

생명의 소리 그 소리일까
불현듯 들려온 그 소리
정녕 내 가슴이 울렁이네
내 가슴이 울렁이네 울렁이네.

보리밭

보리밭 사이 길로 걸어가면
뉘 부르는 소리 있어 나를 멈춘다
옛 생각이 외로워 휘파람 불면
고운 노래 귓가에 들려온다
돌아보면 아무도 보이지 않고
저녁놀 빈 하늘만 눈에 차누나.

최 효 섭

등 단 「한국일보」 신춘문예 동화

약 력 배화 여중·고 교목
감리교 교육국 간사, 시청각 교육국 TV부장
1972년 미국 이민
1980년 뉴욕신학대학교 목회학 박사
뉴욕한인교회, 남부뉴저지교회 등에서 목회

수 상 1969년 소천아동문학상(열두 개의 나무인형)
2007년 방정환아동문학상(금순이와 백설공주)
2010년 박경종아동문학상(뚱보도깨비와 수퍼쥐)

저 서 창작동화집 23권, 소년소녀소설집 9권

e메일 hchoi1@nj.rr.com

숲속나라 합창단

음악의 천재라는 독수리가 숲속나라에서 합창단을 조직하기로 결심하였습니다. 새들은 모두가 노래를 잘하기 때문에 여러 종류의 새들을 모아 합창단을 만들면 우수한 연주를 할 수 있을 것이라고 생각하였습니다. 물론 지휘는 독수리가 맡았습니다.

독수리 지휘자는 광고문을 내걸었습니다.

합창단원 모집

합창단 이름 : 숲속나라 합창단
응 모 자 격 : 음악을 좋아하는 새라면 누구나 응모할 수 있음
모 집 인 원 : 소프라노, 알토, 테너, 베이스, 각 약간 명
오 디 션 : 8월 15일 푸른 골짜기에서

노래를 좋아하는 새들에게 이렇게 반가운 소식이 없습니다. 많은 새들이 응모하여 오디션은 대성황을 이루었습니다. 지정곡은 없고 각자 자기의 특기대로 목청을 높여 노래를 불렀습니다.

소프라노에는 단연 참새와 제비들이 뛰어났습니다. 참새와 제비들은 가늘고 높은 음으로 자기가 좋아하는 노래들을 아름답게 불렀습니다. 더군다나 제비들은 모양까지 예뻐 아주 인기였습니다. 그래서 참새 다섯 마리, 제비 다섯 마리가 소프라노로 뽑혔습니다.

알토에는 딱따구리와 비둘기들의 노래가 우수하였습니다. 딱따구리는 나무를 쪼던 습관이 있어 박자 관념이 높다는 평을 받았습니다. 비둘기들도 모양이 아름다워 많은 박수를 받았습니다. 심사위원들은 딱따구리 다섯 마리, 비둘기 다섯 마리를 알토 대원으로 선발하였습니다.

테너에는 까치와 물새들의 실력이 뛰어났습니다. 까치와 물새들은 음량이 풍부하고 목소리가 아름답다는 평을 받았습니다. 물새들은 파도와 싸우던 목청이므로 음량이 클 수밖에 없습니다. 물새 다섯 마리, 까치 다섯 마리가 테너로 뽑혔습니다. 까치가 울면 기쁜

소식이 온다는 소문이 있어 좀 더 많이 뽑자는 의견이 있었으나 숫자를 맞추기 위하여 열 마리만 선발하였습니다.

베이스로는 까마귀와 부엉이들이 좋은 실력을 드러냈습니다. 낮은 소리도 무리 없이 잘 내었기 때문입니다. 심사위원회는 까마귀 다섯 마리와 부엉이 다섯 마리를 베이스 대원으로 뽑았습니다. 까마귀는 음성이 너무 커서 열 마리가 너무 많지 않겠느냐는 의견이 있었으나 그런 건 지휘자가 잘 조절하면 된다고 하여 다섯 마리씩으로 수를 맞추었습니다. 이렇게 해서 모두 40마리의 새들이 숲속나라 합창단원으로 선발되었습니다.

독수리 지휘자가 연습 장소에 대하여 대원들의 의견을 물었습니다.

"공연을 앞두고 두 달 동안의 연습 기간을 갖는다. 연습 장소가 문제인데 좋은 곳을 아는 대원들은 추천하여 보아라."

알토인 비둘기들이 낮은 목소리로 외쳤습니다.

"연습 장소라면 마을 가까이에 있는 콩밭만큼 좋은 곳이 있겠습니까?"

참새와 제비들이 소프라노로 일제히 노래 불렀습니다.

좋다 좋다 콩밭이 좋다.
노래 부르다가 콩도 먹고
잠이 오면 콩밭 침대 삼아
콩콩 잠들고 콩밭이 좋다.

지휘자 독수리가 소리를 질렀습니다.

"너희들은 정신이 틀려먹었다! 노래 연습보다 먹고 잘 생각만 하다니!"

어쨌든 연습 장소는 콩밭으로 결정되었습니다.

이튿날부터 드디어 합창 연습이 시작되었습니다.

그런데 알토를 맡고 있는 딱따구리가 문제입니다. 계속하여 고개를 위아래로 흔들고 있습니다. 지휘자가 고함을 질렀습니다.

"딱따구리, 너희들은 어째서 노래는 안 부르고 고갯짓만 하고 있느냐?"

"노래를 부르고 있습니다. 고개를 흔드는 것은 나무를 쪼는 우리의 습관입니다."

"노래는 고개로 부르는 것이 아니라 입으로 부르는 것이다."

"그래도 고개로 박자를 맞추어야 하지 않겠습니까?"

"박자는 내 지휘봉을 보면 된다."

갑자기 물새 한 마리가 독창을 시작하였습니다.

바다로 가자 바다로 가자.
아 넘실거리는 푸른 물결
반짝이는 햇살이 파도에 부딪친다.
고기 떼 모여드는 바다로 가자.

지휘자 독수리가 정말 화가 났습니다.

"여기는 독창을 하는 개인 무대가 아니다. 합창은 모두가 함께 노래하는 자리야. 목청이 좋다고 자기를 드러내면 합창이 안 된다!"

이때 테너인 까치가 빽 소리를 질렀습니다.

"지휘자 선생님, 자리를 바꾸어야 합니다. 내가 왜 뒷자리에 있어야 합니까? 나는 앞자리가 좋습니다."

"합창을 하는데 뒷자리 앞자리가 어디에 있느냐. 자리 때문에 화음이 되는 것이 아니다."

"그러나 우리 까치들의 우아한 모습을 청중에게 보이는 것도 합창단을 선전하는 데 크게 도움이 될 것입니다."

"우리 숲속나라 합창단은 여덟 종류의 새들로 만들어졌다. 오히려 서로 다른 모양을 보이려는 것이다. 똑같은 것이 아름다운 것이 아니라 다른 것이 아름답다."

부엉이가 말하였습니다.

"나는 밝을 때가 싫습니다. 잘 보이지가 않아요. 연습을 밤에 합시다."

물새도 비둘기도 참새도 반대하였습니다.

"안 됩니다. 밤에는 자야지 연습이라니요?"

까마귀가 '까악!' 하고 크게 한 번 소리를 지르더니 가락을 붙여 말하였습니다.

자기 자랑 버리고 마음 모으자.
자기 음성 낮추고 소리 모으자.
지휘자의 손길 따라 노래 부르자.
우리는 한 가족 숲속나라 합창단

모든 단원들이 조용해지고 조금 뒤에 아름다운 합창이 골짜기에 퍼졌습니다.

엄 기 원

등 단 「한국일보」 신춘문예 동시

약 력 한국문인협회 부이사장 역임
국제펜 한국본부 심의위원장
한국음악저작권협회 부회장 역임
한국아동문학연구회 회장

수 상 한국문학상, 대한민국동요대상 등

저 서 『아기와 염소』『다짐만 하다가』『삼월의 기차여행』『아름
다운 인연』외 다수

e 메 일 iam8204@hanmail.net

좋은 이름

'아버지'
그 이름만으로도
우리 가족에겐
하늘이다

우리는 날개를 펴고
마음대로 날 수 있는 새들이다.

'어머니'
그 이름만으로도
우리 가족에겐
보금자리다

우리는 날개를 접고
포근히 잠들 수 있는 새들이다.

아기와 엄마

고요한 밤 십자가 앞에
엄마가 무릎을 꿇었습니다.
그 옆에
아기가 다가와 물었습니다.

"엄마, 뭐 해?"
"응, 엄마는 십자가 앞에 기도드리는 거야."
"십자가가 뭔데?"
"십자가는 하나님을 가리키는 거야."
"하나님이 뭐야?"
"하나님은 우리에게 큰 힘을 주시는 분이야.
너도 이렇게 두 손 모으고 기도해."
"이렇게?"
"옳지, 그렇게 눈도 꼭 감고…."

엄마와 아기는
나란히 기도를 드립니다.
착한 두 모자에게
하나님은 큰 선물을 내렸습니다.
그건 보이지 않는
'행복'이란 선물이었습니다.

병아리

조그만 몸에
노오란 털옷을 입은 게
참 귀엽다.

병아리 엄마는
아기들 옷을
잘도 지어 입혔네.

파란 풀밭에 나가 놀 때
엄마 눈에 잘 띄라고
노란 옷을 지어 입혔나 봐.

길에 나서도
옷이 촌스러울까 봐

그 귀여운 것들을
멀리서
꼬꼬꼬
달음질시켜 본다.

이 진 호

등 단 「충청일보」 신춘문예 시

약 력 천등아동문학상(18회)을 제정, 시상
천등문학회장
'좋아졌네'(새마을찬가) '이럴 땐 어쩌나'(건전가요)
'멋진 사나이'(군가) 작사 외 동요 400곡
초·중·고교 교가 176개교 작사

수 상 제11회 한국아동문학작가상, 제13회 대한민국동요대상
제5회 세계계관시인 대상, 제15회 한국민족문학대상 대상
제14회 김영일아동문학상, 제2회 한국현대문학 100주년
기념문학상 창작 대상, 제1회 국제문학 시인상

저 서 시집 :『무엇으로 채웠을까』『그 많은 방마다』외 6권
동화집 :『선생님, 그럼 싸요?』외 4권

e메 일 jhleepoet@daum.net

생각 속에서

여름방학을 기다리면서
시골을 생각한다.

연못에서 처음 본 물땅땅이
숲에서 울어주던 쓰르라미
불을 달고 날아다니던 개똥벌레
올해도 날 알아보고 반가워할까

산비탈에서 만난 도롱뇽
올해는 정말 놀라지 말아야지

냇물에서 잡다 놓친 작은 물고기
올핸 얼마나 큰 놈으로 자라서
내 손에 잡혀 줄까.

떠오르는 그 많은 생각 속에서
제일 궁금한 눈이 큰 아이
올해도 그 까만 손으로
감자를 또 구워줄까.

발가락 전쟁

아이 아이 간지러워요
-나도 나도 간지럽구나

한 이불 속에서
네 식구 발가락이
바쁘게 꼬물거린다
토요일 밤마다.

가만가만 누나 발등 위로
살금살금 엄마 무릎으로
스물스물 아빠 허벅지까지
마구 기어다니는 발가락.

가만가만 밀어내 보고
살짝살짝 꼬집어도 보고
깔깔대는 네 식구들
서로 밀고 당기면서
꼼지락거리는 발가락 전쟁.

토요일 밤마다
한 이불 속에서
전쟁이 벌어진다.

언제쯤

아빠는 하늘
엄마는 땅.

하늘
땅
그 사이
나는 무얼까?

땅에 뿌리를 박고
하늘로 자라는
한 그루 나무.

뿌리를 자꾸 벋어내려도
그 깊이를 모르겠구나
엄마리는 땅.

줄기를 자꾸 뽑아 올려도
그 높이를 모르겠구나.
아빠라는 하늘.

아, 엄마 아빠가 키우는
이 한 그루 나무는
언제쯤 그 깊이를 알 수 있을까.
언제쯤 그 높이를 알 수 있을까.

김 완 기

등 단 「어깨동무」 동화, 「서울신문」 신춘문예 동시

약 력 한국문인협회, 국제펜 한국본부 자문위원, 한국아동문학회 상임고문(회장 역임)

수 상 한정동아동문학상, PEN문학상, 한국아동문학작가상, 박경종아동문학상

저 서 동시집 :『눈빛 응원』『참 좋은 말』외
동화집 :『둘만의 약속』『동물원 수의사님』외

e메일 iam1104@hanmail.net

잎기와집 아이들

재깍재깍
시간 재기 초침 달았나?
학교 운동장 등나무 덩굴손

햇볕 쨍쨍
여름 날 센다.

빙글빙글 감고 감아
다닥다닥 잎기와집 완공하던 날

싱그러운 초록지붕에
재잘재잘 모여드는 책가방 친구들

책갈피 속 구불구불 뱀들이
등나무 쌍둥이 갇다고 까르르 웃는
잎기와집 아이들
나도 그 속에 하나다.

옥탑방 아줌마

우리 집 옥탑방에
앞 못 보는 아줌마가 누나와 삽니다.

누나가 이른 아침 일터 나가면
더듬더듬 밖에 나오는 아줌마

가끔 바람이 지나가다
오늘, 황사가 몰려온다고 귀띔하고

가끔 새들이 날아가다
오늘, 복숭아꽃 피었다고 일러주고

나도 해 질 무렵 옥탑방 올라가
누나 올 때 됐다고 손잡아 드리면

"은재야, 다 보이네! 네 맘이 보여!"
날 꼭 안으며 좋아하십니다
눈먼 사람도 가끔 보이는 게 있다고.

내가 어른처럼 보이는 날

지하철 타고 가는데
할머니 한 분이 타신다.

얼른 일어서려는데
엄마가 허리를 꽉 잡는다
옆에 앉은 아줌마는 눈을 감고

나도 모르게 벌떡 일어났다
손을 꼭 잡아주는 할머니

지하철에서 내려 집에 오는데
앞만 보고 걷는 엄마, 내가 말을 걸었다.

-엄마, 괜찮아. 미안해서 그러지?
길섶의 작은 꽃들이 배시시 웃는다
오늘은 내 걸음이 어른처럼 보인다고.

심 군 식

출 생   1933.8.1.-2000.8.28. 경남 고성

등 단   1953년 시집「괴로운 인생」

약 력   호는 소암. 고려신학대학원 졸업
           한국크리스천문학가협회 회장 역임
           고신 교단 총무 역임

저 서   시집 :『괴로운 인생』『어머니 모습』
           동화집 :『잃어버린 왕자』『조랑말 수레』등 7권
           『어린이 예화 설교집』전10권
           『한국교회 인물사』전10권
           『주교교사 이론서』5권 외 다수

봄이 오는 소리

봄은
가늘고 고운
소리로 온다

뾰쭉뾰쭉
땅 속에서
새싹 솟는 소리

쏘옥쏘옥
나뭇가지에서
새눈 트는 소리

사르르르
꽃나무에서
꽃망울 터지는 소리
하나님의 소리는
봄의 소리다.

달

어두운 밤하늘에
풍선 하나 떠있네
저 고운 풍선을
누가 띄워놓았을까

낮에는 안 보이고
밤에만 보이네
저 고운 풍선 안에
누가 불을 켰을까

여름밤의 비

여름밤에 내리는 비는
누나의 목소리다
건널목을 지날 때
조심스레 손잡아 끌며
속삭이던 차분한 목소리

여름밤에 내리는 비는
누나의 손길이다
샘가에서 목욕할 때
등 밀어주던
다정하고 부드러운 손길

여름밤에 내리는 비는
누나의 눈물이다
기차 타고 시집갈 때
날 두고 가는 길 하도 슬퍼서
손 흔들며 흘리던 누나의 눈물

강 정 규

등 단 「현대문학」 소설

약 력 한국아동문학인협회 회장, 단국대학교 예술대학 초빙교수,
크리스천신문사 부사장 역임
현) 계간 「시와 동화」 발행인, 권정생아동문화재단 이사

수 상 대한민국문학상, 크리스천문학상, 방정환문학상

저 서 소설집 : 『무귀와 읍신』
동화집 : 『토끼의 눈』
동시집 : 『모기네 집』 등

큰손

1. 눈

펄펄 눈이 옵니다
하늘에서 눈이 옵니다
하늘나라 선녀님들이
송이송이 하얀 솜을
자꾸자꾸 뿌려줍니다
자꾸자꾸 뿌려줍니다

아이들이 골목길을 지나며 노래를 부릅니다.
얼음판으로 썰매를 타러 가는 모양입니다.
그러나 아이는 따라갈 수 없습니다.
아이는 일어서지도 못합니다.
기운이 없기 때문입니다.
며칠째 밥을 못 먹었기 때문입니다.
물도 삼킬 수 없기 때문입니다.
먹는 족족 토하기 때문입니다.
"아가, 한 순가락만 먹자!"
엄마가 말했습니다.
"싫어, 토끼고기 싫어!"
아이가 울음을 터뜨립니다.

2. 토끼

아이가 아프기 시작한 것은 가을부터입니다.
가을은 수확의 계절입니다.
그중에 제일은 벼 타작입니다.
타작마당에서 일꾼들은 힘자랑도 합니다.

볏섬을 던져 닭을 잡으면, 그날 저녁 누구나 닭고기를 먹었습니다.

아이도 그날 밤 닭고기를 먹었습니다.

그런데 이튿날 토끼가 보이지 않았습니다.

닭들은 마당가 감나무에 모두 올라가 있고, 토끼집은 비어 있었습니다.

그러니까 전날 저녁 아이가 먹은 것은 토끼고기였습니다.

"내 토끼 내놔, 내 토끼 살려내!"

아이는 울다 지쳐 끝내 까무러쳤습니다.

3. 된장국

"집안 형들이 있으니 잘 데리고 다닐 거야."

"아무래도 등하교 길이 좀 무리였나?"

처음엔 그저 그렇게 생각했습니다.

그래서 보약이나 한 제 먹여야겠다고 생각했습니다.

그런데 그게 아니었습니다.

날이 갈수록 점점 걱정이 불어났습니다.

무엇보다 문제는 먹는 대로 곧 토하는 것이었습니다.

수시로 악몽까지 꾸는 모양이었습니다.

"토끼야, 이리 와! 그쪽으로 가지 마!"

"안 돼, 죽으면 안 된다고."

자다가도 소리를 지르며 벌떡 일어나 앉곤 했습니다.

때마다 식은땀으로 옷이 젖었습니다.

할머니는 우선 엄마를 시켜 삼신할머니에게 빌게 했습니다.

성주님께도 빌고, 용왕님께도 빌게 했습니다.

조왕님께도 빌고, 조상님께도 빌게 했습니다.

드디어 할머니는 된장국을 끓여 귀신을 쫓기로 했습니다.

우선 밥을 만 된장국에 부엌칼을 꽂았습니다.

칼등으로 된장바가지를 두드리며 아이 곁에 앉았습니다.

"아가, 예다 침을 세 번 뱉어라!"

그러나 아이는 고개조차 들지 못했습니다.

"퉤, 퉤, 퉤!"

아이 대신 침을 뱉은 할머니는 아이 머리카락을 쥐어뜯었습니다.

시늉만으로 머리카락을 바가지에 담으며 귀신을 나무랍니다.

"사불범정이라니, 어디 삿된 것이 무엄하게!"

큰소리와 함께 방문을 박차고 나갑니다.

맨발로 사립문 밖까지 달렸습니다.

이튿날 나가 보면 퇴비장 앞에 바가지가 엎어져 있었습니다.

식칼은 그 곁에 꽂혀 있었습니다.

그래도 아이는 차도가 없었습니다.

"안되겠다, 얘야. 부처님께 가보자."

어느 날 할머니가 엄마에게 말했습니다.

머슴지게에 쌀자루를 얹어 앞세우고 무량사에 다녀왔습니다.

할아버지는 한약을 지어오셨습니다.

숯불을 피우고 정성껏 달였지만 마시자마자 토했습니다.

무서리가 내렸지만 아직 고구마도 캐지 못했습니다.

고추밭에는 붉은 고추가 얼다 못해 썩어 떨어졌습니다.

김장은 생각도 못했습니다.

마당가 감나무엔 붉은 감이 주렁주렁 달린 채 오그라들었습니다.

할머니는 결국 무당집을 찾아갔습니다.

점을 치고 오신 할머니는 굿을 해야 한다고 하셨습니다.

식구들은 아무도 말리지 못했습니다.

4. 굿

대문밖에 황토가 두 무더기 놓였습니다.

퍼낸 우물에 새 물이 고이기를 기다렸습니다.

물에 담갔던 떡쌀을 절구에 찧었습니다.

떡방아를 찧는데 아무도 말하는 이가 없었습니다.

신장 대를 만들고 한지를 오려 꽃을 만들었습니다.

집 안팎에 등불이 내걸렸습니다.

방울과 꽹과리가 들어왔습니다.

무당도 옷을 갈아입었습니다.

과일과 떡시루가 상 위에 놓였습니다.

여전히 사람들은 그림자처럼 움직였습니다.

"그런데 아픈 아기는 어디 있지요?"

무당이 조심스럽게 물었습니다.

"얘가 어디 있지?"

엄마가 말했습니다.

사람들이 허둥지둥 아이를 찾았습니다.

이 방 저 방으로, 집 안팎을 헤맸습니다.

그러다가 엉뚱하게도 토끼집 앞에서 발견했습니다.

아이를 안방 아랫목에 눕혔습니다.

우선 아이 얼굴에 체를 씌웠습니다.

할머니가 묽게 탄 식초를 뿜었습니다.

아이가 잠시 눈을 떴습니다.

"아가, 할미다!"

할머니가 아이를 불렀습니다.

"토끼야, 토끼야!"

아이는 여전히 헛소리를 하고 있었습니다.

굿은 삼일 동안이나 계속됐습니다.

그러나 아이는 축 늘어진 채 정신을 차리지 못했습니다.

"성님, 예배당에나 한 번 가보셔요."

마른 시룻번을 떼어내던 광주댁이 말했습니다.

5. 예배당

처음엔 귀에 들어오지도 않던 말입니다.

말 같지도 않은 말이었기 때문입니다.

김해김씨 대소가에서는 꿈도 꿀 수 없는 일이었습니다.

광주댁 또한 남편이 반대한다고 했습니다.

그러나 광주댁은 비가 오나 눈이 오나 찾았습니다.

동네 사람들은 예수 귀신에 미쳤다고 흉을 보았습니다.

"성님, 예배당에나 한 번 가보셔요."

엄마는 광주댁의 말을 입안에서 굴려보았습니다.

마지막으로 거기라도 가봐야지 않겠나?

입 싼 광주댁이 얼마나 망설인 끝에 한 말일까?

엄마는 생각 끝에 광주댁의 그 말을 듣기로 했습니다.
우선 한밤중 목욕을 했습니다.
가족들은 모두 지쳐서 깊은 잠에 빠져 있었습니다.
머리도 감아 빗고 새 옷을 갈아입었습니다.
아이는 아랫목에 여전히 죽은 듯이 누워 있었습니다.
"아가, 엄마 예배당 다녀올게?"
엄마는 전에 없이 눈물을 흘렸습니다.
아이 손은 핏기가 없고 차가웠습니다.
손톱은 길고 까만 때가 끼어 있었습니다.
꼬꼬!
첫 닭이 홰를 치며 울었습니다.
엄마는 목도리를 두르고 버선도 신었습니다.
문밖에 나서자 차가운 밤바람이 맞았습니다.
한겨울이고 신새벽이었습니다.
희미한 달빛이 있었지만 눈발도 희끗희끗 보였습니다.
예배당은 읍내 면소재지에 있다고 들었습니다.
오일마다 장이 서는 장터이기도 했습니다.
초행길은 아니었습니다.
아이가 학교에 입학하던 날 다녀온 일이 있었습니다.
그러나 초행이나 다름없었습니다.
더구나 밤길이고 예배당은 본 적이 없었습니다.

6. 눈길
상엿집을 지나는데 눈발이 거세지기 시작했습니다.
성황당 고개를 넘는데 바람까지 세찼습니다.
저수지를 지나는데 앞이 잘 보이지 않았습니다.
바람에 몰린 눈이 쌓여 허리까지 빠졌습니다.
나뭇가지를 하나 얻어 지팡이 삼아 짚었습니다.
돌다리를 건너면 벌판이었습니다.
추수를 끝낸 벌판엔 짚가리가 여기저기 보였습니다.
달빛은 여전히 희미한데 눈보라는 더욱 심해졌습니다.

길은 신작로여서 지팡이는 버렸습니다.
날씨는 험한데도 등에서는 땀이 흘렀습니다.
바람이 눅어졌습니다.
드디어 읍내였습니다.
그러나 불빛 하나 보이지 않았습니다.
이리저리 구불구불 이어지는 골목길을 헤맸습니다.
예배당이 어디인지 물어야 할 터인데 사람이 없었습니다.
어디선가 닭 우는 소리가 들렸습니다.
엄마는 그쪽으로 발길을 옮겼습니다.
바람 길이 막힌 어느 집 처마 밑에 남루가 웅크리고 있었습니다.

7. 거지
"아가!"
엄마가 다가서며 아이를 불렀습니다.
"……."
엄마가 한 걸음 더 다가섰습니다.
"아가!"
엄마가 아이 몸을 흔들며 다시 불렀습니다.
"엄마, 배고파!"
아이가 작은 소리로 말했습니다.
희미했지만 엄마는 그렇게 들었습니다.
"아가, 혹시 예배당이 어딘지……."
"춥고 배고파……."
아이가 엄마 말을 끊었습니다.
엄마 귀에는 분명 그렇게 들렸습니다.
그것은 집에 두고 온 아이 목소리였습니다.
"알았다, 아가! 좀만 기다려라."
엄마는 목도리를 벗어 아이에게 둘러주었습니다.
발길을 돌렸습니다.
마음이 급했습니다.
벌판을 지나다 짚단을 빼냈습니다.

어느새 눈보라는 그치고 달빛이 환했습니다.
빼낸 짚단을 날라다 아이 몸을 감싸주었습니다.
그리고 집을 향해 달리기 시작했습니다.
신작로를 달려 돌다리도 건넜습니다.
버렸던 지팡이를 다시 주워들었습니다.
저수지를 지나고 성황당 고개를 넘었습니다.
고개를 넘다가 돌멩이를 돌무더기 위에 던졌습니다.
상엿집도 지났습니다.
마을에서 개 짖는 소리가 들렸습니다.

8. 떡

집 안은 조용했습니다.
식구들은 모두 잠들어 있었습니다.
아이는 여전히 아랫목에 죽은 듯 누워 있었습니다.
엄마는 서둘러 먹을 것을 챙겼습니다.
굿하며 찐 떡과 밥, 나물도 담았습니다.
집을 나서다 되돌아가 더운 물도 챙겼습니다.
음식보따리를 들고 다시 달리기 시작했습니다.
동구 밖 산모퉁이 상엿집을 지나 성황당 고개를 넘었습니다.
저수지는 꽁꽁 얼어 있었습니다
얼음 위에 눈이 쌓여 있었습니다.
쌓인 눈을 쓸고 썰매를 탄 자국이 보였습니다.
어느새 눈도 그치고 하늘도 맑게 개었습니다.
달이 밝았습니다.
돌다리를 건너 벌판을 뚫고 신작로를 달렸습니다.
시장터가 보이고, 그 집 처마 밑에 아이가 있었습니다.
"애야, 떡을 가져왔다."
엄마는 아이 앞에 먹을 것을 펼쳐 놓았습니다.
"우선 목을 축이렴! '
아이가 엄마를 올려다보았습니다.
그리고 손을 들어 자기 어깨 위를 가리켰습니다.

거기 빛나는 새벽별이 보였습니다.
그 아래 예배당 첨탑이 보였습니다.

9. 큰손

예배당은 엄마 생전 처음이었습니다.
입구가 둘이었습니다.
양쪽 출입문에 신발장이 보였습니다.
......

예배당에 갔더니
눈감으라 하고서
신발 훔쳐가더라

아이들이 흥얼거리던 노랫말이 잠깐 스쳐갔습니다.
예배당 안은 캄캄했습니다.
창으로 달빛이 들어왔지만 아무것도 보이지 않았습니다.
버선발로 바닥을 밀며 앞으로 나아갔습니다.
아무것도 걸릴 게 없는 마루였습니다.
그렇게 한참을 밀고 가는데 가로막는 게 있었습니다.
빈 걸상이었습니다.
엄마는 그 앞에 무릎을 꿇었습니다.
그리고 시어머니와 부처님께 절을 했듯 절을 했습니다.
절에 가 백팔 배를 하듯 큰절을 계속했습니다.
어느 순간 엄마는 절을 하다 고꾸라졌습니다.
그간 챙겨 먹지 못하고 자지 못한 탓에 쓰러졌습니다.
새벽바람에 내달리다 지쳐 쓰러진 채 잠이 들었습니다.
까무룩 잠이 든 채 얼마를 그렇게 잤던가.
꿈결인지 잠결인지 누군가 다가서는 느낌을 받았습니다.
어깨 위에 크고 보드라운 손이 잠시 놓였습니다.
긴 옷자락이 바닥을 스치는 소리를 들은 것 같았습니다.
엄마는 소스라쳐 잠이 깼습니다.
예배당 안은 텅 비어 있었습니다.

날도 부옇게 밝았습니다.

그런데 날아갈 듯 몸이 가벼웠습니다.

그동안 쌓인 피로가 씻은 듯 사라졌습니다.

참으로 알 수 없는 일이었습니다.

엄마는 예배당을 나섰습니다.

장터에 더러 사람들도 눈에 띄었습니다.

아이가 앉아 있던 곳으로 왔습니다.

그런데 아이가 보이지 않았습니다.

음식도 그대로 있고 목도리까지 놓여 있었습니다.

10. 엄마

엄마는 새벽길을 달렸습니다.

음식보따리를 도로 싸들고 정신없이 달렸습니다.

힘든 줄도 몰랐습니다.

웬일인지 걱정 근심도 씻은 듯 없어졌습니다.

두 발이 허공을 나는 것 같았습니다.

장터를 벗어나 벌판을 달렸습니다.

돌다리를 건너 저수지를 끼고 돌았습니다.

언덕길을 올라 성황당 고개도 넘었습니다.

11. 감나무

상엿집이 있는 산모둥이를 돌자 마을이 품을 열었습니다.

한동안 보이지 않던 누렁이가 마중을 나왔습니다.

집 안은 여전히 잠들어 있었습니다.

음식보따리와 함께 툇마루에 걸터앉았습니다.

마당가 감나무에 까치 두 마리가 보였습니다.

까치밥이 불렀나 봅니다.

이마에 솟은 땀을 명주수건으로 닦는데 안방 문이 열렸습니다.

소리 없이 방문이 열리며 아이가 기어 나왔습니다.

"엄마! 배고파!"

12. 다시 눈

온 식구가 두레반에 둘러앉아 아침밥을 먹습니다.
아이도 기대 앉아 흰죽을 조금씩 받아먹습니다.

펄펄 눈이 옵니다
바람 타고 눈이 옵니다
하늘나라 선녀님들이
하얀 가루 떡가루를
자꾸자꾸 뿌려줍니다
자꾸자꾸 뿌려줍니다

아이들이 골목을 지나며 노래를 부릅니다.
눈이 내리나 봅니다.
썰매라도 타러 가나 봅니다.
엄마와 아이가 마주보며 오랜만에 웃었습니다.

박 성 배

등 단 「한국일보」 신춘문예 동화, 「서울신문」 신춘문예 동화

약 력 한국문인협회 부이사장, 노원초등학교 교장 역임
한국크리스천문학가협회 회원, 노원문인협회 명예회장
한국문인협회 자문위원, 국제펜 한국본부 자문위원
꽃동산교회 장로

수 상 한국아동문학작가상, 대한민국문학상
한국동화문학상, 천등아동문학상

저 서 초등학교 국어 교과서에 '행복한 비밀 하나', '잠자리 꿈쟁
이의 흔적' '가을까지 신 꼬마눈사람', '달밤에 탄 스케이
트' 등 동화 실림

e메 일 flowerinpark@daum.net

내 품에 날아온 까치를 내가 어떻게 하랴

며칠 전부터 교회 십자가를 밝히는 불이 들어오지 않았습니다.

"언제 고치지요?"

새벽기도를 마치고 나서던 목사님이 교회 지붕을 가리켰습니다.

"오늘 당장 고치겠습니다."

교회를 관리하는 아저씨가 머리를 긁적이며 대답했습니다.

"가만있자, 그런데 저게 뭐지요?"

머리를 젖혀 불 꺼진 십자가를 올려다보던 목사님이 다시 손가락으로 위를 가리켰습니다. 십자가 위에 무엇인가 얹혀 있었습니다.

"아니, 저놈들이 어느새 저기에 집을 지었지?"

"깍깍깍!"

까치 한 마리가 '우리 둘이 만든 보금자리랍니다.' 하고 아저씨의 말에 대꾸하듯 소리를 냈습니다. 그러자 또 한 마리가 날아내려 지붕에 정답게 앉았습니다.

사람들은 얼마 전에 마을 입구에 있는 커다란 미루나무를 베어냈습니다. 공터에 빌딩을 짓기 위해서였습니다. 그 바람에 거의 완성되어 가던 까치집이 땅으로 떨어졌습니다. 어디서 물어왔는지 나뭇가지며 작은 플라스틱, 그리고 가느다란 철사까지 물어다가 만든 집이었습니다. 교회를 관리하는 아저씨의 딸이 버려진 까치집을 주웠습니다. 소녀는 짚고 다니는 지팡이에 까치집을 끼어 까치들을 향해 흔들었습니다. 그러나 까치들은 본체만체 어디론가 날아가 버렸습니다.

"불쌍하다. 옛날 우리 식구 같아."

소녀는 아빠가 교회 관리 일을 하기 전에, 살던 집에서 쫓겨나 놀이터에서 잤던 일을 생각하며 눈살을 찌푸렸습니다.

다음 날 까치들은 아파트 옥상에 있는 공동 안테나에 집을 짓기 시작했습니다.

"아빠, 아빠, 까치들이 다시 집을 짓기 시작했어."

소녀는 마치 자기 일이라도 되는 것처럼 좋아했습니다. 그러나 저녁 무렵, 텔레비전이 잘 안 나온다는 말을 들은 아파트 경비원이 안테나를 살피러 올라갔다가 까치집을 발견하고 치워버렸습니다. 까치들이 요란스럽게 우는 소리를 듣고 나온 소녀가 울상이 되어 중얼거렸습니다.

"까치야, 미안해."

소녀는 아파트 쓰레기장에 버려진 까치집을 주워 지팡이에 끼어 목련나무 가지에 얹었습니다.

"여기 얹어둘 테니까 가져가."

다음 날 까치가 보이지 않았습니다. 목련 가지에 얹힌 까치집은 그대로 있었습니다.

'까치가 다시는 나타나지 않을지도 몰라.'

소녀는 지팡이로 까치집을 다시 내렸습니다.

"그런 걸 뭘 하러 들고 다니니?"

교회 청소를 하던 아빠가 빨리 버리라는 뜻으로 말했습니다.

그날, 소녀는 하루 내 고개를 젖히고 위를 보고 지냈습니다. 그러나 까치는 나타나지 않았습니다. 그러던 이틀 후에, 소녀는 길가에 서 있는 전봇대 위에 집을 짓는 까치를 발견했습니다.

"까치야! 힘내라."

소녀는 공원의 긴 의자에 모로 누워 두 팔을 흔들며 응원을 했습니다. 그런데 점심때가 되어 라면을 먹고 나오니 까치집이 없어져 버렸습니다.

"왜 이렇게 위험한 곳에 집을 짓고 야단이야."

이번에도 전기 공사를 나온 아저씨들이 까치집을 뜯어 멀리 던져버린 것입니다.

"깍, 깍깍깍!"

까치 두 마리가 이리저리 날아다니며 슬프게 울었습니다.

"불쌍해. 까치는 이제 어디에 집을 짓지?"

소녀는 자기 지팡이에라도 집을 짓게 하고 싶었습니다.

그후로 며칠간 까치가 보이지 않았습니다. 위만 살피던 소녀도 지쳤습니다.

"까치야, 미안해."

소녀는 밤에도 잠꼬대를 했습니다.

그 까치들이 다시 집을 지은 곳이 바로 높다란 십자가탑 위였습니다.

"허허, 십자가가 까치집이 되었네. 전등이 나가지 않았다면 불이 밝아서 까치가 저기에 집을 짓지 않았을 겁니다."

"그러게 말입니다. 제가 빨리 전등을 갈아 끼웠어야 하는데."

관리 아저씨는 자기가 잘못해서 그렇게 된 것처럼 계속 머리를 긁적거렸습니다. 목사님이 가시자 관리 아저씨는 서둘러서 기다란 사다리를 가져왔습니다. 아저씨와 청년 둘이 교회 지붕으로 올라갔습니다. 지붕에서 십자가탑 위로 사다리를 기대 놓았습니다.

"잘 잡게."

아저씨가 사다리를 올라가며 말했습니다.

"안심하고 올라가세요."

청년 둘이 사다리를 꽉 붙잡았습니다.

"집을 크게도 지었네."

사다리를 타고 오르던 아저씨는 밑에서 보던 것보다는 훨씬 커 보이는 까치집을 보자 빈손으로 올라온 걸 후회했습니다. 십자가의 불을 밝힐 빨간 전구만 뒷주머니에 넣고 올라갔기 때문입니다. 그래도 이왕 올라온 김에 맨손으로 까치집을 뜯어낼 생각으로 계속 올라갔습니다.

"깍깍 깍깍깍!"

어디 있다 날아왔는지 까치 한 마리가 십자가 주위를 돌며 날카롭게 소리쳤습니다. 그러자 십자가 위의 까치집에서도 깍깍거리는 소리가 났습니다.

"혹시 알을 품고 있는 것 아니야?"

"글쎄, 심상치가 않은데?"

사다리를 잡고 있던 청년이 이맛살에 주름을 만들며 위를 올려다보았습니다.

"깍!"

십자가 주위를 맴돌던 까치가 갑자기 사다리를 거의 올라간 아저씨를 향해 돌진했습니다.

"앗!"

아저씨가 얼굴을 감싸고 사다리에 엎드렸습니다. 까치는 아저씨 머리 위로 바람을 일으키며 휙 날아갔습니다. 그러더니 십자가를 한 바퀴 돌아 다시 공격해왔습니다.

"이놈의 까치가 겁도 없이."

아저씨는 주먹을 휘둘렀습니다. 그러다가 휘청하여 떨어질 뻔했습니다.

"아저씨, 안 되겠어요. 내려오세요!"

올려다보던 청년들이 걱정이 되어 소리쳤습니다. 아저씨는 까치들에게 쪼이지 않기 위해 얼굴을 숙인 채 사다리를 내려왔습니다.

"어떡하지요?"

청년들이 까치집을 올려다보며 물었습니다.

"내일이 주일인데 빨리 치워야지."

아저씨는 오토바이를 탈 때 쓰는 헬멧을 찾아 썼습니다. 눈을 보호하기 위하여 선글라스도 끼고 가죽장갑도 꼈습니다. 까치집을 부수기 위하여 커다란 망치도 허리춤에 쑤셔 넣었습니다.

"감히 십자가 위에다 집을 짓고 불을 못 켜게 해?"

아저씨는 십자가 위에 앉아서 내려다보는 까치를 한번 올려다보곤, 입을 악물고 사다리를 올라가기 시작했습니다.

"조심하세요."

청년 둘이 아까보다 더 힘껏 사다리를 붙잡았습니다.

"깍깍깍깍!"

지켜보던 까치 한 마리가 다시 십자가 주위를 돌며 요란스럽게 소리쳤습니다. 그러다가 사다리를 오르는 아저씨를 향해 돌멩이처럼 날아들었습니다. 아저씨는 엎드리지 않고 망치를 휘둘렀습니다. 까치가 망치를 아슬아슬하게 피하며 날아갔습니다. 아저씨가 거의 십자가 가까이 올라갔습니다.

"깍깍!"

까치집에 있던 까치가 부리를 크게 벌리며 아저씨를 노려봤습니다. 다른 까치 한 마리는 아저씨의 등을 부리로 쪼고 날아갔습니다.

"아빠! 그러지 마!"

까치들의 요란한 소리에 밖으로 나온 소녀가 교회 지붕 위를 향해 손나발을 하고 소리쳤습니다. 아저씨는 그 소리에 멈칫하며 아래를 내려다보았습니다.

"저 애가 나오기 전에 처치하려고 했는데……."

아저씨는 잠시 망설였습니다.

한편, 목사님은 내일 할 설교 준비를 끝내고 제목을 아직 정하지 못해 생각하다가 깜빡 졸았습니다. 아니, 졸지 않았는지도 모릅니다. 교회 현관에 걸린 예수님이 걸어나왔습니다. 예수님은 평소에 안고 있는 새끼 양 대신 까치집을 안고 있었습니다. 나뭇조각이며 철사, 비닐, 플라스틱 등 온갖 쓰레기들을 다 모아 만든 까치집이었습니다.

"예수님, 왜 그런 것을 안고 계십니까?"

목사님은 당장 까치집을 들어 치울 기세로 물었습니다.

"내 품에 날아온 까치를 내가 어떻게 하랴?"

"예?"

순간 퍼뜩 눈을 뜬 목사님은 교회 현관으로 갔습니다. 꿈에서처럼 사진 속의 예수님은 까치집을 안고 있었습니다.

"누가 여기에 까치집을 올려놓았담?"

목사님이 까치집을 치우려고 할 때였습니다.

"아빠, 그러지 마." 하고 다급하게 외치는 소녀의 소리가 들렸습니다. 목사님은 급하게 밖으로 나갔습니다.

"목사님이 오늘 중으로 십자가에 불이 들어오게 하라고 하셨어."

아저씨는 딸을 향하여 어쩔 수 없다는 투로 말하곤 다시 망치를 위로 들었습니다.

"그럼 까치는 어디에서 살아요!"

소녀가 지팡이를 들어 흔들며 우는 소리로 말했습니다.

그때였습니다.

"허물지 마세요!"

소녀 옆에서 누군가 다급하게 소리쳤습니다. 목사님이었습니다.

"그대로 두시래요."

목사님의 말을 받아 청년들도 옳다구나 소리쳤습니다.

"십자가를 밝힐 전구는 어떻게 하고요?"

아저씨가 아래를 향해 소리쳤습니다.

"괜찮아요. 그냥 내려오세요."

아저씨는 깍깍거리며 공격해오는 까치들을 피해 얼른 사다리를 내려가기 시작했습니다.

목사님은 다리가 불편한 소녀를 안고 교회 현관으로 들어갔습니다.

"네가 여기 걸어두었니?"

소녀는 조금 겁먹은 얼굴로 고개를 끄덕거렸습니다.

"왜?"

목사님은 부드러운 목소리로 물었습니다.

"사람들이 미루나무에서도, 안테나에서도, 전봇대에서도 까치집을 허물어버렸어요. 까치가 불쌍해서 예수님께 부탁했어요."

"예수님이 네 부탁을 들어주셨구나."

목사님이 웃으며 말하자 소녀의 얼굴에도 웃음이 돌았습니다.

다음 날 교회에 나온 사람들이 현관에 걸린 예수님의 사진 앞에 모였습니다. 사람들은 밖에 나가서 십자가 위에 있는 까치집을 구경하기도 했습니다.

사람들은 목사님의 설교가 시처럼 멋지고 재미있다고 생각했습니다.

'내 품에 날아온 까치를 내가 어떻게 하랴?'

이게 바로 목사님의 설교 제목이었거든요.

강 정 훈

등 단 「조선일보」 신춘문예 동화

약 력 총신대학교 종교교육과, 신학대학원 졸업
　　　현) 늘빛교회 담임목사
　　　월간 「교사의 벗」 발행인

수 상 계몽사 아동문학상, 총신문학상

저 서 『바보새』『파랑도』『우리들의 영등폭포』 등

순이 엄마의 소원

학마을 이발소 뒷길을 뱅그르르 돌아가다 보면 유리창에 '국화빵 있음'이라고 씌어 있는 조그만 가게가 있습니다. 사과 상자로 만든 엉성한 진열장 위에는 요즈음 학마을 아이들이 좋아하는 딱총이 있고 라면땅도 있고 사탕도 있습니다.

삐거덕거리는 나무상자 위에 앉아서 물건을 파는 아줌마가 바로 순이 엄마입니다.

순이 엄마가 순이를 업고 이 마을에 들어오던 날은 무척이나 추운 겨울날이었습니다.

때마침 휘날리는 함박눈이 콧잔등에 포송포송 달라붙고 아이들이 눈을 뭉치며 소리지르던 날 순이 엄마는 학마을을 찾은 것입니다.

순이 엄마의 고향은 여기서도 50리나 더 들어간 산골입니다. 그 산골에서도 제일 가난하고 보잘 것 없는 흙담집이 순이네 집입니다.

아빠는 가난이 싫다고, 돈을 많이 벌어 갖고 오겠다며 네 살 난 순이와 소매로 눈물을 찍어내는 엄마를 동그마니 놔둔 채 바람처럼 도시로 떠나버리고 말입니다. 그때부터 순이 엄마는 많은 고생을 했습니다. 물론 그전에도 고생을 안 했느냐고 하면 그것도 아닙니다. 아빠가 있을 때, 아니 아빠를 모르고 그 이웃 마을에 살고 있을 때부터 순이 엄마는 가난했었습니다.

아빠에게 시집오던 날도, 철이 들면서부터 꿈이었던 족두리도 못 쓰고 헐렁이는 보따리 하나만을 갖고 와서 살았습니다. 가난이 몸에 배어 있던 순이 엄마는 흙담집 살림이었지만 곰보 아빠와의 생활이 즐겁기만 했습니다. 그 이듬해 순이를 낳았을 때는 또 어떻구요. 순이를 낳은 바로 다음날부터 밭으로 나가 일했지만 한마디 불평조차 모르고 살았던 순이 엄마랍니다.

순이를 낳던 날, 아빠는 그 닥지닥지 얽은 곰보 얼굴에 웃음꽃이 피면서 엄마의 손을 으스러지게 쥐어 주었습니다.

그러던 순이네 집에 불행이 찾아온 건 순이가 걸음마를 배우기 시작했을 무렵입니다.

순이가 심한 열로 며칠을 앓고 나더니만 등허리에 주먹만 한 혹이 생겼습니다. 동네 사람들은 순이가 꼽추가 되었다고 수군거리며 끌끌 혀를 찼습니다.

순이 엄마는 얼마나 슬펐는지 모릅니다. 보리밭에 나가 호미질을 하면서도 순이 생각이 가슴 속으로 스며들어 헛손질을 한 적도 여러 번이었습니다.

밭에 나갔다 오면 그 까칠까칠한 턱으로 볼그레한 순이의 볼을 비벼주며 좋아하던 아빠는 그때부터 술을 퍼먹기 시작했습니다. 술에 취하면 으레 엄마를 두들겼습니다. 순이의 볼에 뽀뽀를 해주지도 않았습니다.

그러다가 아빠는 돈을 벌어갖고 와서 순이의 병을 고치자며 훌렁 도회지로 떠나 버렸던 것입니다.

순이네가 처음 이 마을에 왔을 땐 살아갈 일이 까마득하기만 했습니다. 그 해에 심한 흉년만 안 들었더라도 곰보 아빠의 손길이 스며 있는 그 흙담집을 울며 불며 떠나오진 않았을 것입니다.

그러나 인정 많은 영감네를 만나 5년이 지난 지금은 손바닥만 한 집이지만 마련할 수 있었고 조그만 가게도 낼 수 있었습니다. 꽁보리밥밖에 모르던 순이 엄마가 요즈음은 가끔 정육점 앞에 어른거리기도 한답니다. 더욱 기쁜 것은 순이 엄마가 예배당에 나가게 된 것입니다. 추수도 모두 거두어 버리고 난 어느 늦가을, 언덕 위에 조그만 예배당에서는 부흥회가 열렸습니다. 순이 엄마는 단골손님인 강정댁의 손에 이끌리어 생전 처음으로 예배당에 가게 되었습니다.

작은 예배당 안은 동네 사람들로 꽉 차 있었습니다. 처음엔 어쩔 줄을 몰라 기도할 때도 멍청히 있었던 엄마였지만 부흥 강사의 설교가 재미있었는지 다음날엔 아예 어둡기도 전에 가게 문을 닫고 강정댁으로 달려가서 빨리 가자고 보챌 정도였습니다.

부흥회가 끝났을 땐 그 조그만 예배당에는 많은 사람들이 나오게 되었습니다. 주일 날만 되면 명절 때나 입는 깨끗한 옷으로 갈아입고 예배당으로 나오는 사람들 중에는 순이 엄마도 있었습니다. 물론 순이도 있었고요.

그때부터 순이 엄마의 생활은 달라지기 시작했습니다. 순이네 가게엔 술도 있었습니다. 술꾼들이 밤늦도록 마시며 떠들어대는 통에 잠을 설칠 때도 있었습니다.

그러나 엄마가 교회를 다니고부터는 술병이 없어졌습니다. 주일날만 되면 꼬박꼬박 가게 문이 잠겨지곤 했습니다. 그러면서도 전보다 수입이 많아지는 건 이상스런 일입니다.

순이도 예배당에 다니고부터는 얼마나 명랑해졌는지 모릅니다. 걸핏하면 짜증이나 내며 엄마의 마음을 아프게 하더니 이젠 그 조그만 입으로 찬송가를 조잘대는 건 엄마의 큰 기쁨이 되어 갔습니다.

그럴 때마다 엄마는 아빠를 생각합니다. 돈을 벌어 오겠다며 산골 마을을 떠나버린, 얼굴이 닥지닥지 얽은 곰보 아빠를 생각합니다. 그러나 여태껏 소식 한 장 없는 아빠는 원망하지는 않습니다. 아빠도 이 마을로 돌아와서 예배당에 나가게 해달라고 매일 새벽마다 기도하는 엄마입니다.

엄마에게 소원이 생겼습니다. 순이네 마을 예배당에 넝쿨이 덮인 종각은 높이 솟아 있지만 종은 없습니다. 종각이 있고 종은 없다면 이상한 일이지만 너무 가난하기에 종을 살 수가 없습니다. 그렇다고 처음부터 종이 없었던 건 아닙니다. 전에 있었던 종은 녹이 슬어 창고에 처박혀 있습니다.

전도사님의 생활비도 어려운데 종을 사온다는 건 벅찬 일이었습니다. 그러면서도 온 마을에 기쁜 소식을 전하는 종소리가 없는 것이 마을 교인들에겐 더 섭섭한 일이었습니다. 이제야 하나님을 알게 된 순이 엄마로서는 그 은혜를 어떻게 갚아야 할지 궁금했습니다.

'종을 달자. 새 종을 달자.'

그러한 생각이 순이 엄마의 마음속으로 들어왔을 때 소리라도 지를 만큼 기뻤습니다.

하는 김에 아예 종각까지도 든든한 걸로 새로 만들기로 혼자서만 결심하고 있었습니다. 순이 엄마는 더 부지런해졌습니다.

늦어도 이 가을이 끝날 즈음엔 완성하기로 한 것입니다. 가게도 넓히고 물건도 많이 들여 놓았습니다. 순이 엄마는 불어나는 통장을 보며 즐거워했습니다.

그런데 예기치 않은 일이 생겼습니다. 순이네 집에 도둑이 들었던 것입니다. 그날은 마침 주일이었습니다.

가게 문을 닫고 순이랑 예배당에 갔다 와보니 뒷문이 열려 있었습니다. 덜컥 겁이 난 엄마가 장롱 속 사발더미 밑으로 떨리는 손을 넣었을 때는 아무것도 없었습니다.

엄마는 털썩 주저앉고 말았습니다.

'이럴 수가……'

허탈함에 눈물이 자르르 흘러내렸습니다. 엄마는 하나님이 원망스러워졌습니다.

하나님께 바칠 것을, 그것도 예배당에 가고 없는 사이에 도둑놈 하나도 지켜주지 않는 하나님이 야속했던 것입니다.

'하나님! 너무……'

엄마의 마음속에 나쁜 생각이 들어오려고 할 때입니다. 순이의 노래 소리가 들려왔습니다.

"저 고운 동산 위에는 주 음성 들리네……. 맑은 시냇가에서……"

순이의 음성은 철철철 강물이 되어 엄마의 마음에 흘러들었습니다. 엄마의 나쁜 생각들이 그 강물에 씻겨 갔습니다.

아, 엄마는 도저히 하나님을 원망할 수가 없었습니다. 비록 돈은 잃어버렸지만 순이가 갖고 있는 저 밝은 기쁨과 엄마의 작은 행복은 아무도 훔쳐갈 수가 없다는 걸 알았기 때문입니다. 엄마는 다시 힘을 내었습니다. 전보다 몇 갑절 열심히 일했습니다. 가게는 순이에게 맡겨두고 엄마는 남의 밭에 가서 일을 했습니다. 그렇지 않고서는 이 해가 가기 전에 종을 사올 수가 없었기 때문입니다.

동네 사람들은 웃었습니다. 외동딸밖에 없는 여자가 돈을 그리 억척스레 벌어서 무얼 하겠느냐고 수군대었습니다. 그러나 순이 엄마는 모른 체하고 일만 하였습니다.

하늘이 유난히도 파란 날입니다. 언덕 위에 시골 예배당에는 많은 사람들이 웅성대고 있습니다. 오늘은 종각 헌납식 날입니다.

순이 엄마는 기어코 큼직한 종과 20미터는 됨직한 높은 종각을 세우고야 만 것입니다. 종각과 종을 실은 트럭이 이 마을에 들어왔을 때 전도사님도, 마을 사람들도 깜짝 놀라 버리고 말았습니다. 순이 엄마를 비웃던 사람들도 그제야 그 착한 마음을 알고 고개를 끄덕거렸습니다.

순이 엄마는 딸아이의 손을 잡고 예배당 언덕길을 오르고 있었습니다. 아가의 무덤처럼 불룩 튀어 나온 순이의 등허리에서도 엄마는 행복을 느끼고 싶어 합니다.

"어서 오세요."

전도사님이 돌층계까지 내려와 반가이 맞아 주었습니다.

"순이 엄마 때문에 이렇게 좋은 종을 마련했습니다."

"뭘요……."

순이 엄마는 그저 송구스럽기만 합니다. 전도사님이 종 줄을 내밀었습니다.

"순이 엄마가 먼저 당기십시오."

"전도사님이 치세요."

"아닙니다. 어서 당기세요."

전도사님이 거듭 밀했습니다. 순이 엄마는 더 사양할 수가 없어 종 줄을 잡았습니다.

"엄마, 힘껏 쳐야 해!"

순이가 환하게 웃었습니다. 오늘따라 그 얼굴은 천사처럼 화사합니다.

엄마는 줄을 잡아당겼습니다.

뎅그랑… 뎅그랑… 뎅…. 교인들이 기뻐하며 박수를 쳤습니다. 누구부터 시작했는지 찬송이 종소리를 따라갔습니다. 종은 계속 울렸습니다.

뽀오얗게 어려 오는 순이 엄마의 눈앞에 아빠의 얼굴이 나타났습니다. 아빠의 그 피곤한 마음에까지 복음의 소리가 들리도록 순이 엄마는 힘껏 잡아당기고 있습니다.

종 줄을 잡아당기는 순이 엄마의 마음속에 하나님께 대한 감사와 기쁨이 소르르 담겨지고 있었습니다.

신 건 자

등 단 「아동문예」 동화

약 력 한국크리스천문학가협회 아동문학분과위원장
한국문인협회, 한국수필가협회, 한국아동문학연구회 회원
초등학교장 정년 퇴임, Y교도소 교정위원

수 상 한정동아동문학상, 성호문학상, 탐미문학상, 수필문학상,
모던포엠문학상, 세계동화문학상, 황조근정훈장

저 서 수필집 : 『미루나무가 서 있는 풍경』『그곳에서 꽃밭을』
동화집 : 『오금동산 아이들』『만세! 정전은 끝났다』『번
갯불을 잡은 아이』『가자 잉잉아』

e메 일 shinkz@hanmail.net

만세! 정전은 끝났다

점심시간이 가까워졌는데 갑자기 정전입니다.

"선생님, 컴컴해요."

"왜, 전깃불이 나갔어요?"

아이들이 툴툴거리며 한마디씩 합니다. 흐린 날씨 탓에 교실이 더 어둡습니다. 그러나 나는 교실이 어두운 것쯤은 문제가 아닙니다. 우리 학교 급식소에서 일하시는 엄마가 더 걱정입니다. 전기가 나가면 급식차를 운반하는 엘리베이터가 움직이질 않습니다. 그러면 급식소에서 일하시는 엄마는 다른 아주머니들과 일층에서부터 오층까지 서른두 개의 교실로 급식을 운반해야 합니다.

일층은 끌차에 싣고 밀면 쉽지만 이층부터 오층까지는 층계 때문에 밥통, 국통, 반찬통, 수저통 들을 들고 날라야 됩니다.

지난번 전기가 나갔을 때에도 그렇게 하는 걸 보았습니다.

그날 엄마는 무척 힘이 드셨나 봅니다. 저녁에 집에 돌아오시자 곧바로 눕더니 앓는 소리를 내며 주무셨습니다.

그런 엄마를 보며 아빠가 제일 마음 아파하셨습니다.

"얘들아, 조용히 해라, 엄마 잠 깨시지 않게!"

작은 소리로 말하며 아빠는 저녁상을 차리셨습니다.

"와, 저녁 먹는다."

철없는 동생들은 아빠 주변을 맴돌며 좋아라 낄낄거립니다.

"너희들은 뭐가 좋다고 낄낄거리니?"

나는 한쪽 손밖에 쓸 수 없는 아빠가 저녁상 차리시는 걸 좋아라 바라만 볼 수가 없어서 동생들에게 버럭 소리를 질렀습니다. 그날도 그렇게 마음이 아팠는데 오늘 또 정전이 되었으니…….

삼 년 전입니다. 인쇄소 일을 하시던 아빠는 '아차!' 하는 순간에 손이 기계에 물려 들어가 손목이 잘렸습니다.

갑자기 한쪽 손을 잃은 장애인이 되신 겁니다. 아빠는 그날 이후 일자리까지 잃으셨습니다. 그래서 집에만 계십니다.

왜 하필 아이엠에프까지 겹쳤는지 모릅니다. 이래저래 돈 한 푼 없이 가난해진 우리 집은 엄마가 E-마트에 주 2회 아르바이트를 나가셔서 버는 돈으로 겨우 하루 두 끼 정도만 먹을 수 있게 되었습니다. 그것도 한 끼는 국수를 먹어야 합니다. 그나마 나는 학교에서 급식을 먹기 때문에 세 끼를 다 먹습니다.

"엄마, 밥만 먹으면 안 돼?"

"나 국수 싫어. 밥 줘!"

국수를 먹을 때마다 동생들은 투정을 부립니다.

아무리 그래도 아빠가 일을 못하시니 할 수 없습니다.

동생들은 날마다 배가 고프다고 칭얼댔습니다.

이런 사정을 나는 글짓기 시간에 써서 냈습니다.

"마침 글짓기 대회에 응모할 작품을 찾던 중이었는데 잘 썼구나. 인애야, 네 것을 보내 야겠다."

선생님이 환히 웃으시며 내 어깨를 두드려 주셨습니다.

얼마 후 내 글이 일등으로 당선이 되어 상장과 장학금을 받았습니다. 그 바람에 나는 우리 학급에서뿐 아니라 우리 집의 스타가 됐습니다. 엄마가 내가 받은 장학금으로 쌀을 사셨기 때문입니다. 그날 저녁에는 국수 대신 김이 모락모락 오르는 하얀 쌀밥이 그릇마 다 수북하게 담긴 채 밥상에 올랐습니다.

"와, 쌀밥이다."

동생들이 소리 지르며 밥상 앞에서 깡충깡충 뛰었습니다. 그 모습을 보면서 나도 기뻐 서 막 웃었습니다. 그런데 순간적으로 가슴과 눈시울이 갑자기 찌르르 아파지면서 눈물이 쏟아졌습니다.

다음날 갑자기 교장선생님이 엄마를 부르셨습니다.

"무슨 일이지?"

엄마는 걱정하면서 학교에 갔습니다. 그러나 교장선생님을 만나고 온 엄마는 기뻐서 어쩔 줄을 몰라 했습니다.

"우리 사정 이야기를 들으셨대. 너희 교장선생님 정말 고마우신 분이더라."

우리 학교 교장선생님은 여자이십니다. 엄마처럼 따뜻한 분이라고 소문이 나 있습니다. 그런 교장선생님이 엄마에게 우리 학교 급식소에서 일하시면 어떻겠느냐고 물으셨다는 것입니다. 물론 엄마는 대찬성이었지요. 이제 우리 식구들이 굶지 않게 되어서 감사하다 며 눈물까지 흘리셨습니다.

동생들은 그 소리를 듣고,

"엄마, 이제는 우리들 국수 안 먹어도 돼?"

"밥만 먹을 수 있는 거야?"

밥타령부터 합니다.

"그럼!"

엄마가 동생들 머리를 쓰다듬어주십니다.

그러다가 나를 보고

"인애는 엄마가 급식소에서 일하는 거 친구들한테 부끄럽겠구나."

미안한 표정을 지으셨습니다.

"아냐, 하나도 부끄럽지 않아. 우리 식구들이 먹을 것 걱정을 안 하게 해주는 엄마가 오히려 자랑스러워."

나는 엄마가 더 이상 미안한 마음을 갖지 않도록 머리를 옆으로 힘 있게 저었습니다. 우리 식구들은 오랜만에 모여앉아 감사 기도를 드렸습니다. 그후 급식을 하는 날이면 나는 날마다 급식소에서 일하고 계신 엄마를 생각합니다. 급식을 먹으면서도 엄마 생각을 합니다. 엄마가 만든 급식이기 때문에 다른 애들보다 더 맛있게 먹습니다. 그래야 친구들도 맛있게 먹을 것 같기 때문입니다. 그러면서도 나는 친구들 눈치를 살핍니다.

친구들 입에서,

"야, 오늘 급식 맛있다!"

라는 소리가 나오면 기분이 좋습니다. 그리고 엄마가 더 자랑스럽습니다. 그런데 친구들이,

"오늘 급식은 왜 이래? 돌도 씹히고 맛도 되게 없잖아!"

할 때면 나는 기가 죽고 슬퍼집니다. 갑자기 엄마 모습이 초라하게 느껴집니다. 그런 날은 집에 가서도 엄마 얼굴을 바라보고 웃는다든지 말을 하기가 힘듭니다. 그래서 잠자코 방에 들어가 공부만 하는 척합니다. 그런 것도 엄마는 잘 아십니다.

"오늘 급식이 맛이 없었지? 미안하다, 인애야."

그렇게 급식소에서 일하시는 엄마 생각을 하며 삼 년이 흐른 겁니다. 그렇지만 오늘은 다릅니다. 정전으로 엘리베이터가 작동 중지가 되었으니 급식 맛 같은 걸로 친구들 눈치를 볼 때가 아닙니다. 그 전처럼 엄마는 또 일층부터 오층까지 급식판을 들고 땀을 뻘뻘 흘리며 뛰실 겁니다.

그런데도 아이들은,

"왜 아직도 밥이 안 와?"

하면서 툴툴거릴 겁니다. 생각이 여기까지 미치자 나는 앞뒤 생각할 겨를 없이 복도로 뛰어나왔습니다. 그리고 일층에 있는 급식소로 달려갔습니다. 생각했던 대로입니다. 급식소 아주머니들은 벌써 무거운 급식판을 맞잡고 뛰십니다.

나는 엄마 곁으로 달려가 급식판을 마주 잡았습니다. 그리고 엄마와 함께 뛰었습니다. 그런데 왜 이렇게 눈물이 나올까요? 눈물 때문에 복도 바닥이 뿌옇게 보입니다. 엄마도 울면서 뛰시는 것 같습니다. 땀보다도 더 굵은 물방울이 얼굴에 가득했고, 들고 가는 급식판이 무척 흔들리고 있었으니까요. 나는 우리 교실에서 담임 선생님이 걱정을 하고 계실 것이라는 것은 생각도 못했습니다.

"애들아, 인애가 정신없이 뛰어나갔는데 무슨 일인지 누구 따라 나가 봐라!"

선생님 말씀을 듣고 학급회장과 친구들 세 명이 나를 찾아 나선 것도 몰랐습니다. 아이들은 나를 찾아 화장실이며 급수실이며 특별실까지 샅샅이 찾았다고 했습니다. 그 애들이 엄마와 급식판을 맞잡고 울면서 뛰는 나를 발견한 것은 이층 복도에서였습니다.

"어!"

친구들 입에서 그 소리만 나왔습니다. 더 이상 아무 말도 필요하지 않았습니다. 어느새 나처럼 급식소 아주머니들과 급식판을 맞잡고 나르기 시작한 것입니다.

그러니 교실에선 선생님이 더 걱정을 할 수밖에요.

"아니, 인애 찾으러 간 아이들까지 왜 소식이 없니? 누구 또 나가 볼래?"

그때 마침 쉬는 시간 종이 울렸습니다.

육학년 이반 아이들은 나와 친구들을 찾아 우르르 복도로 나섰습니다.

"어?"

"어머나!"

"쟤들이!"

삼층까지 내려와서 나와 친구들을 발견한 육학년 이반 아이들은 한결같이 짧은 외마디 소리를 냈습니다. 그리고 누구랄 것도 없이 모두 급식소 아주머니들 곁으로 달려가 급식판을 빼앗아 들었습니다.

"비켜요, 비켜. 급식소 아주머니들도 비키시고요, 앞에서 얼쩡거리는 아이들도 비켜요. 오늘의 급식 배달은 우리들이 해요. 비켜요, 비켜!"

복도로 함빡 밀려나오던 각 반 아이들이 영문도 모르고 한쪽으로 비켜서다가 드디어 알아차리고 손뼉을 치기 시작했습니다.

"짝, 짝, 짝, 짝, 짝, 짝, 짝 ……."

"무슨 일 났냐?"

휘둥그레진 눈으로 달려 나오신 다른 반 선생님들도 까닭을 아시고 나서는

"참, 녀석들도 ……."

하시면서 아이들과 함께 손뼉을 치십니다.

급식판을 아이들에게 뺏기신 급식소 아주머니들과 우리 엄마는 얼굴이 붉어진 채 앞치마 자락으로 땀과 눈물을 닦으셨습니다. 바라보던 아이들도 가슴이 찡한가 봅니다. 박수 소리보다 코를 훌쩍이는 소리가 더 크게 들리기 시작했으니까요.

교장선생님도 교장실에서 소식을 들으시고

"우리 애들, 착하기도 하지."

조용히 미소 지으며 손수건을 눈에 대셨답니다. 하여튼 오늘은 나 때문에 우리 학교는 눈물의 날이 되었습니다. 덕분에 전교생 모두가 급식소에서 일하시는 우리 엄마와 아주머니들을 깊이 이해한 날이기도 합니다.

나는 친구들의 따뜻한 마음을 깨달은 날입니다.

"야, 전기 들어왔다."

누군가 갑자기 소리쳤습니다.

어둡던 교실이 환해졌습니다.

"와, 만세! 이제 정전은 끝났다."

반 친구들이 외치는 소리에 나는 주먹을 꼭 쥐었습니다.

그 외침이 꼭,

"인애야, 너희 집 정전 끝났어!"

하는 말처럼 들렸기 때문입니다.

손 연 옥

등 단 「아동문예」 동시

약 력 한국크리스천문학가협회 회원
한국아동문학인협회 회원
어린이책 작가교실 회원

수 상 제2회 대한민국 효 앙양작품 대공모전 동화 장원

저 서 『왕금이랑 배총이랑』『할아버지와의 전쟁』『시간을 삽니
다』『검정 무지개를 그리는 아이』『가면백일장』
『선택의 동굴』

e 메 일 fadoson@hanmail.net

따라쟁이 3대

엄마의 오늘이
외할머니 어제를
졸래졸래 따라가요

키도
체격도
말투도
흉내 내며 따라가요

내 오늘도
엄마의 어제를
촐랑촐랑 따라가요

주고 또
건네는 큰손
똑같아, 똑같아요.

밤이 까만 이유

형,
밤은 왜 까매?

그건 해가
까만 커튼을 쳐놓고
낮 동안 흩어진 햇살조각들을
다시 맞추고 있기 때문이지.

왜,
까만 커튼을 치고 해?

원래 착한 일은
아무도 모르게 하는 거야!

한글 수난시대

ㅋㄷㅋㄷㅎㅎㅎ
우리말이
팔다리를 잃고 돌아다닌다.

ㅜㅜ. ㅠㅠ.
우리말이
얼굴을 가리고 울고 있다.

초딩, 걍, 방가방가
냉무, 안뇽, 추카함다
지나치게 다이어트를 당했다.
어떤 사용설명서를
붙여놓아야 할까?

심 혁 창

등 단 창작동화 『어린공주』 발표, 「호국문예」 수필, 「한국아동문
학세상」 동화

약 력 한국크리스천문학가협회, 한국문예학술저작권협회 회원
한국문인협회 홍보위원, 한국아동문학회 운영위원
풀꽃아동문학회 회원
현) 「도서출판 한글」 대표

수 상 한국크리스천문학상, 국방부장관상, 아름다운글문학상, 글
사랑문학상, 한국기독교출판문화상

저 서 동화 : 『문어선생님』『대왕 람세스와 집시』『헌책방 할아버지』『왕
따 대통령』『행복을 파는 할아버지』『키다리 바보 삼촌』『어부와 잉
어의 사랑』『왕거북이는 내 친구』『투명구두』 외 60권

e메일 simsazang@hanmail.net

거짓말 못하는 사람

　세상에 태어나서 거짓말을 한 번도 하지 않고 살아온 사람이 있었습니다.

　하루는 친구네 집 결혼식이 있어서 다녀오는 길에 산모퉁이를 걷다가 강도를 만났습니다.

　키가 크고 비쩍 마른 강도와 키가 작고 뚱뚱한 강도가 번쩍거리는 칼을 빼들고 달려들었습니다.

　"꼼짝 마라! 소리치면 찌른다. 가지고 있는 거 다 내놔!"

　그 사람은 주머니에서 지갑을 꺼내주면서 말했습니다.

　"이것이 내가 가진 것 전부요."

　강도들은 지갑을 받고 말했습니다.

　"이것 말고 가진 것 더 없어?"

　"없소."

　"소리 지르지 말고 얌전히 걸어가! 알았지?"

　"그러겠소."

　그 사람이 저만치 걸어가자 지갑을 열어 본 키다리 강도가 좋아했습니다.

　"야, 오늘 횡재다. 돈이 잔뜩 들어 있어!"

　"그래? 영감이 무슨 돈을 그렇게 많이 가지고 다니지?"

　강도가 그렇게 말을 주고받는 사이에 그 사람은 저만치 가다가 돌아서서 이쪽으로 다시 오고 있었습니다. 뚱보가 말했습니다.

　"영감이 돈 생각이 나서 돌아오는 거지? 달아날까?"

　"아니야, 영감이 지갑을 도로 달라고 하면 여기서……."

　"처치하자고?"

　"아무도 없는데 죽이면 누가 아나?"

　"그래도 좀 무섭다."

　"가까이 오면 가만두지 않을 거다."

그 사람이 가까이 다가오자 키다리가 칼을 뽑아 들고 큰 소리로 말했습니다.

"영감, 더 가까이 오지 마! 오면 가만 안 둔다!"

그 사람이 손을 저으며 말했습니다.

"아니오. 내가 실수를 했소."

"실수라니? 지갑을 도로 달라고?"

"아니오. 그게 아니라 나는 평생에 거짓말을 한 번도 해 본 적이 없었는데 당신들한테 거짓말을 했소."

뚱보가 큰 소리로 외쳤습니다.

"엉뚱한 소리 말고 돌아가!"

그 사람이 주머니에서 무엇인가 꺼내 보이며 말했습니다.

"미안하오. 내가 그만 실수로 당신들한테 거짓말을 했소. 이거 마저 받으시오."

"그게 뭐요?"

"금덩어리요. 내가 가진 것을 다 준다고 하고는 실수로 주머니에 깊이 들어 있는 이것을 모르고 있었소. 내가 가진 것 다 내놓았다고 했는데 거짓말이 되었소. 이걸 다 주려고 돌아왔소."

"거짓말이 아니오?"

"나는 거짓말을 한 번도 해 본 적이 없는 사람이오. 하마터면 오늘 당신들한테 거짓말을 할 뻔했소."

그 사람은 묵직한 금덩어리를 건네주고 돌아서서 저만큼 걸어가며 뒤도 돌아보지 않았습니다.

키다리 강도가 머리를 갸웃거리며 말했습니다.

"세상에 이런 일도 있냐?"

"글쎄 말이야. 영감이 어떻게 된 거 아니야?"

"머리가 돈 것 같지는 않았어. 어딘가 보통 사람하고는 좀 다르지 않았나?"

"보통 사람은 아니지. 너 같으면 이 금덩어리를 우리 같은 도둑놈들한테 도로 갖다 줄 수 있나?"

"나라면 어림도 없지. 넌?"

"나도 그렇다. 다 빼앗기지 않은 것만도 다행이라고 생각하고 달아날 텐데 이렇게 큰 돈이 든 지갑을 빼앗기고도 금덩어리를 또 가지고 오다니!"

키다리 강도가 말했습니다.

"야, 우리 저 영감이 어떤 사람인지 알아볼까?"

"그러다가 경찰에 신고라도 하면 어떡하려고?"

"그럴 사람이 아니야. 그럴 사람이라면 금덩어리까지 가지고 돌아오지 않았을 거다."

"그건 그렇군. 강도짓을 하다 별일도 다 본다."

"저렇게 거짓말을 안 하고 사는 사람도 있는데 우리는 이게 뭐냐?"

"솔직히 말하면 할 말이 없다. 양심은 한강에 던져 버리고 이 짓을 하기로 했지만……."

"이러지 말고 우리 영감이 어떤 사람인지 알아보고 이것을 받든지 말든지 하자."

"좋아, 그렇게 하자."

강도들은 멀리 가고 있는 영감을 따라 달렸습니다. 걸어가던 영감이 뒤에서 두 사람이 따라오는 것을 보고 제자리에 섰습니다. 그리고 말했습니다.

"왜 따라오시오? 이제 내게는 아무것도 더는 없소. 정히 더 요구한다면 옷이라도 벗어 주겠소."

키다리 강도가 말했습니다.

"아니오, 영감, 물어볼 게 있어서 그러오."

"무얼 물어보시겠다는 거요?"

뚱보가 대답했습니다.

"우리가 무엇을 더 달라고 온 것이 아니오. 영감, 당신은 누구시오?"

"그것은 왜 묻소?"

"우리가 강도짓을 하였지만 영감 같은 사람은 처음 만났소. 무엇을 하는 누구신가가 궁금하여 따라왔으니 겁은 먹지 마시오."

"그럼 여기서 몇 마디 나눕시다."

그 사람이 길 옆 잔디밭에 앉았습니다. 두 강도도 그 곁에 앉았습니다. 그 사람이 먼저 입을 열었습니다.

"무엇이 궁금하다는 것이오?"

"영감이 금덩어리를 안 주고 가면 될 텐데 그것마저 주고 가는 것이 신기하고 궁금해졌소. 당신은 무얼 하는 사람이오?"

"나는 거짓말하는 것을 가장 싫어하는 사람이오. 그런데 당신들한테 거짓말을 할 뻔하였소."

"그것 말고 영감은 직업이 무엇이오?"

"난 직업보다 더 중요한 것을 소중히 알고 사는 사람이오."

"직업보다 소중한 것이라니 그게 말이 되오?"

"나는 교회에서 장로 직분을 가지고 있소."

"장로요?"

"교회에서 가장 낮은 자리에 있는 사람이오."

뚱보가 물었습니다.

"그런 자리도 있소?"

"있다오. 아래로는 어린아이들한테 거짓말하지 말라고 가르치고 위로는 목사님을 모시는 것이 장로가 하는 일이오."

"장로가 그런 것이오? 그럼 직업은 있소?"

"있다오."

"무슨 직업을 가지고 있기에 이렇게 많은 돈과 금덩어리를 가지고 다니시오?"

"다니다 보면 사정이 어려운 사람을 만날 때가 있소. 당신들 같은 사람을 만나면 주기도 하오."

"이게 빼앗긴 것이지 준 것이오?"

"오죽이나 살기 힘들면 칼을 들고 그랬겠소? 살기 힘들어서 그런 것 아니겠소? 내가 조금 더 가졌으니 구걸하는 사람이든 칼을 들이대는 사람이든 다 도와야 한다고 생각하여 나는 빼앗겼다기보다 주었다고 생각하오. 돈을 빼앗겼다고 생각하면 억울하고 분하지만 주었다고 생각하면 마음이 편하고 즐겁기도 하다오."

키다리 강도가 감격하여 장로 앞에 무릎을 꿇었습니다. 그러자 곁의 뚱보도 무릎을 꿇고 지갑과 금덩어리를 도로 내놓았습니다.

"어른님. 용서하여 주십시오. 우리가 잘못했습니다. 어른님 같은 분의 돈은 우리가 받을 자격이 없습니다."

"이러지 마시오. 이미 나는 당신들한테 준 것이니 그냥 받으시오."

"아닙니다. 절대 못 받습니다. 어른님 같은 분을 만난 것만도…… 황송합니다."

강도들은 자리에서 일어나 장로 앞에 큰절을 하고 돌아서서 가려고 했습니다. 장로님이 두 사람을 잡고 말했습니다.

"고맙소. 나도 평생에 처음 만난 강도지만 속사람이 이렇게 착한 사람들을 만났으니 내가 그냥 보낼 수가 없소. 내 말 한 마디만 더 들어주시오."

"아닙니다. 장로님. 고개를 들고 뵙기도 부끄럽습니다."

"내 말 들으시오. 당신들은 그동안 무엇을 하던 사람들인지나 알려주시오."

뚱보가 말했습니다.

"우리는 둘이서 출판사를 했습니다. 저는 사장이고 이 사람은 상무였는데 스마트폰이 나와서 독자를 다 빨아들이는 바람에 많은 서점들이 무너지고 저희는 서점에서 받은 수표와 어음이 부도나서 망했습니다. 사업장 문을 닫고 나니 처자식 먹여 살릴 길이 없어서 둘이 이 짓을 몇 번 했습니다. 그러나……."

"두 사람이 아무 일이나 직업을 얻으면 일하시겠소?"

"아무 직업이든 가릴 처지가 아닙니다. 그러나 직장 구하기도 어렵습니다."

"알겠소. 태령산업이라는 회사 이름을 들어본 적이 있소?"

"태령산업을 모르는 사람이 있으면 우리나라 사람이 아니지요."

"내 보기에 두 사람은 강도감이 아니오. 강도로 늙게 두는 것은 사회의 책임이오. 이렇게 만났으니 나하고 바르고 정직하게 거짓말하지 않고 열심히 땀흘려 일하여 밥 먹고 사는 것이 어떠오?"

두 강도는 무슨 말인지 이해가 안 되어 똑같이 물었습니다.

"네?"

장로님은 주머니에서 명함을 꺼내 주면서 말했습니다.

"나한테 아직도 명함 한 장이 더 남았소. 이 명함을 가지고 내일 태령산업 회장실로 오시오."

박 영 애

등 단 「신아일보」 시, 「아동문학세상」 동시

약 력 행정학박사
방송작가, 시인
동화작가, 동화구연가, 시낭송가
유네스코 이사

e메일 hitpya@hanmail.net

누구를 위한 전쟁인가?

"저놈의 쌕쌕이 소리만 안 들어도 살 것 같은디……."

웅덩이에 몸을 숨겼던 아버지가 나오며 하늘을 쳐다봤다.

"만석아, 어디 다치진 않았제? 별 이상 없으면 됐다, 어서 가자."

만석이라는 이름은 만석꾼이 되라고 아버지가 붙여준 별명인데 급할 땐 언제나 영수라는 이름보다 먼저 부르곤 하는 아버지다.

쌕쌕이 비행기가 따발총을 쏴대며 한차례 지나가자 길가에 납작 엎드려 있던 사람들이 약속이라도 한 듯 여기저기에서 한 떼의 피란민이 되어 다시 걷기 시작했다. 둑 밑으로 굴렀던 사람들도 기어 올라와 합세한다. 길가엔 죽은 사람들이 즐비하다. 이상하다. 죽은 사람들을 봐도 무섭다는 생각이 안 든다. 쌕쌕이가 한차례 지나가면 죽은 자와 산 자로 갈라진다. 움직이는 자는 살았고 움직이지 못하면 죽은 자다. 파편을 맞아 신음하거나 부축이 필요한 사람들도 움직이지 못하니 죽은 것과 마찬가지다.

그때 길가 한쪽에 반듯이 누워 있는 엄마를 흔들며 칭얼대는 아기가 영수 눈에 띄었다. 엄마가 죽은 줄도 모르는 아기는 엄마 옆을 떠나지 못하고 칭얼댄다. 아마 배고프다고 우는 듯했다.

하지만 그 누구도 아는 체하거나 돌아다보는 사람이 없다. 모두 자기 갈 길만 간다.

"아버지, 저 애 불쌍해요. 엄마가 죽었는데 어쩔까요?"

"워쩌긴 워째. 우리도 산목숨이 아녀. 어쩔 수 없는 기여. 전쟁 중이니까."

아버지의 단호한 대답에 더 이상 말은 못하고 아버지 따라 걸으면서도 눈은 한참동안 아기에게서 떼지 못했다. 아기의 땟국물로 얼룩진 얼굴이 영수를 쳐다본다. 눈을 피했다.

'나 보지 마. 나도 어쩔 수 없어.'

예전의 아버지가 아니었다. 그토록 인정 많던 아버지를 이렇게 매정하게 만든 건 무서운 전쟁 때문이라 생각하며 아버지를 따라 그냥 걸었다. 멀리서 포성이 울려왔다. 포성이 울릴 때마다 땅이 흔들렸고 하늘도 흔들리는 듯했다.

"싸게 서둘러. 니 오마니 만나는 게 더 급하니께."

"아부지, 엄마가 아길 낳으셨을까요?"

엄마는 열흘 전에 아기 낳으러 서울에 있는 외할머니 댁에 가셨다.

외할머니는 엄마 해산날이 가까워지자 걱정스럽다며 오셨던 거다.

하지만 산기가 없어 시간이 걸릴 듯하니 안되겠다며 엄마를 외할머니 댁으로 데려간다 하셨다. 아버지가 망설이는 듯한 표정을 하자 할머니는 정색을 하며 아버지를 바라보셨다.

"염서방이 아길 받을 수 없잖은가. 서울 집에 할아버지가 혼자 계시니 여기 마냥 오래 있을 수도 없고, 그리고 여기보다는 서울이 안심되니 자네도 정리하고 빨리 따라오게나!"

엄마 해산하면 도와주라며 아버지는 종희 누나를 딸려 보냈다. 그러곤 곧 따라가겠다고 약속하였다. 그런데 그만 전쟁이 난 거다.

"그려, 외할머니가 선경지명이 있어야. 난리가 날 줄 알았나벼. 일이 이렇게 되고 보니 느그 외할머니가 참 잘하신 결정이여."

아버지는 엄마랑 누나만이라도 먼저 이남으로 간 게 그나마도 다행이다 싶으신가 보다. 그러곤 엄마를 만나야겠다는 생각밖에 없는지 쉬지 않고 걸었다. 길 가다가 빈집을 발견하면 들어가 뒤졌다. 그러나 피란민들에게 여러 번 장소를 내주었던 집일수록 먹을 거라곤 눈을 씻고 봐도 없다. 운 좋으면 먹을 게 조금이라도 나와 배를 채우고 낮엔 자고 밤에만 걸었다. 그게 덜 위험하다고 생각했기 때문이다.

"아버지 힘들어요. 쉬었다 가요."

영수는 아버지를 졸랐다. 다행히 빈집을 찾을 수 있었다. 집 안을 뒤져 좁쌀을 쬐끔 찾아낼 수 있었다. 아버지는 영수랑 좁쌀 밥을 지어 먹고 잠은 헛간에서 자기로 했다.

한밤중이었다.

얼마를 잤을까? 옆구리를 누군가가 세게 찼다. 너무 아파 숨도 못 쉴 정도였다. 영수는 잠결이었지만 꿈이라면 얼마나 좋을까 생각하며 안 떨어지는 눈을 겨우 떴다. 불행히도 꿈이 아니었다. 인민군이 내려다보고 있었다.

"이 반동분자 간나 새끼들! 지금 도망가고 있는 기가?"

새벽녘에 빈집을 수색하던 인민군에게 들킨 것이다. 인민군이 데려간 곳은 비행장같이 넓은 마당이 있는 지하벙커였다. 교실 두 개만 한 벙커에 빽빽이 들어찬 주민들은 몇 백 명은 족히 되었다. 그곳에는 먹을 양식도 없고 물도 없었다.

"영수야. 잘 들거라. 혹시 아버지랑 헤어지면 동숭동에 있는 외할머니 집에서 만나자. 응? 주소 적은 것 버리지 말거라. 알았지?"

그때 인민군이 소리쳤다.

"조용히 하라우. 어느 놈이 떠드나. 어! 거기 너 이리 날래 나오라우."

"저, 저 말입네까?"

"그럼 동무 말고 떠드는 놈 누가 있간! 이게 다 누구를 위한 전쟁인지 몰라서 도망가는 기오?"

"……."

"날래 대답해 보기요."

"우리 인민을 위한 전쟁입네다."

"잘 알고 있으면서 도망 다녔단 말이지비?"

아버지는 그날 그렇게 끌려 나가선 밤이 되어도 그 다음날이 되어도 돌아오지 않았다. 극도의 공포감과 배고픔에 지쳐갈 때 옆에서 누군가 영수를 흔들었다.

"물, 물!"

벌써 몇 끼를 굶어서 기운이 없는지 목소리에 힘이 없다.

그때 옆에 있던 할머니가 조용히 말씀하셨다.

"물이 어디 있간! 소변을 받아서 마시는 수밖에 없지비. 그게 살아날 수 있는 유일한 길이여."

마시는 것도 그렇지만 문제는 잠을 못 자게 하는 것이다. 잠깐 졸라치면 개머리판으로 사정없이 내리치기 때문에 정신들이 다 나간 상태다. 총이 무서웠지만 영수는 용기를 내어 물었다.

"저어, 군관동무, 우리 아바지 어드메 있습네까?"

"잘 있으니 염려 말라우. 니 몇 살이가?"

"전 열네 살인데요?"

"너 총 쏠 수 있겠지?"

"아뇨. 한 번도 못해 봤어요."

"고따위 말은 하시도 말라우. 모두 인민을 해방시키기 위해 이 고생하는 건디 못해 봤다는 소릴 어드메서 하나! 마침 인민군에게 보급할 쌀을 지고 갈 부역대가 모자랐는디 잘 됐구만. 오늘밤은 자도 좋다."

저녁이 되었다. 인민군 두 명이 벙커 안으로 들어왔다.

"오늘밤은 모두 자도 좋다."

그러자 모두 금방 곯아떨어졌다. 영수가 눈 뜬 건 한밤중이었다. 어스름 속에서 몇 사람씩 인민군이 흔들어 깨워 데리고 나가는 게 보였다. 그러곤 잠시 후에 총소리가 났다. 주위를 둘러보니 옆에 있던 낯익은 사람들이 어느 사이에 없어졌다.

영수는 참을 수 없는 분노가 치밀어 올라 주먹을 꽉 쥐었다.

'아버지는 어디 계시지? 혹시 아버지도?'

몸이 떨렸다. 영수는 주위를 더듬었다. 마침 손에 커다란 돌이 쥐어졌다.

조금 지나자 인민군이 흔들어 깨웠다. 몇 사람이 일어났다. 그런데 누군가가 쏜살같이 인민군의 뒤통수를 힘차게 쳐 쓰러뜨렸다. 앞서 가던 인민군이 뒤돌아봤다. 그 순간 사람들이 우르르 몰려 나가자 인민군도 겁먹었는지 제풀에 쓰러졌다. 뒤에서 사람들이 밀었다.

"어서 뛰어!"

"잠깐만 기다려요. 통로 입구에 인민군이 있어요."

어떤 낌새를 느꼈는지 통로 입구에 있던 인민군 둘이 총을 쏴댔다.

"기다려! 저놈들 총알이 다 떨어질 때 나가자."

벙커 안에 있던 사람들이 모두 숨을 죽였다. 잠시 후 총소리가 멈추자 벙커 안에 있던 사람들이 한꺼번에 밀려 나갔다. 사람들은 사방으로 뛰기 시작했다.

영수도 죽어라 뛰었다. 어디를 향해 뛰었는지 모르지만 정신없이 뛰었다. 운동회 하던 날 눈 감고 젖 먹던 힘까지 다 쏟으며 뛰었던 생각이 났다. 그 순간 왜 그 생각이 났는지 모르겠다. 손엔 아직도 꽉 움켜 쥔 돌멩이가 그대로 있어 손바닥이 아파왔다. 돌멩이 무게도 만만치 않아 버리고 뛰었다. 정말 무서웠다. 누군가 뒷덜미를 잡을 것 같아 뛰고 또 뛰었다.

얼마를 뛰었을까, 영수는 주위를 둘러보았다. 모두 어디를 간 걸까? 주위엔 아무도 없고 영수 혼자였다. 문득 발바닥에 무언가 밟혔다. 허리를 굽혀 살펴보니 무였다. 영수는 주저앉아 무를 있는 힘껏 뽑았다.

그리곤 무청을 비틀어 자른 후 흙을 대강 옷에 문지르곤 한입 베어 물었다. 꿀맛이었다. 무엇과도 바꿀 수 없을 정도로 맛나고 시원했다. 지금까지 이렇게 맛있는 걸 먹어 본 적이 없었던 듯싶다. 허기를 채우느라 제대로 씹지도 않고 삼키기 바빴다.

커다란 무 조각이 목구멍을 내려갈 땐 뻐근한 통증이 전해 왔다. 순간 코끝이 찡하면서 목이 메어 왔다.

'아버지도 어떻게 됐는지 모르는데 무가 맛있다며 먹고 있는 난 사람인가?'

영수는 자기 자신이 낯설었다.

'내가 왜 여기 혼자 있지? 이제부터 어디로 가야 하지? 아버지는? 엄마는 어디서 만나지?'

영수는 눈물이 그렁그렁한 눈으로 하늘을 올려다보았다. 무밭에 덩그마니 앉아 있는 영수 머리 위로 새떼 한 무리가 어디론가 날아가고 있었다. 무밭에 영수를 남겨두고 모두 떠났다. 총소리조차 나지 않는 곳에 영수 혼자 남겨두고 모두 어디로 갔지?

너무 무서운데, 너무 아득하기만 한 이 판국에 먹을 게 목구멍으로 넘어가는 게 참 신기하다는 생각이 드는 영수였다.

'내게 왜 이런 일이 일어난 거지? 엄마는? 아버지는? 종희 누나는? 모두 내 곁에 없다, 난 혼자인데……. 나는 이제부터 어디로 가야 하지?'

막막한 심정이 가슴을 후벼 파는데도 배가 자꾸 고파왔다. 어디든 가려면 배를 채우고 기운을 차려야 했다. 영수는 목구멍 끝으로 터져 나오는 울음을 애써 삼키며 무를 한입 베어 물었다.

"누구를 위한 전쟁이냐구? 그건 내가 묻고 싶은 거라구! 내 가족부터 내놔!"

영수는 꺼이꺼이 울면서 목에 걸린 무 조각을 힘주어 삼켰다.

이 영 규

등 단 「아동문학세상」 동화

약 력 한국문인협회, 풀꽃아동문학회, 한국아동문학회 회원
  한국크리스천문학가협회, 아동문학세상 편집국장
  현) 원당교회 장로, 「도서출판 그린아이」 대표

수 상 한국아동문화예술상, 아름다운글문학상

저 서 동화집 : 『도토리를 돌려줘요』

e 메 일 gmh2269@hanmail.net

꽃들도 하나 되어

"자아, 조심해서 옮겨요."

화창한 토요일 오후, 꽃을 사러 온 아주머니가 마음이 안 놓인다는 듯 꽃집 주인에게 주의를 주었어요.

"꽃잎은 물론, 줄기의 이파리가 떨어지거나 가지가 꺾이면 안 돼요."

"걱정하지 마세요. 어디 한두 번 해 본 일인가요."

꽃집 주인은 사람 좋은 미소를 지으면서 대답했어요. 오늘은 꽃집인 '꽃나라'에서 사는 여러 꽃친구들이 이사 가는 날이랍니다.

'국지야, 너는 원일교회로 간다면서?'

달리아가 국지에게 물었어요. 국지는 그저께 꽃나라로 이사 온 국화의 이름이지요.

'응, 아까 오셨던 아주머니가 그 교회 권사님이신데, 나를 데려가시겠대.'

'좋겠다, 얘. 원일교회는 은혜와 사랑이 아주 충만하며, 성도들도 많다면서?'

달리아는 부러워하는 표정으로 속삭이듯 말을 이었어요.

'2천 명이나 되는 사람들이 네 모습을 보게 되는 거잖아.'

'그렇긴 하지만······.'

국지는 힘없이 말끝을 흐렸어요.

솔직히 말해서 국지는 자신이 없었어요.

꽃들은 교회로 옮겨지면 성단을 장식하는 성단화가 되어요. 성단화는 교회의 맨 앞에 놓이기 때문에 아무래도 예쁜 친구들이 선택받게 되지요. 그런데 국지는 스스로 예쁘다고 생각해 본 적이 한 번도 없었거든요.

'성단화가 되지 못하면 어떡하나······.'

이렇듯 불안한 마음을 뒤로한 채 국지는 장미, 백합, 튤립, 안개꽃 등과 함께 원일교회로 옮겨졌어요.

잠시 후, 권사님이 여집사님과 함께 성단화 꽃꽂이를 하기 시작했어요. 전정 가위(꽃꽂이용 가위)를 사용하여, 거칠게 자라 있는 가지와 줄기를 꽃꽂이하기 알맞도록 싹둑싹둑 잘라 냈지요.

'아야야! 왜 내 가지를 쳐내는 거죠? 난 이대로가 좋다고요.'

'아파요. 제발 좀 나를 자르지 말아요.'

많은 꽃들이 비명에 가까운 소리를 질러 댔어요. 그런가 하면 생긴 모습 그대로 쓰임받아 안도의 한숨을 내쉬는 꽃친구도 있었어요.

시간이 흐르면서 꽃꽂이는 차츰 완성되어 갔어요. 삐죽삐죽 삐져나온 곁가지들이 톡톡 잘려 나가자 꽃들의 모임은 보기 좋게 정리되었어요.

"자, 어때요? 이제 다 된 것 같은데."

"네, 아주 좋아요. 훌륭해요. 역시 권사님의 솜씨는 최고라니까요."

"호호, 그렇게 찬사를 할 것까지야……. 오늘은 특별히 좀 여유 있게 꽃을 사왔더니 더욱 근사한 꽃꽂이가 된 것 같아요."

권사님은 쑥스러워하면서도 흐뭇한 미소를 지었어요. 그런데 그때까지도 국지는 꽃꽂이에 끼지 못하고 있었어요.

'아아, 혹시 나를 버리면 어쩌지?'

국지는 두렵고 떨리는 마음으로 힘없이 중얼거렸어요.

바로 그때 여집사님이 국지를 집어 들었어요.

'앗!'

국지는 불길한 생각으로 가슴이 쿵쾅쿵쾅 뛰었어요. 간이 콩알만 하게 오그라드는 것 같았어요.

"아참, 권사님! 이 국화는 어떻게 할까요? 아깝긴 하지만 그냥 버릴까요?"

국지는 가슴이 철렁 내려앉았어요. 털썩 주저앉아 엉엉 소리내어 울고 싶었어요.

버려지기 직전의 아슬아슬한 순간이었어요.

"아니, 그 꽃 이리 줘 봐요."

권사님은 국지를 빼앗다시피 하여 요리조리 살펴보았어요.

"하마터면 이 예쁜 꽃을 버릴 뻔했잖아."

그러면서 권사님은 국지를 꽃꽂이의 한가운데에 살며시 꽂아 주었어요.

'아아! 감사합니다. 정말정말 감사합니다.'

드디어 주일 아침이 되었어요. 수많은 사람들이 예배를 드리기 위하여 예배당으로 모여들었어요.

잠시 후, 예배 순서에 따라 찬양대원들의 찬양이 시작되었어요. 국지는 슬며시 찬양을 따라하기 시작했어요. 비단 국지뿐만 아니었어요. 성단화를 이루고 있는 장미, 백합, 튤립, 심지어 안개꽃들까지도 힘차게 찬양을 따라했답니다.

"온 천하 만물아 주 찬양하여라!……"

국지는 여성의 높은 소리인 소프라노가 되고, 백합은 낮은 소리인 알토가 되었어요. 튤립은 남성의 높은 소리인 테너가 되고, 남성의 굵고 낮은 소리는 장미가 맡았지요.

찬양대와 꽃들이 하나 되어 멋지게 화음을 이루어낸 아름다운 찬양은, 예배당 밖으로 멀리멀리 퍼져나갔답니다.

최 민 호 (미노스)

등 단 「한국크리스천문학」 동화

약 력 행정고시 합격

충청남도 행정부지사, 행정자치부 인사실장, 소청심사위원
장, 행정중심복합도시 건설청장, 국무총리 비서실장(차관
급) 역임, 영국 왕립행정연수소(RIPA) 수료, 연세대학교
행정대학원 행정학석사, 일본 동경대학 법학석사, 단국대
학 행정학박사 취득, 미국 조지타운 대학에서 객원연구원
역임, 고려대, 공주대 객원교수, 배재대 석좌교수
현) 홍익대 초빙교수

수 상 대통령표창, 홍조근정훈장, 황조근정훈장

저 서 『어른이 되었어도 너는 내 딸이니까』

e메일 cmh102456@gmail.com

별똥별과 개똥벌레

'하늘에는 별이 총총, 땅에는 개똥이 수북……'

숲속에서 개똥벌레들은 이런 노래를 부르고 살았습니다. 개똥벌레는 개똥이 수북한 곳에서 살고 있는 벌레입니다. 그곳이 그들의 집이고 먹이였습니다. 그러니 아무도 개똥벌레들을 가까이하지 않았습니다.

어쩌다 생긴 친구들도 개똥벌레 집에 와 보고는 다시는 놀아주지 않았습니다. 놀아주지 않을 뿐만 아니라, 더러운 것을 먹고 산다고 놀리고 비웃었습니다.

개똥벌레는 외롭고 슬펐습니다. 그렇지만 그렇게 생긴 걸 어떻게 하겠어요. 낮에는 더럽고 축축한 곳에서 살다가 개똥벌레들은 밤이 되면 나뭇가지에 올라 하늘을 바라보았습니다. 아무도 놀아주지 않고 멀리 하였지만, 하늘의 별님들은 반짝반짝 빛나며 언제든지 개똥벌레들을 반겨 주었기 때문이었습니다.

세상에 별빛같이 아름다운 빛은 없습니다. 온 하늘 가득히 노란색, 붉은색, 푸른색, 초록색으로 빛나면서, 큰 별 작은 별이 어우러져 반짝반짝 빛나는 모습은 세상의 어느 보석보다도 아름다운 것이었습니다.

'하늘에는 별이 총총, 땅에는 개똥이 수북……'

개똥벌레들은 이 노래를 부르며, 하늘의 별을 그리워하며, 자신들의 처지를 슬퍼하였습니다. 별은 한 곳에서만 반짝반짝 빛나는 것이 아니었습니다. 하늘을 가로지르며 나는 별도 있었습니다. 그런 별을 '별똥별'이라 히였습니다.

쉬익!

하늘을 가로지르며 땅으로 떨어지는 별똥별이 보일 때면 개똥벌레들은 그 별똥별에 소원을 말했습니다. 별똥별이 땅에 떨어지기 전에 소원을 말하면 이루어진다고 들었기 때문입니다. 그렇지만 별똥별은 순식간에 땅에 떨어져서 소원을 말하기에는 시간이 너무 짧았습니다. 별똥별은 하룻밤에도 수없이 떨어졌습니다. 나뭇가지 위에 있는 개똥벌레들도 별똥별이 떨어질 때마다 수없이 소원을 빌었습니다.

그러나 좀처럼 소원은 이루어지지 않았습니다. 한 개똥벌레가 있었습니다. 그도 별똥별을 보면

"별똥별님, 별똥별님, 저를 하늘의 별로 만들어 주세요. 저는 개똥벌레가 싫어요. 저를

아름답게 빛나는 별님으로 만들어 주세요."

라고 소원을 빌었습니다. 개똥벌레로 업신여김을 받는 것이 싫었고 밤마다 빛나는 별님이 너무도 아름답고 멋있어 보였기 때문입니다. 하지만 소원은 이루어지지 않았습니다. 개똥벌레는 그저 개똥벌레일 뿐이었습니다.

아침이 되면 그들은 다시 작은 날개를 접고 개똥무덤으로 가야 했습니다.

또다시 밤이 되었습니다. 별이 되고 싶은 개똥벌레는 나뭇가지에 날아올라 오늘도 별똥별을 보면서 별님이 되게 해달라고 빌었습니다. 그러다가 생각을 하였습니다.

'나뭇가지 위에서 별똥별님을 바라보고 빌 것만 아니라, 내가 별똥별님을 찾아가면 안 될까? 별똥별님을 직접 만나야겠어. 그리고 별똥별님 귀에 대고 내 소원을 크게 말해야겠어. 그러면 별똥별님도 내 소원을 들어줄지 몰라.'

그렇지만 눈 깜짝할 사이에 떨어지는 별똥별을 만날 수는 없었습니다. 그래도 개똥벌레는 꿈을 접지 않고 나뭇가지 위에서 별똥별이 떨어지기만을 기다렸습니다. 별똥별이 하늘을 가로질러 쉬익! 하고 떨어질 때마다 개똥벌레는 작은 날개를 힘차게 펴고 별똥별을 향해 하늘을 날아올랐습니다.

별똥별은 너무나 빨랐습니다. 번번이 실패하고 말았습니다. 그래도 개똥벌레는 실망하지 않았습니다. 매일 밤 별똥별을 기다리며 힘차게 날아오르곤 했습니다.

어느 날 밤이었습니다. 별똥별 하나가 나뭇가지 위로 떨어지는 것을 보았습니다. 크고 밝은 별똥별이었습니다. 개똥벌레는 재빨리 날아올랐습니다. 힘차고 날렵했습니다. 그 별은 매우 큰 별이어서 다른 별똥별과는 달리 천천히 떨어지는 것 같았습니다.

개똥벌레는 드디어 별똥별을 잡을 수 있었습니다. 떨어지는 별똥별을 붙잡은 개똥벌레는 별똥별을 날개 위에 싣고 하늘을 솟구쳐 날아올랐습니다. 신기하게도 별똥별은 그렇게 가벼울 수가 없었습니다. 개똥벌레는 별똥별을 날개 위에 싣고 말했습니다.

"별똥별님, 별똥별님, 제 소원을 들어주세요. 저를 별님으로 만들어 주세요. 저를 밤이 되면 아름답고 반짝반짝 빛나는 작은 별로 만들어 주세요. 제 소원입니다."

라고. 그러자 별똥별이 개똥벌레에게 이렇게 말하는 것이었습니다.

"개똥벌레야, 개똥벌레야. 고마워. 정말 고마워……. 나에게도 소원이 있었어. 하늘에서 땅으로 떨어질 때, 나에게도 날개가 있어 오래오래 하늘을 날 수 있도록 해달라는 소원이었어. 그런데 그 소원이 이루어진 것 같아. 네 날개 위에서 내가 오래 하늘을 날고 있잖아? 개똥벌레야, 내 소원을 들어주어서 고맙다."

개똥벌레는 깜짝 놀랐습니다. 별똥별에게 그런 소원이 있을 줄은 몰랐기 때문입니다. 별똥별과 개똥벌레는 서로에게 고맙다고 인사를 하였습니다.

그날 밤 별똥별과 개똥벌레는 밤새도록 밤하늘을 날아다녔습니다. 별똥별은 날개를 가지게 되었고, 개똥벌레는 별이 된 것입니다. 둘의 소원이 이루어진 것입니다.

별똥별과 개똥벌레는 밤하늘을 아름다운 빛으로 수놓았습니다. 사랑의 하트그림을 그리기도 하고, 소망의 다이아몬드 그림을 만들기도 했습니다. 숲속 위에도, 냇물 위에도 날았습니다.

날이 밝았습니다. 개똥벌레는 별똥별을 날개에 싣고 숲속의 나뭇가지에 머물렀습니다. 다시 밤이 되자, 개똥벌레는 별이 되어 온 하늘을 날아다녔습니다.

다른 개똥벌레들은 하늘을 보고 놀랐습니다. 별 하나가 아름다운 그림을 그리며 온 하늘을 날아다니고 있었기 때문입니다. 별똥별이 하늘을 날며 저렇게 아름다운 그림을 그리는 것을 본 적이 없었습니다. 개똥벌레만이 아니었습니다. 숲속의 모든 동물들이 신기해 했습니다.

"저것이 무엇일까? 무슨 별이 저렇게 아름다운 별이 있지?"

모두들 눈을 반짝이며 감동했습니다. 어느 날 아침, 한 개똥벌레가 별이 된 개똥벌레를 찾아와 날아다니는 별똥별 이야기를 하였습니다. 개똥벌레는 모든 것을 말해주었습니다. 이야기를 들은 개똥벌레는 깜짝 놀랐습니다.

자신도 별이 되고자 밤마다 별똥별이 떨어지길 기다렸다가 하늘을 박차고 날아올랐습니다. 몇 번이나 실패했지만, 드디어 그 개똥벌레도 별똥별 하나를 날개에 싣는 데 성공하였습니다. 또 하나의 나는 별이 탄생하였습니다.

이것을 본 개똥벌레들은 모두 다 나뭇가지 위에 올라 별똥별을 찾았습니다. 별똥별이 떨어질 때마다 날개를 펴고 날아올랐습니다. 하나, 둘씩 날아다니는 별이 많아졌습니다. 숲속은 점점 빛나는 별들로 가득 차기 시작했습니다.

숲속에서 밤미디 이름디운 빛의 향연이 벌이졌습니다. 홀로 하늘을 수놓는 별도 있고, 여러 개의 별들이 손을 잡고 꽃잎 모양, 불꽃 모양, 아름다운 얼굴 모양을 만들기도 했습니다. 별들의 수가 점점 늘어나면서, 밤마다 숲속의 하늘은 아름다운 빛의 축제를 열었습니다.

숲속의 동물들만이 아니었습니다. 소문을 듣고 수많은 구경꾼들이 몰려들었습니다.

"와! 와! 저게 뭐야? 저게 뭐야! 어머, 너무도 아름다워."

탄성을 지르며 개똥벌레들이 만들어내는 아름다운 별빛 쇼를 넋을 잃고 쳐다보았습니다. 그 숲속은 세상에서 가장 환상적인 숲이 되어갔습니다. 숲속의 동물들은 그 날아다니는 별빛이 무엇인지 알 수가 없었습니다. 그렇지만 점점 깨닫게 되었습니다.

더럽다고 놀아주지도 않고, 피하기만 했던 개똥벌레가 저렇게 아름다운 별이 되어 날

아다니고 있다는 것이 믿어지지 않았습니다. 이제는 개똥벌레가 개똥무덤에서 나와도 아무도 더럽다고 하지 않았습니다. 부러운 눈으로 바라보기 시작했습니다. 개똥벌레는 곧 밤하늘의 빛나는 작은 별이 될 것이기 때문입니다.

개똥벌레는 이제 개똥벌레라 불리지 않게 되었습니다. 모두들 '반딧불이'라고 부르기 시작하였습니다. 아름답고 귀한 보석같이 소중한 벌레였습니다. 개똥무덤에서 나오는 어린 반딧불이를 보면 행여 다칠세라 사랑스런 눈빛으로 보살펴 주었습니다. 밤하늘을 별빛으로 반짝이며 날아다니는 아름다운 반딧불이는 바로 개똥벌레였답니다.

소 설

전영택 임옥인 이동희 백시종
백도기 현의섭 이건숙 김외숙
안은순 변이주 노유복 손경형

전 영 택

출 생 1894.1.18.-1968.1.7. 평양

등 단 「혜선의 死」를 창조지에 발표하며 작품활동 시작

약 력 평양대성중학 3학년 중퇴, 아오야마학원 문학부 졸업 후 신학
부에 다시 입학
김동인, 주요한, 김환 등과 문예지『창조』동인
아오야마 신학부 졸업, 감리교신학대학 교수
황해도 봉산감리교회 목사, 중앙신학교 교수
한국크리스천문학가협회 회장, 한국문인협회 초대 이사장 역임

저 서 『하늘을 바라보는 애인』『한 마리 양』『금붕어』『크리스마스
전야의 풍경』『전영택 창작집』『화수분』『소』

화수분

1.

첫 겨울 추운 밤은 고요히 깊어 간다. 뒷 들창 바깥에 지나가는 사람 소리도 끊어지고, 이따금 찬바람 부는 소리가 휘익 우수수 하고 바깥의 춥고 쓸쓸할 것을 알리면서 사람을 위협하는 듯하다.

"만주 노 호야 호오야."

길게 그리고도 힘없이 외치는 소리가 보지 않아도 추워서 수그리고 웅크리고 가는 듯한 사람이 몹시 처량하고 가엾어 보인다. 어린애들은 모두 잠들고 학교 다니는 아이들은 눈에 졸음이 잔뜩 몰려서 입으로만 소리를 내어 글을 읽는다. 나는 누워서 손만 내놓아 신문을 들고 소설을 보고, 아내는 이불을 들쓰고 어린애 저고리를 짓고 있다.

"누가 우나?"

일하던 아내가 말하였다.

"아니야요. 그 절름발이가 지나가며 무슨 소리를 지껄이면서 그러나 보아요."

공부하던 애가 말한다. 우리들은 잠시 그 소리를 들으려고 귀를 기울였으나, 다시 각각 그 하던 일을 계속하여 다시 주의도 하지 아니하였다. 그러다가 우리는 모두 잠이 들어 버렸다. 나는 자다가 꿈결같이 '으으으으으' 하는 소리를 들었다. 잠깐 잠이 반쯤 깨었으나 다시 잠들었다. 잠이 들려고 하다가 또 깜짝 놀라서 깨었다. 그리고 아내에게 물었다.

"저게 누가 울지 않소?"

"아범이구려."

나는 벌떡 일어나서 귀를 기울였다. 과연 아범의 우는 소리다. 행랑에 있는 아범의 우는 소리다.

'어찌하여 우는가. 사나이가 어찌하여 우는가. 자기 시골서 무슨 슬픈 상사의 기별을 받았나? 무슨 원통한 일을 당하였나?'

나는 생각하였다. '어이 어이' 느껴 우는 소리를 들으면서 아내에게 물었다.

"아범이 왜 울까?"

"글쎄요, 왜 울까요?"

2.

아범은 금년 구월에 그 아내와 어린 계집애 둘을 데리고 우리 집 행랑방에 들었다. 나이는 한 서른 살쯤 먹어 보이고, 머리에 상투가 그냥 달라붙어 있고, 키가 늘씬하고 얼굴은 기름하고, 누르퉁퉁하고, 눈은 좀 큰데 사람이 퍽 순하고 착해 보였다. 주인을 보면 어느 때든지 그 방에서 고달픈 몸으로 밥을 먹다가도 얼른 일어나서 허리를 굽혀 절한다.

나는 그것이 너무 미안해서 그러지 말라고 이르려고 하면서 늘 그냥 지내었다. 그 아내는 키가 자그마하고, 몸이 뚱뚱하고, 이마가 좁고 항상 입을 다물고 아무 말이 없다. 적은 돈은 회계할 줄을 알아도 '원'이나 '백냥' 넘는 돈은 회계할 줄을 모른다. 그리고 어멈은 날짜 회계할 줄을 모른다. 그러기에 저 낳은 아이들의 생일을 아범이 그 전날 내일이 생일이라고 일러 주지 않으면 모른다고 한다. 그러나 결코 속일 줄은 모르고, 무슨 일이든지 하라는 대로 하기는 하나 얼른 대답을 시원히 하지 않고, 꼬물꼬물 오래 하는 것이 흠이다. 그래도 아침에는 일찍이 일어나서 기름을 발라 머리를 곱게 빗고, 빨간 댕기를 드려 쪽을 지고 나온다.

그들에게는 지금 입고 있는 단벌 홑옷과 조그만 냄비 하나밖에 아무것도 없다. 세간도 없고, 물론 입을 옷도 없고, 덮을 이부자리도 없고, 밥 담아먹을 그릇도 없고 먹을 숟가락 한 개가 없다. 있는 것이라고는 보기 싫게 생긴 딸 둘과 작은애를 업은 홑누더기와 띠, 아범이 벌이하는 지게가 하나, 이것뿐이다. 밥은 우선 주인집에서 내어간 사발과 숟가락으로 먹고, 물은 역시 주인집 어린애가 먹고 비운 '가루 우유통'을 갖다가 떠먹는다.

아홉 살 먹은 큰 계집애는 몸이 좀 뚱뚱하고 얼굴은 컴컴한데, 이마는 어미 닮아서 좁고, 볼은 애비 닮아서 축 늘어졌다. 그리고 이르는 말은 하나도 듣는 법이 없다. 그 어미가 아무리 욕하고 때리고 하여도 볼만 부어서 까딱없다. 도리어 어미를 욕한다. 꼭 서서 어미 보고 눈을 부르대고, '조 깍쟁이가 왜 야단이야.' 하고 욕을 한다. 먹을 것이 생기면 자식 먹이고 남편을 대접하고, 자기는 늘 굶는 어미가 헛입 노릇이라도 하는 것을 보게 되면 '저 망할 계집년이 무얼 혼자만 처먹어?' 하고 욕을 한다. 다만 자기 어미나 아비의 말을 아니 들을 뿐 아니라, '주인마누라'나 '주인나리'가 무슨 말을 일러도 아니 듣는다.

먼 데 있는 것을 가까이 오게 하려면 손수 붙들어 와야 하고, 가까이 있는 것을 비키게 하려면 붙들어다 치워야 한다.

다음에 작은계집애는 돌을 지나 세 살 먹은 것인데, 눈이 커다랗고 입술이 삐죽 나오고, 걸음은 겨우 빼뚤빼뚤 걷는다. 그러나 여태 말도 도무지 못하고, 새벽부터 하루 종일 붙들어 매여 끌려가는 돼지소리 같은 크고 흉한 소리를 내어 울어서 해를 보낸다.

울지 않는 때라고는 먹는 때와 자는 때뿐이다. 그러나 먹기는 썩 잘 먹는다. 먹을 것이라고는 보이기만 하면 죄다 빼앗다가 두 다리 사이에 넣고 다리와 팔로 웅크리고 옹옹소리를 내면서 혼자서 먹는다. 그렇게 심술 사나운 큰계집애도 다 빼앗기고 졸연해서 얻어먹지 못한다. 이렇기 때문에 작은것은 늘 어미 뒷잔등에 업혀 있다. 만일 내려놓아 버려두면, 그냥 땅바닥에 벗은 몸으로 두 다리를 턱 내뻗치고, 묶여 가는 돼지소리로 동리가 요란하도록 냅다 지른다.

그래서 어멈은 밤낮 작은것을 업고 큰것과 싸움을 하면서 얻어먹지도 못하고 물 긷고 걸레질 치고 빨래하고 서서 돌아간다. 작은것에게는 젖을 먹이고, 큰것의 욕을 먹고, 성화받고, 사나이에게 웅얼웅얼하는 잔말을 듣는다. 밥 지을 쌀도 없는데 밥 안 짓는다고 욕을 한다. 그리고 아범은 밝기도 전에 지게를 지고 나갔다가 밤이 어두워서 들어오지만, 하루에 두 끼니를 못 끓여먹고, 대개는 벌이가 없어서 새벽에 나갔다가도 오정 때나 되면 일찍 들어온다. 들어와서는 흔히 잔다. 이런 때는 온종일 그 이튿날 아침까지 굶는다. 그 때마다 말없던 어멈이 옹알옹알 바가지 긁는 소리가 들린다.

어멈이 그 애들 때문에 그렇게 애쓰고, 그들의 살림이 그렇게 어려운 것을 보고, 나는 이따금 이렇게 생각하였다. 아내에게 말도 한다.

"저 애들을 누구에게 주기나 하지."

위에 말한 것은 아범과 그 식구의 대강의 정형이다. 그러나 밤중에 그렇게 섧게 운 까닭은 무엇인가.

3.

그 이튿날 아침이다. 마침 일요일이기 때문에 내게는 한가한 틈이 있어서 어멈에게서 그 내용을 들을 기회가 있었다.

"지난밤에 아범이 왜 그렇게 울었나?"

하는 아내의 말에 어멈의 대답은 대강 이러하였다.

"어멈이 늘 쌀을 팔러 댕겨서 저 뒤의 쌀가게 마누라를 알지요. 그 마누라가 퍽 고맙게 굴어서 이따금 앉아서 이야기도 했어요. 때때로 '그 애들을 데리고 어떻게나 지내나.' 하고 물어요. 그럴 적마다 '죽지 못해 삽지요.' 하고 아무 말도 아니 했어요. 그러는데 한번은 가니까, 큰애를 누구를 주면 어떠냐고 그래요. 그래서 '제가 데리고 있다가 먹이면 먹이고, 죽이면 죽이고 하지, 제 새끼를 어떻게 남을 줍니까? 그리고 워낙 못생기고 아무 철이 없어서 에미 애비나 기르다가 죽이더라도 남은 못 주어요. 남이 가져갈 게 못됩니다. 그것을 데려가시는 댁에서는 길러 무엇 합니까. 도야지면 잡아나 먹지요.' 하고 저는 줄 생각도 아니 했어요. 그래도 그 마누라는 '어린 것이 다 그렇지 어떤가. 어서 좋은 댁에서 달라니 보내게. 잘 길러 시집보내 주신다네. 그리고 젊은이들이 벌어먹고 살아야지. 애들을 다 데리고 있다가 인제 차차 날도 추워 오는데 모두 한꺼번에 굶어 죽지 말고 …….' 하시면서 여러 말로 대구 권하셔요. 말을 들으니까 그랬으면 좋을 듯도 하기에 '그럼 저의 아범 보고 말을 해 보지요.' 했지요. 그랬더니 그 마누라가 부쩍 달라붙어서 '내일 그 댁 마누라가 우리 집으로 오실 터이니 그 애를 데리고 오게.' 하셔요. 해서 저는 '글쎄요.' 하고 돌아왔지요. 돌아와서 그날 밤에, 그젯밤이올시다. 그젯밤 아니라 어제 아침이올시다. 요새 저는 정신이 하나도 없어요. 그젯밤에는 들어와서 반찬 없다고 밥도 안 먹고, 곤해서 쓰러져 자길래 그런 말을 못하고, 어제 아침에야 그 이야기를 했지요. 그랬더니 '내가 아나, 임자 마음대로 하게 그려.' 그러고 일어나서 지게를 지고 나가 버리겠지요. 그러고는 저 혼자서 온종일 이리저리 생각을 해 보았지요. 아무려나 제 자식을 남을 주고 싶지는 않지만 어떻게 합니까. 아씨 아시듯이 이제 새끼 또 하나 생깁니다그려. 지금도 어려운데 어떻게 둘씩 셋씩 기릅니까. 그래서 차마 발길이 안 나가는 것을 오정 때나 되어서 데리고 갔지요. 짐승 같은 계집애는 아무런 것도 모르고 따라나서요. 앞서 가는 것을 뒤에서 보면서 생각을 하니까 어째 마음이 안되었어요."

하면서 어멈은 울먹울먹한다. 눈물이 핑 돈다.

"그런 것을 데리고 갔더니 참말 웬 알지 못하는 마누라님이 앉아 계셔요. 그 마누라가 이걸 호떡이라 군밤이라 감이라 먹을 것을 사다 주면서, '나하고 우리 집에 가 살자. 이쁜 옷도 해 주고 맛난 밥도 먹고 좋지, 나하고 가자, 가자.' 하시니까 이것은 먹기에 미쳐서 대답도 아니 하고 앉았어요."

이 말을 들을 때에 나는 그 계집애가 우리 마루 끝에 서서 우리 집 어린애가 감 먹는 것을 바라보다가 내버린 감꼭지를 쳐다보면서 집어가지고 나가던 것이 생각났다. 어멈은 다시 이야기를 이어,

"그래, 제가 어쩌나 볼랴고, '그럼 너 저 마님 따라가 살련? 나는 집에 갈 터이니' 했더니 저는 본체만체하고 머리를 끄덕끄덕해요. 그래도 미심해서 '정말 갈 테야? 가서 울지 않을 테야?' 하니까, 저를 한번 힐끗 노려보더니 '그래, 걱정 말고 가요.' 하겠지요. 하도 어이가 없어서 내버리고 집으로 돌아왔지요. 그러고 돌아와서 저 혼자 가만히 생각하니까, 아범이 또 무어라고 할는지 몰라 어째 안 되겠어요. 그래, 바삐 아범이 일하러 댕기는 데를 찾아갔지요. 한 번 보기나 하려고, 염천교 다리로 남대문통으로 아무리 찾아야 있어야지요. 몇 시간을 애써 찾아 댕기다가 할 수 없이 그 댁으로 도루 갔지요. 갔더니 계집애도 그 마누라도 벌써 떠나가 버렸겠지요. 그 댁 마님 말씀이 저녁 여섯 시 차로 광핸지 광한지로 떠났다고 하셔요. 가시면서 보고 싶으면 설 때에나 와 보고, 와 살려면 농

사짓고 살라고 하셨대요. 그래 하는 수가 있습니까. 그냥 돌아왔지요. 와서 아무 생각이 없어서 아범 저녁 지어 줄 생각도 아니 하고 공연히 밖에 나가서 왔다갔다 돌아댕기다가 들어왔지요. 저는 눈물도 안 나요. 그러다가 밤에 아범이 들어왔기에 그 말을 했더니, 아무 말도 아니 하고 그렇게 통곡을 했답니다. 여북하면 제 자식을 꿈에도 보두 못하던 사람에게 주겠어요. 할 수가 없어서 그렇지요. 집에 두고 굶기는 것보다 나을까 해서 그랬지요. 아범이 본래는 저렇게는 못살지는 않았답니다. 저희 아버지 살았을 때는 벼 백석이나 하고, 삼 형제가 양평 시골서 남부럽지 않게 살았답니다. 이름들도 모두 좋지요. 맏형은 '장자'요, 둘째는 '거부'요, 아범이 셋쨋데 '화수분'이랍니다. 그런 것이 제가 간 후로부터 시아버님이 돌아가시고, 그리고 맏아들이 죽고, 농사 밑천인 소 한 마리를 도적맞고 하더니, 차차 못살게 되기 시작해서 종내 저렇게 거지가 되었답니다. 지금도 시골 큰댁엘 가면 굶지나 아니할 것을 부끄럽다고 저러고 있지요. 사내 못생긴 건 할 수가 없어요."

우리는 이제야 비로소 아범이 어제 울던 까닭을 알았고, 이때 나는 비로소 아범의 이름이 '화수분'인 것을 알았고, 양평 사람인 줄도 알았다.

4.

그런 지 며칠이 지난 어느 날 아침이다. 화수분은 새 옷을 입고 갓을 쓰고, 길 떠날 행장을 차리고 안으로 들어온다. 그것을 보니까 지난밤에 아내에게서 들은 말이 생각난다. 시골 있는 형 '거부'가 일하다가 발을 다쳐서 일을 못해서 누워 있기 때문에 가뜩이나 흉년인 데다가 일을 못해서 모두 굶어죽을 지경이니, 아범을 오라고 하니 가 보아야 하겠다는 말을 듣고, 나는 '가 보아야겠군.' 하니까, 아내는 '김장이나 해 주고 가야 할 터인데' 하기에, '글쎄, 그럼 그렇게 이르지.' 한 일이 있었다. 아범은 뜰에서 허리를 한번 굽히고 말한다.

"나리, 댕겨오겠습니다. 제 형이 일하다가 도끼로 발을 찍어서 일을 못하고 누웠다니까 가 보아야겠습니다. 가서 추수나 해 주고는 곧 오겠습니다. 거저 나리 댁만 믿고 갑니다."

나는 어떻게 대답했으면 좋을지 몰라서,

"잘 댕겨오게."

하였다. 아범은 다시 한 번 절을 하고, '안녕히 계십시오.' 하면서 돌아서서 나갔다.

"저렇게 내버리고 가면 어떡합니까. 우리도 살기 어려운데 어떻게 불 때주고 먹이고 입히고 할 테요. 그렇게 곧 오겠소?"

이렇게 걱정하는 아내의 말을 듣고 나는 바삐 나가서 화수분을 불러서,

"곧 댕겨오게, 겨울을 나서는 안 되네."

하였다.

"암, 곧 댕겨옵지요."

화수분은 뒤를 돌아보고 이렇게 대답하고 달아난다.

5.

화수분이 간 지 일주일이 되고, 열흘이 되고, 보름이 지나도 그는 아니 온다. 어멈은 아범이 추수해서 쌀말이나 지고 돌아오기를 밤낮 기다려도 종내 오지 아니하였다. 김장때가 다 지나고 입동이 지나고 정말 추운 겨울이 되었다. 하루저녁은 바람이 몹시 불고, 그 이튿날 새벽에는 하얀 눈이 펑펑 내려 쌓였다.

아침에 어멈이 들어와서 화수분의 동네 이름과 번지 쓴 종이 조각을 내어놓으면서, 오지 않으면 제가 가겠다고 편지를 써 달라고 하기에 곧 써서 부쳐주기까지 했다.

그 다음날로부터는 며칠 동안 날이 풀려서 꽤 따뜻하였다. 그래도 화수분의 소식은 없다. 어멈은 본래 어린애가 딸려서 일을 잘 못하는데다가 다리 병이 있어 다리를 잘 못 쓰고, 더구나 며칠 전에 손가락을 다쳐서 일을 하지 못하는 것을 퍽 미안하게 생각한다.

그리고 추운 겨울에 혼자 살아갈 길이 막연하여, 종내 아범을 따라 시골로 가기로 결심한 모양이다.

"아씨, 그만 시골로 가겠습니다."

"몇 리나 되나?"

"몇 린지 사나이들은 일찍 떠나면 하루에 간다고 해두, 저는 이틀에나 겨우 갈 거리요."

"혼자 가겠나?"

"물어 가면 가기야 가지요."

아내와 이런 문답이 있는 다음날 아침, 바람 몹시 불고 추운 날 아침에 어멈은 어린것을 업고 돌아볼 것도 없는 행랑방을 한번 돌아보면서 아창아창 떠나갔다.

그날 밤에도 몹시 추웠다. 우리는 문을 꼭꼭 닫고 문틈을 헝겊으로 막고 이불을 둘씩 덮고 꼭꼭 붙어서 일찍 잤다. 나는 자면서, 잘 갔나, 얼어 죽지나 않았나 하는 생각이 났다.

화수분도 가고, 어멈도 하나 남은 어린것을 업고 간 뒤에는 대문간은 깨끗해지고 시꺼면 행랑방 방문은 닫혀 있었다. 그리고 우리 집에는 다시 행랑사람도 안 들이고 식모도 아니 두었다. 그래서 몹시 추운 날, 아내는 손수 어린것을 등에 지고 이웃집의 우물에 가서 배추와 무를 씻어서 김장을 대강 하였다. 아내는 혼자서 김장을 하면서 눈물을 흘리고, 어멈 생각을 하였다.

6.

김장을 다 마친 어느 날, 추위가 풀려서 따뜻한 날 오후에 동대문 밖에 출가해 사는 동생 S가 오래간만에 놀러 왔다. S에게 비로소 화수분의 소식을 듣고 우리는 놀랐다. 그들은 본래 S의 시댁에서 천거해 보낸 것이다. 그 소식은 대강 이렇다.

화수분이 시골 간 후에, 형 '거부'는 꼼짝 못하고 누워 있었기 때문에 형 대신 겸 두 사람의 일을 하다가 몸이 지쳐 몸살이 나서 넘어졌다. 열이 몹시 나서 정신없이 앓았다. 정신없이 앓으면서도 귀동이(서울에서 강화 사람에게 준 큰계집애)를 부르고 늘 울었다.

"귀동아, 귀동아, 어델 갔니? 잘 있니……."

그러다가는 흐득흐득 느끼면서,

"그렇게 먹고 싶어 하는 사탕 한 알 못 사주고 연시 한 개 못 사주고……."

하고, 소리를 내어 어이어이 운다.

그럴 때에 어멈의 편지가 왔다. 뒷집 기와집 진사댁 서방님이 읽어 주는 편지 사연을 듣고,

"아이구, 옥분아(작은계집애 이름), 옥분이 에미!"

하고 또 어이어이 운다. 울다가 펄떡 일어나서 서울 넝마전에서 사 입고 간 새 옷을 입고 갓을 썼다. 집안사람들이 굳이 말리는 것도 뿌리치고 화수분은 서울을 향하여 어멈을 데리고 떠났다. 싸리문 밖에를 나가 화수분은 나는 듯이 달아났다.

화수분은 양평서 오정이 거의 되어서 떠나서, 해져 갈 즈음해서 백리를 거의 와서 어떤 높은 고개에 올라섰다. 칼날 같은 바람이 뺨을 친다. 그는 고개를 숙여 앞을 내려다보다가 소나무 밑에 희끄무레한 사람의 모양을 보았다. 그것을 곧 달려가 보았다. 가 본즉, 그것은 옥분과 그의 어머니다. 나무 밑 눈 위에 나뭇가지를 깔고, 어린것 업은 헌 누더기를 쓰고 한끝으로 어린것을 꼭 안아가지고 웅크리고 떨고 있다. 화수분은 왁 달려들어 안았다. 어멈은 눈은 떴으나 말은 못한다. 화수분도 말을 못한다. 어린것을 가운데 두고 그냥 껴안고 밤을 지낸 모양이다.

이튿날 아침에 나무장수가 지나가다, 그 고개에 젊은 남녀의 껴안은 시체와 그 가운데 아직 막 자다 깬 어린애가 등에 따뜻한 햇볕을 받고 앉아서, 시체를 툭툭 치고 있는 것을 발견하여 어린것만 소에 싣고 갔다.

임 옥 인

출 생   1915-1995. 함북 길주군 장백면

등 단   「문장」

약 력   함흥영생여고 졸업, 일본나라여자고등사범학교 졸업
건국대 교수
한국크리스천문학가협회 회장 역임
한국여류문학가협회 회장 역임

수 상   자유문학상
한국여류문학인상
대한민국예술원상

저 서   『봉선화』『고영』『후처기』

후처기

경성에서 차를 타고 S읍에 가까워질 때까지 그동안이 실로 여덟 시간도 넘건만 남편은 시무룩해서 창밖만 바라보다가 가끔 고개를 건들거리며 졸 뿐, 별로 말이 없었다. 내가 물어보는 말에 겨우 대답이나 할 뿐, 신혼 제삼일 만에 하는 여행으로선 쓸쓸하기 짝이 없었다. 그는 첫인상과 같이, 무뚝뚝하고 말이 없을 줄 짐작은 했었지만, 또 그럼으로 해서 믿음성이 있어 보이는 까닭에 결혼까지의 과정을 밟은 것이지만, 일평생 저렇게 재밋성 없는 사람과 함께 늙으려니 하면 내 가슴엔 벌써 알지 못할 불안이 굼틀거렸다. 그러나 아니다, 후회란 내게 당치 아니한 약한 짓이다 하고 나는 자칫하면 흐려지는 눈을 끔벅여 가며 손을 모으고 단정히 앉아 있었다. 나는 속으로 내 친한 동무가,

"생이별 자리엔 가두 죽은 후취론 안 갈 일야."

하던 말을 생각하고 혼자 고소했다. 그러고 보아 그런지 바로 맞은편에 앉아 실신한 사람 모양을 하고 희미한 시선으로 창 밖 멀리멀리 바라보는 남편은 꼭 무슨 사라진 그림자를 따르는 사람같이 보였다. 그것은 내 마음에 일어나는 부질없는 착각일지도 모른다. 나는 겁이 더럭 난다. 오래오래 함께 살 사람을 벌써 이렇게 의심하고 어쩌자는 것인가, 나는 내 마음을 꾸짖고 더욱 긴장한 자세를 하고 앉아 있었다.

차가 길고 높은 기적을 뽑았다. S읍이 가까워지는 것이다. 넓은 벌이 나타나고 먼 산이 아득히 보이고, 그 산 위에 흰 구름발이 피어오르고, 넓은 강이 번득이며 나타났다. 이 강이 유명한 N강인 것이다. 멀리서 보아도 맑고 깨끗한 강이었다. 나는 새 땅에 처음 오는 호기심을 참기 어려웠다.

"아아, N강, 저것 보셔요, 저 강을."

하고 나는 나도 모르는 사이에 남편의 무릎을 몹시 흔들었다. 남편은 깜짝 놀라 나를 바라본다. 손에 쥐었던 부채를 창턱에 놓고,

"강을 못 봤어? 무에 그리 신통해?"

남편은 이렇게 퉁명스레 쏘아 주고 턱을 치켜들고 담배를 피워 물었다. 나는 등골에 솟은 땀을 손수건으로 닦고, 창밖만 시름없이 내다보았다. S읍에 내려야 내가 면목 있는 사람이라곤 별로 없을 게다. 결혼식에는 참례 안 하셨던 시부모와 시동생들이 있을 게고, 그리고 그 애들이 있을 것이다. 영수는 아홉 살, 복희는 일곱 살이라지. 어떤 애들일까?

저희 아버지를 닮아서 저렇게 무뚝뚝할까? 소문으로만 들은 저희 어머니를 닮아 상냥할까? 나를 보고 엄마라고 할까? 나는 그 애들을 만나는 순간 무엇을 느낄 것인가?

그보다도 나는 어서 내 것으로 사 놓았다는 물건들이 보고 싶다. 오천 원짜리 피아노, 오백 원짜리 오르간, 사백 원짜리 삼면경, 또 양복장 등등.

중매를 선 신의사를 통해 내가 제일로 주문한 것은 피아노였다. 나는 일찍 피아노 없는 내 신가정을 상상해본 일조차 없었다. 상대야 누구든 내가 가는 집에 꼭 피아노가 있어야만 했다. 그리고 정말 그에게 사게 한 것이다.

내 욕망도 그러했거니와 아무리 서른 살 먹은 신부이기로 여학교 교원이요, 전문학교를 나온 소위 재원인 나를 이규철, 즉 남편이 셋째 번 후취로 요구한다면 나도 어떤 무리한 주문이라도 하고야 결혼을 승낙할 용기가 난 것이다. 돈에 군기로 유명하다는 이규철이가 신부의 환심을 사기 위해 수천 원을 들여 피아노를 사다니 꽤 반한 상대리라는 평판이 돌았다지만, 그가 내게 대해 애정을 가졌는진 모르나 나는 그에게서 정다운 공기와 전적인 열정을 느낄 수는 없었다. 이런 일이 내게 있어선 오히려 다행한 일일는지도 모른다.

나는 몇 해 전에 사랑하는 사람에게서 버림받은 여자이다. 그도 의사였다. 서른이 채 안된 젊은 의사였다. 그는 미나라는 아름다운 간호부와 나를 피해 만주로 가 버리고, 나는 결혼 날만 기다리던 노처녀였다. 그런 일이 내 마음을 더욱 강하게 반동적으로 만들어 버렸다. 남에게 지지 않겠다는 괴팍한 성미가 이런 실패에 부닥쳐 더욱 굳어져 버렸다.

나는 결혼하되 꼭 그와 같은 의사와 할 작정이었다. 세 번째거나 네 번째거나 그와 같이 깨끗한 예방의를 입고 청진기를 들고 사람 앞에서 엄숙한 표정을 지을 줄 아는 그런 의사가 원이었다. 내 남편 되는 사람이 의사이기로 그것이 내 과거를 메울 만한 무엇이 있을 것인가? 나는 내 남편의 전 모습에서 나를 버리고 떠나간 사람의 전부를 느끼려는 것인가?

그러나 내 맞은편에 앉은 의사라는 내 남편은, 마음속으로 암만 깨끗한 예방의를 입히고 왕진가방을 들려 보았대야 의사다운 데가 없다. 얼굴이 희고 이마가 넓고 수염이 검은, 즉 말하자면 풍모가 수련한 것이 의사라고만 (이것은 나의 어리석은 우상 때문에 그러려니와) 느껴지는 나는, 몸이 우직스레 생기고, 얼굴이 검붉고 탁한, 검은 로이드안경테 속에서 살기를 띤 듯한, 쓱 째진 듯한 붉은 두 눈이 움직이는 것을 바라보고는 내 관념 때문에 현실엔 아무 기쁨도 못 가져오는 생활의 출발을 저질렀구나 하고 뉘우쳤다. 그러나 나는 이 차를 내리는 시각부터 당당한 의사 부인으로, 더군다나 수십만 재산가의 부인으로 행세를 할 것이요, 이 S읍 부인들 위에 서는 인텔리 주부가 되는 것이다. 나는 내 기쁨 때문에는 행복할 수가 없었지만, 투쟁심 때문에는 충분히 즐거울 수가 있었다.

남편이 개업하고 있는 병원에서 길을 사이에 놓고 조금 떨어진 꽤 큰 집이 우리 집이라 한다. 밖에서 보나, 안에서 보나 다 내 취미에는 안 맞는다. 안의 세간들도 그러하다. 벌써 전에 부친 내 짐은 끄르지 않았는데도 안에는 바로 전 시간까지 여편네가 살던 집 같은 공기와 세간이 온 집 안에 가득 차 있었다. 내 짐은 끄르지 않아도 그대로 살 수 있는 차림차림이다.

집에는 수염은 허옇게 세었을망정 얼굴이 검붉게 윤나는 건장하게 생기신 시아버지와, 키가 자그마한, 고생으로 늙어 버리신 듯한 시어머니와, 그밖에 촌에서 온 많은 친척들과 이웃 사람들이 있었다.

나는 시부모라고 무턱대고 공손할 필요를 느끼지 않았다. 나이 많고 시부모라는 것만으로도 충분히 어려운 존재련만 나는 마음으로부터 머리가 숙여지지를 않았다. 그저 인사라고, 서먹서먹하고 시부모도 나를 그렇듯이 반겨 주시지는 않았다. 그것은 아무리 바쁜 일이 있었다 치더라도 내 첫인사를 받고는 지금까지 계시던 촌으로 곧 가 버리신 것을 보아도 알아지는 것이었다.

왜식으로 꾸민 응접실에 나를 위해 샀다는 피아노와 오르간, 그리고 삼면경이 놓여 있었다. 피아노와 오르간은 뚜껑을 열고 건반을 눌러 보고 만족했다.

나는 나 이외에 이 집에 가득 차 있는 또 다른 여자 즉 내 남편된 사람에게 가장 가까워 보이는 그림자를 안방에서 보는 듯해서 매우 불쾌했다.

인사 왔던 사람들이 다 흩어진 후 몇 시간을 방문도 열지 않던 한 오십 되어 보이는 여자가 입을 조금 삐쭉하고 두꺼운 아랫입술을 내밀고 나타났다.

"내 딸 대신 온 사람이오? 아이를 데리구 고생하겠소."

매우 거만스런 태도요, 도전적이다. 나는 그 태에 못지않게 대답하고 이것도 내 버릇인 두꺼운 아랫입술을 삐죽 내밀었다. 그 부인은 이어 남배를 피워 놓고 눈을 가늘게 떴다. 그 모습에서 나는 그의 젊은 시절을 여러 가지로 상상해 보았다. 키가 크고 몸이 균형지고 살빛은 검을망정 선명한 윤곽의 얼굴, 음성이 둥글고 멋지다. 이 S읍에서 제일 예뻤다는 이 여자의 딸 즉 내 남편의 전처를 나는 이 여자 속에 느끼고, 만나는 시각부터 속이 좋지 아니했다. 담배를 피워 문 손매라든가, 앉음앉음이라든가, 옷 입은 거탈이 여염집 부인 같지가 않았다. 나는 속으로 이 여자가 꽤 강한 내적인 것을 직감해 버렸다.

남편이 여장을 풀고 병원으로 나간 뒤 나는 심란한 마음을 벅 눌러 가며 피아노 앞에 걸터앉았다.

악보는 없이 짚어지는 대로 건반을 때렸다. 내 마음을 상징하는 즉흥곡이었을지 모른다. 곁엣방에 앉았던 남편의 장모는 무어라고 고함을 지른 양도 싶은데 나는 무슨 소린지

알아듣지 못했다. 내가 피아노에서 손을 떼었을 때,

"아, 영수애비가 어디서 미친 걸 데려왔군, 팔자 사납다 보니 별꼴야."

고래고래 소리를 질렀다. 나는 남자들처럼 머리를 뒤로 쓸어 넘기며 못 들은 체했다.

오후 세 시 반이나 됐을까 현관문이 좌르르 열리더니,

"할머니."

귀여운 사내아이 음성이다. '옳다 영수다' 하고 현관에서 란도셀을 메고 들어오는 모양을 바라보았다. 나를 보더니 발을 딱 멈추고 시커먼 눈을 끔뻑하고 서먹히 웃어 보였다. 나는 또 속으로 '옳다, 따르게 할 수 있는 애다' 하고 마주 나가 머리를 쓸어 주었다.

"영수야, 이리 온, 게서 뭘 하는 거야."

영수는 외할머니 방으로 뛰어 들어가고 말았다.

영수가 학교에서 돌아온 후 얼마 아니 되어 계집아이 복희가 돌아왔다. 나를 보더니,

"저게 누구야, 난 싫어, 할머니."

어디선가 비를 들고 오더니 내 등 뒤를 갈겼다. 나는 어떻게 해야 옳은가?

"요 계집애 꽤 힘들이겠다."

고 중얼거렸다. 일곱 살이라고 하나 얼굴이나 말하는 것이 닳아먹어서 못된 어른 같다. 오히려 오라비인 영수 놈이 순진해 보인다.

내가 이 집에 오기 전까지 애들 외할머니가 식모를 데리고 살림을 보아 왔다 한다. 전처가 삼년 전에 죽었다니까 그 후로 주욱 그렇게 내려온 모양이다. 나는 그와 도저히 한 솥의 밥을 못 먹을 줄 알고 남편과 상론해서 딴 집을 잡게 했다. 나갈 때 자기 딸이 쓰던 살림을 전부 달라는 것이었으나 낡은 재봉침과 작은 농짝과 또 냄비나 그릇 같은 세간을 얼마 내보내고 다른 것에는 손을 못 대게 했다.

아무리 쓴다기로 이런 촌살림, 식모까지 다섯 식구에 먹는 데만 사백 원씩 썼다는 여자다. 있으면 흥청망청 쓰고, 없을 땐, 좁쌀알도 없이 살았다는 소문의 주인공이다. 나는 모든 뒷소리를 각오하고, 내 마음대로 결정을 짓고 아이들 남매는 내 손에 돌아오게 했다. 말이 되라면 말이 되어 방바닥을 기고, 무엇을 사 달라면 밤중을 가리지 않고 사다 줬다. '저게 저게' 하던 복희도 점점 나를 엄마라고 부르게끔 되었다. 외할머니와의 거래는 절대로 금했다. 내 눈을 속여서는 가는지 몰라도 내가 보는 데는 가는 일도 없이 되었다.

일할 줄 모르고, 손이 거칠고, 처먹기만 하는 식모도 내보냈다. 남편과 나와, 아이들 남매, 이렇게 네 식구만으로 되었다. 시부모는 십리 밖 촌에 계시고, 시동생들은 유학중이었다. 그래도 먼 데와 가까운 데서 오는 손님이 끊이지 않아서 나는 매일 매일을 바쁘

게 지냈다. 찬거리는 물론, 빨랫비누, 휴지 같은 일용품도 다 내가 사들였다. 뜰 안에 우물이 없어서 물도 공동 우물에 가서 내가 길어왔다. 열대여섯 살에 곧잘 이던 물동이를 처음 일 땐 조금 무거운 듯 팔이 부들부들 떨리고 허리가 휘청거려서 물을 흘리곤 했지만 그것도 곧 익숙해졌다.

"왜 사람을 못 시켜? 창피하게 물동인 왜 여?"

"참 별일 다 보겠어, 물동이 이는 게 뭐 그리 창피하담. 당신 서울 사람요?"

남편과 나는 가끔 이런 말다툼을 하게 되었다.

한편 나는 내 짐을 정리하고 전처의 농 속을 보게 되었다. 다른 사람의 얘기를 들으면 그는 결혼할 때엔 아무것도 아니 해 오고 시집와서 다른 색시들 치장을 구경하고는 그렇게 많이 했다는 것인데 장롱 속에는 값진 비단 옷이 셀 수 없이 꽉 들어차 있었다. 나는 꺼먼 장은 보기 싫으니 버리든지 그의 어머니에게 주든지 하고 속의 옷들만 꺼내 내 장 속에 집어넣으려고 했다.

하나 남편은 전처의 분위기를 없애는 것이 허수한지, 그가 쓰던 세간은 그대로 두자는 것이었다. 나는 내가 해가지고 온 옷들이 전처의 것만 못해도 깊이 간직해 두고, 부엌일 같은 궂은일에 전 사람의 옷들을 꺼내 입는다. 치마 같은 것은 뜯어서 아이들 이부자리도 하고 방석 같은 것도 만들었다. 나는 전 사람의 그림자를 쫓되 내가 소비해서 없애려는 심산이다.

하루는 남편의 서재를 정리하다가 두꺼운 앨범을 발견했다. 그 속에는 남편과 옥숙과의 역사를 얘기하는 여러 장의 사진이 들어 있었다. 주을 온천에서 그의 어깨를 붙잡고 해죽이 웃으며 찍은 모양이나, 상상보다 훨씬 어여쁜 그의 신부차림이라든지 각각 어린애들을 안고 찍은 가족사진이 다 내 비위를 긁었다. 더구나 그의 확대한 요염한 반신상이 건딜 수 없었다. 나는 발작적으로 갈기살기 찢어 버렸다. 부어라 중얼거리며. 나는 무슨 말을 중얼거렸는지 모른다. 사진을 있는 대로 다 쪽쪽 찢고, 그리고 그것들을 아궁이에 쓸어 넣고 성냥을 그어댔다. 나는 가슴이 후들후들 몹시 떨렸다.

이 일이 남편에게 알려지지 않을 리 없다. 그리고 아이들 외할머니한테도. 내 동무인 덕순의 말을 들으면 내가 사진을 찢어 없앤 것을 알고 벼락같이 성을 내다가,

"사위 면목을 봐서래두 노연 생각을 참으셔요."

하는 덕순의 말을 듣고 나와 맞붙는 것은 피했으나 자기가 꼭 한 장 갖고 있던 딸의 사진을 크게 확대시켜서 저희 방에 걸어 놓고 바라본다는 것이었다.

남편이 아이들을, 더구나 복희를 사랑하는 일은 특별했다. 내가 이 집에 온 밤부터 소위 신부와의 한자리 속에도 복희를 꼭 안고 자는 것이었다. 그 애의 모습이, 보면 볼수록

제 어머니다. 동그스름한 얼굴에 오뚝한 코며 조금 눈초리가 올라간 것이라든지 입 모양이 유난히 선명한 거라든지 모두 내가 사진에서 본 그 애의 어머니 같았다.

"쟨 꼭 저 엄마야, 점점 더 이뻐져."

보는 사람마다 이렇게 말했다. 남편은 그런 말을 들을 때마다 복회를 못 견디겠다는 듯이 쓰다듬고 유심히 들여다본다. 나는 이 복회가 꼭 죽은 저희 엄마의 몸과 마음을 본떠서 나를 볶는 것만 같이 생각했다. 그러면서도 나는 아이들의 예습과 복습을 꼭 보아 주었고 도시락도 알뜰히 싸주었다. 내복이나 입는 옷들이나 이부자리들을 늘 깨끗이 해 주었다.

처음에는 저희들의 비위를 맞춰 주다가 차츰 좋지 못한 버릇을 한 가지씩 고쳐 갔다. 웃어른께 인사하는 것, 고맙다는 말과 앉음앉음과 간식을 조절하는 것과 함부로 돈푼을 안 주는 일과, 이런 것을 가르치고 고치고 타일러서 점점 나아졌다. 남편은 여기에 대해선 내게 고맙다는 뜻을 품는 모양이었으나 조금 정도를 지나치면 눈을 부릅뜨고,

"애들을 왜 못 견디게 구는 거야, 되지 못하게시리."

고래고래 소리를 질렀다. 나는 그 당장엔 웃어 보이다가도 며칠을 두고 비꼬고 트집을 썼다.

"저 계집앤 꼭 저의 어멈을 닮았나 봐!"

내 입에선 이런 말도 나오고,

"조 계집앤 꼭 첩감이야."

이렇게도 소리쳤다.

복회는 점점 내가 보는 데선 태연스럽게 엄마 엄마하고 말 잘 듣는 체하다가도 돌아서면 어른 이상으로 내게 대한 준열한 비판을 내리는 모양이었다. 나는 복회가 커 가는 것이 무섭기까지 하다.

애들 외할머니는 집을 나간 뒤로 생활이 곤란하기 짝이 없다. 다른 사람의 말을 듣거나 또 내가 본 바에 의하면 이 여자는 무엇 하나 남겨 두는 법이 없다는 것이다. 젊어서는 여러 부호들의 주머니 끈을 풀게 하고, 딸을 시집보내 놓고는 그 덕에 흥청망청 쓰다가 내가 들어선 다음부터는 꼴이 말 아니다. 자연히 내게 어열이 올 것은 물론이지만 남편도 내 살림살이를 보고 전 장모가 얼마나 헤펐다는 것을 깨닫는 모양이어서 일 년 동안 쌀섬이나 대어 주고는 그만인 모양이다. 나는 속으로 통쾌했다. 늘 머리에 기름만 반지르르 바르고 담배를 피워 물고 이 집 저 집 돌아다니며 쓸데없는 얘기만 하고 날을 보내는 게으른 여자를 미워 안 할 수가 없다.

내가 이 집에서 살림을 시작한 이후 생활비는 전 장모와 전처가 있을 때보다는 삼분지

일로 충분했다. 그렇다고 한 달에 한 차례씩의 곰국과 닭찜을 거른 것도 아니었다. 닷새에 한 번씩의 장날이면 장에 가서 여러 가지 찬거리를 사되 영양이 있고 값싼 것으로 했다. 풋고추나 호박이나 오이만 사는 데도 부르는 값에서 일전이라도 깎아야 마음이 놓였다. 내 버릇인 뒷짐을 지고 두꺼운 아랫입술을 쑥 내밀고 그리고 안경을 쓴 내 꼴이 장판에는 곧 알려졌다.

"이 의사 새댁이래."

수군거렸다.

"애구, 무슨 우리에게 깎을라구 그래시오? 돌아가신 그전 부인은 깎기는커녕 다문 얼마라도 더 주던데."

"흥, 안 될 소릴, 그럴 사람 따루 있죠, 우린 돈 귀한 줄 아니까."

나는 바구니 하나로 찬거리를 사들고 거리를 덜렁덜렁 걸어서 집에 돌아오곤 했다.

그리고 괜히 전에 하던 대로 우리 집에 와서 일을 돕는 체하고는 얻어먹으려 드는 사람들에게 대해선 극단으로 배척하는 태도를 보였다. 김장 때 같은 때에 좀 도와주고도 많은 보수를 요구했으나 나는 딱 잡아떼고 최소한도의 보수를 했을 뿐이다. 촌에서 시부모가 오셔도 보통 식사대로 했고, 남편이 병원에서 들어오기 전에 시아버지가 저녁상을 재촉하시면,

"이 집에선 주인이 와야 저녁 쓰는 법입니다."

하고 호기스레 대답했다. 시아버지는 그 길로 문을 크게 닫고 가 버리셨다.

한번은 촌에서 시어머니가 남편이 좋아하는 명란젓을 석유통으로 하나 맛스레 담가 보내셨다. 집에서 날것으로 혹은 두부찌개에도 넣어 먹고 온 동삼을 두고 먹었지만 그대로 많이 남았길래 남을 주는 것도 아깝고 해서 하루는 장에 이고 나가서 죄다 팔아 버렸다. 아는 여편네들을 만나면,

"이 봄세, 명란 좀 사 줍세."

하고 수작을 걸었다. 저물 때까지 팔았으나 그래도 남은 것은 가지고 들어와 소금을 더 뿌려서 꼭꼭 눌러두었다.

이 일이 있은 뒤로 촌에 계신 시부모는 다시는 아무것도 안 보내 주셨다. 나도 아무것도 아니 보내기로 했다. 좁은 S읍 안에 이 의사 부인이 명란을 팔았단 소문은 굉장한 모양이다.

"기생의 소생이래두 옥숙의 편이 그래두 점잖았어. 돈을 쓸 줄 알고 인정이 있었거든. 그러게 그가 있을 제 그 집에 좀 많이 드나들었어?"

"참 그래. 점잖은 사람 부인다웠지. 옥숙의 전 부인도 무식은 했을망정 좀 듬직했어?

아예 지금 것은 샛노랭이라니, 깍쟁이구."

"그래두 애들은 잘 거두나 보던데."

"그럼 그렇지도 못함 죽일 년이게?"

"아무려나 애들 잘 거둠 그만 아냐?"

이렇게들 내게 대한 비평은 자자한 모양이고 덕순을 제하고는 병원에서 오는 심부름꾼 외에 우리 집 문 앞에 들어서는 사람이 없었다.

나는 세간들을 기름이 끓게 닦달질하고 집 안 구석구석을 말끔히 치우고 화초를 기르고 빨래는 한 가지라도 밀릴세라 빨아 다리고 장독대를 보암직하게 차려놓고 마당을 쓸고, 목욕탕을 소제하고, 이렇게 날마다 분주했다.

나는 무엇이나 손에 일감을 쥐고야 배겼다. 낮 동안에는 바느질도 했다. 명주 빨래도 손수 해서 다듬었다. 한번은 남편의 명주바지를 솜 두어서 뒤집는데 복희가 우유를 쏟아서 다시 빨던 일을 생각하면 이가 갈린다.

나는 덕순이 이외에 아무도 찾아오지 않는 것을 마음 편하고 또 다행히 여겼다. 덕순은 같은 여학교를 나온 동무이다. 그가 소학교 교원의 아내로 다섯 아이의 어머니로 넉넉지 못한 살림살이라도 부지런히 알뜰히 해 나가는 것이 반가웠다. 구식 여성에 지지 않게 일할 줄 아는 것이 기뻤다. 그런 의미에서 나와 동지다.

가끔 서로 털어놓고 얘기도 많이 했다. 나는 이 덕순이에게서 내 남편의 지난 얘기들을 들었다. 신중한 덕순은,

"괜히 이런 얘기 해도 괜찮을까?"

다짐을 하고 내가 무슨 얘기든 꺼리지 말고 하라고 조르는 바람에 여러 가지 얘기를 들려 주었다.

"병원 선생님은 복희 엄마를 잃고 중이 됐드랬어."

"중이?"

나는 못 알아들은 듯이 재차 물었다.

"중이 되다니?"

"응, 중이 됐다니 입산 위승이 아니라 그렇게 중같이 지냈단 말야."

"여편네 잃구 중같이 지냈음 왜 또 장가는 가?"

"그러게 말야."

덕순은 입맛을 다시며,

"그래도 왜 지금 잘만 지내시는데."

우리의 부부 사이를 말하는 것이었다. 남편과 나 사이는 처음부터 담장으로 막힌 듯 내

부적으론 아무 교섭도 없는 듯하다.

"처음 부인은 아주 조혼이래, 정이 없어 갈라졌구, 복희 엄마완 열렬한 연애결혼이지, 참 선생님이 연애를 다 하시구 호호."

덕순은 웃었다.

복희 엄마와는 오 년 동안을 재미있게 살았는데 처음 여편네와 헤어지기 전에 옥숙이가 임신을 했고 이혼하는데 그 사이의 말썽이란 말할 수가 없었다 한다. 첫 여편네는 남편과 헤어져 나가면서 복희 엄마에게 몹쓸 방투란 방투는 다 했다는 것이다. 무당을 시켜서도 그리고 손수 지붕 위에 칼날을 박아 놓는다든지.

복희 엄마가 결핵으로 시름시름 오래오래 두고 앓으면서도 앓는 기색을 안 내고 드러눕는 법 없이 늘 앉아 있었던 까닭에 다른 사람들은 병이 고된 것을 몰랐다 한다. 사람을 보면 늘 상냥히 웃고 자기를 도와주는 사람에겐 두텁게 주고 마음이 서글서글한 데가 있었고 남편의 마음도 잘 조종해서 남편은 우직스런 그대로 전 마음을 그에게 부었던 것이라 한다.

그 무뚝뚝한 사람이 늘 집에 들어오면 히죽히죽 웃고 얘기하고 떠들었다 한다. 그러다가 그의 병이 위중한 것을 알자 병원에도 나가지 않고 병간호를 하고 밤낮 그 방을 지켰다 한다. 숨이 끊어지자 그 큰 몸이 떼굴떼굴 굴러가면서 '아이구 난 어쩌라우, 난 어쩌라우.' 하고 동네방네 떠나가게 울더라는 것이다.

그 후로는 남편은 일체 고기를 못 먹었다는 것이다. 아내의 각혈하던 양과, 또 숨이 끊어지기 전에 낳은 갓난아기를 본 것이 오래오래 눈에 선연하던 까닭일 것이다.

"독신으로 지낼 테야."

남편은 이렇게 중얼거리고 아내의 대상과 소상 등 범절을 다했다 한다. 나와 결혼한 이후론 가끔 자리를 가지고 병원 진찰실 옆방에서 자는데 친한 동무와 얘기하는 걸 들으면, 그런 밤이면 못 견디게 복희 어미의 생각이 나는 때라 한다. 또 가끔 우는 때도 있고, 그것은 나와 결혼한 까닭에 더 생각난다고 하고.

모든 조건이 나보다 남편의 마음을 끌게 생겼던 그 여자, 그 우직스레 생긴 남편의 순박한 마음을 독점하고 죽어도 그 마음에 깊이 자리잡은 채 있는 그 여자……. 그 환영은 곧 복희에게 있을 것이다. 그 애 어머니를 느끼고 남편은 그것으로 낙을 삼을 것이다. 첫 여편네에게서 난 계집애는 어미를 따라 보냈는데 그 애는 나보다 더 미워한다는 것이다. 복희 모가 죽은 후 전처가 떠나면서 발악을 한 일과 방투질한 것을 생각코 전처를 만나기만 하면 죽이고 싶다고 한다고.

덕순은 쓸데없는 얘기를 했다는 듯이, 그리고 내게 대해 충심으로 미안하다는 듯이 나를 바라보았다. 나는 아무 표정 없이 시무룩해 앉아 있었다.

사람을 부리기만 하고 손끝 하나 까딱 않고 놀고먹는 복희 모는 남편의 마음을 독점했다. 나는 이 집의 하녀 노릇밖에 더한 것이 무언가. 그에게서 따뜻한 음성과 시선과 애정을 느껴 본 일이 있는가, 아니다. 한 번도 나는 내 마음을 괴롭혀 주던 옛사람을 결혼이란 한 직무 속에 매장해 버렸지만, 그는 나로 인해 죽은 아내를 더 생각는다지 않는가. 나는 내 고집 때문에 인망이 없고 사람들 앞에서 경원을 당하나 눈코 뜰 새 없이 충실히 일하고 부지런하지 않은가. 내 이 자랑을 왜 몰라주는가?

나는 마음으로 여러 생각하는 것이 귀찮아졌다. 아무 말도 듣기 싫고, 아무 말도 하기가 싫다. 또 그것들은 내게 불필요한 것이다. 덕순이와는 그날 이후 절교해 버리고 말았다. 그래도 외롭지가 않다. 외로울 게 어딨어? 못난 생각이지. 나는 이렇게 생각하고 세상과 더불어 사귀기를 그만두고 완전히 고립해 버렸다. 나는 일함으로 즐거울 수 있었고, 재산 많은 이 의사의 부인이란 간판 때문에 다른 사람을 경멸할 수가 있었고, 교제를 아니 함으로 번거로움에서 떠날 수가 있었다. 나는 내 악기들과 재봉침과 옷들과 기타 내 세간들에게 깊이 애착한다. 그것들을 거울같이 닦아 놓고 나는 만족히 빙그레 웃는 것이다. 나는 살아 있는 것만으로 기쁘고 일하는 것만으로 자랑스럽다. 나는 나 이외의 모든 것을 충분히 경멸할 수가 있다. 남편의 마음도 경멸하고 나를 비평하는 모든 사람을 경멸할 수가 있는 것이다.

영수와 복희의 학교 성적은 좋았다. 통신표를 바라볼 때의 만족한 남편의 얼굴은 우습기까지 했다.

"고것들 꽤 잘 했네."

남편은 세 번째라고 쓴 영수의 것과 다섯 번째라고 쓴 복희의 통신표를 언제까지나 놓을 줄 몰랐다. 나는 속으로,

"저희들이 잘나서 그런가 뭐? 다 내 덕이지."

중얼거렸다. 그리고 내 속에 움직이는 내 유일한 '고것'은 나서, 커서 저애들보다는 몇 배나 더 잘할 것만 같았다. 덕순이와 절교해 버린 내 주위에는, 집 식구 이외엔 강아지 새끼 하나 어른거리는 것이 없었다. 이런 외부의 사교에서 멀리멀리 떠나도 털끝만큼도 고독과 허전함을 느끼지 않는다. 내 속에 커 가는 한 생명이 내 유일한 벗이요, 가장 소중한 존재이다. 나는 '내 것'이라고 이렇게 생각하는 것만으로 가슴이 터질 듯이 기쁘다.

내 주위는 점점 제한되어 가나 내 마음은 무한정으로 확대되어 가는 것 같다.

나는 이런 새 세계에서 내 뱃속에 커가는 내 아이의 태동을 빙그레 웃으며 느끼는 것이다.

이 동 희

등 단 「자유문학」

약 력 단국대 졸업 후 고려대, 단국대, 경희대 대학원 수료, 문학박사, 단국중고교 교사, 단국대 교수, 문과대학장 역임
한국농민문학회 회장, 한국크리스천문학가협회 회장, 한국문인협회 소설분과회장, 한국소설가협회 상임이사, 국제펜한국본부 부이사장 역임

수 상 흙의문학상, 한국문학상, 펜문학상, 월탄문학상, 무영문학상, 뉴승규문학상, 농촌문화상, 단군문화상, 대한민국문화예술상

저 서 『地下水』『비어 있는 집』『흙바람 속으로』『장수바위』
장편소설 : 『赤과 藍』『땅과 흙』『단군의 나라』『서러운 땅 서러운 혼』『노근리 아리랑』『흙에서 만나다』『농민 21-벼꽃 질 무렵』
수필집 : 『빈 들에서 부는 바람』
논문집 : 『흙과 삶의 미학』

e 메 일 leedh5186@naver.com

보리 베던 무렵

온통 누우런 보리밭이다.

시속 100킬로로 달리는 고속도로 양쪽으로 질펀하게 펼쳐지는 들판이다.

동료인 ㅅ은 운전을 참으로 편안하게 했다. 안락한 시트의 쿠션도 좋다. 뜨거운 온천물에 목욕을 하고 한숨 푹 자고 오는 길이라 ㅅ도 그렇지만 그는 여간 몸이 가볍지 않았다. 몸이 가벼우니 자연 마음도 가뿐하다. 그런 오후의 노을이 또 유난히 짙어 길 양옆으로 펼쳐지는 흐드러진 보리는 온통 금계의 빛이다.

"햐아아!"

"허어 참!"

ㅅ과 그는 연방 그렇게 감탄을 하고 있었다. 고개를 돌리지 않아도 다 들어오는 길 양편 황금의 맥추麥秋 풍경을 감상하고 있었다. 그런데 두 사람이 차창 밖의 풍경을 보는 관점은 전혀 달랐다.

가령 ㅅ이 색채의 아름다움이라든지 지평선 저쪽까지 시야에 펼쳐지는 무한대의 구도에 대해서 감탄을 하는 것이라면, 그는 황금색 보리의 낟알과 그 흐드러지게 널려 있는 보릿대에 대한 감탄이었다. 보리 풋바심, 질컥한 꽁보리밥으로 시작되는 이 계절의 먼 시간 저쪽, 주마등처럼 스쳐가는 보리밭에 얽힌 감회였다.

그러니까 몇십 년 전이던가 초등학교 5학년이던가……. 그는 어머니와 새천가 —그의 마을 들판 이름이다— 네 마지기 논에서 조금 시기가 지난 보리를 베고 있었다. 아버지와 형들은 뭘 하기에 두 사람이 뙤약볕 아래서 보리를 베게 되었던지 지금으로서는 전혀 기억되지 않았다. 다만, 그때 그 마을 형편으로서는 중학의 진학이 여간 어렵지 않을 뿐아니라 초등학교 졸업만 해도 상당한 학력이 될 수 있었는데, 왜 그런지 그는 1년여 남겨놓은 초등학교를 자진해서 그만두고 싶었던 것이다.

그 이유도 지금은 기억이 잘 되지 않았지만 돈 때문도 아니고 그렇게 공부가 빠져서도 아니었던 것 같다. 권태라고 할까, 다른 여러 아이들과 겨루며 높은 사다리를 타고 끝까지 올라갈 자신이 없었다고 할까, 분명히 갈 길을 알면서도 해찰을 하듯 쉽게 편하게 살고 싶은 생각이 들었던지 모른다. 어려운 공부를 하는 것보다 일찌감치 농사를 짓는 것이 좋을 것같이 생각되었던 것이다. 그러는 것이 자신의 위치를 뚜렷이 할 것같이 생각되었던 것이다. 그런데 그런 얘기는 아버지나 형에게는 도저히 겁이 나서 할 수가 없었고 가장 만만한 어머니에게만은 할 수 있을 것 같았다. 그러나 막상 애길 꺼내려니 그렇게 솔직하게는 안 되었고 결국 학교를 그만두었으면 좋겠다고 하였다.

"아니, 뭐시 어째여?"

어머니가 그렇게 무서워 본 적이 없었다. 그 부릅뜬 눈하며 옆 다랑이의 농부들도 다 돌아볼 정도의 큰 소리로 호통을 치는 데는 어안이 막히었다.

"육신이 멀쩡해 가지고 왜 학교를 그만둔단 말이여? 도대체 정신이 나간 놈 아녀?"

"그런 게 아니고요."

"그런 게 아니라면 도대체 뭐란 말이여?"

여전히 큰 소리로 보리 베던 낫을 땅에 던져버리고 따지는 것이었다.

그 무렵 그는 멀쩡한 고무신을 낫으로 베어서 운동화를 사달라고 하였다가 매를 맞는 바람에 시잰양반이라고 주인집 셋째아들인 그를 머슴들이 추켜올려 주던 권위가 땅에 떨어져 있을 때이기도 했다. 1년을 신어도 바닥이 나지 않던 까만 고무신에 대하여 싫증을 느꼈다기보다 도무지 자신의 존재를 인정받을 수 없었던 그로서는 새 운동화 같은 것을 신음으로써 그의 위치를 부각시키고 싶었던지 모른다. 그러나 밥풀 하나 버리는 것을 하늘이 볼까 봐 무섭다고 쉬쉬하던 마을에서는 그런 어린아이의 마음을 알아줄 사람은 아무도 없었다.

"저어, 이렇게 어머니나 도와드리고 집안일이나 하고 싶어요."

그는 그러지 않으려다가 그렇게 솔직히 얘기하였다. 가만히 있으면 단순히 공부가 하기 싫어서 그런다고 더욱 혼이 날 것같이 생각되었던 것이다.

"못된 놈같이! 그래, 보리나 베고 똥장군이나 지는 것이 그리도 좋으냐? 못된 생각도 하고 있다!"

어머니의 눈은 불이 튀고 있었고 거기에다 응석을 부릴 생각은 조금도 할 수가 없었다.

그래 그는 하는 수 없이 잘못했다고 사죄를 하고 아버지한테는 그런 얘기 말아 달라고 사정을 하였다. 그리고 그 보리밭에 어머니만 남겨 놓고 느지막이 학교로 가야 했다. 내일 가겠다고 하자 당장 가라고 어머니는 호통을 쳤던 것이다.

그의 뇌리에는 그런 생각이 벌판에 연결되어 숱한 세월의 시공을 오락가락하고 있었다. '그때 거기서 그냥 그만뒀더라면……'

그는 그런 생각을 하였다. 그렇게 되었더라면 어떻게 되었을까, 올해도 지금쯤 보리밭에서 보리를 베고 있을지도 모른다. 지금이라고 별 중뿔난 것은 하나도 없지만 현재의 위치와는 아주 거리가 먼 존재가 되었을 것이다.

한없이 넓은 들판이 계속 펼쳐진다. 그리고 여기저기 울긋불긋한 옷차림으로 보리를 베고 있는 모습들이 스크린처럼 차창에 잡히어 들어온다. 맥고모자를 쓰고 허리를 굽혀 낫질을 하는 남자, 허리를 펴기 위해선지 일어서서 사방을 둘러보는 여자…… 그 속에서 그는 언젠가부터…… 보리밭골에서 치마끈을 매며 나오는 여인의 모습을 추적해가고 있었다. 그게 누구더라 실실 웃으며 마구 달아나던 흐트러진 뒷모습, 그 머리를 땋아 늘인 처녀의 모습이 떠오를 듯 떠오를 듯 말 듯 하면서 멀어진다. 누구더라…… 잘 아는 사람이었는데…….

　"아니 뭘 그렇게 생각하시오?"

　ㅅ이 그를 돌아보면서 퉁명스럽게 말한다.

　"아, 네! 허허허…… 보리가 익은 들판을 보니까 옛날 생각이 나는군요."

　그는 뭘 훔쳐 먹다 들킨 것처럼 겸연쩍게 웃으며 말한다.

　"이 선생은 농사를 지었었지요?"

　"그랬었지요. 지금은 한 뙈기도 없지만……."

　ㅅ은 한동안 또 차를 몰다가 엉뚱한 소리를 한다.

　"땅을 몇 마지기나 가지면 편안히 살 수 있을까요?"

　농사를 지은 일이 있는 그에게 그렇게 묻는다.

　"두어 섬지기 정도면 되겠지요."

　"그 정도면 값이 얼마나 될까?"

　ㅅ이 정말로 관심이 있는지 혼잣말처럼 묻는 것이었다. 그래 그는 아주 알기 쉽게 얘기해 주었다.

　"아마 지금 사시는 집하고 이 차하고 다 팔면 되지 않을까요?"

　"그 정도예요?"

　ㅅ은 의외라는 듯이 아쉬운 어조로 말하고, 들판을 휘둘러본다.

　"그러나 돈이 문제가 아닐 거예요. 이 뙤약볕 아래서 그렇게 보리를 베고 모를 심고 다 버리고 가서 그렇게 살 수 있겠어요?"

　"다 버려야 될까요?"

　ㅅ은 실은 아까부터 그의 질문을 대신하고 있는 것이었다. 그래서 그는 역시 자신에게 말하듯이 대답했다.

　"그럼요, 다 버려야지요. 계속 농사를 짓고 있는 농부들과 같이 겨루려면……."

　"그렇겠지요."

　ㅅ도 그것을 수긍했다. 그런데 사실 다 버린다는 것은 그렇게 쉬운 일이 아니었다. 이

리저리 사방 걸려 있는 뿌리내린 신경들을 다 끊어가지고 내려간다는 것도 어렵겠지만 정신적인 상태가 문제일 것 같았다. 지금 그들이 다녀오는 곳은 어디인가. 권태와 피로를 푼다는 명목이긴 했지만 생활권과는 멀찍이 떨어진 곳에 가서 가출한 시골 처녀와 목욕을 하고 오는 길이 아닌가. 보리 한 가마 값 이상씩을 지불하면서. 승진 소식을 미리 알려준 人에게 대접을 한 것이었다. 어쩌면 다 버리고 가면 그리고 그 공해가 없는 땅으로 가면 권태마저 다 떨어버리게 될지 모르지만⋯⋯.

그는 다시 저 들판 끝으로 달려가고 있는 그 머리 땋은 뒷모습을 추적해가며 시트에 푹 빠졌다. 들판은 더욱 짙은 황금색으로 가슴에 와 안기었다. 차가 속력을 낼수록 들녘은 점점 넓어져갔다.

백 시 종

등 단 「동아일보」「대한일보」신춘문예

약 력 한국문인협회 소설분과회장
동아일보문학회장
한국소설가협회장
현) 김동리기념사업회장, 통일문학포럼회장, 맑은물사랑실
천협의회 이사장

수 상 오영수문학상, 채만식문학상 등

저 서 단편집 :『그 여름의 풍향계』『서랍 속의 반란』
장편소설 :『강치』『수목원 가는 길』등 다수

곱슬머리 서재필

1.

우리는 지금도 그를 '독립신문'으로 호칭한다. 그는 키가 컸고, 유난히 흰 피부에 곱슬머리였으며, 높은 콧대가 아니라면 금세 흘러내릴 것 같은 도수 높은 안경을 느슨하게 얹어놓곤 했다.

아니 안경을 걸칠 때보다, 줄을 달아 목에 걸고 있을 때가 더 많다. 그러니까 책을 펼치거나, 신문을 읽을 때, 그리고 휴대폰에 들어온 문자를 확인할 때만 슬쩍 콧등에 올려놓는다고 해야 옳다.

그는 우리나라 최초의 독립신문을 창간한 언론 투사와 같은 이름을 갖고 있다. 서재필이다. 실제로 그는 꼭 1백 년 먼저 태어난 서재필 박사를 지극히 존경해 마지않았는데, 대한제국과 일제강점기라는 매우 살벌하고 혼란하고 애매한 시절에 비하면 가히 파라다이스라고 해도 과언이 아닌 태평성대를 만났으면서도, 서재필 박사가 누린 세월의 절반도 살지 못했다.

정확히 마흔다섯에 그것도 미혼 노총각으로 유명을 달리했으니까, 인생의 초점점에도 오르지 못하고 그만 세상을 하직한 셈이다. 그것도 아무도 예측 못한 죽음이다. 너무 흔해빠져 신문기사에서도 취급하지 않는 교통사고다.

더욱 안타까운 것은 무려 삼백 대 일인 대한민국 국회 전문위원 공채 시험에 합격한 다음 날 그런 사고를 당했다는 사실이다. 열다섯 명을 뽑는데 사천오백 명이 응시한 걸 보면 경쟁률도 경쟁률이지만, 새로운 법안을 입안하고 상정하는 전문가 역할이 그만큼 중차대하다는 증거일 터다. 그러니까 그 방면에 뛰어난 소양을 가진 우수한 인재들을 제치고 서재필이 당당히 합격의 영광을 차지한 셈이다. 정말 그 명석한 두뇌 하나는 인정해야 하는 대목이다.

그처럼 기쁜 소식을 접한 그 다음 날 새벽에 차를 몰고 나갔다가 신호 위반까지 해 가며 참변을 당했는지 상세히 알 수 없었지만, 어쨌든 독립신문은 병원에도 실려 가지 못한 채 현장에서 즉사했으며, 가해 차량인 대형 트럭 운전사는 정당방위가 인정되어 집행유예 판결을 받고 풀려났다.

그뿐이었다. 독립신문은 그렇게 허무하게 가버렸다. 함께한 배우자가 없었고 시골의 나이든 부모들도 이미 세상을 하직한 뒤여서인지 어느 누구도 그가 당한 참변을 문제 삼는 사람이 없었다. 울고불고 애도하는 사람도 없었다.

그의 초라한 장례식에 참석한 사람은 우리들 중 내가 유일했다. 나 역시 그의 죽음을 미리 통보받고 찾아간 것이 아니라 직업상 어쩔 수 없이 관여할 수밖에 없었는데, 그 장본인이 서재필이라는 사실을 뒤늦게 알고, 아뿔싸, 그 자리에 풀썩 주저앉는 충격에 빠지지 않으면 안 되었다.

어쨌든 서재필 선교사는 그냥 그렇게 물줄기인 듯, 아무 일도 없었다는 듯이 조용히 흘러가버린 것이었다.

우리가 순전히 서재필 선교사를 추모하기 위해 따로 모임을 가진 것은 지난 6월이다. 장소는 그가 남예멘에서 돌아오자마자 우리를 초대했던 남산 자유센터 꼭대기 층 뷔페식당이다. 좀 더 상세하게 설명하자면 그를 떠나보내고 한 번도 공식적으로 만나지 못하다가 3주기를 맞이해서야 부랴부랴 모임을 소집한 것이다.

2.

물론 모임의 발단은 나다. 그러나 3주기인데, 그냥 흐지부지 넘어갈 수 있느냐는 이야기만 내가 꺼냈을 뿐이고, 대다수가 맞아, 그냥 보낼 수 없지. 암, 보낼 수 없고말고, 이구동성으로 뜨겁게 화답했던 터다.

아니, 이구동성이라는 말은 어폐가 있다. 아예 무반응이거나, 모임 자체를 거부하는 회원도 두 명이나 있었기 때문이다. 바로 숙자와 영숙이다. 숙자도 영숙이도 나처럼 서재필 선교사에게 과외를 받았던 오리지널 창설 멤버다.

숙자는 더 각별했다. 누가 뭐라고 해도 서재필 선교사에게 있어서 숙자만큼 가까운 학생은 우리 중에 없었다. 어머니, 아버지를 일찍 여의고 할머니 밑에서 성장한 탓에 숙자는 제반 여건이 우리처럼 자유롭지 못했다. 어찌 보면 우리 그룹에 낄 수 없는 처지인지도 몰랐다.

한데도 그녀는 단 하루도 빠지지 않고, 우리와 함께 수학 과외를 했고, 간간이 들려주는 독립신문의 고대 기독교 역사 이야기에 귀를 기울였으며, 그리고 원하던 고등학교에 무난히 안착했다.

숙자는 미모로 한몫했다. 영화배우처럼 얼굴이 작은데다 루즈를 짙게 바른 듯 입술이 어찌나 붉었는지, 우리가 쥐 잡아먹었어? 라고 늘상 놀려댈 지경이었다. 한데도 숙자는 공부 머리가 별반 없었다. 특히 수학은 더 그랬다. 이해 자체를 못했다. 기본 공식조차 깜깜소식이어서 한때 우리의 원성을 한몸에 받기도 했지만 대신 그녀가 우리 곁에 있어

주어서 공부방 환경이 그런대로 쾌적했던 것도 사실이었다.

숙자는 청소 담당이었다. 그녀가 늘 반시간쯤 먼저 와서 창문을 열었고, 독립신문이 읽다가 던진 책들을 정리하고, 걸레질을 했다. 그 대가로 숙자에게는 과외비를 면제한다는 얘기도 있었고,

절반만 받는다는 얘기도 있었으며, 과외비 대신 숙자 할머니가 운영하는 시장통 콧구멍만 한 백반집에서 서재필 선교사가 대놓고 밥을 먹는다는 얘기도 뒤따랐다.

아파트 단지가 들어서기 전만 해도 신당3동 감리교회는 시장길 건너편에 자리하고 있었다. 붉은 벽돌의 전형적인 작은 규모의 예배당이었다. 지금은 신당동 언덕배기로 옮겨, 그때에 비하면 두 배나 웅장한 시설을 자랑하지만, 그래도 교인은 시장통 시절보다 더 많아진 것 같지 않다.

그러니까, 시장통 시절. 아니, 우리가 보건대 신당3동 감리교회가 그런대로 가장 융성했던 시절에 서재필 선교사가 교육전도사로 부임한 셈이다.

보수로 따지면, 교통비도 안 되는 기십만 원에 불과해 취직이라고까지 말할 수 없었지만, 그래도 신학대학 재학생으로서는 당연히 거쳐야 하는 일종의 통과의례 같은 자리다.

게다가 그는 우리의 터전인 신당동에 거주하는 중이었다. 물론 신당동이 원래 그의 본가는 아니다. 그는 지방 출신이었고, 가정 형편 어려운 젊은이들이 다 그렇듯, 굽이굽이 골목길을 거슬러 올라야 하는 산언덕의 싼 방을 얻어 자취를 하고 있다.

하고많은 교회를 놔두고 서재필이, 우리 모두가 부모들의 강압에 못 이겨 억지로 끌려다녔던 신당3동 감리교회에 부임한 것은 순전히 신학교 선배 때문이라고 했다. 그러니까, 선배는 떠나고 서재필이 대신 들어온 것이다.

그런 과정에 서재필이 나의 어머니 눈을 번쩍 뜨이게 한 것이다. 따따따 말편치 좋은 젊은 권사였던 나의 어머니는 그 무렵 권사회 회장을 맡고 있었는데, 우연히 서재필의 화려한 이력을 보게 되었고, 와, 하나님이 넝쿨째 호박을 굴러들게 하셨구나. 감탄해 마지않았다.

그러니까 나의 어머니는 순전히 서재필의 스펙 한 가지만 보고 우리의 과외 선생으로 발탁한 셈이다. 그러나 정직하게 얘기하자면 그것은 발탁일 수 없었다.

서재필 선교사가 극구 사양했기 때문이다. 하나 입학 그 자체가 하늘의 별따기인, 그야말로 장래가 촉망되는 S대학교 수학과 2학년생이 어느 날 갑자기 신기라도 내린 듯, 그것도 필요 이상으로 많아 발길에 툭툭 차이는 개신교 목사가 되기 위해 다니던 대학을 헌신짝인 양 중도 폐기했으니, 어머니 같은 보수 꼴통이 보기에는 너무 아까운 수재가 쓰레기통에 빠져 푹푹 썩고 있다는 조급증을 가지지 않을 수 없다.

"우리 아들, 다른 과목은 그런대로 등수 안에 드는데 유난히 수학만은 젬병이란 말예요. 전도사님, 어떻게 구제할 방법이 없겠어요?"

장본인이야 푹푹 썩든 말든, 이 좋은 기회를 어찌 지나칠 수 있으랴, 떡 본 김에 제사 지내기 식으로 은근슬쩍 그 재능이나 헐값에 뽑아내 보자는 얄팍한 수작을 부렸는데, 그 것이 우리들의 수학과외다.

마음먹고 작심하면 당회장 목사도 갈아치울 정도로 매사가 적극적인 어머니의 설득을 이길 장사는 없었다. 서재필도 자식에게 올인하는 어머니의 불타는 교육열에 무사하기 힘 들었다. 결국 무릎을 꿇고 말았다. 서재필은 그가 살던 서울 시가지가 내려다보이는 언덕 배기 자취방에서 수학과외교실을 열었다. 학생은 모두 신당3동 감리교회에 적을 둔 신자 들의 자녀였는데, 어머니와 평소 친분이 있거나, 어머니 주장에 잘 따라주는 권사, 집사 가 우선이었고, 그중에서도 일방적인 어머니의 기준에 의해 촘촘한 경쟁을 뚫고 가까스로 선정되었다.

우선 과외비가 턱없이 싸다는 점이 그랬고, 독립신문의 요청에 의해 수강생이 열 명으 로 한정되었으므로 더욱 그러했다. 그러다 보니 자연스럽게 같은 학교, 같은 학년이 대부 분이었다.

하나 처음부터 일사천리로 과외수업이 척척 진행된 것은 아니었다. 우선 과외 장소가 문제로 떠올랐다. 열 명이나 모이는 공부방으로서는 방이 협소하다는 지적이 그것이었다. 아니, 방의 크기뿐이 아니었다. 주변 분위기도 공부방 환경하고는 거리감이 있다는 판단 이었다.

오죽하면 어머니가 그에 비하면 훨씬 여유롭고 쾌적한 우리 집 거실을 다 추천했겠는 가. 그러나 어머니의 제안은 독립신문에 의해 단칼에 아웃되고 말았다. 다른 사람도 아 닌, 장본인의 강력한 고집이 그랬으므로, 아무리 날고 기는 어머니라도 흐지부지 주저앉 고 만 것이었다.

그렇지만 어머니를 비롯한 학부형들이 열악하고 협소한 그 집 구조만이 아니라, 그곳 을 지키며 사는 사람들이 더 문제라는 사실을 미리 알았더라면, 독립신문의 고집에 그리 쉽게 꼬리를 내리지 않았을 터다.

기실 손바닥만 한 좁은 마당과, 콩나물 대가리와 끊어진 국수 가닥이 살아있는 어류인 양 여기저기 헤엄쳐 다니는 수돗가가 있고, 그곳을 중심으로 식품 구멍가게를 운영하는 주인집과, 허바허바사진관에 근무하는 매양 병색인 사진사 가족이 옹기종기 모여 사는 셋 방과 독립신문의 자취방이 사이좋게 마주보고 있는 형국인 전형적인 ㄷ자 주택.

그렇다. 어머니는 말할 것도 없고, 단 한 사람의 부모라도 그 집 풍경의 저녁 한때를 경험할 수 있었다면 만사 작파하고, 그 장소에서의 과외는 중지되고도 남았을 것이다.

그만큼 그 집 분위기는 독특했고 외설스러웠다. 그 장본인이 주인집 부부였다. 남편 직업이 우체부였는데, 매일 엄청난 편지들을 가죽 가방이 미어터지게끔 꾹꾹 눌러 담고 신당동, 약수동, 장충동 언덕배기까지 죄다 커버하곤 해서 그랬는지, 다리 알통이 바짝 마른 허바허바사진관 사진사의 몸통만 했다.

우체부 주인 남자는 혈색도 좋았다. 늘 불그죽죽했다. 혈색은 허바허바사진관 사진사 부인도 만만찮았다. 그녀는 습관처럼 평소에도 곧잘 눈웃음을 치곤 했는데, 눈 밑에 점 하나가 여간 자극적인 것이 아니었다.

그 여인네 때문이었을까. 우체부 주인 남자는 귀가하자마자 거의 반 벌거숭이로 수돗가에서 등물을 하며 그 울퉁불퉁한 근육과 하체의 남성다움을 실컷 과시했는데, 문제는 실제로 허바허바사진관 사진사 부인 역시 그런 광경을 힐끔힐끔 훔쳐보곤 한다는 사실이었다.

뭐라뭐라 해도 그 집의 하이라이트는 아직 초저녁인데도 곧바로 시작되는 주인집 부부의 리턴 매치였다. 말 그대로 떡메 소리였다. 위에서 아래로 터억터억, 내리치는 강력한 그 파워는 아흐아흐 야릇한 신음을 빚어내는 주인 여자의 괴성을 더욱 기름지게 했다.

볼 것 말 것도 없이 내심 키만 컸지 매양 축 늘어져 집에 오면 드러눕기 바쁜 허바허바사진관 사진사 부인을 겨냥해서, 나는 이런 사람이다, 나는 이렇게 파워 있는 강력한 남자다를 과시하는, 아니 암컷을 유혹하는 수캐구리의 요란한 울음 같은 의뭉스런 신호인 줄도 몰랐다.

처음에 우리는 그것이 무슨 소리인지 분간하지 못해 어리둥절했지만, 이윽고 누가 자세히 설명해 주지 않았는데도, 금세 얼굴이 화끈거릴 지경의 야릇한 충동을 느껴 마지않았다. 하필이면 그때가 우리의 과외가 막 시작하려는 첫 시간이어서 더욱 난처하고 곤혹스러웠는데,

"우리, 하나님께 먼저 기도부터 드리자."

독립신문이 말했다. 우리는 교회학교 성경공부 때처럼 두 손으로 깍지를 끼고 머리를 숙였다.

"사랑이 많으신 아버지 하나님, 오늘 우리는 주님 은총 아래 새로운 공부를 시작하려 합니다."

하지만 아무리 작심을 해도 서재필의 기도 소리보다 밖에서 들리는 아흐아흐 비명이 더 선명할 따름이었다. 독립신문은 기도를 계속했다.

"이 자리에 당신이 계시지 않으면, 그 어떤 소득도 없습니다. 전지전능하신 주님, 우리

를 훼방하기 위해 날뛰는 사탄의 유혹에서 벗어나게 해 주시고, 할 수만 있다면 세상의 어떤 음탕한 것들도 우리 어린양들을 더럽히지 못하도록 굳건히 지켜주시옵소서. 하나에서 열까지 주님이 주관하시어, 세상에서 가장 아름다운 성과를 거두게 하옵소서. 그러나 우리 모두가 세상의 알량한 지식보다, 오히려 한 가지, 주님과 함께한다는 기쁨으로만 충만케 하소서."

3.

우리들의 공식 모임이 시작된 것은 고등학교 입학 무렵이었다. 다시 말해 고등학교 입학 축하 모임이 그 시초인 것이다. 서재필 선교사의 수학 과외 덕분이었는지, 열 명 중 단 한 명의 낙오도 없이 전원 원하던 학교의 교복을 입을 수 있었다.

특히 가장 두드러진 경우가 바로 나였다. 우리 모교인 신당중학교에서도 한두 명 들어가기 힘든 그 고등학교의 치열한 커트라인 경쟁을 뚫고 내가 당당히 입성한 것이다. 그 입성을 너무 기뻐한 나머지 어머니가 잔치를 베풀었고, 서재필 선교사를 비롯한 과외생 전원이 집합했다. 잔치가 거의 작파될 무렵 서재필 선교사가 말했다.

"너희들이 입학시험을 치르는 동안, 나는 졸업을 했다."

서재필 선교사가 말하는 졸업은 신학대학이다.

그 신학대학을 이수하기 위해 거의 무보수나 진배없는 교육전도사로 일했고, 그 틈을 이용, 우리의 수학 과외를 맡아 2년을 고군분투한 것이다. 서재필 선교사가 말을 이었다.

"나는 다음 달에 출국을 한다. 너희들도 잘 아는 남예멘으로 떠나기 위해서다. 물론 선교사 자격이다. 남예멘에는 단 한 명의 개신교 선교사도 없는 중동에서도 가장 열악한 모슬렘 국가다. 우리 한국뿐 아니라, 미국도, 독일도, 프랑스도 아직 선교사를 파견한 적이 없다. 왜냐, 개신교 선교사가 체류할 수 없는 매우 배타적인 환경 때문이다. 다시 말해 남예멘은 모슬렘 외의 어떤 종교도 선교하지 못하게 법으로 규제하고 있다. 만에 하나 잘못해서 구속이라도 되면 종교 재판에 의해 사형을 당할 수도 있다. 위험하기 짝이 없는 곳이다. 그러니까 나는 최초의 남예멘 개신교 선교사가 되는 셈이다. 그래서 너희들에게 부탁하고 싶은 말이 있다. 하나님은 너희 같은 순수한 아이들의 기도를 한 귀로 듣고 한 귀로 흘리시는 분이 아니시다. 내가 하고 싶은 당부는 나를 위해 기도해 달라는 것이다. 나는 절대적으로 너희들의 기도가 필요하다."

독립신문이 좌중을 훑고 나서 계속했다.

"나는 매월 기도제목을 편지로 전달할 예정이다. 우편 사정상 너희 모두에게 다 보낼 수 없으니, 대표로 숙자에게만 우송할 예정이다. 숙자가 내 편지를 복사하여 너희들에게 전달할 것이다. 주일날 교회에서 너희들끼리 만나 합심해서 통성으로 기도해 주었으면 한다."

우리는 숙연했다. 어느 누구도 독립신문의 간곡한 부탁에 이의를 제기한 회원이 없었다. 그때 우리 모두의 시선은 한 곳에 집중되어 있었다. 숙자였다. 숙자는 부끄러운 듯 고개를 푹 숙이고 있었다. 손가락으로 식탁에 흘린 물로 뭔가를 그리고 있었다. 사람 얼굴인 것도 같았고, 공중을 날아가는 새의 형상인 듯도 싶었다.

하긴 가장 가까운 사이인 줄은 알았지만 그래도 왜 하필 숙자였을까. 자기들끼리 허물없다는 것을 표시내기 위해 숙자를 지명해서 그녀를 교두보로 삼겠다고 공표한 것일까. 앞서도 얘기했지만 숙자는 우리 열 명 중 수학적인 지능이 그중 떨어지는 학생이었다. 초창기만 해도 도저히 수업 진도를 같이할 수 없을 정도로 그녀는 바닥을 기어 다녔다. 오죽했으면,

"넌 좀 남아라."

독립신문이 과외를 끝내고, 그의 자취방을 나서는 아이들 중에 숙자를 찍어 그 자리에 앉히곤 했을까. 우리와 학습 속도를 맞추기 위해 그야말로 특별 지도를 하려는구나라고 우리 모두는 서재필 선교사의 솔선수범하는 그 조치를 반갑게 그리고 미안쩍게 바라보던 것이다.

솔직히 숙자 역시 서재필 선교사의 각별한 배려가 없었더라면 고등학교 입학시험 통과는 거의 불가능이었을 터다. 독립신문이 억지로 끼고 앉아 꽉 막힌 숙자의 수학 실력을 뺑 소리 나게 틔웠으니 망정이지, 가장 중요한 기초 실력이 그런 식으로 닦이지 않았으면 말 그대로 장마철의 하늘처럼 컴컴하고 막막했을 게 뻔했다.

4.

상기해 보건대 우리가 2년 동안 이용했던 서재필 선교사 자취방처럼 온통 책으로 떡칠된 곳도 흔치 않았던 것 같다. 가지런하게 꽂아두어야 할 책장이 없어서 더욱 어수선하고 번잡스러웠다.

여기도 책, 저기도 책, 그것도 오른쪽으로 쌓였다가 왼쪽으로 쌓였다가, 묘기 부리듯 천장 가까이 올라갔는데, 아뿔싸 잘못 까딱하면 와르르 쏟아질 것 같은 아슬아슬한 상황의 연속이었다.

얼핏 봐도 신학대학과 연관된 책들이 대부분이었다. 그 책들은 줄어들지 않고 점점 더 불어나는 추세였다. 아마도 우리 과외비가 죄 책으로 바뀌는 것 같았다.

그래서일까. 독립신문은 늘상 책만 들고 살았다. 라면을 먹을 때도 쌓아놓은 책더미를

식탁으로 삼고, 구겨진 책을 읽으며 후르르후르르 삼켰고, 잠시 낮잠을 잘 때 역시, 베개 대신 책을 이용했다. 그때 우리 눈에 익은 책 제목들을 기억해 보면, 대충 이러한 것이었다.

『유태인 오천년사』『세계사 흐름을 바꾼 기독교 역사』『아랍과 이스라엘 투쟁』『꾸란의 지혜』『아시아의 무슬림 공동체』『이슬람은 종교인가, 이데올로기인가?』『고대 문명 교류사』『예수는 누구인가?』『마호메트 평전』

5.

우리 모임 명칭이 '아다웨야'가 된 것은 마치 전시 중에 입대하듯 남예멘 선교사를 자원하여 출국했던 독립신문이 햇수로 3년 만에 귀국했던 해 7월이었다. 더 정확하게 우리가 고등학생 신분으로 마지막 맞는 여름방학이었다.

숙자를 교두보 삼아 기도제목을 매월 편지로 보내겠다고 스스로 맹세했던 독립신문은 약속을 제대로 지키지 않았다. 3년 동안 고작 다섯 번이나 보내왔을까. 그것도 잊을 만하면 띄엄띄엄이 아니라 첫 해 첫 달부터 매달 연이어 보내다가 그만 뚝 끊긴 것이었다.

우리의 순수한 중보 기도가 필요 없을 만큼 열악한 환경이 개선된 것인지 아니면 아예 기도발이 받지 않아 지레 포기한 것인지 알 수 없었지만, 어쨌든 남예멘에서의 개신교 첫 선교사 활동 보고며, 애로사항은 그것으로 끝났는가 싶었는데, 그때까지도 부모님의 성화에 등 떠밀려 억지로 드나들던 신당3동 감리교회를 키다리 곱슬머리 서재필이 불쑥 들어선 것이었다.

그는 여전히 안경 목걸이를 걸치고 있었지만, 3년 전 흰 피부에 코가 오뚝한 야리야리한 청년 모습은 아니었다. 열사의 나라 중동에서 얼마나 힘들게 굴러다녔는지, 얼굴도, 목덜미도, 팔뚝도 막 구워낸 식빵처럼 노릇노릇했다. 고생한 흔적이 역력했다.

한데도 독립신문은 전혀 그런 기색을 내비치지 않았다. 내비치기는커녕, 그렇게 기세등등할 수 없었다. 뭐가 그리 여유로운지 만면에 미소가 흘러넘쳤다. 재정 조건이 좋은 대형 교회에 기생충인양 엉겨 붙어 간신히 연명하는 가난한 선교사의 모습이 아니었다. 실제로 경제적인 여유도 있어보였다.

그는 숙자를 비롯한 우리 과외 동기생 전원을 남산 기슭에 우뚝 선 자유센터 맨 꼭대기 층 뷔페식당으로 초대했다. 서울 시가지가 훤히 내려다보이는 명소였다. 우리들은 주눅이 들어있었지만, 독립신문은 전혀 개의치 않았다. 서재필 선교사는 여느 때처럼 우리를 머리 숙이게 하고, 식사기도를 인도했다.

"우리 만남을 주관해 주신 하나님 아버지 감사합니다. 오늘 저는 주님께서 주신 일용할 양식을 먹으며 아다웨야 믿음의 기도를, 사랑하는 아이들에게 전하려고 합니다. 그 아름다운 과정도 주님이 주관해 주시옵소서. 아멘."

우리는 아다웨야 믿음의 기도가 무엇인지 매우 궁금해했지만, 독립신문은 좀체 서두를 꺼내지 않았다. 음식을 다 먹고, 후식으로 아이스크림까지 깡그리 비우게 되었을 때, 참지 못하고 내가 입을 열었다.

"아다웨야 믿음의 기도가 뭐예요?"

"아, 그거? 안 그래도 내가 막 얘기를 꺼낼 참이었는데…… 남예멘 선교 사역 중에 가장 큰 수확이 있다면 내가 성녀 아다웨야를 만난 일이거든."

"성녀라구요?"

"맞아. 하나님이 너무나 기뻐하신 여인이란다."

"이뻐요? 아다웨야 성녀 말예요."

"글쎄…… 세상에서 가장 눈부시게 아름답다고 말하면 너희들이 이해할 수 있을까?"

"그러니까, 예멘 아가씨인 거죠? 차도르를 둘렀겠네요. 얼굴도 이쁘고, 키도 클 테고 …… 선교사님이랑 잘 어울렸겠는데요."

"내가 그분께 반한 것은 날씬하고 예쁜 모습이 아니라, 그분의 깊은 믿음이란다. 아다웨야는 그 깊고 심오한 믿음을 시로 남겼는데, 자고로 많은 사람들이 주님을 사랑했지만, 그 여인만큼 진실로 주님을 사랑한 사람은 아직까지 없었던 것 같아. 그래서 너희들에게 그분이 쓴 시 한 구절을 소개하기로 마음먹은 거란다."

독립신문이 목소리를 가다듬고 아다웨야 기도문을 낭송하기 시작했다.

내가 만일 지옥에 대한 공포로
당신께 경배드린다면
그 지옥 불에 나를 태우소서.
내가 만일 천국에 대한 소망으로
당신께 경배 드린다면
그곳에서 나를 제하소서.
그러나 만일 내가 당신만을 위해
당신께 경배드린다면
그때 영원한 당신의 아름다움을
나에게 숨기지 마소서.

나중에 알았지만, 성녀 아다웨야는 독립신문이 남예멘에서 만나 자주 데이트를 즐겼던 아가씨가 아니었다. 그녀가 활동했던 때가 서기 8백 년쯤이니까, 정확히 1천2백 년 전 사람이다.

그것도 기독교도 개신교도 아닌 모슬렘 중에서도 세상과는 무관하게 오로지 코란만을 심도 있게 연구하고 실천했던 '수피'에 속했던 여인이다. 하나님과 더 가까워지기 위해 금욕은 물론이고, 자기 소멸 경지까지 거슬러 올라 마침내 '하나님과 합일'을 이루는 그 과정을 '수피 철학'이라고 하지 않는가.

성녀 아다웨야는 세상에서 가장 순수하게 하나님을 사랑했으며, 그 사랑을 몸소 실천했고, 그 체험을 글로 써서 후세에 남긴 위대한 시인이라는 것이다.

"선교사님, 그러니까 아다웨야는 이슬람 신도라는 얘기네요?"

우리 중의 누군가가 질문을 던졌다.

"맞아, 당연히 이슬람이지. 중동 땅에서 태어나, 그 땅에서 죽었으니까."

"그렇다면 이단이잖아요? 우리 기독교인을 무자비하게 대량 학살하는…… 뉴욕의 쌍둥이 빌딩을 폭파해 수만 명을 죽게 한 천인공노할 살인자 집단……."

아이들이 모두 고개를 끄덕였다. 끄덕이는 눈동자 속에서는 하나같이 적개심이 불타다 못해 숯불처럼 이글거리기도 했다. 그러나 독립신문은 동요하지 않았다. 더 침착하게 또록또록 그 특유의 언변을 이어갔다.

"아, 참. 너희들에게는 아다웨야가 생소할 수밖에 없겠구나. 하지만 내가 누구냐? 나는 우리 개신교를 전파하기 위해 목숨 걸고 적진에 침투했던 전사 아니니? 그건 너희들도 인정하지? 아니 인정하고 싶지 않은 사람 있으면 손들어 봐!"

아무도 손을 드는 사람이 없었다. 독립신문이 말을 이어갔다.

"내 얘기 잘 들어. 나는 너희들을 진정으로 사랑하기 때문에 절대로 거짓 증거하고 싶지 않아. 있는 그대로 솔직히 전하고 싶거든. 그래, 너희들은 모르고 있는 게 정상이야. 주일학교에서 성경을 그처럼 오래 배웠으면서도 이슬람의 존재는 배우지 않았으니까. 내 얘기 잘 들어. 우리는 이슬람을 원수처럼 적대시하지만, 실은 이슬람도 우리하고 똑같이 유일신인 하나님을 믿는 위대한 종교란다. 다시 말해 같은 아브라함을 믿음의 조상으로 섬기고 있는데, 다만 아브라함의 두 아들 '이스마엘'과 '이삭' 중에서 장자 '이스마엘'의 후손들은 이슬람이 되고, '이삭'과 그의 아들 '야곱'은 유대교의 조상이 되었을 뿐이란다. 그러니까 구약성서는 '에서'와 '이스마엘' 같은 곁가지들은 처내버리고 오로지 선택된 아들 '야곱'의 가족사로만 기록되었고 '이스마엘'과 '에서'는 의도적으로 도외시해버린 거란 말이야. 그 반발로 이슬람이 마호메트에 의해 분연히 일어났고, 기독교는 유대교에서 분파되었으며, 그 기독교가 자연분만한 것이 우리가 믿는 개신교지만……."

서재필 전도사가 호흡을 고르고 나서 작심한 듯 다시 시작했다.

"지금까지 우리는 이슬람을 잘못 알고 있었어. 나 역시 그들을 저주의 대상으로 알고, 단 한 명일지라도 반드시 영혼 구원시키고 말겠다고 다짐하며 뛰어들었지만, 웬걸, 그들이 나보다 훨씬 더 순수하게 하나님을 섬기고 있다는 사실을 알게 된 거야. 다시 말해 양 종파의 태생에 얽힌 속성 때문에 원수일 뿐이지, 실제로 그 내면으로 들어가면 형제나 다름없는, 아니 거슬러 올라가면 갈수록 가족 개념에서 벗어날 수가 없다 그 말이야. 너희들도 생각해 보렴. 예수께서는 믿음 소망 사랑 가운데 사랑이 제일이라고 말씀하시지 않았니? 사랑만이 모든 것을 해결할 수 있다고 일찍이 가르쳐 주셨는데도, 우리는 그것을 외면하고 이슬람을 향해, 지금 이 시간에도 기회만 노리고, 죽여 없애겠다고 칼을 갈고 있으니……. 기독교나 이슬람이나 두 종파의 앞날을 누가 보장하겠니? 서로 사랑해야 할 상대를 저주받을 원수로 알고 있는 판에, 싸워서 이기는 승자가 나오기 전에는 결국 두 종파는 지상에서 소멸될 수밖에……. 너희들도 그런 비극을 원하는 건 아니잖니? 내 말 이해할 수 있겠니?"

아무리 독립신문이 순수하게 열정을 다해 설득을 해도 돌처럼 굳어 있는 우리의 선입견을 깰 수는 없었다. 다시 말해 이미 원수를 넘어 저주의 대명사가 된 이슬람을 흡사 미국 같은 우리의 절대적인 우방으로 바꿀 수 없는 것이었다.

예컨대, 며칠 전에도

"라마단 기간 중에 기독교인을 살해하면 천국에 갈 수 있다고, 이스탄불에서 테러를 자행했잖아요? 그런 악마 같은 사람들이 이슬람인데, 어떻게 우리의 형제가 될 수 있죠?"

같은 질문이 그랬고.

"우리나라도 이제 테러와 무관하지 않다고 하던데……. 난 아이에스가 무서워요. 아무 이해관계도 없는 불특정 다수를 그렇게 태연하게 죽이는 그 흉악한 손을 어떻게 잡을 수 있죠?"

같은 하소연이 그러했다. 그래도 독립신문은 집요했다. 눈도 하나 깜박하지 않고, 아이에스가 이슬람 세계의 종합 의견이나 목소리가 아니라고 구구하게 설명했으며, 소수의 극단주의자일 뿐이고, 대다수 모슬렘들도 아이에스를 근본적으로 경멸하고 있다고 안타까운 듯이 열정적으로 설명했다.

그뿐이 아니었다. 매주 우리를 피자집으로 자장면집으로 초대했으며, 음식을 나눠 먹고 난 다음, 수년 전 수학 과외하듯 마호메트에 관해, 그 자신이 4년간 몸소 체험하고 온 이슬람을 우리에게 조근조근 주지시켰다.

그렇다. 서재필 선교사는 우리가 믿는 예수 그리스도를 불모의 땅 남예멘에 심고 온 것이 아니라, 거꾸로 이슬람 교리의 옷을 겹겹이 껴입고 귀국한 것처럼 보이는 것이었다.

그러지 않고서야 어찌 우리가 두 손 들어 아니라고 항변하는데도, 저처럼 정색을 해 가며 두 번 세 번 반복할 수 있단 말인가. 예언자 마호메트에 관한 설명이 특히 더 그러했다.

예수님이 갈릴리 고향 사람들에게 인정받지 못했듯이 예언자 무함마드 역시 자기 부족에 쫓겨 죽을 고비를 여러 번 겪었으며, 감당하기 힘든 고초와 핍박을 무릅쓰고 기어코 메카 속의 우상들을 결연히 깨부순 그 용기 있는 믿음에 대해, 그리고, 왜 이슬람 세계에는, 개인들뿐 아니라, 은행에서도 이자가 존재하지 않는가,

그들의 상거래는 돈놀이가 아니라 인간과 인간의 믿음으로 통용되고 있다는 것에 대해 서재필 선교사는 참으로 진지하게 우리의 호기심을 자극했으며, 마침내 아무리 천인공노할 아이에스가 날뛰는 세상이라 해도 실제 이슬람은 기독교만큼 경건한 종교라는 결론에 이르게 한 것이었다.

독립신문은 바로 그 교착점에 '아다웨야'를 우뚝 세웠다. 이슬람의 '알라'와 유대교의 '야훼'가 똑같은 하나님인데, 지옥의 공포도, 천국의 소망도 뛰어넘어 오로지 하나님 그 자체를 순수하게 사랑했던 '아다웨야'의 존재가 이 시점에서 왜 중차대한가에 대해 서재필 선교사는 두 번 세 번 강조해 마지않는 것이었다.

"그런 의미에서 우리 모임 이름을 '아다웨야'로 정하면 어떻겠니?"

숙자를 비롯한 우리 모두를 휘 훑고 나서 서재필 전도사가 말을 이었다.

"아다웨야처럼 우리도 하나님을 진정으로 사랑할 수 있으면 얼마나 좋겠니?"

6.

독립신문은 그로부터 2년 터울로 한 번인가 두 번인가 남예멘을 비롯한 중동 국가들을 순회하는 세월을 보내다가 귀국했다. 그리고 그는 더 이상 중동 땅으로 돌아가지 않았다.

생각해 보면 그 즈음, 서재필 선교사의 신분은 참으로 애매하고 모호했다. 해외 파견 선교사도, 그렇다고 목회자도 아니었다. 남예멘으로 떠나기 전에 이미 목사고시에 합격하고 목사 안수까지 받았지만, 그는 목사의 사명을 다하기 위해 그 어떤 일도 시도하지 않았다.

선교사 생활을 끝내고 귀국한 목회자가 그렇게 하듯 관련되었던 교회 부목사직으로 부임하지도 않았고, 새로 교회를 개척하기 위해 허술한 건물의 지하층을 임대하지도 않았다. 교적을 두고 주일성수하는 교회도 없었다.

그는 엉뚱하게도 교회와 관련 없는 아랍친선협회에서 통역사로 일했고, 시사 종합 잡지사 객원 기자가 되어 주로 한국 교회의 여러 문제점을 파헤치는 고발기사를 써서 교계의 큰 반향을 일으키기도 했다.

그와 관련, 지금까지도 회자되는 『한국 기독교의 위선』이라는 제목의 논문은 다 같이 반성해야 할 이 시대의 참회록이라는 평가를 얻기도 했다.

독립신문은 책도 여러 권 썼다. 제목만 얼핏 훑어도 이슬람을 비판하기보다 옹호하고 이해시키기 위해 애쓴 저서들이다. 『무슬림과의 새벽 대화』『이슬람이 달려온다』『왜, 우리는 그 손을 잡아야 하는가?』

어쩌면 독립신문은 그 저서들로 말미암아, 이슬람으로부터 한국 교회 지키기를 다짐하는 보수 교단의 미움과 견제를 동시에 받는 계기가 되었는지도 몰랐다.

그는 확실히 기독교 목회자로 시작했지만, 그리고 그때까지도 공식적으로 그 직책을 버리지 않았지만 실상은 비밀스런 이슬람 포교자에 가깝다고 해야 옳았다.

독립신문이 그처럼 종횡무진인 동안 우리들 역시 학생 신분에서 본인이 본인을 책임지는 사회인으로 격상하게 되었다. 제가끔 갈 길을 정해, 그에 맞는 전공을 찾아 대학을 졸업했고, 군대를 다녀왔으며, 직장을 잡은 뒤 결혼도 했다.

한데, 재미있는 것은 우리 '아다웨야' 모임 중에서 가장 큰 열매를 수확할 것으로 예상했던 내가 고작 경찰 공무원으로 자리매김하는 데 그치고, 열 명 중에서 수업 진도를 맞추지 못해 전전긍긍하던 숙자가 오히려 약진, 단번에 사시에 합격하는가 하면, 그중에서도 우수한 성적을 자랑하며 판사직에 오른 사실이었다.

7.

우리 모임 명칭이 '아다웨야'로 바뀌고 우리가 첫 번째 모의한 일이 있었는데, 그것은 독립신문 장가보내기 작전이었다. 막다른 서른 고개 정상을 지나 40줄에 오른 독립신문은 어느덧 귀밑머리가 허옇게 바래었으며, 그 팽팽하던 얼굴 피부도 눈 가장자리부터 쭈글쭈글 주름 잡히기 시작한 것이었다.

그래도 그는 여전히 자유를 구가하는 혈기왕성한 청년 행세를 했다. 우리는 이미 눈도장 찍어 놓은 신붓감을 여하히 독립신문 앞에 자연스럽게 포진시킬 수 있을 것인가, 있는 머리, 없는 머리를 동원, 걸레 짜듯 쥐어짰다.

신부는 우리가 적을 둔, 아니 독립신문이 한때 전도사로 일했던 신당3동 감리교회 피아노 반주를 맡고 있었다. 간호대학을 나와 보건소에 근무하는 철밥통 공무원 신분이었으며, 인물도 그만하면 빠지지 않는, 어디에 내놔도 일등급에 속하는 신붓감이었다.

군이 따지자면 그녀 역시 어영부영 나이가 차 마흔 고개가 낼 모레라는 사실과 키가 좀 작다는 두 가지밖에 다른 흠이 없었다. 더구나 새벽기도에도 빠지지 않고 참석하는 돈독한 신앙심까지 겸비하고 있어서 선교사 출신 독립신문에게는 여러모로 잘 어울리는 환상의 짝궁이었다. 한데 그게 아니었다. 우리가 철밥통 늙은 아가씨를 자유센터 꼭대기 뷔페식당으로 유인했던 어느 토요일 오후, 독립신문은 그녀를 보자마자 노골적으로 고개부터 절레절레 흔들었다.

어지간하면 장가보내기 작전을 세워 머리 쥐어짜가며 한자리에 만나게 한 우리들의 열정과 성의를 생각해서라도 그 특유의 화법으로 재미있는 대화를 이어갈 만도 한데, 그는 보란 듯이 아니라고 펄펄 뛴 다음,

"너희들은 왜 시키지도 않는 한심한 행동을 하니? 너희들에게는 미처 말하지 않았지만, 옛날부터 점찍어 놓은 내 신붓감이 따로 있다구, 그러니까 그런 어설픈 짓거리는 앞으로 삼가라구. 알겠니!"

8.

'아다웨야'로 모임 명칭을 명명했던 바로 그 자리, 자유센터 꼭대기 층 뷔페식당에서의 3주기 모임에 예상대로 숙자와 영숙이는 참석하지 않았다. 아니, 숙자와 영숙이뿐이 아니었다. 도합 6명이 불참이었다. 우리 중에는 아직까지도 직장을 잡지 못한 백수도 있었고 서울서 살지 못해 지방으로 터전을 옮긴 친구도 있었다.

옛날처럼 주일마다 교회에 출석하는 경우도 많지 않았다. 우리 어린 날 터전인 신당3동 감리교회에 지금까지 적을 둔 회원은 두어 명이 고작이었다.

오랜만에 전원 집합이 이뤄질 줄 알았는데, 반타작도 안 되어 맥이 빠진 터라, 우리는 식사를 대충 끝내고 푸념 같은 잡담으로 시간을 죽이고 있었다.

얼마나 할 얘기가 없었으면 옛날 독립신문 자취방이 있던 그 외설스런 집안 풍경을 다 되새김질했겠는가.

"그 우체부 주인 남자 있잖아?"

"그래, 그 변강쇠 같은 정력남! 생각만 떠올려도 주인집 여자 신음이 귀에서 뱅뱅 도는 것 같애."

"하지만 그 부부금실에 쫑 갔다잖아?"

"그게 무슨 소리야?"

"허바허바사진사 그 부인이랑 끝내 도킹이 됐나 봐. 우리가 그 집에서 나오자 그들 두 부부도 갈라섰다는구만."

"아, 그렇구나. 결국 그렇게 됐구나."

"두 사람 사이에서 태어난 계집아이가 이번에 혼례를 치렀는데 그 식장에 글쎄, 숙자가 운전사 딸린 벤츠를 타고 참석했다는 거 아니니."

"아니, 숙자가 어떻게 그 결혼식에……."

"너도 모르는구나. 밥집 하던 숙자 할머니랑 정력남 우체부랑 먼 친척이라는 사실……나도 이번에야 영숙이한테 들었어."

숙자 얘기가 나오자 모두가 귀를 쫑긋거렸다. 그도 그럴 것이 우리들의 화제는 단연코 숙자일 수밖에 없었다. 기실 옛날부터 단짝이었던 영숙이를 제외하고 우리들 중 어느 누구도 숙자를 만나 회포를 푼 사람이 없었다.

옛날의 그 숙자가 아닌 까닭이었다. 너무 높은 나무처럼 쑥쑥 커 버려서 감히 올려다보기조차 어색할 지경이었다.

"야, 그건 그렇고, 숙자도 뒤늦게 결혼식을 올렸다는데, 거기 갔다 온 사람 있나?"

아무도 응답하지 않았다. 그럴 수밖에 없는 것이 기독교 재벌로 유명한 화영산업 창업주 박진구 장로의 며느리로 발탁된 마당에, 어중이떠중이 다 참석하는 보통 결혼식을 거행할 리 만무했다. 유명 인기 연예인처럼 소리 소문 없이 꼭 초청하고 싶은 축하객 기십 명만 불러놓고 하는 비공개 혼례였기 때문이었다.

한데, 우리 '아다웨야' 모임 일원 중 유일하게 그 결혼식에 참석하기 위해 현장에 불쑥 얼굴을 내민 사람이 있었는데. 그가 바로 서재필이라는 것이다.

하지만 그 역시 초청장을 받지 못한 불청객이었으므로 쭉쭉 빼 입은 경비원들에게 저지되어, 보기 좋게 문전박대당했다는 것이다. 천하의 서재필답지 않게 그래도 들어가겠다고 재차 몸을 디밀었지만, 이번에는 마치 배송 물건인 듯이 이쪽저쪽에서 덜렁 들고 백 미터도 더 멀리 떨어진 곳에다가 서재필을 내팽개쳤다는 것이다.

"아무리 초대장이 없어도 그렇지, 어떻게 사람을 내팽개쳐? 신부가 알았으면 기절초풍을 했겠다."

"영숙이 말을 들으면 신부가 그렇게 지시했다는 설도 있어."

"설마! 신부가 어떻게……."

"옛날에는 서재필이 칼자루를 쥐고 있었지. 하나 이제 주객이 전도됐잖아? 그때는 숙자가 아등바등했지만 입장이 바뀌어 서재필이 대시하고 숙자는 피하고……. 서재필이 그때까지 총각이었던 것도 그와 무관하지 않다는 얘기도 있을 정도니까……. 게다가 또 있어, 그게 뭐냐면 숙자 시아버지되는 박진구 장로가 한국교회연합회장에 막 피선되었을 즈음이었었다구, 그때가."

"한국교회연합회장하고 우리 서재필하고 무슨 관계길래?"

"극과 극이지, 이슬람 퇴치 운동본부가 한국교회연합이잖아?"

"어디 그뿐이야? 박진구장로가 한국기독교 총회장도 겸임하고 있었다구."

"맞아, 이번에 동성애와 이슬람을 반대하는 전국 집회도 다 그 양반 개인 부담으로 개최되었다는구만."

"재력 되겠다, 권력 배경 있겠다, 뭘 못 하겠어?"

"하긴 대한민국에서는 돈으로 안 되는 일이 없지."

"그렇게 완벽하게 다 갖춘 사람이 어떻게 숙자를 며느리 삼을 생각을 했을까?"

"숙자가 어때서? 현역 판사가 쉬워? 무엇보다 탤런트 뺨치는 인물이 그리 흔해?"

"하지만 숙자는 원래 그 계층으로 올라갈 부류가 아니었잖아? 걔 중학교 때만 해도 열등생이었어. 인수분해는커녕 나눗셈이나 분수도 모르는……."

"맞어, 구구단도 제대로 외우지 못했다구. 우리도 그랬지만, 본인 역시 상급학교 진학은 생각조차 하지 않았었어. 실제로 중학교만 졸업하면 공공연히 시장통 할머니 밥집에서 일할 거라고 말하고 다녔으니까."

"그래, 그대로 됐으면 얼굴 반반한 시장통 밥집 주인 여자밖에 더 됐겠어? 결국 숙자의 탈출구는 S여고였어. S여고에 입학함으로써, 걔 운명이 백팔십도로 바뀌어진 거야. 근데 말이야. 어떻게 S여고에 합격할 수 있었을까? 지금 생각해도 그 점이 불가사의한 일인 거 같애."

"그게 다 그 덕분 아냐?"

"그 덕분이라니? 그게 뭔데?"

"독립신문이잖니? 독립신문이 숙자를 개조시킨 거잖니?"

"그거 모르는 사람이 어디 있어? 독립신문이 장본인인 줄은 알지만…….그 덕분이라는 게 뭐냐고?"

"나도 최근에 알았지만…… 우리 과외 끝내고 집에 갈 때, 독립신문이 숙자 넌 좀 남아라라고 말할 때마다 그걸 빨았다는 거야."

"빨다니, 뭘?"

"하긴…… 하루가 멀다고 아흐아흐 질러대는 우체부 마누라 괴성을 듣고, 천하의 독립신문인들 어떻게 참고 그냥 넘어갈 수 있었겠어? 그리고 기브 앤드 테이크식으로 서재필은 숙자 입에서 그걸 빼내고 대신 어려운 수학공식을 억지로 밀어 넣은 거라구, 이제 알았어?"

백 도 기

등 단 「서울신문」 신춘문예

약 력 한국신학대학 졸업
전북 익산 금마복음교회 시무
수원 한민교회 목사

수 상 한국크리스천문학상
이상문학상 우수상

저 서 『청동의 뱀』『벌거벗은 임금님』『가시나무떨기』
『가룟 유다에 대한 증언』

조용한 개선

나는 땀을 뻘뻘 흘리며 아버지를 따라 산등성이를 향해 올라갔다. 산 너머 읍내 쪽에서 포성이 울려 올 때마다 나는 숨을 죽이고 그 자리에 서 있곤 했다.

산등성이에는 벌써 마을 사람들이 백여 명도 넘게 몰려나와 구경을 하고 있었다. 아버지와 나는 불안한 표정으로 후덥지근한 땀 냄새를 풍기고 있는 사람들 틈새를 비집고 읍내가 잘 내려다보이는 앞자리로 나갔다.

나는 발돋움을 해 보았으나 읍내는 잘 보이지 않았다. 눈앞을 가로 질러 흐르는 ㅁ강의 양쪽 제방을 연결한 석교가 정오의 햇빛을 받아 대리석처럼 하얗게 빛나고 있었기 때문인지 그 저쪽에 웅크리고 있을 읍내의 모습은 흐릿해서 잘 드러나 보이지 않았다.

그러나 차츰 윤곽이 확실해졌다. 그 조그만 도시는 송두리째 뒤흔들리고 있었다. 변전소와 송신소 그리고 역사 쪽에서 맹렬한 불길과 함께 시꺼먼 연기가 솟아오르고 있었다. 산발적으로 터지는 포성이 넉넉히 시오리를 격한 이곳까지 거센 땅울림을 일으키며 공기를 진동시켜서 우리들을 격렬하고 충격적인 공포 속으로 휘몰아 넣었다.

나는 얼른 아버지의 곁으로 다가가서 그의 손을 더듬어 잡았다. 혼자서는 그 무겁고도 엄청난 두려움을 감당할 수 없었던 것이다. 그러자 아버지는 내 쪽으로 고개를 돌렸다. 우리의 시선이 마주치자 아버지는 얼른 고개를 돌려 내 눈길을 피했다. 짧은 순간이었으나 나는 아버지의 눈빛을 보았을 때 우리에게 최악의 시기가 닥쳐왔음을 눈치챘다.

작렬하던 포성은 이윽고 사라졌다. 시꺼먼 포연이 상처받고 신음하는 그 작은 도시 위에서 한낮의 태양을 가린 채 웅크리고 떠 있었다.

아버지에게 이끌려 비탈길을 내려오면서 나는 몇 번이나 발을 헛디뎌 넘어질 뻔했다. 아무리 마음을 다잡고 몸을 가누려고 해 보아도 금방 발이 헛놓이곤 했다.

우리가 산 밑에 있는 산지기의 움막집 앞을 지날 때 나는 참다 참다 못해 아버지를 향해 물었다.

"아버지, 우리는…… 죽게…… 죽게 되나요?"

"죽게 되느냐구?"

아버지는 확실히 놀란 것 같았다. 그는 발을 멈추고 우뚝 선 채 눈을 크게 뜨고 나를 내려다보았다. 그러더니 내 손을 쥐고 있던 손아귀에 와락 힘을 넣어 꽉 움켜잡았다. 나는 하마터면 아프다고 비명을 지를 뻔했다.

"우리는……"

아버지는 이렇게 말을 꺼내다가 갑자기 어떤 격정에 휩쓸린 듯 한동안 말을 못했다. 그러다가 간신히

"……죽지 않는다. 걱정하지 마라. 신념을 가진 사람은 영원히 죽지 않는다는 말을 못 들었니?"

하고 말했다.

'영원히'라는 말에 유난히 힘을 넣었기 때문인지 아버지의 음성은 전혀 낯설고 거칠게 들렸다.

나는 자신도 모르게 고개를 세차게 흔들었다. 나도 안다. 신념이 어떻든 간에 사람은 언젠가 죽는다. 아버지의 말은 이를테면 '인생은 짧고 예술은 길다'는 따위의 격언과 비슷한 개념을 가진 것이리라. 그러나 내가 바라는 대답은 그런 막연한 것이 아니다. 실제로 사느냐 죽느냐는 것이다. 숨을 쉬고 말하고 울기도 웃기도 하고 먹고 뛰고 잠자고 노래하며 살 수 있느냐는 것이다. 나는 죽음이 어떤 것인지는 대강 알고 있다……. 죽음이 남긴 흔적은 별리와 외로움과 슬픔이었다. 할머니의 죽음을 통해서 나는 그런 사실들을 확인한 것이다. 나는 그때를 기억한다. 겨울이었고 유난히 눈이 많이 내린 날이었다. 지금도 나는 하얀 눈빛을 대하면 묘하게 얼크러진 슬픈 감동을 느끼곤 한다. 그리고 생생하게 그때의 광경이 떠오른다. 상여가 앞산 둔덕길을 느릿느릿하게 비틀거리며 올라가고……. 그 뒤를 "며칠 후 며칠 후 요단강 건너가 만나리"를 부르며 사람들이 따른다. 내 옆에서 지팡이에 온몸을 의지한 채 지축거리며 걸어가던 돌이 할머니, 연신 눈시울을 닦아 내던 쭈글쭈글한 메마른 손과 꼬깃꼬깃해진 명주 손수건, 그리고 유난히 슬프게 들리던 그 곡조 틀린 낮은 가락의 찬송, 이런 것들에 대해서 '영원히'는 어떤 의미를 가지는 것일까.

나는 '영원히'라고 중얼거리면서 고개를 좌우로 흔들었다. 아버지는 나의 이런 내심을 눈치챈 것 같았다. 그는 뭐라고 말할 듯 입을 벌렸으나 아무 말도 하지는 않았다.

부자연스럽고 내밀한 긴장이 우리의 주변을 감쌌다.

나는 새삼스럽게 주위를 둘러보았다. 앞산의 수림, 그 옆을 통하여 젯말로 뻗어간 소로와 그 연변의 아카시아나무들, 논밭의 곡식들이 어제와 다르게 왠지 이질적인 느낌으로 내 가슴에 와 닿았다. 나는 울고 싶은 기분을 주체하기가 어려웠다.

우리가 대문 안으로 들어서자 마침 마루에 서 있던 어머니가 황급히 댓돌 아래로 내려서며 뭐라고 말할 듯하다가 주춤하고 그 자리에 섰다. 안색이 몹시 창백해 보였다. 아버

지는 내 손을 놓고 어머니 앞으로 다가갔다. 그리고 낮은 음성으로 뭐라고 말했다. 음성이 낮아서 내겐 잘 들리지 않았다. 그러다가 돌연히 어머니가,

"안 돼요. 위험해요!"

라고 소리쳤다. 어머니가 그처럼 격정적으로 부르짖는 소리를 나는 이때껏 들어본 적이 없었다.

"여보."

라고 아버지가 말했다. 그러자 그들은 약속이라도 한 듯이 내게로 시선을 돌렸다. 연민과 위구에 찬 눈빛이었다. 나는 일순 무안해서 어쩔 줄 모르고 있다가 괜히 땅바닥에 있는 돌멩이를 발길로 걷어차고 뒤뜰 쪽으로 걸어갔다. 그러자 어디선지 개가 나타나 킹킹거리며 손을 핥고 꼬리를 흔들어댔다.

"임마!"

나는 짜증 섞인 목소리로 낮게 소리쳤다. 내 절망적인 기분은 곧 민감한 개에게 반영된 것 같았다. 개는 금방 꼬리를 도사리고 살피는 듯한 눈초리로 나를 바라보았다. 나는 웃어 보이려다가 그만두었다.

나는 짚더미 위에 털썩 주저앉았다. 개는 내 무릎에 머리를 처박고 상냥한 몸짓으로 비스듬히 누웠다. 내가 황갈색 머리털을 쓰다듬어 주자 개는 조는 듯 눈을 감았다. 나는 학교의 일이 걱정되었다. 아마 누구도 금방 이렇게 사태가 변하리라고는 생각하지 못했을 것이다.

전쟁의 소식을 모르지는 않았다. 그런데 방송은 오열의 유언비어에 속지 말라고 경고하면서 아군이 우세하여 적은 조만간에 섬멸될 것이라고 계속해서 말해 왔다. 지금 당장에도 그런 말을 되풀이하고 있을지도 모른다. 그래서 풍문을 믿지 않았다. 그 결과로 아무런 마음의 준비도 없이 두려움과 혼란에 빠지게 된 것이다.

이젠 학교에서 어떤 것을 배우게 될까?

황혼이 깔려 오는 하오의 교정, 운동장에서 들려오는 테니스 볼의 팽팽 튀는 탄력음, 그 사이를 누비며 흐르는 피아노의 선율, 잘 하모니된 합창단의 노랫소리를 내가 얼마나 애틋하게 사랑하며 심취해서 들었던가. 친구들과 더불어 꾸밈없이 웃으며 활기찬 대화를 나누던 그 풍요하고 아름다운 생활이 우리들에게 계속해서 허락될 것인가. 학교 뒷산의 밤나무숲 그늘에 앉아 문학 전집들을 읽으며, 읽다가 수많은 난해한 구절들에 걸려서 내 딴으로 상상하고 오뇌하고 아쉬워하던 나의 요람은, 이제 내게 현실의 차가움과 쓰라림을 맛보게 하는 생소한 터전으로 변해 버릴지도 모른다……. 나는 불현듯 몸을 떨었다.

이제 그런 생활은 끝난 거야. 끝장이 온 거야. 끝났다고 나는 수없이 입속으로 중얼거

렸다. 이 말이 일으킨 반영은 놀라웠다. 나는 걷잡을 수 없는 슬픔에 사로잡혔다. 이런 유의 슬픔을 지금까지 겪어 본 적이 없었기 때문에 나는 어떻게 주체해야 할지를 몰랐다. 나는 자리에서 벌떡 일어났다. 개는 얕은 신음을 내지르며 튕겨지듯 내 발밑으로 몸을 굴렀다가 사지를 옹송그린 채 나를 흘끔거렸다. 나는 안마당으로 나갔다.

거기서 나는 뜻밖에 삼촌을 발견했다. 삼촌은 눈을 가느스름하게 뜨고 나를 내려다보다가 벌쭉 웃었다. 피로하고 지쳐 보이는 안색에다가 거칠어진 머리, 턱 언저리로 텁수룩하게 자란 수염 탓으로 처음에는 낯설어 보였으나 이내 나는 삼촌에게 달려가 그의 팔목을 움켜잡았다. 삼촌도 손으로 나의 팔목을 힘차게 마주 쥐었다. 이건 삼촌과 나 사이에만 통용되는 교환의 자세였다. 우리는 마치 고리진 철쇠마냥 팔을 얽은 채 서로 얼굴을 마주보고 웃었다. 그의 몸에서 건장한, 그러나 잘 씻지 않은 야생 동물의 체취가 풍겼다.

"어쨌든…… 반갑구나."

삼촌은 세차게 팔을 흔들며 말했다.

"저두요."

나도 팔을 흔들며 대답했다. 삼촌은 대학원에서 사회학을 전공하고 있었기 때문에 전쟁이 아니라면 이처럼 학기 도중에 돌연히 만날 수는 없었을 것이었다. 그는 내가 위로 건둥 매달리지 않을 수 없을 만큼 팔을 높이 들어 올려 보고는 힘겨운 듯 얼굴이 벌겋게 상기되면서,

"어허, 이젠 함부로 다룰 수 없겠는데……."

숨이 차서 말했다. 나는 달려 올라가지 않으려고 몸을 바둥거리며,

"이젠 저도 중학생인 걸요."

하고 말했다. 그때 아버지가 삼촌에게 말을 걸었다.

"기왕 갈 바에야 한 시라도 지체하면 그만큼 더 위험해질 테니 곧 떠나라."

"형님도 어서 준비를 서두르세요. 형님이 안 가신다면 저도 안 가겠습니다."

삼촌은 내 팔목을 잡았던 손을 풀고 아버지를 향해 돌아서며 말했다.

"내가 어떻게 여기를 떠날 수 있겠니?"

아버지는 마치 허물어지려는 자신의 의지를 가누어 보려고 허덕거리고 있는 것 같아 보였다. 깊은 혼란 속에서 스며 나오는 듯한 낮고 약한 떨리는 음성으로 아버지는 또,

"나 혼자만 어떻게 도망칠 수 있겠니?"

라고 말했다. 우리는 잠시 꼼짝도 못했다. 어머니는 뭐라고 말할 것처럼 입을 벌렸으나 이내 멍한 표정이 되어 가만히 서 있었다. 그러다가 왠지 내 얼굴을 찬찬히 바라보았다. 그 눈빛은 내게 슬픔보다는 두려움을 느끼게 했다.

"그럼, 그냥 여기 계시겠단 말씀입니까? 저쪽에서 얼마나 많은 목사들이 무참한 죽음을 당했는지 잘 알고 계시지 않습니까? 설마 여기 남아 계셔도 무사하리라고 생각하시는 건 아니겠지요?"

삼촌은 그의 목소리라고 믿기지 않는 딱딱하고 날카로운 어조로 물었다. 그러더니 더 이상 아버지의 대답을 기다리지도 않고 격하게 소리치기 시작했다.

"저도 안 가겠습니다. 혼자 도망치겠으면 왜 제가 여기를 들러 가겠습니까? 전 형님을 모시러 온 겁니다. 어쩌면 또 쓸데없는 고집을 부리고 계실 거라고 생각되어 형님을 기필코 모시고 가려고 온 거란 말입니다. 생각해 보십시오. 번연히 무슨 일이 일어날 줄 알면서 제가 어떻게 형님을 내버리고 혼자 도망칠 수 있겠습니까?"

"알아, 알고 있어. 그러나 나만 의지하고 있는 신도들을 버리고 나 혼자 어떻게 간단 말이냐? 나도 여기 남아 있는다는 사실이 견딜 수 없이 두렵다. 너도 잘 알지 않니? 내 천성이 겁쟁이라는 것을…… 그렇지만 차마 어떻게 나를 신뢰하는 사람들을 내버려두고 도망을 칠 수 있겠니…… 제발 더 이상 아무 말도 말아 다오."

"지금이라도 데리고 갈 수 있지 않습니까? 저 사람들이 오늘 당장 강을 건너 이쪽으로 오지는 않을 테니까요."

"늦었어. 너무 늦었어. 몇 사람쯤은 당장 떠날 수도 있겠지. 그러나 나머지 사람들은 어떻게 하겠니?"

"나머지 사람들은…… 형님의 신에게 맡기세요. 어차피 형님이 남아 계신다고 해도 그들을 안전하게 보호해 주실 수 없잖습니까?"

"그건…… 그건…… 사실이다. 하지만…… 육체를 보호할 수 없다고 해서 정신이나 영혼마저 보호할 수 없는 건 아니니까……."

"정신이나 영혼이라구요?"

어처구니없다는 듯 삼촌은 소리쳤다. 그리고 입술을 깨물며 한참이나 아버지를 쳐다보았다. 그러더니 돌연 웃음을 터뜨렸다. 슬픔과 분노와 허탈감이 뒤섞인 너무도 절망적으로 들리는 웃음이었다. 웃음소리는 끝없는 반향을 일으키며 내 고막을 파고들었다. 나는 몸을 움츠리고 눈을 감았다. 그러나 삼촌이 웃고 있다고 생각한 것은 내 착각이었다. 어느덧 그는 내 어깨를 두 손으로 움켜잡은 채 몸을 떨며 울고 있었다. 그러면서 소리쳤다.

"형님, 형님의 그 못쓰게 된 왼팔을 내려다보세요. 벗겨진 등가죽을 생각해 보십시오. 신사참배를 거부했다고 모진 고문을 당하시면서도 형님은 참고 견디셨지요? 일제 때문에…… 그때는…… 형님은 젊으셨어요. 그러나 지금은 벌써 예순둘이십니다. 형님은 더 이상 지탱 못하실 겁니다. 너무 늙으셨습니다. 이번만은 제발 피하십시오. 형님의 신도 형님을 무책임하다고 나무라지는 않을 겁니다."

아버지가 다가가서 삼촌의 팔을 붙잡았다. 그리고 서글프게 들리는 부드러운 어조로 말했다.

"얘야. 내가 지금 얼마나 너와 함께 여길 피하고 싶은 유혹에 시달리고 있는지 알겠니? 제발 더 이상 아무 말도 하지 말아 다오. 내가 두려워하는 건 신이 아니야. 나는 나를 신뢰하고 있는 사람들을 배신하는 것이 무엇보다도 두렵다. 나는 자신이 없다. 나 자신도 지탱해 나갈 수 없을 것 같다. 그러나 어떻게 하겠니? 나는 어차피 여기 남아 있을 수밖엔 없어."

삼촌은 고개를 들고 아버지의 얼굴을 똑바로 응시했다. 삼촌은 뭐라고 말할 듯 입을 벌렸으나 아무 말도 하지 않았다. 아마 삼촌은 아버지를 설득시키는 건 불가능하다고 생각한 듯했다. 그는 마치 자신에게 압도해 오는 어떤 의지의 힘에 저항하기라도 하는 것처럼 도전적인 시선으로 한참 동안 아버지를 바라보고 있다가 내게로 고개를 돌렸다. 나는 그의 눈에서 낭패와 실망과 분노가 소용돌이치고 있는 느낌을 받았다. 이윽고 삼촌은 겉저고리를 벗어 내게 맡기고는 실팍한 잔등을 돌려 대고 샘 쪽으로 걸어갔다. 아버지가 삼촌을 뒤따라가서 삼촌이 마악 움켜쥐려는 두레박줄을 말없이 빼앗아 쥐었다. 아버지는 두레박을 샘 속에 넣었다. 그러는 아버지의 모습을 삼촌은 이제 격정이 가신 눈으로 조용히 바라보았다. 그들은 잠시 서로 마주 바라보고 있었다. 이윽고 아버지는 물을 푸고 삼촌은 대아에 물을 받았다. 나는 황혼이 짙게 깔려 있는 어둠 속을 보자 웬일인지 가슴이 뭉클했다.

저녁식사가 끝난 후 나는 삼촌과 함께 앞산 둔덕길을 산책했다. 삼촌이 내일 새벽 일찍이 떠나기로 작정했던 것이다.

길가의 아카시아는 서로 가지를 얽은 채 장막처럼 펼쳐져 있었다.

나는 아버지가 여기 그냥 남아 있는다는 사실이 견딜 수 없을 만큼 안타깝고 두려웠다. 나는 삼촌에게 왜 아버지를 설복시키지 못하느냐고 불평했다. 삼촌은 그 말에 충격을 받은 듯 발걸음을 멈추고 섰다.

"아버지의 고집을 꺾을 순 없어."

삼촌은 음울하고 심각한 어조로 말했다. 고집을 꺾을 수 없다니? 그럼 아버지는 죽게 내버려두고 삼촌 혼자서만 피할 셈이냐고 따지고 싶은 충동을 나는 간신히 참았다. 그 대신 나는 숨을 죽인 채 그를 노려보았다. 나는 아버지를 설득시키지 못한 것이 삼촌의 잘못이 아님을 뻔히 알면서도 그에게 불만과 적의를 품고 있다는 사실을 숨기고 싶지 않았다. 삼촌은 내게 용서를 청하듯 부드러운 동작으로 손을 뻗쳐 내 손을 잡았다. 나는 뿌리치지 않았다.

"다시 말씀을 드려 보겠지만 아마 불가능할 거야. 나라면 결코 여기에 남아 죽음을 기다리지는 않겠어. 양심의 부담이 아무리 크다고 해도 그것과 생명을 맞바꿀 수는 없다고 생각해. 차라리…… 차라리 여길 들르지 않는 편이 좋을 뻔했어. 형님의 성격을 잘 알면서도 행여나 하고 기대를 걸었던 것이 잘못이었어……."

삼촌은 생각에 잠겨서 혼잣말처럼 중얼거렸다. 그러더니 돌아서서 집을 향해 걷기 시작했다. 나는 무겁고 착잡한 감정의 소용돌이에 휩쓸린 채 이끌리듯 그의 뒤를 따랐다.

나는 그날 밤처럼 무덥고 괴로운 밤은 처음 겪었다. 내 곁에 누운 삼촌도 역시 잠을 이루지 못하고 있었다. 그는 뜨겁고 기인 한숨을 줄창 내뿜어 가면서 코가 먹먹해 견딜 수 없을 정도로 줄담배를 피워댔다. 나는 온 세상이 한꺼번에 고뇌와 불안의 밤을 맞이하고 있는 것 같은 착각에 빠졌다. 나도 삼촌도 서로 말을 걸지 않았다. 아까 삼촌이 아버지를 설득해 보려고 애썼으나 결과는 예상대로 끝났던 것이다. 삼촌은 아버지에게 "형님이 안 가신다면 나도 여기에 같이 남아 있겠다."고 뻗댔다. 그러나 아버지는 "사람에겐 각기 자기의 자리가 있는 법이다. 여기는 내가 남아 있어야 할 자리야. 네 자리는 아니야. 쓸데없는 억지를 쓰지 마라. 나도 수없이 생각을 거듭해 보고 나서 결단을 내린 거다. 나한텐 객기도 오기도 없다. 내가 만용을 부릴 나이냐? 나도 어쩔 수 없어서 남아 있는 거니까 날 더 이상 괴롭히지 말아라. 넌 가서 부디 살아와 다오. 네가 안전한 곳에 있다는 사실만으로 내게 얼마나 큰 위안이 되겠니? 이 형을 진심으로 사랑한다면 내 말대로 해다오." 하고 간청했던 것이다. 나는 아버지의 말에 내포된 의미와 상황과 위험을 충분히 짐작할 수 있었다. 아버지는 죽게 될 것이다. 그들이 아버지를 죽이겠지……. 나는 숨을 헉헉거리며 그 말을 되뇌었다. 불안의 밤은 점점 깊어 갔다. 벌레들은 더 한층 시끄럽게 울어대고 간간이 개가 겁에 질린 듯 목쉰 소리로 짖어대고 닭들이 계사 안에서 파닥거리는 소리가 들렸다.

제기랄, 엉망진창이구나. 나는 뜨겁게 한숨을 쉬고 몸을 뒤척거렸다. 정말 지겹고 무더운 밤이었다.

나는 아침에 늦게야 일어났다. 삼촌은 보이지 않았다. 벽에 걸렸던 그의 옷들, 그리고 머리맡에 놓아두었던 가방이 보이지 않아서 나는 그가 새벽 일찍이 집을 떠났음을 알았다.

허퉁했다. 나는 나를 깨우지 않고, 아버지를 버려둔 채 가 버린 삼촌을 원망했다. 그는 어디쯤 갔을까? 서냇다리를 지났을까, 요행히 자동차 같은 걸 탈 수 있었다면 아마 ㅂ시까지는 갔을지도 모른다. 만약 ㅂ시에 저쪽 군대가 먼저 침투해 들어왔다면 삼촌은 어떻게 될까, 몹시 걱정이 되었다.

햇살이 방안에 꽉 차 있었다. 창문으로 내다보니까 아버지는 벌써 앞뜰을 거닐고 있었다. 나는 얼른 옷을 챙겨 입고 밖으로 나왔다. 댓돌을 내려서려니까 다리가 휘청거리고 머리에 찌긋한 아픔이 왔다. 꿈 탓이야. 지난밤의 꿈을 생각하고 나는 몸서리를 쳤다. 거리는 완전할 만큼 무참하게 파괴되어 있었고, 나는 그 폐허 속에서 정체 모를 적에게 쫓겨 다녔던 것이다. 추격은 집요하고 악착스러웠다……. 그것은 내가 꿈에서 깨어날 때까지 계속되었다.

해는 어느덧 담장 높이까지 치올라와 있었다. 나는 면구스러움을 느끼며 천천히 아버지 앞으로 다가갔다. "오늘은 늦게 일어났구나."라는 말을 듣게 될까 봐 속이 켕겼다. 아버지는 깊은 생각에 잠겨서 뒷짐을 진 채 이쪽으로 오고 있다가 나를 보자 환히 웃으면서,

"잘 잤니?"

하고, 상쾌하게 들리는 윤기 있는 음성으로 물었다. 나는 갑자기 어색해져서 입술을 질근질근 씹고만 있었다. 밤새 정체 모를 사람들에게 쫓겨다니는 꿈을 꾸었어요, 라고 차마 말할 수 없었던 것이다.

나는 고개를 들고 찬찬히 아버지의 안색을 살펴보았다. 아침의 햇살을 온몸에 담뿍 받고 서 있는 아버지의 모습이 얼마나 기운차고 싱싱해 보였는지 모른다. 부엌에서 들려오는 그릇들이 달그락거리는 소리, 토담 위를 거니는 닭들의 한가로운 모습, 앞마당과 뒤뜰로 씩씩거리며 뛰어다니는 개의 아침 운동, 변화된 것이라곤 없지 않은가. 나는 어제 있었던 일마저도, 지난밤의 악몽처럼 한낱 꿈에 불과한 게 아닐까 하고 생각될 정도로 기이한 착각에 빠져 갔다.

"삼촌은 새벽 일찍 떠났다. 네가 혼곤히 잠들어 있는 걸 차마 깨울 수 없어 그냥 간다고, 몸조심하라고 전해 달라더구나. 아마 지금쯤 서냇다리를 건넜을 거다. 거기서 형편을 봐 가지고 배를 타고 가든지 ㅈ읍으로 빠져서 줄곧 남쪽으로 걸어 내려가든지 하겠다니까…… 틀림없이 무사할 게다."

나는 아버지의 말을 듣는 순간 차갑고 미묘한 설렘이 내 가슴을 훑고 스쳐 가는 걸 느꼈다. 나를 둘러싸고 있던, 조금 전까지도 나를 착각에 빠지게 했던 주위의 온갖 감정들이 맹렬한 속도로 허물어져 내리면서 딱딱하고 냉랭한 현실 속으로 나를 내던졌다. 나는 아버지가 지금까지 줄곧 삼촌의 안위를 걱정하고 있었음을 알고 그에게 위로가 될 얘기를 해 주고 싶었다. 나는, 삼촌은 기지가 있고 몸이 재빠르니까 걱정하실 것 없다고 말해 보

려고 했으나 웬지 말이 안 나오고 헛침만 삼켜졌다.

"산보 안하겠니?"

"오늘도요?"

나는 얼떨결에 그렇게 대답하고는 얼굴이 화끈했다. 나는 내 대답이 아버지에게 조금이라도 충격을 주지 않았나 싶어 조심스럽게 그의 표정을 살폈다. 그런 눈치를 챘는지 아버지는 아무렇지도 않다는 듯 환한 표정을 지으면서,

"늦었다고 못 갈 건 없잖니? 뭐 별로 늦은 것도 아닌데……."

하고 빙그레 웃었다. 나는 고개를 끄덕이고 아버지의 손을 잡았다. 우리들은 앞산으로 뻗은 둔덕길을 나란히 서서 올라가기 시작했다. 개가 목에 달린 방울을 잘랑거리면서 우리의 뒤를 따랐다. 앞산 옆으로 뻗어간 아카시아의 소로를 지날 때까지 우리는 서로 아무 말도 하지 않았다. 나는 간간이 고개를 숙인 채 깊은 생각에 잠겨 있었다. 외계와 완전히 격리되어 있는 고독의 심연을 나는 그의 표정에서 보았다. 나는 지금까지 그의 그런 모습을 무수히 보아 왔다. 그때마다 나는 그가 저 사고의 깊은 심연 속에 빠진 채 영영 헤어 나오지 못할 것만 같은 위구에 사로잡히곤 했다. 그러면 나는 왁 하고 소리라도 질러 그를 깨어나게 해주고 싶은 충동을 받는다. 그래서 때로는 아버지의 팔을 흔들며 "아버지, 지금 뭘 생각하고 계세요?" 하고 묻기도 한다. 그러면 그는 저 심각한 표정을 흐트리며 대답한다. 아버지의 대답은 내가 상상하는 범위를 훨씬 벗어나서, 대부분의 경우 나는 그것이 무슨 의미인지를 이해하지 못한다. 그러나 그 대답의 극히 작은 한 부분이라도 이해할 수 있을 때마다 마치 미지의 세계를 가리고 있는 장막을 한 꺼풀 벗겨내고 그 속에 감춰진 참모습을 발견해낸 듯한 기쁨과 흥분을 느낀다. 그 중의 어떤 것은 다음 주일의 설교로 되기도 한다. 솔직히 고백하자면 나는 예배 시간의 대부분을 강변으로 게와 조개를 잡으러 간 아이들, 혹은 등산 위에서 시끄럽게 떠들어대며 볼을 차고 있는 애들을 부러워하면서 한숨을 쉬며 지낸다. 나는 그의 설교를 잘 알아들을 수 없기 때문이다. 나는 아직 나이가 어리니까 이해를 못 하는 건 당연하다고 스스로 자위하며 지낸다.

나는 아버지가 뭘 그처럼 심각하게 생각하고 있는지 몹시 궁금했다. 그래서 아버지의 손을 잡아 흔들었다. 아버지는 "무어지?" 하는 눈으로 나를 내려다보았다.

"뭘 생각하고 계세요? 또 삼촌 걱정을 하시는 거예요?"

그러자 아버지는 어색하게 웃었다. 나는 아버지의 수염이 말끔히 깎인 거뭇한 턱 언저리를 올려다보며 대답을 기다렸다.

"내가 무슨 생각을 했는지 알고 싶니?"

아버지는 마음이 내키지 않는 투로 말했다. 나는 아버지의 그런 내심을 눈치챘으나 그

냥 네, 하고 대답했다.

"나는 내 친구 한 사람을 생각하고 있던 중이었어……."

"어떤 친구분인데요?"

"나와 신학교 동창이었지. 안수도 아마 거의 같은 무렵에 받았을 게야. 아니 그가 먼저던가……. 그래, 분명히 그가 먼저였어."

"그분 지금은 어디 계세요?"

"이미 돌아가셨어."

"그럼 여수 순천 반란사건 때 순교를 당하셨다는 분이 바로 그분인가요?"

"아니, 아니야. 여수에서 순교하신 목사님은 김 목사님이시지."

"그분은…… 왜 돌아가셨나요?"

"일본 경찰에게 지독한 고문을 당한 끝에 옥사하시고 말았어."

"그럼 아버지도 그때?"

"그래, 같은 사건에 연루됐었지. 내가 잡혀가 보니까 그분은 이미 초죽음이 된 상태로 감방에 갇혀 있었어."

서로 맞잡은 손이 땀에 젖어 끈적거렸으나 나는 더 힘을 주어 아버지의 손을 움켜쥐지 않을 수 없었다. 나는 그가 말하기를 꺼리고 있다는 걸 눈치챘으나 호기심을 억누를 수 없었다. 그래서,

"그 얘기 좀 해 주세요."

하고 졸랐다. 나는 삼촌을 통해 그 사실을 어렴풋하게 전해 들었을 뿐이었는데 아마 삼촌도 아버지에게 직접 들은 것이 아니라 제삼자를 통해 간접적으로 얻어 들은 모양이었다. 전에도 여러 차례 그 얘기를 듣고 싶어 졸랐지만 아버지는 그때마다 번번이 "별일이 아니야."라든지 "얘기할 거리가 못 된다."는 말로 얼버무리고 말았던 것이다.

아버지는 묵묵히 걷고 있다가 드디어 입을 열었다.

"얘기를 안 하니까 오히려 더 궁금해하는 것 같구나. 하지만 사실 내게 관한 건 별 얘깃거리가 못 된다. 그러니까…… 그 무렵에 우리 동료 목사 한 분이 비밀히 미국으로 건너가서 교회가 핍박을 당하고 있다는 사실을 신문을 통해 폭로하고 미국 내의 여론을 환기시키려고 한 일이 있었어. 그런데 일본 경찰은 우리가 그 친구와 내통하고 있다는 혐의를 두었던 거야."

"그럼 애매하게……."

"아니지, 그건 사실이었어. 교회에서 자금을 모아 주고 상해로 빠져나가 거기 선교부를 통해 미국으로 갈 수 있도록 사전에 계획을 세웠었으니까. 그 때문에 여기 남아 있는 패

들이 된통 당하게 된 거지."

나는 굳어져서 못쓰게 된 아버지의 왼팔과 불로 짓이겨진 잔등의 상처 자국을 눈앞에 그려 보면서 몸을 떨었다.

"내가 괜한 얘길 끄집어냈구나."

"아니에요!"

나는 강하게 부정했다.

"제가 알아서 나쁠 게 뭐가 있어요?"

"나쁠 거야 없겠지만 너는 아직 어리니까……."

"어리다고 해서 제가 이 현실을 피할 수 있어요? 제 나름으로 저도 고통을 당할 거예요. 어른들만 당하는 게 아니란 말예요!"

나는 거의 고함치듯 소리쳤다. 눈물이 나오려고 했다. 그런데 사실 눈물은 아버지가 흘리고 있었다. 그는 젖은 눈으로 나를 내려다보며 사죄하듯 나직하고 부드러운 어조로 말했다.

"내가 말을 잘못했구나."

나는 터져 나오려는 울음을 이를 악물고 참았다. 한참 만에 나는 말했다.

"아까 그 얘기 계속해 주세요."

"내가 어디까지 얘길 했었지?"

"국내에 남아 있던 사람들이 호되게 당했다는 데까지 말씀하셨어요. 그분은 매를 많이 맞아서 돌아가셨나요?"

"그런 셈이지. 그런데……."

아버지는 말을 하다가 멈칫했다.

"그런데요?"

"그 친구는 운명하기 전에 신앙을…… 신앙을 버리고 말았단다."

아버지는 주저하면서 혼잣말처럼 낮게 거의 들리지 않을 정도로 말했다. 나는 놀랐다.

"왜 신앙을 버렸지요? 그분은 비겁한 사람이었나요?"

"아니! 절대로 그렇지는 않다. 그분은 그처럼 혹독한 고문을 당하면서도 끝내 조직의 이름을 말하지 않았어. 사실은 그분 때문에 내가 이렇게나마 살게 된 셈이니까……."

"그런데 왜?"

"그분이 운명하기 직전에 내가 우연히 같은 감방으로 옮겨 가게 되었단다. 그분은 간신히 나를 알아보시더라. 그리고 내게만 들리도록 말하더라. 자기는 이제 신앙을 버렸노라고……."

아버지의 음성은 무거웠고, 거의 중얼거림에 가까워서 잘 들리지 않았다.

"그분의 선친은 한일합방 때 의분을 참지 못하고 자결하셨어. 그러자 모친도 그때부터 식음을 전폐하고 지내시다가 결국은 스스로 남편의 뒤를 따르셨지. 게다가 그분의 단 하나뿐인 형은 만주에서 일본 경찰과 총격전 끝에 전사하셨어."

나는 압도되어 아무 말도 할 수 없었다.

"······하나님이 그분의 기원을 너무 오랫동안 들어 주시지 않으니까 나중에는 하나님을 미워하게 된 거야. 압박을 당하고 있는 사람들, 비참과 굶주림과 횡포 속에서 억울하게 죽어 가고 있는 사람들에게 더 오래 고통을 참고 견뎌 가면서 너희들을 핍박하는 원수들을 사랑해 주며 그들을 위해 기도하라는 건 정말 무서운 부담이거든. 그냥 미워만 하자면 간단한데 말야. 결국 그분은 견디다 못해 실망하고 낙담한 나머지 신앙을 버리게 된 거야. 그분에게는 영원이니 천국이니 하는 것들보다는 민족의 해방이나 자유가 더 우선적이고 소중한 것으로 생각되었던 거야."

그러고 나서 아버지는 오랫동안 침묵을 지켰다. 나는 그가 결코 잊을 수 없는, 강하고 끈질긴 회상에 얽매여 허덕이고 있음을 눈치챘다. 이윽고 아버지는 낮고 침중한 목소리로 중얼거렸다.

"그가······ 얼마나 무서운 고독을 느꼈었을까?"

나는 아버지의 눈에서 뭣인가 번쩍이고 있는 듯한 착각을 느꼈다. 나는 아버지의 심정을 어느 정도는 이해할 수 있을 것 같은 느낌이 들었다. 그러나 이해되는 부분보다 더 큰 난해한 의혹의 덩어리가 내 내면에 웅크리고 있음을 나는 곧 깨달았다.

내가 나이가 너무 어려서 그런 것일까? 아니면 생이란 그 자체가 애매하고 모호한 것일까. 내게 있어서 삶이란 불가해하고 불명확한 거대한 덩어리 같았다. 나는 지금 하많은 것들을 단번에 알고 싶어 애태우고 있다. 그러나 지금 당장은 불가능하리라. 나는 아직 어리니까······ 안다고 해도 불확실하게밖에는 이해할 수 없겠지······ 그들이 아버지를 죽일지도 모르는데······ 나까지도······ 죽는다는 건 어떤 것일까······ 모르고 죽어도 괜찮을까······ 죽음······ 죽음······.

장텃골 못 미쳐 왕소나무 있는 곳에서 우리는 되돌아섰다. 높게 치솟은 해는 사납게 이글거렸다. 햇빛이 눈부시고 머리가 지끈거리고 어지러웠다. 나는 아버지의 손을 꼭 잡은 채 매달리듯 이끌려서 간신히 집으로 돌아왔다.

해질 무렵 총을 메고 군복을 입은 사내 둘이 젯말 쪽에서 앞산 둔덕을 넘어 우리 마을로 들어왔다. 그들이 발걸음을 옮길 때마다 적황색의 흙먼지들이 길바닥에서 풀썩거리며 피어올랐다.

나는 꺾여진 우리 집 담벽 이쪽에 몸을 숨긴 채 그들을 지켜보았다. 그들은 마을 어귀에 있는 박씨 정문까지 와서 질린 얼굴로 헐거운 박수를 치고 있는 사람들을 향해 승리자답게 손을 흔들었다. 그리고 그 중의 한 사내가 커다랗게 외치는 소리를 나는 들었다.

"동무들! 드디어 압박 밑에서 해방됐수다! 기뻐하시오!"

나는 그들이 왔다는 사실을 빨리 아버지에게 알려 줘야겠다고 조바심을 하면서도 그 자리를 떠날 수가 없었다. 황혼의 그림자를 딛고 따발총을 어깨에 멘 채 승리자다운 교만을 보이며 우뚝 서 있는 그들의 모습이 내게는 거의 불가사의하리만치 거대해 보였다. 나는 압도되어 괴로운 한숨을 내쉬며 땀을 흘렸다.

내가 그들이 왔다는 사실을 아버지에게 알릴 필요도 없었다. 아버지는 앞마루에 서 있었고 거기서는 앞산 언덕에서부터 마을 어귀에 이르는 행길까지 빤히 내려다보였다.

"너도 보았니?"

라고 아버지는 내게 물었다. 나는 간신히 "네"라고 대답했다. 아버지는 나직이 한숨을 쉬고 대청으로 건너갔다. 이윽고 대청마루 한구석에 무릎을 꿇고 상체를 구부린 아버지의 모습이 절반쯤 들여다보였다. 나는 아버지를 더 이상 불행하게 만들어서는 안 된다고 신에게 호소했다. 내 눈에는 뒤틀려진 아버지의 왼팔이, 그리고 팔꿈의 상처와 찢겨진 등가죽이 떠올랐다. 나는 내 주장을 거듭거듭 되풀이했다. 그러면서 이런 나의 호소를 들어주지 않으면 당신을 의지하거나 하는 따위의 일 같은 건 당연히 그만두겠다고 말했다.

내가 눈을 떴을 때 아버지는 내 앞에 있었다. 울어서 벌겋게 충혈되었을 눈을 보이는 일이 부끄러웠으나 나는 그의 얼굴을 마주보았다. 아버지는 내 어깨에 손을 얹으면서 낮고 조용한 어조로 말했다.

"삼촌 말이다, 어제 그냥 막바로 가랄 걸 그랬구나. 나를 데리고 가려고 일부러 여길 왔었는데……. 하지만 무사할 거다. 주님이 잘 보호해 주실 테니까."

그 말을 듣자 왠지 나도 모르게 울음이 터져 나왔다. 나는 소리치며 엉엉 울었다.

이윽고 주일이 되었다. 나는 오전 10시에 예배 시작을 알리는 종소리를 들을 때 마치 조종을 듣는 것처럼 비장한 느낌이 들었다. 예배는 다른 때와 마찬가지로 정각 10시에 시작되었다. 묵도가 끝나고 찬송을 부르기 시작할 무렵, 낯선 사내 하나가 들어와서 맨 뒷자리에 버티고 앉았다. 그 몸이 깡마르고, 날카로운 인상의 사내는 신자다운 경건성은 조금도 없어 보였다. 심지어 묵도조차도 하지 않았다. 그리고 아버지의 설교가 계속되는 동안 줄곧 냉혹하고 적의에 찬 시선으로 지켜보면서 때때로 수첩에다 뭔가 적어 넣곤 했다. 나는 두려움에 질려 아버지의 설교가 그의 신경을 건드리지 않게 해 달라고 기원했다. 그리고 실제로 기적이 나타나서 사내의 귀가 막혀 아버지의 설교를 들을 수 없게 해 달라고 기도했다. 나는 진심으로 아버지가 지금 서 있는 강단 밑으로 스르르 사라져 버리는 따위의 기적을 바랐다. 그러나 그런 기적은 일어나지 않았다. 게다가 아버지의 어조는 시종 강경했고 대단히 열의에 차 있었기 때문에 나는 몹시 낙담했다. 한 마디 한 마디가 그 사내의 신경을 건드리는 것 같아서 나는 안절부절못했다. 나는 투덜대면서 하나님을 원망하고 분별없이 행동하는 아버지의 어리석음을 탓했다. 아버지는 결코 무사할 수 없을 거야. 환난을 당할수록 담대해야 한다니, 그게 노골적인 도전으로 들리지 않을 수 있느냐 말이야…….

설교가 끝나고 "환난과 핍박 중에도 성도는 신앙 지켰네."로 시작되는 찬송을 부를 때에도 나는 따라 부르지 않았다. 속이 끓어오르고 등에서는 식은땀이 흘렀다. 머리까지 몽롱했다. 굳센 결의와 용기를 불러일으키는 찬송을 듣고 있으면서도 나는 두려움을 떨쳐 버릴 수 없었다.

그 사내는 주기도문이 끝나기 전에 문을 박차고 나가 버렸다.

그가 쾅 밀치고 나간 문소리의 여운이 끊임없이 반향을 일으키며 내 자신을 뒤흔들었다.

예배가 끝나자 교인들은 공포에 찬 표정으로 그 낯선 사내에 대해서 수군거리기 시작했다. 그 사내가 교회의 실정을 파악하기 위해서 왔다는 데에는 아무도 이견이 없었다. 드디어 박해의 그림자가 스며든 것이었다. 아버지는 거기에 관해서는 아무 말도 하지 않았다. 심각하게 굳어진 표정으로 교인들과 인사를 나누고 집으로 돌아왔다. 나는 그들이 방금 아버지를 체포해 갈 줄 알았다. 그러나 복병은 웅크리고 숨어서 덮칠 기회를 노릴 뿐 쉽게 그 자태를 드러내지 않았다.

뜨거운 여름날이 계속되는 동안 나는 마치 만성병에 걸린 환자처럼 우리를 둘러싼 공포와 불안의 분위기에 서서히 익숙해졌다.

매일 아침, 아버지와 나는 산책을 계속했다. 우리들은 그때의 기분에 따라 젯말로 가는 길 대신에 당치산 육모정이나 뒷내의 둑길로 나가기도 했다. 우리들은 별로 많은 대화를 나누지 않았다. 그 대신 의미심장한 시선의 교환이 잦았다. 그런데도 아버지가 깊은 사색의 심연에 빠져 있는 동안 외롭다거나 동떨어져 있는 기분이 들지 않았다. 그렇기 때문에 무얼 생각하세요, 라고 묻는 일은 거의 없었다. 깊은 사색에 잠겨 있는 아버지를 바라보고 있노라면 무어라고 명확하게 표현할 수는 없으나 일종의 삶의 향기 비슷한 내음이 풍겨 오는 것 같았다. 나는 아버지가 언젠가 혼잣말처럼 뇌던 "공포를 수반한 삶처럼 진정하게 삶의 가치를 인식시켜 주는 것은 없다."는 말의 뜻을 어렴풋하게나마 이해할 수 있을 것 같았다.

나는 상승해 가는 여름날의 기온처럼 날로 뜨겁게 아버지를 이해하고 사랑해 가고 있었다. 세상의 그 어떤 힘도, 그 어느 누구도 아버지와 나 사이의 사랑을 끊거나 나눌 수 없으리라고 나는 확신했다. 아버지가 대청마루에 앉아서 조용히 묵상하고 있을 때, 혹은 기도하거나 성경을 읽을 때, 또는 조용하고 부드러운 어조로 어머니와 얘기를 나누고 있을 때, 그리고 강단에서 설교하고 있을 때의 모습들을 내가 얼마나 사랑했던가.

나를 두렵고 슬프게 하는 것들, 이를테면 풍요한 새 아침의 단란함을 깨뜨리고 날카롭게 외쳐 대는 "원수를 쳐부수자"는 따위의 선동적인 구호들. 고래고래 악을 쓰며 부르는 자극적인 노래들. 급조된 얼치기 꼬마 빨갱이들이 내게 붙여준 '반동 분자의 새끼'라는 이름. 차압하기 위해서 창고 문이며 다락과 벽장문에다가 덕지덕지 발라 놓은 노랗게 변색된 딱지들. 갑자기 뻔뻔하고 무례하게 변해 버린 이웃 사람들. 그 사이에 끼어 살면서도 나는 결코 울지 않았다. 울고 싶은 기분이 되면 나는 언제나 아버지의 곁으로 가곤 했다. 나는 가능한 한 주위의 일에 무심하려고 했다. 그러면서도 순간순간마다 잔잔한 해면에 돌연히 불어 닥치는 돌풍처럼 이 한정된 자유마저 빼앗기는 날이 갑자기 닥쳐올 것 같은 두려움에 사로잡혀서 괴로워했다. 그때마다 나는 기도했다. 설령 내 기원이 무모한 것이라고 할지라도 나는 빌지 않고는 견딜 수 없는 심정이었다.

하루가 위험 없이 지나가고 밤이 깊어지면 나는 가슴에 벅차게 밀려오는 안도를 느끼면서 푸근히 잠에 빠져 갔다.

나날이 노염은 뜨거운 열기로 포만해 갔다. 한낮에 풀이 죽어 흐늘거리던 초목들도 해가 지면 다시 싱싱해졌다. 나는 거기에서 무언가를 배웠다. 그래서 우리들이 당하고 있는 시련의 열기가 식어지기를 기다렸다.

드디어 내가 가장 우려하던 일이 닥쳐왔다.

한낮, 대청마루에 둘러앉아 단란하게 점심식사를 하고 있는 중인데 웬 낯선 사내 둘이 소리 없이 대문 안으로 들어섰다. 그 순간 어머니는 들고 있던 수저를 힘없이 내려놓았다. 아버지는 어지럼증을 느낄 때처럼 잠깐 눈을 감았다가 뜨더니 일어서서 대청을 건너 앞마루로 나갔다. 뒤에 남은 어머니가 손을 더듬어 잡았다. 손이 몹시 떨렸다. 어머니는 들리지 않을 만큼 낮은 음성으로 재빠르게 뭐라고 중얼거렸다……. 주여!…… 그 다음의 말은 더 빠르고 분명치 않았으나 나는 그 말을 놓치지 않았다……. 우리를 보호하옵소서. 당신의 아들을 지켜주소서……. 이 기도는 수없이 되풀이되었다. 나는 어머니의 손을 끌고 마루로 나갔다. 사내들은 잠시 동안 우리들을 살펴보았다. 그러나 그들은 더 이상 주저하지 않았다. 키가 작고 턱이 네모진 사내가 목쉰 듯한 음성으로 말했다.

"동무, 내무서로 갑시다."

그 말은 무겁게 내 가슴을 울렸다. 아버지는 몸을 구부려 댓돌에 놓인 고무신을 신었다. 그러더니 천천히 아주 천천히 몸을 돌려 어머니와 나를 향해 마주섰다. 아버지는 애정과 신뢰가 가득 찬 눈빛으로 어머니를 바라보았다. 도대체 한순간에 그처럼 하많은 감정의 교류가 가능할 수 있으리라고 나는 전혀 상상도 못 했었다. 나는 무한한 대화의 흐름을 보았다. 그제야 나는 아버지가 말한 '영원히'라는 말의 진정한 뜻을 알았다. 몸을 돌리기 전에 아버지는 또 한 번 나를 돌아다보았다. 스치듯 짧은 순간이었으나 그 눈빛에서 나는 전체를 감지할 수 있었다. 아버지는 때때로 나에게 어떻게 생을 살아야 하는가에 대해서 얘기해준 적이 있었다. 그러나 나는 그 말의 참뜻을 거의 이해하지 못하고 지내 왔다. 그런데 나는 지금 안 것이다. 그것은 결코 불확실하거나 애매모호하지는 않았다. 뚜렷하고 명확하게 느껴졌다.

아버지는 사내들의 틈에 끼어 젯말로 가는 행길을 걸어갔다.

태양은 우리가 지내온 어느 날보다도 뜨겁게 이글거렸다.

현 의 섭

등 단 「소설문예」

약 력 국제펜 감사, 한국소설가협회 이사 역임
계원예술대학교 교목실장
한국크리스천문학가협회 회장 역임

수 상 제1회 기독교문화상, 한국크리스천문학상 소설 부문

저 서 소설 :『예수 그리스도』(3권), 「소설 사도행전」(2권), 장
편『죄인의 아들』『어찌하여 나를 버리시나이까』
소설집 :『내 영혼을 맡기나이다』외

e 메 일 9490hyun@hanmail.net

총독 본디오 빌라도

일생에 단 한 번의 개선식 주인공이 되는 것만으로도 최고의 명예요 영광이던 로마에서 세 번의 개선식 주인공이 된 율리우스 카이사르는 로마의 공화정 이래 유례가 없는 절대 특권인 종신 독재관이 되었다. 기원전 100년에 출생한 율리우스 카이사르는 그러나 그의 유언장에 후계 2순위로 기록한 부르투스가 기원전 44년 3월 15일에 로마의 원로원 입구에서 일으킨 그 엄청난 암살 거사의 주동자라는 사실을 알지 못하였다. 또한 종신 독재관의 암살에 성공하였음에도 그들이 도모한 왕정으로 가는 길을 막지 못하였으니 소득 없이 역사에 뚜렷한 흔적을 남기는 큰 일만 저지른 셈이다.

기원 30년 4월의 첫 금요일에 유대 땅의 로마인 총독 본디오 빌라도는 날이 밝을 무렵 잠에서 깨어나며 문득 그 아이러니한 74년 전의 위대한 카이사르 율리우스의 암살사건이 떠올랐다. 그날 원로원으로 향하던 카이사르가 자기의 오랜 최측근 참모이며 동지들인 14명의 귀족들이 집단으로 칼을 빼어 들고 자기 몸을 23군데나 난도질하리라는 상상은 전혀 가능하지 않았으리라. 예측불허, 그 의외성은 귀족이나 천민이나 종신 독재관인 최고 권력자나, 혁명이라 할 거사를 감행한 14인의 보수적 귀족들에게도 예외가 아니었음을 상기하며 빌라도는 소리 없이 쓴웃음이 입가에 흘렀다. 하기야 그 누가 나 오늘 죽으러 간다고 인사하고 나가서 시체로 돌아오는 사람이 있을까.

신의 도시 예루살렘 서북쪽의 점령군 진지인 안토니아 요새는 아식 삼에서 깨어나지 않아 조용하다. 방을 나선 빌라도는 평소의 일곱 배 경비병을 세웠다는 돌로 정교하게 포장된 요새의 마당을 서서히 걸어 동쪽 망루 쪽으로 갔다. 경비병들이 황제를 대리하는 총독에게 예의 바른 경례를 보냈다. 요새에서 한눈에 내려다보이는 유대인의 성전도 이 시간에는 고요하다. 해가 뜨고 지기까지 전국에서 구름떼처럼 몰려든 유대인들로 북적대는 성전 마당은 텅 빈 정적이다. 세상이 늘 이렇게 조용하면 얼마나 좋을까. 이제 잠시 후면 어제처럼, 한 주간 내내 그러하였듯, 그들의 보이지도 않는 신이 주인이라는 성전의 널찍한 마당으로 몰려들어 왁자지껄하리라. 유대인의 신, 형상조차 없는 그들의 신, 주권조차 빼앗긴 패망한 나라의 백성이 경외해 마지않는 여호와라는 이름의 그 신은 그러므로 정녕 신이 아닐 것이며, 아예 그런 신은 존재하지도 않을 것이라는 게 빌라도의 확신이다. 유대 땅에 총독으로 부임해 와서 4년여 동안 현장에서 확보한 정보만으로도 그들의 신이 전능하다는 유대인의 신앙은 확고하다. 이 어리석음과 허망함에 총독은 그의 부관들과 함께 포도주를 마시며 비아냥거리면서 박장대소해 왔다. 전능한 신을 믿는 그들인데 그들의 전능한 신이 존재한다면 왜 침묵으로 일관하는가. 왜 그토록 무능한가. 무능하면 절대로 신이 아니다. 그들의 신은 왜 그 백성을 외면하는 것일까. 빌라도가 공부한 역사에 의하면 유대인은 그들이 여호수아 장군에 의해 이 땅을 정복한 이래 1,400여 년이 흐르는 동안 고작 절반에 못 미치는 시간만 그들의 나라였을 뿐이다. 절반이 넘는 시간은 앗수르와 신바벨론 제국과 페르시아 제국, 마케도니아의 알렉산더 제국, 이집트의 포톨레미 왕국, 시리아의 셀류코스 왕국의 지배하에서 신음하였고, 그리고 지금은 100여 년 전부터 로마제국의 지배하에 있지 아니한가. 그들이 그토록 경외해 마지않는 그 위대하다는 신은 그럼에도 과연 위대한가. 과연 존재를 믿을 수 있는가. 이쯤에서 빌라도는 가볍게 머리를 흔들며 존재하지도 않는 신을 찬양하며 기리기 위하여 전국 각지에서 의무적으로 모여든 12세 이상의 모든 남자와, 한 해에 한 번만이라도 동네 밖 멀리 성전의 마당을 그 발로 밟기 위해 유월절이라는 축제 기간을 예루살렘에서 보내느라 멀고 먼 도보 여행을 마다하지 않은 허다한 여인들로 신의 도시는 그야말로 북새통이다.

유대인의 총독으로 부임하기 위해 빌라도가 공부한 유대인의 역사는 그들이 버려지거나 지렁이라 해야 맞다. 430년을 이집트의 집단거주지에서 노예에 준하는 박해를 받으며 살아오다가 모세라는 지도자에 의해 열 가지 재앙을 그 땅에 내린 후에야 겨우 탈출한, 그 열 번째 재앙의 날을 기념하는 한 주간의 축제가 금요일인 오늘로서 마감된다. 그 마지막 재앙이란 게 빌라도로서는 도무지 믿어지지 않지만 믿지 않을 수 없다는 게 짜증스럽다. 흠 없는 1년 된 수양 한 마리를 잡아서 그 집 대문의 두 기둥과 상방上防과 지방地防에 그 양의 피를 바르면, 그리하면, 그들의 신이 그 피를 보면 그 집을 넘어가서 재앙을 그 집에 내리지 않겠다고 약속하였다는 것이다. 그 피가 없는 집에는 장남과 짐승의 첫 새끼가 다 죽는다는 그들의 신의 준엄한 최후 경고였다 한다. 유월절踰越節이란 그 경고대로 해서 죽음이 면제된 그들의 대축제다. 빌라도의 난제는 1476년쯤 전에 그들 2백여만 명이 430년 만에 이집트 땅을 벗어난 건 부동의 사실이라는 점이며, 그로부터 40년이 흐른 후에 그들의 목적지인 지금의 이 땅을 정복하고 살아왔다는 사실이다. 불가사의, 불가사의! 총독이 신음소리를 냈다.

그로부터 불과 한 시간쯤 지났을 무렵 총독은 너무도 뜻밖의 사태로 잠시 곤혹스러웠다. 조반도 먹기 전인데 안토니아 요새의 사령관인 늠름하고 침착하고 대담한 천부장 클라우디오 루시아가 긴급보고라며 총독 앞에 나타났다. 일천 명의 정예 로마 보병의 지휘관인 천부장의 얼굴에 드러난 숨길 수 없는 긴장감을 총독은 읽었다.

"총독 각하, 대제사장과 산헤드린 재판관들이 집단으로 몰려왔습니다."

미간을 찌푸리며 천부장의 다음 보고를 기다리는 빌라도는 직감으로 느껴지는 게 있었다. 모르긴 해도 대제사장과 그 일행의 신분은 유대사회를 대표하는 최고 지도층이다. 그들 종교의 최고 지도자들이기도 하다. 그들의 그들 백성에 대한 영향력은 절대적이다. 그들이야말로 신의 이름을 앞세워 미몽의 백성을 지배하는 사실상의 권력자들이 아닌가. 그런 그들이 조반도 먹기 전의 이른 시간에 총독을 만나기 위해 안토니아 요새로 온 것은 그들에게, 아울러 내게도 대단히 중대한 용건일 터이다.

"죄수 한 명을 묶어 왔습니다."

"죄수? 그들의 율법을 범하였다면 그들이 재판하면 되는데 왜 내게?"

"죄수가 저 유명한 나사렛 사람 예수……."

말을 채 맺기도 전에 놀란 총독이 천부장 앞으로 한 발 다가서며 다그치듯 물었다.

"나사렛 예수가 죄수라고 하였는가?"

그러나 답을 듣기 위함이 아니다. 그들이 경외해 마지않는 형상조차 없는 신과 달리 살아 움직이는 사람 형상의 신으로 보이는 예수가 죄수라니. 저 잘난 체하는 인간들이 살아 있는 전능한 신을 체포하였다니, 믿어지지 않았다. 한 주간쯤 전일 것이다. 동쪽 가까운 작은 마을 베다니의 유력한 인물 나사로를 죽은 지 나흘 만에 무덤의 시체인 그의 이름을 불러 살려낸 소식은 대제사장이든 산헤드린 재판관이든 로마군의 요새든, 예루살렘의 그 많은 유대인 무리에게 순식간에 파다하게 알려지지 않았던가. 그 소식의 경이로움에 빌라도는 한동안 숨이 막혔다. 그 특별한 소식을 보고하던 정보장교 고넬료가 총독의 심장이 멎은 줄 알고 급히 의무장교를 호출할 정도였다. 총독은 나사렛 사람 예수, 그는 정말 살아 있는 신이다 라고 큰 소리로 외치고 싶은 충동마저 느끼지 않았던가. 그 예수가 유월절 인파를 움직이려든다면, 아니 자기 혼자서라도 우리의 요새로 들이닥친다면 이 견고한 요새가 무너져 내릴지도 모르는데, 그가 포승줄에 묶인 죄수로 내 앞에까지 왔다니.

"그들이 원하는 게 뭔가?"

마음을 가다듬고 신중하게 물었다.

"총독 각하께서 재판해주시길 바란답니다."

"내가, 그의 재판관이 되라고?"

"그들은 이미 모세의 율법으로 재판을 했답니다. 결과는 사형이라고 합니다——."

총독은 잠시 눈살은 잔뜩 찌푸린 채 짧은 보폭으로 서성거렸다. 난생처음 가장 난감한 문제에 직면한 심각하고 우울한 표정이다.

자기네 율법을 적용하지 않겠다는 의미이니까 아마도…….

나에게 로마의 법으로 그를 죽여 달라고?

총독은 잠시 입을 열지 않았다. 무척이나 곤혹스러운 아침이다. 유월절 마지막 날인 오늘만 무사히 넘기면 해변의 도시 가이사랴의 총독부로 돌아가 유대인들의 안식일처럼 푹 쉴 수 있으련만. 총독은 말없이 방을 벗어났다. 천부장이 따라붙었다. 만일의 경우를 위하여 천부장은 경비병에게 백부장 페트로니우스를 부르라고 명령하였다. 그들이 무모한 행동을 보이지 못하도록 긴장된 경계태세를 과시할 필요를 느껴서였다.

총독은 안으로 들어가 총독의 권위가 돋보이는 의관을 갖추고 나왔다. 그러고는 천천히, 가급적 느릿느릿, 아주 신중하게 그들이 기다리는 요새의 정문을 향하여 발걸음을 옮겨 갔다. 그의 뇌리에는 로마를 떠나 이 땅의 해변도시 가이사랴의 총독부에 부임한 4년여 전의 심상치 않은 유대인 동태로 긴장했던 일이 스쳐갔다. 그의 유대 땅 부임과 거의 일치하는 시기에 동쪽 요단강에서는 거친 야인의 모습인 서른 살쯤의 요한이라는 사람 앞으로 전국 각처의 유대인들이 구름떼처럼 몰려들어 요단강에서 세례를 받았다. 그 백성에게 요한은 약 4세기 동안이나 존재하지 않던 선지자였다. 그 이전의 선지자들은 메시아가 와서 이 백성을 구원한다고 일관되게 예언하였고, 그들은 의심치 않았다. 그래서 학수고대하였다. 그런데 4세기쯤 전부터는 선지자가 나타나지 않았다. 왜 그 기나긴 시간 하나님이 침묵하시는지 그들은 이해할 수 없었다. 더구나 주권을 잃고 로마의 압제하에 신음하는 그들이었기에 요단강에 혜성처럼 나타나 회개의 세례를 베푸는 낙타가죽옷의 요한은 그 시대의 희망이었다. 더구나 회개의 세례는 고대하던 메시아가 즉시라도 그들 삶의 현장에 오신다는, 그것도 왕으로, 아니 왕 중 왕으로 오신다는, 막연한 미래가 아닌 그들의 신음하는 현장에 오신다는 전제하에 이루어졌으므로 유대 땅의 억압받고 늑탈당하는 괴로운 백성들을 구름떼처럼 불러 모으는 충분조건이었다.

요한의 외침은 공허한 메아리가 아니었다. 세례가 진행되는 요단강 그 현장에 먼 북쪽 나사렛의 목수 예수가 그 모습을 드러냈다. 요한은 자기가 곧 오신다고 한 메시아가 이 사람 예수라고 증언하였다. 예수가 세례 받고 물에서 올라올 때 그 머리에 성령이 임하는 것을 요한은 목격하였으며, 아울러 '이는 내 사랑하는 아들'이라는 하나님의 음성을 정확하게 들었다. 시각과 청각으로 확인된 그를 메시아, 곧 그리스도라고 선포하는 데 요한은 주저하지 않았다.

부임 초기의 총독 본디오 빌라도는 극도로 긴장하였다. 그런가 하면 대제사장을 비롯한 유대교의 지도층도 긴장하였다. 누리는 자들은 늘 이대로가 좋다. 변화는 가난하고 억눌린 약자들의 소망이다. 총독은 로마에서 함께 온 유능한 정보장교를 앞세워 면밀하게 정보를 수집하였다. 그랬더니 정작 문제의 핵심은 그 요한이 그리스도라고 지명한 나사렛 사람 예수였다. 요한은 쇠해 가고 예수는 흥해 갔다. 그것도 매우 급격하게. 그러다가 갈릴리 지역의 분봉왕인 헤롯 안디바가 요한을 체포하여 참수형으로 처단함으로써 민중의 관심은 예수라는 청년에게 쏠렸다. 실로 엄청난 무리가 예수에게 몰려들었다. 부하들의 보고 내용이 얼마나 신비하고 경이로운지 총독 자신이 정보요원들과 함께 유대인으로 변장하고 예수가 있는 그 현장으로 달려가서 직접 확인하고 싶은 수준이었다. 정보장교는 예수가 전능에 가까운 기상천외의 능력을, 마치 신이 사람의 형상으로 나타난 것 같다고, 이건 가감 없는 사실이라고 흥분하여 보고해 왔다.

예수에 관한 동향보고는 거의 매일 접수되었다. 날이 갈수록 그를 따르는 인파가 수백에서 수천으로, 그의 능력은 전능의 수준으로, 그야말로 기상천외여서 현장에서 정보를 수집한 장교가 마치 예수의 추종자라도 된 듯 느껴질 지경이었다.

"고넬료, 내가 직접 그가 있는 현장에 가고 싶네. 직접 확인해야겠어."

총독은 정보장교 고넬료를 의심하지 않았다. 그는 오랜 세월 본디오 빌라도의 오른팔이다. 충직하고 근면성실하며 책임감이 투철하다. 그의 입술에는 거짓이 없다. 총독은 단지 그 신비한 예수를 직접 보고 싶을 뿐이다. 그러나 아무리 경호를 잘 해도 유대인의 군중 속으로 총독이 들어간다는 것은 어불성설이다. 아마 율리우스 카이사르가 이곳 총독이라면 총독의 권위와 품위를 나타내는 복장으로 말을 타고 예수 앞에 불쑥 등장할 것이다. 7년의 유럽 원정을 성공적으로 마치고 귀국하던 그때 루비콘 강변에서 조국과의 내전에 돌입하는 무장 남진南進을 명령하는 주사위를 던진 장군이 아닌가.

아무튼 예수에 관해 쏟아져 들어오는 모든 보고 내용은 신비 그 자체였으나, 냉정하게 사태를 바라보면 실은 총독의 수면을 송두리째 빼앗아가기에 충분조건이기도 하였다. 수천의 무리가 그를 추종한다는 사실은 점령국의 총독으로서는 예수야말로 위험인물 1호다. 귀신을 쫓아내고, 귀머거리든 소경이든 벙어리든, 그 무시무시하게 징그러운 한센병까지 약물처방도 없이 말 한 마디로 즉석에서 완치시키는가 하면, 풍랑 이는 거대한 갈릴리 호수에게 잔잔하라는 명령으로 풍랑이 죽은 듯 고요해졌다 하며, 겨우 1인분의 음식을 아무런 물리적 방법 없이 5천 내지 6천 배로 증폭시켜 배불리 먹고 남았다는 기적들은 사람이면서 실제로는 사람의 모습을 한 전능한 신이 아니라고 감히 부인할 수 없음에 총독은 소름이 돋았다. 숨이 막혔다. 풍문이 아니라 신뢰하는 유능한 정보장교 고넬료와 그의 잘 훈련된 부하들의 현장 밀착 확인이니 부인할 여지란 없다. 그 나사렛 예수에게 몰려드는 무리가 저 전능한 인간의 지휘하에 폭동이라도 일으킨다면 세계 최강의 자랑스러운 로마의 정예 10개 군단병력을 투입해도 순식간에 완패할 거라는 생각에 안절부절못하였다. 유대인의 왕국을 건설한 다윗 왕이 소년시절 남쪽 해변국가 블레셋의 침공을 받았을 때 단지 물맷돌 한 개를 던져 거인 장수 골리앗을 죽였다는, 그래서 전쟁을 이겼다는 전설 같은 황당한 이야기는 유대인의 역사에 기록된 부인할 수 없는 진실임을 본디오 빌라도는 알고 있었다. 예수는 사람 형상을 입은 신일 테니 소년 다윗과 비교할 수 없지 않은가. 불길한 예감이 머리부터 발끝까지 엄습해 와 그를 짓눌렀다. 또 숨이 막힌다.

총독 본디오 빌라도는 정신을 가다듬으며 느린 걸음으로 그들에게 다가갔다. 그는 총독으로 부임한 직후 등장한 예수에 대한 모든 정보를 근거로 2년쯤의 시간이 경과된 무렵에 위험인물 특 1호에서 그의 이름을 삭제하였다. 문서화된 모든 정보와, 정보장교 고넬료의 구두보고에서도 예수는 이 세상에 별 관심이 없다고 일관된 보고를 받아 왔기 때문이다. 유대인은 못 믿어도, 심지어 그들의 최고 종교지도자인 대제사장은 신뢰할 인물이 아니어도 백부장 고넬료가 주축인 유능한 정보요원들을 총독은 신뢰하였다. 예수는 백성을 선동하는 발언을 단 한 번도 하지 않았으며, 심지어 유대인들이 압제자에게 갈취당한다고 가장 분노하는 1인당 반 세겔의 인두세人頭稅조차도 로마의 황제 카이사르에게 낼 세금은 카이사르에게 주라고 공개적으로 말하였다는 것이다. 그렇다면 예수는 절대로 로마의 적이 아니라는 확신이 든다. 예수가 추구하는 가치는 대제사장이나 열심당이나 그 백성들이 추구하는 가치와 차원이 다름을, 그것이 과연 무엇인지 총독은 간파하지 못하였지만. 아마 내가 예수의 군중을 향한 가르침을 몇 번 직접 듣기만 하면 그의 이상을, 그의 의도하는 바를 간파할 수 있으리라고 생각하였다. 부하들이 아무리 유능해도 총독인 내 수준에는 이르지 못하기에 그들은 나의 부하가 되고 나는 그들의 최고사령관인 총독이 된 것일 테니 말이다.

총독은 예수라는 그 신비한 인물이 왜 로마인으로 태어나지 않고 나라조차 빼앗긴 나약한 유대인으로 태어났을까 생각해 보았다. 더구나 오늘 조반도 먹기 전에 그 신비한 사람을 죄수라고 묶어 내게 데려왔다니—.

축제기간에 발생 위험이 높은 반 로마 항쟁 사태는 수요일에 한 번 겪은 것으로 마감되는 게 그의 소망이다. 지난 수요일의 열심당 폭동의 두령인 바라바는 총독이 머물고 있는 안토니아 요새의 지하 감옥에 쇠사슬로 꽁꽁 묶어 두었다. 오늘만 무사히 넘기면 그들의 안식일이며(그들의 안식일은 절대로 조용하니까), 그리고 그들의 소란스러운 유월절 축제는 끝난다. 신이 보이지 않는 이 신의 도시를 떠나 해변의 가이사랴 총독부로 돌아가는 그것이 현재의 총독에게 희망이고 행복이다.

총독이 무장한 병사들이 지키는 요새의 성문에 이르렀을 때 올리브산 위로 방금 해가 떠오르고 있었다. 대제사장이 그들만의 율법으로 재판하는 산헤드린 종교법원의 재판관들과 무리를 이루어 문 밖에 대기하고 있었다. 총독은 짜증스러웠으나 유월절의 마지막 날을 무사히 넘기기를 간절히 소원하며 이방인의 영역이라서 들어오기를 거부하고 문 밖에서 기다린다는 대제사장의 일행 앞으로 다가갔다.

그의 시야에는 나사렛 예수만 보였다. 초라하다. 확실히 지쳐 있다. 포승줄로 묶여 대제사장 앞쪽에 세워놓았다. 총독은 불쾌감과 동시에 불길한 예감을 느꼈다. 이건 예삿일이 아니다. 깊은 음모, 넘치는 증오, 살기 충만한 질투 등등의 단어들이 순식간에 스쳤다. 대제사장이 먼저 입을 열어 의례적인 인사말을 건넨 후 용건을 털어놓았다.

"이 자는 나사렛 사람 예수라 합니다. 그런데 자기가 왕이랍니다. 명백한 반역이지요. 카이사르 티베리우스만이 로마의 황제이십니다. 카이사르 왕조의 다음 황제 역시 카이사르 가문에서 등장하지요. 세상 사람이 다 아는 사실인데 저 자가 자칭 왕이라 하는군요. 그것도 공개적으로 말입니다. 아주 의지적으로 말입니다. 그러니 명백한 선동이며 로마에 대한 반역이지요."

두렵고 놀랍고 의아하다. 유대사회의 가장 유명한 사람 예수, 가장 많은 군중이 질서 있게 따르는 영향력을 지닌 청년 예수, 어떤 방법으로든 한 번은 반드시 만나고 싶었던 불가사의한 인물 예수가 지친 모습의 죄수로 안토니아 요새의 성문 밖에 서 있다. 총독의 감정은 기복이 심해졌다. 예수에게 연민을 느끼는 반면 대제사장에게 증오가 일었다. 증오가 분노를 끓어오르게 하였다. 그러나 총독은 그 권위와 명예를 스스로 훼손할 만큼 어리석지 않다. 그는 인내의 달인이다. 그렇지 않고는 대제국 로마에서 속국의 총독으로 선택될 만큼 출세하는 게 가능하지 않다. 그러나 절제가 힘들었다. 심장과 폐가 작동을 정지할 것 같은, 총독이 한 번도 경험하지 못한 흥분으로 그의 탁월한 절제력이 붕괴 위기를 느낀다. 그는 시선을 예수에게 돌렸다. 연민과 일말의 경외심을 느낀다. 이어서 큰 의문부호들이 떠오른다. 무엇이든 할 수 있음이 확실하게 검증된 초능력의 예수, 그는 왜 나약하고 지친 모습인가? 무엇이든 할 수 있는 예수, 총독의 운명도 박살낼 수 있는 예수, 대제사장을 비롯한 유대교의 최고지도자들을 넉넉히 제압할 수 있는 그 예수가 어찌하여 이토록 무능한 모습인가? 로마에 대한 반역죄인이라고? 총독이 확보한 정보에는 절대 그런 증거가 없는데, 반역죄로 처형해 달라고?

그러는 사이 요새의 돌로 포장된 넓은 마당에 총독의 의자가 놓였다. 대제사장과 산헤드린을 무시하는 연출은 실례이며 반발을 유발할 무리수다. 대로마제국은 모든 속국의 평화로운 통치를 위하여 그들의 전통 민속이나 문화나 종교를 인정하고 보호하는 정책이다. 특히 유대사회는 기원전 165년의 유다스 마카비우스의 반란으로 그들을 지배하고 있던 시리아의 셀류코스 왕국을 물리치고 유대인의 독립왕국을 건설한 역사를 지녔다. 유대인의 분노의 폭발은 그들 고유의 모세 율법을 중심으로 한 종교에 대한 점령국의 탄압이 원인이었다. 그러므로 역사에서 배운 로마는 특히 유대인의 총독이나 유대 땅에 주둔하는 로마 군대는 유다스 마카비우스의 반란 사건을 상기하도록 충분히 교육받았다.

재판의 시작이다. 의자에 앉은 본디오 빌라도가 부드럽게 물었다.

"예수, 당신이 유대인의 왕이라는 저 사람들의 고소를 인정하시오?"

"그렇소."

지체 없이 명쾌한 대답이다.

"그러나……."

예수가 말을 이었다.

"─내 나라는 이 세상에 속하지 않았소. 내 나라가 이 세상에 속하였다면 내 종들이 싸워 나를 체포하지 못하게 하였소."

예수의 얼굴은 지쳐 보이나 평온하고 그 말투는 온유하나 확고한 의지로 충만하였다.

최고재판관인 총독 본디오 빌라도는 좀 더 구체적인 대답이 나오기를 바랐다. 이 세상에 속한 나라가 아니라면 그 나라가 존재하는 공간은 도대체 어디인가. 이 세상이 아니면 저 세상인데, 저 세상이라는 공간의 존재위치가 도대체 어디란 말인가. 그런 곳이 있기는 할까.

"그건 당신이 왕이 아니라는 뜻인 거 같은데─?"

총독이 마치 변호인처럼 물었다.

"그렇소. 나는 이 세상 나라 왕이 아니오. 나는 진리에 대하여 증거하러 왔소."

"진리?"

여러 세기에 걸쳐 많은 철학자들이 추구한 주제가 진리라고 총독은 생각하며 다시 물었다.

"당신이 말하는 진리가 무엇이오?"

그러나 예수는 더 이상 입을 열지 않았다. 총독의 호감을 부추기면 한 알의 밀알로 이 땅에 와서 죽어야 하는 그 극통의 시간이 지연될 것이다. 오늘, 1476년 전의 그 유월절, 흠 없는 어린 양의 피를 문의 양 기둥과 상방과 지방에 발라 죽음을 면하여 무사히 이집트를 탈출할 수 있었던 그 역사적 구원의 의미를 현재로부터 영원한 미래의 구원으로 이루어 내야 하는 어린양으로서의 절대절명의 임무는 하나님 나라의 인류를 향한 최고최대의 예정이며 동시에 약속이 아닌가. 그러므로 예수는 더 이상 입을 열지 않았다. 총독이 나를 무죄로 석방하려 해도 이미 그렇게 될 수 없도록 하나님 나라의 예정은 확고한 것이므로 예수는 침묵을 결정하였다. 물론 총독도 더 묻고 싶지 않았다. 질문이든 심문이든 예수를 괴롭히는 그 자체가 싫었다. 왜 이런 마음인지 그는 몰랐다. 그는 속으로 되뇌었다. 이 세상에 속하지 않은 나라? 공상의 세계? 문득 백부장 고넬료의 보고 내용에 예수는 일관되게 하나님 나라를 이야기한 것으로 되어 있다. 하나님 나라와 천국을 하나의 개념으로 사용하는 것 같다는 보고서 내용이 떠올랐다. 도무지 이해할 수 없는 그 나라의 개념을 고넬료도 설명을 제대로 못하였다. 왜냐하면 귀족이나 평민이나 노예에게나 지상의 이 세상 나라가 전부이기 때문이다.

조반을 먹지 못하였다는 사실이 생각나자 갑자기 힘이 빠졌다. 하나님 나라든 천국이든 그런 곳이 있기는 할까. 그게 뭐냐고 묻는다면 이해될 만한 대답을 기대할 수 없을 것 같아 묻고 싶지도 않았다. 배가 고프니까 짜증이 났다. 더구나 저 사람 예수는 함부로 다룰 범죄자가 아니라는 생각이 총독의 마음을 무겁게 하였다.

유대인들은 그들의 신에게 특별히 선택받은 민족이며, 그들을 지배하고 있는 로마인을 비롯한 전 세계의 모든 사람을 차별하여 이방인으로 지칭하는 저 건방진 대제사장과 산헤드린 재판관들, 그리고 어느 사이 그들 뒤로 꾸역꾸역 몰려드는 유월절의 인파가 심상치 않다고 총독은 느꼈다. 그는 가까이 서 있는 천부장에게 병력을 이쪽으로 전진 배치하라고 낮게 명령하였다.

"나는——."

조금 빠른 걸음으로 다시 대제사장 일행 앞으로 간 총독이 똑똑히 말했다. 이 상황을 끝장내고 조반을 먹는 편이 좋다고 생각하였기 때문이다.

"——당신들이 데리고 온 예수를 심문하였으나 나는 그에게서 아무 혐의도 찾을 수 없소이다."

결연한 의지가 담겨 있는 한편 심상치 않은 사태가 야기될 수도 있다는 경계심이 작용하여 그들의 감정이 상하지 않도록 최대한 신중하게 말하였다.

"총독 각하——."

총독은 대제사장 가야바의 말을 끊으며 이 문제에 관한 한 결코 밀리지 않겠다는 의지를 담아 말하였다.

"아, 실례지만 나의 제안을 먼저 들어보시지요."

문득 번개처럼 뇌리를 스친 바라바 생각에 총독은 내심 쾌재를 불렀다. 이들이 내 제안을 거부할 리 없으리라──.

"엊그제의 폭동은 로마가 결코 간과할 수 없는 무모하고 난폭하고 악독한 반란이었지요. 그 주모자가 열심당의 예수 바라바인 걸 대제사장께서 잘 아시지요?"

저 자가 무슨 수작을 부리는가 싶어 대제사장과 그 주변의 동지들이 귀를 기울였다.

"예수 바라바는 지금 우리 요새의 감옥에 있소이다. 그를 원한다는 건 로마에 대한 반역이지요. 명백하게──."

이쯤에서 대제사장은 총독의 얄팍한 계산을 간파하였다. 그러나 그의 말을 끝까지 인내하며 듣기로 하였다.

"당신들의 유월절은 경축할 일이지요. 당신들의 신이 430년이나 이집트 땅에 볼모 잡혀 노예처럼 살다가 기적적으로 탈출한 그야말로 역사적인 해방의 날이니까요. 당신들의 신에게 경의를 표합니다. 아울러 당신들의 이 축제에 총독으로서 큰 선물 하나를 드릴까 합니다."

총독은 약간 당황하였다. 한 마디의 반응도 없이 자기를 노려보다시피 하는 그들의 눈빛이 예사롭지 않다고 느꼈다.

"이 땅의 온 백성이 존경해 마지않으며 추종하는 나사렛 예수, 그는 내가 알기로 평화의 왕인 게 틀림없소이다. 그렇소. 그가 자칭 왕이라 하였다면 그건 평화의 왕이라는 의미일 테죠. 나사렛 예수를 특별 사면하는 게 이 백성에게 총독이 줄 수 있는 유월절 최고의 선물일 것이오."

총독의 말이 채 끝나기도 전에 대제사장 가야바가 주변이 다 들릴 만큼 큰 소리로 외쳤다.

"우리는 나사렛 예수를 원하지 않습니다. 대신 바라바를 사면해주시지요."

그러자 약속이라도 한 듯 대제사장 주변의 산헤드린 재판관들이 소리쳤다.

"바라바를 석방하시오!"

"바라바, 바라바, 바라바──."

이내 함성으로 변하였다. 악화된 상황이 당황스러웠다. 그렇다고 무죄선고를 내린 예수를 처형하는 건 재판관으로서, 총독으로서 정도가 아니며, 한 인간으로서의 양심이 허락하지 않았다.

"나사렛 예수가 무슨 죄를 지었단 말이오?"

그것은 총독 내면의 소리로 머물렀다. 천부장은 즉시 옆으로 다가와 일단 거리를 두는 게 좋다고 하였다.

"잠시 조용히 기다리시오."

천부장이 군중에게 큰 소리로 외치는 동시에 총독을 인도하여 예수 앞의 재판장석에 앉게 하였다. 잠시라도 시간을 끌어 그들의 흥분이 가라앉게 할 필요를 느꼈기 때문이다.

"천부장 생각은?"

총독이 낮게 물었다.

"아직 잘——."

"그럴 테지. 그렇다고 무죄를 유죄로 할 순 없지 않은가."

총독은 갑자기 생각난 지혜를 천부장에게 말했다.

"이 사람을 데려다가 채찍질하라. 그리고 다시 데리고 나오라."

천부장은 의아하지만 명령을 집행하기 위하여 예수를 데리고 요새의 뒤뜰로 갔다.

"총독의 명령이다. 채찍질하라."

채찍질은 늘 준비된 형벌이다. 지체 없이 집행되었다. 요새의 앞마당까지 예수의 비명이 들려왔다. 그도 그럴 것이 그 채찍질은 여러 갈래의 가죽 끈에 짐승의 뾰족한 뼈들과 납덩어리가 달려 있어 벗긴 상체를 한 번만 쳐도 표피에 구멍이 뚫리며 피가 솟아나는, 이 세상에서 가장 가혹한 매질이며, 자그마치 39회나 연속으로 때리는 형벌이다. 총독이 머리를 굴렸다. 무죄를 선고하고도 이토록 악명 높은 가혹한 채찍질로 온몸이 피투성이가 된 예수의 모습을 보면, 그들이 양심 없는 종교인이라 할지라도 일말의 연민을 느끼리라.

"이 사람을 보시오."

잠시 후 상체가 벗겨진 그대로 요새의 앞마당으로 끌려온 예수는 그야말로 목불인견이었다. 멀쩡한 데라고는 없다. 그의 피가 그의 몸을 완전히 물들였다. 거의 촘촘히 찢어진 표피에서 선지 같은 핏덩어리가 그의 호흡의 자극으로 뭉클뭉클 솟아나고 있었다. 총독은 심히 괴로웠다. 마치 자신이 채찍질당한 듯 통증을 느꼈다.

"이 사람을 보시란 말이오."

반응 없는 유대인을 향하여 총독이 신경질적으로 말했다.

"이 사람은 무죄요. 이만하면 충분하지 않소? 이 사람을 석방하겠소."

선언하듯 토해내고 돌아선 총독에게 대제사장이 소리쳤다.

"우리에게 바라바를 주시오."

그러자 구름떼 같은 무리들이 일제히 소리쳤다. 분노한 함성이다.

"바라바! 바라바! 바라바—!"

"총독 각하, 지금 우리의 요구를 간과하시면 우리가 총독을 황제에게 고발할 수밖에 없습니다. 나사렛 예수는 자기 왕국을 이 땅에 세우려는 자니까 이건 의심의 여지없이 반역이며, 총독께서 그의 공범이 되기를 자처하신다면——."

의심의 여지 없이 대놓고 협박이다. 총독은 그들에게 등을 돌린 채 잠시 미동도 하지 않았다. 자중지란을 일으킬 수 없고, 그 협박에 굴하기도 싫고, 예수를, 죄 없는 저 예수를 처형할 수도 없고—.

"천부장, 손 씻을 물을 떠오라 하게. 당장."

너무나 뜻밖의 명령이지만 상급자의 명령에 절대 복종하는 천부장 클라우디오 루시아는 가까이 있는 병사를 손짓으로 불러 물을 떠다가 총독이 앉아 있던 의자 앞에 두라고 하였다. 군중의 함성은 그 열기를 더해갔다.

"나사렛 예수를 십자가에 못 박아라."

"십자가에 처형하라."

"바라바를 석방하라."

성난 군중의 소리에 총독은 귀를 막고 싶었다.

"나는—."

그는 몸을 돌려 대제사장을 마주보다가 두어 걸음 그의 앞으로 다가서서 말을 이었다. 최소한 이 무리가 폭동을 일으키지 않도록 즉각적인 조치를 취하지 않으면 안 될 만큼 긴박한 상황이 전개되는 것 같았다. 예상 밖의 상황이다. 대제사장 일행이 군중을 선동하는 게 분명한 것 같다.

"—나는 무죄를 선고하였소. 판결을 번복하지는 않소. 그러나 이 땅의 평화와 안전을 책임진 총독으로서 그를 당신들이 원하는 대로 처리하겠소이다. 당신들이 원하는 바라바는 석방하겠소."

총독은 저주를 품었지만 부드럽게 말하고는 다시 의자가 있는 자리로 돌아가 병사가 떠온 대야의 물에 손을 담갔다. 예수는 눈을 감은 채였다. 뜻을 이룬 그들은 어느 정도 조용해졌다. 그는 손을 씻으며 대제사장을 향하여 모두가 들을 수 있을 만큼 가급적 큰 소리로 말했다.

"나는 무죄를 선고하였소. 그러니 이 사람의 피에 대하여 나는 책임이 없소이다. 당신들이 책임지시오."

"그 피를 우리와 우리 자손에게 돌리시오."

대제사장 가야바의 반사반응이다.

그날, 30년 4월 13일 금요일 아침 아홉시에 세 사람의 죄수가 십자가에 못 박혔다. 가운데 십자가의 죄 패에 쓰인 죄명이 로마가 지배하는 세계의 사람들이 모두 알아볼 수 있는 로마문자와 그리스문자와 유대인의 히브리어로 삼중 기록된 '유대인의 왕'이라는 죄명이 부착되어 있었다. 오후 해지기 전에 처형장 지휘관이었던 백부장 페트로니우스가 피로

감은커녕 상기된 얼굴로, 그러나 사무적으로 임무 완료를 총독에게 보고하였다.

총독은 우울한 눈빛으로 그를 바라보았다. 사망 소식은 이미 전해 들었다. 그 직후 대제사장 일행이 다시 요새를 찾아와 상상도 못할 부탁을 하였다. 예수가 살아 있을 때 내가 죽으면 사흘 만에 다시 살아난다고 몇 번이나 공언한 사실을 상기시켰다.

"제자들이 그의 시체를 훔쳐다 숨겨 놓고 다시 살아났다고 날조된 유언비어를 퍼뜨릴 경우를 생각하십시오. 그들은 충분히 그렇게 합니다. 그리 되면 우리 모두가 매우 곤혹스럽게 됩니다. 그러니 병사들을 보내 그 무덤을 사흘 동안 철통같이 경비하는 게 절대로 필요합니다."

"우리 모두라? ―내 생각은 다르오. 난 무죄를 선고하였소. 나사렛 예수를 체포하고 재판하고 사형에 해당된다고 유죄판결한 것은 당신네 산헤드린 법정이오. 그 시체가 그의 말대로 다시 살아난다면 나는 그를 초대해서 잔치를 베풀고 싶소."

"총독 각하―."

다급한 목소리다. 총독은 여유롭게 그의 입을 막았다.

"원대로 해드리지요. 원대로―."

대제사장 일행의 면면을 훑어보며 말을 이었다.

"내 병사들을 보내 사흘이든 석 달이든 그의 무덤을 경비하리라. 가이사 티베리우스 황제 폐하와 원로원에 이 사실을 보고하면 난 조롱거리 총독이 되겠지요? 그럼에도 왜 당신들 원대로 해드리는지 아시오? 그 시체가 다시 살아나면 내 병사들이 확실한 다수의 증인이 될 테니 그리하는 것이오."

총독은 그들을 조롱하여 보낸 게 유쾌하여 백부장 페트로니우스가 자기 앞에 서 있는 것도 잠시 잊은 듯 보였다.

"각하, 저는 개인적으로 나사렛 예수가 하나님의 아들이라고 믿어집니다. 유대인이 믿는 그 신의 아들로요."

총독이 빙그레 웃으며 고개를 끄덕였다.

"느닷없이 세 시간이나 암흑과 천둥번개와 지진이 계속되다가 나사렛 예수가 운명하자마자 동시에 밝아지면서 고요해졌습니다. 천지가 요동쳤습니다. 유대인들이 믿는 하나님이라는 그 신이 대로하신 것으로 저는 이해됩니다."

그날이 저물자 유대인들은 안식일의 안식에 몸을 맡겼다. 그러나 총독과 백부장 페트로니우스는 편안한 잠을 이루지 못하였다.

사흘째 아침, 사흘 전 그 아침처럼 아직 조반을 먹기 전인 총독에게 긴급 보고가 들어

왔다. 예수의 시체가 증발하였다는 경천동지할 보고다. 천사라고밖에 말할 수 없는 무엇이 나타났다는 것이며, 동시에 병사들은 두려움으로 기절하다시피 하였다. 그 중에 두어 명은 시체가 열린 돌문으로 나오는 모습을 보았으나 너무 두려워 눈을 감았노라 하였다.

예루살렘은 발칵 뒤집혔다. 대제사장을 비롯한 유대인 종교권력자들이 안토니아 요새의 정문 앞에 또다시 등장하였다. 사흘 전의 오만과 악의는 사라지고 근심과 두려움과 당혹감을 그들은 숨기지 못하였다. 경비병들이 잠든 사이 제자들이 시체를 훔쳐갔으므로 지체 없이 시체 수색에 나서 달라고 그들은 장황하게 요구하였다.

"나는 당신들의 지배자가 아니라 당신들의 평안을 위한 총독이오. 그러니 걱정 마시오. 즉각 예루살렘의 모든 성문에 다수의 병력을 보내 외부로 나가는 사람들의 모든 짐을 철저히 수색할 것이며, 아울러 성 안의 구석구석, 뿐만 아니라 집집마다 수색하여 시체를 찾도록 명령하리다. 정말 시체를 훔쳐 갔다면 꼭 찾아냅니다. 훔쳐갔다면 말이오."

총독은 이어서 옆에 서 있는 천부장에게 즉각 명령하였다.

"필수 병력만 요새에 남기고 총동원하여 성문 봉쇄와 성 안 수색을 동시에 진행하라. 즉각."

예루살렘 성 안을 로마의 병사들이 누볐다. 기드론 골짜기 건너편의 올리브산 남쪽 경사면에 있는 공동묘지조차 돌문을 옮기고 나사렛 예수의 시체를 찾느라 혈안이었다. 총독의 의지가 강했다. 성문은 밖으로 나가는 모든 짐을 샅샅이 뒤졌다. 그러나 소득이 없었다. 총독은 기분이 괜찮았다. 예수가 정말 다시 살아났을 가능성을 완전히 배제할 수 없다고 그는 생각하였다. 예수의 출현으로부터 체포까지 3년 가까이 현장에서 정보를 수집한 백부장 고넬료의 보고서가 충분히 그럴 가능성을 담고 있다.

그렇게 살벌한 열흘쯤 지난 어느 날, 예루살렘은 걷잡을 수 없는 혼란에 빠졌다. 죽은 듯 숨어 지내던 예수의 제자들과 그 추종자들이 겁도 없이 거리와 성전에서 십자가에 죽은 예수가 다시 살아났다고 당당하게 외쳐대기 시작하였다.

이 건 숙

등 단 「한국일보」 신춘문예

약 력 서울대학교 사범대학 독어교육과 졸업
미국 Villanova대 도서관학과 석사
한국크리스천문학가협회 소설분과위원장
사모(신성종 목사)

수 상 한국크리스천문학상, 창조문예문학상, 들소리 문학상 등

저 서 창작집 :『파월병』『미인은 챙 넓은 모자를 좋아한다』
장편소설 :『이브의 깃발』『에덴의 국경』『바람 바람 새
바람』『사람의 딸』『순교자 아들』

e메 일 gunsook6030@empas.com

순교자 아들

"자네가 순교자의 아들이라는 소문이 나 있더군. 참 대단한 집안 출신이야!"

이건 세상에서 내가 제일 듣기 싫어하는 말이다. 사람들이 그렇게 나를 앞에 놓고 칭송하면 나는 그 자리에서 얼굴이 붉어질 정도로 숨을 헐떡거리면서 화를 내기 때문에 나를 아는 사람들은 가능하면 이 말을 피한다. 물론 나는 교회에 다니지도 않는다. 아내도 아이들도 모두 내 뜻에 따라 아무도 교회에 가는 사람이 없다. 집 안엔 성경찬송은 물론 그에 관한 책자가 단 한 권도 없다. 이건 내가 교회에 대하여 심한 알레르기 반응을 보이기 때문이다. 심지어 집 안에서는 누구도 예수나 하나님이란 말을 입에 올리지도 않는다. 이건 가정의 일원이 되는 기반이고 철두철미한 내 원칙이기 때문에 밥을 먹고 붙어살려면 꼭 지켜야 할 가훈이 되기도 했다.

지금 나는 일생 너무 과로해서, 아직 펄펄 살아야 할 나이에 양로병원에 10년째 누워 있다. 고희를 몇 년 앞두고 나는 허방을 딛듯 맥없이 쓰러져버렸다. 이 모두가 아버지 때문이다. 순교자란 명패를 달고 신나게 죽어버린 아버지 말이다. 아직 열 살도 되지 않은 올망졸망 자식들 넷과 서른 초반의 아내를 험악한 이 땅에 내팽개치고 혼자 훌쩍 자기가 사랑한다는 예수를 따라가버린 비정한 남자다. 아무튼 아버지는 예수에 벽癖이 들린 사람이다. 이런 아버지처럼 되지 않기 위해 나는 두 아들과 딸을 미국으로 데리고 가서 아주 훌륭하게 키웠다. 실컷 먹고 대학원까지 내 두 손으로 수고하여 번 돈으로 완벽하게 공부를 시켰고 당당하게 사회에 일원으로 내놓았다. 자식들은 내 뜻을 따라 잘 자라서 남의 땅인 미국에서 모두 전문직을 가진 인물들로 성공했다. 큰아들은 심장전문의, 작은아들은 안과의사, 하나뿐인 고명딸은 대학 강단에 서는 교수가 되었으니 이만하면 나란 사람은 이 세상에서 부끄럽지 않게 가장의 책임을 달성한 셈이다. 게다가 나는 아버지처럼 있으나마나한 빈껍데기가 되지 않기 위해 자식들이 결혼할 적에 모두 작지만 집을 한 채씩 장만해주었으니 내 할 도리는 다한 상태이다.

아침식사가 끝나자 주치의가 인턴들을 데리고 들어왔다. 저들은 내 침대에 쭉 둘러섰고 나를 담당한 의사는 당당하게 나를 난도질했다.

"이 환자는 일 년 전부터 식물인간 상태입니다. 물도 못 삼키니 콧줄에 의지해서 살고 있어요. 깡통에 든 유동식음식량으로 변을 조절하고 있으니 매일 회진할 적에 혈압과 심장을 체크하고 링거 주사로 수분을 공급하지요."

그 중 한 학생이 물었다.

"몸 전체가 매미가 허물을 벗듯이 살갗이 일어나네요."

"이 환자 벌써 세 번을 뱀처럼 허물을 벗고 있어요."

"사람도 늙으면 곤충처럼 되나 보지요."

저들이 나누는 대화가 선명하게 나의 귀에 똑똑하게 들리면서 귀청을 찢고 가슴과 머리를 스쳤다. 화가 났지만 슬픔이나 분노를 단 한마디도 표현할 수가 없다. 귀만 살아 있는 것일까. 게다가 총명탕을 먹었는지 머리는 멀쩡하다. 나보다 암에 걸려 먼저 가버린 아내의 젊고 발그레 핏기 도는 팽팽한 얼굴이 눈앞에 아른거린다. 나는 이렇게 늙어 저들이 말하는 것처럼 식물인간이 되어 누워 있는데 아내는 아직도 오십대의 성성한 모습으로 내 앞에서 알찐거린다.

하루 종일 누워서 내가 하는 일은 살아온 뒤안길을 돌아보는 것이다. 걸어온 평생이 눈앞에 커다란 총천연색 스크린으로 펼쳐지면 그걸 따라 인생길을 다시 걸으며 시간을 보낸다. 순간순간 시공간을 초월해서 나는 아버지를 향한 분노와 미움을 떠올리며 이를 갈면서 지낸다. 한세상 살아가는 일이 예나 지금이나 쉽지는 않지만 다른 사람들과 달리 내 가슴 속에는 마멸시킬 수 없는 엄청난 증오가 활화산처럼 끓고 있다. 심신이 건강하여 바쁜 삶을 살 적에는 시간에 쫓겨 묻어둔 그런 미움이 파편처럼 떠돌다가 이따금 비수처럼 불쑥 나를 찔렀으나 이제는 온전히 그 미움이 끓어올라 화산의 분출구를 찾아 몸부림치고 있다. 오랜 세월 가슴 속에 고인 미움이 퇴적되어 광질狂疾이 된 탓일까.

일수일에 한 번씩 나를 목욕시키는 여자들이 재잘거린다. 흑인인 저들은 무례하게 내 몸을 고사한 통나무처럼 이리저리 굴리고 거칠게 다루어서 귓속에 물이 흥건히 고일 정도다. 때때로 샤워기로 머리를 감기면서 투덜거린다.

"이 할아버지는 말도 못하고 숨만 쉬는 식물인간이건만 얼굴에 분노와 찌증이 서리서리 더께로 앉아 있어. 마치 터뜨리기 전의 고무풍선처럼 고집과 미움이 탱천한 얼굴이야. 그래서인지 몸도 이상할 정도로 힘이 들어가 있어서 마치 쇠심줄이 낀 단단한 고깃덩이처럼 씻기기 힘들어."

"그래서 모두 이 환자 돌보기를 싫어한다니까. 죽어가는 노인들의 무덤덤하고 평안한 얼굴이 아니라 무섭게 일그러진 얼굴에 몸까지 힘이 잔뜩 들어 있을 정도로 이상해서 목욕시키기 정말 힘들어. 둘이서도 힘겨워 도우미를 한 명 더 요청해야겠어."

"동서양을 물론하고 이 나이에 이르면 다 내려놓고 평안한 얼굴이 되는 걸로 아는데 이 환자는 아마도 마음속에 고인 아픔이 많은 모양이야."

저들의 말에 의하면 나는 말도 한 마디 못하고 눈을 감고 이렇게 누워 있어도 내 몸뚱이가 나의 일생 가슴에 한으로 맺힌 고통을 드러내는 모양이다. 그들의 말대로 나란 사람은 이렇게 쓰러진 고목처럼 누워 있어도 참으로 용서할 수 없는 사람이 바로 내 아버지다. 그 미움 덩어리를 저들이 씻기기 힘들다는 뜻일 터이다. 따지고 보면 그런 쇠심줄처럼 질긴 미움으로 이렇게 끈질기게 내 목숨이 붙어 있는지도 모른다.

과거의 형해形骸 속에 빠져 허우적이는 나의 공간을 깨트리고 내 손을 거칠게 잡는 여자 손의 감촉으로 인해 나는 화들짝 놀라 몸을 움츠렸다. 잘못했다가는 뼈가 부러질 수도 있을 정도로 손가락뼈까지 버석거리니 말이다. 이미 지난번 목욕할 적에 가쁜 숨을 내쉬는 검둥이 뚱보가 어찌나 거칠게 내 몸을 다루는지 팔뼈에 금이 가서 아픈데도 나는 말을 못하고 고목처럼 누워 있으니 아무도 그걸 눈치 채지 못했다. 다음날 팔뚝이 퉁퉁 부어오른 걸 회진 의사가 보고 어깨달이를 해서 가슴 위에 올려놓고 있는 형편이다.

내가 좋아하는 라일락 향기가 콧가를 스친다. 이건 딸의 냄새다. 내가 제일 사랑하는 막내 외딸이다. 몸이 약해서 늘 내 가슴을 아프게 했던 녀석이다. 이 애를 보면 바로 밑의 가여운 내 여동생이 떠올라 더 연민의 정을 느꼈을 터이다. 시집가서 고생을 하는 딸의 손이 이렇게 거칠어진 것도 가여운 여동생을 생각나게 한다.

딸은 내 귀에 대고 속삭인다.

"아빠, 이제 고만 어머니 곁으로 가셔요. 한 마디 말도 못하고 통나무처럼 누워 있으면서 몸에 이렇게 많은 걸 주렁주렁 매달고 있으니 얼마나 힘들어. 그만 가세요. 음식도 코로 먹으니 맛을 보지도 못하고 의식이 없으니 대화도 못하고 아버지가 제일 좋아하는 재미있는 야구중계를 텔레비전으로 못 보잖아."

작년 의식을 잃기 전, 시월 말 어름에는 그래도 그때는 입으로 음식을 먹을 수 있었다. 그때도 척추협착증으로 잘 걷지도 움직이지도 못하니 소변줄이 방광과 연결해서 꽂혔고 링거 주사기가 왼쪽 팔에 매달려 있었다. 커다란 산소탱크가 옆에 놓여 있어 병황病況에 따라 이따금 산소마스크를 쓰는 형편이었다. 게다가 골반 뼈가 있는 엉덩이 언저리에 욕창이 생겨 도넛 모양의 링이 엉덩이를 받쳐주고 있다. 혈압과 맥박을 재는 기계가 옆에 있는 건 며칠 전부터 갑자기 폐에 병소病巢가 있어 호흡이 곤란해지자 가져다 놓은 것이다. 시간이 갈수록 몸에 매달리는 것들이 자꾸 더 늘어난다.

딸이 사랑한다는 말을 속삭일 걸 기대한 나는 기가 막혀 따귀라도 한 대 올려붙이고 싶었으나 꼼짝도 못하니 화가 부글부글 끓었다. 딸은 이리저리 내 몸을 들쳐보고 혀를 찼다. 그러더니 병실 안 다른 환자들을 둘러보고 발달된 의료장비로 사람을 뉘어놓고 동물적 호흡기능만 유지하는 것은 인간존엄성을 무시하는 짓이라고 강단에 선 교수처럼 일장연설을 해댄다. 이미 죽은 인격을 몸뚱이만 살려놓고 치료라는 명분을 내세우고 있으니 이건 분명 인간생명에 대한 모독이라고 한바탕 떠들었다. 환자들이 반응을 보이지 아니하자 나에게 인사도 없이 딸은 휑하니 찬바람을 일으키며 가버렸다.

방문객이 오면 시끌시끌하다가 다시 병실은 정적으로 빠져든다.

딸 때문일까. 딸의 얼굴이 일곱 살짜리 단발머리 여동생으로 다가왔다. 배가 고파서 둘이는 산골개울을 뒤지다가 큰 돌 밑에 숨어 있는 가재를 발견하면 그걸 허리에 묶고 있는 보자기에 둘둘 말아 개울가에 놓았다. 들판을 휩쓸고 온 흙먼지 찬바람이 품안으로 파고들어 파랗게 질린 우리 오누이는 들판에 파릇하게 얼굴을 내민 어린 잎들을 몽땅 따냈다. 어린 명아주 잎도 있고 애기똥풀도 있었다. 쑥, 망초, 냉이, 꽃다지도 있고 아직 잠에서 덜 깨서 빌빌대는 개구리도 있었다. 이런 걸 모두 집으로 가져가면 그게 바로 우리 식구의 하루 한 끼 식사가 된다. 어머니는 이걸 모두 무쇠솥에 넣고 푹푹 끓여 한 그릇씩 앞에 놔주고 기도하자고 모두 손을 모으란다. 여동생은 어머니를 따라 두 손을 모으고 입을 오물거렸으나 나는 소름끼칠 정도로 눈을 무섭게 치뜨고 이런 여동생과 어머니를 노려보았다. 감사의식 기도를 하는 동안 나는 가장인 아버지를 데려간 하나님이란 분을 향해 저주의 말을 속으로 중얼대며 퍼부었다. 처자식을 이렇게 굶게 놔두고 훌쩍 이 집안의 기둥을 빼간 하나님께 무엇이 감사하다고 어머니와 여동생은 감사감사 하면서 이런 초라한 음식을 앞에 놓고 기도를 한단 말인가! 어려서는 어쩔 수 없이 어머니 손에 끌려 교회에 갔으나 꾸어다 놓은 보릿자루처럼 아주 매서운 눈을 하고 주일학교 교사를 노려보고 절대로 저들이 가르치는 말에 귀를 기울이지 않았다. 결국 순교자의 아들이라는 나는 중학교에 들어가서는 아예 교회를 등지고 떠나 밖으로 나돌면서 이 나이에 이르도록 거기에는 한 발자국도 들여놓은 적이 없다.

내가 교회를 뛰쳐나간 걸 알고 어머니는 별별 수단을 다 썼다. 울기도 하고 빌기도 하고 달래기도 했으나 나는 돌부처처럼 입을 열지 않고 벙어리로 대항했다. 심지어 어머니가 내 등을 도끼로 통나무를 패듯 빗자루로 때려도 나는 꼼짝 않고 신음을 삼켰다. 이런 나를 두고 힘이 진한 어머니는 한숨을 쉬며 중얼거렸다.

"네 머리 뒤통수가 네 아버지를 꼭 닮아서 그런다. 고집이 세서 빳빳하게 일어서는 머리카락들이 그걸 말해주는구나. 하긴 그러니까 네 아버지도 힘든 죽음을 택하여 순교자가 되었지. 아무나 순교하지 못한다. 그 고집이 해낸 것이지. 너도 그런 아버지를 닮아서 이렇게 고집을 부리면서 반항하는 것이 아니냐."

아버지는 죽기로 작심하고 그 길을 택했다. 내가 알기로는 살려주려고 일본 검사까지 노력했으나 이 모든 걸 거부하고 죽음의 길을 택한 사람이다. 그럼 성당의 신부처럼 장가나 들지 말고 자식을 낳지 말았어야지 어쩌자고 보통사람들처럼 결혼하여 새끼들을 넷이나 퍼질러놓고 책임을 지지 않고 가버렸단 말인가. 동물도 자신이 낳은 어린 새끼들을 돌보는 법인데 하물며 인간으로 태어나서 자신의 의무와 책임을 내던진 행위는 동물만도 못한 심보가 아니겠는가. 이 생각에 이르면 속이 부글부글 끓어올라 숨이 턱턱 막힌다. 세월이 이렇게 흘러 서른다섯에 죽은 아버지 나이의 배를 넘겨 살고도 나의 미움은 그대로 싱싱하게 꿈틀대며 살아나서 나를 사로잡는다.

한겨울 교도소 골방에서 얼어 죽은 아버지를 가마니에 두르르 말아서 산에 묻고 난 뒤 우리 식구 다섯은 교회의 사택에서 쫓겨났다. 새 목사가 부임하여 집을 내주어야 하기 때문이라나. 교회 건너편 개울가에 천막을 하나 쳐주고 거기서 살라고 말이다. 엄동설한에 개울을 낀 산비탈에서 동물도 아닌 사람이 어찌 살 수가 있단 말인가. 이대로 앉아 자식들과 얼어 죽을 수 없다고 울어대던 어머니가 산속 으슥한 곳에 버려진 흉가에 올망졸망 자식들 넷을 데리고 들어갔다. 귀신이 나온다는 폐가지만 우리 식구는 먼지를 털어내고 그 집에 안착했다. 사람이 생명을 유지하며 산다는 것은 기거하는 집보다 먹거리가 더 중요했다. 친척들도 일본 경찰이 무서워서 일체 모른 척 외면하는 판이다. 교인들도 일본 경찰의 눈치를 보느라고 어쩌다 한밤중에 쌀 한 줌을 툇마루에 놓고 도망가 버리기 일쑤였다. 아버지를 따라 심한 고문을 당한 어머니는 허리를 다쳐 새끼들과 살아보려고 버르적거리면서 일을 해보려고 애를 썼으나 입에 먹을 것을 벌어오는 일은 어린 여동생과 나에게 달려 있었다. 그 겨울의 배고픔은 지금도 소름이 끼칠 정도였다. 얼굴은 누렇게 들뜨고 배는 불뚝 튀어나와 개구리 꼴을 하고 여동생과 나는 산야를 헤매며 먹을 것을 찾아 다녔다.

아버지는 왜 죽음을 택했을까? 지금도 풀리지 않는 수수께끼다. 교도소에서 마지막으로 어머니와 아버지가 나누는 대화를 살짝 열린 문틈으로 엿들었다.

"내가 예수를 부인하고 하나님은 없다고 하면 살려준다고 하는데 어쩔까? 진심이 아닌 가짜로라도 신사 앞에서 절을 하면 풀어준다고 하는데 어쩌지. 그래야 하는 것이 한 가정을 책임진 가장의 도리가 아닐까 하는 괴로움이 나를 무척 힘들게 하고 있어. 당신의 의견을 듣고 싶네."

"당신의 신앙양심에 따라 결정하셔요. 가정을 위해 우상 앞에 절하지는 마셔요. 저와 어린 것들을 생각하지 말고 하나님 앞에서 단둘이 마주보고 당당하게 결단을 내리세요. 난 당신의 뒤통수에 벌떡 살아나서 팽팽하게 서 있는 머리카락에 반해 결혼한 여자예요.

그건 고집과 신념이 있고 남자다움을 상징하는 표시라고 전 믿어요."

"고맙소. 편안하게 가게 해줘서."

아버지는 그렇게 가버렸다. 신앙양심이라는 것이 자식과 아내를 버리는 것이라면 그런 하나님을 믿을 필요가 있는 것일까. 귀 따갑게 교회에서 들은 말은 하나님은 사랑이라고 했는데 자식을 굶어죽을 지경으로 유기하는 것이 사랑이란 말인가. 아버지의 머리 중앙 가마 언저리에 고개를 숙이지 못하고 불끈 일어서는 머리털이 자식사랑보다 강하단 말인가. 나는 어쩌다 머리털이 성나서 일어서는 뒤통수를 지닌 사람을 만나면 절대로 상대를 하지 않는다. 아무튼 나는 아버지처럼 자신만의 생각과 취미를 고집하는 벽癖이 있는 그런 인생을 절대로 살지 않기로 결심했다. 하긴 살아 있는 개미를 잡아 산 채로 그냥 맛있다고 먹는 광증에 가까운 벽에 들린 사람처럼 내 아버지란 사람도 그런 무잡하고 더러운 습성을 지닌 모양이다.

지금도 후회하는 일은 어머니가 못한 것을 나라도 했어야 하는데 그냥 지나친 일이다. 어머니와 아버지가 나누고 있는 대화에 끼어들어 울면서 아버지 죽지 말고 살아서 우리 가족 배곯지 않게 해달라고 거머리처럼 달라붙었다면 아버지는 죽음을 택하지 않고 신사 참배를 하고 예수를 부인하고 지금까지 살아 있을 터인데 하는 생각을 한다. 그랬다면 두 남동생이 아버지가 죽은 그 극심한 추위에 영양실조로 죽지 않고 살아있을 것이 아닌가.

나는 지금도 태평양의 서쪽 끝자락에 자리 잡은 한반도나 일본 쪽을 보는 것도 역겨워 머리를 돌리고 살아가고 있다. 어릴 적 배고픔과 아버지 없이 살아가는 고생이 지겨워 나는 간신히 어렵게 야간고등학교만 공장을 다니면서 졸업하고 군에서 제대하자마자 바로 아내의 친정을 따라 머나먼 낯선 땅 미국으로 건너와 버렸다. 어머니와 여동생하고는 지금까지 소식도 끊어서 피차 연락도 하지 않고 세월이 흘렀다. 여동생은 모진 고생을 하면서 몸을 잘 못 쓰는 어머니를 모시고 일생을 교회에 다니며 하나님 붙들고 산디는 근황을 풍문으로 듣고 있었다.

나는 신앙심이 많은 듯 처신하는 어머니도 증오한다. 남편을 향해 죽지 말라고 울면서 매달려야 하는 것이 아내가 취해야 할 태도가 아닐까. 새끼를 거느린 어미가 어찌 본능을 무시하고 남편의 손을 놓아버렸단 말인가. 하나님을 믿지 않겠다고 거부하도록 남편을 설득해서 살려내 남편과 아버지로 살게 하지 않은 어머니를 맨 정신으로 바라보기에는 무척 역겨웠다. 상식을 무시한 그녀의 신앙이 가면을 쓴 것처럼 보였다. 너무 바보스러운 어머니가 싫어서 나는 그녀로부터 도망쳐 버렸다. 남편을 죽게 방치하는 여자가 진짜 남편을 사랑했다고 말할 수 없을 터이니 말이다.

아버지가 일본 경찰에게 고문을 당해 매 맞아 얼어 죽고 나는 학교에서 신사참배 문제로 집으로 쫓겨 왔다. 어머니는 학교를 그만둘지언정 신사 앞에 절하는 것은 우상을 향해 절하는 것이라고 우겨댔다. 내 짝꿍은 일본인 선생에게 한방 맞고 바로 신사 앞에 절하고 목사인 그 애 아버지도 신사참배를 해서 떵떵거리면서 살고 있다. 그 아이는 연필도 공책도 심지어 가방까지 고급을 가지고 다녔고 도시락에도 달걀말이와 장조림에 이밥을 가져 왔다. 나는 도시락도 싸오지 못하여 점심시간이면 혼자 운동장 가의 철봉대에 매달려 하늘을 보며 그 깊숙이 혼자 가버린 아버지를 원망하며 훌쩍거렸다. 그까짓 하나님을 부인하고 신사 앞에 참배하는 것이 무엇이 그리 어려워 죽음까지 당하는 바보짓을 해서 자식을 이렇게 배를 곯게 하고 음울하게 살면서 울게 한단 말인가.

요즘 양로원에 누워서 살아온 길을 되돌아보니 정작 슬픈 일은 나의 불우한 가정환경이나 그 시대의 암울함이 아니라 현재 감동이 없는 건조한 나의 마음이다. 그간 벅찼던 세상살이가 나를 더욱 웅숭깊고 괴기스러운 사람으로 만든 모양이다.

적적하게 양로병원에 누워 있어도 나를 찾아오는 사람이 없다. 옆에 누운 환자는 교회의 열성분자였는지, 귀가 따가울 정도로 사람들을 꾀어들여 매일 떠들썩했다. 다른 환자들이 다행히 항의하는 바람에 응접실로 나가 손님을 접대하는 바람에 큰 고역에서 벗어난 셈이다. 특정 종교 집회를 병실에서는 금해서 구석진 방으로 가서 조용히 기도하고 찬송을 하고 가는 모양이다.

나는 자식들 배고프지 않고 아내 고생시키지 않으려고 손마디가 소나무의 옹이처럼 튀어나올 정도로 일을 했다. 이게 인생의 참 길이 아니겠는가. 자식을 낳았으면 끝까지 책임을 지는 것이 당연한 일이고 인간의 도리이니 말이다. 비록 나를 찾는 사람들이 없어도 책임완수를 하며 살아온 나의 삶으로 인해 성공했다고 스스로 위로를 삼으려고 내심 안간힘을 썼다.

십년을 누워 있었더니 이제 숨도 차고 배에 물이 고인다고 야단이다. 어제부터는 정신이 희미해지기 시작했다. 끝없는 아주 깊은 수렁으로 서서히 내려가는 기분이다. 어둡고 음습하고 차갑고 으스스한 곳이다. 자꾸 밑으로 천천히 내려가서 점점 몸은 오그라들고 슬슬 두려움도 엄습했다.

멀리서 찬송소리가 들린다. 아주 은은하고 다사롭고 따뜻한 기운이 서려 있다. 귀에 똑똑하게 여동생의 음성이 들리고 딸이 내 손을 잡아 흔든다.

"아빠! 코리아의 부산 고모가 태평양을 건너왔어요. 고모도 몸이 안 좋은데 아빠에게 마지막 인사를 하고 싶다고 이렇게 오셨어요."

실로 반세기 만에 들어보는 여동생의 음성이 귓가를 스친다.

"오빠! 이제 고만 돌아와요. 그간 가시 채를 뒷발질하느라고 얼마나 힘들었어. 오빠 이중으로 인생에 손해를 본 거야. 아버지를 잃어 고생했고 하나님을 거부해서 고생했으니 이중으로 손해를 본 셈이야."

"넌 아버지가 밉지도 않았니? 그 고생이 지겹지도 않았니?"

이렇게 외치고 싶었으나 입안과 머리에서만 맴돈다.

"난 참으로 힘차게 기쁘고 편안한 마음으로 살았어. 어머니의 기도가 나를 지탱시켜주었어. 좋으신 하나님이 좋은 남편 만나 재산도 축복해서 난 지금 부자로 살고 있어. 그간 오빠를 찾느라고 얼마나 애를 쓴 줄 알아. 이제 고만 내 손 잡고 돌아가자. 오빠 지금 너무 멀리 왔어. 어머니가 임종자리에서 오빠만을 애타게 부르다가 갔어. 이제 고만 하자. 고만 돌아가자."

여동생의 애걸에 나는 몸부림치듯 이렇게 절규했다. 물론 입 밖으로 한 마디도 나오지 않는 머릿속의 외침이다.

"싫어, 싫다니까. 나는 우리 가정을 비극으로 몰아넣은 그런 나쁜 하나님을 믿지 않는다고. 예수에 미쳐 우릴 고생시킨 아버지를 미워한다니까."

여동생은 내 손을 잡고 흐느끼면서 계속 내 귀에 대고 찬송을 불렀다.

아버지가 죽는 순간까지 교도소에서 불렀다고 어머니가 가정예배 때마다 매일 함께 부르자고 내놓았던 찬송이다.

저 높은 곳을 향하여 날마다 나아갑니다.
내 뜻과 정성 모두어 날마다 기도합니다.
내 주여 내 발 붙드사 그 곳에 서게 하소서
그곳은 빛과 사랑이 언제나 넘치옵니다.

여동생은 다른 환자들 방해할까 봐 가만가만 찬송을 부르다가 간간이 내 귀에 입을 바짝 대고 속삭인다.

"오빠 몸에 매달린 생명보조 장치를 다 떼어내면 이제 오빠는 죽는 거야. 의사 말로는 오빠는 죽은 것이나 다름이 없다고 했어. 오빠의 가족들이 어떻게 나 있는 곳을 알아내 연락을 해서 태평양을 건너왔어. 나도 오빠만큼 고생해서 허리도 아프고 잘 걷지를 못해. 심장도 나빠서 위험하지만 오빠를 마지막 만나 이제 고만 고집부리고 구원받으라고 생명을 걸고 비행기를 타고 태평양을 건너왔어. 제발 이제 하나님을 영접하라고. 우리 가족 하늘나라에서 모두 만나야지. 아빠랑 엄마랑 어려서 죽은 두 남동생들 모두 다 모였는데 오빠만 빠지면 정말 섭섭해서 모두 울 거라고."

여동생의 애절한 음성이 마음에 파고들었지만 일생 내가 십자가 대신 내걸고 살아온 내 인생의 모토를 버릴 수는 없었다.

"오늘 밤 오빠 스스로 생각해서 꼭 구원을 받아야 해. 내일 내가 와서 오빠가 구원받았다는 표징을 확신한 다음에 오빠의 생명연장 보조 장치를 내 손으로 모두 뗄 터이니 그리 알아요."

자식들은 차마 그 일을 못하겠다고 고모에게 이 막중한 임무를 맡긴 터라 여동생은 사뭇 결사적이었다. 여동생은 내게 이런 말도 하면서 사뭇 강권적으로 설득하고 있었다. 내가 지금 임종 과정에 들어섰으니 이생과 저생이 다 보일 것이라고 우겨댔다. 내가 지금 두 세상을 다 보는 자리에 있다나. 지금 내가 서있는 자리가 천국이나 지옥으로 연결하는 두 다리를 앞에 놓고 갈림길에 있으니 앞에 보이는 장면을 보고 건너갈 다리를 택하라고 여동생은 흐느껴가면서 야단을 했다. 그러나 아무리 눈을 크게 뜨고 봐도 그저 음습한 바람이 치밀고 올라오는 밑의 구덩이만 보이지 천국으로 인도하는 다리는 보이지 않았다.

순간 귀에 인이 박이도록 어린 시절 어머니가 불렀던 찬송소리가 따스한 기운을 머금고 내 몸을 감싸고 돈다. 내가 좋아하는 라일락 향기도 내 몸을 휘감았다.

나는 갑자기 낯설고 아주 기묘한 곳에 와 있었다. 내 앞에 이상한 옷차림의 사람들이 물결을 이뤄 밀려가고 있었다. 그들이 발작하듯 내지르는 훤화의 소용돌이가 천지에 가득하고 분노로 일그러진 군중들의 모습이 제 정신이 아닌 듯싶었다.

"죽여라! 저 악당을 죽여 버려. 그냥 죽이기는 아깝다. 가장 고통스러운 방법으로 죽이는 것이 좋다. 발등과 손바닥에 못을 박아서 온몸의 피가 고통스럽게 서서히 몽땅 흘러나와 다 빠진 뒤에 죽는 그런 방법이 이 사람이 마땅히 당할 형벌이다."

군중들의 아우성 속에 한 사람이 걸어가고 있다. 어떻게 저렇게 많은 사람들이 한 사람을 저토록 미워할 수가 있단 말인가! 채찍을 맞으면서 비틀비틀 걸어가는 그는 말이 많은 군중에 맞서서 한 마디 말도 변명하지 않는다. 심지어 신음소리도 아끼고 있다. 머리에 가시관을 씌워 이마와 콧잔등으로 피를 줄줄 흘리고 등에는 살갗이 찢어져 너덜대면서 그는 혼자 외롭게 걸어가고 있었다. 이따금 머리를 들어 멀리 높은 곳을 향해 눈길을 돌리는 것이 그가 하는 일이었다. 먼지가 희뿌옇게 안개처럼 서린 무더운 거리를 많은 사람들의 미움과 분노를 전신에 받아가면서 홀로 버려져서 묵묵히 걸어가는 남자의 모습이 내 마음을 찡하게 했다. 외톨박이로 혼자 외롭게 걸어가는 그가 가여워지기 시작했다. 불쌍했다. 이 남자, 바보인가! 도대체 뭐야! 왜 이런 많은 사람들의 질시와 증오와 매를 혼자다 받아가면서 저렇게 말도 없이 걷고 있는 거야. 바보스럽잖아! 그게 그가 가야 할 길인가. 엄청 고집이 센 사람이구나! 변명 한 마디 없이 침묵으로 일관하는 그는 참말 육신을 입은 인간일까? 감정을 배제한 나무토막으로 조각한 목각인형이 아닐까. 나중에 견디지 못하면 고함을 치고 살려달라고 빌 거라고 기대하면서 나는 그 남자를 지켜보았다. 아무리 기다려도 남자는 그저 묵묵히 위를 향해 멀리 깊은 창공에 눈길을 던지면서 걸어만 간다. 입을 꼭 봉한 채 앞을 향하여 깊은 하늘 속으로 날아가려는 사람처럼 말이다.

군중들 뒤쪽 멀리 눈물을 닦고 있는 어머니의 모습이 스쳤다. 울고 있는 어머니를 보자 갑자기 그 남자가 무척 가엾다는 생각이 내 마음속 깊이 파고들었다. 순간 그에게 다가가서 위로하고 꼭 안아주고 싶었다. 나 혼자만이라도 그의 편이 되고 싶어서 나도 모르게 군중들 틈에 밀려가면서 그의 손을 잡으려고 허우적거렸다. 그의 뒤를 따라가면서 나는 격렬하게 흐느끼기 시작했다. 눈물로 희미해진 눈으로 앞을 보니 혼자 외롭게 가고 있는 남자의 뒤꼭지 머리카락이 성이 나서 발딱 일어나 너풀거렸다. 사람들의 미움이 담긴 외침에 머리카락은 점점 더 힘을 받아 뻣뻣하게 살아났다. 나는 사람들 틈에서 이리저리 밀려 허우적거리면서 그를 향해 목이 터져라 외치고 있었다.

"아버지! 아버지!"

여동생이 부르는 '저 높은 곳을 향하여' 찬송소리가 내 몸과 마음을 평화롭게 휘감았다.

김 외 숙

등 단 계간 「문학과 의식」

약 력 명지전문대학 문예창작과 졸업

수 상 한하운문학상, 한국크리스천문학상
재외동포문학상, 미주동포문학상, 천강문학상
직지문학상, 해외한국소설 문학상

저 서 『그대 안의 길』『아이스 와인』『유쾌한 결혼식』『그 바람
의 행적』『그 집, 너싱홈』
소설집 : 『두 개의 산』『바람의 잠』『매직』
산문집 : 『바람, 그리고 행복』『춤추는 포크와 나이프』

장례

    화장로 속의 불은 섭씨 1,000도로 타오르고 있다. 화장로가 작동하는 100여 분 동안 선배와 나는 점검구를 통해 화장의 진행 상태를 점검한다. 센 화력에 견디지 못하고 행여 시신이 밀려나면 쇠막대기로 화구 가까이에 끌어다 놓아야 한다.

    화장이 끝나면 나와 선배는 습골도구로 유골을 골라낸다. 늘 없는 듯 바깥으로 존재를 드러내지는 않았어도 육신의 중심이었던 유골들을 분골기로 옮겨 담을 때마다 나는 중심에 대한 생각을 하게 된다. 몸의 중심, 인생의 중심, 마음의 중심. 중심, 중심……

    사람이 중심을 잡고 살아야 하는데 나는 내가 중심에서 벗어난, 언제나 어느 한 감정에 치우쳐 살고 있다는 생각을 할 때가 많다. 그 치우쳐진 감정 속에는 울분이란 것이 마치 중심이듯 도사리고 있다고나 할까? 이 곱디고운 나이에 울분이라니……. 한참 엇나간 중심을 도로 찾기 위해 나는 매일 1,000도가 넘는 불길 앞에서 시신과 함께 불필요한 감정도 태우고 있는지도 모른다. 그러나 더운 불길을 거친 유골 앞에서만큼은 일부러 그러려 하지 않아도 나도 모르게 이탈한 중심을 곧추세우고 옷깃부터 여민다, 마치 수도승이 남긴 사리 앞에 서듯. 수도를 한 승려가 열반 후 남기는 것을 사리라 부른다면 유골은 중생이 남기는 사리 같은 것이리라. 사람들이 평생 어떤 잘못을 저지르고 또 저지른 죄값을 다하지 못해 누추한 몸으로 죽었다고 해도 1,000도의 화장로를 거치면서 그 죄는 사라지고 이윽고 깨끗해질 것이라고 나는 조심스럽게 유골을 다루면서 생각한다.

    선배는 말없이 점검구를 바라보고 있다. 속의 타오르는 불길에다 눈길은 두고 있지만 울고 있다는 것을 나는 안다. 화로의 열기에 눈물은 흐르기도 전에 말라버리므로 나는 이미 충혈된 선배의 눈동자로 알 수 있다. 선배가 오늘 유독 평정심을 잃은 채 자꾸만 우는 이유도 나는 안다.

    "상주가 왜 저렇게 어려, 선배?"

    운구차에 실려 오던 관을 잡고 주저앉을 듯이 따라오던 흰 상복의 여자를 보며 내가 가만히 속삭였을 때부터 흔들리던 선배의 눈빛이 예사롭지 않다는 사실을 나는 이미 감지했었다. 다른 유족도 없이 혼자 운구차를 따르던 상복의 여자는 마치 이제 겨우 첫 생리를 시작했을 소녀 같았었다. 선배는 죽은 자에 대한 정중한 예를 차리는 일까지 잊은 채 어린 상주보다 오히려 자신이 상주인 듯 그 자리에서 허물어질 것만 같아 내 마음이 조마했었다.

"스물셋에 남자 눈 감기고 나니 무서운 것이 없더라."

일을 시작한 첫 날, 일과를 마친 후 소줏집으로 날 데려간 선배가 한 말이었다. 속에서 아릇하니 일어나던 호기심대로라면 필경 '왜 그래야 했는데요?'라고 물었어야 했는데 그 때 나는 약간 소주 기운에 휘둘리고 있었음에도 그 질문을 할 수가 없었다. 호기심 자체 가 어쩐지 그 누구도 넘보아서는 안 되는 지극히 사적인 선배의 영역에 대한 경박한 침범 같았기 때문이다.

무서운 것이 없더라고 한 선배가 지금 화로를 응시하며 자신을 그 젊은 상주와 동일시 하고 있음이 분명하다. 아마도 스물셋에 남자의 눈을 감긴 자신, 그리고 저 속에서 타는 시신으로 떠난 그 남자를 추억하고 있으리라. 나도 험한 일을 골라 하면서 곱디고운 선배 가 어쩌다가 이 험한 일을 하게 되었을까 하고 나 자신은 잊은 채 예사롭지 않을 선배의 과거를 그러함에도 상상하거나 힐끗거렸었다. 그 선배가 지금도 우는 것은 분명한데 눈물 은 보이지 않은 채 충혈된 눈으로 화로만 응시하고 있다.

이윽고 내가, 센 화력에 밀려 시신이 뒤로 밀려나고 있어도 넋을 잃은 채 바라보기만 하는 선배의 옆구리를 찔렀다. 화들짝 놀란 선배가 그때서야 밀려난 시신을 집게로 화구 가까이로 끌어 당겼다.

'이곳과 저곳이 멀잖다. 주 예수 건너오셔서 내 손을 잡고 가는 것 내 평생소원이로다.'
어디선가 찬송 소리가 들려온다. 아마도 유족대기실에서 들려오는 소리이리라.

화장로의 불길은 아직도 거세게 타오르고 있다. 한평생 혼을 담았던 육신의 집을 소멸 시키는 데 걸리는 시간이 겨우 일백 분이므로 그래서 불길은 더 강렬해야 할 것이다. 그 러나 그 강렬한 불길도 유골엔 범접하지 못한다. 타지 않는 유골들처럼 마치 중심인 듯 차지하고 있는 감정 또한 쉽사리 태워지지 않을지도 모르겠다. 타기는커녕 여태 희나리로 남아 내 마음에다 맵고 따가운 연기를 만들고 있지 않은가. 재 같은 흔적마저도 남기지 않도록 타 없어져버리는 일에 정작 필요한 것은 더운 열기가 아니라 시간인 것일까?

불길이 미친 듯이 타오르는 화로 앞에 서면 무슨 어이없는 여유인지 나는 캠프파이어 부터 떠올린다. 파도 소리와 낭자하던 젊음의 소리가 타닥타닥 장작개비 타는 소리와 어 우러지던 그 캠프파이어.

입시를 앞두고 있던 그 여름, 방학임에도 숨조차도 편히 쉴 수 없던 나는 친구 몇 명과 모의를 했었다. 꼭 하루만 신나게 놀고 와 그 다음부터는 코피가 나도록 시험 준비를 하 자고. 학교에 간다고 하고 부모님 몰래 떠난 캠핑이었다. 그 여름날의 캠핑, 그 밤의 캠 프파이어. 갑자기 얻은 자유에 도취해 조이고 있던 몸의 나사란 나사는 모두 풀어 놓았던 내게 무슨 일이 있었던가?

마치 다 타버리기 전에 사실의 존재를 부각시키기라도 하려는 듯 이미 불쏘시개가 되었어야 할 기억들은 불 앞에 설 때마다 매양 날 것으로 내게 덤벼든다. 불길만큼이나 맹렬하게 떠오르는 기억과 씨름하다 문득 내가 서 있는 곳이 결코 캠프파이어 앞이 아닌, 바로 시신을 태우는 화장로 앞이라는 사실을 자각하게 되는 것은 창자가 끊어질 듯 애통하게도, 그리고 질편한 넋두리로도 들리는 유족들의 울음소리 때문이다.

마침내 유골을 수습할 시간이었다. 화력에 견디지 못하는 무른 부분을 불길로 다 털어낸 유골은 이 세상에 존재했던 한 인간의 육신이 남긴 최후의 흔적이다. 유골을 수습하고 분골 작업을 거쳐 유골함에다 분쇄된 가루를 담을 때마다 한 인생의 무게의 가벼움을 나는 생각한다. 좀 더 오래 살았거나 좀 더 짧게 살아도, 좀 더 누리며 살았거나 아니면 지독하게 가난하게 살아도 결국 누린 몸의 흔적이 남기는 무게는 별반 다르지 않다. 그러나 한 줌의 무게를 대하는 우리의 자세는 결코 가볍지 않다. 그들이 살아 있었을 때 그가 누구였다는 사실과 상관없이 한 줌의 의미는 무게 이상으로 무겁고 경건하다. 유골에 대한 예의는 그들이 살아 있었을 때 누구였다는 사실에 대한 것이 아니라 바로 인간이었다는 사실에 대한 것이다. 그래서 내게 유골들은 그것이 누구의 것이었든 바로 재 속에서 찾아낸 사리이다.

"성탄이라고 시끌벅적할 텐데 우린 뭐야, 선배?"

한 차례 화장을 마무리하고 다음 차례의 화장로 운전까지 두어 시간의 여유를 두고 있는 나는 휴게실에서 커피 컵을 들고 조금 느슨해진 마음으로 분위기에도 맞지 않은 성탄을 끄집어냈다. 예수가 탄생한 날 우리는 시신 태우는 일을 하고 있다는, 조금은 자조적인 어리광이었다. 선배가 날 바라보았다. 선배의 눈망울은 여태 붉었다.

"알지, 어린 영구 기다리고 있다는 거?"

마치 내 어리광을 자르듯이 선배가 붉은 눈망울에다 힘을 주었다. 어차피 감상에 빠져서는 선배나 나나 이 일은 감당해 낼 수 없다는 선배다운 말이었다.

어린 영구가 대기하고 있다는 사실은 알고 있었다. 전실에서 다음 차례를 기다리는 영구였다. '어린'이라는 선배의 말 한 마디로 이미 알고 있던 사실임에도 내 가슴이 저려왔다. 다 자라기 전에 병으로 세상을 떠날 수밖에 없던 어린 영구일까? 부모의 가슴에다 대못을 지르고 이곳에 왔으리라.

문득 오래 전 어린 동생이 폐렴을 앓다 떠났을 때가 생각났다. 나는 그때 초등학생이었는데 동생은 심하게 감기를 앓으며 엄마의 애간장을 태웠었다. 마치 실성한 사람인 듯 동생을 업고 병원엘 다니던 엄마의 몸부림에도 불구하고 동생은 다섯 살을 넘기지 못하고 세상을 떠났다.

내 기억에 남은 그때의 정경은 포대기에 싸인 동생의 주검이 아니라 엄마였다. 엄마는 산발이 된 머리채를 하고 동생의 시신을 안은 채 데굴데굴 마루를 굴렀었다. 동생의 이름을 부르며. 그때 엄마도 동생을 따라 죽을지도 모른다는 공포심에 나는 구르는 엄마를 붙잡고 함께 구르며 아글아글 울었다.

"나쁜 인간!"

어린 영구란 말에 오래 전 동생이 죽었을 때를 떠올리는데 갑자기 선배가 낮게 소리쳤다.

"얼마나 벌 받으려고…… 낳아서 버렸대."

남의 일에 선배가 이렇게 분노를 보이는 일도 처음이었다.

"신생아였어요?"

그 어린 영구, 자신의 엄마를 내 엄마처럼 데굴데굴 구르게 했을 것이라 생각한 어린 시신은 알고 보니 지하철 역 화장실에서 발견된 신생아였다. 선배의 그 분노가 마치 날 향한 것인 듯 갑자기 진땀이 흐른다. 마치 지하에 위치한 화장장 천장이 내려앉아 그대로 내 가슴에 얹히는 것 같다.

"넌 왜 그래?"

갑자기 가슴을 움켜쥐고 숨을 몰아쉬는 날 향해 선배가 놀라 물었지만 아무 일 아니라는 뜻으로 내가 한 손을 저었다.

"한두 번 하는 일 아니지만 이건 정말 너무하다."

선배가 커피로 입술을 축이며 말했다. 선배의 말처럼 이미 한두 번의 경험이 아니므로 이제는 담담해진 줄 알았는데 아직도 둘 다 어떤 예사롭지 않은 상황을 만나면 여전히 감상에서 벗어나지 못한다.

"낳지나 말지."

선배가 원망했다.

"그럴 수밖에 없었겠죠."

마치 준비해둔 대답인 듯 조여드는 가슴을 부여안은 채 내가 말했다. 선배가 '무슨 반응이 그래?' 하는 눈치를 내게 주었다. 선배가 무슨 말을 하든 내 머릿속으로는 별들이 와르르 쏟아져 내릴 것 같던 그 밤, 파도소리와 타닥타닥 장작개비 타는 캠프파이어 앞에서 공부로 조여진 몸과 마음의 긴장을 느긋이 풀어 두었던 그 소녀들, 해변의 텐트에서 잠든 날 덮치던 그 무게, 결박을 당한 듯 꼼짝할 수 없도록 억누르던 무게가 가하던 통증과 그 이후의 무기력, 그 일로 반응한 내 몸의 증세, 엄마 손에 끌려 간 시골 병원의 늙은 의사와 서늘하고 기괴스럽던 기구들이 빠르게 돌리는 영상처럼 지나갔다. 입시를 코앞에 둔 어느 날의 일이었다.

'······!'

그때 내 몸이 보이던 낯선 증세를 감당하지 못해 실토를 했을 때 엄마는 풀썩 그 자리에 주저앉았다. 마치 무망중에 엄마가 일을 당하기라도 한 듯 혼이 나간 채였다. 지극히 짧은 순간이었음에도 엄마의 표정 위로 억겁의 시간이 스쳐지나가는 것 같았다. 마치 오래 전 어린 동생을 잃었을 때의 그 순간 같았다. 그때는 엄마가 동생의 주검을 안고 데굴데굴 마루를 구르며 통곡을 했지만 내 일에는 신음조차도 내지 못했다.

그 엄마가 벌떡 일어서더니 아무것도 묻지 않은 채 무작정 내 팔을 끌었다. 지방의 어느 작은 산부인과였다.

"나쁜 인간!"

영아를 버려 죽게 한 그 누군가를 선배는 자꾸만 갉고 싶은가 보았다. 내가 발딱 고개를 들어 선배를 쳐다봤다. 또다시 가늘게 중얼대는 선배의 눈빛은 화장로의 불길처럼 분노로 이글거리고 있었다. 아기를 낳아 버려 죽게 한 그 누군가를 향한 분노였다.

짓눌리는 것 같던 가슴 속에서 주먹 같은 것이 불쑥 치받쳐 올랐다. 다 알지도 못하면서 마치 선언하듯 나쁜 인간이라고 간단하게 말하는 선배에게 '선배가 뭘 알아!'라며 대들고 싶은 오기 같은 것이었다. 그 일로 한 소녀의 인생은 피어보기도 전에 난도질을 당했을 수도 있었음은 미처 생각지 못하는 선배, 아무것도 모르면서, 그러면서도 비판에는 벌떼처럼 나서는 세상 사람들과 다를 바 없다는 생각에서 비롯된 반감이기도 했다.

"그럴 수밖에 없었겠지요, 선배."

나는 불쑥 치받쳐 오르는 뭔가를 애써 꾸욱 누르며 말했다. 늘 가슴 밑바닥에 고여 있던, 1,000도의 불길 앞에서노 여태 태우지 못한 분노였다.

"제 속으로 난 자식 죽여야 한 이유란 게 뭐야, 도대체?"

그러나 적어도 이 일에만큼은 눈치조차도 채지 못하는 선배는 내게 대들듯이 눈앞의 죽음만을 편들고 있었다.

"살아도 산목숨 아닐 거예요."

선배가 어린 죽음 편을 들수록 나는 선배와 어긋나며 총총 대꾸를 하고 있었다. 선배가 물끄러미 날 바라보았다.

"네 잘못 아냐!"

잔뜩 겁먹은 날 수술실로 들여보내며 엄마는 말했었다. 악몽이므로 한잠 자고 나면 씻은 듯이 없어진다는 말도 덧붙였다. 그러나 그 순간 내 눈앞의 엄마는 몹시 불안해 보였다. 나는 자꾸만 되살아나는 그 밤의 악몽과 불안해 보이는 엄마 얼굴과 씨름하며 마취제에 잠들었다.

악몽의 흔적은 한잠 잔 사이에 제거되었다. 찰나의 주저함도 없던 엄마와 엄마를 따른 나, 그리고 늙은 의사는 공모자였다. 이미 시기를 놓쳐 무자비한 방법이 동원되어야 했다는 말을 하며 늙은 의사는 눈을 깔았던가.

잘못 아니라면서도 '무자비한 방법'이란 의사의 말에 엄마는 질끈 눈을 감았다. 그 엄마를 바라보는 일이 악몽과의 씨름보다 고통스러웠다. 내 인생에 '엄마란 이름은 결코 달 수 없겠구나.'라는 생각을 나는 하고 있었다.

"그래도 이 방법은 아니지!"

평소에 보이지 않던 어깃장을 놓고 있는 나를 향해 선배 또한 전엔 결코 보이지 않던 강한 톤의 목소리와 눈빛으로 선배다운 권위를 세우려 했다. 하기는 어린 생명은 태어나자마자 비참하게 죽었는데 낳아서 버려 죽게 한, 눈앞에도 없는 여자의 편을 들고 있었으니 선배가 날 이해를 할 리 없었다.

선배가 젊디젊은 상주를 자신과 동일시했듯 나는 얼굴도 모르는 한 여자, 열 달 동안 몰래 키웠다가 지하철 역 화장실에서 몰래 낳고 혼자 탯줄을 자르고 그 아기를 방치하여 결국 우리 눈앞의 주검으로 있게 한 그 여성과 동일시하고 있었다. 그러니까 나는 아기의 죽음보다 한 여자의 외롭고 두려웠을 그 과정, 그리고 혼자 낳아 생명을 방치하고 죽게 한 기억까지 안고 살아야 하는 그 입장만을 생각하고 있었다. 아니, 늘 중심을 잃고 울분이란 감정에 치우친 나 자신을 생각하고 있었다.

"근데 너, 오늘 좀 이상한 거 아니?"

나를 빤히 바라보면서 선배가 말했다. 선배의 그 눈빛이 오늘 집에서 무슨 일 있었니? 하는 것 같았다. 빤히 쳐다보는 선배의 얼굴은 이미 한차례 화장이 끝났음에도 높은 온도에 적당히 익어 있었고 나라고 다르지 않을 터였다.

근무 시간 중의 선배와 내 얼굴은 열꽃이 핀 듯 늘 붉은 채였다. 얼굴뿐 아니라 선배의 안경 렌즈도 더운 온도에 녹아 가뭄에 시달린 논바닥처럼 금이 가 있다. 내가 알기로 선배는 월급을 타 가장 많이 돈을 쓰는 일이 안경을 바꾸는 일일 것이다.

"시력 좋은 네가 엄청 부럽다. 실은 맑은 네 눈동자는 더 부러워."

선배는 안경을 바꿀 때마다 내 눈을 들여다보며 말했다.

"공부도 열심히 안 한 눈인데 밝기라도 해야죠."

선배가 내 눈을 들여다보며 말하면 나는 그렇게 농으로 받곤 했다. 더운 열기 앞에 있으면 눈물샘에서 눈동자가 마르지 않도록 수분이 공급되는지 화로 앞에서의 안경 너머 선배의 눈도 늘 물기에 젖은 듯 맑다고 생각했는데 자신의 눈을 들여다볼 수 없는 선배는 그래서 내 눈만 맑은 줄 안다. 실은 눈물샘이 더 많은 수분을 공급하기 때문이 아니라, 하는 일이 하도 서러운 일이어서 선배와 내 눈이 늘 소리 없는 눈물을 흘리기 때문인지도 모른다.

집에서 무슨 일 있었느냐는 의미로 빤히 쳐다보며 묻는 선배의 말에 나는 더 이상 아무런 대꾸를 하지 않았다. 그러나 착한 선배는 내가 영아의 시신으로 충격을 받았기 때문에 마음에도 없는 소리를 하고 있다고 여길 것이다. 그리고 선배 자신이 그 젊디젊은 상주 때문에 눈물 없는 울음을 울다가도 금방 현실로 돌아왔듯 나 또한 영아의 죽음 따위는 금방 잊고 정상으로 돌아오리라 여길 것이다. 하는 일이 매일 죽음을 대하고 시신을 태우는 일이어서 가끔은 그 충격으로 서로가 일탈의 사고를 보이거나 일탈의 모습을 보여도 선배와 내가 그러려니 하는 것은 함께 일하면서 우리 사이에 알게 모르게 형성된 정서이다.

"그냥 보낼 순 없잖아?"

선배가 갑자기 유니폼 주머니를 뒤적거렸다.

"잠깐 기다려 봐, 금방 올게."

그러더니 나 혼자 둔 채 어딘가로 사라졌다. 나는 멍하니 그 자리에 앉아 있었다.

나는 정말 이토록 냉정한 사람인가? 선배 같은 동정심이 내 마음에는 정말 조금도 일어나지 않는가? 너무나 애통하고 통탄할 일이어서 동정을 넘어 선배처럼 얼마든지 분노로 흥분할 수도 있는 일 아닌가? 그러나 내 중심은 아직도 울분으로 채워져 눈물을 흘려야 할 순간에도 지극히 냉소적인 것을 선배를 기다리며 냉정하게 직시하고 있었다.

악몽의 흔적을 제거해 가벼워진 내 몸엔 예기치 않았던 울화가 자리 잡기 시작했다. 폭행인 줄 알면서도 반응한 내 몸의 누추함이 이유였다. 철저하게 피해자이면서도 내기 나를 용서할 수 없던 이유도 그 누추함 때문이었다. 폭행과 누추함이 생명의 시작이어서는 안 된다는 것, 그것은 생명에 대한 타협할 수 없는 내 고집이었다.

그러므로 선배가 내게 생명에 대한 일반적인 생각이나 감정을 강요하거나 기대하는 것은 무리다. 그것은 어쩌면 같은 일을 하는 선배와 나 사이에 존재하는, 결코 이해될 수 없는 유일한 정서일지도 모른다.

잠깐 갔다 온다던 선배는 금방 나타나지 않았다. 또 영구차 하나가 당도했는지 현관이 갑자기 울음소리로 낭자하다. 검은 상복의 무리를 거느린 영구는 긴 운구차에 실려 직원들의 예를 받으며 고별의식을 위해 봉송되고 있다. 접수실에서 화장을 위한 절차가 밟아지는 동안 유가족들은 여기저기서 허리를 뒤틀고 땅에 주저앉아 목놓아 운다.

운구차를 따르며 울부짖는 유족들의 그 질펀한 울음 속에서 나는 외로움을 본다. 영원히 떠나보내야 하고 떠나야 하는 가장 적나라한 이별의 의식이 그 울음 속에 있기 때문일 것이다.

그 외로움 속에 날 두기 위해 홀로 떠난 적이 있다. 사람 속에 있었어도 늘 외로웠으므로 홀로 떠나는 것은 그리 큰 부담이 아니었고 이름만 어학연수였지 어디든 아는 사람을 피하기 위한 방편의 출국이었으므로 철저하게 외로움 속에다 날 방치할 수 있었다. 그런데 아는 사람 없던 그곳에서 처절하게 외로움으로써 오히려 잠시라도 숨을 쉴 수 있겠던 느낌은 아이러니였다. 홀로 떠나는 일은 결국 외로움의 실체와 마주하여 그것과 싸워 이겨내겠다는 욕구의 표현에 다름 아니란 결론을 얻었던가.

가시넝쿨처럼 얽히고설킨 이 세상과의 인연을 훌훌 털어버리고 불꽃 속으로 사라지는 영혼들도 떠나면서 비로소 이 세상에서 누리지 못한 외로움이 주는 진정한 자유를 누리게 될까? 그런 의미에서 본다면 죽음이 곧 슬픔이란 등식은 매길 수 없을 것 같다. 그래서 슬픔은 남은 자의 몫이라 하는지도 모르겠다.

이 땅에 남은 슬픈 자들을 잠시라도 위로하기 위해 이층엔 따스한 방이 있고 먹고 마실 수 있는 카페가 있다. 화장이 완료될 때를 기다리며 조문객과 유족들은 그곳에서 밥을 먹고 커피를 마신다. 먹는 순간엔 아마도 화로 속으로 들어가는 관을 잡고 따라가겠다며 친 몸부림 같은 것은 까맣게 잊으리라. 내게 밥 같고 커피 같은 것, 그래서 잠시라도 마음에 남은 기억의 화인을 잊을 수 있게 할 것은 무엇일까?

"많이 기다렸지?"

혼자 사라졌다 돌아온 선배의 손엔 하얀 국화다발이 들려 있었다.

"뭐 하게요, 선배?"

내가 생각에서 깨어나며 물끄러미 바라보는데 선배가 말없이 내 손을 잡아끌었다. 다음 화장을 기다리는 영구가 있는 전실이었다. 영아가 담긴 작은 관 앞에서 선배와 내가 멈춰 섰다.

관은 흡사 칭얼대는 아기를 재우는 작은 요람 같았다. 선배가 두 손으로 천천히 요람을 쓰다듬더니 아주 조심스럽게 뚜껑을 열었다. 아기는 잠이 든 것일까? 문득 호기심이 솟구쳤다. 딸랑이 같은 알록달록한 노리개들이 아기 머리맡에 놓여 있으리라. 행여 깨어 칭얼대면 딸랑이를 흔들어 주리라며 무심코 목을 뽑던 내가 나도 모르게 주춤 뒤로 물러섰다. 갑자기 속이 요동치더니 욱하고 욕지기가 치받쳤다. 물러선 채 입부터 틀어막았다. 요람 속에는 흰 천에 감싸여진 흡사 작은 베개 같은 영아의 시신이 누워 있었다.

"아무도 없는데 우리라도 지켜줘야지."

울렁거리는 속을 여태 다스리지 못한 채 엉거주춤하니 서 있는데 선배가 말했다. 그리고 들고 온 흰 국화잎을 따서 아기의 시신 위에다 얹기 시작했다. 나는 울렁거리는 가슴에다 손을 얹은 채 선배의 하는 양을 바라보기만 했다.

"아가야, 미안해."

선배가 국화 이파리를 뿌리던 손길을 멈추고 갑자기 안경을 벗었다. 그리고 훌쩍훌쩍 울기 시작했다. 마치 선배가 지하철 역 화장실에서 아기를 낳고 유기한 사람 같았다.

선배가 자꾸만 울어도 나는 울지 않았다. 그런데 영아의 시신에다 대고 미안하다며 우는 선배의 울음소리가 나를 꾸짖는 것 같다. 미안한 일을 저지르고도 눈물조차도 흘릴 줄 모르는 사람이라며. 그러나 나는 미안하지 않았다. 엄마의 말처럼 내 잘못이 아니었으므로. 나는 피해자였으므로.

나는 엄마가 정성 쏟아 키운 꽃봉오리였었다. 기꺼이 거름이 되고 울타리가 되던 엄마를 위해서라도 나는 더 곱고 탐스런 꽃이고 싶었다. 그러나 그 여름밤의 악몽 이후 나는 꽃이 아니었다. 찢어져 처참한 몰골로는 더 이상 꽃일 수가 없었다.

"왜 하필이면 그 일이니?"

화장장에서의 하루 일을 마치고 집에 가면 엄마는 그렇게 물어놓고는 돌아서서 스스로 대답하듯 '내 탓이오.'라며 가슴 치며 탄식했다. 화장장에서 하는 내 일이 못마땅하다는, 그것은 결국 그 여름날의 일 때문이었고 그 일은 엄마로서의 역할 소홀로 비롯되었다는 회한의 다른 표현이었다. 엄마는 아직도 내가 꽃일 수 있다고 기대를 하고 있는지도 몰랐다. 엄마에게 딸은 그러함에도 꽃일 것이므로. 그러나 엄마가 돌아서서 가슴을 치면 찢어진 꽃잎은 엄마 가슴에서 더 만신창이로 짓이겨질 뿐이었다.

엄마의 말처럼 하필이면 시신 태우는 일, 그러니까 화장로작업기사 일을 선택한 것은 전적으로 내 의지였다. 화장로 불길에다 무례한 폭행에 반응한 몸과 짓이겨진 마음을 던져버릴 참이었다. 1,000도의 불길은 누추한 것은 무엇이든 태울 수 있는 온도이므로.

나보다 먼저 그 일을 하고 있던 사람이 선배였다. 곱상하게 생긴 선배의 삶 어느 한 부분이 나처럼 태워버리고 싶을 정도의 치욕이나 고통으로 채워져 있을지도 모른다는 생각을 한 것은 순전히 내 사사로운 경험과 결부한 상상이었다. 스물셋에 남자의 눈을 감기는 것도 결코 허다한 일은 아니므로.

"누구는 태어난 날인데 넌 무슨 죄 있다고 하필 이 날에 ……."

울던 선배가 다시 국화잎을 뿌리며 넋두리를 했다. 화장장 바깥세상은 그곳이 곧 죽음 없는 천국인 듯 '누구'의 탄생을 구실로 흥청대리라. 귀에 익은 캐럴은 거리를 휩쓸고 사람들은 그가 세상에 태어난 이유와 상관없이 축제를 맞은 듯 흥분하리라. 나는 아기 시신 위에 떨어지는 국화잎을 바라보며 마구간에서의 아기 예수와 화장실의 아기를 그려보고 있었다. 꼭 같이 누추한 곳이었어도 수천 년이 지나도 여전히 기리는 탄생과 태어나자마자 어미에 의해 버려진 가혹한 운명이란, 너무나 상반되는 탄생이었다. 선배 말에 의하면 죄가 없는 아기였다. 가혹한 운명을 생각하려니 문득 태어나기도 전에 버려진 생명이 또 마음에 맺혔다. 무자비한 방법이었다고 의사가 말했던가?

무자비한 방법이란 그 말이 갑자기 내 가슴에 무자비하게 내리꽂혔다. 통증이기도 하고 슬픔이기도 한, 전에 없던 증세를 동반했다.

'네 잘못 아냐!'

기억 속 엄마의 말이 날렵하게 날 감쌌다. 그때나 지금이나 날 변명하고 감싸는 일에 엄마는 필사적이다. 엄마 말대로라면 악몽의 시작과 끝은 모두 엄마 탓이었다. 그런데 그 말을 하던 엄마는 왜 그렇게 불안해 보였을까? 죄 없다는 아기에게 무자비한 방법으로 죄를 물었기 때문일까? 마치 손에 피를 묻힌 사람 같았다. 죄 없다면서도 당당하지 못하던 엄마와 아기에게는 죄 없다며 국화잎을 뿌리며 흐느끼는 선배. 두 사람의 행동이 벌떼처럼 나부끼는 눈처럼 내 눈앞에서 어지럽다. 이 작은 아기, 누군가의 몸에서 내쳐져 죽음으로 방치된 이 아기가 늘 제자리인 듯 잠재해 있던 내 피해의식에다 태어나기도 전에 내쳐진 그 생명도 피해자였다는 충동질을 하는 것 같다.

'그 생명도 피해자?'

마치 주체와 객체를 뒤바꾸는 것 같은, 난데없는 충동질이었다. 도대체 누가 피해자인가? 결론도 얻지 못한 채 선배에게로 시선을 돌렸다. 선배는 여태 국화 꽃 이파리를 뿌리고 있다. 붉은 눈을 하고 이미 몇 송이째의 꽃 이파리를 따 아기의 시신 위에다 뿌리고 있는 선배의 표정이 내게 말없이 반문하는 것 같다, 죽음보다 더 큰 피해가 무엇이냐고.

마치 선배에게 뒤통수를 한 대 얻어맞은 것 같다. 그러나 나는 애써 아무렇지도 않은 척 고개를 세웠다. 이제 선배의 손에서 뿌려지는 흰 꽃잎은 흡사 소담스럽게 내리는 눈 같다. 향이 있는 눈이다. 눈 오는 성탄일이 될까? 온천지가 향으로 은은해지리라. 나는 의도적으로 눈앞에다 대학로를 그린다. 펑펑 쏟아지는 흰 눈을 맞으며 캐럴이 울려 퍼질 마로니에 공원을 걸으리라. 나는 아직 그럴 나이가 아닌가?

"인사해라, 너도. 우리밖에 누가 있니?"

마음은 이미 마로니에 공원에 가 있는데 꿈 깨라는 듯 선배가 국화 한 송이를 쥐어준다. 결정적인 순간에 찬물을 끼얹는 건 선배가 가진, 그리 호감이 가지 않는 습관 중의 하나이다. 원망스럽게 올려다보는데 선배의 눈동자는 여태 붉다. 참 눈물이 많은 눈이다. 저 눈물 많은 눈으로 어떻게 울 일 많은 이 일을 하겠다고 나선 것인지 그것도 의문이다.

"오래 걸리지는 않을 거야."

선배가 말했다. 화장 시간이 오래 걸리지 않을 것이라는 의미였다.

아기 요람은 금방 불길에 휩싸이기 시작할 것이고 선배의 말처럼 그 불길은 금방 이 작은 요람을 태울 것이다. 흡사 하얀 국화잎이 든 선물상자 같은 아기 요람을.

'무슨 죄 있다고⋯⋯.'

문득 선배의 말이 청신경을 건드린다. 선배는 분명 죄 없다고 했는데 아기는 곧 불꽃 속으로 사라져야 한다.

'왜?'

분명 아기의 잘못은 아니었다.

'그런데 왜?'

결국 속죄다. 이천년 전 오늘 태어났다는 '그 누구'처럼. 죄 없이 불꽃 속으로 사라져야 하므로 억울하고 애통한 죽음이다. 육신의 정욕을 다스리지 못한 자를 대신한 죽음.

'죽음'과 '피해의식', '피해의식'과 '죽음'.

이젠 어느 쪽이 주체이고 어느 쪽이 객체인지조차도 헷갈린다. 자명한 사실은 그 죽음에 나는 관계없다고 반박할 자신이 없다는 것이었다. 그렇다면 이 어이없고 민망한 관계를 나는 어떻게 변명해야 할까?

"아가야."

주저하며 내가 불렀다. 살아있대도 들을 수 없는 아주 작은 소리였다. 아기는 들을 수도 없을 아주 작은 소리가 엉뚱하게도 내 눈물샘에 가 닿은 것일까? 은은하게 코에 스미던 국화 향이 문득 눈시울에서 아릿하다. 마치 빗물 흐르는 유리창 너머의 정경인 듯 국화잎으로 채워진 눈앞의 요람이 내 눈에 아른거린다. 이윽고 눈시울에서 무게를 이기지 못한 아릿한 국화 향이 방울이 되어 후루루 아기 요람 속으로 떨어진다. 내가 흡 하고 숨을 보아 쉬었다. 그러나 한 번 터진 눈물샘을 나는 감당할 수가 없다.

"미안하다. 미안하다 아가야!"

이제는 달리 방법이 없어 요람을 잡은 채 엎어지듯 주저앉아 가슴을 끌어안았다. 왜 미안하다는 말조차 할 수 없었던지 구차한 변명도 할 수 없음이 더 미안하다. 어린 동생의 주검을 안은 채 엄마가 왜 그렇게 데굴데굴 마루를 굴러야 했었던지도 이제는 아주 조금 알 것 같다. 아무것도 모르는 선배는 말없이 내 등을 쓸고 있다.

이윽고 허물어진 자세를 고치고 나는 손에 쥔 국화 송이를 아기의 요람에다 놓았다. 요람 속의 국화는 이제 막 잠을 깬 엄마와 눈길을 맞추며 방시레 웃는 아기의 얼굴이다.

'그래도 넌 웃는구나.'

방시레 웃는 모습이 뜻밖에도 늘 중심인 듯 버티고 있던 내 속의 모난 것을 살며시 감싸는 것 같았다. 그 다감한 느낌에 완강한 모서리가 물러지기 시작했다. 그리고 이내 형체도 없이 사라졌다, 마치 언제 그런 것이 있기나 했니, 하는 것처럼. 더운 불길도 범접하지 못하던 견고한 응어리였다.

이제는 보내야 한다. 내 가슴에 갇혀 나보다 더 고통스러웠을 영혼을 저 불길에 실어 훨훨 떠나보내야 한다.

"잘 가거라."

마주 보며 이윽고 나도 방시레 웃는다. 그리고 두 손으로 요람의 뚜껑을 덮었다.

캠프파이어의 그 밤에 온 생명을, 나는 이제야 내 가슴에서 떠나보낸다.

아주 늦은 장례였다.

안 은 순

등 단 「경인일보」 신춘문예

약 력 한국문인협회
　　　　한국소설가협회
　　　　한국크리스천문학가협회 회원
　　　　국제펜 한국본부 회원

수 상 한국문인협회 작가상

저 서 소　설 : 『지붕 위의 남자』 『하모니카』 외 다수
　　　　수필집 : 『부끄러운 추억』

e메 일 eunsoon93@hanmail.net

지붕 위의 남자

　남자가 지붕 위에 서 있다. 등을 보이고 있어서 먼 하늘을 보는지 바다를 보고 있는지 모르겠다. 그러나 트응은 바다를 보고 있다고 생각한다. 어쩌면 바다에 떠 있는 배를 보고 있을 것이다. 아니면 배를 기다리는지도 모르겠다. 트응이 그렇게 생각하는 것은 그 남자도 배를 타고 왔기 때문이다. 남자는 언제까지고 같은 방향을 바라보고 서 있다. 간절한 소망을 갖고 있는 듯이. 벌써 며칠째 그러고 있다.

　남자의 등 뒤에는 새들이 날아다니며 시끄럽게 울고 있다. 컴퓨터 앞에서 글을 쓰고 있던 트응이 밖으로 나온 것은 숫제 시끄러운 새소리 때문이다. 도무지 새소리에 생각해 내려는 낱말을 떠올리지 못하겠다. 새를 쫓아버리기 위해 싸리 빗자루를 거꾸로 잡고 마당으로 내려섰을 때 그 남자가 지붕 위에 서 있는 것을 봤다. 순간 트응은 손에 들고 있던 빗자루를 슬그머니 놓고 슬리퍼 소리를 죽인 채 살금살금 걸어서 감나무 뒤에 몸을 숨기었다. 이파리가 넓적넓적한 단감나무는 가지를 사방으로 넓게 벌리고 있어서 트응의 몸을 감추기에 좋았다. 지붕 위에 있는 남자의 얼굴이 보고 싶다. 그 남자에게 관심을 갖게 된 것은 유모차 때문이다.

　"어디를 갔다 오는데 총출동이세요?"

　두어 달 전 그 남자는 노아를 등에 업고 예나를 유모차에 태우고 유모차의 두 손잡이에는 핸드백과 시장 가방을 무겁게 걸고 땀을 뻘뻘 흘리며 트응이 가자 유모차를 빼앗아 가듯이 하여 대신 끌어주었다. 아니라며 사양해도 "괜찮아요. 그냥 걸어가세요." 그 남자는 막무가내로 유모차를 밀고 갔다. 목소리가 따뜻했다. 아버지의 목소리 같았다. 한국에 나와 언제 이런 목소리를 들었던가. 남편에게 반말찌기에 욕지거리를 만날 들어야 하는 트응에게 그 남자의 목소리는 잊을 수 없는 향수였다. 아버지 생각만 해도 눈물이 뺨을 적신다. 묵묵히 유모차를 동네까지 밀어 준 남자는 트응이 사는 대문 앞에서 유모차를 멈추었다. 그때 예나가 깨어 눈을 크게 떴다. "이제 깼구나. 잘 잤니?" 서울말을 하는 그 남자는 헤어질 때도 따뜻하고 부드럽게 예나를 향해 웃어 주었다. 그날 이후로 트응은 그 남자가 궁금했다.

　그 남자는 도무지 움직일 줄을 모른 채 서 있다. 목을 젖혀서 먼 곳을 바라보는 자세도 그림 같다. 검은 운동복을 입고 있었는데 키는 커도 몸이 소년처럼 왜소해 보인다. 그동안 아팠던가? 그러고 보니 살이 빠진 것도 같다. 옆집에 살고 있어도 그 남자네 집에 대해선 거의 아는 것이 없다. 알고 있는 것은 트응이 시집오던 해에 그 남자도 이 동네로 왔다는 것과 배를 타고 먼 나라에서 왔다는 것 그리고 담배를 피우는 늙은 어머니와 단둘이 산다는 것뿐이다. 그 남자는 머리가 희끗희끗한 것으로 미루어 쉰 살쯤 되어 보였는데 이 동네 모든 남자들과 달리 들에서 일을 하지 않았다. 가끔 머리가 희고 주름살이 많은 늙은 어머니와 텃밭에 앉아서 담배를 피우거나 무언가를 심거나 흙을 파는 것을 보았을 뿐이다. 그 남자와 그의 어머니는 동네 사람과 내왕을 거의 안 하였고 그 집에 찾아오는 사람이라곤 일 년 내내 없었다. 오래 전에 그러니까 트응이 시집오던 해쯤 될 것 같다. 그 남자와 모습이 비슷한 여자가 택시를 타고 와서 그 집에 들어가는 것을 몇 번 보았을 뿐이다. 아마 그 남자의 누나 아니면 누이쯤 되는 것 같았다. 그뿐이다. 그 뒤로는 그 집 대문 안으로 외부인이 드나드는 것을 본 일이 없다. 가끔 그 남자가 꽤 비싸 보이는 양복으로 갈아입고 시내를 다녀오거나 늙은 어머니랑 병원을 다녀오곤 했지만, 그들은 이 동네에 사는 외국인 며느리인 트응보다 더 외톨이로 살았다.

시끄럽게 짖어대던 새들도 지쳤는지 일부는 어디로 가버리고 서너 마리의 새가 아직은 붉은 감보다 푸른 감이 더 많은 그 남자네 감나무에 앉아 있다. 모두가 까마귀였다. 이 동네는 까마귀가 유난히 많다. 공동묘지가 있어서란다. 요즈막에 까마귀들이 동네로 더 자주 내려온다. 특히 그 남자가 사는 옆집과 트응이 살고 있는 집으로 몰려들곤 한다. 이유는 잘 모르겠지만 트응의 남편 말에 의하면 옆 집 아래채의 지붕이 초가지붕인 때문이라고도 하고 감나무의 홍시를 먹으려고 그런다고도 했다. 새들은 초가지붕과 감나무를 좋아한다는 것이다. 그런데 남자가 그 초가지붕 위에 올라가 있으니 새들이 요란하게 영역 침범이라고 지절대는 것 같다. 새들의 호들갑에도 아랑곳없이 그 남자가 지붕에 오랫동안 서 있음으로 해서 트응은 이유도 없이 마음이 아팠다. 그 남자가 목이 빠지게 기다리는 것은 왜 그런지 자기가 살던 곳으로 가고 싶어서 그런 것이 아닐까 하는 생각 때문이다. 끝내 그 남자의 얼굴을 보지 못하고 방으로 돌아온 트응은 컴퓨터 앞에서 생각에 잠겨 있었다. 그 남자에 대한 연민이 많은 생각을 하게 했다. 남편 용식은 그 남자를 보지도 말고 상대도 하지 말라 하는데 참으로 알 수가 없다. 그 남자는 바다에서 왔다고 하지만 외국인도 아니지 않은가. 아무리 봐도 한국 사람이 아닌가. 같은 한국 사람인데도 상대를 하지 말라니 좀 이상하다.

생각이 난다. 공통어! 트응이 아침부터 생각해 내려고 한 것은 공통어다. 트응은 지금 '클레멘타인'에 대한 글을 쓰는 중이었다. '넓고 넓은 바닷가에 오막살이 집 한 채 고기 잡는 아버지와 철모르는 딸 있네. 내 사랑아 내 사랑아 나의 사랑 클레멘타인 늙은 아비 혼자 두고 영영 어디 갔느냐.' 예나와 노아는 컴퓨터의 유아노래교실에 들어가 음악듣기를 좋아한다. 텔레비전을 보며 노래도 제법 낭랑하게 잘한다. 뽀로로도 하고 폴리도 잘한다. 클레멘타인은 요즘 부르기 시작했다. 트응이 다문화한글교실에서 배웠다. 노래를 할 때마다 메콩강 하류에서 고기를 잡는 아버지가 생각난다. 트응은 베트남이 그립거나 아버지가 생각날 때면 '클레멘타인'을 부른다. 어느 날부턴가 예나와 노아는 엄마가 즐겨 부르는 '클레멘타인'을 따라서 불렀다. 노래가 슬퍼! 노래를 가만히 듣고 있다가 예나가 말했을 때 트응은 놀랐다. 여섯 살짜리 아이가 노래를 통해 슬픈 감정을 느끼다니. 노래는 인류가 생겨난 이래 마음을 읽어내는 세계 공통어라는 것을 깨달았다. 트응은 이 깨달음을 글로 써서 다문화 신문사에 보내려고 한다. 트응은 조그맣게 '클레멘타인'을 불러 본다. 아버지는 고기를 가득 실은 나무배의 노를 젓는다. 새까맣게 그을린 얼굴에 땀이 비 오듯 흐른다. 강을 따라 올라가는 양 옆으로 모터 배들이 통통통 지나간다. "트응, 코코넛 먹자. 목이 타는구나." 아버지는 노를 놓고 쉴 때면 코코넛을 사서 준다. 하얀 젤리를 파서 트응에게 준다. "아버지도 먹어." 트응이 말해도 먹지 않는다. 껌디아도 사준다. 아버지가 사주는 껌디아가 그립다. 코코넛의 하얀 젤리도 먹고 싶다. 트응은 '클레멘타인'을 몇 번 더 부른다. 야자 잎으로 지붕을 덮은 메콩강가의 집들과 지붕 위에 널어서 말리는 생선들, 동네의 아주머니들이 떠오른다. "트응, 아버지가 많이 운다. 너를 돈 받고 한국 늙은 남자한테 팔았다고 가슴을 치면서 운다." 우엔티 아주머니는 아버지를 위로할 수 없다며 같이 운다. 지금은 혼자서 배를 타고 있을 아버지를 생각하니 눈물이 뺨을 타고 자꾸 흐른다.

다문화한글교실에서 이 노래를 처음 배울 때 '클레멘타인'은 꼭 자신과 같다는 생각을 했다. 아버지는 '클레멘타인'이란 노래를 알 리 없지만 베트남 아버지의 마음이 꼭 '클레멘타인'이란 노래와 같았다. 아버지 생각에 한참을 울었지만 마음은 뿌듯했다. 노래는 마음을 평안하게 한다. 슬퍼하거나 우울해하지 말고 노래를 하자. 노래는 세계 공통어다. 어린아이도 노래를 듣고 기쁨과 슬픔을 느낀다. 말이 통하지 않아 답답할 때면 노래를 하고 남편에게 욕을 먹을 때도 노래로 마음을 풀자. 이것은 낯선 한국에서 내가 사는 방법이다. 그리고 다문화며느리 모두가 사는 방법이다.

트응은 마지막 부분을 소리 내어 읽어 본 후 마침표를 힘 있게 찍는다. 에이포 용지 두 장이다. 밖은 벌써 어둑어둑하니 해가 서쪽으로 기울고 있다. 예나와 노아가 어린이집에서 돌아올 시간이다.

컴퓨터를 끄고 밖으로 나온다. 남자는 아직도 지붕에 앉아 있다. 무엇을 하는지 몰라도 아까 서 있던 쪽을 향해 이번에는 앉아 있다. 서쪽 하늘로 넘어가는 햇볕에 감잎마다 불이 타는 듯하다. 남자는 감나무를 향해 앉아 있다. 남자네 대문 앞을 지나가다가 뒤를 돌아보니 남자는 붉은 열매를 입에 넣고 있다. 남자는 감을 따려고 지붕에 올라간 것일까? 트응은 어린이집까지 찻길을 달려간다. 황금벌판을 끼고 들길을 지나자 빨간색 십자가를 벽면에 길게 붙인 교회가 보인다. 놀이터 마당에 유모차가 몇 대 서 있다. 노아를 태우는 빨간색 유모차도 아침에 두고 간 자리에 그대로 있다. 노아는 몇 명의 아이들과 마룻바닥에 앉아서 선생님이 주는 간식을 먹는 중이었다. 아이들은 선생님을 향해 제비처럼 벙긋 입을 벌려서 간식을 받아먹고 있다. 노아는 엄마를 보자 달려와 안긴다.

"오늘 노아가 밥도 잘 먹고 간식도 잘 먹었어요. 조금 전에 오줌도 누었고요."

노아의 가방을 메어 주면서 선생님이 설명해 준다. 한국 아이들과 별반 다를 것 없는 모습에 피부마저 비슷하여 선생님이 차별 없이 사랑해 주니 다행이다. 빠이빠이 인사를 하며 어린이집을 나온 트응은 부지런히 유모차를 밀고 부설유치원이 있는 초등학교로 간다. 유미엄마 팜티엔이 복도에 서 있다. 트응이 곁으로 다가가자 노아의 포동포동한 볼을 만져 준다. 노아는 크면서 더 잘생겨지네? 팜티엔은 만날 때마다 노아를 칭찬해 준다. 유치원에서 팜티엔을 만나는 것은 하루 중 유일한 숨통 같은 시간이다. 팜티엔마저 없다면 내 삶은 얼마나 삭막할까.

"오늘 얼굴이 좋네요?"

"시어머니가 서울 딸네 집 갔어요. 하룻밤 자고 와요. 아직도 노아 아빠가 술 많이 먹어요?"

"지난 번 싸운 뒤로 이젠 많이 안 먹어요. 많이 먹으면 도망간다고 겁췄어요."

둘이는 만나면 잠시나마 고충을 이야기하며 그동안 쌓인 스트레스를 푼다. 시어머니와의 갈등이 심한 팜티엔은 매일 도망치고 싶다고 한다. 시어머니로 인해서 고통이 많다. 트응은 술을 많이 마시는 남편 때문에 속상한 이야기를 한다. 둘이는 누아의 유모차를 잡고 서서 예나와 유미가 나오기를 기다리는 동안 조금이나마 이야기를 주고받는다. 속상한 이야기를 할 때는 베트남어로 속삭인다. 현관 앞에 필리핀 여자가 혼자 외롭게 서 있다가 두 사람을 보고 웃는다. 트응과 팜티엔도 그 여자에게 미소를 지어 보인다. 다른 때는 필리핀에서 왔다는 그녀의 어머니랑 같이 서 있곤 했는데 혼자 서 있는 것을 보니 필리핀 어머니가 필리핀 집으로 돌아갔나 보다. 둘이는 필리핀 여자 옆으로 가서 "안녕!" 하며 인사를 한다. 그 여자도 다문화엄마이므로 조금이라도 위안을 주고 싶어서다. 유치원에 올 때는 팜티엔이 있어서 다행이지만 어린이집에 갈 때는 트응도 혼자다. 다문화엄마는 외톨이다. 가끔 어린이집 상황을 몰라 당황할 때마다 느끼는 외로움이란 죽고 싶을 만큼 고통스럽다.

아이들은 색종이로 접은 종이배 하나씩을 들고 서 있다. 선생님과 인사를 마친 아이들이 노랑 가방을 찾아 등에 메고 나온다. 셔틀버스를 타야 할 아이들이 선생님 뒤를 따라서 먼저 나간 후 남은 아이들은 보호자가 오면 나온다. 신발장에서 신발을 꺼내어 신는 것을 보조 선생님이 지켜보고 있다. 마음이 조급한 한국 어머니 한 분이 자기 아이의 신발을 찾아들고 아이를 번쩍 안아 간다.

"스스로 신발을 신어야 해요. 어머님께서 도와주지 않아도 아이들이 잘 해요."

유치원선생님은 자기 아이를 신발과 함께 안아 간 한국 어머니한테 큰 소리로 말한다. 그러나 한국 어머니는 화가 난 듯이 자기 아이에게 신경질적으로 신발을 신겨서 먼저 가버린다. 트웅과 팜티엔은 유미와 예나가 자기 신발을 찾아 스스로 신고 있는 것을 지켜본다. 필리핀 엄마도 얼굴색이 검은 필리핀 남자애가 신발 신는 것을 지켜보고 서 있다. 언뜻 보니 필리핀 남자애의 이마에 붉은 혹이 있다. 필리핀 엄마도 그것을 본 듯 선생님을 불렀다.

"아, 제가 깜박했네요. 아까 먼저 간 성민이하고 부딪쳤어요. 그래서 성민이도 울고 태현이도 울었어요."

태현이라는 아이는 선생님이 말하자, 자기 엄마를 올려다보며 고개를 끄덕인다. 불만스럽게 입술을 내밀고 있다.

"태현이 많이 아팠지? 선생님이 약 발라줬으니까 자고 나면 나을 거야."

보조 선생님은 상냥하게 태현이 이마를 만져준다. 그러고 보니 그동안 어디선가 약품 냄새가 났는데 태현이한테서 났던가 보다. 필리핀 엄마는 얼굴이 굳은 채 아이 손을 잡고 나간다. 뭐라고 아이한테 영어로 말하는 소리가 들린다.

"성민이가 태현이한테 검둥이라고 놀렸어. 어제도 그랬고 만날 놀려대."

필리핀 엄마와 교문 앞에서 헤어지자 예나가 말한다.

"너희들도 놀리니?"

"조금. 그렇지만 태현이를 많이 놀려."

"이상한 냄새 난다고 하고."

유미도 동남아인 같은 큰 눈을 굴리며 말한다.

"아이들이 하는 일로 맘 상하지 말아요. 난 진즉 포기했어요. 해결하려면 여기를 떠나는 길 밖에 없어요. 모든 걸 애들 운명에 맡겨요. 아! 이것 좀 먹어요. 아침에 조금 만들었어요."

팜티엔은 뜻밖에도 달관한 사람마냥 말한다. 유미를 자전거에 태우고 자신도 올라타더니 생각난 듯 작은 페트병 하나를 내민다.

"유미맘, 나도 이것 가져왔는데 유미랑 먹어요. 단감이라고 익은 감이니까 그냥 먹어요."

트응은 주머니에 넣어 온 두 개의 단감을 팜티엔의 자전거 앞 바구니에 넣어 준다. 마당의 감나무에서 매일 몇 개씩 따는 단감은 트응의 가족이 먹고도 남는다. 그러나 팜티엔은 시내에서 살기 때문에 감을 사먹어야 한다. 그래서 나오면서 두 개 주머니에 넣어 왔다.

"고마워요. 시어머니 없으니까 내일 우리 집 놀러 와요."

팜티엔은 자전거 페달을 능숙한 자세로 밟는다.

"어차피 시내 갈 일이 있으니까 나갈 때 전화할게요. 만나서 베트남 쌀국수 먹으러 가요. 내가 살게요."

트응과 팜티엔은 갈림길이 있는 교회 앞까지 같이 간다. 팜티엔은 시장 쪽으로 가고 트응은 찻길을 따라 황금 들판이 있는 시골길로 내려간다.

"내일 꼭 전화해요."

저만큼 달려가면서 팜티엔이 소리친다. 트응도 지지 않는 목소리로 응답한다.

"애들 유치원 보내고 갈게요."

예나는 그동안 많이 컸다. 다리 아프단 소리도 않고 유모차 옆에서 얌전히 잘 따라 온다. 두 달 전만 해도 유모차를 타겠다고 떼를 써서 노아를 업고 예나를 태웠는데.

황금 들판 위로 바람이 분다. 노란 벼들이 물결처럼 흔들린다. 트응은 유모차를 끌고 황금 들판의 쭉 뻗은 찻길을 걸어간다. 마음이 한없이 평안해진다. 베트남 생각이 많이 난다. 베트남 아버지는 고기를 잡아다 시장에 파는 어부였지만 가끔 나락을 재배하는 농촌에 가서도 일한다. 그래서 양식을 장만해 온다. 옆에서 여섯 살 난 예나가 뛰다 걷다 하며 잘 따라온다. 들판 너머 양옥집이 옹기종기 모여 있는 동네가 생각보다 멀다. 트응이 사는 동네다. 동네는 가을 햇살로 반짝거린다. 동네 뒤로 높지 않은 산이 길게 누워 있다. 그 산 너머에 바다가 있다고 들었다. 그러나 트응은 아직 한 번도 바다를 본 적이 없다. 언젠가는 꼭 바다를 보고 싶다. 그러나 바다에 갈 일이 없다. 동네 사람들도 바다에 가는 것 같지 않다. 문득 바다를 보러 지붕에 올라가는 남자가 궁금해진다. 움막 같은 작은 초가집은 이 동네 끝에 붙어 있다. 집을 나올 때만 해도 지붕에 앉았던 남자가 없었다. 트응은 주변을 둘러본다. 남자가 어딘가를 헤매고 있을지도 모른다고 생각해서다. 트응이 걸어가고 있는 옆으로 노란색 셔틀버스가 지나간다.

"우리 유치원차다."

예나가 말했다.

"아니야, 언니들 학원버스야. 너희 유치원 차는 벌써 떠났어."

예나는 유치원차를 타고 싶어 했다. 그러나 아직 유치원차를 못 태우고 있다. 예나를 태우면 노아도 태워야 하는데 셔틀버스비를 따로따로 내기 때문이다. 점점 날씨가 쌀쌀해질 텐데 아무리 돈이 아까워도 아이들을 셔틀버스에 태워야 할 것 같다. 구월도 다 지나가는데 시월부턴 차에 태워야겠다. 어차피 추수철인데 바빠서 아이들 데리러 다니기도 힘들다.

"조금만 기다려라. 다음 달부턴 차 태워 줄 테니."

"나 다리 안 아픈데."

노아는 좋다고 손뼉을 치는데 정작 좋아해야 할 예나는 의외로 반기지 않는다.

"콩도 거둬야 하고 고구마도 캐려면 할 일이 많다. 엄마가 데리러 가지 못하니 버스 타고 와야 한다."

"알았어. 그렇지만 걷는 것도 좋다고 했어. 선생님이 맨날 걸어다닌다고 칭찬했어."

예나는 덤덤히 말한다. 예나가 믿음직스럽다. 예나에게 용기를 주는 선생님이 고맙다.

완만하게 언덕진 길을 유모차를 밀면서 올라간다. 온몸에 땀이 난다. 동네가 점점 가까워진다. 동네 앞길은 코스모스가 만발하다. 꽃길을 조금 더 가면 트응과 트응의 가족이 사는 붉은 벽돌집이 있다. 이 동네서 제일 좋지는 않지만 새로 지은 집이어서 좋은 집에 속한다. 그 남자가 사는 옆집은 낡은 슬레이트집이다. 삼십 년도 넘는 오래 된 집이다. 원래 두 집은 똑같았단다. 남쪽을 향해 나란히 서 있는 것도 똑같았고 마당에 감나무가 있는 것도 같았단다. 남편 용식은 형님네가 멀리 도시로 이사를 가자 슬레이트집을 헐고 벽돌집을 지었단다. 결혼하기 위해서란다. 집이 나쁘면 여자가 시집을 안 온다고 할까봐 결혼하기 위해서 새 집을 지은 것이다. 그 때문에 남편과 트응은 지금 농협에 빚을 많이 지고 있다. 남편 용식은 공사장에서 일하고 받은 돈 대부분을 빚 갚는 데 거의 다 쓴다고 한다. 남은 돈은 술 마시고 집에는 조금 밖에 안 가져온다. 어떤 땐 한 푼도 안 줄 때도 있다. 한국 가서 돈 많이 벌 줄 알았는데 아이 낳고 겨우 먹고 살았을 뿐 돈을 모으지 못한다. 그래서 돈 좀 많이 벌어 오라고 하면 호랑이처럼 화를 낸다. 굶지 않고 아이들이랑 오손도손 행복하게 살고 싶은데 자기 맘과 다르다며 신발을 걷어차고 우산을 던진다.

"힘든데 이리 줘요."

그 남자가 언제 왔는지 옆에 서 있다.

"괜찮아요. 집에 다 왔는데요."

트응은 갑자기 나타난 남자 때문에 어리둥절해하며 예나 손을 잡는다.

"조금 도와줄게요."

남자는 유모차를 끌고 앞서 간다. 트응은 뒤를 따라갈 수밖에 없다.

"아까 지붕에 서 있는 것 봤어요."

노아가 운다. 유모차를 엄마가 밀지 않으니까 불안한 것 같았다.

"주세요. 아이가 낯이 설어서 싫은가 봐요."

"나, 나쁜 사람 아닙니다. 도와주는 겁니다."

남자는 계속 유모차를 끌고 간다. 밭에서 고구마 줄기를 따는 여자들이 일손을 놓고 두 사람을 보고 있다. "안녕하세요." 트응은 여자들을 잘 모르지만 인사를 한다. 이 동네 사는 아주머니에게는 무조건 인사를 잘 해야 한다고 동서가 가르쳐 줬다. 여자들은 트응이 인사하자 반가이 받아준다. 트응은 처음엔 누가 누군지 구별하지 못했다. 그러나 몇 년이 지난 지금은 조금씩 알 것 같다. 이장님과 아주머니도 이제는 알아본다. 그러나 동네 사람 모두를 알지는 못한다. 지금 밭에서 일하는 두 아주머니도 잘 모르겠다. 본 것도 같은데 어느 집에 사는지는 모른다.

"아그들 데리러 유치원에 갔다 오는겨?"

"예, 일 크게 하세요."

"크게 아니고 많이야."

아주머니들이 큰 소리로 웃는다.

"예예, 많이 하세요."

트응은 얼른 고쳐 말한다. 상냥하게 말하려고 노력한다. 입술을 귀밑으로 길게 늘이면서, 말이 조금 서툴러도 얼굴 표정을 상냥하게 하는 법을 다문화교실에서 배웠다. 남자는 아주머니들한테 인사를 하지 않는다. 아주머니들도 남자한테는 아무 말도 하지 않는다. 남자는 열심히 유모차만 밀고 간다. 동네 끝에 있는 트응네 집 초록 대문 앞에 유모차를 세운다. 빨간색 대문인 그 남자의 집 대문이 활짝 열려 있다. 마당의 텃밭에서 언제나 일하던 할머니가 안 보인다.

"할머니는 안녕하세요?"

문득 남자는 얼굴을 찡그렸다.

"돌아가셨어요. 화장해서 바다에 뿌렸어요."

트응은 남자네 집 마당을 기웃거린다. 붉은 고추가 주렁주렁 달린 고추밭이며 깻잎이 무성한 깻밭을 바라보다가 트응이 돌아서자 남자가 문득 말했다. 화장해서 바다에 뿌렸다는 말을 안 했다면 원래 살던 곳으로 돌아갔다고 알 뻔했다. 트응은 처음엔 놀랐지만 줄곧 지붕에 서 있던 처량한 뒷모습을 떠올리며 눈물이 솟는 것을 느꼈다. 어머니가 돌아가셔서 그토록 슬퍼 보였구나.

트응이 말없이 눈만 껌벅이자 남자는 안으로 들어가 빨간 대문을 닫아버린다. 마치 동굴 속으로 들어가 버리듯 그 남자는 사라졌다. 완강한 붉은 벽으로 서 있는 대문을 바라보며 트응은 어이가 없다. 조금 이상해. 트응은 속으로 생각한다.

"옆집 할머니 언제 죽었어?"

"네가 그걸 어떻게 알았어?"

썩은 이빨을 들여다보던 용식은 거울 속으로 아내를 바라본다. 의심스럽다는 눈빛이다.

"옆집 남자가 할머니를 화장해서 바다에 뿌렸다고 했어."

"그 미친 자식이 우리 집에 와서 말한 거야? 그 집하고는 가까이하지 말라고 했잖아. 그랬어, 안 그랬어?"

용식은 돌아서더니 트응을 한 대 칠 듯이 노려본다.

"어제 유치원 갔다 오는데 내가 유모차 미는 것 도와줬어. 할머니 안녕하시냐고 물었어. 죽었다고 했어. 화장해서 바다에 뿌렸다고."

"다시는 그놈한테 도움 받지 마. 그놈은 미친놈이야. 우리도 얼마 전에야 할머니가 죽은 것을 알았으니까. 서울 딸이 와서 쥐도 새도 모르게 화장해서 버렸대. 네가 무서워할까 봐 말 안 했는데 알아버렸네? 어머니 시체를 옆에 두고 며칠 산 놈이야. 사태산 까마귀 떼가 그래서 몰려든 거야. 앞으로 문단속 잘하고 무슨 일 있으면 전화 해. 동네 사람들도 그놈이 어떻게 변할지 모른다고 걱정하고 있어. 미친놈, 베트남에 가서 도망간 신부라도 데려오지."

용식은 눈을 크게 올려 뜨더니 다시 썩은 이를 살펴본다.

"임플란트 하나 심는 데 백만 원이라는데 세 개 심으면 삼백만 원, 삼백만 원이면 중고차 한 대 사겠다. 용식은 혼자 말하고는 혼자 대답한다. 용식은 얼굴을 찡그리며 잠바를 입는다. 부석한 머리를 쓱쓱 빗어 넘긴다. 술을 많이 먹어서 항상 얼굴이 불그죽죽하다. 벌써부터 이마엔 주름살이 깊게 파이고 있다. 트응은 용식의 등 뒤에서 입술을 삐죽인다. 용식은 거울 속으로 등 뒤에서 삐죽거리는 트응을 보지 못한다.

"시월부턴 예나랑 노아를 셔틀버스에 태워 보낼 거야."

"진즉에 그랬어야지. 돈 돈 돈 돈 귀신이 씌웠나. 그놈의 돈 아낀다고 애들 고생만 시키고."

용식은 화가 난 듯 방문을 열고 나간다.

"당신이 술 많이 먹어서 돈을 조금 가져오니까 그렇지. 이제는 애들 자동차비 나가니까 술 먹지 말아요."

"또 그놈의 소리, 내가 술을 얼마나 먹는다고 또 지랄이야! 일 끝나고 동료들과 어울리다 보면 한 잔 안 할 수 없잖아. 내가 얼마나 말해야 알아듣겠나? 정말 말 안 통해서 못 산다. 너, 가! 너의 나라로 가버려!"

운동화를 신고 나가다 말고 돌아서서 용식이 버럭 화를 낸다. 눈에 흰자위가 번쩍번쩍 튄다. 무섭다. 그러나 물러설 수는 없다. 남편이 술을 먹는 한 목표한 돈을 모을 수가 없기 때문이다. 자동차비 육만 원이면 큰돈이다. 일 년이면 칠십이만 원이다. 베트남에 갔다 올 항공료다. 베트남 돈으로 하면 아버지의 두 달 생활비다. 몇 년만 모으면 아버지한테 새 집을 사드릴 수도 있다. 야자 잎으로 지은 집에서 개나 소처럼 사시는 아버지한테 집을 사 드리고 싶다.

"술 안 먹기로 약속하고 어제도 술 먹고 들어왔어요. 그러면 나 도망간다고 분명히 말했는데. 이번만 참아요. 나 거짓말 안 해요. 정말 도망갈 거요."

"차라리 가버려라. 에이 아침부터 저 년 땜에 재수 없어. 남편이 출근하면 잘 다녀오라고 해야지 술 먹지 말라고, 잔소리나 하고."

용식은 마당의 세숫대야를 걷어차고는 오토바이에 올라탄다. 트응은 방에서 나오지 않는다. 용식이 무엇을 또 던질지 모르기 때문이다. 언젠가는 부러진 낫을 던졌다. 마루에 앉아 있다가 맞을 뻔했다. 그 뒤로 용식이 화를 내면 숨을 곳부터 찾는다. 용식은 때리거나 머리채를 잡아끌지는 않지만 물건을 던지는 고약한 버릇이 있다. 용식은 더 이상 물건을 던지지 않고 오토바이를 타고 대문을 씽 하고 넘어간다.

은행 창구에서 이십만 원을 인출한다. 다행히 삼백만 원이 남는다. 예나와 노아를 데리고 베트남에 다녀올 돈은 된다. 이번에는 어떤 일이 있어도 아버지한테 다녀올 것이다. 그걸 알고 있는지 남편은 아침마다 썩은 이 타령을 하는 것 같다. 그러나 어림도 없다. 어떻게 해서 모은 돈인데. 남편의 썩은 이빨에 써 버리면 베트남 아버지를 영영 못 볼지도 모른다. 통장을 가방 맨 아래쪽에 넣고 휴대폰을 연다. 팜티엔은 전화를 기다리고 있었는지 금방 전화를 받는다.

"우리 집으로 와요. 베트남 쌀국수 우리 집에서 준비했어요."

팜티엔은 시어머니가 없으니 자꾸만 자기 아파트로 오라고 한다. 은행에서 멀지 않은 곳이다. 팜티엔 집은 처음이다. 시어머니가 있기 때문에 팜티엔이 몇 번 트응이 사는 집으로 놀러 왔다. 트응은 팜티엔 집에 간 적이 없다. 팜티엔이 사는 30평짜리 아파트는 깔끔하고 정리정돈이 잘 되어 있다. 팜티엔의 결혼사진이 거실 벽에 붙어 있다. 시어머니랑 찍은 가족사진도 있다. 눈만 커다란 팜티엔은 소녀티가 난다.

"이때 몇 살이었어?"

트응은 베트남 신부복을 입은 사진 속 팜티엔을 가리킨다.

"열아홉 살."

"남자는?"

휜하게 잘생긴 팜티엔의 남편은 정신지체장애인이다. 사진으로 보면 아주 멀쩡한 남자다. 그러나 자세히 보니 눈빛이 조금 멍했다.

"서른아홉 살."

"스무 살 차이네. 괜찮아?"

"착하니까. 답답하지. 시어머니만 없으면 내 맘대로지."

"시어머니 돌아가시면 그땐 좋을 거 아냐."

팜티엔은 고개를 갸웃하며 잠시 생각에 잠긴다.

"지금 시어머니 몇 살인데?"

"일흔 살. 잔소리가 너무 많아. 유미만 없으면 진즉에 도망갔어."

"어디로? 베트남? 돈은 좀 모았어?"

"아니. 돈 없어. 시어머니한테 많아. 나한테는 안 줘."

"살림은 어떻게 하는데?"

"시어머니가 다 사와. 도망가고 싶어도 돈이 없어서 못 가."

"시어머니가 뭐 하는데?"

"장사 해. 옷 장사. 유미 학교 가면 그땐 나도 해야 한대."

"그때까지 참고 기다리지 뭐. 장사 물려받아 돈 많이 벌 수 있잖아."

"…… 언니는 몰라. 돈보다 더 좋은 것이 있더라고. 돈 좀 많다고 잔소리하는 시어머니 정말 참을 수 없어. 생각도 없는 늙은 자식을 나한테 맡겨놓고. 죽이고 싶어."

팜티엔은 끓는 물에 쌀국수를 넣는다. 트응은 비싸 보이는 식탁에 앉아 있다. 집 안의 물건들은 반짝반짝 윤기가 흐른다. 마침내 고기와 야채를 곁들인 쌀국수가 식탁에 놓여진다.

"먹어요. 다른 것은 없어요. 베트남에서 껌디아 먹던 거 생각나서 고기랑 야채를 듬뿍 넣었어요."

"맛있겠다. 한국식 쌀국수네. 배고픈데 잘 먹을게."

"한국에서 사니까 한국식 쌀국수가 되네. 국수 먹고 브으이도 먹어요."

"브으이도 있어?"

"지난 번 안산에 사는 친구한테 다녀왔어. 그때 베트남 상점에 가서 하나 사왔어요."

"안산에도 다녀오고, 그래도 나보다 낫네요."

"유미아빠를 졸라서 겨우 다녀온 거예요. 친구 만나서 베트남 이야기 많이 하고 오니까 마음이 많이 가라앉았어요. 돈보다 더 좋은 것은 마음이 통해야 하는 것 같아요."

갑자기 팜티엔은 울먹였다.

"돌덩이랑 사는 것 같아. 앞으로 어떻게 살아? 유미만 없으면 안산에서 돌아오지 않았을 거야."

"시집 올 때 친정에 돈 얼마나 주었어?"

"이천오백만 원. 이천만 원은 우리 집 빚 갚고 오백만 원은 우리 친정 쓰라고 줬대. 그것 때문에 난 이 집에서 평생 살아야 해. 종처럼 일하면서."

팜티엔은 흐느껴 운다. 트응도 눈물이 났다. 이천오백만 원을 주고 팜티엔을 사온 시어머니를 자세히 본다. 인상이 나쁘지 않다. 가느다란 눈매가 한국적이다. 혼자서 장사하며 살아온 한국 여인들에 대해서 들은 적이 있다. 배를 곯아가며 자식을 위해 밤잠을 자지 않고 억척으로 살아온 한국의 여인들이 있었기에 한국은 발전하였다고 한다.

"팜티엔 시어머니 좋아 보여. 지금은 돈을 안 주지만 장사를 하라고 하는 걸 보니 더 큰 것을 줄 것 같아. 베트남 부모님 빚도 갚아 줬는데 조금만 참고 살아. 베트남 부모님을 생각해서라도. 안산에 보내 준 것 보면 유미 아빠도 생각 없는 남자는 아닌 것 같아."

트응은 흐느끼는 팜티엔을 달랜다. 이제 스물다섯 살인 팜티엔에겐 힘든 일이겠지만 참고 살다 보면 복이 온다는 한국 속담을 말해 준다. 팜티엔은 고개를 끄덕이며 눈물을 닦는다. 팜티엔은 유미 아빠에게 밥을 갖다 줘야 한다며 도시락을 싼다. 트응도 우체국과 시장에 들러야 했으므로 서둘러 팜티엔의 아파트를 나온다. 팜티엔은 처음보다 훨씬 평안해진 얼굴이다. 유미 아빠가 일하는 시어머니의 옷가게 앞에서는 활짝 웃기까지 한다.

봉투를 쓴다. 겉봉에 빨간 펜으로 〈다문화 가정 산문부 응모〉라고 쓴 것을 다시 한 번 읽어 본 후 서류봉투를 여직원 앞에 놓는다. 여직원은 기계적으로 트응을 한 번 바라보고 봉투를 저울에 달아 돈을 계산한다. 집으로 돌아오는 트응의 발걸음이 가볍다. 닭 한 마리를 사서 들고 가며 노래를 한다. 들판은 노랗고 하늘은 높고 푸르다. 빨간 잠자리들이 벼밭 위에서 빙빙 돌며 원무를 하고 있다. 한국의 가을이 정말 아름답다고 생각한다. 아름다운 한국의 가을에 취하여 걸어가고 있는데 이장님한테서 전화가 왔다. 웬 전화? 월례회인가? 트응은 반갑지 않다. 이장님한테서 오는 전화는 월례회에 나오라고 하는 일이 보통이다. 트응은 월례회에 가는 것이 싫다. 어쩌다 가면 자기들끼리만 웃고 떠든다. 그리고 모든 잔일은 트응한테 시킨다. 일은 막내가 하는 거라며 마지막 설거지까지 시킨다. 노아가 울고 있건만 설거지를 하라고 한 일은 정말 기분이 상한다.

"월남댁 어디 있어요? 옆집이 불나서 다 탔는데 어디 간 거요?"

"예? 어 어……."

트응은 뜻밖의 말에 입이 얼어붙은 듯 말이 안 나온다. 이장이 계속 말한다.

"예나네 옆 초가집이랑 슬레이트집이 홀랑 다 타버렸어요. 공사장에서 일하던 예나 아빠가 뛰어와서 예나네 집으로 옮겨 붙을 뻔한 불길은 잡았는데, 지금 예나 아빠가 많이 다쳤어요. 옆집 남자를 구하려다가 얼굴에 화상을 입은 것 같아요. 빨리 집으로 오세요."

트응은 어떻게 집으로 왔는지 모른다. 전화를 끊고 한참 동안 머릿속이 하얗게 바랬다. 믿을 수가 없다. 아침에 나갈 때 멀쩡하던 옆집이 새까맣게 재가 되어 있다. 감나무도 검게 그을어서 고스러졌다. 소방차는 새까맣게 타버린 슬레이트집 위로 아직도 물을 뿌리고 있다.

"옆집 수동이가 불을 내고 죽었어요. 불이 훨훨 타는 지붕에서 불이야 소리치는 것을 집의 남편 용식이가 사다리를 타고 올라가 끌어 내렸는데도 죽었어요. 옷에 불이 훨훨 붙어서 어차피 살지 못할 것 같았지만 끌어 내린 보람도 없이 죽으니 더 허망하네."

그렇게 말하는 사람은 동네 아주머니였다. 다른 아주머니도 말한다. 그러고 보니 아주머니들이 에워싸고 있는 하얀 천에 덮인 것이 보인다. 불을 내고 지붕에서 떨어져 죽은 그 남자의 시체였다.

"얼마나 착한 사람이었어요. 베트남 여자한테 장가가는 게 아니었어요. 아내라고 믿었는데 자식까지 데리고 도망가 버렸으니 어찌 미치지 않겠어요. 아내 찾아 베트남까지 갔지만 끝내 못 찾고 어머니한테 와서 살더니 어머니가 죽으니까 끝내 따라갔구먼."

여자들은 혀를 차며 말한다. 트응은 여자들이 하는 말을 이해할 수가 없다. 그 남자도 베트남 여자하고 살았던가? 트응은 불길이 핥은 듯 까맣게 그을린 자신의 붉은 벽돌집을 멍청히 바라본다. 양옥지붕 위에서 비 오듯 쏟아지는 물줄기를 보며 주저앉고 만다.

"월남댁! 앰뷸런스에서 보호자를 기다리는데 뭐 하고 앉았어요. 집은 멀쩡하니까 나중에 찬찬히 보고 어서 차에 타요."

트응은 동네 이장님한테 이끌려서 앰뷸런스에 올라앉는다.

남편 용식은 얼굴을 붕대로 감고 있다. 두 다리와 두 팔을 덜덜 떨고 있다.

"보호자인가요? 불붙은 비닐부대가 얼굴에 달라붙었던가 봐요."

하얀 가운을 입은 남자가 말했다.

"수술하지 않도록 응급조치를 하였으니 걱정하지 마세요."

"감사해요. 도와주세요."

트응은 남편 용식의 손을 잡았다. 거칠고 뻣뻣한 손이다. 갈라지고 튼 자국마다 옹이가 박혔다. 베트남 아버지의 손 같다. 아침에 썩은 이빨을 들여다보던 남편이 생각난다. 아침마다 다리 공사장으로 일을 나가면 저녁에나 들어오는 남편이다. 베트남 신부를 데려오기 위해 농협에 삼천만 원 빚을 진 남자다. 베트남 아버지한테 신부 값으로 천만 원을 주었고, 남은 돈으로 집을 지었다. 남편 용식은 농협에서 얻은 빚부터 갚아야 한다며 이빨 치료도 안 하고 아침부터 저녁까지 공사장에 나가 일을 한다. 불쌍하다. 말도 안 통하는 베트남 아내랑 사느라 속이 뒤집어질 때가 얼마나 많았을까. 날마다 돈 돈 돈 하는 아내가 아닌가. 썩은 이빨 때문에 고통스러워하지만 베트남 아내는 그것을 모른 척한다. 그래서 술을 마시는 것이다. 트응은 남편의 손을 어루만진다.

"지금도 이빨 아파요? 이 돈으로 당신 이빨 해요."

입원실에 단둘이 남게 되자 트응은 남편 용식한테 삼백만 원이 남은 통장을 보여 준다.

"…… 언제 이렇게 많은 돈을 모았어?"

남편 용식의 눈이 붕대 속에서 동그랗게 뜬다.

"임플란트 심고 우리 다 같이 아버지 보러 베트남에 가요. 화상은 수술 안 해도 나을 것 같다고 했어요. 약이 좋아서 흉터도 없을 거래요."

남편 용식은 감격한 듯 트응을 바라본다. 노기로 번뜩이던 표정이 부드러워져 있다. 오랜만에 보는 얼굴이다.

"수동이 마누라처럼 안 도망가는 거지?"

용식은 트응의 손을 잡는다.

"술 먹으면 도망간다고 했잖아요!"

트응은 남편 용식의 손을 꼭 잡으며 눈을 가볍게 흘긴다.

변 이 주

등 단 「한국크리스천문학」

약 력 한국크리스천문학가협회 회원
알곡교회 목사

저 서 소설 : 『크고 따듯한 등』
『교회와 우리말』(공저)
『말세교육연구』『다문화가족의 사회통합을 위한 성경적
해석』『한글개역성경의 우리말 오류』

아주 특별한 생일

복주는 치마폭을 싸매 쥐고 경수를 따라가며 잡은 가재를 깡통에 넣었다. 이미 여러 마리의 가재가 깡통 밑바닥을 기어 다니고 있었다. 잡힌 가재 중에는 알을 잔뜩 품은 것도 있고 알이 이미 부화돼 새끼가 되어 오물거리는 것을 품고 있는 어미도 있었다.

직천리 골짜기를 거쳐 곰시 앞을 지나는 시내는 제법 넓은 제방을 이루며 흐르다가 포수바위를 지날 때는 무건리 골짜기에서 내려오는 물줄기와 합류한 다음 샘내를 거쳐 임진강에 이른다.

곳곳에 제법 깊은 소가 있어 아이들의 목욕 터로 사용되기도 하나 대부분 흐름의 경사가 완만하고 물밑이 얕아 삼태기나 그물로 버들치나 쉬리, 붕어 등 물고기를 떠올리기도 하고 돌멩이를 뒤져 가재를 잡기도 한다. 물밑이 얕아 바짓가랑이를 정강이까지만 걷어도 되었다.

경수가 조심스럽게 큰 돌을 젖혔다.

"경수야, 저기! 저기!"

가재 서너 마리가 각각 다른 방향으로 도망을 쳐 흙탕물 속으로 몸을 숨긴다. 복주는 어느 한 가재만을 가리키지 못하고 여기저기 손가락질을 하며 외쳤다.

경수는 흙탕물 속에 손을 넣어 숨어 있는 가재의 등을 움켜쥐었다. 이때까지 잡은 가재 중에서 제일 큰 놈이었다.

경수 손에 등덜미를 잡힌 가재는 '신경질 나는데 물어버릴 거야!' 하는 듯 큼직한 앞발의 집게로 가위질을 하고 있었다.

그때 경수는 장난이 치고 싶은 생각이 들었는지 가재를 복주의 손등에 대고 "물어라!" 했다. 가재는 경수의 말에 순종이라도 하듯 복주의 손등을 꽉 물어버리고 말았다.

"아얏!"

손등을 물린 복주는 질겁하여 몸서리를 치는 바람에 깡통을 놓쳐버리고 말았다. 그 통에 가재들이 살판났다는 듯 제각기 내빼기에 정신이 없었다.

복주의 손등을 물고 있는 가재 다리는 제 몸에서 떨어졌는데도 여전히 복주의 손등을 문 채 놓지 않고 있었다.

그걸 본 경수는 잡은 가재를 물속에다 버리고 복주의 손등을 물고 있는 가재 다리를 떼어서 내던져 버렸다. 복주의 손등에는 피멍이 맺혀 있었고, 되게 놀란 그네의 두 눈에는 눈물이 방울방울 매달려 있었다.

경수가 피멍이 맺힌 복주의 손을 잡았을 때였다. 마치 전기에 감전이라도 된 듯 복주의 몸이 파르르 떨리고 순간적으로 손아귀에 힘이 주어졌다. 귀밑이 빨개지고 얼굴이 확확 달아오르며 가슴이 마구 뛰었다.

그런데도 경수는 아무렇지도 않은 듯 태연하게 한 손으로는 복주의 손을 잡고 다른 손으로는 그네의 손등을 문질러 주었다.

한참이나 문질러도 손등의 피멍이 가시지를 않자 경수는 복주의 손등을 자신의 입으로 가져가 호호 입김을 불었다. 그러더니 상처자국에다 쪽! 입을 맞추는 것이었다. 마치 벼락이라도 맞은 듯 화들짝 놀라 몸을 움츠리는 순간 몽정의 쾌감을 느낀 복주는 번쩍 눈을 떴다.

'이 나이에 몽정이라니…….'

참으로 오랜만에 수줍음의 감정을 느낀 복주는 자신도 알 수 없는 감동을 간직한 채 부엌문을 닫아걸고 뒷물을 했다.

마음의 문을 닫고 빗장을 걸어 잠근 지가 벌써 몇 해던가. 생각하면 까마득한 세월 동안 그네는 스스로 만든 감옥 속에서 살아왔다. 이름과는 달리 참으로 두루 저주스런 삶이었다.

"왜 내 이름이 복주야?"

일자무식인 아버지나 어머니에게는 물어볼 일이 없었지만 먹물깨나 먹었다는 외삼촌이 올 때면 언제나 그것부터 물어봤다. 뜻을 몰라서가 아니라 왠지 이름풀이가 좋아서 자꾸 물어보았던 것이다.

"복 복福, 두루 주周. 두루두루 복되라고 복주야."

"두루두루가 뭔데?"

"무엇이든지 다 복되다는 뜻이야."

아주 어렸을 적, 그네는 매우 영악스런 데가 있었다고 했다. 그래서 어른들마다 '저 애는 이담에 뭐가 돼도 될 거라'고들 했다는 소리를 많이도 듣고 자랐다.

그러나 초등학교에 입학하고부터 그 소리는 복주를 질책하는 소리로 바뀌었다. 특히 시험지에 '빵'을 먹은 날에는 귀가 따갑도록 그 질책의 소리를 들었다.

아무리 어려서 영악스럽고 이악했다 한들 그게 무슨 소용이란 말인가. 공부라는 것이 도무지 하고픈 생각이 안 들고 책만 펴들면 졸음부터 달려들고 온몸이 뒤틀리는 데야 용뺄 재간이 없는 노릇이었다.

그런데 한 가지 잘하는 게 있었다. 노래였다. 음악 시험지에는 50점 이상을 받아본 적이 없지만 노래 부르기로 시험을 치를 때는 언제나 90점 이상을 받았다. 그리고 버들피리를 썩 잘 불었다. 동네에서 춘천댁 다음으로 잘 분다고 했다. 그러나 아버지는 그게 더 못마땅한 모양이었다.

"저녀러 기집애는 기생 년의 혼이 씌웠나, 소리밖에 모르니."

그런 복주에게 제일 부러운 사람은 경수였다. 집은 자기네보다 더 가난해도 잘생긴데다 공부를 반에서 제일 잘했다. 시험지마다 거의 다 백 점이었다.

"너는 어떻게 그렇게 공부를 잘하니?"

"열심히 하면 돼. 너도 잘 할 수 있어."

"난 안 돼. 책만 펼치면 졸려."

"그 대신 넌 노래를 잘하잖니."

"잘하면 뭐 해. 아버지는 맨날 기생년의 혼이 씌웠다고 그러는 걸."

"그래도 난 노래 잘하는 사람이 젤 부럽더라."

세상에, 천덕꾸러기에다 늘 쥐어박히기만 하는 자기가 부럽다니, 복주는 경수의 말을 이해할 수는 없었지만 그래도 싫지는 않았다. 오히려 날이 갈수록 경수가 좋아졌다.

경수는 복주의 노래 듣기를 아주 좋아했다. 버들피리 소리도 무척 좋아했다. 복주는 기회 있을 때마다 경수 앞에서 노래를 불렀다. 버들피리도 불었다.

아침 바다 갈매기는 금빛을 신고
고기잡이배들은 희망을 신고
희망에 찬 아침 바다 노 저어가요
희망에 찬 아침 바다 노 저어가요

복주가 이 노래를 부르고 나면 경수는 언제나 박수로 격려해주었다. 복주는 세상에서 단 한 사람의 남자, 자기를 알아주는 경수를 위해 노래 부르기를 좋아했고 버들피리 불기를 즐겨했다. 이담에 경수가 자기를 색시로 맞아준다면 평생 경수를 위해서 노래를 부르고 버들피리를 불 것이라고 생각했다. 그렇게 할 수만 있다면 자기는 이 세상에서 가장 행복한 사람이 될 것이라는 생각을 늘 했다.

그러나 사람의 일이라는 게 어디 자기 뜻대로만 되어주던가?

저주스런 그날, 그날을 복주는 평생 잊지 못한다. 더구나 그날이 바로 자기 생일이라는 사실이 더욱 저주스러웠다.

먼 친척이 된다는 뚱뚱한 아줌마를 철석같이 믿고 따라간 것이 화근이었다. 검둥이 한 놈이 짐승같이 달려들 때, 용케도 피해 방문을 발길로 차고 뛰쳐나오려고 했지만 방문은 밖으로 잠겨 있었다.

'세상에, 딸년을 양갈보로 팔아먹는 부모도 다 있단 말인가……'

아무리 기생 년의 팔자를 타고났다고 해도 부모가 자식을 양갈보로 팔아넘길 수는 없는 일이라고 생각했다.

'아냐, 속았을지도 몰라.'

복주는 자기 부모도 뚱쟁이한테 속았을지도 모른다고 생각했다. 부잣집에서 식모나 혹은 아이 보아주는 사람이 필요하다는 구실을 붙여 데려다가 사창가에 팔아넘기는 일이 종종 있음을 들어 알고 있는 터였다.

그러나 좋은 쪽으로 생각되지 않았다. 아니, 사실이 그렇다 하더라도 절대로 좋은 쪽으로 생각하고 싶지 않았다. 부모를 원수로 생각하기로 했다. 부모에게 복수하는 길은 자신이 철저히 무너지는 것이라고 생각했다.

한국 사람은 절대로 손님으로 받지 않았다. 차라리 개를 손님으로 받을지언정 한국 사람은 안 된다고 했다.

소문을 듣고 왕 오빠라는 녀석이 술이 거나한 채 찾아왔다. 기지촌 일대 어깨들에게 형님으로 통하는 녀석이었다. 복주는 한사코 녀석의 요구를 거절했다. 화가 머리끝까지 치민 녀석은 복주의 목을 발로 짓눌렀다. 당장 숨이 넘어갈 것 같은 상황이었지만 그네의 발악은 오히려 극을 향해 치달릴 뿐이었다. 새파랗게 독이 오른 모습으로 죽기를 마다 않고 달려드는 서슬에 녀석은 엄포 몇 마디 던져놓고는 슬그머니 꽁무니를 빼고 말았다.

애인이 생겼다. 그 역시 검둥이였다. 그런데 녀석은 좀 다른 데가 있었다. 자신을 독실한 크리스천이라고 소개한 그는 늘 성경책을 끼고 다녔고 흑인영가를 즐겨 불렀다.

흑인영가를 부를 때마다 눈물이 글썽글썽한 녀석은 검둥이들의 애환에 대해서 이야기해줬고 흑인의 역사에 대해서도 말해줬다. 훗날 「뿌리」라는 영화가 큰 반응을 일으켜 우리나라에서도 '뿌리 찾기' 운동이 한창 벌어진 때가 있었지만 녀석이 들려준 이야기는 그 「뿌리」와 비슷한 내용들이었다.

녀석 또한 복주의 노래를 좋아했다. 복주의 노래에는 영감이 들어있다고 했다. 복주는 영혼으로 노래하는 사람이라고 했다. 과찬인지 아양인지, 아니면 정말로 그런지 따져볼 것도 없이 그 소리가 싫지 않았다.

녀석은 귀국할 때 복주를 데려가겠다고 하며, 고향에 가서 목사의 주례로 결혼식을 올리겠다고 했다. 부모의 허락을 받기 위해서는 아이를 갖는 게 유리하다고 했다. 깊이 생각하기를 거부하고 살아온 복주는 녀석의 아이를 낳았다. 엄마와 아빠를 반반씩 닮은 계집아이였다.

아이 이름을 '안나'라고 했다. 무슨 이름이 그러냐고 했더니 성경에서 가장 훌륭한 여자의 이름이라고 했다. 또 미국에는 그런 이름을 가진 사람이 많다고도 했다.

'안, 나? 그래 이름 한번 제대로 지었다. 너하고 미국에 가서라면 몰라도 한국에서는 그만 낳아야지. 더 낳아서 뭐 하겠냐.'

복주는 제풀에 키득거리며 웃었다.

대단히 슬프고도 비참한 사건이 기지촌에서 발생했다. 무자비하게 폭행을 당한 끝에 숨진 여인이 발견됐는데 그네의 음부에는 맥주병이 꽂혀 있었다. 기지촌이 발칵 뒤집혔다. 시신을 미군부대 정문에 갖다놓고 연좌농성을 벌였다. 범인을 처벌하고 부대장이 직접 나와서 사죄하라는 것이었다. 그러나 미군들은 꿈쩍도 하지 않았다.

복주는 콧방귀를 뀌었다. '양갈보가 어디 사람인가? 제 부모한테도 사람 대접받지 못하는 주제에 누구한테 사람 대접해 달라고 떼를 쓴단 말인가. 그것도 노랑머리에 노랑눈깔, 코 뾰족한 녀석들 눈에 왜소하고 궁기가 철철 흐르는 한국인이 어디 사람으로나 보일 텐가?'

"미친년들, 개지랄하고 자빠졌네. 개×지에다 맥주병을 쑤셔 넣든 작대기를 쑤셔 박든 그게 무슨 대수라고. 흥!"

그날 밤 복주는 2홉들이 소주 한 병을 다 마시고 고래고래 소리 지르며 눈이 퉁퉁 붓도록 울다가 자기도 모르는 새 잠이 들어버렸다.

그런데 농성꾼들 가운데 시커먼 녀석이 하나 있었다. 바로 그 녀석이었다. 복주는 댓바람에 달려가서 녀석의 멱살을 잡아 끌어내었다.

"양갈보들이 하는 짓도 웃기는 일인데 네가 무슨 상관이 있다고 이 지랄이냐. 너는 가만히 있다가 나하고 같이 미국으로 가면 되는 거야."

그러나 녀석은 오히려 복주를 성토했다.

"너는 인정도 피도 눈물도 없는 사람이냐. 같은 민족, 같은 여자로서 울분을 느끼지도 않느냐. 부모 형제자매도 없는 사람이냐. 어쩌면 인권의 존엄성에 대해서 그렇게도 무감각할 수 있단 말이냐."

녀석은 강제로 귀국 조치되고 말았다. 귀국해서 복주와 아이를 데려가겠다던 녀석은 몇 달 동안은 생활비를 착실히 보내주더니 이내 소식이 끊기고 말았다.

복주는 실망도 낙망도 하지 않았다. 아니, 서운하기는 좀 서운했다. 녀석은 그래도 믿을만한 놈이라고 생각했고, 그래서 이 저주스런 한국 땅을 떠나 녀석의 나라에 가서 살아

보리라는 기대로 약간은 부풀어 있었는데 그 기대가 무너져 버렸으니 어찌 서운한 마음이 들지 않으랴. 그러나 복주는 서운하다는 생각조차 접어 두기로 했다. 그네 자신의 불행을 함께 나누어 가질 사람은 아예 세상에 존재하지 않는 것이다. 무엇이 서운하다는 말인가.

복주는 호구지책으로 양키를 방으로 끌어들이는 대신 미군부대에서 흘러나온 물건을 가지고 밖으로 나갔다. 재미가 쏠쏠했다. 비록 검둥이 튀기이긴 하지만 제 간잎에서 떨어진 새끼를 공부시키며 먹고살 만은 했다. 그것도 위험부담이 따르는 일이긴 했지만 자식 앞에서 갈보짓은 안 해도 되었다.

복주와 같은 처지에 있는 양색시들 중에는 혼혈아 자식을 고아원에 맡기고 여전히 갈보짓을 하는 사람도 있고 혹은 자살을 해버리는 경우도 드문드문 있었다.

그러나 복주는 절대로 그럴 수가 없었다. 안나를 고아원에 맡길 수도 없었고, 스스로 목숨을 끊을 수도 없었고 그렇다고 갈보짓을 해서 안나를 기를 수는 더더구나 없었다. 사정이 여의치 못하여 검둥이 튀기를 한국 땅에서 기르게 되기는 했지만 더 이상의 아픔이 '안나'에게 돌아가서는 안 된다고 생각했다.

수사기관에 적발되면 물건을 빼앗기는 것은 물론 유치장 신세를 지는 경우도 비일비재했다. 그러나 복주의 경우 물건을 빼앗긴 일은 여러 번 있었어도 유치장에 들어간 적은 없었다. 처음에는 유치장 신세를 면한 것만도 다행이라고 생각했으나 나중에 알고 보니 수사기관원을 사칭한 자들의 소행이었다는 사실에 대해 그네는 또 한 번 울분을 삭여야만 했다.

'어떻게 해서 이 땅에는 거머리 같은 새끼들만 존재한다는 말인가!'

"똑! 똑!"

방문 두드리는 소리가 나더니 누군가 안으로 들어간다. 서슴없이 방으로 들어가는 기세로 보아 경수임에 틀림없었다. 정신이 번쩍 든 복주는 다급해진 마음에 대강 옷매무새를 추스르고 부엌문을 열었다.

"안나는 좀 어떤가요?"

"많이 괜찮아졌어요. 근데 왜 자꾸 와요?"

"그 무슨 섭섭한 소리를 대고 하는 거요. 나는 안나의 담임선생이란 말이오."

경수는 안나의 이마에 손을 얹은 채 오랫동안 묵상기도를 드렸다. 그 진지한 모습은 거룩하다는 말밖에는 달리 표현할 단어가 없었다.

복주는 이제까지 여러 사람의 크리스천을 접해보았지만 경수처럼 진솔한 신앙인의 모습은 그 누구에게서도 발견하지 못했다.

"엄마, 물 좀……."

안나가 물을 찾다가 경수의 손이 자기 머리에 얹혀 있는 걸 깨닫고는 떴던 눈을 도로 감았다. 그제야 경수는 기도를 마치고 안나의 머리에서 손을 떼었다. 그러고는 안나를 일으켜 앉힌 후 손수 물을 따라서 안나의 손에 쥐어주었다. 복주는 그 모습이 엄마인 자기보다도 더 자상하다고 생각했다.

며칠을 말도 않고 시무룩하기만 하던 안나가 극약을 마신 후 병원으로 실려갔을 때, 허겁지겁 달려온 안나의 담임선생이 바로 경수였다. 경수는 이미 안나가 복주의 딸이라는 걸 알고 있었지만 일부러 아는 척을 안 했다고 했다. 잘못하면 복주의 자존심에 치명적인 상처를 줄 수도 있을 것을 염려했기 때문이었다.

경수를 통해 안나가 극약을 마신 이유를 알게 된 복주는 다시 한 번 가슴을 도려내는 아픔을 견뎌야만 했다.

교내 음악 콩쿠르에서 독창 부문 장원을 한 안나가 친구들과 어울려 경옥이네 집에 놀러갔을 때였다.

"냄새 나는 깜둥이는 뭐 하러 데려왔니."

대놓고 나무라는 경옥이 엄마를 한참이나 노려보던 안나는 눈물을 주르르 흘리더니 이내 돌아서서 집으로 왔다는 것이었다.

안나가 검둥이 트기라는 이유로 교장을 비롯한 몇몇 교사들은 안나의 장원을 그리 탐탁하게 생각하지 않았지만 워낙 가창력이 뛰어난 안나였기에 대부분의 교사들은 물론 아이들도 안나의 장원을 지극히 당연한 것으로 받아들였다.

그러나 안나 때문에 늘 2등에 머물러야 하는 딸을 둔 경옥 엄마에게 있어서 안나는 다만 경쟁 상대일 뿐, 딸의 친구로 여겨지지 않았을 터였다. 또한 담임인 경수가 안나에게 특별한 관심을 보이는 것도 경옥 엄마에게는 불만의 요소로 작용할 수 있었다.

죽음의 고비를 가까스로 넘기고 겨우 깨어난 안나였지만 뭐 그렇게 다행스러워할 일만도 아니라고 복주는 생각했다. 이런 치욕스런 삶을 대체 언제까지 살아야 한단 말인가. 복주는 안나를 살려낸 것이 오히려 후회스럽기까지 했다.

"일찌감치 죽어나 버릴 걸, 뭐 하려고 여태 살아서 이런 욕을 당한단 말인가. 에이 빌어먹을, 지금이라도 당장 칵 죽어나 버릴까……."

안나를 내려다보며 중얼거리고 났을 때였다. 힘없이 누워 있던 안나가 어디서 그런 힘이 났는지 화들짝 놀란 목소리로 이렇게 말했다.

"엄마! 죽으면 안 돼요. 제가 하나님 나라에 갔는데 예수님께서 집에 갔다 다시 오라고 하셨어요. 왜 그러냐고 여쭈었더니 아무 말씀도 안 하시고 저를 밀어내셨어요. 그런데 제가 정신이 드는 순간 자살한 사람은 하나님 나라에 못 간다고 하시던 목사님의 설교 말씀이 생각났어요."

항간에는 죽었던 사람이 다시 살았다는 이야기도 있고, 또 천국과 지옥을 구경하고 다시 살아났다는 사람이 전도를 열심히 하는 것도 보았다. 그런 사람들이 강사가 되어 전도 집회를 할 때마다 사람들이 많이 몰려드는 현장에 복주도 참석해 본 일이 있었다.

그러나 복주는 안나가 잠꼬대를 한다고 생각했다. 아니면 일종의 환상이겠거니 생각했다. 그도 아니면 엄마의 자살이 염려되어 교회에서 들은 이야기로 겁을 주는 것이려니 생각하고 안나의 심경을 자극하는 말은 되도록 삼가려고 애써왔다.

물 한 컵을 다 마신 안나는 경수를 바라보며 진심 어린 빛으로 죄송하다는 말을 했다.

"선생님, 죄송해요. 걱정을 끼쳐드려서……"

"아냐, 오히려 선생님이 더 미안하다. 그렇게도 착한 네가 얼마나 내면의 아픔이 컸으면 그렇게 모진 마음을 다 먹었겠니."

눈물이 고인 얼굴을 보이지 않으려는 듯 잠시 고개를 창문께로 돌린 경수는

"안나야, 가을에 'ㅅ' 대학 주체로 음악 콩쿠르 있는 거 알지? 어서 건강 회복해 가지고 연습 많이 해서 꼭 장원하자."

"……"

안나는 대답 대신 고개를 두어 번 끄덕여 보였다.

"안나야, 이제까지 엄마 말을 잘 들은 네가 왜 이번만은 엄마 말을 그렇게도 안 듣는 거니?"

"저는 여기가 좋아요 엄마. 학교도 좋고 담임선생님도 좋고 교회도 좋고 다 좋아요. 다른 데로 이사 가는 건 싫어요. 이사 갈 이유도 없으면서 왜 이사를 가려고 그러세요?"

"글쎄 그건 엄마에게 생각이 있어서 그렇다고 했잖니. 제발 엄마 말대로 하자 응?"

"엄마 마음 저도 조금은 알 수 있어요. 담임 선생님이 고향 분이시고 제가 혼혈아인 것이 창피하기 때문이지요?"

안나에게 정곡을 찔린 복주는 그만 할 말을 잃어버리고 말았다. 그리고 정말 이상하다는 생각이 들었다.

약을 먹기 전에도 안나는 비교적 활달한 편이긴 했다. 그러나 어딘가 모르게 생활 전반에 드리워진 그늘은 감출 수가 없었다. 자주 그런 건 아니지만 어떤 때는 하루 종일 우울한 표정을 짓기도 했고 입을 꽉 다문 채 며칠이 지나도록 말을 하지 않을 때도 있었다.

그럴 때마다 복주는 칼로 도려내는 듯한 가슴의 아픔을 느꼈지만 안나에게 위로가 될

만한 단 한 마디의 말조차 찾아낼 수 없는 그네로서는 역시 입을 다물고 지켜보는 수밖에 별도리가 없었던 것이다. 더구나 경옥 엄마에게 모진 말을 듣고 온 그 며칠 동안은 안나에게 있어서 최악의 어두운 시간이었다.

그런 애가 혼수상태에서 깨어나는 순간부터 신기하다 싶을 만치 어두운 그늘이 싹 가셔버리고 만 것이었다. 교회 출석은 말할 것도 없고 학교생활도 더욱 적극적이었다. 특히 가을에 있다는 음악 콩쿠르 준비에 몰두해 있는 모습은 안나가 얼마나 육체적 정신적으로 건강한 사람인가를 절실히 보여주는 것이었다.

안나는 밥 먹는 것도 잊은 사람처럼 연습에 몰두해 있었다. 정말로 안나는 천국에서 예수님을 만나고 온 것 같다는 생각이 들 정도로 매사에 의욕적이고 쾌활했다.

그런 안나를 보는 복주의 마음은 매우 안심이 되고 뿌듯해지는 것이었지만 자기의 이력을 훤히 알고 있는 경수 앞에 자신이 노출되어 있다는 것은 정말 참을 수 없는 일이었다. 아무리 경수가 이해심이 많고 지금도 자신에 대해 호감을 가지고 있다 해도 망가진 자신의 모습을 경수에게 보이는 것은 알량하게나마 존재하는 그네의 자존심이 허락지 않는 것이었다.

그래서 어디든 자기를 아는 사람이 없는 곳으로 몸을 숨기고 싶은 것인데, 그것을 뻔히 알면서도 안나가 이사하기를 완강히 거부하고 있으니 참으로 딱한 노릇이 아닐 수 없었다.

그러나 어찌할 것인가. 복주는 안나의 마음이 움직일 때까지 안나의 뜻에 따를 수밖에 없다고 생각했다.

어느 날이었다. 밤 열 시가 넘어도 안나가 오지 않기에 복주는 직접 학교로 찾아가 봤다. 걸어서 10분이면 교문에 도착할 수 있는 가까운 거리였지만 안나가 중학교를 졸업하고 고등학교 2학년이 된 지금까지 단 한 번도 이 교문 안에 들어와 본 적이 없는 복주는 죄지은 사람의 심정이 되어 두근거리는 가슴을 억제하지 못한 채 운동장을 가로질러 피아노 소리가 나는 2층 교실 가까이 다가갔다.

한참이나 무슨 곡인가를 열심히 연주하던 안나는 의자에서 일어나더니 발성 연습을 몇 번 한 후 노래를 하기 시작했다.

Lord I want to be a christian in a my heart in a my heart
Lord I want to be a christian in a my heart
In a my heart in a my heart
Lord I want to be a christian in a my heart.

노래를 듣고 있던 복주는 자신의 귀를 의심하지 않을 수 없었다. 그 풍부한 성량하며 넓은 음폭, 그리고 마음 깊이 파고드는 그 호소력— 복주는 자신이 노래에 빨려 들어가는 듯한 감동에 전율마저 느꼈다.

복주 자신 음악 전문가는 아니지만 그래도 노래가 무엇인지 조금은 안다. 어설픈 대로 비평도 할 줄 안다. 우리나라가 자랑하는 세계적인 소프라노 조 아무개에 대해서도 비판을 가해본 적이 있다.

그러나 안나의 노래에 대해서는 무어라고 평을 해야 할지 알 수가 없었다. 어설픈 소리 한 마디 곁들이고 싶어도 무슨 말을 해야 할지 도대체 감이 잡히지 않았다. 다만 진한 감동만이 가슴에서 소용돌이칠 뿐이었다.

집으로 온 복주는 며칠을 고심한 끝에 경수에게 전화를 했다.

"웬 일이오? 안나 엄마가 전화를 다 하구."

"경수, 아니 이럴 땐 선생님이라고 불러야 하나?"

"아무렇게나 편한 대로 불러도 돼. 근데 무슨 일인데?"

경수는 아예 말을 놓아버렸다.

"저- 내가 안나를 도우려면 어떡하면 될까…요?"

"무슨 뚱딴지같은 소리야? 안나 엄마가 하는 일은 뭐든지 안나를 돕는 것이지, 어떡하긴 뭘 어떻게 해?"

"그게 아니구……."

복주는 며칠 전 밤에 있었던 일을 이야기하고 엄마로서 어떻게 해야 안나의 음악성을 살리는 데 도움이 될 수 있겠느냐고 물었다.

"이제야 뭔가 제대로 돌아가는가 보군. 이사 갈 생각부터 버리고 새벽마다 교회 가서 기도해. 기도만큼 안나를 돕는 일은 없을 테니까."

"기도할 줄 모르는데……."

"무조건 교회 가서 엎드려 봐. 그러면 할 말이 생각 나. 그리고 언제 만나서 같이 의논하자구."

날이 갈수록 복주의 기도시간이 길어졌다. 대체 기도는 어떻게 하는 거며 또 무슨 말을 해야 하는 건지 종잡을 수 없더니 차츰차츰 기도가 무엇이라는 것이 깨달아짐과 동시에 하나님께 아뢸 말씀이 더욱 많아졌다.

기도시간이 길어짐과 동시에 또 한 가지 많아진 것은 그네의 눈에서 흐르는 눈물이었다. 사람의 몸 삼분의 이가 물로 되어 있다더니 과연 물이 많기는 많은 모양이었다. 어쩌면 눈물이 그렇게 쉴 새도 없이 흐르는가. 스스로 억제하지 않는다면 몇 날 며칠을 울어도 그네의 눈물은 마르지 않을 성싶었다.

슬픔과 애통, 아픔과 괴로움, 후회와 회개, 그러다가는 영락없이 감사와 기쁨으로 귀결되는 기도가 매일 반복되었지만 그 반복은 일상적인 반복이 아니었다. 똑같은 일의 반복이었지만 그네의 마음은 날마다 새로움을 느끼게 되는 것이었다.

날마다 해는 동쪽에서 떠서 서쪽으로 지지만 복주에게 있어서 그 해는 매양 같은 해가 아니었다. 매일 새벽이 오고 낮이 지나면 밤이 찾아들지만 복주에게 있어서만은 날마다 새벽이 새로웠고 낮이 새로웠고 밤이 새로웠다. 대체 어떻게 이런 일이 가능한지 알 수 없었고 또 알려고 할 필요도 없었다. 그냥 새로움 속에서 살아가면 되는 것이었다.

나 이제 주님의 새 생명 얻은 몸 옛것은 지나고 새 사람이로다
그 생명 내 맘에 강같이 흐르고 그 사랑 내게서 해같이 빛난다
영생을 맛보며 주 안에 살리라 오늘도 내일도 주 함께 살리라

복주는 눈물을 철철 흘리며 이 찬송을 불렀다. 날마다 불렀다. 아무리 불러도 싫지가 않았다. 물리지가 않았다.

복주가 기도를 시작한 목적은 안나의 콩쿠르 입상을 비는 것이었지만 지금은 그 목적이 달랐다. 아니, 목적 그 자체가 없어졌다고 해야 옳을 일이었다. 그냥 기도하는 것이 좋아서 기도하는 것이고 그냥 찬송하는 것이 좋아서 찬송하는 것이고 그냥 새벽마다 교회 가는 것이 좋아서 새벽에 일어날 뿐이었다.

그러는 사이 복주는 안나가 언제 예선을 치렀는지도 몰랐고 본선을 치르는 날이 언제인지도 몰랐다.

"오늘 'ㅅ' 대학 가봐야지?"

경수의 전화를 받고서야 오늘이 안나가 본선을 치르는 날이라는 걸 알았다.

30년 전 학교가 개교한 이래 최고 명문인 'ㅅ' 대학 음악 콩쿠르에서 본선에 오른 학생은 안나가 처음인지라 학교 전체가 술렁이었다. 교육청에서도 비상한 관심을 가지고 안나를 후원하며 격려했다.

본선에 오른 10명의 학생 중 안나의 차례는 맨 마지막이었다. 일반적으로 맨 마지막 순서는 유리하지 못한 점이 많았다. 순서를 기다리는 동안 제풀에 지쳐버리기도 하고 특별히 잘 하는 사람을 보고 주눅이 드는 수도 있다. 또 심사위원들의 관심도 반감되는 등 불리한 조건은 한두 가지가 아닌 것이다.

아닌게아니라 복주가 보기에도 그랬다. 첫 번째 나온 학생의 가창 실력이 어떻게나 뛰어난지 정말 기가 막힐 지경이었다. 그런데 두 번째 나온 학생의 실력은 첫 번째 학생보다 한 수가 위인 것 같았다. 세 번째 학생의 노래를 듣던 복주는 그만 가슴이 떨려 견딜 수가 없을 지경이었다. 복주는 교문을 나와 교회를 찾아보았다.

복주가 근처 교회로 들어갔을 때 교회에서는 무슨 집회가 열리고 있었다. 조용히 기도하고 싶은 복주는 다른 데로 갈까 생각했지만 아무래도 두근거리는 가슴을 진정시키기 위해서는 여러 사람 있는 데가 낫겠다 싶은 마음에 그냥 안으로 들어갔다.

교회 안은 낮 시간인데도 불구하고 교인들로 가득 차 있었다. 복주는 맨 뒷자리에 끼어 앉아 묵상기도를 했다. 목사의 설교 소리가 들려왔다.

"여러분 중 실망하고 낙심하여 깜깜한 밤중 같은 삶을 사시는 분이 있습니까? 심지어 우리 부모님이 왜 나를 낳았나 싶을 정도로 원망스럽고 저주스러운 삶에 고뇌하는 분이 있습니까? 하나님마저 나를 버리셨다고 생각되는 분이 있습니까?"

복주의 귀가 번쩍 열렸다. 저 목사가 지금 나를 두고 하는 말인가? 어떻게 내가 들어오자마자 저런 말을 하는가? 복주는 가만히 눈을 들어 목사를 쳐다보았다. 그러나 공교롭게도 목사의 시선과 자신의 시선이 마주치자 이내 고개를 숙여버렸다.

"그러나 실망하지 마십시오. 하나님께서는 절대로 우리를 버리시거나 멀리하지 않으십니다. 비가 오거나 흐린 날 태양이 보이지 않는다고 해서 태양이 사라진 것은 아닙니다. 다만 태양이 구름에 가리어 있을 뿐입니다. 마찬가지로 하나님이 보이지 않는 것은 죄가 하나님과 우리 사이를 가리고 있기 때문입니다."

잠시 기도하고 나가리라던 복주는 자신도 모르는 새 설교에 귀를 기울이고 있었다. 넋을 잃은 사람처럼 목사의 설교에 빠져 있던 복주는 설교가 끝나고 통성으로 기도하는 시간에 눈물을 흘리며 뜨겁게 기도한 후 교회를 나왔다.

경연장으로 달려가는 그네의 가슴이 또다시 두근거리기 시작했다. 그러면서도 마음은 바빠지고 걸음은 자꾸만 빨라졌다.

그네가 경연장에 이르렀을 때였다. 우레와 같은 박수 소리와 함께 환호성이 터져 나왔다. 박수 소리와 환호성을 뒤로한 채 안나가 퇴장하고 있었다. 박수 소리는 안나가 퇴장한 뒤에도 한참이나 계속되었다. 관중의 삼분의 일이나 되는 사람들은 일어선 채 박수갈채를 보내고 있었다.

이어서 심사평과 아울러 학교 소개가 있었고, 지난 날 복주 자신이 어쭙잖은 실력으로 비평을 가했던 조 아무개 교수의 특별 출연 순서가 진행됐다. 그러나 교회에서 좀 더 빨리 나와 안나가 노래하는 모습을 볼 걸…… 하는 후회와, 결과가 어떻게 될까 하는 초조

감 때문에 복주는 아무 소리도 들을 수가 없었다.

총장이 단상 앞에 섰다. 장내는 숨소리마저 멎어버린 것 같은 긴장이 계속되었다. 3등이 발표되었다. 우레와 같은 박수 소리와 함께 기뻐하는 학생과 그 일행들, 그리고 계속될 발표에 기대를 모은 채 반짝이는 눈망울들……

2등이 발표되었다. 박수 소리는 더 컸고 1등이 누굴까 하는 기대감에 장내는 소란 속에서도 긴장감이 팽배해 있었다.

드디어 1등이 발표되었다. 1등을 차지한 학생은 두 손으로 눈을 가린 채 기쁨의 눈물을 흘렸고 그 가족과 일행은 자리에서 일어나 박수를 하며 환호했다.

그러나 관중들 대부분은 어이없다는 표정을 지은 채 심사위원석을 바라보고 있었다. 자신들이 기대했던 사람— 삼분의 일이나 되는 관중의 기립박수를 받은 사람이 등수에도 들지 못했다는 사실에 대해 그들은 대단한 의구심을 나타내고 있었다.

관중석의 분위기에는 아랑곳하지 않은 채 심사위원들과 무언가 속삭이고 난 총장이 다시 단상 앞에 섰다.

"에- 저희 학교에서 매년 개최하는 '전국고등학생 음악 콩쿠르'에서는 1등으로 입상한 학생에게만 무시험 입학의 혜택을 주어 왔습니다. 그런데 이번에는 10년에 한 사람 나올까말까 한 인재를 발굴했다고 심사하신 선생님들 모두의 말씀이 있으셔서 저희 학교 50년 역사 이래 최초로 파격적인 시상식을 단행하기로 교수회의에서 의견을 모았습니다. 그것은 이번에 한해 특별상을 주기로 한 것인데 이 학생에게는 무시험 입학의 혜택뿐 아니라 4년간 전액 장학생의 혜택을 주기로 결정을 한 것입니다. 이제 그 학생을 발표하겠습니다. 유안나 학생, 앞으로 나오시오."

안나의 이름이 불려지는 순간 복주는 그만 정신을 잃고 그 자리에 주저앉고 말았다. 경수가 얼른 복주를 부축해 일으켰다. 장내는 환호성으로 들끓었다. 교사들과 응원 나온 학생들도 모두 일어나서 환호했다. 관중들도 이제야 모든 것이 제대로 되었다는 듯 아낌없는 박수갈채를 안나에게 보냈다.

안나는 총장 앞에 섰다. 그 모습이 어떻게나 의연하고 대견해 보였던지 복주는 또 한 번 감격의 눈물을 흘렸다.

단 위에 올라간 안나가 총장에게 무언가 말을 건네더니 총장이 고개를 끄덕이는 모습이 모였다.

안나가 관중석을 향해 입을 열었다.

"여러분이 보시다시피 저는 혼혈아로 태어났습니다. 오늘까지 저도 많이 힘들었지만 저희 어머니의 마음고생은 말로 표현할 수 없는 것이었습니다. 아주 특별한 사연 때문에 어머니는 이제까지 한 번도 생일을 쇠어본 적이 없었습니다. 오늘이 어머니 생일이지만 어머니는 생일이라는 사실조차 잊고 계실 겁니다. 저는 오늘 어머니의 생일을 되찾아 드리려고 총장님께 특별히 부탁을 드렸습니다. 어머니의 생일을 축하하며 이 상을 어머니께 드립니다."

우레와 같은 박수 소리가 장내를 진동시켰다.

"유안나 학생의 어머니는 어디 계신가요? 단상으로 오르시지요."

총장이 장내를 휘돌아보며 복주를 찾았지만 복주는 이미 밖으로 나와 있었다. 그 상은 자기가 받을 게 아니었다. 마땅히 안나의 손에 들려야 할 상이었다.

상보다 더 귀한 선물을 딸에게서 받았다는 행복감에 복주는 전신이 부르르 떨려옴을 느꼈다.

세상에 태어나서 열일곱 번째 생일을 맞이하던 그날, 검둥이에게 몸을 빼앗기고 부모가 원수로 변한 그날 이후 복주에게 생일은 없었다. 딸의 생일은 꼬박꼬박 챙겨주었지만 자신의 생일은 아예 기억에서 지워버렸다.

언제였던가, 그러니까 안나가 초등학교 3학년 때이었던가 보다. 어떻게 알았는지 안나가 엄마 생일 선물이라며 편지와 함께 들꽃 한 줌을 선물한 적이 있었다.

편지와 들꽃을 받아든 복주는 딸이 보는 앞에서 그것들을 짓밟아 버렸다. 그리고 그날 저녁 한없이 울었다.

그러나 지금은 사정이 달랐다. 안나의 선물을 뿌리칠 이유가 없었다. 오늘은 아주 특별한 생일이었고 안나가 준 것은 아주 특별한 선물이기 때문이었다.

복주는 고개를 들어 하늘을 쳐다보았다. 수십 년 동안 한 번도 똑바로 쳐다보지 못한 하늘이었다. 태양이 밝았다. 눈이 부셨다. 이제까지 구름에 가리어만 있다가 비로소 그 모습을 밝히 드러낸 것같이 태양은 복주의 마음속까지 환히 비춰주고 있었다.

노 유 복

등 단 「자유문학」

약 력 한국문인협회, 한국시인협회
한국크리스천문학가협회 회원
순천충현교회 목사

저 서 소설 :『황새촌 소인7』
시집 :『해바람 달바람』

e메일 sssnnnoh@hanmail.net

황금초黃金草

어느 주말, 야산에는 진달래가 만발해 있었고 난들은 풀숲에 혹은 소나무 밑에 흩어져 있었다. 우리 부녀는 망개나무가시와 찔레가시에 찔리고 할퀴면서 숲을 헤치고 다녔다. 산은 점점 가팔라지고 바위 절벽이 나타났다.

나는 아버지로부터 춘란 변이종에 관한 것을 조금씩 알아가고 있었다. 아버지는 산에서 산채할 때 춘란의 잎사귀에 무슨 무늬가 있거나, 꽃잎에 무슨 색깔이 들어 있거나, 꽃의 형태가 기이하거나, 꽃잎 전체가 녹색인 것도 유심히 살피라고 하셨다.

아버지는 더 자세한 것을 가르쳐 주시기 위하여, 〈春蘭 기르는 법〉, 〈蘭과 生活〉 등 여러 가지 난 전문서적들을 펼쳐놓고 설명해 주셨다. 잎사귀에 무늬가 든 것들은 색깔과 상태에 따라 중투, 중압, 편호, 실호, 복륜반, 산반, 중반, 서반, 호피虎皮, 사피蛇皮라 하는데, 그것들은 잎의 엽성, 광택, 길이의 장단에 따라서도 가치가 달라진다고 했다. 꽃으로 보는 난은 색에 따라서 홍화, 황화, 백화, 복색화, 중투화, 산반화, 주금화, 자화라고 하며, 이것들은 꽃의 화형으로도 그 가치를 달리했다. 그리고 꽃의 색깔보다는 형태가 기이하게 생긴 것은 기화奇花라고 했다.

이런 희귀란들은 해마다 봄이 되면 분토를 뚫고 고가高價의 새촉들이 여기저기 뾰족이 올라오기 때문에 실로 보석초, 혹은 황금초라고 부르는 사람들도 있었다. 이러한 명칭은 어떤 사람들에게는 물질주의적인 의미일 수 있겠지만, 그러나 한국 춘란을 세계화하려는 애호가들에게 귀한 가치를 의미하는 명칭이었다.

아버지는 어느 해 봄날 친구의 초청으로 자생란 변이종 전시회에 구경 가서 난꽃을 보고 매료된 후로부터 난을 좋아하게 되셨다고 한다. 그리고 군자의 풍류로 일컬어지는 난의 자태姿態와 향취香趣를 즐기는 풍습은 고려와 조선조로 넘어오면서 선비들의 지조와 품격으로 비유되기도 했음을 알고 계셨다. 그래서 청향淸香이 그윽한 난을 기르면서 난의 단아함, 유연함, 순수함, 강인함을 배우고 자아를 다스리는 여유를 찾으셨다.

아버지는 춘란에 대한 취미가 깊어감에 따라 우리나라 춘란계는 아직은 걸음마 단계인 것도 알게 되었다. 희귀란을 찾아내서 배양 기술을 발전시키고 대량으로 번식하여 수출까지 하는 중국 난이나 일본 난에 비하면, 우리나라 난계는 아직은 야생에 숨어 있는 희귀란을 찾아내는 일도 완료되지 않았기 때문이었다. 그런 까닭에 현재는 산에서 희귀란을 찾는 일이 우선시되어야 했다. 그렇게 좋은 품종을 찾아내면 그것을 전시회에 내놓고 난 전문가들로부터 명품으로 선정을 받으면 그 이름을 한 품종으로서 등록하게 되는 것이다. 그런 면에서 아버지는 한국 난계에 조금이라도 공헌하고 싶은 생각이 컸던 것이다.

고등학교 국어 교사이셨던 아버지는 3년 전에 은퇴하신 후에는 한국 춘란에 더욱 매료되어서 친구들을 따라 춘란 산지인 남쪽의 야산들을 다니게 된 것이다. 희귀난을 캐기 위해 겨울엔 눈밭을 헤매며, 여름엔 숨막히는 더위도 아랑곳하지 않았다.

아버지는 등산 복장에 배낭을 메고 난의 산지인 호남지방의 함평, 영광, 고창, 장성, 화순으로, 승용차를 이용하지 않고 기차나 고속버스를 이용하여 내려가셨다. 승용차보다는 대중교통을 이용하면 피곤할 때 편히 잠도 잘 수 있고 신경 쓸 일이 없다고 하셨다.

언제인가부터 서른두 살 노처녀인 나도 아버지가 산채를 떠나실 때 동행하게 되었다. 내가 산을 좋아했기에 자원한 셈이기도 했다. 나는 초등학교 교사 임용고시에 3년이나 낙방하고, 작은 회사의 경리를 하다가 지금은 백수가 된 것이다.

나는 소녀 때부터 문학소녀였고 아버지처럼 시인이 되는 것이 희망이었다. 배우고 도전하기를 좋아하는 나는 내 앞에 닥친 새로운 일들을 겁내지 않고 왕성한 호기심으로 극복해 나갔다. 내가 아버지를 따라 남행열차를 타고 남쪽의 이름 모르는 산들을 향하여 따라나서는 것도 그러한 연유인지도 모른다. 나는 마냥 즐거웠다. 혹시 그 여행길에서 좋은 시상詩想을 포착할 수도 있으며, 좋은 사람도 만날 수 있지 않을까,라는 설렘도 있었다.

그러나 나는 두 남녀가 만나는 것이 어찌 그리 간단한 일인가, 라는 생각도 들었다.

최근에 첨단 생명과학의 연구 결과 인간의 세포 속에 들어 있는 유전자의 정체가 밝혀졌다. 한 개의 DNA는 30억쌍 이상의 유전정보로 구성되어 있고, 인간의 몸은 약60-100조개의 세포로 구성되어 있다고 한다.

암람 사인펠드는 "염색체의 하나하나에는 수십 내지 수백의 유전인자가 있는데 그 가운데 하나라도 개인의 전 생애를 바꾸어 놓을 수 있다. 인간이란 이렇듯 놀라울 만큼 복잡 미묘하게 되어 있는 것이다."라고 했다.

한 인간이 아버지와 어머니 사이에서 태어나게 되는 확률은 30조 분의 1 정도라고 한다. 그러니 두 사람의 남녀가 만나서 부부가 되는 확률은, 한 인간이 탄생될 확률까지 포함된 계산이어야 할 것이다. 그런데도 수많은 가정들이 기적 같은 만남의 관계는 생각하지 않고, 손쉽게 이혼을 하고, 그것도 부족해서 황혼 이혼까지 한다고 하니 이거야말로 어떻게 해석이 되어야 할 것인가.

그런데 산에서 발견되는 변이종인 색화나 엽예품은 민춘란 30만 포기 가운데 하나 정도의 확률로 생긴다고 하니, 이것은 한 인간이 출생하게 될 확률이나 부부로서 만나게 될 확률과 비교한다면 무려 일천만 분의 일에 불과할 뿐인 것이다.

그래도 30만 포기 가운데 하나 정도로 생긴다는 변이종을 찾아내려면 수백, 수천, 수만의 난초 포기들을 헤집어 보아야 한다는 계산이 나온다.

우리 부녀는 희귀란을 찾아 산중턱으로 올라가다가 노송 밑에서 한 무리의 난초밭을 발견하게 되었다. 그곳에는 꽤 많은 춘란이 자생하고 있었다. 방석만한 넓이였다. 그런데 난꽃을 자세히 살펴보니 꽃잎과 혀와 꽃대까지 설록색 소심이 분명했다. 우리가 발견한 소심은 대륜에 삼각피기로 화형이 단정했다. 소심을 확인한 아버지는 기쁜 탄성을 지르셨다.

"야! 소심 무더기구나."

소심들은 꽃잎, 꽃대 모두 맑은 녹색이었다. 백설무점白雪無點의 소심은 화색이 투명하며, 설판은 순백무구하기 때문에 신비롭고 기품이 높아 예로부터 진귀하고 소중하게 여겨왔던 것이다. 아버지와 나는 소심을 모두 캐서 뿌리를 이끼로 잘 싸서 가방에 챙겼다.

우리는 산을 더 헤매다가 산 밑에 대숲으로 둘러싸인 슬레이트집 한 채를 발견하게 되었다. 마침 물병의 물도 바닥난 상태여서 그 집으로 향했다.

산 밑에 터를 잡은 그 집 뜰에는 꽤 넓은 텃밭이 있었고, 가까운 계곡의 물소리도 들렸다. 집터는 산자락을 깎아 만든 곳이라 높은 황토 흙벽이 위험스럽게 노출되어 있었다.

"주인 계십니까?"

아버지의 목소리를 듣고, 삼십 대쯤의 청년이 방문을 열고 나왔다.

"어떻게 오셨습니까?"

청년의 깊고 맑은 눈동자는 살아 있었다.

"우리는 난 산채 다니는 사람들인데 물 좀 얻으러 왔소."

"네, 그러세요."

물을 얻어먹은 우리는 청년과 조금 더 친해지자, 배낭에 준비해 간 간식거리를 꺼내서 청년과 나누며 점심을 때울 수 있었다.

식사 후에 청년은 우리에게 매실차 한 잔 대접하겠다며 방안으로 들어가자고 했다. 그 집 햇볕이 잘 드는 남향 방에는 난잎 끝에 서성이 보이는 두어 개의 난 화분과 백복륜 한 화분이 놓여 있었다. 초보자라는 짐작이 들었다.

난대 옆에는 책이 빼곡히 들어찬 책장 두 개가 자리 잡고 있었다. 거기에는 많은 건강 서적들을 위시해서 식물도감, 약초재배법, 가축 기르는 법, 각종 문학전집, 법률에 관한 서적들이 꽤 많이 꽂혀 있었다.

검도를 배웠는지 책장 옆에는 검도 도복이 걸려 있었다. 탁자에는 목검과 죽도가 놓였고 액자에는 대한검도협회가 발행한 유단자 증도 보였다.

아버지는 청년에게 검도를 하느냐고 물으신 후, 검도보다는 난에 관심이 더 크시므로 난초에 대한 이야기로 화제를 돌리셨다.

난에 관한 대화 도중 청년이 한 가지 물어볼 것이 있다며 우리에게 '잠깐 기다리라' 하더니, 뒤란으로 가서 십여 촉의 대주가 심긴 난초 화분 하나를 들고 왔다. 누리끼한 잎장마다 서성이 들어 있는 것으로 보아서 색화가 나올 가능성이 있는 난초였다.

"이게 어떤 난인데……?"

아버지가 청년에게 물으셨다.

"홍화인데, 제가 난을 시작한 지가 얼마 되지 않아서 자세한 것을 모르기 때문에 일단 꽃을 따기 직전에 사진을 찍어 둔 것입니다."

"그럼 그 사진 한 번 보여 주게."

청년이 방안에 있는 책상 서랍 속에서 사진 한 장을 꺼내 왔다. 사진을 보니 난초의 생김새며 잎장의 배열이 현재의 것과 틀림없었다. 사진 속의 난은 색상이 훌륭한 홍화가 핀 꽃대 세 개가 올라왔는데, 놀랍게도 그중 두 대는 홍화 소심이 아닌가! 사진을 본 아버지는 놀란 빛을 감추지 못하셨다.

"이걸 어디서 발견했는가?"

"어느 날 야산에서 난을 찾아다니다가 종일 공탕을 치고 용변을 보느라 풀숲에 쭈그러앉아 있었죠. 그때 전방 10여 미터쯤 되는 풀 더미 속에서 빨간색의 물체가 바람에 흔들거리는 것이 보였습니다. 무언가 느낌이 들었죠. 가서 보니 춘란, 홍화였습니다."

"그거야말로 자네의 행운이었네. 아무튼 이 난은 홍화가 분명하네. 그리고 올라온 꽃대 세 대 중 두 대에서 핀 것은 홍화 소심이고 하나는 아닌 상태이네. 앞으로 홍화 소심으로 발전할 가능성이 크다고 보네. 우리 집에 난 배양실이 있으니 내가 잘 길러서 한국 춘란의 명품을 한번 만들어 보고 싶네. 자네가 이것을 나에게 준다면 값은 서운치 않게 주겠네. 그리고 잘 길러서 자네한테도 분양해 주겠네. 자네 생각은 어떤가?……"

청년은 당황스러워서 얼른 대답을 못하고 머뭇거리고 있었다.

"……."

"지금 뭐라 하기 어려운가. 그럼 조금 더 생각해 보게."

홍화 소심에 대한 아버지와 청년의 대화는 그 정도에서 보류되었다.

청년의 이름은 나미수라고 했다. 아버지는 그에게 제안했다.

"오늘 저녁에 우리가 읍내로 나가서 자고 이곳으로 다시 와야 하는데, 시간도 절약할 겸 하룻밤 여기서 신세를 지면 어떻겠는가?"

"그러세요. 집이 누추하긴 하지만 방이 하나 더 있으니까 괜찮습니다."

기꺼이 승낙한 나미수는 내일 산채도 동행해 주겠다고 했다.

이튿날 우리 부녀는 나미수와 함께 좋은 것이 산재되었다는 야산으로 향했다.

출발 전에 나미수가 토방에 놓인 스틱을 아버지에게 드리자 아버지는 그것을 다시 나에게 주었다. 우리가 올라간 야산은 소나무 숲이라 풀이 많이 우거지지 않아서 다닐 만했다. 이름 모를 야생화와 약초들이 여기저기 보였다. 인기척이 나자 풀덤불 속에서 놀란 토끼가 달아나고, 잠자던 꿩이 푸드득 날아가기도 했다. 우리는 춘란 포기마다 잎장 하나하나와 새촉, 그리고 아직 꽃이 피지 않은 것은 꽃망울을 까서 색이 들어 있는지, 혀는 소심인지를 살폈다. 산채꾼들이 지나갔는지 그 일대에 있는 난초들이 대부분 뿌리째 뽑혀서 나뒹굴고 새촉과 꽃봉오리들이 모조리 뜯겨 있었다. 난을 애호하지도 않으면서 일확천금의 광적狂的인 집착만 하는 자들의 소행 같았다. 난을 금전적인 면으로만 취급하여 생업으로 난을 캐러 다니는 사람들이 많다는 증거였다.

우리 일행은 산채 도중 뿔뿔이 나뉘어지기도 하고, 두 사람이 같이 있기도 하며, 한 사람만 멀리 떨어지기도 했다. 그렇게 1시간쯤 지났을까 아버지 혼자 멀어지고, 나미수와 내가 근접한 상태에서 산채할 때였다. 혼자 떨어져 있던 아버지가 저쪽에서 우리에게 소리쳤다.

"소희야, 찾았다!"

"네, 아버지!"

나미수와 내가 가서 보니 아버지가 발견한 것은 산짐승들에게 뜯어 먹힌 세 촉짜리 하얀 줄무늬 호였다. 우리는 그것을 조심스럽게 캐서 이끼에 싸서 배낭에 넣고 세 사람이 함께 산중턱으로 올라갔다. 산세가 험해지면서 좌측으로 바위 절벽들이 보였다. 크고 작은 바위들이 길을 막고 자잘한 자갈들이 위에서 쏟아질 것만 같았다. 발을 옮기려 하니 독사 한 마리가 덤빌 듯이 대가리를 꼿꼿이 쳐들었다. 우리는 그곳을 도망치듯 피해버렸다.

우리 세 사람은 또다시 서로 근접해 있기도 하고 혹은 낱낱이 흩어지기도 했다. 내가 나미수와 근접해 있고 아버지가 다른 곳으로 가셨는지 보이지 않으므로, 내가 아버지를 부르면서 앞으로 가는데 저 앞쪽에서 인기척이 났다. 아버지인가 하고 보니 아니었다. 두 사람의 남자였다. 둘 다 덩치가 크고 얼굴이 거무튀튀하며 눈빛이 예사롭지 않게 보였다. 난을 캐는 사람들은 아니었다. 두 남자의 손에는 끝이 날카로운 창처럼 된 긴 작대기 하나씩이 들려 있었다. 그중 한 남자는 자루를 어깨에 맸다. 뱀 잡는 땅꾼 같다는 생각이 들었다. 산에서는 사나운 짐승도 무섭지만 사람이 더 무서울 수도 있다는 느낌이 들었다.

다행히 그들은 가까이 오지 않고 저만치 다른 방향으로 가버렸다.

그런데 조금 지나자 그들이 사라진 쪽에서 다시 이쪽으로 오는 소리가 들렸다. 이번에는 무언가 작심하고 오는 것 같았다.

"어이 당신들 지금 산에 뭣 하러 온 거야. 당신들 무슨 사이야?"

그들은 시비조로 말을 걸며, 손에 든 작대기로 주변의 나무들을 위협적으로 탁탁 후려치면서 접근했다.

나미수가 그들에게 말했다.

"우리는 이 산 아래쪽에 사는 사람들인데 형씨들은 어디서 왔소?"

두 녀석 중에 눈이 뱁새처럼 작은 못난이가 시비를 걸었다.

"우리가 어디서 왔든지 임마!"

그 말에 갑자기 분위기가 험악해지고 말았다.

"왜 가만히 있는 우리들한테 시비를 거는 거요?"

나미수가 방어적인 태도로 반문했다.

"어쭈! 겁대가리 없이……"

거무튀튀한 사나이가 사납게 눈을 치뜨며 말했다.

두 녀석은 작대기를 들고 더 바짝 다가왔다. 공격적인 눈빛과 행동이 역력했다.

나미수는 그들의 행동을 예의주시하면서 내 손에 들려 있는 스틱을 빨리 자기 손으로 가져갔다. 서로가 긴장감을 가지고 노려보던 중 그때 한 놈이 들고 있던 작대기로 나미수를 공격하려다가 오히려 나미수의 빠른 일격에 고꾸라졌고, 다른 한 놈도 덤비다가 처음 놈과 같이 되고 말았다. 여러 말이 필요 없었다.

이날 우리는 나미수 덕분에 큰 봉변을 모면하게 되었다. 그런 일을 치른 후 아버지와 합류한 우리는 당일 산채를 중단하고 하산해 버렸다.

그날 우리는 서울로 올라가고, 나미수는 아버지에게 난초 홍화 소심을 넘기고 우체국 온라인을 통해 상당한 액수의 돈을 받았다.

당시 난 산지에서는 한참 난초 붐이 일어났을 때, 난초 산채꾼들에 의하여 색화 소심이나 설백의 중투나 중압호가 산채되었다는 소문이 나면, 그 정보를 입수한 난 애호가들이 서로 먼저 차지하려고 현금 다발이나 수표를 쥐고 전국 어디든지 경쟁하듯 찾아갔다고 한다. 난 한 촉당 몇 십만 원에서 몇 백만 원까지, 부르는 게 값이라는 소문이 자자했다.

그러나 난 상인들은 난을 캔 지 얼마 안되는 사람들에게는 속여 먹기가 일쑤였다. 대화를 하다가 무얼 전혀 모르는 것 같으면 터무니없는 값을 부르든지, 아니면 난의 크지 않은 흠을 지적하며 값을 후려치는 것이다.

항상 정직을 주장하시는 아버지는 나미수에게 항상 정당한 값을 주고 난을 가져가셨다. 그리고 나미수도 옛날 학교 다닐 때 소풍가서 보물찾기 하는 것과 같은 즐거움과 호기심으로 산채했다. 순수하고 단순한 생각인 것이다. 그래서 한국 춘란의 발전에 기여하시려는 아버지의 마음을 알기 때문에 난을 주저함 없이 인계했던 것이다.

나미수는 아버지로부터 받은 돈으로 전부터 계획했던 일들을 추진할 수가 있었다. 집 주위의 넓은 텃밭에다 하우스를 지어서 여러 종류의 짐승들을 기를 수 있었고, 약초와 채소도 재배했다. 진짜 토종닭 기르는 농장을 수소문하여 병아리들을 구해 왔고, 칠면조와 흑염소 암수 한 쌍씩을 사왔다. 그리고 진도견도 암수 한 쌍을 구해 왔다. 그의 집에는 동물 가족들이 생겨서 외로움을 달랠 수 있게 되었다.

나미수는 짐승들을 돌보면서 짬짬이 시간을 내어 산으로 난을 캐러 다녔다. 그는 좋은 것을 캘 때마다 서울로 연락을 했다. 산채한 난 중에 어떤 것은 아버지가 사기도 하고, 아니면 난 배양실이 있는 아버지가 보관하여 잘 배양해 주기로 했다.

그러는 과정에 나와 나미수의 관계도 날이 갈수록 급진전되어 가고 있었다. 그가 좋은 난을 캐서 서울로 올라올 때는 나미수가 아버지에게 그림이나 시에 대해서 특별교육을 받는 기회이기도 했다.

어느 날 나미수가 희귀란을 발견하고 서울로 전화를 했다.

"선생님 안녕하세요. 저 나미숩니다. 오늘 좋은 난을 하나 캤습니다."

"아, 그래. 무얼 캤는데?"

"난초 잎장마다 중앙으로 하얀 줄이 들어 있어요."

"중투호 같은데……."

그날 아버지는 나를 대동하고 즉시 나미수가 사는 곳으로 내려갔다. 나미수가 산채한 난초는 설백색 광엽 중압호가 세 촉이나 되었다.

"이걸 어디서 산채했는가?"

"암반으로 구성된 거북산으로 산채 갔는데, 팔부 능선쯤의 바위 절벽 틈에서 발견했죠."

그날 나미수는 우리가 왔다고 몇 달 기른 토종닭을 잡고 여러 가지 맛있는 것들을 마련해 놓았다. 텃밭의 채소와 주변에 지천으로 보이는 산야초를 뜯어 반찬을 만드는 일은 내가 했다.

나미수의 집에는 여러 종류의 가축들이 있었고, 텃밭에는 약초들과 채소들이 풍성했다. 창고처럼 사용하는 방 하나에는 산에서 캐다 말려 둔 각종 약초와 효소를 담근 항아리들이 즐비했다. 집 뒤쪽의 빈터에 놓인 십여 통의 벌통에는 벌들의 왕래가 분주했다.

아버지는 나미수에게 난을 인수하고 미리 은행에서 준비해 간 돈으로 충분한 값을 지불해 주었다. 그리고 집에 돌아와서 가져온 난을 잘 소독하여 분에다 정성껏 심고 난실에 넣었다. 그 후 아버지의 난실 출입은 부쩍 늘었다. 난실에는 100여 개가 넘는 난초 화분들이 빼곡히 들어차 자라고 있었다. 새로운 것이 구입되면 아버지는 밤낮으로 난실에 들어가 들여다보며 좋아하셨다. 그리고 난 전시회 날이 돌아오기를 손꼽아 기다리셨다.

간혹 나미수가 산채한 난을 가지고 아버지를 만나기 위하여 서울에 오면 나는 그와 함께 시내로 나가 식사도 하고 소극장에 가서 연극도 관람하는 기회가 되었다.

언제나 나미수는 말수가 적은 편이었고, 내가 말을 많이 하는 편이었다. 그는, '가장 서먹한 관계는 말이 없으면 어색해지는 사람들이고, 말없이 조용히 바라만 보아도 편하게 시간을 보낼 수 있는 관계가 제일 가까운 사이'라고 했다.

그러다가 나미수와 나는 서로 서신을 주고받는 사이로 진전되었다.

그는 나에게 보낸 서신에서 자기는 사고무친의 고아로서 육아원에서 성장했다고 밝혔다. 그리고 법률 공부를 하여 자기처럼 어려운 사람들을 돕겠다는 희망을 품고 별의별 아르바이트를 하면서 고학도 했다. 그리하여 고시에도 도전해 보았으나 수없이 낙방하고 이제는 포기한 상태라는 것이다. 그러던 중 이곳 산골짜기의 빈집을 얻어서 자연 속에서 새로운 삶을 개척하는 중이라고 했다.

어느 날 나미수가 난을 캐서 우리 집에 온 날 우리는 레스토랑에 들어가서 저녁을 먹고 연극을 구경하기 위해 들어간 소극장 객석에는 불과 십여 명의 관객이 초라하게 앉아 있었다. 극이 시작되자 조그만 무대 위에 탁자와 소파가 하나 놓여 있고, 그 소파 위에 머리를 짧게 깎은 도둑놈 두 명이 앉아서 지껄이기 시작했다.

연극이 진행되어감에 따라 두 도둑놈의 들러리격인 한 창녀가 등장하고, 극이 절정에 이르자 소극장의 불이 꺼지면서 두 남자와 한 여자가 놀아나는 짓거리가 벌어졌다. 배우들의 즐기는 신음소리가 터져 나왔다. 어둠 속에서 관객들도 포옹과 키스, 감추었던 욕망의 행위들을 서슴없이 감행하는 기회를 얻었다. 연극이 끝날 때까지 그 불꺼짐의 순간은 여러 번 반복되었다. 그때 나미수가 나의 손을 가만히 잡았고 나는 그의 손을 물리치지 않았다. 손을 잡은 우리는 점차 서로가 능동적인 상태가 된 것이다. 아버지께서도 우리의 관계를 눈치채신 것 같았다.

계절이 몇 번 바뀐 어느 해 여름 삼복더위가 한창일 때 예년과 다른 메가톤급 태풍이 다가오고 있다는 기상예보가 있었다. 그 태풍의 예상 진로는 제주도와 호남지방을 통과하여 계속 북진할 것이라고 했다. 과연 기상예보 후 어느 정도의 시간이 지나자 숲의 나무들을 흔드는 바람 소리가 점점 드세어지면서 먹장구름이 하늘을 뒤덮어오기 시작했다. 이어서 엄청난 호우와 함께 대단한 위력의 태풍이 온 나라를 휩쓸기 시작했다. 전국 주요

도시 곳곳에서 집중호우와 태풍으로 인해 큰 피해가 있었고, 특히 호남지방이 심하다는 뉴스였다.

태풍과 폭우와 산사태로 나미수의 삶의 터전은 초토화되고 말았다는 소식이 우리에게 전달되었다. 회오리 같은 강력한 태풍으로 나미수가 살고 있던 허술한 슬레이트집과 크고 작은 하우스가 무너지든지 날아가버렸고, 폭우와 산사태는 가축과 가재도구, 벌통, 약초, 텃밭의 흙까지 깡그리 휩쓸고 가버렸다는 것이다.

우리 부녀는 나미수의 소식을 듣고 생필품과 식료품을 마련하여 급히 그곳으로 내려갔다. 가서 보니 현장은 참으로 참담하기 이를 데 없었다. 사나운 태풍으로 인하여 삶의 터전은 완전히 폐허가 되었고, 홍수로 불어난 엄청난 계곡물에 의하여 주변의 흙더미와 크고 작은 돌덩이까지 쓸려간 탓으로 산 아래 계단식 논밭들은 경계가 없는 운동장처럼 되어 버렸다. 저 멀리 들판으로 뻗어나간 개천에는 시뻘건 황토물이 강물처럼 넘쳐서 사납게 흘러가고 있었다.

우리 부녀는 나미수를 도와 폐허된 주변을 정리했다. 그러고 나서 우선 취사도구 등 가재도구를 구입하러 읍내에 나간다는 나미수를 따라 함께 가기로 했다.

읍내에 나간 김에 아버지께서 저녁식사를 사 주셨다. 돼지갈비집으로 들어가서 푸짐하게 먹었다. 돌아가면 당장은 취사가 어렵기 때문이기도 했다.

우리는 읍내에서 일을 마치고 돌아오면서 개천 둑길을 걷게 되었다. 그때 급류로 흘러가는 개천의 흙탕물에서 무언가가 떠밀려 내려오는 것을 발견하게 되었다. 노루 새끼였다. 우리는 개천가에 나뒹구는 긴 나뭇가지 하나를 주워서 조심스럽게 노루 새끼를 건져 올렸다. 우선 구조하여 상태가 회복되는 대로 산으로 돌려보내기 위함이었다. 건져낸 노루 새끼는 나미수가 보듬고 갔다. 나는 나미수를 뒤따라가면서 노루 새끼와 나미수의 처지가 비슷하다는 생각을 했다.

나미수가 막사를 만들어서 노루 새끼를 그곳에 넣고 칡넝쿨과 채소를 넣어 주었다. 그러나 잘 먹기는커녕 이리저리 도망질치다가 콧등이 깨져서 피가 흘렀다. 우리는 빨리 야생으로 보내야 한다고 의견을 나누었다.

그렇게 많은 것들을 수습해주고 서울로 돌아가면서 아버지는 나미수에게 말씀을 하셨다.

"자네 너무 상심하지 말게. 난을 애호하는 사람들은 난을 통하여서도 배워야 하네. 난은 혹독한 겨울을 통과하여 봄이 되면 아름다운 꽃을 피우지 않는가. 사람이 어떤 목표를 세우고 그것을 성취하려면 고난과 역경을 통과해야 할 때가 많이 있는 걸세. 시련은 삶을 어렵게 하고 고통스럽게 하지만 그것이 결코 해로운 것만은 아니네. 잘 극복하면 기쁨의 날이 오는 법. 아무튼 내가 자네의 터전을 회복할 만한 힘을 보태 주도록 할 테니 힘차게 재기하도록 하게."

"선생님, 감사합니다. 그리고 염려 마십시오. 저도 어려서부터 고생을 많이 해서 고난을 극복하는 인내력을 소유하고 있습니다. 아무쪼록 선생님의 말씀대로 칠전팔기의 마음 자세로 다시 일어서겠습니다."

나는 고난에 대처하는 그를 바라보며 특별한 희망을 품는 계기가 되었다.

나미수가 아버지에게 제안했다.

"선생님, 기왕에 내려오셨으니 바람도 쏘일 겸 함께 산채하러 가실까요?"

그 말에 동의한 우리는, 민춘란 30만 그루 가운데 하나 정도의 확률로 생긴다는 춘란 변이종, 황금초를 찾아서 산으로 향했다.

손 경 형

등 단 「한맥문학」

약 력 국제펜 한국본부, 한국문인협회, 한국소설가협회, 시와 이
       야기가 흐르는 카페, 한국크리스천문학가협회 회원

수 상 계간문예 작가상(소설)

저 서 『그녀 이름은 엘리스』

e메 일 foxygirl1158@naver.com

우리 집은 7번 홀

정인은 선민에게 선배 지유를 만나러 함께 가자고 했다.

"내가 당신 선배 입원하는데 왜 같이 가야 하지?"

"서현이가 다른 친척에게는 자기 엄마 증세를 설명하기 싫다고 했어요. 어제 선배가 갑자기 차를 렌트까지 해서 서현이 회사로 갔어요. 얼마 전에는 사고까지 났었대요. 어린 나이에 혼자 감당하기 너무 힘들 거예요."

"치매까지? 알았어, 같이 가줄게. 뭔지 잘 모르겠지만 서현이가 마음고생이 심하겠네."

현관문을 열어주는 정인을 선민은 위아래로 훑어보며 집 안으로 들어선다.

"왜요?"

그는 양복 윗저고리를 벗으며 인상을 찌푸린다.

"낡았다고 버리자고 하더니 그 옷을 왜 당신이 입고 있어? 당장 벗어."

거울 속에 비친 그녀는 세탁을 해도 제자리에 돌아오지 않는 색이 바랜 트레이닝 반바지를 입고 있다.

"막상 버리려고 하니까 당신이 아쉬워하는 표정이 생각나서 손봤어요. 그리고 내가 입으면 왜 안 되는데? 이 옷에 무슨 사연이 있어요?"

"사연은 무슨 사연. 쓸데없는 소리 하지 마."

선민은 정인의 말에 더듬거리며 불쾌한 표정을 지었다. 그의 트레이닝 바지는 대학입학 기념으로 동네 여자 선배가 선물한 옷이다. 그는 결혼해서 지금까지 이 옷을 즐겨 입었다. 그런데 오늘 아침 출근 준비를 서두르다가 바지 밑단을 밟아서 단이 뜯어지면서 발가락에 올이 감겨 넘어진 것이다. 그 소리에 태양이 방에서 벽을 치는 소리가 들렸다. 평상시 소리에 민감하게 반응하는 아들에게 그는 사내 녀석이 대범하지 못하다는 꾸지람을 자주 했다. 그런데 오늘은 다른 때와 달리 입을 다물었다. 그런 그를 보며 그녀는 깜짝 선물을 하고 싶어서 옷을 버리지 않고 긴 바지를 반바지로 만든 것이다.

그런데 퇴근한 선민의 예상치 못한 반응이 정인의 화를 돋우었다. 고3 태양이는 학교 중간고사 기간이라 며칠째 다른 때보다 더 예민해 있다. 그걸 아는 그는 입을 다물고 신경질적으로 거실에 양복 윗도리를 던졌다. 그녀도 태양이 방문 쪽을 살폈다. '이제는 버려도 된다고? 그럼 지금껏 버리지 않고 간직한 이유가 있었다는 말인가?' 그녀는 방금 전 그가 한 말을 곱씹는다.

"반바지 아이디어 좋지 않았나요? 당신이 싫으면 내가 입지 뭐."

"당신은 그 옷을 입으면 안 돼!"

"왜요? 내가 입으면 안 되는 이유를 말해보세요. 타당하다고 생각하면 벗을 테니까."

"그냥, 무조건 내가 싫으니까."

정인은 또다시 선민의 태도에 짜증이 났다.

"왜 필요이상으로 화를 내는지, 나를 이해시켜 보라고요."

"당신이 사람 기분 나쁘게 하잖아. 그리고 그 옷 당신한테 안 어울려."

"아뇨, 그건 제대로 된 설명이 아니죠."

"입든지 말든지 마음대로 해. 하지만 내 앞에서는 입지 마."

"당신 정말 이상하다. 혹시 결혼 전 사귀던 여자 친구가 사 준 거야?"

정인의 말에 선민의 얼굴이 붉그락푸르락 단풍이 들었다.

"같은 이야기 반복하게 하지 마."

정인이 선민의 얼굴을 살피는 동안 또 태양이의 방문이 열렸다가 닫혔다.

"마음 편히 밥 먹기 글렀군."

"잊었어요? 태양이 중간고사 기간이라니까요."

"알았어. 그 옷 정말 당신한테 안 어울려."

정인은 선민의 말에 패션쇼를 하듯 포즈를 잡았다.

"정말 피곤한 여자야."

정인은 남편의 표정을 살핀다.

"태양이 시험 본다고 조용히 하라고 하더니 당신이야말로 왜 자꾸 말 시켜."

"내가 뭘?"

"식탁 치워. 먹을 게 없어."

선민은 입맛이 까다롭다. 그래서 끼니마다 다른 반찬과 국이 있어야 밥을 먹는다.

"김치, 오이소박이, 물김치, 된장찌개, 무말랭이, 아몬드에 호두 넣은 멸치볶음, 두부부침, 계란찜, 김밖에 없어서 미안해요. 어, 빠졌네. 고추장돼지불고기를 싸먹을 상추와 깻잎."

정인이 계속 선민의 말에 꼬리를 달았다.

"아직 친정엄마가 해 주신 밑반찬 많이 남아 있어요. 나도 요즘 중·고등학교에서 방과 후 수업이 늘었어요. 그래서 새로운 음식 차리는 것 쉽지 않아요."

선민은 정인의 말에 두 손으로 가슴을 쓸어내렸다. 그녀는 구급약상자를 열었다.

"무슨 약?"

"소화제. 당신 속이 불편해 보여서요."

선민은 입을 다물며 정인을 쩨려보았다.

"됐어. 이제 그만합시다."

선민은 식탁에서 일어나 거실 소파에 앉아 텔레비전을 튼다.

"보고 싶은 연속극이 있었는데."

정인이 식탁을 정리하고 선민의 옆에 앉으며 말했다. 그는 그녀가 다가오자 자리를 내어주는 척 일어나 멀찌감치 거리를 두고 앉았다.

"내가 보고 싶은 것 볼 거야."

"오늘 학교 수업 있었어요."

선민의 말에 태양이의 방문이 또 열렸다 닫혔다.

"텔레비전 소리 줄여요. 내가 왜 당신이 반찬투정하면서 투덜거리는지 모를 것 같아요! 지금 우리 형편에 차는 절대 못 바꾸니까 그런 줄 아세요."

"내가 뭘? 말이 나왔으니까 하는 말인데 새 집에 새 차, 딱 맞아떨어지는 것 같은데."

"내가 속이 터져서. 당신 정말 우리 형편 몰라요? 아파트 분양금 이자 내는 것만 해도 허리가 휘어요."

선민은 정인의 말이 끝나기도 전에 또 방문에서 소리가 났다.

"엄마, 아빠 제발……."

"태양이가 시끄럽다잖아요. 있는 차도 팔아야 할 판국에 무슨 돈으로 차를 사요."

"당신 목소리가 나보다 더 커."

선민은 화를 삭히지 못하고 집을 나섰다. 정인은 그가 나간 현관문을 쏘아보다가 트레이닝 반바지를 쓰레기봉투에 쑤셔 넣었다. 창밖에는 예고 없이 비가 내린다.

비가 온다 비가 온다 비가 온다

갑자기 내리는 비가 유리창을 흔들고
길을 잃어버린 차가 거리를 방황하며 내뱉는 한숨 소리와
도로 위에 내팽개쳐지는 오늘이라는 파편 조각이
앞으로만 달려가는 내일에 매달려
어이어이 가슴을 두드리며 숨을 고른다

갑자기 내리는 비에 우산은 사치다

젖은 마음을 다독이며
비를 피해 달려가는 가로등 불빛

쉼터를 찾지 못해 거리를 방황하는
천둥과 번개가 아예 눈을 감아버린다

어둠이 짙어질수록
집집마다
드문드문 윙크를 하는 형광등

비가 온다 비가 온다 비가 온다
                    - 비 이야기 -

　정인은 태양이 방에서 눈을 떴다. 아침 6시다. 어느 사이 들어왔는지 선민이 출근 준비
를 하며 그녀를 찾았다.
　"태양이 방에서 잤어요."
　"알아. 그런데 왜 안방 베란다 문을 열어 놓은 거야. 일어났더니 바닥에 물이 튀겼잖
아."
　"당신이 베란다 문 열라고 했잖아요. 오랜만에 빗소리 듣고 싶다고."
　"그래도 내가 잠이 들면 문을 닫았어야지."
　"깜빡 잠이 들었어요."
　선민은 입을 다물고 아침을 먹었다. 그가 출근을 하자 정인은 커피를 마시며, 선배 지
유언니가 떨리는 목소리로 하던 방금 전 말을 떠올린다.
　"서현이가 독립을 하고 싶나 봐. 나한테 의논도 없이 따로 오피스텔을 알아보고 있었
어. 어떻게 알았냐고? 우연히 서현이 스마트폰에 뜬 문자를 보게 됐어. 나 어쩌니? 정인
아, 너는 잘 알잖아. 나는 서현이 없으면 안 돼. 서현이 아빠가 폐암으로 죽고 재혼하라
는 말 듣기 싫어서 뒤따라 죽으려고 했는데 서현이 때문에 살고 있는 것."
　"알아요."
　"서현이가 이번에 대학을 졸업하잖아. 요즘 같은 세상에 졸업과 동시에 회사에 입사한

것이 기특하기는 해. 그런데 왜 갑자기 독립을 하겠다는 건지. 혹시 내가 모르는 무슨 일이 있는 것은 아니겠지? 나한테 하지 않는 말, 너한테는 하는 것 같은데 들은 말 있니?"

"언니, 걱정 마세요. 서현이한테 연락 오면 말할게요. 그러니까 괜히 속 끓이지 말고 이상한 생각도 하지 마세요. 언니, 서현이를 믿어요."

서현이는 대학을 졸업한 지 3년이 넘었다. 그런데도 지유는 아직까지 서현이를 신입생으로 알고 있다.

"응, 그래서 모른 척 입 다물고 있어. 머리는 이성적으로 생각하라고 하는데 마음이 정리가 안 되고 혼란스러워. 그런데 만약 내 짐작이 맞다면……. 진짜 서현이 입에서 독립한다는 말이 나오면 나는 그 자리에서 죽어버릴 거야. 그 말만 생각해도 숨이 막혀. 내가 자기를 어떻게 키웠는데 나한테 이럴 수는 없지?"

"아직 일어나지도 않은 일 미리 걱정하지 말라고 언니가 저한테 해준 말 기억하세요? 언니도 미리 앞당겨 걱정하지 마세요. 몸만 상하고 없던 병도 생겨요. 나야말로 적은 월급에 이자 감당 못할까 봐 망설였는데 언니 응원 덕분에 아파트 분양받아서 잘살고 있잖아요. 지금 집값이 1억 이상 올랐어요."

"정인아, 그건 네 복이야. 아침부터 좋은 소리 하지 못해서 미안하다. 선배 노릇도 제대로 못하면서 하소연만 하는구나."

"그런 말씀 마세요. 제가 언니한테 배우는 것이 얼마나 많은데요."

"정인아, 그렇게 말해줘서 고마워. 나 정말 네 말대로 서현이 다시 한 번 믿어볼게."

말은 그렇게 하면서도 힘없이 통화를 끊어버리는 선배 지유. 정인은 다시 재통화 버튼을 누르려다가 그만두었다. 그녀는 이미 서현이한테 먼저 말을 들었다. 그런데 지유 선배한테는 모른다고 말했다. 서현이는 자신이 직접 엄마한테 말할 때까지 당분간 모르는 척해 달라고 부탁을 했기 때문이다. 엄마의 증세를 어떤 식으로 설명해야 할지 고민 중이라는 말과 함께. 정인이는 서현이의 말투에서 결혼을 생각하는 남자가 생긴 것이 아닐까 나름 추측을 해본다.

정인은 과거의 자신을 만나기 위해 눈을 감는다.

"언니는 서현이 아빠랑 살면서 이혼하고 싶은 생각 한 번도 없었어요?"

"왜 없었겠니. 하루에도 수백 번씩 했다. 시댁하고 문제가 있을 때, 자신의 일이 안 풀릴 때, 나 때문이라며 괜한 트집을 할 때 등등. 하지만 너하고 선민씨는 누가 봐도 천생연분인데 너도 그런 소리를 할 때가 있구나."

"그러게요. 저도 제가 이런 생각을 할 줄 몰랐어요. 힘들어요."

"왜 갑자기? 네가 이혼하고 싶은 이유가 뭔지 먼저 들어보자. 그리고 이해가 되면 반대하지 않을게."

"오늘 점심시간이었어요."

정인은 선배 지유한테 자신의 하루를 털어놓았다. 그녀는 방과 후에 만난 오선생과 오전에 만나 일을 보고 같이 점심을 먹기로 약속을 했었다.

"권정인 선생님 미안해요. 오늘 점심 내가 대접하기로 해놓고 갑자기 급한 일이 생겨서 점심을 먹을 수가 없게 되었네요. 다음에 날잡아서 다시 연락드릴게요."

마침 정인은 선민의 회사 근처에 있었다. 평상시 계획적인 것을 좋아하는 선민은 '갑자기, 급히, 우연히, 어쩌다가' 등등 막연한 말과 행동을 싫어하는 사람이다. 정인은 오선생이 미안해할까 봐 그렇게 말은 했지만 남편이지만 막상 그에게 연락을 하려니 망설여졌다. 전화를 할까, 말까 망설이고 있는데 그가 여직원하고 둘이 근처 음식점으로 걸어가는 것을 보았다. 그는 여직원의 말에 고개까지 끄덕이며 웃어주었다. 그녀는 그가 한동안 유난히 양복과 넥타이 색깔에 신경을 썼던 것이 생각났다. 그녀는 다시 망설였다. 그냥 집으로 갈 것인가. 우연을 가장해서 그를 따라 들어가 여직원과 같은 테이블에 앉아 밥을 먹을 것인가. 그러다가 자신에게 묻는다. '남편을 못 믿어? 남자가 직장생활을 하다 보면 여직원과도 자연스럽게 밥을 먹을 수도 있는 것이지. 그럴 때마다 의심의 눈초리로 바라보면 피곤해서 어떻게 살아.' 그렇게 결론을 내리고 그녀는 그가 보기 전에 얼른 몸을 숨기며 방향을 바꿨다.

"과장님은 자신이 얼마나 멋지다는 것을 모르고 계시는 것 같아요. 이런 과장님과 함께 사시는 사모님이 부러워요."

"뭘, 미스 리도 예쁘고 센스 있고 능력 있는 여자야. 정말 멋지고 좋은 남자 만나 행복한 결혼생활을 할 거라고 믿어."

"어머, 과장님 감사합니다. 과장님이 그렇게 생각해 주시니 영광입니다. 주변에서 저하고 어울리겠다고 생각되는 남자 있으면 추천해 주세요. 저는 과장님이 괜찮다고 하는 남자라면 무조건 결혼할 거예요."

정인은 뒤에서 들려오는 여직원의 교태에 가까운 말투에 마음을 돌려 두 사람을 지켜보기로 했다. 선민도 그렇게 말하는 여직원의 말을 인정하는 듯한 웃음을 지었다. 그녀는 두 사람이 들어가는 음식점 맞은편 집에 자리를 잡았다. 구석진 곳에 앉아서 자신의 모습을 숨기고 그들의 동태를 살피며 음식점에서 가장 빨리 나오는 음식을 주문했다. 음식 값도 선불로 지불했다. 그녀는 점심을 먹는 둥 마는 둥 숟가락만 오르내렸다. 그리고 두 사람을 따라 커피숍으로 들어가려다가 그냥 집으로 돌아왔다. 그녀는 그날의 일을 그에게 말하지 않았다. 그리고 선배 지유한테 말하는 것이다.

"언니, 두 사람의 말이나 행동이 예사롭게 보이지 않는 것은 제가 너무 오버한 걸까요?"

"글쎄다. 정인아, 네가 함부로 말하고 행동하지 않는 아이라는 것 내가 누구보다도 잘 알고 있어. 그런데 네 눈에 그렇게 보였다면 뭔가 있을 수도 있을 것 같다. 젊은 여자가 나이 먹은 직장 상사에게 꼬리치는 목적이 뭐가 있을까? 젊은 나이에 대기업을 다닐 정도면 제 앞가림은 하고도 남을 텐데 왜 나이 많은 남자한테 붙으려고 하겠니? 선민씨가 상사로서 잘해주니까 잠시 잠깐 착각에 빠져 흔들릴 수도 있는 거야. 선민씨도 그럴 수 있고. 그러니까 확실한 증거가 있을 때까지 아무 말도 하지 마라. 그리고 섣불리 속단하고 이혼 어쩌고저쩌고 하는 소리 쉽게 하는 것 아니다. 알았지?"

"그러게요. 별일 아닐 수도 있는데 여직원이 말할 때마다 몸을 비비 꼬는 것을 보니까 갑자기 역겨운 생각이 들어서. 그리고 그이가 여직원을 사랑스런 눈초리로 보는 것을 보니까 속이 뒤집혀서."

"분명히 두 사람 아무 일 없는 거야. 구체적으로 말하면 네 말을 유추해 본 결과 두 사람 사이에 썸씽이 있다면 지금 시작이야. 그러니까 두 사람 눈꺼풀이 더 두꺼워지기 전에 막아야 한다. 선민씨한테 알 듯 모를 듯 밑밥을 뿌려놓고 이때다 싶으면 단번에 벗겨버려야 뒤탈이 없다. 왜 나이 든 남자들은 하나같이 젊은 여자들한테 넋을 빼앗기는 거니? 서현이 아빠도 여비서하고 문제가 있었어. 당돌하게 여비서가 나한테 아이를 임신했다고 이혼해 달라는 거야. 그래서 나는 절대로 이혼해 줄 수 없다고 했어. 여비서와의 일을 나중에 안 남편이 뭐라고 했나 봐. 그랬더니 여비서가 나한테 울고불고 난리가 났었어. 그 때 일을 생각하면 지금도 화가 치밀어 올라."

"그런 일이 있었어요?"

정인은 서현이 아빠한테 여비서 이야기를 들어서 알고 있었지만 모르는 척했다.

"지금 와서 말이지만 서현이 아빠, 죄 없는 마누라 알게 모르게 구박하더니 폐암에 걸려 일찍 죽어버린 거라고 생각해. 여비서가 이혼해 달라고 해서 처음에는 못해준다고 했다가 남편이 죽을병에 걸렸으니까 직장 그만두고 죽기 전까지 병간호해라, 그러면 이혼해 주고 사망보험금 주겠다고 했더니 임신은 남편을 잡기 위한 거짓말이었다고 하며 도망가더라. 그 여비서 이야기를 서현이 아빠한테 했더니 죽기 전까지 잘못했다고 싹싹 빌더라. 서현이는 아빠의 그런 모습 때문에 남자한테 질려서 결혼도 안하겠다고 하는 거야. 그리고 너도 남 선배가 나를 좋아하는 것 알잖아. 서현이는 자기가 없으면 내가 남 선배와 합칠 줄 알잖아. 그래서 나를 위해 독립하려는 것 같아 속상해. 나는 정말 지금까지 재혼하

고 싶은 생각이 전혀 없어. 그건 그렇고 아까도 말했지만 선민씨하고 여직원 아직 시작도
안 하고 서로 간만 보고 있는 것 같으니까 모르는 척해. 괜시리 아는 척했다가 오히려 역
효과 나서 본격적으로 시동 걸게 만들 수도 있어."

"그런데 만약에 일이 잘못되면 어떻게 해요?"

"정인아, 너야말로 괜한 일로 시간 낭비하지 말고 믿고 기다려 봐."

"선배 말처럼 그냥 모르는 척할게요."

그 이후로 정인은 계속 선민의 동태를 살폈다. 그녀는 월말에 선민의 카드 내역서를 보
며 슬쩍 말을 한다.

"이 음식점 당신 회사 근처에서 본 것 같은데, 비싼 것 보니까 맛이 좋을 것 같은데 다
음에 나도 사줘요."

"왜 못 배운 여자처럼 남의 내역서를 확인하고 그래. 그리고 그 집 대접해야 할 사람이
있어서 할 수 없이 먹었는데 음식 맛 별로야."

"이 집 커피 맛은?"

"그 집도 별로야."

"그럼 왜 당신은 맛있는 집도 많을 텐데 군이 맛없는 집만 골라 다녔어요?"

"그러게, 그래서 다음부터는 가지 않을 거야."

정인은 선배 지유의 말을 떠올리며 속으로 눈물을 삼켰다. 그녀는 선민을 보면서 선배
의 남편 경철이를 떠올린다. 그리고 선배 지유와 자신의 미래의 모습이 겹쳐지는 것 같아
힘이 든다.

정인은 수업 중에 핸드폰 진동이 계속 울리는 소리를 듣는다. 선배 지유한테서 왔을 것
이라는 것을 알면서도 수업을 끊을 수가 없어서 속이 타들어간다. 선배가 얼마나 힘들었
으면 자신이 수업 중이라는 것을 알면서도 전화를 했을까? 무슨 일이 생긴 것은 아닐까?
그녀의 걱정이 앞선다. 지유는 남편이 죽고 나서 한동안 우울증에 빠져서 약을 먹었다.
지유 남편 경철은 집 안팎으로 모범적인 남편이고 아빠였었다. 경철은 젊었을 때 담배를
피웠지만 결혼을 한 이후로 끊었다. 술도 분위기를 맞추는 정도로 마신다. 그렇기 때문에
아무도 그가 50대 초반 젊은 나이에 폐암으로 세상을 떠나리라고 짐작하지도 못했다. 그
는 평상시 건강한 사람이어서 일 년에 한 번 회사에서 하는 종합검진만 받았다. 검사 결
과도 별 이상이 없었다. 그는 감기가 오래가고 기침이 멈추지 않아서 병원에 갔다. 검사
결과 폐암이라는 선고를 받았을 때는 이미 4기로 손을 쓸 수가 없는 상태였다. 몸 상태도
급격히 나빠지고 온몸으로 암이 전이가 되어서 석 달 만에 세상과 이별을 했다. 정인은

그가 병원에 입원을 했을 때 자주 문병을 갔었다. 그럴 때마다 자신의 아내와 딸을 정인에게 부탁했었다. "정인씨, 정인씨는 서현이 엄마보다 한참 후배지만 왠지 믿음직스러워서 하는 말이니까 너무 부담스러워하지 마세요. 그래도 이 부탁은 꼭 하고 싶습니다. 저는 종교가 없는 사람입니다. 하지만 정인씨한테 두 사람을 위해 기도해 달라는 부탁을 꼭 하고 싶어서 애 엄마가 없을 때 당부드리는 겁니다. 서현이 엄마 성격 알죠? 세상 물정 모르는 사람입니다. 딸아이 서현이는 외동딸인데도 의외로 마음이 넓고 적극적인 아이랍니다. 엄마보다 어른스러워 보일 때가 있어서 마음이 짠해요. 저는 착한 서현 엄마를 배신하고 여비서와 바람을 피워 천벌을 받나 봅니다." 지유는 간병인을 쓰지 않고 본인이 직접 남편 병간호를 했다. 그때 서현이가 고3이었다.

정인은 수업을 끝내고 지유와 통화를 했다.

"선배, 수업 중이라 핸드폰 못 받았어요."

"나도 계속 연락을 취하는데 받지 않아서 그런 줄 알았어. 그런데 정인아, 내 생각이 맞았어."

지유가 울기 시작했다.

"선배, 무슨 일 있어요?"

"서현이가 집을 나가겠대. 드디어 독립을 선언했어."

"울지 말고 서현이가 뭐라고 했는지 자세하게 말해보세요."

"직장이 멀어서 회사 근처에 오피스텔을 알아보던 중에 마땅한 것이 나와서 오늘 저녁 퇴근을 하면서 계약서를 쓸 예정이래."

"선배는 뭐라고 하셨어요?"

"무조건 안 된다고 했어. 정인아, 사실 나 지금 서현이 만나서 이야기하려고 찾아가는 중이야. 택시 탔냐고? 아니, 내가 직접 운전하는 중이야. 너 혹시 와 줄 수 있니?"

"차? 차는 어디서 났는데?"

"당연히 렌트했지."

'렌트? 운전 중?' 정인은 지유의 말에 마른 침을 삼킨다. 운전 중이라는 말에 통화를 끊고 싶었지만 자신과 이야기를 하면서 지유의 숨소리가 가라앉을 때까지 계속 말을 시켰다. 지금 지유는 서현이가 자신의 재혼을 위해 독립하려는 것이라고 말을 한다. 지유는 서현이처럼 무남독녀로 태어나 귀여움을 독차지하며 자랐다. 그리고 결혼도 착실한 남편 덕분에 순탄한 삶을 이어갔었다. 그녀 남편 경철이 바람을 피우기 전까지. 눈에 띄는 고부간의 갈등도 없었다. 그런 그녀의 삶이 경철의 죽음과 함께 뒤죽박죽이 되었다. 엎친데 덮친격으로 경철이 친구 빚보증을 잘못 서서 집까지 처분하고 월세방으로 쫓겨났다. 그 일로 그녀는 심한 우울증에 시달리고 있다. 그녀는 약도 제대로 챙겨먹지 않아서 불면증에 환상과 이명까지 겹쳐 제정신이 아니다. 그녀는 자신의 마음에 들지 않으면 장소와 사람을 구분하지 않고 무조건 소리 지르고 싸우려고만 한다. 그러다가 어느 때는 한 달이고 두 달이고 두문불출을 하며 집에서 두더지처럼 살았다. 시간이 지나갈수록 그녀의 병명은 늘어갔다. 우울증, 조현병, 피해망상증, 분노조절장애, 섭식증 등등. 병원에서는 그녀의 입원을 권했다.

정인은 지유와 통화를 끝내고 서현이한테 연락을 했다.

"서현아, 너 사실대로 엄마한테 말씀드려라. 곧 도착하실 거야."

"정인 이모, 저 오늘 엄마한테 독립한다고 말한 적 없어요. 통화를 하다가 일이 있어서 퇴근이 늦을 수 있다는 말만 했어요. 우리 엄마 어떻게 해요? 엄마만 생각하면 숨이 막혀요. 사실 저번에도 여러 번 엄마가 회사로 오셨어요. 한 달 전에는 차를 몰고 오시다가 교통사고가 났어요. 외상은 없었지만 병원에서 후유증이 있을지도 모른다고 입원을 권했는데 싫다고 하셨어요. 자꾸 같은 일이 반복이 되고 있는 것 같아서 두려워요."

"서현아, 너까지 그러면 안 되지. 너한테 미안하구나."

"왜 이모가 미안해요. 이모는 제가 무슨 일이 있어도 엄마를 끝까지 책임질 테니까 걱정하지 마세요. 오늘은 아빠가 여비서와 따로 살림을 차렸다고, 그 집에 나하고 같이 가자고 하셨어요."

처음에 정인은 서현이한테 선배 이야기를 들었을 때 믿지 않았다. 선배 지유는 정인이에게만큼은 정상인처럼 행동하고 있었기 때문이다. 그래서 서현이 말과 선배가 하는 말을 즉시 확인을 해가면서 서현이의 말이 맞다는 것을 알게 되었다.

"오늘 요양원에서 연락이 왔는데 없던 일로 하자고 했어요."

"서현아, 네가 엄마를 생각하는 마음 왜 내가 모르겠니. 하지만 너는 직장생활도 계속해야 하고 결혼도 해야지. 우리 방법을 같이 찾아보자. 엄마 때문에 네 인생을 포기해서는 안 돼."

"아뇨, 아빠가 돌아가실 때 저는 결혼 포기하기로 마음먹었어요."

"그런 말 하지 마. 엄마도, 돌아가신 너의 아빠도 네가 그러기를 원하지 않으실 거야. 자신을 위한 네 마음이 이기적이라고 너무 자책하지도 마라. 요양원에 모시면 치매 등급에 따라서 보조받는 금액이 달라질 거야. 나머지 금액 마련은 추후에 의논하기로 하자. 그리고 방금 전 너의 엄마가 나를 찾아서 바빠서 못 간다고 했어. 우리 내일 따로 만나자. 아까도 말했지만 나는 네가 너한테 집중했으면 좋겠다."

정인의 마음속에서 회오리바람이 불어오고 있다.

다음날 정인은 서현이를 만나고 선배 지유를 병원에 입원시키기로 마음먹었다. 그리고 선민에게 운전을 부탁했다. 두 사람은 몇 시간째 울고 있는 서현을 집에까지 데려다 주었다. 정인은 집으로 돌아오는 길에 선민에게 선배의 죽은 남편 경철의 이야기를 했다. '만약에 당신이 죽는다면, 당신이 여직원을 택하고 나와 이혼을 한다면 나는 어떻게 될까? 내가 만약에 지유 선배처럼 병들면 태양이는?'

"우리 술 한 잔 할까?"

선민이 앞장서서 근처 술집으로 들어갔다.

"무조건 내가 잘못했어."

"뭘요?"

"내가 돈 없는 것 알면서도 차 사달라고 심술을 부려서. 그리고 나는 죽은 사람 욕하는 것 같아 좀 그렇지만 경철씨와는 달라. 당신 말고 다른 여자 만난 적 없어. 그리고 돈 문제로 당신 힘들게 하지 않을 거야. 오늘 과음을 했지만 건강을 위해서 담배도 끊고 술도 줄이고."

"정말 그것밖에 없어요?"

"사실 트레이닝은 고향 누나가……. 또, 회사 여직원. 자꾸 남 흉보는 것 같은데 회사 여직원과 결혼 이야기가 오고가는 남자친구가 양다리를 걸쳤나 봐. 우연히 하소연을 듣게 됐어. 그러다 보니 여직원이 남자친구를 데려왔어. 그 자식 직접 만나 보니까 말로 듣던 것보다 더 형편없어 보이더라고. 여직원이 말로는 의심을 하면서도 그 남자를 더 좋아하는 것 같았어. 팔이 안으로 굽는다고 여직원이 밑지는 장사 같았지만 아무 말 하지 않고 그냥 지켜봤어. 그런데 대반전! 여자의 직감은 역시 무서워. 얼마 전 여직원이 결국 남자친구가 다른 여자와 있는 현장을 급습하더니 두말 않고 헤어지더라. 여직원한테 잘 헤어졌다고 말했어. 내가 사무실에서 지켜본 여직원은 착실하고 능력도 있어. 집안도 나름 먹고살 만한 것 같고. 그래서 느낌이 비슷한 박대리, 당신도 무역 파트에 박대리 알잖아. 그 친구 소개해 줬어. 기억하지. 그 카드 내역서에 나오는 찻값하고 음식값. 그러다 보니 내 일 때문에 만난 것은 아니지만 이 일 저 일로 내가 낸 거야. 두 사람이 잘되면 당신까지 한턱 제대로 쏜다고 했어."

선민은 말없이 술잔을 기울이는 정인의 잔에 자신의 말을 함께 따랐다. 정인은 속으로 가슴을 쓸어내렸다. 선민의 입에서 여직원 말이 나왔을 때 자신도 모르게 긴장을 했다. 그러다가 두 사람 사이에 아무런 일이 없었다는 말을 듣고 긴장이 풀리는 바람에 한꺼번에 취기가 올라 제대로 앉지도 못하고 몸을 비틀거렸다. 방금 전 요양원에 들어간 지유 선배, 그녀의 딸 서현의 모습이 겹쳐지면서 그녀는 참았던 눈물을 쏟아내며 흐느끼기 시작했다. 선민은 대뜸 그녀를 껴안았다.

"울지 마. 앞으로 내가 더 잘할게."

"태양이가 힘들어해요."

"걱정 마. 내가 좀 더 신경 쓸게. 태양이가 기다리겠다. 빨리 움직이자. 대리 기사가 곧 온다고 했어."

선민은 정인이와 눈을 맞추며 말에 힘을 주었다.

"위례 신도시로 가주세요."

선민은 내비게이션에 주소를 입력시키고 눈을 감았다.

"저 손님, 집이 없어요."

대리 기사의 들뜬 목소리에 눈을 감았던 선민과 정인이 동시에 눈을 떴다.

"무슨 말씀을?"

"보세요. 아파트가 안 보여요. 내비게이션에는 이곳이 7번 홀이라고 나오는데요."

대리 기사가 장난스럽게 웃었다.

"그러게요. 차 덕분에 우리는 평생 골프장 위에서 살겠네요."

선민의 말에 정인과 밝은 달이 얼굴을 붉히며 구름 뒤로 숨는다.

희곡

리보라

리 보 라

출 생 1918.11.16.-2006.11.23. 고양시 행주로

등 단 「에스더」 YMCA, 「려와」, 「모세」 국제극장, 「향」 중앙극
장 공연

약 력 중앙 YMCA 간사, 한국크리스천문학인 클럽 태동
초대 HLKY 과장 이래 각 방송국 극작, 연출
『한국기독교문학선집』 출간
전국교회극경연대회 연차대회(1983년까지)
달리는교회 설립
1977년 목사 안수, 에바다교회 당회장(1983년까지)

저 서 시극 : 『뽀오얀 바람이라는 이름의 미풍』
우리나라 방송사상 처음으로 방송시극 분야 개척
방송극 : 『삿갓 마을에 목련꽃 피다』 『떼루떼루』 『비천가』
동극집 : 『둥둥둥』 등

뽀오얀 바람이라는 이름의 미풍

나오는 사람

미풍 태양 북풍 여자 사내 아지랑이 노파 리더 무녀 여경1 여경2
자유 자유1 자유2 대합 납치범1 납치범2 소녀 남1 남2

뽀얀 바람이라는 미풍이 하늘에서 금가루를 뿌리는 듯 지나가면 고음계로 트럼펫이 뛰어든다.

아나운서 프로 소개

그 끝소리를 타고 시작되는 '엄동설한 지나가면' 합창 '엄동설한 지나가면 양춘가절 돌아와/쏟아지던 소나기도 개인 후에 햇빛 나/ 어둔 밤이 지나가면 밝은 아침 오도다/ 크게 실망하였지만 새론 소망 얻겠네' 이하 허밍(humming), 꼬리를 물고 일어나는 남녀 군중의 즐거운 웃음소리가 태반인 환성. 그것이 멀어져 가면서, 뽀얀 바람이라는 미풍이 자리를 잡으며 등장.

미풍 <u>으흐……</u> 봄의 찬미 합창도 훌륭하였고 트럼펫도 좋았고… 아하, 내가 이 유리창 가에 내린 것을 태양에게 고맙게 생각해야지…….

태양 입춘 우수 입춘 우수 지나고 경칩이 곧인 걸, 하하…….

미풍 그렇구말구요. 경칩이 <u>ㄷ</u>이죠.

태양 (멀리서 다시) 하하…….

미풍 태양은 크기도 하시지. 이 유리 창가에서 속삭인 나의 마음을 아시고 진작 화답을 보내는 태양은 크기도 하시지……. 자아, 종각 추녀의 고드름 끝이나 스쳐볼까?(물방울 떨어지는 소리)

미풍 흐음…… 이것이 나란 말야, 뽀얀 바람이란 이름의 미풍, 뽀얀 바람이라는 이름의 미풍……. (물방울 소리 사뭇 줄을 잇는다. 이윽고 고드름이 함석지붕 위로 주루룩 떨어져 구른다. 대하에 이르는 선율 배음)

미풍 나는 풍속 계급 이하의 존재로서 기온 0도에서 30도 사이를 30사이클 이하로 살고 있는 1태양계의 자연이다. 자연의 법칙은 나의 절대이며, 내 나이는 태초다. 그러기 때문에 태초로부터의 뽀얀 바람이라는 이름의 미풍, 이렇게 나를 기억해

두어야겠다. 나의 실존은 가냘픈 나뭇가지가 흔들리거나 그 생명의 잎들이 소곤
댈 때, 그리고 마음이 있는 그 색색의 꽃잎들이 나풀거릴 때 입증된다. 앗 참,
아까 추녀끝 고드름 녹인 것이 나로 납니다. 으흐……

(여기서부터 굴뚝쟁이 영감의 징소리)

미풍 가만 있자, 대지는 바야흐로 수분이 촉촉한데 개구리는 어디서 논두렁 간질이며
경칩을 기다리고 있는지……

(싸늘한 북풍이 휘몰아치며 굴뚝쟁이 징소리 가까이 온다.)

미풍 이크, 북풍에 굴뚝이 영감이로구나!

북풍 (휠터) 미풍이여 안녕 안녕 안녀엉!

미풍 겨울이 가는 소리, 이별은 무릇 쓸쓸한 것. 북풍이여 안녕 안녕! 굴뚝쟁이 영감
은 울던가 웃던가?(북풍의 여운마저 스쳐간다.)

미풍 흐음, 겨울의 여운마저 가는구나……('이별의 노래' 전주 들어온다.) 산마루마다
눈이 녹아 녹아 산장에도 이별이 왔네 산장의 이별……

(솔로) 기러기 울어 예는 하늘 구만리/ 바람이 싸늘 불어 (허밍)/ 아아 아아 너
    도 가고 나도 가야지(이별가 영 멀어져 간다.)

미풍 이별은 무릇 쓸쓸한 것 쓸쓸한 것, 나도 강남을 오가기에 이별을 압니다. 이별,
그것은 자연의 숨결이기도 하죠.

(이때 애송이 남녀들이 떠들어대는 군중 소리 들려와 생기를 불어넣는다.)

미풍 그렇지. 희망을 부둥켜안고 교문을 나서는 10대 20대 그대들 앞날에 축복 있으
라 영광 있으라.

(생기발랄하게 떠들어대는 교정 소음 한동안. 졸업가를 흥얼대는 친구들이 있어
가사를 정확하게 전달한다.)

미풍 아 흐음……

(자전거 들어왔다 멀어져 가는 소리와 함께 장면 멀어져 간다. 아지랑이의 선율
일고, 이내 배음)

미풍 아지랑이가 일고 있구나, 먼 산에, 철둑에 그리고 여기 독립문 숭례문 대한문 창
경원 또 전선줄마다. 아니 아니……

(조심조심 한식 대문을 열고 빗장 지르는 소리, 이어 조심조심 안내문 열고 닫히
며 여자의 안도의 숨결 속삭임.)

여자 깔깔…… 사내가 모르겠지, 사내가 모르겠지……

미풍 저 여자 바람났군……

(느닷없이 메다꽂는 유리문짝.)

사내 으아 우하…….

여자 (공포에 떨며) 으으으 허! 으으허 으헉!

사내 변명 변명 변명 변명 *꼬 꼬*을!(찌른다.)

여자 (비명) 으 아 아악!

(사건적인 음악. 사이. 경종차가 멀리서 달려온다. 잇달아 달려온다.)

미풍 봄의 치정 살인 사건…….

(경종차 소리 나간다. 아지랑이 아주 멀리서 나타나 다가온다.)

아지랑 헤헤…….

(아지랑이 선율 일고)

미풍 저 친구 아리랑이는 나의 친구입니다.

아지랑 (아직 먼데서) 여보소 미풍!

미풍 좀 걷잡시다. 우리 둘이서…….

아지랑 헤헤……. (마이크 가까이)

미풍 둘이 나란히 세종로를 거닐면 북한산이 뽀얗게 아물거리고, 종로를 거닐면 동대문이 뽀얗고, 을지로를 거닐면 서울그라운드 오색기들이 뽀얗고, 명동을 거닐면 청춘들이 뽀얀데, 우리는 광화문이나 시청 앞 광장에서의 군악대의 연주를 좋아합니다. 그것은 자유와 평등과 평화의 음악이라고 누구들이 말했습니다.(화음 좋은 클랙슨 소리를 필두로 교통 소음 배음)

미풍 우리는 지금 조선호텔 비탈길을 내려오고 있습니다.

아지랑 헤헤…… 뽀얀 바람이라는 미풍!

미풍 왜 그러는가?

아지랑 헤헤……. 군악대의 연주가 마침 있소, 잉!

미풍 ……그렇구만. 건배의 노래…….

(연주 소리 나간다.)

미풍 아, 국립관상대가 보입니다. 흐음, 흰 기 맑음, 3분의 2가 희고 3분의 1이 남색. 때때로 가랑비, 삼각형 빨강기 남풍 흐음…….

아지랑 헤헤……(선율과 함께 소리 나간다.)

미풍 다시 보세…….(소리 나간다.)

미풍 나는 뽀얀 바람이라는 이름의 미풍입니다. 풍속 3급 이하의 존재로서 기온 0도에서 30도 사이를 주파수 30사이클로 살고 있는 1태양계의 자연입니다. 나의 절대는 자연의 법칙이며, 나의 실존은 가령, 꽃잎이나 나뭇잎이 하느적일 때나 가냘픈 나뭇가지가 흔들거릴 때 입증되지만 서울의 관문인 서울역과 인천을 오가는 거리에서는 그래도 나는 것이 빠를 겁니다. 풍속이 3급 이하로 2.4미터이지만…… . (대사 소리 나간다.) 내가 잘못 생각하고 있나…… . (다시 뽀얀 선율. 겹치며 서울역의 녹음 배음)

미풍 (소리 들려온다.) 아, 저 저 여자가! 으흠 아현동 무당이었는데…… . 아, 남부역사로 들어간다. 오오, 인천행 차표를 사는군, 인천엘 가는가?(서울역사의 소음, 신문 파는 소년, 구두 닦으라는 소년, 은단이나 껌 사라는 소녀들의 소리가 교차되더니, 부산행 발차 안내가 들어오고 플랫폼의 부산행 발차. 증기가 한동안 배음 사라진다. 마이크 가까이 종소리 번진다.)

미풍 산사의 종인가, 성당의 종인가, 아니면 교회의 종소린가, 종소리 한번 좋다!

노파 (소리 들려온다.) 여보 여보 여보 여보, 나 오늘까지 모은 돈 학교 재단에 장학금으로 기증하러 갑니다. 내 나이 올해 85세요. 죽음이 오기 전 잘 생각했죠? 잘 생각했다고 말해줘요. 당신이 내 옆을 떠난 지도 벌써 20년, 세월이 참말로 흐르는 물 유수와 같소잉, 벌써 20년이라니…….' ('참말로'부터 소리 차차 멀어져 간다.)

미풍 신선한 종소리를 찾아나섰다가 들은 최명순이란 노파의 독백이었습니다. 노파는 지금까지 삯바느질과 옷감 장사로 돈을 모았다는 진솔한 고백이었습니다.(종소리와 사이) 나는 익명으로 거액을 기부하고 간 자선가 폴 멜런의 이야기를 압니다. 폴 멜런은 빈센트 반 고흐 작품을 비롯하여 '오베르의 녹색 밀밭' 등 총 9백여 점의 작품을 미술관에 기증하고 간 사람입니다. 최명순 노파의, 그리고 폴 멜런의 고마운 일을, 좋은 일을 축수하고 또 축수하고 싶은 심정입니다. (종소리도 축수하는 듯 커졌다가 소리 나간다. 모터보트 쾌속으로 물살을 가르며 지나간다.)

미풍 아아 한강! 아아 시원스럽기도 하다.
(거루의 노 젓는 소리 들려오고, 선유배의 중창 멤버 '호반의 벤치' 들려온다.)
(중창) 내 님은 누구일까 어디 계실까/ 무엇을 하는 님일까 만나보고 싶네/ 음…… 신문을 보실까 음…… 그림을 그리실까/ 호반의 벤치로 가 봐야겠네/ 내 님은 누구일까 어디 계실까/ 무엇을 하는 님일까 만나 보고 싶네/ 음…… 갸름한 얼굴일까 음…… 도톰한 얼굴일까/ 호반의 벤치로 가 봐야겠네/ 하하…… 깔깔…… .
(들뜬 남녀들의 즐거움 속에 리더가 향수를 나누어줌으로써 그 즐거움이 더하여진다.)

리더 이거 이거, 이것은 황금지에다 빨갛게 빨간 글씨로 에스 자를 쓴 샹젤리제의 샹젤리
제 향수입니다. 하나씩 하나씩 하나씩….(향수를 나누어준다. 받는 자의 즐거움은
말할 것도 없다. 제각기 한 마디씩. 누구인가 노래를 흥얼거리는 사람도 있다.)
음… 학교엘 나가실까 음…회사엘 나가실까/ 호반의 벤치로 가 봐야겠네.

미풍 흐음, 정다운 노래, 노래에 리더가 주는 선물까지 받고 좋으시겠네들 으호…….
(멀리 모터보트 소리 가까워지는데 맞바꾸어 갈아든다)
(이상은, 특히 전체적으로 마이크 원근법 적용에 의할 것)
(맞바꾸어 달리는 전동차의 내부 소음으로 다시 바뀌었다. 그리고 기차가 커브
를 도는 듯한 빵빠앙 이따금 긴 기적소리)

미풍 으호……. (웃음 속에 비밀이라도 있는 것처럼, 소리는 죽였으나 마음놓고 웃는
웃음이다. 차 소리만의 사이.)

미풍 으호…….

무녀 (예민한 소리 들려온다.) 어어허 이 대감이 뉘 대감이시냐. 어어허 이 대감이 뉘
대감이시더냐? 어어허 어어허 어어허…….
(굿판이 벌어진다. 제금 장구에 무녀의 춤 한동안. 전동차의 기적소리.)

미풍 으호…… 지폐를 입에 물고 우스꽝스럽게 무녀에게 입맞춤을 하던 남녀를 생각
하다가 실없는 웃음을 샀군 그래 으호…….
(갑자기 차 안이 시끄러워진다. 바다 낚시꾼들이 탄 모양, 모두 윗도리에는 자유
라고 쓴 흰 가운을 걸치고들 있다. 여경이 지나간다.)

경1 인천국제공항 출발 시간이 어떻게 되지?

경2 5일 아침 비행기라니까…….

경1 5일 아침 비행기?

경2 음.

경1 아침 8시에 출발이래.
(여경 1·2 대화를 즐기며 빈자리가 있어 앉는 모양)

미풍 나도 인천국제공항에 나가 볼까?

자유 (소리 들려온다.) 하하…… 어린이공원 육모정 다 됐어요.

자1 다 됐어 깔깔…….

자2 그 육모정이 다 되었다고 하시니, 참 나도 축하를 드립니다. 허허…….

자유 아유 별 말씀을, 하하……. 그렇지도 않구서야 어딜 바다낚시를 갈 생각이나 했
겠어요? 하하……. 그런데 바람 한 점 없으니 오늘 밤 바다낚시는 어떨까요?

자1 어떠나마나 대어요 대어, 깔깔…….

자2 그래도 미풍은 있습니다요 허허…….

자유 그래요? 하하……. (진작에서부터 차내 소음 어느 틈엔가 사라진다.)

미풍 그래 미풍은 있습니다요 으흐…….

　　(흉내를 낸다. 바다의 유혹, 희망의 대해가 펼쳐진다.)

미풍 휘영청 달도 밝으니 나도 바다낚시나 따라 나가 보자. 음호……. 찰랑 찰랑 찰랑 이는 바다…….

태양 (울림의 북소리와 함께 울림 마이크) 지금은, 지금은 서산 서산을 넘기 전, 밤의 장막이 온누리를 덮어야 할 시간…….

미풍 정다운 태양은 크기도 하시지. 어허이야! 이 저녁 노을……. 태양이여 그믐…….
　　(예리한 소리 나간다. 태양의 침전沈澱. 난데없이 들어오는 대합大蛤의 '달그락 달
　　그락……' 소리. 납작납작한 소리.)

미풍 어어! 어어?

대합 달그락 여기예요. 달그락 여기예요 달그락 여기예요!

미풍 으흐…… 다 당신은 대합이 아뇨? 대합, 큰 조개…….

대합 왜 아니겠어요. 왜 아니겠어요 끌끌…….

미풍 으흐…… 그래 왜, 왜 불렀소?

대합 예, 지금 어디로 가는 길이슈?

미풍 지금 어디로 가는 길이냐구? 바다 낚시터엘 좀 나가볼까 하는 길인데…….

대합 (갑자기 대화의 톤을 바꾸며) 그러면 요기 요기 둔덕 위 외딴집 오막살이집 앞을 지나시지요?

미풍 왜? 오막살이집에 무슨 일이라도 생겼소?

대합 글쎄올시다. 나로 말할 것 같으면 이맘 때면 가끔씩 여기 나와서 태양이 남기고 간 저녁노을을 감탄하며 바라보는 습관이 있는데, 오늘 따라 이상한 예감이 든 단 말씀이야, 그래서…….

미풍 그래서 날 보고 어떡하라고…….

대합 나로 말할 것 같으면 바다밖에 모르지만, 미풍 당신은 마음만 먹으면 어디고 가서 들여다볼 수도 있으니, 가서 들여다만 보시라는 것이지, 끌끌…….

미풍 그래, 저 오막살이에는 누구들이 살고 있는 집인데요?

대합 끌끌…… 이 근방에 사구砂丘를 지키는 노인과 그의 예쁜 따님과 두 식구인데, 노인은 모래언덕을 지키는 일은 환경을 지키는 일이라며 삽 한 자루 대었다가

는…… 생업은 어부요. 끌끌…….

미풍 자네, 클레멘타인(clementine)이라는 노래를 아는가?

대합 모르는뎁쇼? 클레멘타요?

미풍 됐네. 얘기를 듣다 보니 부녀간에 하도 환경이 같기에 말일세. 가서, 들여다만 보면 되는 것이지?

대합 그러면요 그러면요 끌끌…….

(가는 묘사 음악)

미풍 (마이크 가까이) 오오, 저게 누구들야!?

범1 (연소자. 조금 떨어져서, 그러나 강렬한 치음) 그 계집애 입을 틀어막엇! 어서어 서 입을!!

범2 (코맹맹이.) 이뻐서 죽겠다 이뻐서 죽겠다 이뻐서 죽겠다……. (형식, 병신스럽 게. 입을 막으며 거의 배움)

소녀 안 돼 안 돼! 아 안 가 안 가……. (입 막힌 채 사라진다. 제1 짧은 삽입 음악)

미풍 요행 뒤미처 들이닥친 바다 낚시꾼들!

자유 잡아라 잡어! (왁작 몰려 나간다.)

남1·2 납치 납치 납치범이다! (달리는 소리, 제2 짧은 삽입 음악)

경1 어디 어디야 김 순경! (금하고 격한 대사)

경2 여깁니다. 여기, 납치 소녀의 치마를…….

경1 밤안개가 짙게 깔리는데…….

경2 납치범들의 수갑은?

경1 음. 다……' (짧은 삽입 음악이 이 장면과 저 장면 사이로 다리를 놓는다.)

미풍 그때 뒤미처 들이닥친 '자유클럽' 회원들이 아니었으면, 바다 낚시꾼들이 아니었 으면 큰일 날 뻔하였습니다. 요행 낚시터를 순찰하던 여순경들이 있어, 납치범인 둘을 넘겨주었기 때문에 바다낚시꾼들은 홀가분한 마음으로 부푼 심사를 왁자지 껄 떠들어대며 행보할 수가 있었습니다.

자1 깔깔……. 그 맹랑한, 맹랑한 녀석들이야…… 대가리에, 대가리에 피도 안 마른 녀석들이 깔깔…….

자2 그러게 말입네다. 그러게 말입네다, 허허…….

자유 내가 제일로 싫어하는 범죄가 납치꾼들의 납치범죄입네다.

자1 허긴, 허긴 그래 깔깔…….

자2 그래요.

자유 생각해 보슈. 사람마다 자기의 생활이라는 게 있는데, 안 될 말이죠. 납치해다가 놓고, 말이 안 되는 생활이나 활동을 강제로 강요하다니요…….
(자유1·2 맞어 맞어 맞어!)
(함께 폭소하는데 재미있는 효과 음악 다리를 놓는다.)

해설 큰 사건이나 작은 사건이나 사건이 났다 하면은, 그 사건에 대한 휴유증은 대단한 것이었습니다. 대합이나 미풍은 사건의 귀추를 한바탕 웃음으로 넘어갈 수가 있었으나, 모래언덕을 지키는 사구지기 노인, 소녀의 아버지 어부는 그렇지가 않았습니다. 그렇지가 못하였습니다. 이때 아직 때 묻지 않은 맑은 영혼의 소녀 심전心田은 어떤 것일까요?(인생의 쓸쓸함을 담은 바이올린의 선율 배음) 소녀는 생각만 해도 몸서리쳐지는 그 납치범들의 일을 빨리 잊고 그 옛날로 돌아가고 싶었습니다.

소녀 (떨리는 노래) 바람 부는 마른 날에 아버지를 찾으려/ 바닷가에 나갔더니 해가 져도 안 오네/ 내 사랑아 내 사랑아……. (소녀는 운다. 인생의 쓸쓸함을 담은 음악)

해설 한편, 바다낚시는 대어를 낚았으며, 따라왔던 미풍은 솔곳이 깊은 잠에 빠졌는데, 그러는 동안에도 동방이 밝아(이 시극이 시작할 때 나왔던 트럼펫) 새 날이 온 것입니다. 태양이 솟구쳐 해가 뜬 것입니다.

군중 솟구쳐 해가 떴다! (적당히 반복되다 어느 틈엔가 사라지고 합창이 나온다)

합창 ① 아침 햇살 동녘에 불끈 솟았네/ 빛의 광채 빛의 광채 광채/ 햇살은 빛나 빛나 바다는 잔잔해/ 선의는 살아 있고 우리들은 행복해/ 살맛나는 세상 으라차차 ② 아침 햇살 동녘에 불끈 솟았네/ 빛의 광채 빛의 광채 광채/ 햇살은 빛나 빛나 뭍에는 온통 깃발/ 희망찬 내일 있고 우리들은 행복해/ 살맛나는 세상 으랏차차 ③ 아침 햇살 동녘에 불끈 솟았네/ 빛의 광채 빛의 광채 광채/ 햇살은 빛나 빛나 하늘은 미풍 미풍/ 땅에는 평화 있고 우리들은 행복해/ 살맛나는 세상 으라차차.
(③초입에서부터 미풍의 자기 소개 대사가 시작된다.)

미풍 나는 풍속 계급 3이하의 존재로서 기온 0도에서 30도 사이를 30사이클 이하로 살고 있는 1태양계의 자연이다. 자연의 법칙은 나의 절대이며, 내 나이는 태초다. 그러기 때문에 태초로부터의 뽀오얀 바람이라는 이름의 미풍, 이렇게 나를 기억해 두어야겠다. 나의 실존은 가냘픈 나뭇가지가 흔들리거나 그 생명의 잎들이 소곤댈 때, 그리고 마음이 있는 그 색색의 꽃잎들이 나불거릴 때 입증된다.
(대단원의 음악)

평 론

김승옥

김 승 옥

등 단 「문학사상」

약 력 한국크리스천문학가협회 회장 역임
　　　현) 고려대학교 명예교수

저 서 『한국문학과 작가 작품론』『서재여적』『프리드리히 쉴러』
　　　『서양문학의 흐름』『독일문학과 한국문학』

e메일 sokim@korea.ac.kr

크리스천의 글쓰기

– 한국 크리스천 작가에게서 세계 문학적 작품을 기대하는 작은 생각에서

글을 쓰는 사람은 누구나 무엇을 어떻게 쓸 것인가를 생각한다. 수필을 쓸 경우에도, 아무리 신변에서 일어나는 일을 '붓 가는 대로' 쓴다고 하여도 그 구성에서부터 묘사에 이르기까지 저절로 써나가는 것 같지만 그 안에 글 쓰는 사람의 생각으로 구성을 하게 되고, 다시 고쳐 쓸 때에는 어떻게 묘사할 것인가를 생각하여 퇴고하게 마련이다.

많은 작가들 중에서 크리스천은 자신의 세계관을 이미 지니고 있어 어떻게 쓸 것인가는 정해져 있을 수 있다. 그러나 어떤 사람들은 그런 세계관과는 아무 관계가 없는 듯이 쓰는 경우도 있다.

크리스천의 세계관은 이미 너무나 잘 인식되어 있어 가장 많은 경우가 기도와 같은 내용이다. 어렸을 때 예배 때마다 장로님의 기도는 심금을 울리는 기도였다. 공부도 많이 하지 않은 분으로, 그 진실한 내용과 간절한 음성, 그것은 어린 나의 마음에 절절이 와 닿는 것이었다.

나는 그것을 지금도 잊을 수가 없다.

기도를 글로 나타내는 경우도 많은데, 가장 심오한 내용을 지니고 있으나 가장 어려운 글쓰기 중에 하나라고 생각한다. 주일마다 예배 때에 드리는 간절한 기도는 거의 모든 교인들이 같은 내용의 같은 간설함이 있다.

크리스천의 글은 이런 기도와 같은 간절한 내용의 글이 대부분이고 하나의 장르를 이루고 있다고 볼 수 있다.

그러나 전국 교회에서 주일마다 간절한 참신앙의 기도문은 거의가 같은 내용이다. 만일 이것을 글로 써 놓는다면, 이미 제일 먼저 쓴 사람의 아류에 속하기 쉽다. 신앙시가 어려운 것은 이런 점 때문이다.

세계적으로 알려진 기독교적 세계관의 작품은 밀턴의 『실락원』과 『투사 삼손』, 번연의 『천로역정』 등이 있으며 시로는 무수히 많이 있다. 지금도 나의 기억에 남는 미국 시인의 노래 '예배당 합창에서 나는 아내의 목소리를 듣는다'는 시구는 아주 쉽고 소박하지만 감동을 주는 시였다.

독일의 신비주의 시인 마이스터 에케르트는 현대에 읽어도 신앙이 무엇인지 알려주는, 마음속에서 우러나오는 정말 훌륭한 시이며, 괴테의 『파우스트』는 세계문학의 정상이면서도 구원이란 무엇인가를 알려준다. 성경 속의 인물을 소설로 묘사한 작품으로 세계적 문학의 지위에 오른 것도 무수하다. 클롭스톡은 거인적 안목으로 구세주의 일생을 서사시 '메시아'로서, 음악에서의 헨델의 '메시아'와 쌍벽을 이루고 있다. 후에 토마스 만은 『요셉과 그의 형제들』이란 방대한 소설을 쓴 바 있다.

서양에서는 그 문화적 전통이 기독교와 함께 이루어져 육화되어 작품화하는 것이 우리 작가보다는 더 쉬울 수도 있을 것이다. 그러나 이제는 우리 작가들도 기독교 세계관으로 대작이 출현할 때가 되지 않았을까.

시인 가운데는 크리스천으로서 기독교를 세계관으로, 삶의 지표로 삼고 있다고 말하는 사람도 있다. 한국 시의 세계에서는, 현역은 등장할지도 모르기에 논외하고, 타계한 시인 중 기독교적 세계관을 지니고 작품을 쓴 분들이 있으나 아직 국민적으로 애송되는 참된 크리스천 시, 소설로 꼽을 만한 작품은 출현하지 않았다고 생각된다. 소설에서는 불교적 가치관을 갖는 소설이 많이 있지만 기독교적 가치관의 소설은 발견하기 힘들다. 이것이다 하고 내놓을 작품이 떠오르지 않는다.

그러나 한국 크리스천 작가 가운데 후세에 남을 만한 사람으로서, 누구보다 함석헌을 대표적인 크리스천 작가, 한국 현대의 유일한 크리스천 철학자라 부르고 싶다. 한국에는 각 대학에 철학과가 있어 철학교수는 많으나 철학을 삶으로 사는 철인은 드물다. 독일어에서는 이것을 '철학을 한다philosophieren'고 하는데, 그의 글은 기독교 사상을 근본으로 하고 있으며, 그의 글쓰기는 기독교 사상에서 나온 것이다. 그는 글과 삶에서 기독교 사상을 살았던 분이라고 생각한다.

그의 『들사람 얼』을 읽은 것은 학생시절이라고 기억된다. 그러나 당시 학생들이 읽던 『사상계』에 처음 나왔을 때, 『野人精神』이라고 나왔고, 교회를 다니면서도 어린 나는 그 뜻이 기독교적 세계관에서 나왔다고는 생각하였지만, 깊은 뜻은 알지 못하였다. 너무 현학적이 아닌가 하고 생각하였다. 너무나 많은 고사를 인용하고 있기 때문이었다.

후에 대학선생으로 국어 시간에 무엇을 가르치고 있을까 궁금하여 『대학국어』를 보고 『들사람 얼』이라는 것을 보고 그 제목이 성경에서, 세례 요한에게서 나왔다는 것을 금방 알고 경탄을 금치 못하였다.

그 글을 다시 읽고 기독교 세계관을 지닌 한국어 글 가운데 최고의 글 가운데 하나라고 생각하였다.

제목이 『野人精神』에서 '들사람 얼'로 바뀐 것뿐인데 이렇게 다른 이미지를 갖고 나를 강타할 수 있을까?

후에 제목이 다르게 된 것은 당시의 『사상계』 편집인에게서 직접 설명을 들은 적이 있다. 『사상계』에 보낸 원고에는 원래가 '들사람 얼'이었으나 원고를 실을 때 '野人精神'으로 자신이 고쳤다는 것이다. 그러나 함석헌은 다른 곳에서 스스로 다시 '들사람 얼'로 고쳐놓았다.

그 내용이 성경을 해설한 것도 아니요, 설교조로 쓴 것도 아니며, 지식을 전하려는 것도 아니었다. 그것은 함석헌의 소망이며, 현대인, 특히 한국인에게 삶의 목표를 이것으로 지향하라는 것이었다. 그것은 물질만능, 출세주의, 물질문명주의를 꾸짖는 저 황야에서 들려오는 외침이었다.

이 짧은 글은 권력자, 위대한 장군 등 세상의 가장 높은 세속적 지위에 오른 사람과, 그런 가치를 멀리하고 의연하게 삶을 살고 있는 사람들과 비교하며, 초연한 가치를 지닌 사람들이야말로 이 세상에 필요한 사람이며, '세상은 들사람이 있으므로 되어간다'고 결론 짓는다.

이런 사람들은 선과 악을 구별할 줄 알며, 세속의 헛된 가치관을 비판할 능력을 지닌다. 그런 지혜는 황야에서 고독한 삶을 사는 데서 나오며, 사물을 꿰뚫어 보는 혜안을 지닌다. 이들의 언어는 '우주시대라는 지금도', '루니크 제2호가 달에 갔다는' 과학만능의 시대에 오히려 '상쾌하게' 들린다.

나는 함석헌의 작품을 조금 읽었으나 전 작품을 읽은 적도 없고, 그분의 이름으로 모이는 강연이니, 학회니, 씨알의 소리니 하는 것에도 참여한 적이 없다. 또 그분의 신앙 방법을 꼭 옳다고 생각한 적도 없다.

그러나 지금도 그 글 하나로도 그분의 사상을 충분히 알 수 있으며 그 글 하나만으로도 한국 크리스천의 철학사상을 충분히 표현하고 있으며 한국의 대표적 기독교사상가라고 생각한다.

크리스천의 글쓰기는 여러 가지가 있겠지만 이런 방법이 가장 바람직하지 않을까 한다. 그 스스로가 야인으로, 야인의 정신으로 살았기 때문에 그런 글이 나올 수 있었을 것이다. 그 글에서 그는 한국 기독교인의 삶의 새로운 지평을 제시하고 있다고 보고 싶다. 어디에도 휩쓸리지 않고,

어떤 것에도 집착하지 않고, 어떤 유혹에도 빠지지 않고, 어떤 직위도 탐내지 않는다. 따라서 어떤 고난도 이겨낼 수 있고, 어떤 가난에도 비탄하지 않고, 남과 비교하며 허무에 빠지거나 열등감을 갖지도 않고, 빠르게 지나는 세월 속에서 뒤졌다고 우울하지 않는, 그런 삶이 아니라면 이런 글은 나오기 힘들다.

우리 모든 크리스천에게 그런 어려운 것을 요구하는 것은 무리일 수도 있다. 또 정치권력에 반항하며 운동권이 되라는 것도 아니다. 그러나 크리스천이라면, 더구나 크리스천으로서 글을 쓰는 사람이라면, 사물을 새롭게 보는 그런 자세로 삶을 살아야 할 것이다. 그런 반성적 사고로 자기반성을 하고, 나를 낮추고, 상대를 수단이 아니라 목적으로 생각하고, 늘 깊이 생각한다면 기독교인으로서 좋은 글을 쓸 수 있으리라 생각한다. 글을 쓰는 것을 고독한 작업이라고 하는 것은 골방에서 나오지 않는 글을 끙끙대며 머리를 짜서 억지로 나오게 하는 것이 아니라, 스스로 고독에 빠져 저 헛된 세속의 소용돌이 속에서 허덕이는 일반 대중들을 보며, 멀리 거리를 두고 홀로 서서, 낮은 자세 같지만 실은 고고한 자세로 '나는 어떻게 살 것인가'를 생각하는 삶일 때에 함석헌처럼 우리도 참된 삶의 새로운 지평을 열 수 있을 것이다.

누구나가 다 철인이 될 수는 없다. 그러나 크리스천 문학인이라면, 적어도 때때로 세례 요한이 말한 "회개하라, 천국이 가까웠느니라"는 한 마디를 읽고도 금방 현대를 새롭게 읽는 사람이 되지 않겠는가! 그리고 그런 영감으로 글을 써야 하지 않을까. 우리 모두가 너무 세속에 묻혀 매일의 설교, 매일의 묵상을 형식적으로 듣고 그저 눈만 감았다가 뜬다면, 좋은 글은 나오기 어려울 것 같다.

지금 우리에게 함석헌이 말하는 들사람만 필요한 것이 아니라 '들사람의 정신'으로 글을 쓰는 사람일 것이다.

새로운 지평을 연다는 것, 새로운 시각으로 사물을 보는 것은 가능한 일일까? 성경에 이미 '태양 아래는 새로운 것이 없나니 …' 하고 나와 있지 않은가. 이런 점도 함석헌은 이미 말하고 있다. 그는 시인 지브란을 소개하면서 '사상으로 하면 지브란은 반드시 새로운 것이 아니다. 저는 소위 새것을 내두르는 종류의 사람이 아니었다. 그 맨 처음의 호수에서 흘러나는 한 줄기 흐름이다. 처음부터 있는 말씀을 새 옷을 입혀 내놓은 사람이다. 옛 곡조를 새 맘으로 새 소리로 노래한 사람'이라고 하였다. 작가는 옛 사물에 새 옷을 입히는 작업을 하는 사람이다.

한국인은 한국사를 시험 때문에, 혹은 흥미가 있어 몇 번이고 읽는다. 필자는 함석헌의 『성서적 입장에서 본 조선(한국)역사』를 눈물을 쏟으며 밤새우며 읽었다. 한국인 누구에게나 한국사가 결코 새로운 것은 아니다.

그러나 그는 성경을 통하여 헌 한국사를 보고, '새 옷을 입혀' 새로운 한국사를 세상에 던져놓아 감수성이 예민한 한국의 젊은이들에게, 모든 크리스천에게 감동적으로 읽게 하였다.

이런 것을 글쓰기의 수단으로 예를 든다는 것이 퍽 죄송스런 마음이지만, 글 쓰는 이들은 눈여겨보아야 할 것이다. 누구에게나 함석헌처럼 거대담론을 요구하는 것은 아니다. 새로운 시야는 자기 마음속에 새로운 눈뜸이 있어야 한다. 작은 나의 생활에서, 가정생활에서, 주위에서 일어나고 있는 사회 현상들을 들사람의 얼로, 새로운 관점에서 보는 것이다.

새로운 지평에서 들사람 얼의 마음을 갖는다고 해도 글을 쓴다면 아름다운 글이 되어야 한다. 사물을 새롭게, 멀리서 문명을 비판하는 안목과 인간의 진목면의 얼굴을 보았다고 해도 글 쓰는 이는 아름답게 형상화시켜야 한다. 산을 쌓아도 한 삼태기가 모자라서 완전한 태산을 이루지 못하였다고 하듯. 새 세계관을 헌 부대에 넣으면 어울리지 않는다. 여기서도 함석헌의 글로 예를 들 수 있다. 그는 1949년에 이화여대생들을 대상으로 '아름다워'라는 강연을 하였다.

그는 많은 글을 쓰고 많은 강연을 하였지만 이 글만큼 아름다운 것은 없을 것이다. 그의 다른 글이 깊은 사색에서 나온 것이라 철학적이고, 대중을 향하여 호소하는 것이 많아 아름답다고만은 할 수 없다.

그러나 그는 '아름다움에 대하여'에서 첫 단원의 시작을 마치 한 젊은이가 여대 앞에서 연인을 찾으려는 듯한 표정으로 시작한다. 마치 사랑스런 연인에게 보내는 연서와 같은 문장이다.

한국의 어느 단편소설의 문장보다 아름답다. 해방 직후 이렇게 아름다운 한글 문장을 썼다는 것은 놀라운 일이다.[1] 함석헌 선생은 여인들의 허영심을— 보기 좋은 옷과 출세한 남자를 찾고 생각 없이 사는 마음을— 질타하고 자연과 합일하여, 예수를 사랑하는 참 여인을 찾는다고 맺는다.

이 글을 읽으면 여성들만이 아니라 모든 젊은이들은 자신의 헛된 소망과 위선적인 실생활에 저절로 얼굴이 붉어지고 머리가 숙여진다.

옛날 한국의 선비들은 임금을 님이라고 부르며 좋은 글을 많이 남기었다. 정철은 「사미인곡」, 성삼문이나 정몽주의 시조 등은 여러 관점에서 우리에게 영원히 잊히지 않을 작품을 생산하였다.

우리도 예수님을 님으로 하여 작품을 쓴다면 여러 장르에서 각각의 시각으로 작품을 쓸 수 있을 것 같다.

---

1) 그의 글이 모두 좋은 것은 아니다. 그는 도처에서 당쟁의 폐해를 너무나 많이 이야기한다. 당쟁은 어느 나라에나 있었다. 그가 아무리 선지자적 세계관을 지녔다 해도 식민지적 사관에서는 벗어나지 못한 듯하다. 이것은 이론의 싸움이요, 정치적 라이벌을 약화 혹은 파멸에 이르게 하려는 의도이다. 동양 삼국에서 정적을 없애는 방법으로, 중국에서는 자객을 통한 제거와 임금을 매개로 사약을 내리게 하였고, 일본에서는 주로 자객을 이용하여 암살을 수단으로 삼았다. 조선시대에는 오직 임금을 매개로 사용하였기 때문에 논쟁이 더없이 많았다. 정치적 암투는 어느 나라 어느 역사에나 있었다. '당쟁'이란 식민지 사관일 뿐이다. 조선사에서는 자객을 보내 정적을 제거하는 일이 거의 없었다.

한국의 크리스천 작가들에게는 아직도 개간되지 않은 광활한 옥토가 있다. 밤새우며 흙을 일구는 사람들만이 들사람 얼을 지니게 될 것이며. 들사람 얼로 밤새우며 생각하는 사람들만이 감동적인 글, 좋은 글을 쓸 수 있을 것이다. 이런 깨어 있는 사람만이 국어사전에서 의미 없는 단어를 내어 쓰면, 살아 있는 새로운 의미의 언어가 되는 것이다. 이런 작품은 한국문학에서뿐만이 아니라, 세계문학적인 작품으로 혜성과 같이 등장하게 될 것이다.

한국크리스천문학가협회 약사

* 역대 회장
* 환원 총회 배경
* 계간 한국크리스천문학 발행 배경
* 한국크리스천문학상 역대 수상자
* 범하문학상 제정 배경
* 여름 세미나

역대 회장

대	연 도	내 역	회 장
창립	1958.	한국기독교문인클럽 (1958-1966)	전 영 택 (명예회장)
1대	1967.1.21	오후1시 종로2가 종로예식장 서편 입구 평양관에서 재기再起 총회 개최	주 태 익 (초대회장)
	1968.1.17	전영택 목사 별세	
2대	1968.7.3	초동교회	이 종 환
3대	1969.1.30	기독교서회	임 옥 인
4대	1970.3.7	기독교서회	임 옥 인
5대	1971.1.13	중앙신학교	김 현 승
6대	1972.1.22	기독교회관 소강당	김 현 승
7대	1973.3.26	대한성서공회	박 목 월
8대	1974.		박 목 월
9대	1975.1.25	YMCA	박 목 월
10대	1976.4.27	기독교회관	황 금 찬
11대	1977.2.24	초동교회	황 금 찬
12대	1978.2.18	초동교회	황 금 찬
13대	1979.3.27	초동교회	박 화 목
14대	1980.3.29	장 호	박 화 목
15대	1981.4.20	초동교회	김 경 수
16대	1982.3.26	초동교회	박 경 종
17대	1983.2.26	초동교회	석 용 원
18대	1984.2.25	흥사단	석 용 원
19대	1985.4.1	대한기독교서회	석 용 원
20대	1986.2.14	대한기독교서회	장 수 철
21대	1987.4.24	대한기독교서회	장 수 철
22대	1988.2.27	여전도회관	김 원 식
23대	1989.4.17	YMCA 2층	김 원 식
24대	1990.4.30	대학문화원	최 은 하

25대	1991.5.25	하이마트	최 은 하
26대	1992.1.6	하이마트	김 지 향
27대	1993.4.18	문예진흥원 강당	김 지 향
28대	1994.1.28	여전도회관	유 승 우
(명칭을 한국기독교문인협회로 변경)			
29대	1995.2.16	여전도회관(종로5가)	박 종 구
30대	1996.2.19	한글회관	이 　 탄
31대	1997.1.30	오후 5시 고신총회회관(3층)	심 군 식
(명칭을 한국크리스천문학가협회로 다시 환원)			
32대	1998.1.21	연지동 백주년기념관 4층	강 난 경
33대	1999.1.14	연지동 백주년기념관 4층	강 석 호
34대	2000.2.24	연지동 백주년기념관 4층	최 규 철
35대	2001.1.30	연지동 백주년기념관 4층	홍 문 표
36대	2002.2.18	연지동 백주년기념관 4층	양 왕 용
37대	2003.1.23	연지동 백주년기념관 4층	김 지 원
38대	2004.1.29	연지동 백주년기념관 4층	강 석 호
39대	2005.1.31	연지동 백주년기념관 4층	김 봉 군
40대	2006.2.7	동숭교회	원 응 순
41대	2007.1.29	동숭교회	김 시 백
42대	2008.1.29	대림감리교회	김 남 웅
43대	2009.2.16	문래동감리교회	이 동 희
44대	2010.1.25	춘우문학관	황 계 정
45대	2010.12.28	수유중앙교회	황 계 정
46대	2012.1.12	백주년기념관	전 덕 기
47대	2013.1.15	초동교회	전 덕 기
48대	2014.1.20	양화진선교백주년교회	김 소 엽
49대	2015.1.13	한국유나이티드제약 문화홀	김 승 옥
50대	2016.1.7	서울중앙교회	오 경 자
51대	2017.1.10	홀트아동복지회관 강당	오 경 자
52대	2018.1.9	홀트아동복지회관 강당 정기총회 정회	
(속회)	2018.2.9	서울중앙교회	현 의 섭

환원 총회 배경

　1996. 3. 25. 오후 6시 서초동 천년뷔페에서 제15회 한국크리스천문학상 심사위원회로 모여(위원장 박종구, 위원 유승우, 엄기원, 신규호, 현길언 등이 참석) 수상자로 김성○을 결정하였으나 그 다음날인 1996. 3. 26. 오후 6시에 모인 임원회에서 수상자를 변경한 사건이 직접적인 발단이 됨.

계간 한국크리스천문학 발행 배경

　1958년 협회 창립 이래 회원들이 증가하였지만 그동안 부정기적으로 발행해온 연간 사화집으로는 작품 발표의 장을 다 마련할 수 없으므로 논의 끝에 1997년 가을 도서출판 한글에서 창간호를 간행하였다.
* 제호는 「오늘의 크리스천문학」으로 창간호부터 28호까지 사용하였고,
* 2005년 겨울(29호)부터는 「오늘의 한국크리스천문학」으로 제호를 변경하였으며,
* 2008년 여름호(38호)부터는 다시 「한국크리스천문학」으로 각각 변경하여 오늘에 이르게 되었다.
* 그동안 주간으로는 김지원(1997), 김지향(1998), 김정오(1999), 김지향(2000-2001), 오인문(2002), 김지향(2003-2010), 원응순(2011-2016), 김지원(2017-현재) 등 여러 회원들이 수고하였다.

한국크리스천문학상 역대 수상자

횟 수	연 도	수 상 자	장 르
1회	1983년	박근영	시
2회	1984년	유영희	아동문학
3회	1985년	백도기	소설
4회	1986년	장수철	아동문학
5회	1987년	김혜경	수필
6회	1988년	박이도 / 현의섭	시 / 소설
7회	1989년	이반	희곡
8회	1990년	신규호 / 강정규	시 / 소설
9회	1991년	허형만	시
10회	1992년	최규창 / 강난경	시 / 소설
11회	1993년	석용원	시
12회	1994년	박정희 / 김철수	시 / 아동문학
13회	1995년	안혜초 / 김상영	시 / 시조
14회	1996년	박재화	시
15회	1997년	최규철 / 양왕용 / 이건숙	시 / 시 / 소설
	1998년	없음	
16회	1999년	김지원 / 전덕기 / 심군식 / 목경희	시 / 공로 / 아동문학 / 수필
17회	2000년	김지향 / 박종구 / 홍문표	시 / 아동문학 / 평론
18회	2001년	유관지 / 김봉군	수필 / 평론

19회	2002년	김원식 / 김시백	시 / 시조
20회	2003년	오경자 / 김외숙	수필 / 소설
21회	2004년	김석	시
22회	2005년	김정오 / 김장호	수필 / 수필
23회	2006년	김남웅	시
24회	2007년	박영교	시조
25회	2008년	박요한	소설
26회	2009년	유소례	시
27회	2010년	이동희	소설
28회	2011년	김소엽 / 문현미	시 / 시
29회	2012년	심혁창 / 김복희	아동문학 / 시조
30회	2013년	원응순	번역
31회	2014년	김종희 / 정경혜	시 / 시
32회	2015년	최정인 / 황계정	시 / 수필
33회	2016년	정신재	평론
34회	2017년	엄순복	시
35회	2018년	조신권	시

범하(凡下)문학상 제정 배경

이 계절의 우수상 제정 및 수상자

본회 44대 황계정 회장(연세대 영문과 명예교수) 재임시 2010년 봄호(44호)부터 협회 지인 『한국크리스천문학』에 발표된 작품 중 가장 우수한 작품을 선정해 〈이 계절의 우수상〉으로 1년에 4회씩 시상을 하게 되었다. 이 우수작품상 시상제도는 2010년 봄(44호)부터 2015년 봄(64호)까지 5년 동안 지속되었으며 수상자는 다음과 같다.

횟수	수상자	연도 · 계절	장 르	횟수	수상자	연도 · 계절	장 르
1	이건숙	2010.봄	소설	2	황계정	2010.여름	수필
3	천창우	2010.가을	시	4	최원현	2010.겨울	수필
5	이정화	2011.봄	시	6	심혁창	2011.여름	동화
7	전종문	2011.가을	수필	8	엄순복	2011.겨울	시
9	김종호	2012.봄	수필	10	남춘길	2012.여름	수필
11	없음	2012.가을		12	신외숙	2012.겨울	소설
13	안은순	2013.봄	소설	14	정신재	2013.여름	평론
15	성용애	2013.가을	시	16	김지원	2013.겨울	시
17	배정향	2014.봄	시	18	맹숙영	2014.여름	시
19	박하	2014.가을	수필	20	이상인	2014.겨울	시조
21	최건차	2015.봄	수필				

범하문학상 제정 및 수상자

2015년 황계정 교수의 상금 출연으로 〈이 계절의 우수상〉을 변경, 황계정의 호를 따서 〈범하문학상〉으로 정하고, 한 해 동안 협회지에 우수한 작품을 발표한 회원을 대상으로(등단 15년 이하, 입회 5년 이상) 소정의 상금과 상패를 시상하게 되었다.

횟 수	수상자	연 도	장 르
1	허숭실	2016	수필
2	성용애	2017	시
3	김순덕	2018	시

여름 세미나

시행 연월일	장 소	주 제	강 사
1996.8.12 오후2시	워커힐 호텔 따멜리아홀	한국기독교문학 100년의 문학사적 평가	정을병 이향아 양왕용 좌장 / 김지향
1997.8.11-12	이천 미란다 호텔	기독교문학과 세기 말	홍문표 김주연
1998.8.13-14	부산 태종대 곤포가든 종합레저타운	기독교문학에 나타 난 고통의 양상과 극복	남송우 서정자
1999.10.19	한국기독교연합회관 (가을 세미나)	한국교회갱신과 기독교문학	홍문표 양왕용 박종구
2000.8.7-8	철원 고석정 관광호텔	기독교와 분단문학	김봉군 정선기 김지향 오경자
2001.8.6	장로회 신학대학	기독교와 생태문학	홍문표 김영락
2002.8.5-6	부산대학교 상남국제회관	멀티미디어 시대와 기독교문학	오인문 허성욱
2003.8.5	스칸디나비아 (을지로4가)	성서 속의 전쟁	신동욱 박종구 김 석 강석호
2004.9.23	용유감리교회	이산시대와 탈무드 정신	원응순 김태진
2005.7.11	오늘의 크리스천문학 감사예배 (서울중앙교회)		
2006. 5.28-6.1	필리핀 바기오	셰익스피어와 녹색 세계	황계정
2006.7.24	서울중앙교회 (필리핀 세미나 미참가 회원 위해)	존 던 시에 나타난 사랑의 묘약	원응순 김태진

2007.8.20	남양주시 '작은영토'	기독교와 시문학	김남웅 김정오
2008.8.25	강화 교산교회	시와 아동문학에 대하여	최규철 강정규
2009. 8	충북 영동군 매곡면 노천리 매곡교회		
2010.9.6	동두천 동원병원	성서의 테마 그 스펙트럼	민영진 박종구
2011.9.27	크리스천아카데미하우스	극서정시 그 도전과 갈등	박종구
2012.8.27-29	몽골 시치시에서 하얼빈까지 해외 문학기행		인도자/전덕기
2013.7.29	고양시 벧엘쉼터교회	아동문학이 한국문학에 끼친 영향 및 아동문학의 전망	엄기원
2014.8.18	구로제일교회	문학으로서의 성서	신성종
2015.7.28	한국유나이티드 제약 문화홀	표절문학 비평	김지원 오경자 신성종
2016.7.6	신일교회 소성전	가톨릭문학과 기독교문학	김봉군
2017.7.6	홀트아동복지회관	지금 한국교회 무엇이 문제인가	신성종
2018.8.9	계원예술대학교 교회	문예창작을 위한 몇 가지 생각	김봉군

찾아보기(가나다순)

2018년도(창립60주년) 조직표

평 의 원 : 김지향 유승우 박종구 강난경 최규철 홍문표 양왕용 김지원 김봉군
　　　　　원응순 김시백 김남웅 이동희 황계정 전덕기 김소엽 김승옥 오경자(18명)
회　　　장 : 현의섭
운영이사 : 김봉겸 김순희 김영백 김일중 남춘길 유영자
　　　　　이용덕 이정균 이채원 정영자 최명덕 (11명)
중앙위원 : 김복희 김정오 문현미 박영교 박영률 박영애 신영옥 양영숙 엄기원 유소례
　　　　　이건숙 이실태 전종문 정경혜 정두모 최건차 최금녀 최기덕 최세균 (19명)
부 회 장 : 김봉겸 김종희 남춘길 맹숙영 박철현 박 하 성용애 이선규 정신재 조성호(10명)
상임이사 : 심혁창
편집주간 : 김지원
서　　　기 : 김무숙
　　　　　사무국장 김광순 ㅣ 차장 이재섭
　　　　　재무국장 이중택 ㅣ 차장 손경형
　　　　　편집국장 이영규 ㅣ 차장 신혜련
　　　　　홍보국장 이상인 ㅣ 차장 조규화
　　　　　취재국장 김춘년 ㅣ 차장 김순찬
　　　　　광고국장 정태광 ㅣ 차장 전홍구
　　　　　행사국장 안승준 ㅣ 차장 김순덕
　　　　　문화국장 김인순 ㅣ 차장 신윤호
　　분과위원장
　　　　　시 분과 위원장　엄순복
　　　　　소설분과위원장　안은순
　　　　　수필분과위원장　최건차
　　　　　평론분과위원장　정신재
　　　　　아동분과위원장　신건자
감사 : 이정균 신영옥
이사 : 강덕영 강신영 강홍규 고영표 김규승 김대열 김덕성 김미정 김상숙 김어영
　　　　김점순 김정원 김정호 김주명 마흥근 박근원 박성훈 배정향 백근기 백삼진
　　　　신성종 양정성 양해숙 엄순현 위맹량 윤주홍 이 번 이상귀 이상숙 이상열
　　　　이서연 이순우 이재호 이정화 장숙자 장인찬 장효순 전형진 정동일 정영순
　　　　지왕근 지현숙 진명숙 최강일 최숙미 하관용 한영배 허숭실 황바울 (49명)

한국크리스천문학가협회
창립 60주년 기념 대표문학선집

2019년 3월 20일 1판 1쇄 인쇄
2019년 3월 30일 1판 1쇄 발행
편 저 자 | 한국크리스천문학가협회
편찬위원장 | 현 의 섭
편집위원장 | 원 응 순
편 집 위 원 | 김 지 원
편 집 위 원 | 김 봉 겸
편 집 위 원 | 이 영 규

발 행 인 ‖ 심 혁 창
발 행 처 ‖ 도서출판 한글
서울특별시 마포구 신촌로 270(아현동)
수창빌딩 903호 우 04116

TEL 02) 363-0301 | FAX 02) 362-8635
E-mail : simsazang@hanmail.net
창　　업 1980. 2. 20.
이전신고 제2018-000182

* 파본은 교환해 드립니다.
* 정가 120,000원

협회 E-mail : hkwongo@daum.net

ISBN 97889-7073-559-7-33880